LA MORT DANS LA PEAU**

Robert Ludlum est né en 1927, à New York. Après une brillante carrière en tant que producteur et acteur de théâtre, à quarante ans, il abandonne tout et se met à écrire des romans d'action, riches en suspense. Il est maintenant considéré comme un des grands maîtres mondiaux du suspense. En France, ses romans, *La Mémoire dans la peau* (Prix Mystère du meilleur roman étranger 1982), *La Mosaïque Parsifal, Le Cercle bleu des Mata-rèse, Osterman week-end, La Progression Aquitaine, L'Heritage Scarlatti, Le Pacte Holcroft,* publiés aux Editions Robert Laffont, ont obtenu un énorme succès.

D0803575

ROBERT LUDLUM

*La Mort dans la peau***

ROMAN

TRADUIT DE L'AMÉRICAIN
PAR BENJAMIN LEGRAND

LAFFONT

Titre original :

THE BOURNE SUPREMACY

Pour Shannon Paige Ludlum
Bienvenue, ma chérie,
Que ta vie soit merveilleuse

I

KOWLOON. Le grouillant appendice final de la Chine qui ne fait en aucun cas partie du nord, sauf en esprit – mais où l'esprit court en profondeur et inonde les cavernes des âmes humaines sans se soucier des absurdes contraintes des frontières politiques. L'eau et la terre ne font qu'un et c'est la volonté de l'esprit qui détermine comment l'homme utilise la terre et l'eau – toujours sans la moindre attention pour des abstractions comme une liberté inutile ou une prison dont on peut s'échapper. Le seul souci réel concerne les estomacs vides, les ventres des femmes, des enfants. La survie. Il n'existe rien d'autre. Le reste n'est que fumier voué à être répandu sur les terres infertiles.

Sur Kowloon et sur l'île de Hong-kong, de l'autre côté de Victoria Harbor, le crépuscule étendait graduellement un manteau invisible sur le chaos quotidien. Les *Aiyas!* suraigus des petits commerçants s'estompaient dans l'ombre et les négociations tranquilles des hautes sphères s'achevaient par des hochements de tête et des silences entendus dans les froides structures de verre et d'acier qui barraient l'horizon de la colonie. La nuit survenait, annoncée par un soleil orange aveuglant qui perçait un immense mur de nuages craquelé à l'ouest, comme si des flèches d'énergie pure refusaient de laisser cette partie du monde oublier la lumière.

Bientôt, l'obscurité allait s'étendre dans le ciel, mais pas en dessous. En dessous, les étincelantes lumières inventées par l'homme allaient répandre leur luxe criard sur la terre – cette portion de terre où l'eau et le sol ne sont que des avenues inquiétantes qui mènent au pouvoir ou aux conflits. Et, dans ce carnaval nocturne strident et incessant, d'autres jeux allaient commencer, des jeux que l'espèce humaine aurait dû abandonner à l'aube de la création. Mais il n'y avait pas d'espèce humaine, alors. Qui s'en souciait? Qui en inscrivait la mémoire? La Mort n'est pas une marchandise.

Un petit canot fonçait à travers le Lamma Channel, son puissant moteur détrompant son aspect extérieur misérable, le long de la côte vers le port. Pour un observateur peu attentif, ce n'était guère qu'un *xiao wanju* de plus, vraisemblablement légué à son aîné par un pêcheur sans le sou qui avait, une fois et une seule, atteint à la richesse, lors d'une folle nuit de mah-jong, ou en sortant du haschisch du Triangle d'or, ou des bijoux de Macao – peu importait maintenant. Le fils pouvait ramener ses filets ou passer sa marchandise bien plus efficacement avec un gros moteur hors-bord qu'en utilisant les voiles d'une jonque ou le vieux diesel d'un sampan. Même les gardes-frontière chinois et les vedettes garde-côtes n'ouvraient jamais le feu sur des passeurs aussi insignifiants. Ils étaient sans intérêt et qui diable savait à quelles familles du continent leur trafic pouvait bien profiter? Peut-être les leurs. L'herbe des collines remplissait encore des estomacs – peut-être ceux de leur famille. Qui s'en souciait? Qu'ils passent... Et repassent...

Le petit bateau couvert d'une toile qui masquait son cockpit réduisit sa vitesse et commença à zigzaguer avec précaution à travers la flottille dispersée de jonques et de sampans qui rentraient vers leurs pontons encombrés dans Aberdeen. L'un après l'autre les marins maudissaient l'intrus en hurlant, couvraient de malédictions son moteur insolent et sa course plus insolente encore. Puis chacun d'eux sombrait dans un étrange silence dès que l'intrus les dépassait. Quelque chose, sous la toile, arrêtait net leurs cris de protestation.

Le bateau s'enfonça dans le chenal d'entrée du port, long sentier sombre bordé maintenant par les lumières clinquantes de Hong-kong sur la droite et de Kowloon sur la gauche. Trois minutes plus tard, le moteur hors-bord passa à bas régime tandis que la coque de noix faisait un crochet pour dépasser deux barges pourries amarrées devant des entrepôts et se glisser dans un espace vide sur le côté ouest de Tsim Sha Tsui, les quais encombrés de Kowloon, miroirs à dollars. Les nuées criardes de petits marchands, qui installaient leurs pièges à touristes pour la nuit, n'y prêtaient aucune attention. Après tout ce n'était qu'un *jigi* de plus qui revenait de la pêche. Qui s'en souciait?

Puis, comme les marins dans la baie, peu à peu les hordes bruyantes proches de cet intrus insignifiant commencèrent à se taire. Les voix excitées s'éteignaient et les ordres et les contrordres se taisaient au fur et à mesure que les regards se portaient sur une silhouette qui escaladait l'échelle noire et graisseuse menant au quai.

C'était un saint homme. Il était vêtu d'un caftan blanc comme un suaire qui accentuait l'allure élancée de son corps – presque trop grand pour un *Zhongguo ren*, près d'un mètre quatre-vingts. Pourtant, on distinguait à peine son visage : le drap blanc agité par la brise recouvrait ses traits sombres, faisant ressortir la pâleur de ses yeux, des yeux déterminés, des yeux ardents. Ce n'était pas un prêtre ordinaire, n'importe qui pouvait s'en rendre compte. C'était un *heshang*, un élu choisi par ses aînés, ceux qui avaient atteint la sagesse et qui pouvaient percevoir la maîtrise spirituelle d'un jeune moine voué à de plus grands desseins. Et il n'était pas mauvais que ce jeune moine soit doté d'une taille peu ordinaire et d'un regard de feu. De tels saints hommes attiraient l'attention sur eux, sur leur personnage – sur leur regard –, et de généreuses contributions suivaient, suscitées par l'admiration et la peur. Surtout la peur. Peut-être ce *heshang* venait-il d'une de ces sectes mystiques qui hantaient les forêts des collines de Guangze, ou d'une fraternité religieuse des lointaines montagnes de Qing Gaoyuan – descendants, disait-on, d'un peuple de l'Himalaya, ils affichaient un luxe certain et étaient de ceux qu'on devait craindre le plus, car peu comprenaient leurs obscurs enseignements. Enseignements entachés de douceur, mais parsemés d'insinuations promettant une terrifiante agonie si on n'écoutait pas leurs leçons avec attention. Ce pays à moitié ravagé était déjà à l'agonie – qui en souhaitait davantage? On se pliait donc à la volonté des esprits, des yeux de braise. Cela serait peut-être noté, enregistré. Quelque part.

9

La forme blanche traversa lentement la foule qui s'écartait sur son passage, dépassa le quai du Star Ferry et disparut dans le tohu-bohu grandissant de Tsim Sha Tsui. C'était fini. Les commerçants retournaient à leur hystérie.

Le prêtre prit vers l'est par Salisbury Road, jusqu'à l'hôtel Peninsula dont l'élégance tamisée ne pouvait lutter contre ce qui l'entourait. Il tourna ensuite vers le nord dans Natan Road, à la base de l'étincelant Golden Mile, cette avenue des avenues où deux multitudes parallèles d'exposants racolaient en hurlant. Les indigènes, aussi bien que les touristes, remarquaient le saint homme tandis qu'il se frayait un chemin entre les magasins bondés et les rayons débordants de marchandises, les boîtes disco à trois étages et les cafés *topless* où d'immenses panneaux naïfs vantaient les charmes orientaux, au-dessus des têtes des marchands offrant les déclics des *dim-sum*. Il marcha pendant dix minutes à travers ce carnaval criard, répondant de temps à autre aux regards d'un imperceptible hochement de tête, et secouant deux fois la tête pour donner des ordres à un autre *Zhongguo ren*, petit et musclé, qui tantôt le suivait, tantôt le précédait d'une démarche de danseur, à petits pas rapides, se retournant fréquemment pour guetter un signe de ces yeux étranges.

Le signe survint – deux hochements brusques – à l'instant où le prêtre arrivait à la hauteur de l'entrée constellée de perles d'un cabaret louche. Le *Zhongguo ren* resta dehors, la main discrètement dissimulée sous sa tunique lâche, les yeux braqués sur cette rue folle, pleine d'une agitation qu'il ne pouvait comprendre. C'était démentiel! Outrageant! Mais il était le *tudi*. Il protégerait le saint homme au péril de sa vie, sans se soucier de sa sensibilité.

Dans le cabaret, les épaisses couches de fumée étaient traversées de couleurs mouvantes, d'éclairs stroboscopiques et de lumières tournoyantes dirigées sur une petite scène où un groupe de rock hululait en proie à une frénésie assourdissante, mélange de punk et d'Extrême-Orient. Des pantalons noirs brillants, archiserrés et mal coupés, bondissaient maladivement sous des blousons de cuir noir recouvrant des chemises sales de soie blanche ouvertes jusqu'au nombril. Le crâne rasé au-dessus des tempes, le groupe arborait des visages grotesques, outrageusement maquillés comme pour accentuer leurs traits essentiellement orientaux et arrondis. Pour accentuer le conflit entre l'Est et l'Ouest, la musique effrénée s'arrêtait soudain de temps en temps, laissant place à une simple mélodie chinoise jouée par un seul instrument tandis que les musiciens se figeaient, raides comme des statues, sous le bombardement lumineux des spots.

Le prêtre s'immobilisa un instant, balayant du regard l'immense salle bondée. Certains clients, dans un état d'ébriété plus ou moins avancé, levaient les yeux sur lui. D'autres lui jetaient des pièces de monnaie avant de détourner les yeux. Quelques-uns se levaient, laissant quelques dollars de Hong-kong sur leur table avant de quitter le cabaret. Le *heshang* faisait son effet, mais pas l'effet escompté par l'obèse en smoking qui s'approchait de lui.

– Puis-je vous être utile, saint homme? demanda le directeur.

Le prêtre se pencha et lui chuchota un nom à l'oreille. Les yeux du gros bonhomme s'élargirent, puis il fit une courbette et désigna une petite table près d'un des murs. Le prêtre hocha la tête et suivit le directeur jusqu'à la table, sous les regards gênés des proches clients.

Le directeur se pencha et s'adressa au prêtre avec une déférence forcée.

– Voudriez-vous boire quelque chose, saint homme?

– Du lait de chèvre, si par hasard vous en avez. Sinon, de l'eau fera très bien l'affaire. Je vous remercie.

– C'est un privilège pour notre établissement, dit l'homme en smoking en faisant une dernière courbette.

Puis il traversa la salle, essayant de déterminer d'où venait cet étrange accent, ce dialecte aux sons curieusement doux qu'il ne parvenait pas à reconnaître. Finalement, cela avait peu d'importance. Ce grand prêtre en robe blanche avait à traiter avec le *laoban*. Cela seul importait. Il avait même employé le nom du *laoban*, un nom qu'on entendait très rarement le long du Golden Mile, qu'on prononçait très rarement. Et ce soir-là, le *laoban* était précisément dans les coulisses – dans une pièce qu'il n'admettrait jamais publiquement connaître. Mais ce n'était pas au directeur de prévenir le *laoban* que le prêtre était arrivé. Le saint homme avait été très clair là-dessus. Sa présence ce soir était secrète, il avait bien insisté là-dessus. Lorsque l'auguste *taipan* souhaiterait le voir, un homme viendrait le chercher. Qu'il en soit ainsi. Le *laoban* procédait toujours ainsi. C'était une des raisons qui faisaient de lui le plus riche et le plus illustre taipan de Hong-kong.

— Envoie un garçon de cuisine me chercher de la saloperie de lait de chèvre, dit sèchement le directeur à un des serveurs. Et dis-lui qu'il a intérêt à se grouiller. L'existence de cette foutue boîte en dépend.

Le saint homme était calmement assis à sa table, ses yeux de zélote maintenant plus bienveillants et il observait la folie ambiante sans apparemment ni la condamner ni l'accepter, mais avec un air de compassion très paterna-liste.

Brusquement, il y eut une intrusion dans les lumières circulaires qui balayaient la salle. A quelques tables de la sienne, quelqu'un venait d'allumer une allumette de cam-peur et d'éteindre rapidement la flamme blanche. Une autre lueur, puis une troisième, qui alluma une longue cigarette noire. Cette brève série d'éclairs attira l'attention du prêtre. Il tourna tout doucement la tête vers la flamme et le Chinois mal rasé, vêtu grossièrement, qui le regardait à travers la fumée. Leurs yeux se rencontrèrent. Le hoche-ment de tête du saint homme fut presque imperceptible, à peine un mouvement, et le Chinois acquiesça d'un identi-que mouvement en éteignant son allumette.

Quelques secondes plus tard, la table du Chinois qui fumait s'embrasa soudain. Le feu jaillit de la surface de la table, s'étendant très vite à tout ce qu'elle portait : serviettes en papier, menus, corbeilles de *dim-sum*, comme des éruptions annonçant un désastre proche. Le Chinois échevelé hurla et, d'un geste brusque, il retourna la table. Les serveurs couraient, en criant, vers les flammes. Les clients bondissaient de leurs chaises tandis que le feu s'étendait sur le plancher – petits filets de flammes bleues –, se déroulait en inexplicables ruisselets autour des pieds des gens qui sautaient pour les éviter. Le brouhaha s'accrut encore quand les gens se mirent à essayer d'arrêter les flammes en tapant dessus avec leurs serviettes et leurs nappes. Le directeur et les serveurs faisaient de grands gestes, hurlaient qu'ils avaient la situation en main, que le danger était passé. Le groupe de rock jouait avec plus ·

d'intensité encore, essayant de ramener la foule dans son orbite démente tout en lui faisant oublier la panique qui diminuait déjà.

Soudain, il y eut une nouvelle explosion, d'une forme différente. Deux des serveurs étaient tombés sur le *Zhongguo ren* mal habillé dont la légèreté et les allumettes avaient causé l'incendie. Il leur répondit de quelques coups du tranchant de la main, *wing chun,* qui s'écrasèrent sur leurs clavicules, dans leurs gorges, tandis que ses pieds martelaient leurs ventres, expédiant les deux *shi-ji* entre les pieds des clients alentour. La violence soudaine des coups augmenta la panique, le chaos. Rugissant, le gros directeur tenta d'intervenir mais s'écroula, lui aussi, les côtes défoncées par un coup de pied magistral. Le *Zhongguo ren* mal rasé saisit alors une chaise et l'expédia sur les silhouettes hurlantes près de l'obèse en smoking au moment où trois autres garçons tentaient de l'aider. Les hommes et les femmes qui criaient quelques secondes plus tôt se mirent à agiter les mains dans tous les sens, frappant leurs voisins. Le groupe de rock atteignait ses limites : des accords dissonants montaient, poussés au paroxysme, comme pour accompagner la scène. C'était l'émeute et le paysan costaud jeta un coup d'œil vers la table près du mur. Le prêtre avait disparu.

Le *Zhongguo ren* saisit alors une autre chaise et l'écrasa sur une table dans une explosion d'éclats de bois, lança un des pieds à travers la foule en délire. Il restait peu de temps, mais ces quelques minutes étaient primordiales.

Le prêtre passa la porte qui ouvrait dans le mur près de l'entrée du cabaret. Il la referma derrière lui très vite, accoutumant ses yeux à la lumière glauque du long couloir. Son bras droit était raide sous les plis de son caftan blanc, son bras gauche en diagonale sur sa taille, également dissimulé sous le tissu. Au bout du couloir, à une douzaine de mètres de lui, un homme ébahi jaillit du mur, le poing crispé sur un gros revolver sorti d'un *holster* invisible. Le saint homme hochait la tête, impassible, tout en avançant d'une démarche souple, comme il sied lors d'une procession.

Amita-fo, amita-fo, répétait-il en s'approchant de

l'homme. La paix soit sur toi, tout est paix, telle est la volonté des esprits.

– *Jou Matyeh?* questionna le garde en barrant la porte au fond du couloir, son énorme calibre brandi vers le prêtre.

Puis il poursuivit, avec un accent cantonais du nord.

– Vous êtes perdu, saint homme? Qu'est-ce que vous faites là? Sortez! Ce n'est pas un endroit pour vous!

– *Amita-fo, amita-fo...*

– Allez-vous-en! Immédiatement!

Le garde n'avait aucune chance. Avec une vitesse stupéfiante, le prêtre sortit un couteau à double tranchant fin comme un rasoir. Il trancha le poignet du garde, lui amputant presque la main qui tenait le revolver, et, dans le même mouvement circulaire, la lame sectionna la carotide du garde. De l'air et du sang jaillirent tandis que la tête de l'homme se détachait à moitié sous ce coup quasi chirurgical. Une masse de rouge brillant. Le garde glissa sur le sol, mort.

Sans hésitation le prêtre-tueur glissa la lame dans les plis de son caftan et, du côté droit de sa tunique, il sortit un mince pistolet-mitrailleur Uzi, dont le chargeur courbe contenait plus de munitions qu'il n'en aurait besoin. Il leva un pied et l'écrasa contre la porte avec la force d'un lion des montagnes. La porte se rabattit en arrière et il se jeta à l'intérieur pour y trouver ce qu'il savait devoir y trouver.

Cinq hommes – des *Zhongguo ren* – étaient assis autour d'une table où reposaient théières et verres de whisky. Aucun papier écrit en vue, pas de notes ni de mémorandum, tout se passait dans leurs yeux et dans leurs oreilles attentives. Et chaque paire d'yeux était maintenant braquée, en état de choc, tandis que les visages dressés étaient déformés par la terreur. Deux négociateurs en costume croisé plongèrent leurs mains sous leurs vestons bien coupés en bondissant de leurs chaises. Un autre plongea sous la table et les deux derniers se mirent à hurler en courant tout autour de la pièce aux murs recouverts de soie, désespérés, criant grâce tout en sachant que c'était en vain. Une rafale de balles éclata les chairs des *Zhongguo ren*. Du sang jaillit de blessures mortelles, les crânes éclataient et les yeux crevés ne regardaient plus nulle part, bouches distordues pleines de sang rouge vif étouffant des cris d'agonie silencieux. Les murs, le plancher, la table laquée, tout brillait du rouge maladif de la mort. Partout. C'était terminé.

Le tueur examina son travail. Satisfait, il s'agenouilla près d'une grande flaque de sang et plongea son index dans la masse rouge gluante. Il sortit ensuite un carré de tissu noir de sa manche gauche et le posa sur ce qu'il venait d'écrire en lettres de sang. Puis il se releva et sortit de la chambre en courant, tout en ôtant son caftan blanc. Lorsqu'il atteignit la porte du cabaret, il avait ouvert sa tunique. Il enleva le couteau-rasoir de sa manche et le plaça dans sa ceinture. Puis, son Uzi à la main sous sa tunique à moitié enlevée, il ouvrit la porte et pénétra dans le cabaret, dans le chaos qui n'avait pas cessé, bien au contraire. Mais pourquoi les choses en auraient-elles été autrement? Après tout, il ne s'était passé que trente secondes depuis qu'il était entré dans le couloir et son homme de main était bien entraîné.

– *Faai-di!*

Le cri jaillit de la bouche du paysan mal rasé. Il était à cinq mètres, retournant une autre table et jetant une autre allumette enflammée sur le plancher.

– La police sera là dans quelques instants! J'ai vu le barman téléphoner! cria le Cantonais.

Le prêtre-tueur arracha le caftan et ôta sa capuche. Dans les lumières tournoyantes son visage semblait aussi sauvage et macabre que ceux du groupe de rock. Un épais maquillage soulignait ses yeux, des lignes blanches cerclant ses orbites, et sa peau était d'un brun peu naturel.

– Passe devant moi! ordonna-t-il au paysan.

Il jeta son costume à terre, puis son pistolet-mitrailleur Uzi et s'élança vers la porte en enlevant une paire de gants de chirurgien. Il les fourra dans les poches de son pantalon de flanelle.

Pour un cabaret du Golden Mile, appeler la police était une décision vraiment difficile à prendre. Les amendes pour mauvaise gérance étaient lourdes, plus encore les pénalités pour avoir mis en danger la vie des touristes. La police connaissait ces risques et répondait très vite quand quelqu'un les prenait.

L'assassin courait derrière le paysan de Canton qui s'enfonçait dans la foule paniquée, entassée dans l'entrée, hurlant pour sortir. Le combattant mal habillé était un vrai taureau. Devant lui, les corps tombaient sous la force des coups. Le tueur et son garde se retrouvèrent dans la rue où une autre foule s'était rassemblée en posant des questions et en hurlant des épithètes et des malédictions – maudit soit cet établissement! Ils se frayèrent un chemin à travers les badauds excités et furent rejoints par le Chinois musclé qui avait attendu dehors. Il saisit le bras de son collègue défroqué et le poussa dans la plus étroite des ruelles, où il sortit deux serviettes de son caftan. L'une était douce et sèche, l'autre emballée sous plastique. Elle était chaude, humide et parfumée.

L'assassin saisit la serviette humide et se frotta le visage, insistant sur ses paupières et autour de son cou. Il retourna la serviette et recommença, en frottant davantage jusqu'à ce que sa peau blanche apparaisse. Il se sécha ensuite avec la deuxième serviette, lissa ses cheveux et ajusta la cravate sobre qui tombait sur sa chemise crème sous son blazer bleu foncé.

– *Jau!* ordonna-t-il à ses deux compagnons.

Ils disparurent en courant dans la foule.

Et un Occidental solitaire, très élégant, réapparut dans l'avenue des plaisirs orientaux.

Dans le cabaret, le directeur excité insultait le barman qui avait appelé la *jing cha*. Les amendes seraient pour lui, honorable enculé! Car l'émeute avait brusquement cessé. Les clients en étaient restés stupéfaits. Les serveurs rassuraient leur monde, relevaient les tables, rapportaient des chaises et distribuaient des verres de whisky gratuits. Le groupe de rock s'était remis à jouer des standards et, aussi rapidement qu'il avait été troublé, l'ordre semblait être revenu. Par chance, songeait le directeur en smoking, la police accepterait facilement l'explication d'un barman impétueux prenant une querelle d'ivrognes pour quelque chose de plus sérieux.

Soudain, toute angoisse à l'idée des amendes et des tracasseries officielles fut balayée lorsque ses yeux tombèrent sur le tas de tissu blanc qui traînait dans un coin près de la porte – la porte qui menait aux bureaux et aux coulisses. Du tissu blanc immaculé – le prêtre? La porte! le *laoban*! la conférence! Le souffle court, le visage dégoulinant soudain de sueur, le directeur obèse se jeta sur le caftan blanc. Il le souleva, les yeux écarquillés, la respiration coupée maintenant, apercevant le chargeur noir d'une étrange arme qui dépassait dans les plis du tissu. Sa terreur se renforça encore lorsqu'il aperçut les petites taches de sang séché, les minces filets brunâtres qui souillaient le tissu.

– *Go hai matyeh?* demanda un second homme en smoking, mais sans le statut conféré par un gilet – en fait le frère et bras droit du directeur.

– Maudit soit le Jésus chrétien! jura-t-il entre ses dents en voyant l'étrange pistolet-mitrailleur dans le drap souillé que tenait son frère.

– Viens, ordonna le directeur en se dirigeant vers la porte.

– La police! objecta son frère. L'un de nous deux devrait leur parler, les calmer. Il faut faire quelque chose...

– Il se pourrait qu'on ne puisse rien faire d'autre que leur donner nos têtes! Vite!

Dans le couloir blafard, la preuve s'étalait. Le garde égorgé baignait dans une mare de sang, sa main à moitié tranchée serrant encore convulsivement son arme. Dans la salle de conférence, l'évidence était totale. Cinq corps ensanglantés gisaient, désarticulés, dont un, spécialement, attira les yeux horrifiés du directeur. Il s'approcha du cadavre au crâne ponctué de balles. Avec son mouchoir il essuya le sang et fixa le visage du mort.

– Nous sommes morts, murmura-t-il. Kowloon est mort, Hong-kong est mort. Tout est fini.

– Quoi?

– Cet homme est le vice-Premier ministre de la République populaire, le successeur du président lui-même.

– Là! Regarde, s'écria le frère du directeur en se penchant sur le *laoban* mort. Le long du corps crispé et couvert de sang reposait un carré de tissu noir, bien aplati, les broderies blanches tachées de rouge-brun. Il le ramassa et hoqueta en lisant les lettres tracées dans le cercle de sang : JASON BOURNE.

Le directeur bondit.

– Par le Dieu des chrétiens! cracha-t-il, tremblant de tout son corps. Il est revenu! L'assassin est revenu en Asie! Jason Bourne! Il est revenu!

II

Le soleil tombait derrière les monts du Sangre de Cristo, au centre du Colorado, et l'hélicoptère Cobra émergeait en rugissant de la lumière flamboyante comme un insecte géant. Il descendit en ronronnant vers l'orée des bois. Une piste d'atterrissage en béton se dessinait à quelque cent mètres d'une grande maison rectangulaire faite de bois et de verre épais en pans coupés. Mis à part des générateurs et des antennes de communication camouflées, il n'y avait aucun autre bâtiment en vue. Des arbres immenses formaient un mur très dense, masquant la maison à tout intrus. Les pilotes de ces hélicoptères très maniables étaient recrutés dans le corps des officiers supérieurs du complexe de Cheyenne, près des chutes du Colorado. Pas un n'avait un grade inférieur à celui de colonel et chacun avait été sélectionné par le Conseil national de sécurité de Washington. Ils ne parlaient jamais de leurs vols vers cette retraite perdue dans les montagnes. Cette destination ne figurait jamais sur leurs plans de vol. Les ordres leur étaient donnés quand leurs hélicoptères étaient déjà en l'air. Cet endroit ne figurait sur aucune carte et ses systèmes de communication étaient au-delà de toute possibilité d'infiltration, que ce soit par des alliés ou des ennemis potentiels. La sécurité était totale. Il le fallait. Car c'était là que se réunissaient des stratèges dont le travail était si particulier et entraînait des implications si délicates que ces planificateurs ne devaient jamais être vus ensemble en dehors des bâtiments gouvernementaux ni dans les bâtiments eux-mêmes, et certainement pas dans des bâtiments adjacents connus pour avoir des portes communicantes. Des yeux hostiles et inquisiteurs étaient braqués sur les travaux de ces hommes, des yeux alliés ou ennemis, et si on les voyait ensemble, cela déclencherait sans nul doute nombre de signaux d'alarme. L'ennemi était vigilant, et les alliés gardaient jalousement leurs fiefs de renseignements.

Les portes du Cobra s'ouvrirent. Une volée de marches de fer se déplia vers le sol et un homme visiblement stupéfait descendit sous les projecteurs, escorté par un général en uniforme. Le civil était mince, d'âge moyen et de taille moyenne, vêtu d'un costume à fines rayures, d'une chemise et d'une cravate. Même sous le tourbillon des pales de l'hélicoptère qui ralentissaient, ses cheveux soigneusement peignés ne bougeaient pas d'un centimètre, comme si ce détail avait une importance vitale pour lui. Il suivit l'officier supérieur et ils escaladèrent un escalier de béton qui menait à une porte sur le côté de la maison. La porte s'ouvrit au moment où les deux hommes s'en approchaient. Pourtant, seul le civil entra. Le général hocha la tête, avec une de ces espèces de saluts décontractés que les vétérans réservent aux civils ou aux officiers du même rang qu'eux.

— Ravi de vous avoir rencontré, monsieur McAllister, dit le général. Quelqu'un d'autre vous ramènera.

— Vous n'entrez pas? demanda le civil.

— Je ne suis jamais entré, répliqua l'officier avec un sourire. Je dois juste m'assurer de votre identité et vous amener du point B au point C.

— C'est un peu du gaspillage d'officiers supérieurs, général.

— Probablement pas, observa le soldat sans en dire plus. Mais d'autres tâches m'attendent. Au revoir.

McAllister entra. Un long couloir laqué. Son guide était maintenant un homme des services secrets au visage aimable qui portait tous les signes de ses attributions – visiblement rapide et capable, et passant inaperçu dans une foule.

— Le vol a-t-il été agréable, monsieur? demanda le jeune homme.

— Faut vraiment aimer ce genre d'appareil...

Le garde rit.

— Par ici, monsieur.

Ils avancèrent dans le corridor, passèrent devant plusieurs portes de chaque côté, jusqu'au bout du couloir barré par une porte à double battant surmontée de lumières rouges dans les coins droit et gauche. Des caméras sur deux circuits séparés. Edward McAllister n'avait rien vu de pareil depuis qu'il avait quitté Hong-kong deux ans auparavant, et ce seulement parce qu'il avait été brièvement assigné à travailler en relation avec le MI-6 britannique, Special Branch. Les Anglais lui avaient semblé légèrement paranoïaques en ce qui concernait la sécurité. Il n'avait jamais compris ces gens, surtout lorsqu'ils lui avaient remis une médaille pour un petit minimum qu'il avait fait pour eux, et qu'ils étaient apparemment capables de faire sans lui. Le garde gratta à la porte. Il y eut un clic feutré et il ouvrit le panneau de droite.

— Votre second hôte, dit l'homme de la sécurité.

— Merci infiniment, répliqua une voix que McAllister, stupéfait, reconnut immédiatement pour l'avoir entendue si souvent à la radio ou à la télévision depuis des années, son accent appris dans une école privée et plusieurs universités prestigieuses, puis perfectionné dans les îles Britanniques. McAllister n'eut pas le temps de masquer sa surprise. L'homme aux cheveux gris, impeccablement vêtu, son visage fin accusant ses soixante-dix ans, était debout et marchait vers lui en lui tendant la main.

— Monsieur le sous-secrétaire, comme c'est aimable à vous d'être venu. Puis-je me présenter... Je suis Raymond Havilland.

— Je sais parfaitement qui vous êtes, monsieur l'ambassadeur, et c'est un grand privilège.

— Ambassadeur sans portefeuille, McAllister, ce qui implique qu'il me reste très peu de privilèges. Mais il y a encore le travail.

— Je ne peux pas imaginer un président des Etats-Unis parvenant à survivre sans vous.

— Certains y sont parvenus en magouillant quelque peu, monsieur le sous-secrétaire, mais avec votre expérience des affaires de l'Etat, je pense que vous le savez mieux que moi. J'aimerais vous présenter John Reilly, dit le diplomate en tournant la tête. Jack, pour les intimes, bien que nous ne soyons pas supposés le connaître, vu son importante position au Conseil national de sécurité. Il n'est pas aussi effrayant qu'on le dit, n'est-ce pas?

— Je l'espère, dit McAllister en traversant la pièce pour

serrer la main que Reilly lui tendait, debout devant l'un des deux fauteuils de cuir qui faisaient face au bureau. Ravi de vous rencontrer, monsieur Reilly.

— Monsieur le sous-secrétaire, dit le rouquin quelque peu obèse au front strié de rides.

Ses yeux, derrière ses lunettes cerclées d'acier, n'engendraient pas la sympathie. Son regard était froid et acéré.

— M. Reilly est ici, poursuivit Havilland en désignant le fauteuil de droite à McAllister, pour s'assurer que je reste dans la ligne. Si j'ai bien compris, cela signifie qu'il y a des choses que je peux dire, d'autres que je ne peux pas dire, et certaines choses que lui seul peut dire.

L'ambassadeur se carra dans son fauteuil.

— Si cela vous semble énigmatique, monsieur le sous-secrétaire, j'ai bien peur que ce soit tout ce que j'ai à vous offrir pour l'instant.

— Tout ce qui s'est produit depuis cinq heures, depuis ma convocation à la base de l'*Air Force* d'Andrews, est une énigme, monsieur l'ambassadeur. Je n'ai aucune idée des raisons de ma présence ici.

— Eh bien, laissez-moi vous l'expliquer en termes généraux, dit le diplomate en jetant un coup d'œil à Reilly. Vous êtes en position de rendre un extraordinaire service à votre pays – représentant des intérêts qui dépassent même ceux de ce pays –, un service qui dépasse tout ce que vous avez pu imaginer durant votre longue et brillante carrière.

McAllister étudiait le visage austère de l'ambassadeur, ne sachant pas comment répondre.

— Ma carrière au Département d'Etat a été bien remplie, et, je veux bien le croire, très professionnellement accomplie, mais on peut difficilement dire qu'elle ait été brillante. Pour être franc, les occasions ne se sont jamais vraiment présentées.

— Voici justement une occasion, coupa Havilland, et vous êtes l'unique personne capable de la mener à bien.

— En quel sens ? Pourquoi ?

— L'Extrême-Orient, dit le diplomate avec une étrange inflexion dans la voix, comme si cette réponse pouvait être également une question. Vous travaillez avec le Département d'Etat depuis vingt ans, depuis votre doctorat en sciences orientales à Harvard. Vous avez servi votre gouvernement louablement pendant de nombreuses années en Asie, et depuis votre retour, vos jugements se sont révélés extrêmement pertinents en ce qui concerne cette partie du monde en proie à toutes sortes de problèmes. On vous considère comme un analyste brillant.

– Je suis ravi de l'entendre, mais je n'étais pas seul en Asie. Beaucoup d'autres m'ont égalé et même dépassé.

– Uniquement le hasard, monsieur le sous-secrétaire. Soyons francs, vous avez fait du bon boulot.

– Mais qu'est-ce qui me sépare des autres? Pourquoi serais-je plus qualifié qu'eux?

– Parce que personne n'arrive à votre hauteur en tant que spécialiste des affaires intérieures de la république populaire de Chine – je crois que vous avez joué un rôle prépondérant dans les tractations commerciales entre Washington et Pékin. Et, de plus, vous êtes le seul à avoir passé sept ans à Hong-kong.

Raymond Havilland marqua un temps d'arrêt, puis reprit :

– Pour conclure, aucun de nos agents en Asie n'a jamais été accepté par le MI-6 anglais, Special Branch, ni travaillé avec eux, sur ce territoire.

– Je vois, dit McAllister en relevant cette dernière qualification, qui pourtant lui semblait la moins importante, contrairement à l'ambassadeur.

– Mon rôle dans les renseignements a été vraiment minime, monsieur l'ambassadeur. Le fait que le Special Branch britannique m'ait accepté tient plus à leur propre « désinformation », je crois que c'est le mot, qu'à des talents personnels particuliers. Ces gens avaient fait un total avec des événements et l'addition ne tombait pas juste. Il ne m'a pas fallu longtemps pour trouver les « bons chiffres », comme ils disaient.

– Ils vous ont fait confiance, McAllister. Et ils vous font encore confiance.

– Je suppose que cette confiance est liée à l'occasion dont vous parliez.

– Tout à fait. Elle est vitale.

– Bien. Puis-je maintenant savoir de quoi il s'agit!

– Certainement, dit Havilland en regardant le troisième participant, l'homme du Conseil national de sécurité.

– A moi donc, dit Reilly presque plaisamment.

Il tourna son large torse vers McAllister et le regarda, les yeux attentifs, mais sans la froideur perçue précédemment, comme s'il recherchait maintenant une certaine compréhension.

— En ce moment, nos voix sont enregistrées – cela fait partie de vos droits constitutionnnels de le savoir – mais c'est un droit à double tranchant. Vous devez jurer le secret absolu en ce qui concerne les informations qui vous seront divulguées ici, non seulement dans l'intérêt de la sécurité nationale, mais dans l'intérêt, bien plus considérable, de l'équilibre du monde. Je sais que cela peut sembler destiné à vous mettre l'eau à la bouche, mais ce n'est pas ça du tout. Nous sommes sérieux, terriblement sérieux. Acceptez-vous cette condition? Vous pourrez être jugé à huis clos par le Conseil de sécurité si vous violez le secret.

— Comment puis-je accepter une condition quand je n'ai aucune idée de ce que tout cela veut dire?

— Parce que je peux vous donner un aperçu général et que cela vous suffira pour dire oui ou non. Si c'est non, on vous escortera dehors et on vous ramènera immédiatement à Washington. Il n'y aura aucun perdant.

— Allez-y.

— Très bien, dit Reilly calmement. Nous allons aborder certains événements passés – pas de l'histoire ancienne, mais des événements peu courants. Des actions qui ont été désavouées – enterrées, pour être plus précis. Cela vous rappelle-t-il quelque chose, monsieur le sous-secrétaire?

— J'appartiens au Département d'Etat. Nous enterrons le passé quand il ne sert à rien de le révéler. Les circonstances évoluent. Des conclusions tirées en toute bonne foi peuvent devenir des problèmes dans le futur. Nous ne pouvons pas contrôler cette évolution. Les Russes et les Chinois non plus.

— Bien dit, lança Havilland.

— Pas tout à fait, répliqua Reilly en levant la main droite. Monsieur le sous-secrétaire est selon toute évidence un diplomate expérimenté. Il n'a pas dit oui, et il n'a pas dit non.

L'homme du Conseil national de sécurité regardait à nouveau McAllister. Les yeux derrière les lunettes cerclées d'acier étaient de nouveau froids et acérés.

– Quelle est votre réponse, monsieur le sous-secrétaire?
Vous vous engagez ou vous préférez partir?

– Une partie de moi me dit de me lever et de filer d'ici le
plus vite possible, répondit McAllister en regardant alternativement les deux hommes. L'autre moitié de moi me dit
de rester. Que vous le vouliez ou non, vous avez aiguisé
mon appétit, ajouta-t-il après un temps d'arrêt passé à
fixer Reilly.

– Voilà un appétit qui va vous coûter cher, répliqua
l'Irlandais.

– Ce n'est pas seulement ça, dit doucement le sous-
secrétaire. Je suis un professionnel et si je suis l'homme que
vous voulez, cela ne me laisse pas vraiment le choix,
n'est-ce pas?

– J'ai bien peur de devoir vous demander de prononcer
les mots que nous attendons, dit Reilly. Voulez-vous que je
vous les répète?

– Ce ne sera pas nécessaire.

McAllister fronça les sourcils puis se lança :

– Moi, Edward Newington McAllister, en pleine possession de mes facultés mentales, suis pleinement conscient
que ce qui sera dit durant cette conférence...

Il s'arrêta et regarda Reilly.

– Vous remplirez les blancs, je suppose? La date et le
lieu, ainsi que les personnes présentes?

– La date, le lieu, l'heure et la minute d'entrée, les
identités, tout est déjà en place.

– Merci. J'aimerais en avoir une copie avant de partir.

– Bien sûr.

Sans élever la voix, Reilly regarda droit devant lui et
dicta un ordre.

– Notez, s'il vous plaît. Qu'une copie de cette bande soit
remise à M. McAllister lorsqu'il partira. Ainsi que l'équipement nécessaire pour qu'il puisse vérifier le contenu de
la bande. Je signerai la copie... Allez-y, monsieur McAllister.

– Je vous en remercie... Donc, considérant le contenu,
quel qu'il soit, de cette conférence, j'accepte les conditions
de secret absolu. Je ne parlerai à personne d'aucun aspect
de cette discussion à moins que l'ambassadeur Havilland
ne m'en donne l'ordre personnellement. Je comprends que
je pourrais être jugé à huis clos si je violais cet accord.

Néanmoins, si un tel procès devait avoir lieu, je me réserve le droit de citer mes accusateurs, et non leurs dépositions. J'ajoute cela parce que je ne peux concevoir aucune circonstances qui pourrait me faire violer la promesse que je viens de faire.

– Il pourrait y avoir des circonstances particulières, vous savez, dit Reilly gentiment.

– Pas pour moi.

– L'extrême violence physique, les produits chimiques, la manipulation par des hommes et des femmes bien plus expérimentés que vous... Il y a des moyens, monsieur le sous-secrétaire.

– Je répète. Si procès il devait y avoir – et de telles choses sont déjà arrivées à d'autres –, je me réserve le droit de faire face à toute accusation.

– Cela nous suffit, dit Reilly en regardant à nouveau droit vers le mur. Rembobinez cette bande et débranchez tout. Confirmez.

– Confirmé, dit une voix déformée sortie d'un haut-parleur invisible quelque part au-dessus de leurs têtes. Vous êtes maintenant... isolés.

– Allez-y, monsieur l'ambassadeur, dit le rouquin. Je ne vous interromprai que quand je le jugerai nécessaire.

– J'en suis certain, Jack, dit Havilland en se tournant vers McAllister. Je reprends ce que j'ai dit. Ce type est vraiment une terreur. Après quarante ans de service, voilà qu'un freluquet qui devrait suivre un régime me dit quand je dois l'ouvrir ou la fermer.

Les trois hommes sourirent. Le vieux diplomate savait quand et comment réduire les tensions. Reilly secoua la tête et écarta les mains d'un air cordial.

– Je n'oserais jamais, monsieur. Ou du moins, j'essaie-rais de le faire discrètement.

– Dites, McAllister, passons à l'Est. On leur dira que c'est lui qui nous avait recrutés. Les Russes nous donne-ront des datchas et il finira à Leavenworth !

– C'est vous qui aurez une datcha, monsieur l'ambassa-deur. Moi, un appartement à partager avec douze Sibé-riens. Non merci.

– Très bien ! Je suis étonné qu'aucun de ces centristes bien intentionnés du Bureau ovale ne vous ait jamais pris dans son équipe, ou au minimum envoyé aux Nations unies.

– Ils ne savaient pas que j'existais.

– Eh bien, cela va changer, dit Havilland soudain sérieux.

Puis il baissa la voix et demanda :

– Avez-vous déjà entendu ce nom, Jason Bourne?

– Comment qui que ce soit posté en Asie aurait-il pu ne pas l'entendre? répondit McAllister. De trente-cinq à quarante meurtres, un tueur à gages qui a déjoué tous les pièges qu'on lui a tendus. Un tueur psychopathe dont la seule moralité tient au prix qu'il demande. On dit que c'était un Américain – que c'est un Américain. Je n'en sais rien. Il semble avoir disparu. On dit aussi que c'est un moine défroqué et un importateur qui a volé des milliards, on dit aussi que c'est un déserteur de la Légion étrangère et Dieu sait combien d'autres histoires. La seule chose que je sais réellement, c'est qu'on ne l'a jamais attrapé et que nos échecs successifs pour le prendre sont un poids pour notre diplomatie en Extrême-Orient.

– Y a-t-il un lien entre ses différentes victimes?

– Aucun. On dirait qu'il tue au hasard des circonstances. Deux banquiers ici, trois attachés là, agents de la CIA. Un ministre d'État de Delhi, un industriel de Singapour et de nombreux – de trop nombreux – politiciens, généralement des gens bien. Leurs voitures explosent en pleine rue. Leurs appartements sautent. Il y a également les maris infidèles et toutes sortes de personnages liés à différents scandales. Il fournit une solution radicale aux ego blessés. Il n'y a personne qu'il refuse de tuer, pas de méthode trop brutale pour lui... Non, il n'y avait aucun lien entre tous ces meurtres, rien que l'argent. Au plus offrant. C'était un monstre – c'est un monstre, s'il est toujours en vie.

Havilland se pencha en avant, les yeux braqués sur le sous-secrétaire.

– Vous semblez vouloir dire qu'il a disparu, comme ça... Vous n'avez jamais entendu la moindre rumeur, les moindres potins de couloirs dans nos ambassades d'Asie?

– Il y avait effectivement un bruit qui courait, mais il n'a jamais été confirmé. La rumeur provenait, je crois, de la police de Macao où Bourne avait été vu pour la dernière fois, paraît-il. Ils disaient qu'il n'était ni mort ni à la retraite, mais qu'il était parti en Europe pour chercher de plus riches clients. Si c'est vrai, il ne peut s'agir que de la moitié de l'histoire. La police disait aussi que, d'après ses indicateurs, Bourne avait foiré plusieurs contrats. Une fois il aurait tué la mauvaise personne, un des caïds de la pègre de Malaisie, et une autre fois il aurait violé la femme d'un de ses clients. Le cercle se refermait peut-être sur lui – et peut-être pas...

– Qu'entendez-vous par là?

– La plupart d'entre nous avons gobé la première partie de l'histoire, pas la seconde. Bourne ne se serait jamais trompé de victime, surtout dans ce cas de figure précis. Il ne commettait jamais ce genre d'erreur. Et s'il avait violé la femme d'un client – ce qui est très douteux –, il l'aurait fait par haine ou par vengeance. Il aurait ligoté le mari et l'aurait obligé à regarder avant de les exécuter tous les deux. Non... La plupart d'entre nous avons souscrit à la première histoire. Il serait parti en Europe, pêcher – et tuer – du plus gros poisson.

– Il était prévu que vous gobiez cette version, dit Havilland en se penchant en arrière dans son fauteuil.

– Je vous demande pardon?

– Le seul homme que Jason Bourne ait jamais tué après la guerre du Viêt-nam est un soldat enragé qui avait essayé de le tuer.

Sidéré, McAllister fixait le diplomate.

– Je ne comprends pas...

– Le Jason Bourne que vous venez de nous décrire n'a jamais existé. C'était un mythe.

– Vous ne parlez pas sérieusement?

– Je n'ai jamais été si sérieux. C'était une époque troublée en Orient. Les réseaux de trafic de drogue du Triangle d'or se livraient une guerre secrète et désorganisée. Des consuls, vice-consuls, la police, les politiciens, les gangs, les gardes-frontière – les classes sociales les plus hautes et les plus basses –, tout le monde en était affecté. D'inimaginables sommes d'argent nourrissaient la corruption. Où que ce soit, dès qu'un assassinat avait lieu – sans aucun regard pour les circonstances ou les personnes impliquées –, Bourne entrait en scène et on lui attribuait le crime.

– Mais c'était l'assassin, insista McAllister, de plus en

28

plus troublé. Il y avait des marques, *sa* marque! Tout le monde le savait!

– Tout le monde le supposait, monsieur le sous-secrétaire. Un coup de téléphone bidon à la police, un petit morceau d'habit envoyé par la poste, un carré de tissu noir trouvé le lendemain dans les buissons. Tout cela faisait partie de la stratégie.

– La stratégie? Mais de quoi parlez-vous?

– Jason Bourne – le Jason Bourne originel – était un meurtrier condamné, un fugitif dont la vie s'acheva, une balle dans la tête, dans un village appelé Tam Quan, pendant les derniers mois de la guerre du Viêt-nam. Une exécution dans la jungle. Cet homme était un traître. Son corps fut abandonné aux vers. Il disparut, purement et simplement. Quelques années plus tard, l'homme qui l'avait exécuté prit son identité pour l'un de nos projets, projet qui faillit bien réussir, qui aurait dû réussir, mais qui a échappé à nos circuits.

– A nos quoi?

– A notre contrôle. Cet homme – cet homme très courageux – qui est entré dans l'ombre pour nous, en se servant du nom de Jason Bourne pendant trois ans, a été blessé. Et le résultat de ses blessures a engendré l'amnésie. Il a perdu la mémoire. Il ne savait plus qui il était ni ce pour quoi il existait.

– Seigneur...

– Il était coincé entre le marteau et l'enclume. Avec l'aide d'un médecin alcoolique d'une île méditerranéenne, il a essayé de retrouver les traces de sa vie, de son identité et là, j'en ai peur, il a échoué. Il a échoué, oui, mais la femme qui croyait en lui, elle, n'a pas échoué. Elle est maintenant sa femme. Ses instincts étaient justes. Elle savait qu'il n'était pas un tueur. Elle l'a pour ainsi dire forcé à examiner ses souvenirs, ses pouvoirs, et finalement à entrer à nouveau en contact avec nous. Mais nous, le service de renseignement le plus sophistiqué du monde, nous n'avons pas compté sur le facteur humain. Nous ne l'avons pas écouté. Nous avons tendu un piège pour le tuer.

– Je dois vous interrompre, monsieur l'ambassadeur, coupa Reilly.

– Pourquoi? demanda Havilland. C'est ce que nous avons fait et on ne nous enregistre pas.

– C'est un individu qui a pris cette décision, pas le gouvernement des Etats-Unis. Ceci doit être clair, monsieur.

– Très bien, accorda le diplomate en hochant la tête. Il s'appelait Conklin, mais c'est sans importance, Jack. Le personnel du gouvernement l'a suivi. Cela revient au même.

– Le personnel du gouvernement a également sauvé sa vie...

– Quelque peu après les faits, murmura Havilland.

– Mais pourquoi? demanda McAllister, penché en avant, hypnotisé par cette histoire si bizarre. Il était l'un des nôtres, pourquoi aurait-on voulu le tuer?

– Son total trou de mémoire a été pris pour quelque chose d'autre. Tout le monde a commis l'erreur de croire qu'il avait été retourné, qu'il avait tué trois de ses supérieurs et disparu avec une énorme quantité d'argent – des fonds gouvernementaux totalisant environ cinq millions de dollars.

– Cinq millions?... Stupéfait, le sous-secrétaire d'Etat s'effondra dans son fauteuil. Des fonds de cette ampleur étaient à sa disposition, personnellement?

– Oui, répondit l'ambassadeur. Ces fonds aussi faisaient partie de la stratégie, du projet.

– Je suppose que c'est maintenant que mon silence est requis? Je veux dire que nous abordons le *projet*...

– C'est impératif, répondit Reilly. Pas seulement à cause du projet lui-même – malgré tout ce qui s'est passé, nous n'accorderons aucune excuse à propos de cette opération –, mais surtout à cause de l'homme que nous avons recruté pour qu'il devienne Jason Bourne, et de là d'où il vient.

– C'est sibyllin...

– Cela va devenir clair.

– Le projet, s'il vous plaît.

Reilly regarda Raymond Havilland. Le diplomate acquiesça et se mit à parler.

– Nous avons créé un tueur pour traquer et éliminer l'assassin le plus dangereux d'Europe.

– Carlos?

– Vous êtes rapide, monsieur le sous-secrétaire.

– Les choix étaient réduits. En Asie, on comparait sans arrêt Bourne et le Chacal.

– Oui, on encourageait cette rumeur comparative, dit Havilland. Souvent on magnifiait un peu les choses et le groupe de stratèges insufflait de nouvelles données. Un groupe connu sous le nom de Treadstone 71. Le nom venait d'une maison stérile dans la 71e Rue à New York où le Jason Bourne ressuscité avait été entraîné. C'était le poste de commandement et un nom que vous devriez avoir entendu.

– Je vois, dit pensivement McAllister. Donc ces comparaisons grossies comme elles l'étaient, grandissant avec la réputation de Bourne, devaient pousser Carlos à agir. Puis, quand Bourne s'est rendu en Europe, faire carrément sortir le Chacal. Le forcer à affronter son challenger.

– Très rapide, monsieur le sous-secrétaire. En deux mots, oui, telle était la stratégie.

– C'est extraordinaire. C'est même brillant, nul besoin d'être un expert pour s'en rendre compte. Et Dieu sait que je n'en suis pas un.

– Vous pourriez le devenir...

– Et vous dites que cet homme qui est devenu Bourne, l'assassin mythique, a passé trois ans à jouer le rôle et a été blessé...

– Abattu, l'interrompit Havilland. Des morceaux de son crâne ont été touchés.

– Et il a perdu la mémoire?

– Totalement.

– Mon Dieu!

– Pourtant, malgré ce qui lui est arrivé, et avec l'aide de cette femme – une spécialiste de l'économie du gouvernement canadien – il est parvenu à deux doigts de faire exploser toute la machinerie. Remarquable, non?

– C'est incroyable. Mais quel type d'homme ferait ça, pourrait faire ça?

L'Irlandais roux toussa doucement. L'ambassadeur approuva du regard.

– Nous atteignons maintenant le niveau zéro, dit Reilly en se tournant à nouveau vers McAllister. Si vous avez le moindre doute, je peux encore vous laisser partir.

– Je vais essayer de ne pas me répéter. Vous avez mon serment sur bande.

– Votre appétit est aiguisé...

– Je suppose que c'est une façon que vous avez, vous qui partagez les secrets, de dire qu'il pourrait bien ne même pas y avoir un procès.

– Je ne dirais jamais ça.

McAllister avala sa salive, les yeux fixés sur le regard étonnamment calme de l'homme du Conseil national de sécurité. Puis il se tourna vers Havilland.

– Poursuivez, monsieur l'ambassadeur. Qui est cet homme? Et d'où vient-il?

– Son nom est David Webb. Il est professeur de sciences orientales dans une petite université du Maine, et marié à cette Canadienne qui l'a littéralement guidé hors du labyrinthe. Sans elle il se serait fait descendre – et sans lui, elle ne serait plus qu'un cadavre quelque part à Zurich.

– Remarquable, murmura McAllister.

– En réalité, c'est sa seconde femme. Son premier mariage s'est terminé par un monstrueux massacre – c'est là que commence pour nous son histoire. Il y a quelques années, Webb était un jeune officier en poste à Phnom Penh, brillant étudiant en sciences orientales, parlant couramment plusieurs langues asiatiques et marié à une jeune Thaïlandaise qu'il avait rencontrée au collège. Ils vivaient dans une maison au bord du fleuve, avaient deux enfants et menaient une vie idéale pour ce type d'homme. Son existence lui permettait de jouer le rôle d'expert qu'attendait Washington, et de vivre dans son propre musée. Puis la situation au Viêt-nam s'est dégradée et un matin un chasseur isolé – personne n'a jamais su de quel camp, mais on ne l'a jamais dit à Webb – a piqué sur la maison et a mitraillé sa femme et ses enfants pendant qu'ils se baignaient. Leurs corps furent déchiquetés. Ils flottaient dans le courant et Webb a essayé de les rattraper. Il y est arrivé, en hurlant d'impuissance après cet avion anonyme.

– C'est horrible, chuchota McAllister.

– A cet instant, Webb a changé. Il est devenu quelqu'un d'autre, quelqu'un qu'il n'aurait jamais rêvé être, même dans le pire des cauchemars. Il est devenu un guérillero nommé Delta.

– Delta? releva le sous-secrétaire. Un guérillero? Je ne saisis pas bien...

– Vous ne pouvez pas comprendre, dit Havilland en regardant Reilly. Comme Jack vous l'a dit il y a un instant, nous sommes au niveau zéro. Webb est revenu à Saigon, écumant de rage et, par la plus grande des ironies, il est entré dans un groupe d'opérations clandestines nommé Méduse, grâce aux efforts d'un officier de la CIA, Conklin, qui, plus tard, a essayé de le tuer. Dans Méduse, on n'utilisait jamais aucun nom, seulement les lettres de l'alphabet grec. – Webb est devenu Delta un.

– Méduse?... Jamais entendu parler.

– Niveau zéro, dit Reilly. Le dossier Méduse est encore ultra-secret, mais, pour cette occasion nous avons décidé de lever un coin du voile. Les groupes Méduse rassemblaient des gens de tous pays qui connaissaient le Viêt-nam, Nord et Sud, sur le bout des doigts. Franchement, la plupart de ces hommes étaient des criminels – des passeurs de drogue, d'or, des trafiquants d'armes, de bijoux, toute sorte de contrebandiers. Egalement des assassins condamnés, des types en cavale condamnés à mort par défaut... et nombre de colons dont les propriétés avaient été confisquées par les deux camps. Ils comptaient sur nous, l'oncle Sam, pour régler leurs petites affaires s'ils infiltraient des territoires hostiles, s'ils tuaient des gens suspects d'appartenir au Viêt-cong et des chefs de village qui viraient au rouge, ainsi que s'ils réussissaient à faire évader certains de nos prisonniers. C'étaient des groupes d'assassins, des commandos de la mort, si vous voulez. C'est exactement les mots qu'il faut pour le dire, mais bien sûr nous ne le dirons jamais. Des erreurs ont été commises, des millions ont disparu et la majorité de ces hommes n'auraient jamais pu faire partie d'une armée civilisée, Webb y compris.

– Avec son *background*, ses connaissances universitaires, il a accepté d'entrer dans un tel groupe?

– Il y avait des motifs irrésistibles, dit Havilland. il a toujours cru que l'avion qui a tué sa femme et ses enfants venait du Nord Viêt-nam.

– Certains disaient qu'il était dingue, poursuivit Reilly. D'autres disaient que c'était un brillant tacticien, le guérillero suprême, capable de comprendre la mentalité extrême-orientale, et il dirigeait les équipes les plus agressives de Méduse. Le commandement de Saigon le craignait presque autant que les Nord-Vietnamiens. Il était incontrôlable. Il ne suivait que ses propres règles. C'était comme s'il menait une chasse personnelle, comme s'il cherchait à trouver le pilote qui avait détruit sa vie. C'est devenu sa guerre. Il était enragé. Plus les choses étaient violentes, plus il était satisfait. Peut-être se rapprochait-il ainsi de son désir de mort.

— De mort?

Le sous-secrétaire laissa le mot en suspens.

— C'était la théorie qui prévalait à cette époque, coupa l'ambassadeur.

— La guerre s'acheva, dit Reilly, aussi désastreuse pour Webb, ou Delta, que pour le reste d'entre nous. Peut-être pire. Il ne lui restait rien. Plus de but, plus de raison d'être, plus personne à frapper, à tuer. Jusqu'à ce que nous l'approchions pour lui donner une nouvelle raison d'exister. Ou de continuer à vouloir mourir...

— En devenant Jason Bourne, lancé à la poursuite de Carlos le Chacal, enchaîna McAllister.

— Oui, dit l'officier de renseignement.

Un bref silence s'ensuivit.

— Nous avons à nouveau besoin de lui, dit Havilland, mais ces mots à peine murmurés tombaient comme une hache sur du bois dur.

— Carlos a refait surface?

Le diplomate secoua la tête.

— Pas en Europe. Nous avons besoin de Bourne en Asie et il n'y a pas une minute à perdre.

— Quelqu'un d'autre? Une autre... cible? fit McAllister en avalant sa salive. Lui avez-vous parlé?

— Nous ne pouvons pas l'approcher. Pas directement.

— Et pourquoi pas?

— Il ne nous laisserait pas passer sa porte. Il n'a plus aucune confiance en personne qui vienne de Washington et c'est difficile de lui en vouloir pour ça. Pendant des semaines il a crié à l'aide et nous ne l'avons jamais écouté. Pis encore, nous avons essayé de l'éliminer.

— Je dois vous interrompre à nouveau, coupa Reilly. Ce n'était pas nous. C'était un individu isolé opérant à partir de données erronées. Et le gouvernement dépense à l'heure actuelle quatre cent mille dollars par an rien que pour protéger Webb.

— Ce dont il se fiche éperdument. Il imagine que ce n'est rien d'autre qu'un piège habilement dissimulé au cas où Carlos retrouverait sa trace. Il est convaincu que personne n'en a rien à foutre de lui, et je ne suis pas certain qu'il se trompe. Il a vu Carlos et Carlos ignore le fait qu'il ne voit qu'un visage flou dans ses souvenirs. Le Chacal a toutes les raisons de trouver Webb. Et, s'il y parvient, vous obtenez une deuxième chance.

— Les « chances » de Carlos de le trouver sont pratiquement nulles. Les dossiers Treadstone sont enterrés, et même s'ils ne l'étaient pas, ils ne contiennent aucune information quant à l'endroit où vit Webb ni ce qu'il fait.

— Allons, monsieur Reilly, dit Havilland avec humeur, aucune information? Simplement son background et ses qualifications. Vous pensez que ce serait difficile? Il porte le mot académie écrit sur son front!

— Je ne veux pas vous contredire, monsieur l'ambassadeur, répondit Reilly, quelque peu étonné. Je veux simplement que les choses soient claires. Soyons francs. Il faut traiter Webb avec le maximum d'égards. Il a recouvré une partie de sa mémoire, mais certainement pas tout. Pourtant, il se souvient assez de Méduse pour être une menace considérable pour les intérêts du pays.

— En quoi? demanda McAllister. Ce n'était sans doute ni la pire ni la meilleure, mais c'était une stratégie militaire en période de guerre.

— Une stratégie jamais reconnue, jamais admise. Aucune trace officielle.

— Comment est-ce possible? Il y avait des fonds! Et quand on dépense des fonds...

— Je connais la musique, coupa l'officier de renseignement. Cette conversation n'est pas enregistrée, mais j'ai votre bande.

— Est-ce là votre réponse?

— Non. Voici ma réponse : il n'y a pas de limites aux crimes de guerre et au meurtre, monsieur le sous-secrétaire, et des meurtres et d'autres crimes violents ont été commis contre nos propres forces, contre des soldats alliés. Pour la plupart ils ont été commis par des tueurs et des voleurs qui se livraient au pillage, au viol, à l'assassinat. La majorité d'entre eux étaient des criminels pathologiques. Même si Méduse a été efficace dans un sens, c'était une erreur tragique, née de notre frustration d'être perdants. Quel bien pourrait-on retirer à rouvrir les vieilles blessures? En dehors des réclamations qu'on déposerait contre nous, nous deviendrions des parias aux yeux du monde civilisé.

— Comme je l'ai déjà dit, lâcha McAllister d'un air dubitatif, au Département d'Etat nous ne croyons pas qu'il faille rouvrir les vieilles blessures. Je commence à comprendre, poursuivit-il en regardant l'ambassadeur. Vous voulez que je contacte ce David Webb et que je le persuade de retourner en Asie. Pour un autre projet, une autre cible – bien que je n'aie jamais utilisé ce mot dans ce contexte, de ma vie jamais... Et je suppose que c'est parce que nous avons eu des carrières plus ou moins parallèles – nous sommes des hommes de l'Asie. Nous connaissons bien l'Extrême-Orient et vous pensez qu'il m'écoutera.

— Oui, c'est à peu près ça.

— Pourtant vous dites qu'il ne veut rien avoir à faire avec nous. C'est là que je ne comprends plus. Comment puis-je m'y prendre?

— Nous agirons de concert. De même que jadis il avait établi ses propres règles, nous allons définir les nôtres. C'est impératif.

— A cause d'un homme dont vous souhaitez la mort?

— L'élimination suffira. Cela doit être fait.

— Et Webb peut le faire?

— Webb, non. Jason Bourne, oui. Nous l'avons expédié seul pendant trois ans sous un stress extraordinaire – il a soudain perdu la mémoire et il a été traqué comme un animal. Pourtant il avait gardé son pouvoir d'infiltration, sa science du meurtre. Je suis un peu brusque...

— Non, je comprends. Puisque nous ne sommes plus enregistrés, du moins puis-je le croire.

Le sous-secrétaire jeta un coup d'œil désapprobateur à Reilly qui secoua la tête et haussa les épaules.

— ... Pourriez-vous me dire qui est la cible?

— Oui, et je veux que vous fassiez appel à votre mémoire, monsieur le sous-secrétaire. Il s'agit d'un ministre d'Etat de Chine populaire, Sheng Chou Yang.

McAllister rougit de colère.

– Je n'ai pas à fouiller dans ma mémoire et je pense que vous le savez aussi bien que moi! C'était un des membres du groupe d'économistes de la Chine populaire et nous étions tous deux face à face pendant les accords commerciaux des années 70 à Pékin. J'ai largement eu le temps de l'étudier, de l'analyser. Sheng était mon adversaire et c'était le moins que je pouvais faire! Et vous le savez parfaitement.

– Oh, fit l'ambassadeur en soulevant ses sourcils gris comme pour repousser cette rebuffade. Et que vous ont appris vos analyses? Que savez-vous de lui?

– On le considérait comme très brillant, très ambitieux – son ascension dans la hiérarchie de Pékin nous l'a prouvé. Il a été remarqué par des analystes du Comité central il y a quelques années à l'université de Shanghai. Initialement parce qu'il parlait très bien l'anglais et qu'il avait des idées très sophistiquées sur l'économie occidentale.

– Quoi d'autre?

– On le considérait comme un matériau prometteur et après un endoctrinement en profondeur on l'a envoyé à Londres, en sciences économiques, d'où il est sorti diplômé. Cela a fonctionné.

– Que voulez-vous dire?

– Sheng est un marxiste farouche en ce qui concerne la centralisation étatique, mais il a un respect très sain des profits capitalistes.

– Je vois, dit Havilland. Donc il accepte la faillite du système économique soviétique?

– Il impute cette faillite aux penchants russes pour la corruption et le conformisme dans les strates supérieures et pour l'alcool en bas de l'échelle. On peut verser à son crédit ses tentatives réussies d'enrayer ces abus dans les centres industriels.

– On dirait qu'il a été entraîné chez IBM, non?

– Il est responsable de nombre de nouvelles politiques commerciales de la Chine. Il a rapporté beaucoup d'argent à son pays...

Une fois encore, le sous-secrétaire d'Etat se pencha sur la table, le regard intense, les yeux étonnés, presque inquiets.

– Bon Dieu, pourquoi quelqu'un à l'Ouest désirerait-il la mort de Sheng? C'est absurde! C'est notre allié économique. C'est un facteur de stabilité politique dans le plus grand Etat du monde qui nous est opposé idéologiquement. C'est grâce à lui et à ses pareils que nous avons réussi à passer des accords. Sans lui, quoi qu'il arrive, nous courons au désastre. Je suis un spécialiste de la Chine, monsieur l'ambassadeur, et, je me répète, ce que vous suggérez est absurde! Un homme de votre trempe devrait être le premier à s'en rendre compte!

Le vieux diplomate regardait très durement son accusateur et lorsqu'il se mit à parler, les mots sortaient doucement, choisis avec soin.

— Il y a quelques instants, nous étions au niveau zéro. Un ancien officier en poste à l'étranger nommé David Webb était devenu Jason Bourne pour une raison précise. A l'inverse Sheng Chou Yang n'est pas l'homme que vous connaissez, pas l'homme que vous avez analysé. Il était devenu cet homme pour une raison précise.

— De quoi parlez-vous? s'écria McAllister, sur la défensive. Tout ce que je viens de dire de lui est officiel, écrit, classé, inclus dans des dossiers top secret!

— Top secret? demanda l'ancien ambassadeur. Ne me faites pas rire! Parce qu'un timbre officiel scelle des observations enregistrées par des hommes qui n'ont aucune idée de la provenance de ces dossiers... Ils sont là, et cela suffit... Non, monsieur le sous-secrétaire. Ce n'est pas assez. Ce n'est jamais assez!

— Visiblement vous détenez des informations que je n'ai pas, dit froidement l'homme d'Etat. Si ce sont bien des informations et non de la désinformation. L'homme que je viens de vous décrire – l'homme que j'ai connu – est Sheng Chou Yang.

— Comme le David Webb que nous vous avons décrit était Jason Bourne?... Non, je vous en prie, ne vous énervez pas. Je ne joue pas sur les mots. Sheng n'est pas l'homme que vous avez connu. Il ne l'a jamais été.

— Alors qui est l'homme que j'ai vu? Qui assistait à ces conférences?

— C'est un traître, monsieur le sous-secrétaire. Sheng Chou Yang trahit son pays et quand sa trahison éclatera au grand jour – ce qui ne manquera pas d'arriver –, Pékin en tiendra le monde libre pour responsable. Les conséquences de cette erreur inévitable sont inimaginables. Pourtant, le but ne fait aucun doute.

– Sheng?... Un traître? Je ne vous crois pas! On le vénère à Pékin. Un jour il sera président!

– Alors la Chine sera gouvernée par un nationaliste dont les racines idéologiques puisent leur force à Taiwan.

– Vous êtes fou! Vous êtes complètement fou! Attendez une minute... Vous avez parlé de but... « son but ne fait aucun doute »...

– Lui et ses gens ont l'intention de prendre Hong-kong. Il a entamé une guerre économique secrète en mettant tout le commerce, toutes les institutions financières du territoire sous le contrôle d'une commission « neutre », un comptoir général de règlement approuvé par Pékin – ce qui veut dire approuvé par lui. Le paravent est constitué par le traité qui expire en 1997, et donc, sa commission peut sembler un prélude raisonnable à l'annexion et au contrôle futur. Or, cela se passera dès que Sheng aura la voie libre, lorsqu'il n'y aura plus d'obstacles sur son chemin. Lorsque sa parole sera la seule parole qui comptera en ce qui concerne l'économie. Ce qui pourrait se produire d'ici un mois ou deux, voire une semaine.

– Vous pensez que Pékin est d'accord avec ça? protesta McAllister. Vous vous trompez! C'est... c'est purement et simplement dément! La République populaire ne touchera pas à Hong-kong! Elle passe soixante pour cent de son économie à travers le territoire. Les Accords de Chine garantissent cinquante ans de zone économique libre, et Sheng a signé ces accords! Il en est le principal signataire!

– Mais Sheng n'est pas Sheng – pas celui que vous croyez connaître.

– Alors qui est-il, merde?

– Préparez-vous, monsieur le sous-secrétaire. Sheng Chou Yang est le fils aîné d'un industriel de Shanghai qui a bâti sa fortune dans le vieux monde corrompu de l'ancienne Chine, sous le Kuo-min-tang de Chiang Kaishek. Lorsqu'il devint évident que la révolution de Mao allait réussir, la famille s'est enfuie, comme tant de propriétaires ou de seigneurs de la guerre, en emportant tout ce qu'ils pouvaient, transférant le reste d'une manière ou d'une autre. Le vieil homme est maintenant l'un des taipans les plus puissants de Hong-kong – mais nous ne savons pas lequel. La colonie va lui échoir, à lui et à sa famille, grâce à un ministre de Pékin, son fils chéri. Voilà l'ironie finale, la vengeance finale du patriarche : Hong-kong sera contrôlée par les mêmes hommes qui ont corrompu la Chine nationaliste. Pendant des années ils ont saigné leur pays sans aucune conscience, profitant du travail d'un peuple affamé, pavant la route pour Mao. Et si cela ressemble à de la propagande communiste, j'ai pourtant bien peur que ce soit terriblement vrai. Et maintenant une poignée d'assassins patentés dirigée par un fou veut récupérer ce qu'aucune haute cour de l'Histoire ne leur accorderait.

Havilland s'arrêta, puis cracha un seul mot : des fous !

– Mais si vous ignorez qui est ce taipan, comment savez-vous que tout cela est vrai ?

– Les sources sont maximum top secret, coupa Reilly. Mais elles ont été vérifiées. C'est à Taiwan que cette histoire est apparue d'abord. Notre indicateur était membre du cabinet nationaliste et il pensait que ce plan n'amènerait qu'un bain de sang dans tout l'Extrême-Orient. Il nous a suppliés de faire quelque chose. On l'a trouvé mort le lendemain matin. Trois balles dans la tête et la gorge tranchée. En chinois, cela veut dire mort au traître. Depuis, cinq autres personnes ont été assassinées, mutilées de la même manière. C'est vrai. La conspiration existe, se porte à merveille et vient de Hong-kong.

– C'est démentiel !

– Bien plus que vous ne l'imaginez, dit Havilland. Ça ne marchera jamais. S'ils avaient une chance de réussir, nous pourrions fermer les yeux, dire amen et attendre en priant. Mais ils n'ont aucune chance. Tout ça va leur claquer entre les doigts, comme la conspiration de Lin Piao contre Mao Zedong en 1972. Et lorsque cela arrivera, Pékin accusera les Américains et l'argent de Taiwan, avec les Britanniques comme complices, le reste du monde financier affichant un silence coupable. Huit ans de progrès économique à foutre à la poubelle parce qu'un groupe de fanatiques veut sa vengeance. Pour parler comme vous, monsieur le sous-secrétaire, la République populaire est une nation turbulente et soupçonneuse et – si je peux y ajouter quelques considérations personnelles – un gouvernement prêt à sombrer très rapidement dans la paranoïa, obsédé par la trahison de l'intérieur comme de l'extérieur. La Chine croira que le monde veut l'isoler économiquement, l'étouffer en la sortant des marchés mondiaux, et la mettre à genoux pendant que les Russes reluquent les frontières du nord. Elle frappera vite et fort, sans réfléchir, elle absorbera tout. Ses troupes occuperont Kowloon, l'île et tous les nouveaux territoires. Des investissements de l'ordre du billion seront irrémédiablement perdus. Sans l'expérience de la colonie, le commerce ira à vau-l'eau, une force de travail de plusieurs millions de gens sera larguée en plein chaos, la famine et la maladie ne tarderont pas à suivre. L'Extrême-Orient sera en flammes et le résultat pourrait bien être une guerre que personne d'entre nous ne songe à imaginer.

– Seigneur, chuchota McAllister. Cela ne se peut pas!
– Non, cela ne se peut pas, dit le diplomate.
– Mais pourquoi Webb?
– Pas Webb, corrigea Havilland. Jason Bourne.
– D'accord! Pourquoi Bourne?
– Parce que le bruit court à Kowloon qu'il est déjà là-bas.
– Quoi? s'écria McAllister, ébahi.
– Et que nous savons qu'il n'y est pas, continua Havilland.
– Qu'est-ce que vous venez de dire?
– Il a frappé. Il a tué. Il est de retour en Asie.
– Webb?
– Non, Bourne. Le mythe.
– Ça n'a pas de sens!
– Je peux vous assurer que Sheng Chou Yang, lui, n'est pas dénué de sens!
– Comment?
– Il l'a ramené à la surface. Les talents de tueur de Jason Bourne sont à nouveau à louer et, comme d'habitude, son client est inimaginable – dans le cas présent le plus inimaginable du monde. Un parlementaire chinois haut placé, qui veut éliminer ses opposants à la fois à Hong-kong et à Pékin. Au cours des six derniers mois un certain nombre de voix très puissantes se sont brutalement tues à Pékin, notamment au Comité central. Selon le

gouvernement, plusieurs d'entre eux sont morts, et, considérant leur âge vénérable, c'est compréhensible. Deux autres sont supposés avoir trouvé la mort dans des accidents : un dans une catastrophe aérienne, l'autre d'une commotion cérébrale en faisant de la grimpe dans les montagnes de Shaoguan – si ce n'est pas vrai, du moins c'est plein d'imagination. Puis un autre a été « démis » – euphémisme pour disgracié. Dernièrement, et c'est là que les faits atteignent à l'extraordinaire, le vice-Premier ministre chinois a été assassiné à Kowloon alors que personne à Pékin ne savait qu'il s'y trouvait. Parenthèse horrible, ce sont cinq hommes qui ont été massacrés dans le Tsim Sha Tsui, et le tueur a laissé sa carte. On pouvait lire, tracé dans une flaque de sang : Jason Bourne. Un imposteur exige qu'on lui attribue ces meurtres.

McAllister cligna des yeux, plusieurs fois, le regard braqué sur le vide.

— Tout cela me dépasse, dit-il d'un air désespéré. Puis, redevenant le professionnel qu'il était, il regarda fixement Havilland. Y a-t-il un lien? demanda-t-il.

— Nos rapports des renseignements sont formels, dit le diplomate. Tous ces hommes étaient opposés à la politique de Sheng – certains ouvertement, d'autres discrètement. Le vice-Premier ministre, vieux révolutionnaire qui avait fait la Longue Marche, était spécialement volubile. Il ne pouvait pas supporter Sheng le fonceur. Mais que faisait-il entouré de banquiers dans une réunion secrète à Kowloon? Pékin ne peut pas répondre, donc la tuerie n'a jamais eu lieu. Quand on l'a passé au crématorium, il est devenu une non-personne.

— Et avec la carte de visite du tueur – le nom en lettres de sang – le second lien à Sheng, dit le sous-secrétaire d'Etat, la voix proche du tremblement, tout en se massant convulsivement le front.

— Pourquoi l'aurait-il fait? Laisser son nom, je veux dire?

— Le meurtre est son business et c'était un crime spectaculaire. Maintenant, vous commencez à comprendre?

— Je ne suis pas sûr, non...

— Pour nous, ce nouveau Bourne est la voie directe qui mène à Sheng Chou Yang. C'est notre piège. Un imposteur qui pose au mythe... Mais si le mythe originel traque et descend l'imposteur, il sera alors en position d'atteindre Sheng. Le Jason Bourne que nous avons créé nous remplacera ce nouveau tueur utilisant son nom. Tout est extrêmement simple. Une fois en place, notre Jason Bourne déclenche une alerte grave – quelque chose se passe, quelque chose de dramatique qui menace toute la stratégie de Sheng – et Sheng doit répondre. Il ne peut pas se permettre de ne pas le faire, puisque sa sécurité doit être absolue et ses mains propres. Il sera forcé de se montrer, ne serait-ce que pour éliminer son tueur, pour supprimer toute corrélation. Et lorsqu'il apparaîtra, cette fois-ci nous n'échouerons pas.

— C'est un cercle, murmura McAllister dans un souffle à peine audible en fixant le diplomate. Et si j'en juge d'après ce que vous venez de me dire, Webb ne s'en approchera pas. Et donc *a priori* n'y pénétrera jamais.

— Alors nous devons lui fournir une raison absolument impérative de le faire, dit doucement Havilland. Dans ma profession – franchement, ça a toujours été ma profession – nous cherchons les modèles, les modèles de situations capables de déclencher une réaction chez un homme.

Les sourcils froncés, le regard vide et triste, l'ambassadeur s'enfonça dans son fauteuil. Il n'avait pas vraiment l'air en paix avec lui-même.

— Parfois, finit-il par dire, nous sommes obligés de faire d'horribles choses, des choses vraiment répugnantes. Mais on ne doit jamais oublier le bien du plus grand nombre, la sauvegarde du plus grand nombre.

— Ceci ne m'explique rien.

— David Webb est devenu Jason Bourne pour une raison essentielle – la même raison qui l'a propulsé dans le groupe Méduse. On lui a pris une femme, on lui a tué cette femme, la mère de ses enfants, et ses enfants.

— Oh, mon Dieu..., murmura McAllister.

— C'est ici que je m'en vais, dit Reilly en se levant de son fauteuil.

III

MARIE! Mon Dieu, ça a recommencé! Un barrage a cédé et des flots de sang se répandaient, et je ne pouvais rien faire. J'essayais, mon amour, j'essayais de toutes mes forces, mais j'étais battu, balayé, et je me noyais! Je sais ce que tu vas dire si je t'en parle, et c'est pour cela que je ne te le dirai pas, tout en sachant que tu finiras par le lire dans mes yeux, par l'entendre dans ma voix, d'une manière ou d'une autre, comme toi seule sais le faire. Tu vas me dire que j'aurais dû rentrer et t'en parler, être à tes côtés, et qu'à nous deux nous aurions pu nous en sortir. Ensemble! Mon Dieu, quelle est ta capacité de tolérance? Jusqu'où puis-je tirer sur la corde avec toi? Je t'aime tant... Assez pour savoir qu'il est des moments où je dois m'en tirer seul. Ne serait-ce que pour te permettre de décrocher de temps à autre, te laisser respirer un instant sans devoir arracher la racine de tes nerfs pour prendre soin de moi. Mais tu vois, mon amour, je peux le faire, j'y arrive seul! J'y suis parvenu ce soir et je suis intact. La crise est passée maintenant, et je vais rentrer à la maison bien mieux que je n'étais. Il le faut, car sans toi, rien n'existe pour moi.

Le visage dégoulinant de sueur, son survêtement collé à son corps, David Webb courait à perdre haleine dans l'herbe grasse, dépassant les gradins vides et obscurs, jusqu'au sentier cimenté du gymnase de l'université. Le soleil d'automne venait de disparaître derrière les bâtiments de pierre de taille du campus et ses dernières lueurs enflammaient le ciel tandis qu'il s'enfonçait dans les bois lointains du Maine. La froidure de l'automne était déjà pénétrante. Il frissonna. Ce n'était pas exactement le but recherché par ses médecins.

Pourtant, il venait de suivre leur avis, car c'était l'un de ces jours. Les médecins du gouvernement l'avaient prévenu qu'il y aurait des jours comme celui-ci où des images, des fragments de sa mémoire referaient surface et lui avaient dit que le meilleur moyen d'y faire face était de s'épuiser physiquement. Ses électrocardiogrammes indiquaient un cœur en bonne santé, ses poumons étaient passables bien qu'il soit assez inconscient pour fumer, et puisque son corps supportait le traitement infligé, c'était le meilleur moyen de soulager son esprit. Face à de telles crises, il avait un intense besoin de sérénité.

— Les cigarettes et quelques verres n'ont jamais fait de mal, avait-il dit aux médecins. Le cœur bat plus vite, le corps n'en souffre pas et cela détend l'esprit.

— Ce sont des dépresseurs, avait répliqué le seul homme qu'il voulait bien écouter. Ce sont des stimulants artificiels qui ne font qu'accroître les dépressions et amener une anxiété accrue. Cours, ou nage, ou fais l'amour avec ta femme – ou n'importe qui d'autre. Ne sois pas stupide ou tu finiras avec une camisole... Oublie-toi un peu et pense à moi. Ça fait des mois que je travaille sur ton cas, espèce d'ingrat! Sors d'ici, Webb. Prends ta vie à bras-le-corps – ce dont tu te souviens en tout cas – et profites-en! Tu t'en sors mieux que beaucoup de gens, ne l'oublie jamais sinon j'annule nos rendez-vous dans les bars de ton choix et tu n'auras qu'à aller te faire foutre! Et va te faire foutre de toute façon, parce que nos rendez-vous me manqueraient!... Allez, David. C'est l'heure d'y aller.

Morris Panov était la seule personne, excepté Marie, qui pouvait l'atteindre. C'était assez ironique, en fait, car Mo ne faisait pas partie de l'équipe de médecins gouvernementaux au début. Le psychiatre n'avait jamais cherché – et on ne le lui avait jamais proposé – à pénétrer le réseau de sécurité qui barrait le dossier secret de David Webb où étaient enterrés les détails du mensonge sur l'identité de Jason Bourne. Pourtant, Panov s'était pour ainsi dire inséré de force, menaçant de révéler toutes sortes de choses si on ne lui donnait pas une sorte de carte blanche pour soigner David. Son raisonnement était simple. Lorsque David avait failli être effacé de la carte du monde par des hommes mal informés qui étaient convaincus qu'il devait mourir, cette désinformation avait été fournie par Panov lui-même, sans qu'il le sache, et tout cela l'avait mis dans une rage folle. Il avait été contacté en pleine panique, par quelqu'un qui n'aurait jamais dû paniquer, et on lui avait posé des questions « hypothétiques » concernant un agent secret qui pouvait vaguement être devenu fou et qui était mêlé à une situation potentiellement explosive.

Morris Panov avait répondu par des généralités. Il ne pouvait pas, et ne voulait pas, émettre un diagnostic à propos d'un patient qu'il n'avait jamais vu. Mais, bien sûr, on pouvait le faire, c'était déjà arrivé, pourtant rien ne pouvait être fait sans un examen physique et psychiatrique complet. Le mot clef était *rien*. Il aurait dû ne rien dire! Voilà ce qu'il avait hurlé, après. Car les phrases qu'il avait prononcées, tombées dans les oreilles de parfaits amateurs, avaient scellé l'ordre d'exécution de Webb – la sentence de mort pour Bourne – et seul le comportement de David lui-même avait arrêté le cours des événements, pendant que le peloton d'exécution attendait toujours dans l'ombre.

Morris Panov ne s'était pas contenté de monter à bord de cette galère à l'hôpital Walter Reed, puis plus tard au complexe médical de Virginie, mais il dirigeait le show – le show David Webb. *Ce salaud fait de l'amnésie, bande d'imbéciles! Il essaye de vous le dire depuis des semaines dans un anglais parfaitement lucide – trop lucide pour vos esprits retors!...*

Ils avaient travaillé ensemble pendant des mois, docteur et patient – et finalement amis. Le fait que Marie adore Mo l'avait beaucoup aidé – et Dieu sait qu'elle avait besoin d'un allié! Le poids que David représentait pour sa femme était inimaginable, depuis les premiers jours en Suisse lorsqu'elle avait commencé à comprendre la douleur au tréfonds de l'esprit de cet homme qui l'avait capturée, jusqu'au moment où elle s'était vraiment impliquée – avec une violence allant à l'encontre de ses désirs – pour l'aider, ne croyant jamais à ce qu'il croyait lui-même, lui répétant encore et encore qu'il n'était pas le tueur qu'il croyait, qu'il n'était pas un assassin comme disaient les autres. Sa certitude était devenue une ancre à laquelle David s'était accroché dans la tempête qui l'agitait; son amour, le cœur de son nouvel équilibre mental. Sans Marie il n'était qu'un homme mort et sans Mo Panov, à peine plus qu'un légume. Mais avec eux deux derrière lui, il parvenait à écarter les nuages de mort et à retrouver la lumière.

C'était pour cela qu'il avait opté pour une heure de course à pied autour du stade désert et froid, plutôt que rentrer directement après son séminaire de fin d'après-midi. Généralement, ce genre de séminaire hebdomadaire finissait bien après l'heure prévue, et Marie ne prévoyait jamais à dîner, sachant qu'ils sortiraient en ville, leurs deux gardes du corps invisibles quelque part derrière leurs talons – exactement comme maintenant. Il en voyait un qui traversait l'étendue obscure du stade, tandis que l'autre attendait certainement dans le gymnase. C'était de la démence! Vraiment?

Ce qui l'avait amené à s'épuiser en courant sur les conseils de Panov était une image qui lui avait sauté à l'esprit pendant qu'il corrigeait des copies dans son bureau cet après-midi-là. C'était un visage – un visage qu'il connaissait et dont il se souvenait, le visage de quelqu'un qu'il avait beaucoup aimé. Le visage d'un jeune homme qui s'était mis à vieillir sur l'écran de ses pensées, devenant un portrait en uniforme, flou, imparfait, mais qui faisait partie de lui. Tandis que des larmes silencieuses coulaient sur ses joues, il avait su que c'était le frère mort dont ils lui avaient parlé, le prisonnier de guerre qu'il avait sauvé dans la jungle de Tam Quan au milieu des explosions, le traître qu'il avait exécuté et qui s'appelait Jason Bourne. Il n'avait aucun moyen de résister à la violence de ces images. Il avait écourté le séminaire en prétextant une migraine. Il fallait qu'il soulage la pression qu'il ressentait, qu'il accepte ou qu'il rejette les couches fragmentaires de sa mémoire avec l'aide de sa raison, sa raison qui lui disait de foncer au gymnase et de courir seul dans le vent, face à la tempête. Il ne pouvait pas faire endurer à Marie chaque moment où les flots le submergeaient. Il l'aimait trop pour cela. Quand il pouvait faire face seul, il le devait. Il avait passé ce contrat avec lui-même.

Il ouvrit la lourde porte, se demandant brièvement pourquoi chaque gymnase était nanti d'une porte lourde comme un pont-levis. Il entra et traversa une salle voûtée, descendit un couloir blanc jusqu'aux vestiaires. Il n'y avait personne, heureusement. Il n'était absolument pas d'humeur à tolérer une quelconque conversation banale, et s'il y avait été obligé, nul doute que son interlocuteur l'eût trouvé méprisant, voire bizarre. Il était heureux aussi de ne pas avoir à encaisser les regards qu'il aurait immanquablement provoqués. Il était trop près du gouffre. Il devait parvenir à reculer graduellement, lentement, d'abord en lui-même, puis avec Marie. Bon Dieu, quand est-ce que cela s'arrêterait? Jusqu'où pourrait-elle le supporter? Pourtant, il n'avait jamais à demander – elle donnait sans limites.

Webb atteignit la rangée de vestiaires. Le sien était près de la fin. Il avançait entre les bancs de bois et les placards métalliques lorsque ses yeux furent attirés par un objet incongru. Il courut jusqu'à son placard. Un papier plié était scotché sur le métal. Il l'arracha et l'ouvrit : *Votre femme a téléphoné. Elle veut que vous la rappeliez dès que vous pourrez. C'est urgent. Ralph.*

Le gardien du gymnase aurait pu avoir l'idée de sortir et de l'appeler! songea David, en colère, tout en faisant jouer les numéros de son cadenas pour ouvrir son vestiaire. Après avoir fouillé ses poches en vitesse, il courut jusqu'au téléphone public accroché au mur. Il glissa une pièce dans la fente, étonné de voir sa main trembler. Puis il sut pourquoi il tremblait. Marie n'utilisait jamais le mot « urgent ». Elle évitait ce genre de mot.

– Allô!

– Que se passe-t-il?

– Je pensais que tu pouvais être là, dit sa femme. La panacée universelle de Mo, hein? Celle qui est absolument garantie, si votre cœur ne lâche pas entre-temps!

– Qu'est-ce qu'il y a?

– David. Rentre vite. Il y a quelqu'un ici que tu dois voir. Vite, chéri.

Le sous-secrétaire d'Etat Edward McAllister avait réduit sa propre présentation au minimum, mais en y incluant certains faits destinés à faire savoir à Webb qu'il ne venait pas des sous-sols du Département d'Etat. D'un autre côté, il n'avait pas exagéré son importance. Il jouait au bureaucrate sûr de lui parce que son rôle d'expert survivrait à tout changement d'administration.

– Si vous préférez, monsieur Webb, notre affaire peut attendre que vous vous soyez mis plus à votre aise.

David portait encore son short et son sweat-shirt trempés de sueur. Il s'était contenté de ramasser ses affaires et de courir jusqu'à sa voiture.

– Je ne pense pas, dit-il. Je ne pense pas que votre affaire puisse attendre – pas avec vos références, monsieur McAllister.

– Assieds-toi, David, dit Marie Saint-Jacques Webb en traversant le salon, deux serviettes à la main. Vous aussi, monsieur McAllister.

Elle tendit une serviette à Webb et les deux hommes s'installèrent dans des fauteuils, face à face devant la cheminée éteinte. Marie passa derrière son mari et commença à lui éponger le cou avec l'autre serviette. La lumière d'une lampe posée sur une petite table dégageait les reflets auburn de ses cheveux. Son visage était dans l'ombre, mais ses yeux fixaient l'homme du Département d'Etat.

– Allez-y, dit-elle. Vous devez le savoir que le gouvernement m'autorise à entendre tout ce que vous avez à dire.

– Est-ce que ta présence aurait soulevé un problème? demanda David sans faire aucun effort pour masquer son hostilité.

– Aucun, aucun, répliqua McAllister en souriant jaune, mais d'un air sincère. Personne n'oserait exclure votre femme après tout ce qu'elle a fait. Elle a réussi là où d'autres ont échoué.

– C'est bien dit, lança Webb, bien que cela ne veuille rien dire, évidemment.

– Allons, David, calme-toi, dit Marie.

– Désolé. Elle a raison, fit Webb en tentant d'esquisser un sourire, mais sans succès. Je suis plein de préjugés, et je ne devrais pas, n'est-ce pas?

– Je dirais que vous en avez vraiment le droit, répondit le sous-secrétaire. Je ferais la même chose si j'étais à votre place. Bien que nos backgrounds soient assez semblables – j'ai été en poste en Extrême-Orient pendant plusieurs années –, personne n'aurait fait appel à moi pour la mission que vous avez entreprise. Ce à travers quoi vous êtes passé est à des années-lumière de moi.

– De moi également, visiblement.

– Ce n'est pas mon avis. L'échec ne venait pas de vous, c'est une certitude.

– Maintenant vous faites le gentil. Ne vous vexez pas, mais trop de gentillesse – là d'où vous venez – me rend très nerveux.

– Bon, alors passons à l'affaire qui m'amène ici, voulez-vous?

– Je vous en prie.

– Et j'espère que vos préjugés à mon encontre ne sont pas trop durs. Je ne suis pas votre ennemi, monsieur Webb. J'aimerais être votre ami. Je peux presser des boutons qui peuvent vous aider, vous protéger.

– De quoi?

– De quelque chose que personne ne soupçonnait.

– Nous vous écoutons...

– D'ici à une demi-heure, votre sécurité sera doublée, dit McAllister, les yeux rivés sur ceux de David. J'ai pris cette décision et je peux quadrupler votre sécurité si je pense que c'est nécessaire. Toute personne arrivant sur ce campus sera examinée au microscope, l'ensemble des bâtiments gardés nuit et jour. Les gardes ne feront plus partie du décor, mais au contraire seront bien visibles, et menaçants.

– Bon Dieu! fit Webb en bondissant de son fauteuil. C'est Carlos!

– Nous ne le pensons pas. On ne peut pas l'envisager, mais ce qui se passe est trop bizarre. Cela ne lui ressemble pas.

– Ah bon? fit David en hochant la tête. Oui, si c'était le Chacal, vos hommes seraient partout, mais hors de vue. Juste histoire de le laisser m'approcher pour le prendre. Finalement, si j'y passe, le coût est minime...

– Pas pour moi. Vous n'êtes pas obligé de me croire, mais je le pense sincèrement.

– Merci, mais alors, de quoi parlons-nous?

– Votre dossier a été rouvert – c'est-à-dire le dossier Treadstone a été découvert.

– Découvert? Sans autorisation officielle?

– Pas au début. Il y a eu autorisation officielle, parce qu'il y avait crise – et dans un sens qui ne nous laissait pas le choix. Et puis tout est parti à vau-l'eau et maintenant nous craignons pour vous.

– Expliquez-vous, je vous en prie. Qui a le dossier?

– Un homme à l'intérieur. Très haut placé. Personne ne pouvait mettre ses crédits en doute.

– Qui est-ce?

– Un agent du MI-6 britannique opérant à Hong-kong, un homme à qui la CIA fait confiance depuis des années. Il est venu à Washington et il est entré en contact avec ses partenaires de l'agence en demandant qu'on lui remette tout ce qu'ils avaient sur Jason Bourne. Il affirmait qu'il y avait une crise grave à Hong-kong qui résultait directement du projet Treadstone. Il a aussi exprimé très clairement que, si les services britanniques et américains devaient continuer à travailler de concert, il valait mieux que sa requête soit acceptée le plus rapidement possible.

– Il a fallu qu'il leur donne une sacrée bonne raison!

– C'est ce qu'il a fait, lâcha McAllister avant de se taire quelques instants, clignant des yeux et se frottant le front du bout des doigts, dans un état d'une extrême nervosité.

– Alors?

– Jason Bourne est de retour, dit McAllister dans un souffle. Il a tué à nouveau, à Kowloon.

Marie, estomaquée, serra convulsivement l'épaule de son mari. Ses grands yeux bruns reflétaient la colère et la peur. Elle regardait l'homme d'Etat. Webb n'avait pas bougé. Il étudiait McAllister, comme un homme qui regarde un cobra.

– De quoi diable parlez-vous? chuchota-t-il, puis il éleva la voix. Jason Bourne – ce Jason Bourne – n'existe plus. Il n'a même jamais existé!

– Vous le savez, et nous le savons, mais en Asie la légende vit toujours. Vous l'avez créée, monsieur Webb, avec succès, selon moi...

– Je me fous de vos compliments, monsieur McAllister, dit David en s'arrachant à l'étreinte de Marie et en se levant. Sur quoi travaille cet agent du MI-6? Quel âge a-t-il? Quel est son facteur de stabilité? Qui est-il? Où est son dossier? Vous devez avoir des informations récentes sur lui.

– Bien sûr. Nous nous en sommes préoccupés et il n'y avait rien d'irrégulier. Londres a confirmé ses états de service, son statut actuel, et aussi l'information qu'il nous avait transmise. En tant que chef de poste du MI-6 il a été appelé par la police de Hong-kong à cause de la nature potentiellement explosive des événements. Le Foreign Office l'appuyait.

– Erreur! cria David Webb en secouant la tête, puis il baissa la voix. Il a été retourné, monsieur McAllister! Quelqu'un lui a offert une petite fortune pour obtenir ce dossier. Il s'est servi du seul mensonge qui marcherait et vous l'avez tous avalé!

– J'ai bien peur que ce ne soit pas un mensonge – au niveau où il était. Il croyait à l'évidence, et Londres y croit aussi. Un Jason Bourne est de retour en Asie.

– Et si je vous disais que ce n'est pas la première fois que le contrôle central se fait intoxiquer par un mensonge? Un homme sous-payé, qui se tue au travail, voit soudain une occasion qui va lui garantir une fortune pour le restant de ses jours, et il accepte de se faire retourner! Dans ce cas précis, ce dossier!

– Si tel est le cas, ça ne lui aura pas servi beaucoup. Il est mort.

– Quoi?

– Il a été abattu il y a deux jours à Hong-kong, dans son bureau, une heure après son retour d'ici.

– Bordel de merde! Ce n'est pas possible, s'écria David, sidéré. Un homme qui change de camp se protège. Il construit un dossier contre son bienfaiteur avant d'agir tout en lui faisant savoir que ce dossier ira dans les mains des gens appropriés si quoi que ce soit lui arrive. C'est son assurance-vie, sa seule garantie!

– Il n'était pas retourné, insista l'homme du Département d'Etat.

– Ou bien il était idiot, convint Webb.

– Personne ne pense qu'il l'était.

– Qu'est-ce qu'ils pensent, puisqu'il paraît qu'ils pensent?

– Qu'il suivait une affaire aux développements extraordinaires, quelque chose qui pourrait exploser en un ouragan de violence, enflammer le monde parallèle de Hongkong et Macao. Le crime organisé se trouvant brutalement désorganisé un peu comme avec la guerre des Tongs des années 20 ou 30. Les crimes s'amoncellent. Des gangs rivaux poussent à l'émeute, les docks deviennent des champs de bataille, des entrepôts et même des cargos explosent sous des bombes vengeresses ou pour éliminer les concurrents. Parfois il suffit de plusieurs factions rivales puissantes – et d'un Jason Bourne dans l'ombre.

– Mais puisqu'il n'y a pas de Jason Bourne. C'est du ressort de la police, pas du MI-6 !

– Monsieur McAllister vient de dire que cet homme a été appelé par la police de Hong-kong, coupa Marie, en regardant durement le sous-secrétaire d'Etat. Le MI-6 était apparemment d'accord avec cette décision. Pourquoi cela ?

– Ils se trompent de terrain de jeu ! cria David, inflexible, le souffle court.

– Jason Bourne n'était pas une invention des autorités locales, dit Marie en se glissant au côté de son mari. Il a été créé par les services de renseignement américains, par l'intermédiaire du Département d'Etat. Mais je soupçonne que le MI-6 s'est ingéré là-dedans pour une raison beaucoup plus pressante que de trouver un tueur se faisant passer pour Jason Bourne. Est-ce que je me trompe, monsieur McAllister ?

– Non, madame Webb. Pour une raison beaucoup plus pressante, effectivement. Dans nos discussions de ces deux derniers jours, plusieurs membres de notre section pensaient que vous comprendriez mieux que nous. Appelons cela un problème économique qui pourrait amener une tempête politique qui bouleverserait Hong-kong d'abord, puis le monde entier. Vous étiez experte en économie pour le gouvernement canadien. Ambassadeurs et délégations canadiennes se fiaient à vous un peu partout dans le monde...

– Voudriez-vous tous deux m'expliquer un peu ce qui se passe exactement ?

– L'époque où nous vivons ne tolérerait pas de chaos sur le marché de Hong-kong, monsieur Webb, même – et peut-être surtout – dans son marché illégal. Le chaos, et la violence qu'il implique, donnerait l'impression d'une instabilité gouvernementale. Ou d'une instabilité plus profonde encore. Ce n'est pas le moment de donner à la faction expansionniste de la Chine rouge plus de munitions qu'elle n'en a besoin.

– C'est de plus en plus clair, vraiment...

— Le traité de 1997, dit Marie, très calme. Le bail s'arrête dans un peu plus de dix ans, et c'est la raison des nouveaux accords négociés avec Pékin. Mais, malgré tout, tout le monde est très nerveux, tout est un peu vacillant et personne n'aimerait mener la barque. Calme plat, c'est ça le nom du jeu.

David la regarda, puis à nouveau McAllister avant de secouer doucement la tête.

— Je vois, dit-il. J'ai lu les journaux... Mais c'est un sujet sur lequel je ne sais pas grand-chose.

— Mon mari s'intéresse davantage à l'histoire des peuples et des civilisations, expliqua Marie à McAllister.

— Très bien, acquiesça Webb. Alors?

— Ma spécialité, c'est l'argent et son échange – son expansion, les marchés et leurs fluctuations –, la stabilité. Et Hong-kong n'est rien d'autre que de l'argent. C'est pour ainsi dire sa seule raison d'être. Ses industries mourraient sans argent. Sans amorçage, la pompe s'arrêterait.

— Et si vous ôtez la stabilité, vous obtenez le chaos, ajouta McAllister. C'est l'excuse qu'utilisent les vieux seigneurs de la guerre en Chine. La République populaire entre pour arrêter le chaos, supprime les agitateurs et soudain il ne reste plus qu'une sorte de géant gauche maniant la colonie entière avec une totale maladresse. On ignore les modérés de Pékin en faveur d'éléments bien plus agressifs qui veulent sauver la face grâce à un contrôle militaire. Les banques s'effondrent, le commerce d'Extrême-Orient est balayé. C'est le chaos.

— Le Parti communiste chinois ferait ça?

— Hong-kong, Kowloon, Macao et tous les territoires font partie de la « grande Chine » – même les nouveaux accords sont très clairs sur ce sujet. C'est une entité, et les Orientaux ne supportent pas un enfant désobéissant, vous le savez.

— Est-ce que vous essayez de me dire qu'un homme seul, se faisant passer pour Jason Bourne, peut faire ça? Peut faire éclater ce type de crise? Je ne vous crois pas!

— C'est un scénario extrême, mais, oui, cela pourrait arriver. Vous voyez, le mythe vit de lui, c'est le facteur hypnotique. Des assassinats multiples lui sont attribués, comme pour écarter les vrais tueurs du devant de la scène – des conspirateurs fanatiques d'extrême droite ou d'extrême gauche se servant de l'image létale de Bourne comme si elle leur appartenait. Si on y songe, c'est bien de cette manière que le mythe lui-même a été créé, non? A chaque fois que quelqu'un d'important était assassiné au sud de la Chine, vous, en tant que Jason Bourne, vous assuriez qu'on vous imputait bien le crime. En deux ans vous étiez devenu célèbre, même si en réalité vous n'aviez tué qu'un seul homme, un indicateur ivre à Macao qui avait essayé de vous garrotter.

– Je ne me souviens pas de ça, dit David.

– C'est ce qu'on m'a dit, répondit l'homme du Département d'Etat en souriant avec sympathie. Mais ne voyez-vous pas que si des personnages politiques importants sont tués – disons le gouverneur de la Couronne, ou un négociateur de Chine populaire – toute la colonie sera livrée au tumulte?

McAllister marqua un temps d'arrêt, secouant la tête comme pour chasser ces pensées.

– Néanmoins, reprit-il, ceci nous concerne nous, pas vous et je peux vous dire que nous avons nos meilleurs agents sur le coup. Non, ce qui vous préoccupe c'est vous-même, monsieur Webb, et, à l'heure actuelle, cela me préoccupe aussi. Nous devons vous protéger.

– Ce dossier n'aurait jamais dû être donné à qui que ce soit, dit Marie, glaciale.

– Nous n'avions pas le choix. Nous travaillons en étroite relation avec les Anglais. Nous devions leur prouver que Treadstone était terminé, fini. Que votre mari était à mille lieues de Hong-kong.

– Vous leur avez dit où il était? s'écria la femme de Webb. Comment avez-vous osé?

– Nous n'avions pas le choix, répéta McAllister en se frottant convulsivement le front. Lorsque certaines crises apparaissent, nous devons coopérer. Vous comprenez sûrement...

– Ce que je ne comprends pas, c'est qu'il y ait eu un dossier sur mon mari, cria Marie, furieuse. C'était censé être profondément enterré!

– Le Congrès qui fournit les fonds des opérations de renseignement l'exigeait. C'est la loi.

– Ça suffit, lâcha David, hors de lui. Puisque vous tenez

tant à moi, vous savez d'où je sors. Dites-moi, où sont tous ces dossiers sur Méduse?

– Je ne peux pas répondre à ça, dit McAllister

– Vous venez de le faire, dit Webb.

– Le Dr Panov avait supplié que vous détruisiez tous les dossiers Treadstone, insista Marie. Ou qu'au moins vous utilisiez des faux noms, mais vous n'avez même pas fait ça! Quel genre d'homme êtes-vous?

– J'aurais été d'accord avec ces deux propositions, s'insurgea McAllister avec une force soudaine, très surprenante. Je suis désolé, madame Webb. Pardonnez-moi. Cela s'est passé avant moi... Je suis aussi furieux que vous. Vous avez certainement raison, il n'y aurait sans doute jamais dû y avoir de dossier. Il y a des moyens...

– De la merde, coupa David d'une voix blanche. Tout ceci fait partie d'une autre statégie, c'est un nouveau piège. Vous voulez Carlos et vous vous foutez bien des moyens pour y parvenir.

– Non, je ne m'en fous pas, monsieur Webb, et vous n'êtes pas obligé de me croire. Qu'est-ce que le Chacal peut bien avoir affaire avec moi? Je suis de la section Extrême-Orient. Lui, c'est un problème européen.

– Est-ce que vous essayez de me dire que j'ai gâché trois ans de ma vie à traquer quelqu'un qui n'a aucune importance?

– Non, bien sûr que non. Les temps changent, les perspectives également. Tout devient si futile, parfois.

– Bon Dieu!

– Calme-toi, David, dit Marie en jetant un coup d'œil à l'homme du Département d'Etat, très pâle dans son fauteuil, les mains crispées sur les accoudoirs. Calmons-nous tous... Il s'est passé quelque chose cet après-midi, non?

– Je vous le dirai plus tard.

– Bien sûr, dit Marie en regardant David qui revenait s'installer dans son fauteuil, le visage tiré, comme soudain plus vieux que quelques minutes auparavant. Tout ce que vous venez de nous dire nous amène à cela, n'est-ce pas? Il y a quelque chose que vous voulez que nous sachions, n'est-ce pas?

– Oui, et ce n'est pas facile pour moi. Je vous en prie, gardez à l'esprit le fait que je viens d'être assigné à cette mission, que je viens d'avoir accès au dossier secret de monsieur Webb.

— Y compris sa femme et ses enfants au Cambodge?

— Oui.

— Allons, dites ce que vous avez à dire.

McAllister étendit une fois de plus ses longs doigts et se frotta le front nerveusement.

— D'après ce que nous avons appris — ce que Londres a confirmé il y a cinq heures —, il serait possible que votre mari soit une cible. Un homme veut sa mort.

— Mais pas Carlos, pas le Chacal, dit Webb.

— Non. Du moins nous ne voyons pas de relation.

— Et qu'est-ce que vous voyez? demanda Marie, en s'asseyant sur le bras du fauteuil de David. Qu'avez-vous appris?

— L'officier du MI-6 de Kowloon avait nombre de dossiers explosifs dans son bureau, de quoi faire largement monter les prix à Hong-kong. Et pourtant seul le dossier Treadstone — le fichier concernant Jason Bourne — a été volé. Voilà la confirmation de Londres. C'est comme un signal : c'est l'homme que nous voulons, juste Jason Bourne.

— Mais pourquoi? s'écria Marie en serrant le poignet de David.

— Parce que quelqu'un a été tué, répondit calmement Webb. Et que quelqu'un d'autre veut rééquilibrer les comptes.

— C'est sur cela que nous travaillons, admit McAllister. Et nous avons bien avancé.

— Qui a été tué? demanda l'ancien Jason Bourne.

— Avant de répondre, vous devez savoir que tout ce que j'ai vient de nos hommes à Hong-kong, de leurs recherches. Cela reste du domaine de la spéculation. Il n'y a pas de preuves.

— De nos hommes seulement? Et les Anglais? Qu'est-ce qu'ils foutent? Vous leur avez donné le dossier Treadstone!

— Parce qu'ils nous ont donné la preuve qu'un homme a été tué au nom de la création de Treadstone, notre création, c'est-à-dire vous. Ils n'allaient pas identifier leurs sources, pas plus que nous ne leur donnerions nos contacts. Nos hommes travaillent nuit et jour, essayent toutes les possibilités, essayent de définir les sources de l'agent du MI-6 assassiné, en supposant que l'une d'elles est responsable de sa mort. Le résultat est une rumeur qui court à Macao – seulement, il se révèle que c'est plus qu'une rumeur.

– Je répète, dit Webb, qui a été tué?

– Une femme, répondit l'hommè du Département d'Etat. La femme d'un banquier de Hong-kong nommé Yao Ming, un taipan dont la banque n'est qu'une fraction de son empire. Ses compagnies ont des ramifications telles qu'il a été accueilli à nouveau à Pékin comme investisseur et conseiller économique. Il a de l'influence, il est puissant, impossible à atteindre.

– Quelles circonstances?

– Horribles, mais pas inhabituelles. Sa femme était une petite actrice nettement plus jeune que son mari; elle apparaissait dans pas mal de films des frères Shaw. Elle était à peu près aussi fidèle qu'un vison en chaleur, si vous me passez l'expression...

– Je vous en prie, dit Marie. Continuez...

– Bon, de toute façon, il faisait comme si de rien n'était. Elle était une sorte de trophée pour lui, jeune, belle... Elle faisait partie de la *jet set* de la colonie, qui ne mégote pas sur les excentriques. Un week-end on parie des sommes astronomiques à Macao. Le week-end suivant ce sont les courses à Singapour ou bien on prend un jet privé pour aller dans les îles mater les parties de roulette russe dans les arrière-salles des fumeries d'opium. Et, bien évidemment, tout ceci s'accompagne de force drogues. Son dernier amant en date était un trafiquant. Ses fournisseurs se trouvaient à Guangz-hou, et ses passeurs empruntaient les chenaux profonds à l'est de Lok Ma Chau, par la frontière.

– D'après tous les rapports, c'est une véritable avenue vouée à la contrebande, coupa Webb. Pourquoi vos hommes se sont-ils concentrés sur lui – sur ses opérations?

– Parce que ses opérations, comme vous dites si justement, devenaient rapidement les seules de la ville, ou de l'avenue. Il éliminait systématiquement tous ses concurrents, soudoyant les garde-côtes chinois pour qu'ils coulent leurs bateaux et s'occupent des équipages. Visiblement, sa tactique a été efficace. Un grand nombre de corps criblés de balles ont fini dans la vase à marée basse. Les factions étaient en guerre et le trafiquant – l'amant de cette jeune personne – était voué à l'exécution.

– Dans de telles circonstances, il devait bien s'en douter. Il était obligé de s'entourer d'une douzaine de gardes du corps.

– Exact. et ce type de protection appelle les talents d'une légende. Ses ennemis ont engagé cette légende.

– Bourne, chuchota David en fermant les yeux.

– Oui, poursuivit McAllister. Il y a deux jours, le trafiquant et la jeune femme du banquier ont été tués dans leur chambre d'hôtel à Macao. Ce n'était pas une mort agréable. Leurs corps étaient à peine identifiables. L'arme était un pistolet-mitrailleur Uzi. L'incident est demeuré secret. La police et les autorités ont été largement arrosées dans ce but – avec l'argent du taipan.

– Et laissez-moi deviner, dit Webb d'une voix neutre. Le pistolet mitrailleur... C'était la même arme que celle utilisée dans un autre crime attribué à ce Bourne.

– Cette arme, précisément, a été abandonnée dans la salle de conférence d'un cabaret de Kowloon. Il y avait cinq cadavres dans cette salle et trois des victimes étaient parmi les gens les plus riches de Hong-kong. Les Britanniques n'ont pas été plus précis. Ils nous ont juste montré quelques photos assez suggestives.

– Ce taipan, Yao Ming, dit David. Le mari de l'actrice. C'est lui la connexion, n'est-ce pas ?

– Nos hommes ont appris qu'il était effectivement une des sources du MI-6. Ses relations avec Pékin en faisaient un atout précieux pour leurs services de renseignement. Un atout inestimable.

– Et donc sa femme a été tuée, sa précieuse femme...

– Je dirais son précieux trophée, l'interrompit McAllister. On lui a pris son trophée.

– Très bien, dit Webb. Le trophée est plus important que la femme.

– J'ai passé des années en Extrême-Orient. Ils ont une phrase pour ça – en mandarin, je crois –, mais je n'arrive pas à m'en souvenir...

– *Ren you jiaqian,* dit David. Le prix de l'image d'un homme.

– Oui, je crois que c'est ça.

– A peu près... Bon, l'homme du MI-6 est contacté par sa source affolée, le taipan, et on lui dit de sortir ce dossier sur Jason Bourne, l'assassin de sa femme – de son trophée – ou, sinon, terminés les renseignements sur Pékin.

– C'est comme cela que nos hommes l'imaginent, oui. Et, malheureusement pour lui, l'homme du MI-6 est tué parce que le taipan ne peut se permettre d'être associé à Bourne. Yao Ming doit demeurer intouchable. Il veut sa vengeance, mais sans s'exposer le moins du monde.

– Et que disent les Anglais? demanda Marie.

– En termes à peine voilés, de rester en dehors de tout ça. Londres est dans tous ses états. Nous avons mis une pagaille terrible avec Treadstone et ils ne veulent pas de notre inaptitude à Hong-kong en ces périodes troublées.

– Est-ce qu'ils ont interrogé Yao Ming? demanda Webb en observant attentivement le sous-secrétaire.

– Quand j'ai évoqué son nom, ils ont dit que c'était hors de question. En fait ils étaient étonnés, mais cela n'a rien changé à leur attitude. Cela les aurait même plutôt rendus encore plus furieux.

– Intouchable, dit David.

– Ils veulent probablement continuer à l'utiliser.

– Malgré ce qu'il a fait? interrompit Marie. Ce qu'il a peut-être fait et ce qu'il va peut-être faire à mon mari?

– C'est un autre monde, dit doucement McAllister.

– Vous coopérez avec eux.

– Nous devions le faire, coupa l'homme du Département d'Etat.

– Alors insistez pour qu'ils coopèrent avec vous. Exigez-le!

– Ils pourraient exiger davantage de nous et nous ne pouvons pas faire ça.

– Vous mentez! cracha Marie, dégoûtée.

– Non, je ne vous mens pas, madame Webb.

– Pourquoi n'ai-je pas confiance en vous, monsieur McAllister? demanda David.

– Probablement parce que vous ne faites pas confiance à votre gouvernement, monsieur Webb, et c'est très compréhensible. La seule chose que je peux vous dire c'est que j'ai une conscience. Vous pouvez accepter cette idée ou pas – m'accepter ou pas – mais pendant ce temps-là, je m'assurerai que vous êtes sain et sauf.

– Vous me regardez si bizarrement... Comment cela se fait-il?

– Je n'ai jamais été dans une telle position, voilà pourquoi.

Le carillon de la porte retentit et Marie se leva, traversa rapidement la pièce pour y aller. Elle ouvrit la porte. Pendant un instant elle resta le souffle coupé, puis elle regarda David d'un air désespéré. Deux hommes se tenaient dans l'encadrement de la porte et chacun d'eux brandissait un étui de plastique noir contenant leurs identifications, surmonté d'un badge argenté et chaque aigle gravé reflétait les lampes du porche. Derrière eux, le long du trottoir, deux voitures banalisées. Et dans les voitures les silhouettes d'autres hommes et les lueurs de leurs cigarettes – d'autres hommes, d'autres gardes. Elle eut envie de hurler, mais elle ne hurla pas.

Edward McAllister s'installa sur la banquette arrière de sa propre voiture du Département d'Etat et regarda à travers la vitre la forme qui se tenait devant l'entrée. L'ancien Jason Bourne était immobile, les yeux fixés sur son visiteur.

– Filons d'ici, dit McAllister au chauffeur, un homme qui avait à peu près son âge, chauve et les yeux dissimulés par des lunettes aux montures d'écaille.

La voiture démarra, le chauffeur avançant prudemment dans cette étrange rue déserte, à cent mètres de la plage de cette petite ville du Maine. Pendant quelques minutes, personne ne parla et, finalement, le chauffeur demanda :

– Comment ça s'est passé?

– Comme dirait l'ambassadeur, toutes les pièces sont en place. Les fondations sont creusées, la logique est en marche, le travail de missionnaire est accompli.

– Je suis ravi de l'entendre.

– Vraiment? Eh bien, moi aussi, dit McAllister en élevant la voix. Il se frotta la tempe d'une main tremblante. Non, pas du tout, dit-il soudain, ça me rend malade!

– Je suis désolé.

– Et puisqu'on parle de travail de missionnaire, je suis chrétien, bon sang! Je veux dire que je crois – pas comme un zélote, je ne crois pas à la résurrection, ou au catéchisme; je ne vais pas me prosterner dans des chapelles, mais je crois. Ma femme et moi nous allons à l'église au moins deux fois par mois, mes deux enfants sont enfants de chœur. Je suis généreux parce que je veux l'être. Vous comprenez ça?

– Bien sûr. Je n'ai pas ce genre de sentiment mais je comprends.

– Et je viens de sortir de chez cet homme!

– Hé, du calme! Qu'est-ce qu'il y a?

McAllister regarda droit devant lui. Les phares des voitures qui venaient en sens inverse dessinaient d'étranges ombres sur son visage.

– Que Dieu ait pitié de mon âme, murmura-t-il.

IV

Des cris emplirent soudain l'obscurité, une cacophonie grondante de voix. Puis des corps jaillirent tout autour d'eux, hurlant, leurs visages déformés par la frénésie. Webb tomba à genoux, couvrant son visage et son cou de ses deux mains du mieux qu'il pouvait, balançant ses épaules de droite à gauche, essayant de se transformer en cible mobile dans le cercle d'attaque. Ses habits sombres l'avantageaient dans le noir mais ne seraient d'aucune utilité contre une rafale de mitraillette qui emporterait au moins un de ses gardes avec lui. Pourtant les tueurs ne choisissaient pas toujours les balles. Il y avait aussi les fléchettes – petits missiles empoisonnés propulsés par air comprimé et qui frappaient la chair, apportant la mort en quelques minutes, voire quelques secondes.

Une main agrippa son épaule. Il pivota sur lui-même, sa main décrivit un arc dans l'air, déboîtant la main qui le tenait, tandis qu'il s'accroupissait sur sa gauche, comme un animal.

– Tout va bien, professeur? demanda le garde sur sa droite, gémissant en tenant sa lampe torche.

– Quoi? Que s'est-il passé?

– C'est pas génial? cria le garde sur sa gauche tandis que David se relevait.

– Quoi?

– Des mômes avec cet esprit. Ça fait vraiment du bien de voir que ça existe encore...

C'était fini. Le calme était retombé sur le campus et, au loin, entre les bâtiments de pierre de taille qui faisaient face au stade, les flammes d'un grand feu de joie montaient jusqu'aux basses branches des arbres. Les supporters de l'équipe de football locale fêtaient leur victoire, et les gardes riaient.

— Ça va, vous? continua le garde sur sa gauche. Vous vous sentez mieux maintenant, avec nous tous?

C'était fini. La crise de folie qu'il s'était lui-même infligée était terminée. Vraiment? Pourquoi sa poitrine continuait-elle à battre si fort? Pourquoi était-il si stupéfait, si effrayé? Quelque chose allait de travers.

— Pourquoi est-ce que toute cette parade m'inquiète? dit David en contemplant sa tasse de café sur la table de la cuisine de leur vieille maison victorienne.

— Tes balades sur la plage te manquent, dit Marie en déposant un œuf poché sur un toast pour David. Mange ça avant de fumer ta première cigarette.

— Non, vraiment. Ça m'inquiète. Toute cette semaine passée, j'ai eu l'impression d'être un canard dans un stand de tir superficiellement protégé. Ça m'a frappé hier après-midi.

— Qu'est-ce que tu veux dire? demanda Marie en posant la poêle dans l'évier, les yeux fixés sur son mari. Tu as six hommes autour de toi, quatre sur tes flancs comme tu dis et deux qui regardent partout, devant et derrière toi.

— Une parade.

— Pourquoi tu appelles ça comme ça?

— Je ne sais pas. Tout le monde est bien à sa place, comme s'ils marchaient au son du tambour. Je ne sais pas.

— Mais tu sens quelque chose?

— Je crois.

— Dis-moi... Ces impressions que tu as m'ont déjà sauvé la vie une fois à Zurich. J'aimerais l'entendre... Enfin, peut-être pas, mais je me sentirais fichtrement mieux.

Webb fit éclater le jaune de son œuf sur le toast.

— Tu te rends compte comme ce serait facile pour quelqu'un — quelqu'un d'assez jeune pour avoir l'air d'un étudiant — de me croiser quelque part sur le campus et de m'expédier une fléchette à air comprimé? Il pourrait couvrir le son en toussant ou en riant et m'envoyer 100 cm^3 de strychnine dans le sang.

— Tu connais bien mieux ce genre de chose que moi.

– Bien sûr, parce que c'est comme ça que je procéderais.

– Non! C'est comme ça que Jason Bourne procéderait. Pas toi.

– Très bien. Je projette. Cela ne détruit pas la possibilité.

– Qu'est-ce qui s'est passé hier?

Webb jouait avec son œuf dans son assiette.

– Le cours s'est terminé tard, comme d'habitude. Il commençait à faire sombre, mes gardes sont arrivés et on a traversé le stade jusqu'au parking. Il y avait foule – notre insignifiante équipe de football contre une autre insignifiante équipe – et une masse d'adolescents nous a dépassés, ils couraient vers un grand feu de joie derrière les gradins en hurlant, en chantant. Et j'ai soudain pensé : ça y est! C'est maintenant que ça va arriver, si cela doit arriver. Crois-moi, pendant ces quelques secondes j'étais Bourne. Je me suis jeté à terre, j'ai glissé sur le côté et j'ai regardé tout ce qui m'entourait – je n'étais pas loin de la panique totale.

– Et? dit Marie, troublée par le soudain silence de son mari.

– Mes prétendus gardes du corps regardaient les mômes en riant, les deux de devant avaient même un ballon de foot dans les bras. Ils se marraient.

– Et ça t'a troublé?

– Instinctivement. J'étais une cible vulnérable au milieu d'une foule excitée. Ce sont mes nerfs qui m'ont dit ça, ma tête n'a même pas eu besoin de fonctionner.

– Et qui est-ce qui parle, là, maintenant?

– Je n'en suis pas sûr. Tout ce que je sais c'est que, pendant ces quelques secondes, plus rien n'avait de sens pour moi. Et puis, juste un instant après, comme pour souligner mes impressions, l'homme derrière moi sur ma gauche s'est approché et il a dit quelque chose comme : C'est bien de voir qu'il y a encore des mômes comme ça, ça fait du bien, non?... J'ai marmonné quelque chose d'incompréhensible et là il a dit, et ce sont ses propres mots : « Ça va, vous? Vous vous sentez mieux maintenant, avec nous tous?... »

David regarda sa femme.

– Est-ce que je me sentais mieux maintenant?... moi?

– Il parlait de son boulot, l'interrompit Marie. De ta protection. Je suis certaine qu'il voulait savoir si tu te sentais en sécurité.

– Vraiment? Ma sécurité leur importe vraiment? Cette foule de mômes braillards, l'obscurité, les corps réduits à des silhouettes, les visages invisibles... Et il se marre, ça l'amuse. Ils rient tous! Est-ce qu'ils sont vraiment là pour me protéger?

– Pour quoi d'autre?

– Je ne sais pas. C'est sans doute parce que j'ai marché sur des planètes qu'ils ne connaissent pas. Peut-être est-ce que je pense trop, trop à McAllister et à ces yeux qu'il a... S'il ne clignait pas des yeux de temps en temps, ça lui ferait un regard de poisson crevé. On peut y lire à peu près ce qu'on veut – ça dépend comment on se sent à ce moment-là...

– Ce qu'il t'a dit t'a choqué, dit Marie, appuyée sur l'évier, les bras croisés sur la poitrine, scrutant l'expression étrange de son mari. Cela a obligatoirement eu un terrible effet sur toi. Je parle en connaissance de cause.

– C'est probablement ça, acquiesça Webb. C'est assez ironique, mais autant il y a de choses que je voudrais me rappeler, autant il y en a que je voudrais pouvoir oublier.

– Pourquoi est-ce que tu n'appelles pas McAllister pour lui dire ce que tu ressens, ce que tu penses? Tu as une ligne directe avec son bureau et avec chez lui. C'est ce que Mo Panov te conseillerait.

– Oui. C'est ce que Mo ferait, fit David en attaquant son œuf froid distraitement. S'il existe un moyen de se débarrasser d'une anxiété spécifique, fais-le aussi vite que tu peux, voilà ce qu'il dirait.

– Alors fais-le!

Webb sourit, avec autant d'enthousiasme qu'il mettait à manger son œuf.

– Soit je l'appelle, soit je ne l'appelle pas. Je préférerais ne pas avoir à lui annoncer une paranoïa latente ou récurrente, ou passive, quel que soit le nom qu'ils donnent à ça. Mo prendrait immédiatement l'avion et me tripoterait la cervelle.

– Si ce n'est pas lui, ce sera moi!

– *Ni shi nuhaizi,* dit David en s'essuyant la bouche.

Il se leva et marcha vers elle.

— Et qu'est-ce que cela veut dire, ô mon inscrutable mari et quatre-vingt-septième amant?

— Pute-déesse... Cela veut dire que tu es une petite fille – pas si petite que ça – et que je peux encore te traîner jusqu'au lit et pas pour te donner une fessée.

— Tout ça en une si petite phrase?

— Nous ne gaspillons pas les mots, nous peignons des paysages... Il faut que je parte. Ce matin le cours porte sur Rama III, roi de Siam et ses prétentions sur les Etats malais au tout début du XIXe siècle. C'est chiant à mourir, mais important. Le pire c'est qu'il y a un étudiant, un Birman de Moulmein, qui est là dans le cadre de je ne sais quels échanges et qui, je crois, en sait bien plus long que moi!

— Le Siam? demanda Marie en le serrant dans ses bras. C'est la Thaïlande, non?

— Oui, maintenant.

— Ta femme, tes enfants? Tu as mal, David?

Il la regarda. Il l'aimait tellement.

— Ça ne peut pas faire trop mal, puisque je ne vois pas très bien. Parfois j'espère ne jamais me souvenir complètement.

— Je ne pense pas du tout comme ça. Je voudrais que tu puisses les voir et les entendre et les sentir. Et que tu saches que je les aime aussi.

— Mon Dieu...

Il la serra, leurs corps rassemblés en une chaleur qui leur appartenait, à eux seuls.

La ligne était occupée pour la deuxième fois. Webb reposa le combiné et se replongea dans *Le Siam sous Rama III*, de W.F. Vella pour voir si l'étudiant birman avait raison en ce qui concernait le conflit avec le sultan de Kedah sur la disposition de l'île de Penang. C'était l'heure de la confrontation dans les sentiers raréfiés de l'académisme. La pagode Moulmein de la poésie de Kipling venait d'être remplacée par un petit étudiant prétentieux qui n'avait aucun respect pour ses aînés – Kipling comprendrait, et torpillerait le bonhomme. On frappa à la porte de son bureau, et la porte s'ouvrit avant que David ne puisse dire d'entrer. C'était l'un de ses gardes du corps, l'homme qui lui avait parlé la veille au soir dans la foule, dans le bruit, dans le centre de sa peur.

– Bonsoir, professeur.

– Salut. Vous vous appelez Jim, n'est-ce pas?

– Non. Johnny. Aucune importance, vous n'êtes pas censé retenir tous nos noms du premier coup.

– Il se passe quelque chose?

– Au contraire, monsieur. Je passais pour vous dire au revoir. Au nom de mes collègues, aussi. Tout est O.K. et vous retournez à la normale. On nous a donné l'ordre de rentrer à B-One-L.

– Pardon?

– Ça paraît absurde, hein? Au lieu d'appeler ça le quartier général, ils appellent ça B-One-L. Comme si les gens ne pouvaient pas deviner de quoi il s'agit!

– Je ne vois pas...

– Base One Langley! On est de la CIA, tous les six, mais je pense que vous le saviez...

– Vous partez? Tous les six?

– Oui, c'est ça.

– Mais je croyais... je croyais qu'on était en situation de crise, ici?

– Tout est O.K....

– Personne ne m'a prévenu. McAllister ne m'a pas appelé!

– Désolé, je ne sais pas qui c'est. Nous, on a juste nos ordres.

– Vous ne pouvez pas faire ça!!! Venir et me dire au revoir sans aucune explication! Je suis une cible vivante! Ce type de Hong-kong veut ma mort!

– Eh bien, je ne sais pas si on vous a raconté ça ou si vous vous l'êtes raconté vous-même, mais je sais que j'ai un problème de catégorie A qui m'attend à Newport. On va nous « briefer » et on y va...

– Un problème de catégorie A?... Et moi, alors?

– Reposez-vous, professeur. On nous a dit que vous en aviez besoin.

L'homme de la CIA fit brusquement demi-tour, franchit la porte et la referma derrière lui.

... Eh bien je ne sais pas si on vous a raconté ça ou si vous

vous l'êtes raconté vous-même... Et vous professeur? Vous vous sentez mieux avec nous tous autour?...

Parade? Non, songea Webb en frémissant... Charade.

Où était le numéro de McAllister? Où, bordel? Il l'avait noté deux fois, une à la maison et une dans le tiroir de son bureau – non, dans son portefeuille! Il le trouva et, tremblant de tout son corps, de peur et de colère, il composa le numéro.

– Bureau de M. McAllister, dit une voix de femme.

– Je croyais que c'était sa ligne privée. C'est ce qu'il m'avait dit!

– M. McAllister n'est pas à Washington, monsieur. Dans ce cas nous devons prendre les appels et les enregistrer.

– Les enregistrer? Où est-il?

– Je ne sais pas, monsieur. Je ne suis qu'une des secrétaires. Il nous appelle une fois par jour à peu près. Pouvez-vous me donner votre nom s'il vous plaît?

– Ecoutez-moi bien, je m'appelle Webb, Jason Webb... *non! David!* David Webb! Il faut que je lui parle immédiatement!

– Je vais vous passer le département qui traite les appels urgents...

Webb écrasa le combiné sur le téléphone. Il avait le numéro de McAllister chez lui. D'une main qui lui paraissait ne plus lui appartenir il le composa.

– Allô!

C'était une voix de femme.

– M. McAllister s'il vous plaît?

– Je suis désolée mais il n'est pas là. Si vous voulez bien me laisser votre nom et votre numéro, je transmettrai...

– Quand?

– Eh bien, il devrait m'appeler demain ou après-demain. Il le fait toujours.

– Pourriez-vous me donner le numéro de là où il est en ce moment, madame McAllister! Je suppose que vous êtes bien madame McAllister?

– Je l'espère. Depuis dix-huit ans... Qui êtes-vous?

– Webb. David Webb.

– Ah oui, bien sûr! Edward parle rarement de son travail – et dans votre cas il s'en est bien gardé – mais il m'a dit que vous et votre femme étiez des gens si charmants. En fait, puisque je vous tiens, notre fils aîné, qui termine au lycée, est très intéressé par l'université où vous enseignez. Bon, depuis quelque temps ses résultats sont plutôt médiocres mais il est tellement enthousiaste, c'est un enfant si plein de vie, je suis certaine que...

– Madame McAllister! cria Webb. Il faut que je joigne votre mari! immédiatement!

– Oh, je suis vraiment désolée, mais je ne crois pas que ce soit possible. Il est en Extrême-Orient et, malheureusement, je n'ai aucun numéro où le joindre. En cas d'urgence j'appelle toujours le Département d'Etat.

David raccrocha. Il devait alerter – appeler – Marie. La ligne devait être libre maintenant. Elle était occupée depuis plus d'une heure et il n'existait personne avec qui sa femme pût parler ainsi au téléphone pendant une heure, pas même à son père, ni à sa mère, ni à ses deux frères au Canada. Une grande affection les liait tous, mais elle était le « veau non marqué » du ranch familial. Elle n'était pas aussi francophile que son père, moins popote que sa mère et bien qu'elle adorât ses frères, elle avait oublié leurs problèmes de lassos et avait trouvé une autre vie dans les strates de la haute économie, avec un doctorat et un emploi enrichissant dans le gouvernement canadien. Et enfin, elle avait épousé un Américain.

Quel dommage.

La ligne était toujours occupée. Bon Dieu! Marie!

Webb se figea, son corps soudain changé en un bloc de glace prêt à exploser. Il pouvait à peine bouger, mais il se leva, puis bondit hors de son bureau, courut dans le couloir à une telle vitesse qu'il renversa trois étudiants et un de ses collègues, en envoyant valdinguer deux contre un mur et piétinant presque les deux autres. Il ressemblait à un homme soudain possédé.

En atteignant sa maison, il écrasa les freins. La voiture dérapa, mais il était déjà dehors, il courait sur le sentier. Il atteignit la porte et s'arrêta d'un seul coup, le souffle coupé. La porte était ouverte, et sur l'un des panneaux de bois travaillé, il y avait une main imprimée en rouge – du sang!

Webb se précipita à l'intérieur, bousculant tout sur son passage. Les meubles s'écrasaient, les lampes tombaient. Il cherchait. Rien... Alors il courut jusqu'au premier, ses deux mains changées en blocs de granite, chacun de ses nerfs guettant un son, une forme, son instinct de tueur soudain aussi clair que les taches rouges sur la porte en bas. Dans ces moments ii acceptait le fait qu'il était l'*assassin* – l'animal meurtrier – que Jason Bourne avait été. Si sa femme était là-haut, il tuerait qui essayait de lui faire du mal... ou qui lui avait déjà fait du mal.

Couché sur le plancher, il poussa la porte de leur chambre du bout des doigts.

L'explosion fit sauter tout le haut du hall. Il roula sous la déflagration, jusqu'à l'autre côté. Il n'avait pas d'armes, mais il avait un briquet. Il fouilla dans ses poches et en sortit une pile de feuillets griffonnés, en fit une boule, alluma son briquet. Le papier s'enflamma immédiatement. Il le jeta loin dans la chambre tout en bondissant vers les deux autres portes du couloir. Deux coups de pied, deux crashs. Il replongea à nouveau sur le sol et roula dans l'ombre.

Rien. Les deux pièces étaient vides. S'il y avait un adversaire, il était dans la chambre. Mais le couvre-lit était déjà en flammes. Le feu montait en grandissant vers le plafond. Plus que quelques secondes maintenant.

Maintenant!

Il plongea dans la chambre et, saisissant le couvre-lit en flammes il le fit tournoyer dans la pièce, s'accroupit et roula sur le plancher jusqu'à ce que le tissu ne soit plus que des cendres incandescentes, s'attendant à tout instant à une morsure glaciale dans l'épaule ou dans les bras, mais sachant qu'il encaisserait et qu'il tuerait son ennemi. Mon Dieu... Il était Jason Bourne, à nouveau!

Rien ne se passait. Sa Marie n'était plus là. Il ne restait rien qu'une machinerie munie d'un fil qui avait actionné la gâchette d'un fusil braqué, selon un certain angle, pour tuer quand il ouvrirait la porte. Il piétina les flammes sur la moquette, chercha une lampe de chevet et l'alluma.

Marie...

Puis il la vit. Une petite note posée sur l'oreiller de son côté du lit. *Une femme pour une femme, Jason Bourne. Elle est blessée, mais pas mortellement, contrairement à la mienne. Vous savez où me trouver et où la trouver, si vous êtes prudent et fortuné. Peut-être pouvons-nous faire affaire, car j'ai des ennemis, aussi. Sinon, qu'est-ce que la mort d'une jeune fille de plus?.*

Webb hurla, tomba sur les oreillers, essayant d'étouffer l'horreur qui montait dans sa gorge, de rejeter la douleur qui martelait ses tempes. Puis il se retourna et regarda le plafond. Une passivité terrible, d'une brutalité totale, l'envahit. Des choses enfouies dans sa mémoire remontaient à la surface – des choses qu'il n'avait jamais révélées même à Morris Panov. Des corps qui tombaient sous son couteau, sous ses balles – ce n'étaient pas des tueries imaginaires, c'était réel. Ces meurtres avaient fait de lui ce qu'il n'était pas, mais leurs instigateurs avaient trop bien fait leur travail. Il était devenu l'image, l'homme qu'il n'était pas censé être. Il y avait été obligé. Il avait dû survivre – sans savoir qui il était.

Et maintenant il connaissait les deux hommes en lui qui constituaient son être. Il se souviendrait toujours du premier car c'était l'homme qu'il voulait être. Mais pour l'instant il lui fallait être l'autre, l'homme qu'il méprisait.

Jason Bourne se leva du lit et s'approcha de l'armoire, qui contenait un petit coffre. Il prit la clef attachée par une bande adhésive au plafond du placard, l'inséra dans la serrure, et ouvrit le petit coffre. Dedans il y avait deux automatiques démontés, quatre cordes à piano soudées à des poignées qu'il pouvait dissimuler dans ses paumes, trois passeports valides sous trois différents noms, et six charges de plastic capables de faire sauter des pièces entières. Il se servirait de tout. David Webb allait trouver sa femme. Sinon Jason Bourne allait devenir le terroriste que jamais personne n'avait osé imaginer dans le pire de ses cauchemars. Il n'en avait plus rien à foutre – on lui avait trop pris. Il n'en supporterait pas davantage.

Bourne acheva de mettre en place les pièces du deuxième automatique et bloqua le chargeur. Ils étaient prêts. Il était prêt. Il revint vers le lit et s'allongea, fixant à nouveau le plafond. La logique des choses allait se mettre en place. Il le savait. Alors commencerait la chasse. Il la retrouverait – morte ou vivante – et si elle était morte, alors il allait tuer, tuer et tuer encore! Le responsable ne pourrait jamais lui échapper. On n'échappait pas à Jason Bourne.

V

Se contrôlant à peine, il savait que le calme était exclu. Sa main serrait l'automatique, tandis que son esprit zigzaguait comme s'il courait entre des balles, au fur et à mesure que les différentes options claquaient dans sa tête. Avant toute chose, il lui était impossible de demeurer immobile. Il fallait qu'il reste en mouvement. Il fallait qu'il se lève, qu'il bouge!

Le Département d'Etat. Ces hommes qu'il avait connus pendant les derniers mois passés dans ce complexe médical secret de Virginie. Ces hommes insistants, obsédés, qui le questionnaient sans cesse, qui lui montraient des douzaines de photos jusqu'à ce que Mo Panov leur ordonne d'arrêter. Il avait appris leurs noms, les avait mis par écrit, songeant qu'un jour il aurait besoin de savoir qui ils étaient – sans autre raison qu'une méfiance viscérale. Ces hommes avaient tenté de le tuer seulement quelques mois plus tôt. Pourtant il n'avait jamais demandé leurs noms, et on ne les lui avait jamais donnés, il ne les connaissait que comme Harry, Bill, ou Sam, théoriquement pour ne pas ajouter à la confusion qui le submergeait. Mais il s'était attaché à lire discrètement leurs plaques d'identité, et, une fois seul, avait écrit leurs noms et caché ces papiers dans un tiroir avec ses affaires personnelles. Quand Marie venait le voir, tous les jours, il lui donnait ces papiers et lui disait de les cacher dans la maison, de les cacher soigneusement.

Plus tard, Marie avait dû admettre que, bien qu'elle ait agi comme il le lui avait dit, elle pensait toujours que ses soupçons étaient excessifs, qu'il se rongeait trop avec ça. Mais un matin, quelques minutes après une séance particulièrement violente avec les hommes de Washington, David l'avait conjurée de quitter le complexe médical immédiatement, de courir à sa voiture, de foncer à sa banque où elle avait un coffre et de faire la chose suivante : placer un petit morceau de cheveu au bord du coffre, coincé dans la porte, de le fermer, de sortir de la banque et de revenir deux heures plus tard pour voir s'il y était toujours.

Il n'y était plus. Pourtant elle avait bien accroché le morceau de cheveu. Il n'avait pas pu tomber, sauf si on avait ouvert le coffre. Elle l'avait retrouvé par terre, sur le plancher de la chambre forte.

— Comment le savais-tu? lui avait-elle demandé.

— Un de mes gentils interrogateurs s'est énervé et a essayé de me provoquer. Mo n'était pas dans la pièce et le type m'a carrément accusé de faire semblant, de leur cacher des choses. Je savais que tu devais venir, alors j'ai tenté le coup. Je voulais voir jusqu'où ils iraient, jusqu'où ils pouvaient aller.

Rien n'avait plus été sacré, depuis. Rien n'était plus sacré, maintenant. Tout était par trop symétrique. On avait enlevé les gardes du corps, on avait même mis carrément en doute ses propres réactions, comme si c'était lui qui avait demandé davantage de protection et pas ce McAllister. Et, en quelques heures, Marie avait été enlevée, selon un scénario visiblement écrit avec grand soin par cet homme nerveux aux yeux de poisson mort. Et voilà que ce McAllister était soudain à dix mille kilomètres de là, à dix mille kilomètres de son merveilleux plan! Avait-il été retourné? Est-ce que quelqu'un de Hong-kong l'avait acheté? Est-ce qu'il avait trahi Washington aussi bien que l'homme qu'il était censé protéger? Que se passait-il?

Quoi qu'il se passe, il existait, entre autres secrets barbares, le nom de code Méduse. Il n'en avait jamais été question durant les interrogatoires, jamais ce nom n'était remonté à la surface. Etonnante absence... c'était comme si ce bataillon de tueurs psychotiques n'avait jamais existé. Son histoire avait été effacée des livres. Mais on pouvait faire ressortir cette histoire. Il allait commencer par là.

Webb sortit rapidement de la chambre et descendit l'escalier jusqu'à son bureau, autrefois une petite bibliothèque de cette vieille maison victorienne. Il s'installa devant sa table, ouvrit le tiroir du fond et le vida, posant carnets et papiers sur le bureau. Il saisit un coupe-papier en cuivre et dégagea le double fond du tiroir. Sur la seconde couche de bois, il y avait d'autres papiers. Ce n'était qu'une sorte de vague collection de fragments de sa vie, d'images qui lui étaient revenues parfois en pleine nuit. Il y avait des blocs-notes usés à force d'être pliés dans ses poches, des morceaux de papier à lettres, même des serviettes de papier sur lesquelles il avait noté les images et les mots qui explosaient dans sa tête. Ce n'était qu'une masse d'évocations douloureuses, d'instants de torture pure qu'il n'avait jamais pu partager avec Marie, craignant que la douleur ne fût trop grande, que les révélations de Jason Bourne ne soient trop brutales pour sa femme. Et, parmi ces secrets, se trouvaient les noms des experts en opérations clandestines qui l'avaient questionné si profondément en Virginie.

Les yeux de David s'arrêtèrent soudain sur la noirceur du gros calibre posé au coin du bureau. Sans s'en rendre compte, il l'avait gardé en main et était descendu avec. Il le regarda un instant puis saisit le téléphone. C'était le début de l'heure la plus épouvantable de sa vie, car, malgré sa rage, Marie s'éloignait de plus en plus.

Les deux premiers appels. Il tomba sur des femmes ou des maîtresses. Les hommes qu'il voulait atteindre avaient miraculeusement disparu en entendant son nom. Il était encore en liberté conditionnelle. Ils ne lui répondraient pas sans autorisation, et cette autorisation n'était pas près de venir. Bon Dieu, il aurait dû y penser !

— Allô !

— Est-ce bien la résidence de M. Lanier ?

— Oui...

— William Lanier, s'il vous plaît. Dites-lui que c'est urgent. Une alerte Seize Zéro Zéro. Je m'appelle Thompson, Département d'Etat.

— Un instant, dit la femme d'un air inquiet.

— Qui est à l'appareil ? demanda une voix d'homme.

— C'est David Webb. Vous vous souvenez de Jason Bourne, non ?

— Webb ? Un silence suivit. On entendait Lanier respirer. Pourquoi avez-vous prétendu vous appeler Thompson et que c'était une alerte déclenchée par la Maison Blanche ?

— J'avais comme dans l'idée que vous refuseriez de me parler. Parmi les choses dont je me souviens, il y a cette règle qui fait qu'on ne s'adresse pas à certaines personnes sans autorisation supérieure. Les liens sont censés ne plus exister. Vous vous contentez de signaler l'appel.

— Je suppose que vous vous souvenez aussi qu'il est tout à fait irrégulier d'appeler quelqu'un comme moi sur une ligne privée!

— Une ligne privée! Vous êtes bien obligé d'en avoir une!

— Vous savez très bien à quoi je fais allusion!

— J'ai dit que c'était un cas d'urgence.

— Cela ne peut rien avoir à faire avec moi, protesta Lanier. Dans mon bureau, votre dossier est enterré.

— Mort et enterré, c'est ça?

— Non, je n'ai pas dit ça, répondit l'homme des actions secrètes. Je voulais dire que vous ne faites plus partie de mon emploi du temps et que la politique de la maison veut qu'on n'intervienne pas dans les opérations des autres.

— Quels autres? demanda Webb d'une voix acérée.

— Comment diable pourrais-je le savoir?

— Vous êtes en train d'essayer de me convaincre que ce que j'ai à dire ne vous intéresse pas?

— Que cela m'intéresse ou pas n'a rien à voir. Vous n'êtes plus sur aucune de mes listes, c'est tout ce que je dois savoir. Si vous avez quelque chose à dire, appelez votre contact.

— J'ai essayé. Sa femme dit qu'il est en Extrême-Orient.

— Essayez son bureau. Quelqu'un s'occupera de vous.

— Je le sais. Et je n'ai aucune envie qu'on s'occupe de moi. Je veux parler à quelqu'un que je connais, et je vous connais, Bill. Vous vous souvenez? C'était « Bill » en Virginie, c'est comme ça que vous m'aviez dit de vous appeler. A l'époque ça vous intéressait beaucoup, ce que j'avais à raconter...

— C'est du passé. Ecoutez, Webb, je ne peux pas vous aider parce que je ne peux rien vous conseiller. Je ne sais pas ce que vous avez à dire, mais je ne pourrai pas y répondre. Je ne sais rien de votre statut actuel, rien depuis presque un an. Votre contact est... On peut le joindre. Rappelez le Département d'Etat. Je raccroche.

– Méduse, chuchota David. Vous m'entendez, Lanier... Méduse!

– Méduse quoi? Vous essayez de me dire quelque chose?

– Je vais tout faire sauter, tout dire, vous m'entendez? Je vais exposer tout ce sale bordel si on ne me donne pas des réponses!

– Pourquoi ne voulez-vous pas passer par le circuit normal? demanda froidement l'homme des opérations secrètes. Ou bien allez vous faire soigner dans un hôpital.

Il y eut un déclic et David, en sueur, raccrocha.

Lanier ne savait rien de Méduse. S'il avait su quelque chose, il serait resté en ligne, essayant d'en apprendre le plus possible, car Méduse était au carrefour de la « politique » des renseignements et de l'actualité présente. Mais Lanier était l'un des plus jeunes de ceux qui l'avaient interrogé. A peine trente-cinq ans. Il était très brillant, mais loin des vétérans du renseignement. Quelqu'un d'un peu plus vieux l'aurait sans doute laissé parler, car il aurait su l'histoire de ce bataillon renégat, malgré la profondeur du secret. Webb examina les noms sur sa liste et les numéros correspondants. Il reprit le téléphone.

– Allô! – Une voix d'homme.

– Vous êtes bien Samuel Teasdale?

– Ouais, c'est ça. Qui êtes-vous?

– Je suis content que ce soit vous qui répondiez et pas votre femme.

– C'est souvent le cas, dit Teasdale soudain méfiant, mais ma femme est partie dans les Caraïbes avec quelqu'un dont je n'avais jamais entendu parler. Maintenant que vous connaissez ma vie privée, qui diable êtes-vous?

– Jason Bourne, vous vous souvenez?

– Webb?

– Je me souviens vaguement de ce nom-là, oui, dit David.

– Pourquoi est-ce que vous m'appelez?

– Vous étiez plutôt amical. En Virginie, vous m'aviez dit de vous appeler Sam...

– O.K., O.K., David, c'est vrai. Je vous avais dit de m'appeler Sam : c'est comme ça que mes amis m'appellent.

Teasdale était étonné, énervé, cherchait ses mots.

– Mais c'était il y a presque un an, Davey, et vous connaissez les règles. On vous a attribué un contact, quelqu'un à qui parler, sur le terrain ou bien au Département d'Etat. C'est lui que vous devriez appeler : c'est lui qui sait ce qui se passe à présent.

– Parce que vous ne le savez pas, Sam?

– Sur vous je ne sais rien, non. Je me souviens des ordres. On nous les avait posés sur nos bureaux quelques semaines après votre départ de Virginie. Toutes questions concernant le sujet, etc., devaient être rapportées à la section je ne sais quoi, le sujet ayant plein accès au Département d'Etat et restant en contact avec des agents sur le terrain, etc.

– Les agents, si c'en était, ont été retirés de la scène et mon contact direct a disparu.

– Allons, protesta Teasdale d'un air soupçonneux, c'est dingo, ça ne peut pas se produire.

– C'est vrai! hurla Webb. Il s'agit de ma femme, merde!

– Quoi, votre femme? De quoi parlez-vous?

– Elle a disparu, espèce d'enculé... vous êtes tous des chiens! Vous avez laissé les choses se produire!

Webb saisit son poignet droit et le serra de toutes ses forces pour arrêter le tremblement qui l'envahissait.

– Je veux des réponses, Sam! Je veux savoir qui a enlevé les gardes du corps! qui s'est retourné! J'ai une vague idée, mais j'ai besoin de réponses pour le clouer au sol... pour vous démolir, tous, s'il le faut.

– Hé, ça suffit! cria Teasdale, très énervé. Si vous essayez de me compromettre, vous vous gourez de bonhomme, pauvre con! Va te faire soigner, dingo! Retourne chanter chez les cinoques! Je n'ai pas à te parler, tout ce que j'ai à faire c'est rapporter que tu as téléphoné, ce que je vais faire dès que j'aurai raccroché. Je ne me gênerai pas pour leur dire que tu m'as balancé un seau de merde délirante! Prends soin de ta pauvre tête!

– Méduse! s'écria Webb. Personne ne veut parler du nom de code Méduse, hein? Même aujourd'hui, il reste au fond des coffres, hein?

Il n'y eut pas de déclic, cette fois. Teasdale ne raccrocha

pas. A l'inverse, il se remit à parler très calmement, d'une voix neutre.

– Ce sont des rumeurs, dit-il. Comme les dossiers de Hoover – c'est des amuse-gueule. C'est très bien pour amuser la galerie, mais ça ne vaut pas grand-chose.

– Je ne suis pas une rumeur, Sam. Je suis vivant, je respire, je vais aux chiottes et je transpire... je transpire, en ce moment. Ce n'est pas une rumeur.

– Tu as eu des problèmes, Davey.

– J'y étais! J'ai combattu dans Méduse! Certains disent que j'étais le meilleur, ou le pire! C'est pour ça qu'on m'avait choisi, choisi pour devenir Jason Bourne.

– Je ne sais rien de tout ça. On n'en a jamais parlé, donc je ne peux rien en savoir. Est-ce qu'on en a parlé, Davey?

– Arrête de m'appeler Davey. Je ne suis pas Davey!

– On s'appelait Sam et Davey en Virginie, tu ne te souviens pas?

– Je m'en fous! On jouait tous un jeu. Morris Panov contrôlait tout jusqu'au jour où tu as voulu jouer au méchant.

– Je m'en excuse, dit gentiment Teasdale. On a tous nos mauvais jours. Je t'ai parlé de ma femme...

– Je me fous de ta femme! C'est la mienne qui m'intéresse! Et je vais tout dire sur Méduse si on ne me donne pas des réponses, et de l'aide!

– Je suis certain que tu trouveras toute l'aide nécessaire en appelant le Département d'Etat, ton contact...

– Il n'est pas là. Il est parti!

– Eh bien, demande son remplaçant! On t'aiguillera!

– M'aiguiller? Bon Dieu, mais qu'est-ce que tu es? Un robot?

– Non, juste un type qui essaie de faire son boulot, monsieur Webb, et j'ai bien peur de ne pas pouvoir en faire plus pour vous ce soir. Bonne nuit.

Il y eut un déclic et Teasdale n'était plus là.

Il y avait un autre homme, pensa David en examinant sa liste. Il frotta ses paupières humides de sueur. Un type plutôt engageant, moins acide que les autres, un mec du Sud, dont la lenteur verbale était soit un moyen de dissimuler un esprit vif, soit une véritable résistance mentale en face d'un boulot qui ne le mettait pas à son aise.

— Je suis bien chez M. Babcock?

— Bien sûr, répliqua une voix de femme qui sentait presque le magnolia. Ce n'est pas notre maison, comme je le fais toujours remarquer, mais nous habitons effectivement ici.

— Pourrais-je parler avec Harry Babcock, s'il vous plaît?

— Puis-je savoir qui le demande? fit la femme avec un fort accent du Sud. Il se peut qu'il soit dans le jardin avec les enfants, ou bien qu'il les ait emmenés au parc. Ils ont réparé les réverbères et on peut s'y promener sans danger...

Le moyen idéal pour dissimuler un esprit vif... Mme Babcock fonctionnait comme son mari.

— Je m'appelle Reardon, du Département d'État. J'ai un message urgent pour M. Babcock. Mes instructions sont de le joindre le plus rapidement possible. C'est un cas d'urgence.

Il y eut l'écho étouffé d'un téléphone qu'on couvre de la main, des bruits lointains. Harry Babcock prit la ligne, d'une voix délibérément lente.

— Je ne connais pas de M. Reardon, monsieur Reardon. Tous mes relais viennent d'un standard spécial qui s'identifie lui-même. Êtes-vous un standard, monsieur?

— Je ne crois pas avoir jamais vu quelqu'un passer du jardin au bureau à une telle vitesse, monsieur Babcock.

— Remarquable, hein? Je devrais faire les Jeux Olympiques, peut-être. Mais je crois pourtant connaître votre voix. C'est juste votre nom que je ne remets pas.

— Qu'est-ce que vous diriez de Jason Bourne?

Le silence fut bref — un esprit très, très vif.

— Ah, mais ce nom nous ramène loin en arrière, n'est-ce pas? Presque un an. C'est vous, hein, David?

Ce n'était pas vraiment une question.

— Oui, Harry. Il faut que je vous parle.

— Non, David. Vous devriez parler à d'autres, pas à moi.

— Vous voulez dire que je suis coupé de tout?

— Sainte Vierge! Vous êtes si abrupt, si discourtois. Je serais ravi de savoir comment vous et votre délicieuse femme profitez de votre nouvelle vie dans le Massachusetts...

– Dans le Maine.

– Bien sûr, bien sûr. Excusez-moi. Est-ce que tout va bien? Je suis certain que vous vous rendez compte que mes collègues et moi sommes débordés par tant de problèmes que nous n'avons pas pu continuer à suivre votre dossier.

– Quelqu'un d'autre m'a dit que vous ne pouviez pas mettre la main dessus.

– Je ne crois pas qu'on ait essayé.

– Je veux parler, Babcock, dit David sèchement.

– Pas moi, répliqua Babcock d'une voix presque glaciale. Je m'en tiens aux règles, et, pour être franc, vous êtes coupé de gens comme moi. Je ne me demande pas pourquoi – les choses changent, les choses changent toujours.

– Méduse! dit David. Ne parlons pas de moi, parlons de Méduse!

Le silence fut plus long que le précédent. Et lorsque Babcock se remit à parler, ce fut d'une voix blanche.

– Cette ligne est stérile, Webb, donc je vais vous dire ce que je veux vous dire. On vous a presque éliminé, l'an dernier, et cela aurait été une grossière erreur. Nous aurions porté votre deuil très sincèrement. Mais si vous essayez de casser les fils, personne ne portera votre deuil cette fois-ci. Sauf peut-être votre femme.

– Espèce d'enfant de salaud! Elle a disparu! On l'a enlevée! Et c'est vous, bande d'enculés, qui avez laissé faire ça!

– Je ne sais pas de quoi vous parlez.

– Mes gardes du corps! On les a enlevés, tous, tous ces salopards, et elle a été kidnappée! Je veux des réponses, Babcock, sinon je dévoile tout! Maintenant, vous allez faire exactement ce que je vous dis de faire, sinon il y aura plus d'enterrements que dans le pire de vos cauchemars! Vous y passerez tous! Vos femmes, vos enfants!... Vous pouvez tenter ce que vous voulez, je suis Jason Bourne! Vous vous souvenez?

– Vous êtes un cinglé, ça je m'en souviens. Avec des menaces comme ça, nous allons envoyer une équipe après vous. Façon Méduse! Vous pouvez tenter ce que vous voulez, mon pote!

Soudain un raclement furieux interrompit la communication. Un bruit presque assourdissant qui montait dans les aigus et qui obligea David à écarter vivement le téléphone de son oreille. Puis on entendit la voix très calme d'une standardiste :

– Nous vous interrompons pour une urgence. Allez-y, Colorado.

Webb reprit doucement le combiné et le colla contre son oreille.

– Etes-vous Jason Bourne? demanda un homme qui avait une voix raffinée, aristocratique.

– Je suis David Webb.

– Bien évidemment. Mais vous êtes aussi Jason Bourne.

– Je l'étais, dit David hypnotisé par quelque chose qu'il ne parvenait pas à définir.

– Les différentes identités se mélangent parfois, monsieur Webb. Surtout lorsque, comme vous, on est passé à travers tant de choses.

– Qui êtes-vous, bon sang?

– Un ami, soyez-en sûr. Et un ami cautionne celui qu'il appelle un ami. Vous avez lancé des accusations outrageantes contre certains des plus dévoués serviteurs de ce pays, des hommes à qui on ne permettrait jamais de disparaître avec cinq millions de dollars – cinq millions qui n'ont pas encore réapparu.

– Vous voulez me fouiller?

– Pas plus que je ne désire fouiller dans le labyrinthe de comptes européens où votre femme a enterré les fonds!

– Elle a disparu! Est-ce que vos dévoués serviteurs vous l'ont dit?

– On vous a décrit comme surmené – délirant, voilà le mot employé – et portant toutes sortes d'accusations étonnantes concernant votre femme, oui.

– Concernant ma femme? Allez vous faire foutre! Elle a été kidnappée dans notre maison! Quelqu'un la retient parce qu'on me veut, moi!

– Vous en êtes certain?

– Demandez à ce poisson crevé de McAllister. C'est son scénario, du début à la fin. Et puis tout d'un coup le voilà parti à l'autre bout de la terre! En me laissant juste une note!

– Son scénario? demanda la voix qui dénotait un homme plus que cultivé.

– Absolument, spécifiquement. C'est l'histoire de McAllister et il l'a laissée se produire! Vous l'avez laissée se produire!

– Peut-être devriez-vous examiner cette note plus attentivement.

– Pourquoi?

– Parce que. Tout cela pourrait vous sembler plus clair avec un peu d'aide – une aide psychiatrique.

– Quoi?

– Nous voulons faire tout ce que nous pouvons pour vous, croyez-moi. Vous avez donné beaucoup – beaucoup plus qu'aucun homme – et votre extraordinaire contribution ne peut pas être ignorée, même si on en arrive à une cour de justice. Nous vous avons mis dans cette situation et nous vous soutiendrons – même s'il faut détourner les lois, corrompre les cours de justice.

– De quoi parlez-vous?

– Un très respectable médecin de l'armée a tué sa femme il y a plusieurs années, c'était dans les journaux. Le stress est devenu trop grand. Votre stress est multiplié par dix.

– Je n'y crois pas.

– Mettons les choses autrement, monsieur Bourne.

– Je ne suis pas Bourne!

– Très bien, monsieur Webb, je vais être franc avec vous.

– Voilà un grand pas en avant!

– Vous n'êtes pas en bonne santé. Vous sortez de huit mois de thérapie psychiatrique – il y a encore toute une partie de votre vie dont vous ne pouvez pas vous souvenir. Vous ne vous rappeliez même pas votre nom. Tout cela est dans votre dossier médical, ces méticuleux dossiers qui expliquaient clairement l'état avancé de votre maladie mentale, votre propension à la violence et le rejet obsessionnel de votre propre identité. Dans votre tourment vous fantasmez, vous prétendez être des gens que vous n'êtes pas. Vous semblez vouloir être quelqu'un d'autre que vous-même.

– C'est dément et vous le savez! Ce sont des mensonges!

– Dément est un mot très dur, monsieur Webb, et ce n'est pas moi qui mens. Néanmoins il est de mon devoir de protéger notre gouvernement du dénigrement, d'accusations non fondées qui pourraient causer un tort irréparable à notre pays.

– Dans quel genre?

– Votre second fantasme concernant une organisation inconnue que vous appelez Méduse. Maintenant je suis certain que votre femme vous reviendra – si elle le peut, monsieur Webb. Mais si vous persistez dans cette folie, avec cet abcès dans votre cerveau torturé que vous baptisez Méduse, nous vous collerons une étiquette. Schizophrène paranoïaque, menteur pathologique prêt à une violence incontrôlable, et autodestructeur. Si un tel homme affirme que sa femme a disparu, Dieu seul sait où ce comportement pathologique peut le mener... Suis-je assez clair?

David ferma les yeux. La sueur lui coulait sur le visage.

– Comme de l'eau de roche, dit-il, soudain très calme.

Et il raccrocha.

Paranoïaque... Pathologique... Les enculés! Il rouvrit les yeux, en proie à l'envie d'exorciser sa rage en se jetant sur quelqu'un, sur quelque chose, n'importe quoi! Puis il s'arrêta et se figea, frappé par une idée, une idée évidente. Morris Panov! Morris Panov allait coller les étiquettes qu'il fallait sur ces trois monstrueux bonshommes. Incompétents, menteurs, manipulateurs et protecteurs égoïstes d'une bureaucratie corrompue – et pire, bien pire. Il reprit le téléphone et, en tremblant, composa le numéro qu'il avait si souvent appelé dans le passé, sachant qu'il entendrait une voix calme et rationnelle, une voix capable de ramener un sens des valeurs quand Webb sentait qu'il restait peu de sens et peu de valeur en lui-même.

– David, comme ça fait du bien de t'entendre, dit Panov d'une voix authentiquement chaleureuse.

– Je ne crois pas que ça va te faire du bien, Mo. Je crois que c'est le pire appel téléphonique que tu aies jamais reçu de moi.

– Allons, David. Tu es bien dramatique. On est quand même passés à travers un tas de...

— Ecoute-moi! cria Webb. Elle a disparu. Ils l'ont prise!

Les mots semblaient couler de sa bouche, les séquences paraissaient dénuées de construction, les époques se mélangeaient.

— Arrête, David! ordonna Panov. Reviens en arrière. Je veux tout entendre depuis le début. Quand cet homme est venu te voir, après la résurgence du souvenir de ton frère...

— Quel homme?

— Celui du Département d'Etat.

— Oui! d'accord. McAllister, voilà comment il s'appelle.

— Pars de là, David. Avec des noms, des titres, des positions. Et épelle le nom de ce banquier de Hong-kong. Pour l'amour du ciel, parle lentement!

Encore une fois, Webb dut se tenir le poignet pour ne pas lâcher le téléphone tant sa main tremblait. Il recommença au début, imposant un contrôle factice à ses phrases. Enfin, il parvint à sortir tout, tout ce dont il pouvait se souvenir, sachant avec une horreur croissante qu'il ne pouvait pas se rappeler tout. Des espaces vides inconnus l'emplissaient de douleur. Ils revenaient à la charge, ces horribles espaces vides. Il avait dit tout ce qu'il pouvait dire pour le moment. Il ne restait rien.

— David, commença Mo Panov avec fermeté, je veux que tu fasses quelque chose pour moi, maintenant.

— Quoi? fit David dans un soupir.

— Ça va te paraître un peu idiot, un peu dingue même, mais je te suggère de descendre jusqu'à la plage et de faire une longue marche sur le rivage. Une demi-heure, quarante-cinq minutes, ça ira. Ecoute le bruit des vagues qui s'écrasent sur les rochers.

— Tu n'es pas sérieux? protesta Webb.

— Je suis très sérieux, insista Mo. Rappelle-toi que nous étions tombés d'accord sur le fait que parfois les gens doivent confier leur tête à quelqu'un d'autre. Dieu sait que je le fais plus qu'un psychiatre normal ne le fait. Les choses peuvent nous submerger et avant de pouvoir les aborder il faut se remettre la tête en place. Fais ce que je te demande, David. Je te rappelle dès que je peux, d'ici une heure pas plus. Et je veux entendre une voix plus calme que ça.

C'était fou, mais, comme à l'habitude dans ce que Panov lui suggérait, il y avait une grande part de vérité. Webb se retrouva en train de marcher sur la plage déserte et glacée, n'oubliant pas un seul instant ce qui s'était passé, mais, soit à cause du changement de décor ou du vent ou du bruit répétitif de l'océan, il se mit à respirer plus calmement. Chaque goulée d'air ne diminuait en rien l'horreur de ses pensées, mais les registres suraigus de l'hystérie s'estompaient. Il regarda sa montre, le cadran lumineux éclairé par la lune. Il avait marché de long en large pendant trente-deux minutes. C'était juste ce qu'il pouvait supporter. Il remonta le sentier qui traversait les dunes couvertes d'herbes hautes et se dirigea vers la maison, marchant de plus en plus vite.

Il se posa dans son fauteuil devant son bureau, les yeux braqués sur le téléphone. L'appareil se mit à sonner. Il décrocha avant la fin de la première sonnerie.

— Mo?

— Oui...

— Il faisait sacrément froid là-dehors. Merci.

— Merci à toi.

— Qu'est-ce que tu as appris?

Et là le cauchemar s'étendit encore...

— Depuis combien de temps Marie est-elle partie, David?

— Je ne sais pas. Une heure, deux heures, peut-être plus. Qu'est-ce que ça peut faire?

— Elle ne peut pas être en train de faire des courses? Vous ne vous êtes pas engueulés et elle n'a pas envie d'être seule un moment? On a toujours été d'accord pour dire que souvent les choses sont très dures pour elle – c'est toi-même qui l'as dit.

— Mais de quoi tu parles, bon sang? Il y a un message pour moi! Très clair! Du sang! Une trace de main!

— Oui, je sais, tu me l'as déjà dit, mais c'est un peu trop, non? Pourquoi quelqu'un ferait-il ça?

— Qu'est-ce que j'en sais, moi? C'est fait, ça existe! C'est là!

— Tu as appelé la police?

— Bon Dieu, non! Ce n'est pas du ressort de la police! C'est pour nous! Pour moi! Tu ne comprends donc pas?... Qu'as-tu appris? Pourquoi parles-tu comme ça?

– Parce qu'il le faut. Dans toutes les sessions, pendant tous ces mois passés à parler ensemble, nous nous sommes toujours dit la vérité parce que c'est la vérité que tu dois savoir.

– Moi! Bon Dieu! C'est Marie!

– S'il te plaît, David, laisse-moi finir. S'ils mentent – et ils ont déjà menti auparavant –, je ne vais pas tarder à le savoir et je l'exposerai au grand jour. C'est le moins que je puisse faire. Mais je vais te dire ce qu'ils m'ont dit, exactement, ce que le numéro deux de la section Extrême-Orient m'a bien expliqué, et ce que le chef de la sécurité du Département d'Etat m'a, lui, lu, puisque les événements sont apparemments officiellement enregistrés.

– Officiellement enregistrés?

– Oui. Il m'a dit que tu avais appelé le contrôle de sécurité il y a un peu plus d'une semaine et, d'après la bande, que tu semblais dans un état d'agitation...

– Que je les ai appelés?

– C'est ça, c'est ce qu'il a dit. Selon les bandes, tu affirmais avoir reçu des messages, ton discours était incohérent – c'est le mot qu'ils ont utilisé – et tu exigeais une protection renforcée immédiatement. A cause du petit drapeau qui flotte sur ton dossier secret, on a expédié ta requête à l'étage au-dessus et les supérieurs ont dit : Donnez-lui ce qu'il veut. Calmez-le.

– Je ne peux pas croire ça!

– Ce n'est que le début, David, alors écoute-moi, parce que moi je t'écoute.

– O.K. Vas-y.

– C'est ça. Calme-toi. Non, excuse-moi, oublie ça.

– Continue.

– Une fois les patrouilles en place – toujours d'après les bandes –, tu as appelé deux fois pour te plaindre que tes gardes ne faisaient pas bien leur boulot. Tu aurais dit qu'ils picolaient dans leurs voitures devant chez toi, qu'ils se foutaient de toi quand ils t'accompagnaient sur le campus, qu'ils, et ce sont tes propres mots, se foutent de leur boulot. J'ai souligné cette phrase.

– Quoi?

– Doucement, David. Voilà la fin, la fin des bandes. Tu as fait un dernier appel pour demander qu'on les enlève tous, que tes gardes étaient tes ennemis, qu'ils voulaient te tuer. En essence tu as transformé ceux qui essayaient de te protéger en ennemis qui voulaient te détruire.

– Et je suis certain que tout ça cadre très bien avec ces saloperies de rapports psychiatriques qui prétendent que je transforme mon anxiété en pure paranoïa!

– Ça cadre très bien, effectivement, dit Panov. Trop bien.

– Et le numéro deux de la section Extrême-Orient, qu'est-ce qu'il t'a dit?

Panov demeura silencieux un instant.

– Pas tout à fait ce que tu désires entendre, David, mais il était inflexible. Ils n'ont jamais entendu parler d'aucun banquier influent nommé Yao Ming. Il a dit que s'il se passait de telles choses à Hong-kong en ce moment, s'il existait une telle personne, il connaîtrait le dossier par cœur.

– Est-ce qu'il pense que j'ai tout inventé? Le nom, la femme, le trafiquant de drogue, les lieux, les circonstances... la réaction des Britanniques! Bon Dieu, je ne pourrais pas inventer des choses pareilles même si je le voulais!

– Je vais te tendre une perche, dit le psychiatre doucement. Tout ce que tu viens d'entendre, tu l'entends pour la première fois et rien n'a aucun sens? Ce n'est pas ainsi que tu te rappelles les événements?

– Mo, c'est un gigantesque mensonge! Je n'ai jamais appelé le Département d'Etat. McAllister est venu ici et nous a raconté toute cette histoire à Marie et à moi, tout le truc avec Yao Ming! Et maintenant elle a disparu et on m'a donné une ligne à suivre. Pourquoi? Bon Dieu, qu'est-ce qu'ils sont en train de nous faire?

– J'ai posé des questions sur McAllister, dit Mo Panov d'une voix soudain furieuse. Le numéro deux a vérifié et m'a rappelé. Ils prétendent que McAllister s'est envolé pour Hong-Kong il y a deux semaines et, d'après son emploi du temps, il n'aurait absolument pas pu être chez toi dans le Maine à cette date-là.

– Il était ici!

– Je crois que je te crois.

– Qu'est-ce que ça signifie?

– Entre autres choses, je peux entendre la vérité dans ta voix, parfois même quand tu ne le peux pas. Et aussi cette phrase « qu'ils se foutent de leur boulot ». Ce n'est pas exactement le genre de phrase utilisée par un psychotique dans un état d'agitation extrême – ce n'est pas du tout ton genre.

– Je ne te suis pas.

– Quelqu'un a fouillé dans ton passé et a pensé que, malgré ta position d'universitaire, un peu de vulgarité ajouterait sans doute à la crédibilité, à ta couleur locale, si tu veux.

Panov explosa soudain :

– Mon Dieu, qu'est-ce qu'ils fabriquent?

– Ils m'enferment dans un starting-block, dit doucement Webb. Ils me forcent à poursuivre quelqu'un ou quelque chose, ce qu'ils veulent.

– Les enfants de putain! s'écria Mo Panov.

– Ça s'appelle un recrutement, dit David en fixant le mur en face de lui. Reste en dehors de ça, Mo. Il n'y a rien que tu puisses faire. Ils ont mis toutes les pièces en place. Ils m'ont recruté.

Et David raccrocha.

Complètement éberlué, Webb sortit de son petit bureau et se tint un moment immobile dans le hall victorien, contemplant les meubles renversés et les lampes brisées, porcelaine et verre épars sur les tapis du living-room. Puis la terrible conversation avec Mo Panov lui remonta dans le cerveau...

Se rendant à peine compte de là où le portaient ses pas, il s'approcha de la porte d'entrée et l'ouvrit. Il s'obligea à regarder la tache de sang au milieu du panneau de bois, cette trace de main déjà craquelée sous la lumière de l'auvent. Il se pencha et l'examina de plus près.

Cela représentait une main, mais ce n'était pas une véritable trace de main. Cela en avait les contours, la paume et les doigts étendus, mais il n'y avait pas cette forme particulière que fait une main plongée dans le sang et collée contre un mur, pas de marques d'identification, pas de traces de peau appuyée comme pour marquer une personnalité précise. Cela ressemblait à une main plate, à une ombre portée. Un gant? Un gant de caoutchouc?

David détourna les yeux et revint lentement vers l'escalier au milieu du hall d'entrée. Ses pensées dérivaient maintenant vers d'autres mots, prononcés par un autre homme. Un homme étrange avec une voix hypnotique.

Peut-être devriez-vous examiner le message plus attentivement... Cela pourrait devenir plus clair pour vous, avec une aide – une aide psychiatrique...

Webb se mit à hurler, la terreur grandissant en lui tandis qu'il montait l'escalier en courant jusqu'à la chambre. Il saisit le message dactylographié sur le lit. Il le regarda, en proie à une terreur maladive, et l'emporta jusqu'à la coiffeuse de Marie. Il alluma la lampe et étudia le papier à la lumière.

Si son cœur avait pu exploser, il y aurait eu du sang plein les murs. Mais, bizarrement, Jason Bourne examina froidement le message.

Les « r » irréguliers, à peine tordus, étaient bien là, ainsi que les « d » dont il manquait un peu de haut, les « l » presque coupés en deux par une petite tache blanche.

Les salauds!

Le message avait été tapé sur sa propre machine à écrire.

ON venait de le recruter.

VI

Il s'appuya contre les rochers qui dominaient la plage. Il devait essayer de réfléchir avec clarté. Il devait définir ce qui s'étendait en avant de lui, ce qu'on attendait de lui et trouver qui le manipulait exactement. En premier lieu, il savait qu'il ne devait pas se laisser aller à la panique, qu'il ne devait pas en donner l'impression : un homme paniqué représentait un danger, un risque qu'il fallait éliminer. S'il passait la limite, il ne ferait que signer l'arrêt de mort de Marie et le sien propre. C'était aussi simple que ça. Tout était si précis, si violemment précis.

David Webb était hors course. Jason Bourne devait prendre le contrôle. Bon Dieu ! C'est dément ! Mo Panov lui avait dit d'aller marcher sur la plage – en tant que Webb – et maintenant voilà qu'il s'asseyait au même endroit et qu'il était Bourne, qu'il pensait comme Bourne pensait : il devait renier une partie de lui-même et accepter l'autre.

Curieusement, ce n'était pas impossible, ni même intolérable, parce que Marie était en jeu. Son amour, son seul amour – ne pense pas comme ça, dit Jason Bourne en lui. C'est ton seul trésor et on te l'a pris ! Reprends-la !

Ce n'est pas seulement un trésor, répondit Webb. C'est toute ma vie !

Jason Bourne : *Alors enfreins toutes les régles ! Trouve-la ! Récupère-la !*

David Webb : *Je ne sais pas comment faire. Aide-moi !*

Jason Bourne : *Sers-toi de moi ! Sers-toi de tout ce que tu as appris de moi. Tu as les outils, tu les as depuis des années. Tu étais le meilleur de Méduse. Et, avant tout, il y a le contrôle. Tu prêchais pour le contrôle, tu le vivais. Et tu es resté vivant.*

Le contrôle.

Un mot si simple. Et une exigence si incroyable.

Webb escalada les rochers et remonta à nouveau le sentier qui traversait les dunes jusqu'à la rue. Il revenait vers la vieille maison victorienne, craignant plus que tout l'incroyable et injuste silence qui y régnait. Tout en marchant, un nom lui apparut, comme un flash. Puis ce nom revint et resta là, tandis que le visage auquel appartenait ce nom lui revenait en mémoire – très lentement, car cet homme inspirait à David un mélange de haine et de tristesse totale.

Alexander Conklin avait essayé de le tuer deux fois, et à chaque fois il y était presque arrivé. Et Alexander Conklin, d'après ses dépositions, et d'après les nombreuses séances psychiatriques avec Mo Panov et les bribes de souvenirs dont David disposait, avait été un ami très proche de l'agent de renseignement David Webb et de sa femme en Thaïlande et de leurs enfants au Cambodge, une vie auparavant. Quand la mort était tombée du ciel, remplissant la rivière de cercles de sang, David s'était envolé pour Saigon, comme un aveugle, en proie à une rage incontrôlable, et c'était son ami de la CIA, Alex Conklin qui lui avait trouvé une place dans ce bataillon de renégats qu'ils appelaient Méduse.

Si tu peux survivre à l'entraînement dans la jungle, tu seras l'homme qu'il leur faut. Mais fais attention à eux – à eux tous – à chaque instant. Ils te couperaient un bras pour te piquer ta montre... Tels étaient les mots dont Webb se souvenait, et il se souvenait qu'ils avaient été prononcés par Alexander Conklin.

Il avait survécu à cet entraînement d'une brutalité insensée et était devenu Delta. Pas d'autres noms, juste une progression alphabétique. Delta One. Puis, après la guerre, Delta était devenu Caïn. *Caïn est pour Delta et Carlos est pour Caïn. Tel était le défi lancé à Carlos le Chacal. Crée par Treadstone 71, un assassin nommé Caïn devait attraper le Chacal...*

C'était en tant que Caïn – un nom que les services de l'ombre savaient être celui de Jason Bourne – que Webb avait été trahi par Conklin. Un simple geste de confiance de la part d'Alex aurait pu faire toute la différence, mais Alex n'avait pas pu trouver ce sentiment en lui-même. Sa propre amertume excluait ce type de générosité. Il imaginait le pire en ce qui concernait son ancien ami à cause de son sens personnel du martyre. Cela avait remonté son amour propre dévasté, le convainquant qu'il était meilleur que son ancien ami. Dans son travail avec Méduse, un des pieds de Conklin avait été arraché par une mine et sa brillante carrière de stratège de terrain avait été brutalement interrompue. Un homme estropié ne pouvait pas rester sur le terrain où sa réputation grandissante aurait pu lui faire escalader les barreaux de l'échelle dressée par des hommes comme Allen Dulles et James Angleton; et Conklin ne possédait pas les qualités nécessaires aux combats internes à la bureaucratie exigées à Langley. Il s'était mis à errer, tacticien jadis extraordinaire qui voyait des gens de talent inférieur le dépasser, et ce n'est que secrètement qu'on faisait appel à son expertise. Il était la tête de Méduse, toujours à l'arrière-plan, dangereux, extrêmement dangereux. le genre d'homme qu'on aimait savoir à distance respectable.

Deux ans de castration imposée, jusqu'à ce qu'un homme surnommé le Moine, une sorte de Raspoutine des opérations secrètes, fasse appel à lui parce qu'un David Webb avait été sélectionné pour une mission extraordinaire et que Conklin connaissait Webb depuis des années. Treadstone 71 avait été créé, Jason Bourne était devenu son produit et Carlos le Chacal sa cible. Et pendant trente-deux mois Conklin avait surveillé la plus secrète des opérations secrètes, jusqu'à ce que le scénario s'écroule avec la disparition de Jason Bourne et le retrait de plus de cinq millions de dollars du compte zurichois de Treadstone.

Sans preuves du contraire, Conklin avait soupçonné le pire. Le légendaire Jason Bourne avait retourné sa veste. La vie dans le monde des ombres lui avait paru trop dure et la tentation de disparaître dans le brouillard avec plus de cinq millions de dollars avait été trop forte pour qu'il puisse y résister. Surtout un homme comme lui, qu'on surnommait le caméléon, un spécialiste du secret, parlant une douzaine de langues et qui pouvait changer si facilement d'aspect qu'il était capable de s'évanouir littéralement dans l'atmosphère en une seconde. On avait installé un piège pour attraper un assassin et voilà que le piège lui-même s'évaporait en fumée, se transformait en un stratège du vol organisé. Pour Conklin l'estropié, ce n'était pas seulement les agissements d'un traître, c'était une tricherie intolérable. Considérant tout ce qu'on lui avait fait, son pied transformé en poids mort qu'il devait trimbaler dans de la chair inerte qui ne lui appartenait pas, sa carrière réduite en miettes, sa vie privée peinte aux couleurs d'une solitude que seul son engagement total pour l'Agence pouvait effacer – une dévotion sans réciprocité –, quel droit avait-on de tourner sa veste? Qui avait donné autant que lui-même?

Donc son ancien ami, David Webb, était devenu son ennemi, Jason Bourne. Pas seulement un ennemi, mais une obsession. Il avait aidé à créer le mythe. Il allait le détruire. Sa première tentative avait consisté à engager deux tueurs dans la banlieue de Paris.

David frissonna en se souvenant de cela. Il revoyait Conklin, battu, s'échappant en boitant, à portée de revolver de Webb.

La seconde tentative était floue dans l'esprit de David. Sans doute ne parviendrait-il jamais à s'en souvenir complètement. Cela s'était produit dans la maison stérile de Treadstone 71, dans la 71e Rue, à New York, un piège très ingénieux organisé par Conklin, qui avait été déjoué par les efforts démentiels de Webb pour survivre, et, surtout, par la présence de Carlos le Chacal.

Plus tard, lorsque la vérité s'était fait jour, quand ils eurent compris que le « traître » n'en était pas un, mais était simplement atteint d'une aberration mentale nommée amnésie, Conklin s'était écroulé, effondré en petits morceaux. Durant les terribles mois de convalescence de David en Virginie, Alex avait tenté de revoir son ami à plusieurs reprises, pour expliquer, pour raconter sa version de cette sanglante histoire – pour s'excuser de toutes les fibres de son être.

David, pourtant, n'avait pas pardonné. Le pardon n'était pas dans son âme.

« S'il franchit cette porte, je le tue », tels avaient été ses propres mots.

Mais cela allait changer maintenant, songea Webb en

accélérant le pas vers sa maison. Quelles qu'aient pu être les fautes de Conklin et son évidente duplicité, peu d'hommes dans le milieu du renseignement possédaient un tel savoir et de tels contacts, développés durant une vie entière vouée à la guerre des ombres. David n'avait pas pensé à Alex depuis des mois. Il pensait à lui, maintenant, et se souvenait de la dernière fois où son nom avait émergé dans la conversation. Mo Panov avait rendu son verdict.

– Je ne peux pas l'aider parce qu'il ne veut pas qu'on l'aide. Il ira se finir avec sa dernière bouteille de scotch là-haut, dans cette obscure salle de contrôle dans le ciel bombardé de son crâne enfin éteint, grâce à Dieu. S'il survit à sa retraite à la fin de l'année, je serai vraiment étonné. D'un autre côté, s'il continue à faire le cornichon, ils vont finir par lui coller la camisole, et ça le mettra hors jeu. Je ne sais pas comment, je te jure, mais il continue à travailler tous les jours. Cette pension – drôle de thérapie –, c'est mieux que tout ce que Freud nous a laissé...

Panov avait prononcé ces phrases à peine cinq mois auparavant. Conklin était toujours en place.

Je suis désolé, Mo. Sa survie ne me concerne en rien. Pour moi, il est absolument mort... Tels avaient été les mots de David.

Il n'est pas mort, maintenant, songea-t-il en montant les marches du perron victorien. Alex Conklin était soudain parfaitement en vie, ivre ou pas, et même s'il était conservé dans le bourbon, il avait des sources, des contacts cultivés en une vie entière dévouée au monde des ombres qui avait fini par le rejeter. Dans ce monde on se devait d'honorer ses dettes, et on les payait en peur.

Alexander Conklin. Le numéro un sur la liste de Jason Bourne.

Il ouvrit la porte et se retrouva une fois de plus dans l'entrée, mais ses yeux ne voyaient plus la dévastation. Au contraire, le logicien, en lui, lui ordonna de retourner dans son bureau et d'entamer les procédures. Sans une méthode ordonnée, il ne restait que la confusion, et la confusion amenait aux questions – il ne pouvait pas se les permettre. Tout devait être d'une extrême précision, et ce dans la réalité qu'il allait créer, pour faire diversion, pour que les curieux ne voient pas la réalité existante.

Il s'installa devant son bureau et tenta de faire le point

de ses pensées. L'éternel cahier à spirale de la boutique de la fac trônait devant lui. Il ouvrit l'épaisse couverture et chercha un crayon... Il ne pouvait pas le soulever ! Sa main tremblait tellement qu'elle semblait agiter tout son corps comme un moteur. Il retint son souffle et serra le poing jusqu'à ce que ses ongles lui pénétrent dans les paumes. Il ferma les yeux, puis les rouvrit, obligeant sa main à retourner vers le crayon, lui ordonnant de faire son boulot. Lentement, maladroitement, ses doigts saisirent le mince crayon jaune et le mirent en position. Les mots qui sortaient étaient à peine lisibles, mais ils étaient là.

L'université – téléphoner au président et au bureau des études. Drame familial, pas au Canada – on pourrait vérifier. Inventer – un frère en Europe, peut-être. Oui, l'Europe. Départ obligatoire et immédiat – mot d'excuse. Immédiatement. Resterai en contact.

La maison – appeler agent immobilier. Même histoire. Demander à Jack de s'en occuper de temps à autre. Il a la clef. Mettre le thermostat sur 18°.

Courrier – remplir formulaire à la poste. Garder tout courrier.

Journaux – annuler distribution.

Les petites choses, ces satanées petites choses – toutes ces banalités quotidiennes –, devenaient si terriblement importantes lorsqu'elles devaient pouvoir être interprétées comme un départ brutal, mais avec un retour probable non planifié. C'était vital. Il devait s'en souvenir à chaque fois qu'il allait parler. Les questions devaient être réduites à un minimum, en laissant une large part aux spéculations inévitables, ce qui voulait dire qu'il devait affronter qu'on fasse le rapprochement avec ses récentes aventures avec ses gardes du corps. Pour éviter ce rapprochement, le plus simple consistait à insister sur la courte durée de son absence et à devancer les questions d'avance en disant quelque chose comme : « Et à propos, si vous vous demandez si tout ça à quelque chose à voir avec ma sécurité personnelle, c'est raté. Tout cela est fini, et c'est tant mieux. » C'est en parlant au président de l'université et au doyen en même temps qu'il s'en sortirait le mieux. Leurs propres réactions le guideraient. S'il était capable de penser ! Non, ne glisse pas en arrière, continue... Bouge ce crayon ! Remplis les pages de choses à faire – une page, et une autre, et une autre encore! Passeports, initiales sur les portefeuilles ou sur les chemises qui correspondent avec les noms utilisés. Réservations aériennes. Vols en correspondance, jamais de vols directs... Oh, Dieu! pour aller où? Marie, où es-tu?

Arrête! Contrôle-toi. Tu en es capable, tu dois en être capable. Tu n'as pas le choix, alors sois ce que tu as déjà été. Sois de la glace. Une montagne de glace.

Il sursauta. La coquille qu'il tentait de construire autour de lui éclata d'un coup, à l'instant où le son aigu du téléphone posé sur son bureau retentissait. Il le regarda, avala sa salive, se demandant s'il était capable d'avoir une voix normale. Il sonna à nouveau, avec comme une terrible insistance. Tu n'as pas le choix!

Il souleva le combiné, en le serrant si fort que ses phalanges virèrent au blanc. Il parvint à faire sortir un simple mot :

— Oui?

— Bonsoir. Standard satellite. J'ai une transmission en vol pour...

— Qui? Quoi? Qu'est-ce que vous dites?

— J'ai une communication en vol pour un M. Webb. Etes-vous M. Webb, monsieur?

— Oui...

Et là, le monde qu'il connaissait explosa en mille fragments de miroir, mille éclats en forme de poignards, images de sa douleur hurlante.

— David!

— *Marie?*

— Ne panique pas, mon chéri! Tu m'entends? Ne panique pas!

Sa voix montait dans les aigus. Elle essayait de ne pas crier mais ne pouvait pas s'en empêcher.

— Est-ce que tu vas bien? Le message disait que tu étais blessée!

— Je vais bien. Quelques égratignures, c'est tout.

— Où es-tu?

— Au-dessus de l'océan. Je suis sûre qu'ils te diront au moins ça. Je ne sais pas où, on m'a donné des somnifères.

— Bon sang! Je ne peux pas supporter ça! Ils t'ont enlevée!

– Reprends-toi, David. Je sais ce que cela te fait, mais pas eux. Tu comprends ce que je dis? *Pas eux!*

Elle essayait de lui envoyer un message codé. Ce n'était pas dur à déchiffrer. *Il devait devenir l'homme qu'il haïssait. Il devait devenir Jason Bourne, et l'assassin était vivant, en pleine forme et habitait le corps de David Webb.*

– Très bien, très bien. Oh, j'ai failli perdre la tête!

– Ta voix est amplifiée...

– Naturellement.

– Ils me laissent te parler pour que tu saches que je suis en vie.

– Est-ce qu'ils t'ont fait du mal?

– Sans le faire exprès.

– C'est quoi, ces égratignures?

– J'ai lutté, je me suis défendue. Et j'ai été élevée dans un ranch...

– Bon Dieu!...

– David, je t'en prie! Ne les laisse pas te faire ça!

– Me faire ça? Il s'agit de toi!

– Je sais, mon chéri. Je crois qu'ils te testent, tu comprends?

Encore le message. Sois Jason Bourne, pour notre sauvegarde à tous les deux, pour nos deux vies...

– Très bien. D'accord, fit David en baissant un peu la voix, essayant toujours de se contrôler. Quand est-ce arrivé? demanda-t-il.

– Ce matin. Une heure après ton départ.

– Ce matin? Bon sang! Comment est-ce arrivé?

– Ils étaient à la porte. Deux hommes...

– Qui?

– On m'autorise à te dire qu'ils viennent d'Extrême-Orient. En fait je n'en sais guère plus. Ils m'ont demandé de les accompagner et j'ai refusé. J'ai couru jusqu'à la cuisine et j'ai vu un couteau. J'ai frappé, j'en ai touché un à la main...

– L'empreinte sur la porte...

– Je ne comprends pas...

– C'est sans importance.

– David, un homme veut te parler. Ecoute ce qu'il a à te dire, mais sans colère – tu comprends, David?

– Oui, oui... Je comprends.

Une voix d'homme sur la ligne. Hésitante mais précise,

presque britannique, la voix de quelqu'un qui avait appris l'anglais auprès de vrais Anglais, ou quelqu'un qui avait vécu au Royaume-Uni. Mais néanmoins elle appartenait visiblement à un Oriental. L'accent était celui de la Chine du Sud, les inflexions, les courtes voyelles et les consonnes déliées paraissaient cantonaises.

— Nous ne voulons pas faire de mal à votre femme, monsieur Webb, mais si cela est nécessaire cela sera inévitable.

— Je m'en abstiendrais si j'étais vous, dit David, glacial.

— Est-ce Jason Bourne qui parle?

— Il parle, oui.

— La reconnaissance est le premier pas vers la compréhension.

— La compréhension de quoi?

— Vous avez pris à un homme quelque chose de très grande valeur.

— Et vous m'avez pris quelque chose de très grande valeur aussi.

— Elle est en vie.

— Il vaudrait mieux qu'elle le reste!

— L'autre est morte. Vous l'avez tuée.

— En êtes-vous certain? dit Bourne.

Bourne ne répondrait jamais par l'affirmative, sauf si cela servait ses desseins.

— Nous en sommes absoluments sûrs, dit le Chinois.

— Quelle preuve avez-vous?

— On vous a vu. Un homme grand qui restait dans l'ombre et qui courait à travers couloirs et escaliers d'incendie avec la souplesse d'un puma.

— Donc on ne m'a pas vraiment vu, n'est-ce pas? D'ailleurs on ne pouvait pas me voir, j'étais à des milliers de kilomètres de là.

Bourne se réserverait toujours des options.

— Avec les transports aériens d'aujourd'hui, qu'est-ce que la distance? fit l'Oriental avant d'ajouter, après un bref silence : Vous avez annulé vos cours pour une période de cinq jours il y a trois semaines.

— Et si je vous disais que j'assistais à un symposium sur les dynasties Sung et Yuan à Boston, ce qui fait partie de mon travail?

— Je suis étonné que Jason Bourne puisse trouver une si faible excuse, c'est lamentable, dit le Chinois presque courtoisement.

Webb n'avait pas voulu aller à Boston. Ce symposium était à des années-lumière de sa spécialité, mais on lui avait demandé officiellement d'y assister. Le requête venait de Washington, par l'intermédiaire du Programme d'échanges culturels et du Département des sciences orientales de l'université. Bon Dieu! songea David. Chaque pion était en place.

— Une excuse pour quoi? s'écria Bourne.

— Pour être où il n'était pas. Il est aisé de payer des gens pour témoigner.

— C'est ridicule, pour ne pas dire carrément amateur. Je ne paye pas.

— Vous avez été payé.

— Moi? Comment?

— Par la même banque, celle que vous avez déjà utilisée. A Zurich. La Gemeinschaft de Zurich, sur la Banhofstrasse.

— Curieux que je n'aie reçu aucun avis, dit David en écoutant attentivement.

— Quand vous étiez Jason Bourne en Europe, vous n'en avez jamais eu besoin car votre compte est un numéro à trois zéros – les plus secrets, ce qui, en Suisse, veut dire extrêmement secret. Or nous avons trouvé un avis de transfert émanant de la Gemeinschaft parmi les papiers d'un homme – d'un homme mort, bien sûr.

— Bien sûr. Mais ce n'est pas l'homme que je suis censé avoir tué.

— Certainement pas. Mais celui qui a ordonné la mort de cet homme, ainsi que le trésor pris à mon employeur.

— Le trophée, n'est-ce pas?

— Ce qui est fait est fait, monsieur Bourne. Cela suffit. Vous êtes bien Bourne. Rendez-vous à l'hôtel Regent à Kowloon. Sous n'importe quel nom, mais demandez la suite 690, dites que cette réservation a été arrangée à l'avance.

— Comme c'est pratique. Ma propre suite.

— Cela fera gagner du temps.

— Il va également me falloir du temps pour régler tout ici.

– Nous sommes certains que vous ne tirerez pas les sonnettes d'alarme et que vous ferez aussi vite que vous pouvez. Soyez là-bas à la fin de la semaine.

– Comptez sur moi. Repassez-moi ma femme.

– Je regrette de ne pas pouvoir faire ça.

– Bon Dieu, mais vous pouvez entendre tout ce que nous disons!

– Vous lui parlerez à Kowloon.

Il y eut un clic qui se perdit en un vague écho, puis il n'entendit plus que la tonalité. Il reposa le combiné. Il avait tellement serré le poing qu'une crampe s'était formée entre son pouce et son index. Il secoua plusieurs fois sa main avec violence. Il était reconnaissant à la douleur de le faire rentrer plus vite dans la réalité. Il se massa du pouce gauche pour faire disparaître la crampe. Tandis qu'il regardait ses doigts revenir à la normale, il sut ce qu'il devait faire – sans perdre une heure à régler les détails du quotidien. Il devait atteindre Conklin à Washington, ce rat qui avait essayé de le tuer en plein jour sur la 71ᵉ Rue à New York. Sobre ou ivre, Alex ne faisait aucune distinction entre le jour et la nuit, comme les opérations qu'il connaissait si bien, car il n'y avait ni jour ni nuit dans ce genre de travail. Il n'y avait que la lumière plate des tubes fluorescents dans des bureaux qui ne fermaient jamais. S'il le fallait, il écraserait Alexander Conklin jusqu'à ce que son sang lui sorte de ses yeux de rat. Il apprendrait ce qu'il voulait savoir, certain que Conklin obtiendrait l'information.

Webb se leva d'une démarche un peu incertaine et sortit de son bureau pour se rendre dans la cuisine où il se servit un verre, heureux de voir que sa main tremblait moins qu'auparavant.

Il pouvait déléguer certaines choses. Jason Bourne ne déléguait jamais rien, mais il était encore David Webb et il y avait, dans le campus, certaines personnes en qui il avait confiance. Impossible de leur dire la vérité, pourtant. Il devrait se servir du mensonge. Lorsqu'il retourna dans son bureau, il avait choisi son soldat. Son soldat! Bon sang, encore un mot du passé qu'il s'était cru libre d'oublier. Mais le jeune homme ferait ce qu'on lui demandait. La thèse finale de ce jeune maître assistant dépendait de la décision ultime d'un certain David Webb.

Sers-toi de tes avantages, que ce soit dans le noir total ou en plein soleil, sers-t'en, que ce soit pour effrayer ou pour flatter, sers-toi de ce qui fonctionne...

— Allô, James? C'est David Webb.

— Bonsoir, monsieur Webb. Où est-ce que je me suis gouré?

— Nulle part, Jim. Mais j'ai un assez gros problème et j'aurais besoin d'une aide extra-universitaire. Est-ce que ça t'intéresse? Ça risque de prendre un peu sur ton temps.

— Ce week-end?

— Non, juste demain matin. Ça prendra une heure ou deux, et ça ajoutera un petit bonus à ton curriculum. Ça ne te paraît pas trop horrible?

— Je vous écoute...

— Eh bien, je vais te mettre dans la confidence — et je compte sur ton silence : voilà, il faut que je m'absente pour une semaine, peut-être deux et je t'appelle avant les autorités compétentes car je voudrais leur suggérer que tu prennes ma place au séminaire. Ce ne sera pas un problème pour toi. Il s'agit du renversement Mandchou et des accords sino-russes qui sonnent très contemporains aujourd'hui.

— De 1900 à 1912, dit le maître assistant avec sûreté.

— Tu peux détailler, et n'oublie pas les Japonais et Port-Arthur et le vieux Teddy Roosevelt. Trace des parallèles. C'est toujours comme ça que je procède.

— Je peux le faire. Je le ferai. Je remonterai aux sources. Et pour demain?

— Il faut que je parte ce soir, Jim. Ma femme est déjà en route. Tu as un crayon?

— Oui, monsieur.

— Tu sais ce qu'ils disent quand les journaux et le courrier s'empilent devant les portes. J'aimerais donc que tu appelles les messageries et que tu ailles à la poste leur dire de tout me garder; signe tout ce qu'il faudra. Puis appelle l'agence Scully, demande Jack ou Adèle et dis-leur de...

Le maître assistant était recruté. Le coup de téléphone suivant fut beaucoup plus facile que David ne le pensait car le président de l'université était dans une soirée en son honneur et s'intéressait beaucoup plus au discours qu'il devait prononcer qu'à un de ses professeurs le prévenant de son absence.

— Appelez le bureau du rectorat, monsieur... Wedd. J'ai d'autres chats à fouetter, bon sang!

Ce fut moins facile au bureau du rectorat.

— David, est-ce que ceci a quelque chose à voir avec ces types qui te suivaient partout la semaine dernière? Je veux dire, après tout, mon vieux, je suis une des rares personnes à savoir que tu étais impliqué dans des petits secrets washingtoniens...

— Non, rien à voir, Doug. Ça, c'était n'importe quoi, mais pas ce qui me préoccupe aujourd'hui. Mon frère a eu un accident de voiture à Paris. Il est très gravement blessé, sa voiture est complètement écrabouillée. Il faut que j'y aille pour quelques jours, peut-être une semaine, c'est tout.

— J'étais à Paris il y a deux ans. Les automobilistes sont dingues, là-bas.

— Pas pire qu'à Boston, Doug, et ce n'est rien à côté du Caire.

— Bon, je crois que je vais pouvoir t'arranger ça. Une semaine, c'est pas grand-chose et Johnson est resté absent un mois quand il a eu sa pneumonie...

— Je me suis déjà arrangé – si cela te convient, bien sûr. Jim Crowther, c'est un maître assistant, me remplacera. Il connaît bien la question et il fera ça très bien.

— Ah oui, Crowther, très brillant jeune type, malgré sa barbe. J'ai jamais vraiment aimé les barbus, et pourtant j'étais là, dans les années 60!

— Essaie de t'en faire pousser une, ça te libérera peut-être!

— C'est malin... Tu es certain que ça n'a rien à voir avec ces gens du Département d'Etat? Il me faut la vérité, David. Comment s'appelle ton frère? A quel hôpital il est à Paris?

— Je ne connais pas le nom de l'hôpital, mais Marie doit le savoir. Elle est partie ce matin. Salut, Doug. Je t'appellerai demain ou après-demain. Il faut que j'aille à Logan prendre mon avion.

— David?

— Oui?

– D'où me vient cette impression que tu me montes un bateau?

– Parce que je n'ai jamais été dans une telle position, dit David comme s'il se souvenait des mots qu'il lui fallait prononcer. Demander une faveur à un ami pour quelqu'un que je préférerais oublier...

Et il raccrocha.

Le vol de Boston à Washington fut insupportable à cause d'un professeur de pédanterie fossilisé – David ne comprit jamais ce qu'il enseignait vraiment – qui était assis à côté de lui. L'homme avait une voix aussi irritante que celle d'un de ces acteurs de télévision dont le rôle se borne à assener quelques grandes phrases creuses d'un ton solennel. Malgré le très important débit du professeur, David ne parvenait pas à écouter réellement, et donc à comprendre ce qu'il disait. Ce ne fut que lorsqu'ils se posèrent à Washington que le pédant admit la vérité :

– Je vous ai ennuyé, hein? Excusez-moi, je vous en prie. L'avion me terrifie, alors je ne peux pas m'empêcher de parler pour ne rien dire. C'est idiot, n'est-ce pas?

– Pas du tout, mais pourquoi ne me l'avez-vous pas dit? Ce n'est pas un crime.

– Peur qu'on m'observe, ou d'en être réduit à manger en silence, je pense.

– Je me souviendrai de ça la prochaine fois que je me trouverai à côté de quelqu'un comme vous, dit Webb avec un bref sourire. J'aurais pu vous aider.

– Très gentil à vous, et très honnête. Merci, merci beaucoup.

– Il n'y a pas de quoi.

David récupéra sa valise sur un des tourniquets et sortit pour prendre un taxi, ennuyé par le fait que les chauffeurs refusaient de prendre un seul passager pour aller en ville. Son compagnon se trouva être une femme, très attirante, qui se servait de son corps et de ses yeux en un concert implorant. Cela n'avait aucun sens pour lui, donc il l'oublia vite, mais fut heureux de descendre le premier.

Il descendit à l'hôtel Jefferson, dans la 16e Rue, sous un faux nom inventé sur le moment. Mais il avait soigneusement choisi son hôtel. Il était à cent cinquante mètres de l'appartement de Conklin, appartement que l'officier de la CIA occupait depuis presque vingt ans quand il n'était pas en mission. C'était une adresse que David s'était assuré d'avoir avant de quitter la Virginie – encore l'instinct, la méfiance viscérale. Il possédait aussi son numéro de téléphone, mais savait que c'était inutile. Il ne pouvait pas appeler Conklin. L'ancien stratège mettrait tout un système de défenses en place, plus mentales que physiques, et Webb voulait affronter un homme non préparé. Il n'y aurait pas d'avertissement, juste une soudaine présence et l'exigence du remboursement d'une dette qu'il fallait maintenant payer.

David jeta un coup d'œil à sa montre. Il était minuit moins dix, une heure aussi bonne qu'une autre, et peut-être même meilleure. Il prit une douche, changea de chemise et sortit un des deux automatiques démontés de sa valise, enfermés dans un sac épais, en plastique et aluminium. Il mit les pièces en place, vérifia le mécanisme et mit le chargeur. Il tint un moment l'arme devant lui, braquée sur le vide, et étudia sa main. Elle ne tremblait plus. Il se sentait mieux. Huit heures auparavant il n'aurait jamais cru possible de tenir une arme, de peur d'appuyer sur la détente. Mais c'était huit heures auparavant. Et on était maintenant. L'arme tenait confortablement dans sa main, comme une partie de lui-même, une extension de Jason Bourne.

Il quitta l'hôtel Jefferson et descendit la 16e Rue, tourna à droite au coin, regardant les numéros accrochés aux vieux immeubles de pierre qui lui rappelaient l'Upper East Side de New York. Il y avait une curieuse logique dans ce décor, si on considérait le rôle joué par Conklin dans le projet Treadstone 71, songea-t-il. La maison stérile de la 71e Rue était faite des mêmes pierres brunes, bizarre construction avec des fenêtres teintées de bleu. Il arrivait à la visualiser si nettement, à entendre les voix si clairement, sans vraiment comprendre ce qu'elles disaient – comme si Jason Bourne était en incubation dans ce décor.

Recommence!

A qui appartient ce visage?

Quel est son background? Sa méthode d'assassinat?

Erreur! Tu te trompes! Recommence!

Qui est-il? Quelle est la relation avec Carlos?

Bon Dieu! Réfléchis! Il ne peut y avoir d'erreur!

Un immeuble de pierre brune. Là où son autre moi avait été crée, l'homme dont il avait tant besoin maintenant.

Il y était. L'appartement de Conklin. Il était au premier étage. Les lumières étaient allumées. Alex était chez lui, et réveillé. Webb traversa la rue, conscient qu'une soudaine petite brise humide remplissait l'air de vapeur froide, diffusant la lumière des réverbères, les changeant en halos mouvants. Il escalada les marches et pénétra dans l'entrée de l'immeuble. Il étudia les noms sur les boîtes aux lettres des six appartements. Sous chaque nom, un interphone permettait aux visiteurs de s'annoncer.

Il n'avait pas le temps d'inventer quelque chose de compliqué. Si le verdict de Panov était exact, sa voix devait suffire. Il appuya sur le bouton de Conklin et attendit sa réponse. Elle vint au bout de presque une minute entière.

– Oui? Qui est là?

– Harry Babcock, hey, dit David en exagérant l'accent sudiste de l'agent. Il faut que je te voie, Alex.

– Harry? Qu'est-ce que?... Monte, monte!

Le bruit de l'interphone pour ouvrir la porte s'interrompit une fois, comme si Conklin avait lâché le bouton une seconde avant de reprendre. Une main peu sûre.

David entra et grimpa à toute vitesse l'escalier étroit, espérant arriver devant la porte avant que Conklin ne l'ait ouverte. Il parvint sur le palier juste une seconde avant Alex, qui, les yeux un peu flous, essaya de tirer la porte et se mit à crier. Webb plongea, écrasa sa main sur le visage de Conklin, fit pivoter l'agent de la CIA avant de lui serrer la gorge sous son coude et de claquer la porte d'un coup de pied.

Il n'avait pas attaqué physiquement qui que ce soit depuis un temps qui lui paraissait lointain. Cela aurait dû lui faire un effet étrange, bizarre, mais non. Rien. C'était parfaitement naturel. *Mon Dieu...*

– Je vais enlever ma main, Alex, mais si tu élèves la voix, je la remets et tu n'y survivras pas. C'est clair?

David ôta sa main en balançant la tête de Conklin vers le mur.

Quelle surprise, dit l'homme de la CIA en toussant et en claudiquant pour s'éloigner de lui. J'ai besoin d'un verre.

— Je vois que tu t'es mis au régime...

— On est ce qu'on est, répondit Conklin en se baissant bizarrement pour attraper un verre sur la table basse qui trônait devant un canapé visiblement fatigué. Il emporta son verre jusqu'à un grand bar couvert de plaques de cuivre où une rangée de bouteilles de bourbon toutes identiques s'alignait. Il n'y avait pas de mixer, pas d'eau, juste un seau à glace. Ce n'était pas un bar pour offrir un verre à des amis. C'était un bar pour solitaire et son métal brillant semblait proclamer le vice que se permettait le propriétaire des lieux. Le reste du salon n'avait rien à voir. Ce bar était une sorte d'affirmation.

— A quoi boit-on? demanda Conklin en se versant un plein verre. A quoi dois-je ce plaisir douteux? Tu as refusé de me voir quand tu étais en Virginie – tu as dit que tu me tuerais. C'est exactement ce que tu as dit. Que tu me tuerais si je franchissais la porte. Tu as dit ça.

— Tu es bourré.

— Probablement. Mais je le suis souvent à cette heure-ci. Tu veux commencer par un discours? Ce ne sera pas très utile, mais ça te rappellera l'université...

— Tu es malade.

— Non, je suis bourré, c'est ce que tu as dit. Est-ce que je me répète?

— Jusqu'à la nausée.

— Je suis désolé, dit Conklin en reposant la bouteille.

Puis il but plusieurs gorgées et regarda Webb.

— Je n'ai pas franchi la porte. C'est toi qui es entré chez moi. Mais je suppose que c'est sans importance. Est-ce que tu es venu pour mettre ta menace à exécution, pour accomplir la prophétie, pour remettre les pendules à l'heure ou quoi? Je doute que la bosse sous ta veste soit une bouteille de scotch.

— Je n'ai plus cette envie si urgente de te voir mort, mais il se pourrait que je te tue. Tu pourrais ramener cette envie très facilement.

— Fascinant! Comment pourrais-je faire ça?

— En ne me donnant pas ce dont j'ai besoin, et que tu peux me fournir.

— Tu dois savoir des choses que je ne sais pas.

— Je sais que tu as vingt ans de service dans l'ombre et que tu as conçu la plupart des plans.

– C'est de l'histoire ancienne, grommela l'homme de la CIA en buvant.

– Qui peut revivre aisément. Contrairement à moi, ta mémoire est intacte. La mienne est limitée. J'ai besoin d'informations, de réponses!

– Sur quoi! Pour quoi?

– Ils ont enlevé ma femme, dit David avec une simplicité glacée. Ils m'ont pris Marie.

Les yeux de Conklin cillèrent malgré son regard vitreux.

– Répète-moi ça? Je ne crois pas avoir bien entendu...

– Tu as très bien entendu! Et toi et les autres enculés, vous êtes derrière le décor, vous avez écrit le scénario!

– Pas moi! Je ne ferais jamais une chose pareille!... Je ne pourrais pas! Qu'est-ce que tu racontes? Marie est partie?

– Elle est dans un avion qui vole au-dessus du Pacifique. Je dois suivre. Je dois aller à Kowloon.

– Tu es fou! Tu as perdu l'esprit!

– Écoute-moi bien, Alex, écoute bien ce que je vais te dire...

... Une fois de plus les mots sortaient tout seuls, mais d'une manière contrôlée maintenant, avec une précision dont il n'avait pas été capable en parlant à Morris Panov. Conklin, bourré avait des perceptions plus aiguës que bien des hommes sobres dans le milieu du renseignement, et il devait comprendre. Webb ne pouvait se permettre de pause dans sa narration. Il devait être clair du début à la fin, depuis ce moment où il avait parlé à Marie depuis le gymnase et qu'il l'avait entendue dire : David, rentre. Il y a quelqu'un que tu dois voir. Vite, chéri...

Pendant qu'il parlait, Conklin claudiqua jusqu'au canapé où il s'assit, les yeux rivés sur Webb, ne le quittant pas une seconde. Lorsque David eut terminé, Alex secoua la tête et chercha son verre. Il le reprit.

– C'est un film d'épouvante, dit-il après un long silence de concentration intense où il combattait les vapeurs de l'alcool.

Il reposa son verre.

– On dirait qu'ils ont monté une stratégie et que ça leur a pété dans les doigts.

– Comment ça?

– Qu'ils ont perdu le contrôle de la situation.

– Comment?

– Je n'en sais rien, dit l'ancien tacticien en articulant un peu de peur que sa voix ne trahisse son ivresse. On t'a donné une histoire qui est – ou n'est pas – juste, et la cible change. Ta femme, pour toi, et le jeu commence. Tu réagis comme ils l'ont prévu, mais quand tu mentionnes Méduse, on te dit d'une manière précise que si tu continues tu vas y laisser ta peau.

– C'est prévisible.

– Ce n'est pas une manière de contrôler un sujet. Ta femme est sur le gril et Méduse devient un danger mortel. Quelqu'un a fait une erreur de calcul. Quelque chose ne va pas, quelque chose s'est produit.

– Il te reste la nuit et la journée de demain pour me trouver des réponses. Je prends le vol de demain à sept heures pour Hong-kong.

Conklin se pencha en avant, secouant lentement la tête et, d'une main tremblotante, reprit son verre.

– Tu t'es trompé d'adresse, dit-il en buvant. Je croyais que tu le savais. Je suis inutile pour toi. Je suis hors circuit, sur la touche. Plus personne ne me dit rien, et pourquoi le feraient-ils? Je suis un vestige, Webb. Personne ne veut plus rien avoir à faire avec moi. Je suis *out* et si je fais un pas de plus, je serai au-delà de toute récupération – une expression que tu dois connaître dans ta petite tête de cinglé.

– Oui. Ça veut dire : tuez-le, il en sait trop.

– Peut-être que tu veux m'amener à ça, d'ailleurs? Non! Faire sortir Méduse qui dort et t'assurer que je me fais descendre par les nôtres. Ça tient debout... et ça équilibrerait le passé.

– C'est toi qui m'as amené à ça, dit David en sortant son automatique de son holster.

– Oui, c'est moi, acquiesça Conklin en hochant la tête tout en regardant l'arme de Webb. Parce que je connaissais Delta et, dans mon esprit, tout était possible – je t'avais vu à l'œuvre. Bon Dieu, tu as fait sauter la tête d'un type une fois, un de tes hommes, à Tam Quan parce que tu croyais – tu ne savais pas –, tu croyais qu'il envoyait des messages au Viêt-cong! Pas d'accusation, pas de preuves, pas d'avocat. Juste une autre exécution dans cette saloperie de jungle! Il s'est trouvé que tu avais raison, mais tu aurais pu avoir tort! Tu aurais pu le ramener, on aurait peut-être pu apprendre des choses. Mais non, pas Delta! Il créait ses propres règles. Tu aurais parfaitement pu tourner ta veste à Zurich! C'était très possible!

— Je ne me souviens pas des détails de Tam Quan, mais d'autres s'en souviennent, dit David animé d'une colère froide. Il fallait que je sorte neuf types de là, et il n'y avait pas de place pour un dixième qui nous aurait ralenti ou qui aurait donné notre position!

— Bien! Tes règles! Tu es inventif, alors trouve un parallèle avec ce qui te préoccupe et appuie sur la détente comme tu l'as fait là-bas, bordel! Notre sincère Jason Bourne! Je t'ai dit de le faire à Paris!

La respiration courte, Conklin s'arrêta et leva ses yeux injectés de sang sur Webb. Il se remit à parler d'une voix plaintive.

— Je te l'ai dit à Paris et je te le répète. Descends-moi, sors-moi du circuit, j'ai pas le cran de le faire moi-même.

— Nous étions amis, Alex! hurla David. Tu venais chez nous! Tu mangeais avec nous et tu jouais avec les enfants! Tu te baignais avec eux dans la rivière...

... *Oh, Dieu! Tout revenait. Les images, les visages... Mon Dieu, leurs visages... Les corps flottant en cercles d'eau et de sang... Contrôle-toi! Rejette ces images! Rejette-les! Tout de suite!...*

— C'était dans un autre pays, David, et en plus... Je ne crois pas que tu désires que je finisse cette phrase.

— De plus cette femme est morte, oui. J'aurais préféré ne pas entendre cette phrase.

— Peu importe tout ça, dit Conklin en avalant ce qui lui restait de whisksy. Nous étions deux, très savants, non?... Je ne peux pas t'aider.

— Si, tu peux... Et tu vas le faire!

— Abandonne, vieux. C'est inutile.

— Il y a des gens qui te doivent des choses. Moi, je fais appel à ta dette envers moi. Fais-en autant avec eux.

— Désolé. Tu peux appuyer sur cette détente quand tu voudras, mais si tu ne le fais pas, je ne vais pas me mettre en danger, je ne vais pas larguer le peu qui me revient — qui me revient légitimement. Si on m'autorise à prendre ma retraite, j'ai l'intention d'en profiter. Ils m'ont assez fait marner. J'attends quelques compensations.

L'ancien officier de la CIA se leva en titubant et marcha jusqu'au grand bar de cuivre. Il boitait bien plus que dans les souvenirs de Webb, son pied droit pendait comme un poids mort enfermé dans une boîte qu'il traînait avec un effort visiblement douloureux.

– La jambe ne va pas mieux, hein? demanda David brusquement.

– Je vivrai avec.

– Tu mourras avec aussi, dit Webb en levant son automatique. Parce que je ne peux pas vivre sans ma femme et que tu t'en fous complètement. Tu sais ce que ça fait de toi, Alex? Après tout ce que tu nous as fait, tous les mensonges, les pièges, la merde dont tu t'es servi pour nous coincer...

– Toi! coupa Conklin en remplissant son verre, les yeux fixés sur l'arme de Webb. Toi, pas elle!

– Tuer l'un d'entre nous, c'est tuer les deux. Mais tu ne peux pas comprendre...

– Je n'ai jamais eu cette chance.

– Ton autosatisfaction morbide t'en a toujours empêché! Tu ne veux que te vautrer dedans tout seul et laisser la biture penser à ta place! Une seule de ces saloperies de mines et bang! plus de directeur, plus de Moine, plus de Gray Fox – l'Angleton des années 80!... Tu es pathétique. Tu as ta vie, ton esprit...

– Bon Dieu, enlève-les-moi! Tire! Appuie sur cette putain de détente, mais laisse-moi quelque chose!

Conklin avala son verre d'un trait. Une toux prolongée et grasse s'ensuivit. Après ce spasme il regarda David, les yeux vitreux, les vaisseaux éclatés.

– Tu crois que je n'essaierais pas de t'aider si je le pouvais, enculé? murmura-t-il dans un râle. Tu crois que j'aime ce que je vis maintenant, cette biture? C'est toi qui es stupide et obstiné, David. Tu ne comprends pas, hein?

L'homme de la CIA tenait son verre devant lui, juste de deux doigts. Il le laissa tomber sur le parquet. Il éclata, fragments dispersés dans toutes les directions. Puis il se remit à parler, mais sa voix était montée dans les aigus et sous ses yeux vitreux, un sourire triste s'était fait jour.

– Je ne pourrai pas supporter un autre échec, mon vieux. Et j'échouerai. Je vous tuerai tous les deux et je crois qu'après je ne pourrai plus vivre en pensant à ça.

Webb baissa son arme.

– Pas avec ce que tu as dans la tête, dit-il. Pas avec ce que tu as appris. De toute façon, je tente ma chance. Mes options sont limitées et je t'ai choisi, toi. Pour être honnête, je ne vois personne d'autre, je ne connais personne d'autre. Alors, allons-y. J'ai plusieurs idées, peut-être même un plan, mais il faut le mettre en place à toute vitesse.

– Oh? fit Conklin en se tenant au bar pour retrouver son aplomb.

– Je peux faire du café, Alex?

VII

LE café noir eut l'effet escompté sur l'ivresse de Conklin, mais ce n'était rien comparé à l'effet de la confiance que David mettait en lui. L'ancien Jason Bourne respectait les talents de son plus mortel ancien ennemi et il le lui faisait savoir. Ils parlèrent jusqu'à quatre heures du matin, essayant de dégager les lignes d'une stratégie, en se fondant sur la réalité mais en essayant surtout d'aller plus loin. Et, au fur et à mesure que l'alcool s'estompait, Conklin recommençait à fonctionner. Il se mit à donner forme à ce que David n'avait que vaguement formulé. Il percevait la justesse de l'approche de David et il trouvait les mots qu'il fallait.

– Tu es en train de me décrire une situation d'extension de crise basée sur le kidnapping de Marie, qui devrait éclater à coups de mensonges. Mais comme tu le dis toi-même, il faut aller très, très vite, les frapper vite et fort, sans relâche.

– Utilise la vérité complète d'abord, l'interrompit Webb, en parlant à une vitesse accélérée. Je suis entré ici en te menaçant de mort. J'ai porté des accusations fondées sur tout ce qui s'est passé, depuis le scénario de McAllister jusqu'à la mise en garde de Babcock me menaçant d'envoyer une équipe de tueurs à mes trousses. Jusqu'à la voix glacée qui m'a dit d'arrêter avec Méduse sinon c'était la camisole. Ils ne peuvent rien nier de tout ça. C'est vraiment arrivé et je menace d'exposer le tout, y compris Méduse.

– Puis nous passons dans la grande spirale du mensonge, dit Conklin en se resservant une tasse de café. Une rupture tellement démente que ça te met tout le monde dans un toboggan en forme de tire-bouchon.

– Du genre?

– Je ne sais pas encore. Il faut qu'on y réfléchisse. Il faut que ce soit quelque chose de complètement inattendu, qui mette les stratèges en déséquilibre total, parce que mon instinct me dit qu'ils ont perdu le contrôle à un moment donné. Si j'ai raison, l'un d'entre eux sera obligé de prendre contact.

– Alors sors tes carnets de notes, insista David. Reviens en arrière et trouve cinq ou six des bonshommes les plus probables.

– Ça pourrait prendre des heures, même des jours, protesta l'officier de la CIA. Et les barricades sont dressées et il va falloir que j'en fasse le tour. On n'a pas le temps – tu n'as pas le temps!

– Il faudra bien qu'il y ait le temps! Vas-y, commence!

– Il y a peut-être un meilleur moyen, contra Alex. Et c'est Panov qui te l'a donné.

– Mo?

– Oui. Les rapports au Département d'Etat, les bandes officielles.

– Les rapports? Webb avait momentanément oublié. Pas Conklin. Comment ça?

– C'est là qu'ils ont commencé à bâtir le nouveau dossier sur toi. Je vais rentrer dans la Sécurité intérieure avec une autre version, du moins une variation qui appellera obligatoirement des réponses de quelqu'un – si j'ai raison, si quelque chose va de travers. Ces rapports ne sont qu'un instrument, ils enregistrent, ils ne confirment pas la justesse des choses. Mais le personnel de la Sécurité qui en est responsable va tirer des missiles s'ils pensent qu'on a farfouillé dans le système. Ils vont faire notre travail à notre place... Mais nous avons encore besoin du mensonge.

– Alex, dit David en se penchant sur sa chaise en face du long divan fatigué, il y a un instant tu as utilisé le terme de rupture...

– Ça signifie juste une interruption dans le scénario, un arrêt dans le plan.

– Je sais ce que cela signifie, mais si on l'utilisait

littéralement? Pas rupture, mais cassure. Ils me traitent de schizophrène, de cas pathologique – cela veut dire que je fantasme, que parfois je dis la vérité et parfois non, et je ne suis pas censé être capable de faire la différence.

– C'est ce qu'ils disent, acquiesça Conklin. Certains y croient même sûrement. Alors?

– Pourquoi ne pas suivre ce chemin, jusqu'à la démence? On va dire que Marie s'est échappée! Qu'elle m'a appelé et que je suis en route pour la retrouver.

Alex fronça les sourcils puis peu à peu son regard s'éclaira.

– C'est parfait, dit-il doucement. Bon sang! C'est parfait! La confusion va se répandre comme un feu de brousse. Dans une opération de ce type, seuls deux ou trois bonshommes connaissent les détails. Les autres nagent dans le brouillard. Bon Dieu, tu imagines ça? un kidnapping officiellement consacré! Y'en a même sûrement qui vont se mettre à courir dans tous les sens pour sauver leurs culs! Très bon, monsieur Bourne.

Curieusement Webb ne releva pas, il accepta ce nom sans y penser.

– Ecoute, dit-il en se levant, on est tous les deux très fatigués. On sait où on va maintenant, alors accordons-nous quelques heures de sommeil et on reprend demain matin. Tu sais comme moi la différence entre un petit peu de sommeil et pas du tout.

– Tu rentres à ton hôtel? demanda Conklin.

– Pas question, répliqua David en regardant le visage tiré de l'homme de la CIA. Donne-moi juste une couverture, je m'installe là, devant le bar.

– Tu aurais dû aussi apprendre à ne pas t'inquiéter de certaines choses, dit Alex en se levant du canapé. Il claudiqua jusqu'à un placard. Si ce doit être mon chant du cygne – d'une manière ou d'une autre –, je vais y mettre le meilleur de moi-même. Ça pourra même arranger des choses en moi...

Conklin se retourna, une couverture et un oreiller dans les bras.

– Je crois que l'on pourrait appeler ça de la prémonition, mais est-ce que tu sais ce que j'ai fait hier soir en rentrant du boulot?

– Oui, je le sais. Entre autres traces, il y a un verre cassé dans le coin, là.

– Non, je veux dire avant ça?

– Quoi?

– Je me suis arrêté au supermarché et j'ai acheté une tonne de bouffe. Des steaks, des œufs, du lait, et même de cette espèce de colle qu'ils appellent porridge. Je ne fais jamais des trucs comme ça.

– Tu avais envie d'une tonne de bouffe. Ça arrive.

– Quand ça m'arrive, je vais au restaurant.

– Et alors?

– Dors. Le canapé est assez grand. Je vais manger. Je veux réfléchir encore à tout ça. Je vais me faire un steak, et peut-être des œufs aussi.

– Tu as besoin de sommeil.

– Deux heures suffiront. Et après je me ferai sûrement une de ces saloperies d'assiettes de porridge.

Alexander Conklin marchait dans le couloir du quatrième étage du Département d'Etat, et sa claudication semblait moindre tant il était déterminé, mais la douleur, elle, allait grandissant, pour la même raison. Il savait ce qui lui arrivait : il avait un travail devant lui qu'il voulait vraiment bien faire, réaliser brillamment – si ces termes avaient encore un sens pour lui. Alex se rendait compte qu'on ne pouvait pas effacer des mois d'abus et d'excès en quelques heures, mais il avait encore une carte en main. C'était le sens de l'autorité, entaché d'une colère appropriée. Dieu, quelle ironie! Un an plus tôt il avait voulu détruire l'homme qu'ils appelaient Jason Bourne et voilà que d'un seul coup il se sentait envahi par une obsession grandissante d'aider David Webb, parce qu'il avait, à tort, essayé de tuer Jason Bourne. Cela pouvait le griller définitivement, il le comprenait, mais c'était à lui de prendre ce risque. Peut-être la conscience ne produisait-elle pas toujours des lâches. Parfois elle faisait qu'un homme se sentait en meilleurs termes avec lui-même.

Et avoir meilleure allure, songea-t-il. Il s'était obligé à marcher plus qu'il n'aurait dû, laissant le vent froid de l'automne redonner des couleurs à son visage, couleurs qui avaient disparu depuis des années. Ça, plus un rasage impeccable et un costume neuf à fines rayures qu'il n'avait jamais porté, et il avait peu de ressemblance avec l'homme que Webb avait trouvé la veille. Le reste était du cinéma, il le savait, en s'approchant des sacro-saintes doubles portes du chef de la Sécurité intérieure du Département d'Etat.

Peu de temps fut gaspillé en formalités et moins encore en banalités. A la requête de Conklin – à la demande de l'Agence –, l'aide de camp quitta la pièce et il se retrouva seul face au rude ancien général de brigade de l'armée, qui maintenant dirigeait la Sécurité intérieure. Alex avait l'intention de prendre les commandes dès leurs premières phrases.

– Je ne suis pas ici en mission diplomatique interagence, général... c'est bien général?

– Oui, on m'appelle encore comme ça.

– Donc je me fous d'être diplomate, vous me suivez?

– Je commence à ne pas vous aimer, ça je le sens.

– Ça, dit Conklin, je m'en contrefous. Ce qui me préoccupe, c'est un nommé David Webb.

– Webb, oui. Alors?

– Le fait que vous reconnaissiez son nom si vite n'est pas très rassurant. Qu'est-ce qui se passe, général?

– Vous voulez un mégaphone, espèce d'infirme? dit sèchement le général.

– Je veux des réponses, caporal – c'est ça que vous êtes, vous et votre bureau!

– Marche arrière, Conklin! Quand vous m'avez appelé pour votre prétendue situation d'urgence et vérification nécessaire, j'ai fait quelques petites vérifications moi-même. Votre réputation est un peu branlante ces derniers temps, non? Vous êtes une loque, et ce n'est pas un secret. Alors vous avez moins d'une minute pour dire ce que vous avez à dire avant que je ne vous jette dehors. Vous choisissez. L'ascenseur, ou la fenêtre.

Alex avait calculé la probabilité que sa soûlographie soit connue. Il regarda le chef de la Sécurité intérieure et se mit à parler d'une voix neutre, presque affable.

– Général, je vais répondre à cette accusation d'une seule phrase et si elle atteint les oreilles de quelqu'un d'autre je saurai d'où ça vient et l'Agence aussi.

Conklin marqua une pause, ses yeux pénétrants braqués sur le général.

— Notre apparence est souvent ce que nous voulons qu'elle soit pour des raisons dont nous ne pouvons pas parler. Je suis certain que vous comprenez ce que je veux dire.

L'homme du Département d'Etat reçut le regard d'Alex avec des yeux presque sympathiques. Puis il sourit.

— Mon Dieu, dit-il doucement, nous aussi nous déshonorions les officiers qu'on envoyait à Berlin...

— Souvent selon nos suggestions, ajouta Conklin en hochant la tête. Et c'est tout ce que nous dirons sur ce sujet.

— O.K., ça va, je n'avais pas compris, mais je peux vous dire que votre fausse réputation fonctionne à merveille. Un de vos chefs d'agence m'a dit que vous sentiez le bourbon à dix mètres.

— Je ne veux même pas savoir qui c'est, général, parce que je pourrais lui rire au nez. Il se trouve que je ne bois pas.

Alex avait une envie infantile de croiser les doigts derrière son dos pour conjurer le sort. Il cherchait une méthode pour ce faire mais ne trouvait pas.

— Revenons à David Webb, dit-il d'un ton sec.

— Quel est le problème?

— Le problème! Mais c'est ma vie, soldat! Il y a quelque chose qui ne va pas et je veux savoir quoi! Cet enfant de putain est rentré chez moi et a voulu me tuer! Il a porté des accusations plutôt bizarres en donnant des noms qui sont sur vos fiches de paye, des gens comme Harry Babcock, Samuel Teasdale et William Lanier. On a vérifié. Ils sont dans votre département clandestin et toujours actifs. Qu'est-ce qu'ils fabriquent? Qu'est-ce qu'ils ont fait? Il y en a un qui a promis à Webb de lui envoyer une équipe d'exécuteurs! Quelle sorte de langage est-ce là? L'autre lui dit de retourner à l'hôpital : il a été dans deux hôpitaux, et dans notre clinique très privée de Virginie — c'est nous tous qui l'avons mis dedans –, et il en est sorti propre! Il a aussi des secrets dans la tête qu'aucun de nous ne souhaite voir étaler au grand jour. Mais cet homme est prêt à exploser à cause de quelque chose que vous, bande d'idiots, avez fait ou laissé se produire, ou sur quoi vous avez fermé les yeux! Il affirme avoir des preuves que vous êtes à nouveau entrés dans sa vie et que vous l'avez bouleversée, que vous l'avez trompé et que vous lui avez pris un peu plus qu'une livre de chair!

– Quelle preuve? demanda le général, stupéfait.

– Il a parlé à sa femme, dit Conklin d'une voix redevenue monocorde.

– Et alors?

– Elle a été enlevée, chez eux, par deux hommes qui lui ont donné un somnifère et l'ont mise dans un jet privé. Ils sont partis vers la côte ouest.

– Vous voulez dire qu'elle a été kidnappée?

– Vous y êtes. Et ce qui va vous faire monter une grosse boule dans la gorge, c'est qu'elle a entendu les deux types parler au pilote et qu'elle a compris que tout ce sale petit business avait quelque chose à voir avec le Département d'Etat – pour des raisons inconnues – mais le nom de McAllister a été mentionné. Pour éclairer votre lanterne, c'est l'un de vos sous-secrétaires de la section Extrême-Orient.

– Mais qu'est-ce que c'est que cette salade?

– Attendez, la salade n'est pas encore assaisonnée... Parce que sa femme s'est échappée pendant que l'avion refaisait le plein à San Francisco. C'est là qu'elle a appelé Webb dans le Maine. Il est en route pour la retrouver – Dieu sait où? – mais vous feriez mieux d'avoir quelques réponses valables, à moins de pouvoir établir que c'est bien un dingue et qu'il a peut-être tué sa femme – ce que je vous souhaite – et qu'il n'y pas eu enlèvement – ce que j'espère sincèrement.

– Il est fou à lier, s'écria le chef de la Sécurité intérieure. J'ai lu ces rapports! J'y ai été obligé : quelqu'un d'autre a appelé à propos de ce Webb hier soir. Ne me demandez pas qui, je ne peux pas vous le dire.

– Mais qu'est-ce qui se passe, bordel? demanda Conklin en se penchant sur le bureau, les mains posées sur le bord à la fois pour se tenir et pour renforcer son effet.

– Il est paranoïaque, c'est tout ce que je peux vous dire. Il invente des choses et il y croit!

– Ce n'est pas ce que les médecins du gouvernement avaient diagnostiqué, dit Conklin, glacial. Il se trouve que j'en sais quelque chose.

– Pas moi, bon sang!

– Et vous ne saurez probablement jamais rien, acquiesça

Alex. Mais étant un survivant de l'opération Treadstone, vous allez entrer en contact avec quelqu'un qui pourra m'expliquer tout ça et calmer un peu mes angoisses. Quelqu'un ici a ouvert un beau merdier qu'on cherchait justement à étouffer.

Conklin prit un petit carnet et un stylo à bille. Il écrivit un numéro de téléphone, arracha la page et la posa sur le bureau.

– C'est un téléphone stérile. N'essayez pas d'en trouver l'origine, vous tomberiez sur une fausse adresse, dit-il d'un ton ferme que renforçait son tremblement intérieur. Ce numéro peut être utilisé entre trois et quatre heures cet après-midi, c'est tout. Débrouillez-vous pour que quelqu'un m'appelle là. Je me fous de savoir qui c'est ou comment vous y parvenez. Vous allez peut-être devoir réunir une de vos célèbres sessions d'urgence, mais je veux des réponses... nous voulons des réponses!

– Vous pourriez tous être éclaboussés, vous savez!

– Je l'espère. Mais dans le cas contraire, vous, ici, vous allez vous faire sérieusement étriller parce que vous avez franchi la limite de votre territoire!

David était presque heureux qu'il y eût tant de choses à faire, car sans cela il aurait pu plonger dans une torpeur dangereuse et se retrouver paralysé par le stress d'en savoir si peu et tant à la fois. Lorsque Conklin était parti pour Langley, il était rentré à l'hôtel et avait entamé son inévitable liste. Les listes avaient le pouvoir de le calmer. Elles étaient les préliminaires à toute activité et le forçaient à se concentrer sur des détails plutôt que sur les raisons cachées. Se remuer les méninges sur les motivations profondes de tout cela ne pouvait qu'endommager sévèrement son esprit, aussi sévèrement que la mine avait estropié le pied droit de Conklin. Il ne pouvait pas penser à Alex non plus – il y avait trop de possibilités et trop d'impossibilités. Il ne pouvait plus appeler son ancien ennemi. Conklin était consciencieux et minutieux. Il était le meilleur. L'ancien stratège avait projeté chaque action et les réactions consécutives, et sa première prévision était que, quelques minutes après son coup de téléphone au chef de la Sécurité du Département d'Etat, d'autres téléphones allaient se mettre en marche, et deux téléphones particuliers allaient être mis sur table d'écoute, sans aucun doute possible. Les deux siens. Celui de son appartement et celui de son bureau à Langley. Donc, pour éviter toute interruption ou toute interception, il n'avait pas l'intention de retourner dans son bureau. Il devait retrouver David à l'aéroport plus tard, trente minutes avant le vol pour Hong-Kong.

– Tu penses être arrivé jusqu'ici sans qu'ils te suivent? avait-il demandé à Webb. Moi, j'en doute. Ils t'ont programmé et quand quelqu'un joue comme ça de la console, il garde les yeux sur sa partition.

– Tu ne veux pas parler anglais, ou chinois, s'il te plaît? Je comprends les deux, mais pas ce charabia merdique!

– Ils auraient pu mettre un micro sous ton lit. Tu ne dors pas dans le placard?

Il n'y aurait donc aucun contact avant leur rendez-vous à l'aéroport Dulles, et c'était pour cela que David était à cet instant devant la caisse d'un magasin d'articles de voyage sur Wyoming Avenue. Il achetait un très grand sac de voyage pour remplacer sa valise. Il avait abandonné presque tous ses vêtements. Les choses – les précautions – lui revenaient. Et parmi elles le fait de ne pas risquer d'attendre ses bagages dans un aéroport. Et puisqu'il voulait profiter de l'anonymat de la classe touriste, il était inutile de s'encombrer de valises. Il achèterait ce dont il aurait besoin là où il serait, et cela signifiait qu'il lui fallait beaucoup d'argent pour faire face à toute situation. Ce fait déterminait son prochain arrêt, une banque de la 14e Rue.

Un an auparavant, pendant que les experts gouvernementaux examinaient ce qui restait de sa mémoire, Marie avait rapidement retiré les fonds que David avait laissés à la Gemeinschaft Bank de Zurich ainsi que ceux qu'il avait transférés à Paris quand il était Jason Bourne. Elle avait viré l'argent aux îles Caïmans, où elle connaissait un banquier canadien, et avait ouvert un compte confidentiel. Considérant ce que Washington avait fait à son mari – les dégâts psychologiques, la souffrance physique et la perte de sa vie (ou presque) parce que des hommes refusaient d'entendre ses appels au secours – elle avait une nouvelle opinion des gouvernants. Si David avait décidé de les poursuivre, et malgré tout ce n'était pas absolument insensé, n'importe quel avocat un peu malin parviendrait à demander dix millions de dollars de dommages et intérêts, et en obtiendrait sûrement cinq.

Elle avait discuté de ce procès possible avec un chef de service de la CIA extrêmement nerveux. Elle n'avait évoqué les fonds manquants que pour signaler, avec la grande connaissance qu'elle avait des systèmes financiers, qu'elle était atterrée de voir que l'argent si durement gagné par le contribuable était si peu protégé. Elle avait fait part de cette critique d'une voix choquée mais charmante, tandis que ses yeux disaient autre chose. La dame était un tigre, hautement intelligent et hautement motivé, et son message était passé. D'autres hommes, plus avisés et plus prudents, avaient donc vu l'aspect logique de ses spéculations et avaient laissé tomber l'affaire. Les fonds s'étaient retrouvés enterrés sous le secret le plus absolu.

A chaque fois qu'ils avaient besoin de fonds supplémentaires – un voyage, une voiture, la maison –, Marie ou David n'avaient qu'à appeler leur banquier dans les îles Caïmans et il leur virait les sommes nécessaires immédiatement dans une quelconque des douze banques associées en Europe, aux Etats-Unis, dans le Pacifique et l'Extrême-Orient, excepté les Philippines.

D'une cabine sur Wyoming Avenue, Webb appela en P.C.V. son ami banquier, un peu étonné tout de même par la somme qu'il réclamait immédiatement et les fonds qu'il voulait transférer à Hong-kong. Le P.C.V. revint à moins de huit dollars, et l'argent demandé à plus d'un demi-million de dollars.

– Je suppose que ma très chère amie, la sage et glorieuse Marie, approuve ceci, David?

– C'est elle qui m'a dit de vous appeler. Elle dit que ça l'ennuie de s'occuper de ce genre de futilité.

– C'est tout à fait elle! Bon, les banques dont vous vous servirez sont...

Webb franchit les épaisses portes de verre de la banque sur la 14ᵉ Rue, passa vingt minutes irritantes avec un vice-président qui essayait beaucoup trop ardemment de devenir son pote, et en sortit avec cinquante mille dollars, quarante billets de cinq cents et le reste en différentes coupures.

Il héla un taxi et se fit conduire dans un appartement du

nord-ouest de Washington où vivait un homme qu'il avait connu lorsqu'il était Jason Bourne, un homme qui avait accompli un travail extraordinaire pour Treadstone 71. L'homme était un Noir aux cheveux argentés qui avait été chauffeur de taxi jusqu'au jour où un passager avait oublié dans son taxi un appareil photo Hasselblad qu'il n'avait jamais réclamé. Cela s'était produit des années auparavant et pendant plusieurs années le chauffeur de taxi s'était perfectionné et avait trouvé sa vraie vocation. Il était tout simplement un spécialiste de « l'altération » : il délivrait des passeports et des permis de conduire avec photos et des cartes d'identité pour ceux qui avaient enfreint la loi, des braqueurs pour la plupart. David ne s'était pas souvenu de cet homme, mais durant une séance d'hypnose avec Panov, son nom était revenu – un nom bizarre, Cactus – et Mo avait fait venir le photographe en Virginie pour aider Webb à reconstituer une partie de sa mémoire. Lors de la première visite du vieux Noir, ses yeux avaient reflété une chaleur véritable et, bien que cela fût une entorse aux règlements, il avait demandé à Panov la permission de rendre visite à David une fois par semaine.

– Mais pourquoi, Cactus ?

– Il est très troublé, monsieur. J'ai vu ça dans l'objectif il y a deux, trois ans. Il y a quelque chose qui manque en lui, mais au fond c'est un homme bon. Je peux lui parler. Je l'aime bien, monsieur.

– Venez quand vous voudrez, Cactus, et, je vous en prie, arrêtez de m'appeler monsieur. Laissez-moi ce privilège... monsieur.

– Bon sang, les temps changent ! Si je traite mon petit-fils de brave nègre, il me saute dessus...

– Il devrait... monsieur !

Webb sortit du taxi et demanda au chauffeur d'attendre, mais celui-ci refusa. David lui laissa le pourboire minimum et s'engagea sur le sentier envahi d'herbes folles qui menait à la vieille maison. Elle lui rappelait un peu leur maison dans le Maine, trop grande, trop fragile et ayant visiblement besoin de réparations. Marie et lui avaient décidé d'acheter une maison sur la plage dès que la première année serait achevée. Cela aurait semblé curieux qu'un tout nouveau professeur s'installe directement dans le quartier chic de la ville. Il sonna à la porte.

La porte s'ouvrit et Cactus, les yeux plissés sous une visière verte, l'accueillit comme s'ils s'étaient quittés la veille.

— Tu as des enjoliveurs à ta bagnole, David?

— Pas de voiture et pas de taxi. Il n'a pas voulu rester.

— Il doit lire la presse fasciste, avec toutes les rumeurs sur ce quartier. Moi, j'ai trois mitrailleuses aux fenêtres. Entre, entre. Tu m'as manqué. Pourquoi tu ne m'as pas téléphoné?

— Tu n'es pas dans l'annuaire, Cactus.

— Ce doit être un oubli.

Ils bavardèrent quelques minutes dans la cuisine de Cactus, juste assez longtemps pour que le photographe se rende compte que David était pressé. Le vieil homme l'emmena dans son studio, plaça les trois passeports de Webb sous une lampe pour les examiner attentivement et dit à son client de s'asseoir devant un appareil photo sur pied.

— On va te faire blond cendré, mais moins clair qu'après Paris. Cette nuance de cendre varie selon la lumière et on peut utiliser la même photo sur ces trois petits chéris avec des différences considérables – en conservant le visage. Ne t'occupe pas de tes sourcils, je les trafiquerai ici.

— Et les yeux? demanda David.

— On n'a pas le temps de trouver ces superlentilles de contact que tu avais avant, mais on peut s'en sortir. Il y a des lunettes normales, en verre, qui ont juste des prismes teintés aux bons endroits. Tu peux avoir les yeux bleus, ou marron, ou noirs comme l'Armada espagnole si tu veux.

— Les trois, dit Webb.

— Elles sont chères, David. Et payables en liquide uniquement.

— J'ai ce qu'il faut sur moi.

— Ne le laisse pas traîner.

— Bon, les cheveux. Qui?

— En bas de la rue. C'est une associée à moi. Elle avait son propre salon de beauté jusqu'à ce que les flics visitent le premier étage. Elle travaille bien. Viens, je vais t'y emmener.

Une heure plus tard Webb sortait de sous un casque sèche-cheveux et s'examinait dans un grand miroir. La propriétaire de cet étrange salon de beauté, une petite femme noire avec des cheveux gris impeccablement coiffés, et des yeux d'oiseau de proie, se tenait à côté de lui.

– C'est vous, mais ce n'est plus vous, dit-elle en hochant la tête. Du beau travail, il faut le dire.

Ça l'était, songea David en se regardant. Ses cheveux sombres n'étaient pas seulement beaucoup plus clairs. Ils étaient assortis aux couleurs de sa peau. Et la chevelure elle-même semblait plus fine de texture, coiffée, mais avec cet aspect négligé vanté par certaines publicités. L'homme qu'il regardait était à la fois lui-même et quelqu'un d'autre qui lui ressemblait beaucoup – mais pas lui.

– Je suis d'accord, dit Webb. C'est très bon. Combien?

– Trois cents dollars, répliqua la femme. Bien sûr, ce prix inclut cinq paquets de poudre de rinçage avec les instructions et la bouche la mieux cousue de tout Washington. La poudre vous durera quelques mois, et le silence jusqu'à la fin de mes jours.

– Vous êtes un ange, dit David en fouillant dans sa poche pour extraire les billets qu'il lui remit. Cactus a dit que vous l'appelleriez quand ce serait fini.

– Ce n'est pas la peine. Il a un timing précis. Il est dans le studio.

– Le studio?

– Oh, je sais, ce n'est guère qu'une pièce avec un spot et un fauteuil, mais j'aime bien l'appeler le studio, ça sonne mieux.

La séance de photo se passa très vite, interrompue par Cactus qui lui brossait les sourcils avec une brosse à dents pour leur donner des formes différentes et le changement de chemises et de vestes. Cactus avait une garde-robe digne des plus grands stocks de costumes d'Hollywood – et, à l'aide de deux paires de lunettes différentes, en écaille de tortue et cerclées d'acier qui altéraient ses yeux en bleu et en brun pour deux des passeports. Puis, avec des gestes de chirurgien, le spécialiste procéda à la mise en place des photos et, sous une grande loupe, il remit le cachet du Département d'Etat grâce à un outil qu'il avait visiblement inventé. Lorsqu'il eut fini, il tendit les trois passeports à David, attendant son approbation.

– Y'a pas un de ces ânes de douaniers qui verra quoi que ce soit, dit Cactus plein de confiance en lui-même.

– Ils ont l'air plus authentiques qu'avant.

– Je les ai nettoyés, c'est-à-dire que je les ai un peu usés, je les ai vieillis aussi.

– C'est du beau boulot, vieille branche. Plus vieille que mes souvenirs, je dois dire. Combien je te dois?

– Oh, j'en sais rien. C'était rien à faire et ça fait une trop longue année qu'on ne s'était pas vus, avec tout ce qui se passe...

– Combien, Cactus?

– Qu'est-ce que tu peux te permettre? Je ne crois pas que tu sois défrayé par l'oncle Sam.

– Je m'en sors, ça va, merci.

– Cinq cents, ça sera bien.

– Appelle-moi un taxi, veux-tu?

– Ce serait trop long, si même y'en a un qui accepte de venir jusqu'ici. Mon petit-fils t'attend, il te conduira où tu voudras. Il est comme moi, il pose pas de questions. Et tu es pressé, David, ça se sent. Viens, je te raccompagne à la porte.

– Merci. Je laisse l'argent là.

– Très bien.

Tournant le dos à Cactus, David sortit cinq billets de cinq cents dollars et les posa sur le comptoir du studio. A mille dollars pièce, ces passeports étaient des cadeaux, mais laisser plus aurait pu vexer son vieil ami.

Il retourna à l'hôtel, descendant de la voiture à plusieurs centaines de mètres, au milieu d'un quartier très commerçant, pour que le petit-fils de Cactus ne puisse pas être compromis quant à une éventuelle adresse. Contre toute attente, le jeune homme était en dernière année à l'université et, bien qu'il adorât visiblement son grand-père, il montrait des signes évidents d'appréhension à l'idée d'être mêlé aux entreprises du vieil homme.

– Je vais descendre ici, dit David au milieu d'un embouteillage.

– Merci, répondit le jeune Noir, d'une voix calme et rassurée, ses yeux montrant des signes évidents de soulagement. J'apprécie le geste.

– Pourquoi l'avez-vous fait? demanda David. Je veux

dire, pour quelqu'un qui va devenir procureur, Cactus serait plutôt dans l'autre camp.

– Oui. Mais c'est un vieux génial, qui a fait beaucoup pour moi. Il m'a aussi dit quelque chose. Il a dit que ce serait un privilège pour moi de vous rencontrer, que peut-être dans quelques années il me dirait qui était l'étranger que j'ai conduit en voiture.

– J'espère pouvoir revenir plus tôt que ça et vous le dire moi-même. Ce n'est pas à proprement parler un privilège, mais il y a une histoire qui pourrait bien finir dans les livres de loi. Au revoir.

De retour dans sa chambre d'hôtel, David s'attaqua à une liste finale qui n'avait pas besoin d'être écrite. Il dut sélectionner les quelques vêtements qu'il emporterait dans le grand sac de voyage et se débarrasser du reste de ses affaires, y compris, les deux automatiques qu'il avait apportés. Démonter les morceaux d'une arme et les rouler dans l'aluminium pour les mettre dans une valise était une chose, mais passer avec des armes à travers les contrôles de sécurité des vols long courrier, ça c'était une autre histoire. On les trouverait. On le trouverait. Il devait donc les nettoyer, détruire les amorces et le mécanisme et les balancer dans un égout. Il achèterait une arme à Hong-kong. Ce n'était pas difficile, là-bas.

Il lui restait une dernière chose à faire, et c'était difficile et douloureux. Il devait se forcer à s'asseoir et à repenser à tout ce qu'avait dit McAllister ce soir-là dans le Maine – tout ce qu'ils avaient tous dit, et en particulier Marie. Quelque chose était enterré quelque part dans cette heure lourde de révélations et d'affrontements, et David savait que cela lui avait échappé. Que cela lui échappait encore.

Il regarda sa montre. Il était 3 h 37. La journée passait vite, si vite. Il fallait qu'il tienne! *Marie, Marie... Où es-tu?*

Conklin posa son verre de *ginger ale* sur le comptoir usé du vieux bar de la 9e Rue. C'était un habitué de ce bar pour la simple raison que personne de ses relations professionnelles – et de ce qu'il restait de ses relations sociales – ne passait jamais les portes vitrées sales de ce bar. Cette certitude lui donnait une certaine sensation de liberté et les autres habitués l'acceptaient, le « boiteux » qui ôtait toujours sa cravate en entrant, claudiquant jusqu'à un tabouret près du flipper au bout du comptoir. Et, à chaque fois qu'il entrait, un verre plein de bourbon et de glace l'attendait à sa place. Le barman ne voyait pas d'objections à ce qu'Alex reçoive des appels dans la vieille cabine téléphonique plaquée contre le mur. C'était son « téléphone stérile ». Et il sonnait, justement.

Conklin descendit de son tabouret, entra dans la vieille cabine et ferma la porte. Il décrocha.

— Oui? dit-il.

— Vous êtes Treadstone? demanda une étrange voix d'homme.

— J'en étais. Et vous?

— Non, pas moi, mais je connais les dossiers, toute cette pagaille.

Cette voix! songea Alex. Comment Webb l'avait-il décrite? Britannique? Raffinée, pas ordinaire. C'était le même homme. La tactique avait fonctionné. Ils avaient progressé. Quelqu'un avait peur.

— Alors je suis certain que votre mémoire correspond à tout ce que j'ai écrit, parce que j'y étais et c'est moi qui ai rédigé ces dossiers – dans leur totalité. Faits, noms, événements, analyses, conséquences... tout, en incluant ce que Webb m'a raconté la nuit dernière.

— Je suppose donc que s'il se passe quelque chose de sale, votre volumineux reportage atterrira tout naturellement dans une sous-commission sénatoriale ou un groupe de chiens de garde du Congrès. Est-ce que je me trompe?

— Je suis ravi que nous nous comprenions.

— Cela n'avancerait à rien, dit l'homme, condescendant.

— S'il se passe quelque chose de moche, je n'en aurai plus rien à foutre. Pas vous?

— Vous allez prendre votre retraite bientôt. Vous buvez trop.

— Ça n'a pas toujours été le cas. Il y a en général une raison pour qu'un homme de mon âge et avec mes compétences se comporte ainsi. Pourrait-elle être liée à un certain dossier?

– Oublions ça. Parlons.

– Pas avant que vous ne soyez un peu plus précis. Il y a pas mal de gens qui ont entendu parler de Treadstone. Ça n'est pas ce mot-là.

– Très bien. Méduse...

– Pas mal, dit Alex, on approche mais ce n'est pas encore ça...

– Très bien. La création de Jason Bourne. Le Moine.

– Vous brûlez.

– Des fonds manquants – détournés et jamais récupérés – estimés à environ cinq millions de dollars. Zurich, Paris, puis vers l'ouest...

– Rumeurs, rumeurs... Je veux du solide.

– Je vais vous en donner. L'exécution de Jason Bourne. La date était le 23 mai à Tam Quan... Et le même jour à New York quatre ans plus tard. Sur la 71e Rue... Treadstone 71...

Conklin ferma les yeux et respira profondément. Il sentait le son caverneux de sa gorge.

– Très bien, dit-il. Vous y êtes.

– Je ne peux pas vous donner mon nom, dit l'étrange voix.

– Qu'allez-vous me donner ?

– Deux mots : marche arrière.

– Et vous croyez que je vais accepter ça ?

– Vous le devez, dit la voix en précisant ses mots. Parce qu'on a besoin de Bourne là où il va.

– Bourne ? fit Alex en contemplant le téléphone, sidéré.

– Oui, Jason Bourne. On ne peut le recruter d'aucune manière ordinaire, vous le savez comme moi.

– Alors vous lui avez volé sa femme ? Vous êtes des chiens !

– Il ne lui sera fait aucun mal.

– Vous ne pouvez pas le garantir ! Vous n'avez pas le contrôle. Vous êtes obligé d'utiliser des types de seconde main, et même de troisième, et si je connais bien mon boulot – ce qui est le cas –, ils ignorent qui les paye pour qu'on ne puisse pas remonter jusqu'à vous. Vous ne savez même pas qui ils sont... Bon Dieu, vous ne m'auriez pas appelé si vous le saviez ! Si vous pouviez les joindre et obtenir les vérifications dont vous avez besoin, vous ne seriez pas en train de me parler!

La voix cultivée marqua un temps d'arrêt.

– Alors nous avons menti tous les deux, monsieur Conklin, n'est-ce pas? La femme ne s'est pas échappée, n'a pas appelé Webb. Il ne s'est rien passé. Vous êtes allé au petit bonheur, moi aussi, et nous revenons bredouilles.

– Vous êtes du type barracuda, monsieur Sans-Nom.

– Vous connaissez les terrains de chasse, monsieur Conklin... Maintenant, que pouvez-vous me dire, vous?

Encore une fois Alex eut cette étrange sensation de creux dans la gorge, accompagnée d'une douleur aiguë dans la poitrine.

– Vous les avez perdus, murmura-t-il. Vous l'avez perdue, elle!

– Quarante-huit heures, ce n'est pas l'éternité, dit la voix, sur ses gardes.

– Mais vous avez essayé de reprendre contact comme des dingues! accusa Conklin. Vous avez appelé vos sous-fifres, ceux qui ont engagé les autres, et tout d'un coup ils ne sont plus là! Vous ne les trouvez plus! Bon Dieu, vous avez perdu le contrôle! Ça a bien pété, oui! Quelqu'un a détourné votre stratégie et vous n'avez aucune idée de son identité. Il a joué votre scénario et vous l'a volé!

– Nos agents de récupération sont en route, objecta l'homme, mais sans la conviction dont il avait fait preuve précédemment. Les meilleurs de nos hommes dans chaque département.

– Y compris McAllister? A Kowloon? Hong-kong?

– Vous savez cela?

– Je le sais.

– McAllister est inconscient, mais il est bon dans son boulot. Oui, il est là-bas. Nous ne paniquons pas. On s'en sortira.

– Vous en sortirez quoi? demanda Alex, fou de rage. La « marchandise »? Votre stratégie a avorté! C'est quelqu'un d'autre qui tient les commandes. Pourquoi vous rendrait-il la « marchandise »? Vous avez tué la femme de Webb, monsieur Sans-Nom! Mais bordel, qu'est-ce que vous croyiez que vous étiez en train de faire?

– Nous voulions juste l'amener là-bas, répliqua la voix, sur la défensive. Expliquez-lui, montrez-lui. Nous avons besoin de lui. Et, autant que je sache, tout est encore sous contrôle. Les communications sont assez mauvaises dans cette partie du monde.

– La bonne excuse pour quand ça va mal dans ce genre de business!

– Dans la plupart des « business », monsieur Conklin... Qu'en pensez-vous? C'est moi qui vous demande quelque chose, maintenant – très sincèrement. Vous avez une certaine réputation.

– J'avais, monsieur Sans-Nom.

– Les réputations peuvent être modifiées ou contredites, positivement ou négativement, bien entendu.

– Vous êtes un puits d'informations non garanties, vous savez...

– Je sais aussi que j'ai raison. J'ai dit que vous étiez l'un des meilleurs. Qu'est-ce que vous pensez de tout ça?

Ale secoua la tête dans la cabine. L'air était confiné, le bruit à l'extérieur de son téléphone « stérile » grandissait dans ce bar cradingue de la 9e Rue.

– Je vous ai dit ce que j'en pensais. Quelqu'un a découvert ce que vous manigancez – pour Webb – et a décidé de s'emparer des commandes.

– Mais pourquoi, bon Dieu?

– Parce qu'il veut Jason Bourne encore plus que vous ne le voulez, dit Alex et il raccrocha.

Il était 6 h 28 quand Alex entra dans le salon-bar de l'aéroport. Il avait attendu dans un taxi dans la rue de l'hôtel de Webb et l'avait suivi en donnant au chauffeur des instructions précises. Il avait eu raison, mais il était inutile d'accabler Webb avec ce qu'il savait. Deux Plymouth grises avaient suivi le taxi de David en alternant leurs positions durant la filature. Qu'il en soit ainsi. Un certain Alexander Conklin allait finir pendu, ou peut-être pas. Les gens du Département d'Etat se comportaient stupidement, songeait-il en notant les numéros des plaques des deux voitures. Il repéra Webb dans un des boxes les plus sombres.

– C'est toi, hein? demanda Alex en tirant son pied mort pour s'asseoir sur la banquette. Est-ce vrai que les femmes préfèrent les blonds?

– Ça a marché à Paris... Qu'est-ce que tu as appris?

– J'ai trouvé des limaces sous des pierres et elles ne savaient pas comment remonter à la surface. Mais là, elles ne sauraient pas quoi faire de la lumière du soleil, hein?

– Le soleil éclaircit les choses, en général. Pas toi. Arrête ton char, Alex. J'embarque dans quelques minutes.

– En deux mots ils ont mis au point une stratégie pour t'amener à Kowloon. C'était fondé sur une expérience précédente...

– Tu peux abréger, je connais, dit David. Pourquoi?

– Le type a dit qu'ils avaient besoin de toi. Pas de toi, Webb, c'est de Bourne qu'ils ont besoin.

– Parce qu'ils disent que Bourne est déjà là-bas. Je t'ai dit ce que McAllister racontait. Il en fait partie?

– Non. L'autre n'allait pas me donner les clés, mais je peux peut-être m'en servir pour faire pression sur eux. Mais il m'a dit autre chose, David, et tu dois malheureusement l'entendre. Ils ne trouvent plus leurs hommes de main, et ils ne savent plus qui est dans le coup ni ce qui se passe. Ils pensent que c'est temporaire, mais ils ont perdu Marie. Quelqu'un d'autre te veut, là-bas, et ce quelqu'un a pris les commandes.

Webb amena sa main sur son front, les yeux fermés, et soudain, dans un silence total, les larmes se mirent à couler sur ses joues.

– Je suis de retour, Alex... De retour en arrière, tellement, et je ne peux pas me souvenir. Je l'aime, j'ai tellement besoin d'elle!

– Arrête! ordonna Conklin. Hier soir tu m'as fait me rendre compte que j'avais encore un esprit, malgré mon pauvre corps. Tu as les deux! Fais-les marner, bon sang!

– Comment?

– Sois ce qu'ils veulent que tu sois : sois le caméléon! Sois Jason Bourne!

– Mais ça fait si longtemps...

– Tu peux encore le faire. Joue le scénario qu'ils t'ont donné.

– Je n'ai pas vraiment le choix, hein?

Dans les haut-parleurs ils entendirent le dernier appel pour le vol 206 vers Hong-kong.

Havilland reposa le téléphone, passa une main dans ses cheveux gris, se carra dans son fauteuil et regarda McAllister de l'autre côté de la pièce. Le sous-secrétaire d'Etat se tenait près d'une énorme mappemonde perchée sur un trépied devant une bibliothèque. Son index était posé sur le sud de la Chine, mais ses yeux fixaient l'ambassadeur.

– C'est fait, dit le diplomate. Il est dans l'avion de Kowloon.

– C'est affreux, répliqua McAllister.

– Je suis certain que c'est ainsi que vous sentez les choses, mais avant de rendre votre jugement, soupesez les avantages. Nous sommes libres, maintenant. Nous ne sommes plus responsables des événements qui vont avoir lieu. C'est un inconnu qui tire les ficelles.

– Et cet inconnu, c'est nous! Je le répète, c'est affreux! Mon Dieu!

– Est-ce que votre Dieu a considéré les conséquences si nous échouons?

– On nous a donné le libre arbitre. Seul notre éthique nous refrène.

– Banalités, monsieur le sous-secrétaire. Il y a la sauvegarde du plus grand nombre.

– Il y a aussi un être humain, un homme que nous manipulons, que nous ramenons dans son cauchemar. En avons-nous le droit?

– Nous n'avons pas le choix. Il peut faire ce qu'aucun autre ne peut faire – si nous lui donnons une bonne raison.

McAllister fit tourner la mappemonde. Elle glissa sans bruit pendant qu'il revenait vers le bureau.

– Je ne devrais peut-être pas le dire, mais tant pis, lança-t-il à Raymond Havilland en le regardant droit dans les yeux. Je crois que vous êtes l'homme le plus immoral que j'aie jamais rencontré.

– Ce ne sont qu'apparences, monsieur le sous-secrétaire. J'ai une grâce en réserve qui absout tous les péchés que j'ai pu commettre. J'irai jusqu'au bout de n'importe quoi, j'autoriserai les pires horreurs pour empêcher cette planète d'exploser. Et cela inclut la vie d'un nommé David Webb – connu, là où j'ai besoin de lui, sous le nom de Jason Bourne.

VIII

La brume montait comme des étages d'écharpes diaphanes au-dessus de Victoria Harbor et l'énorme jet entamait son approche finale vers l'aéroport de Kai-tak. Le brouillard matinal était dense, promettait un jour humide. En dessous, sur l'eau, les jonques et les sampans tanguaient côte à côte le long des cargos tandis que barges et ferries traversaient les eaux encore sombres du port, sillonné de temps à autre par les vedettes rapides de la police maritime. Tandis que l'avion descendait vers Kowloon, les rangs serrés des gratte-ciel de Hong-kong prenaient l'apparence de géants d'albâtre, dépassant au-dessus des brumes et reflétant la première lueur pénétrante du soleil matinal.

Webb étudiait le décor en dessous, à la fois en proie au plus horrible stress et empreint d'une curiosité bizarrement très détachée. Quelque part, là, dans ce territoire bouillonnant et largement surpeuplé, quelque part se trouvait Marie. C'était la première de ses pensées, celle qui le menait à l'agonie. Pourtant, toute une autre partie de lui-même réagissait comme un scientifique en proie à une anxiété glacée alors qu'il regardait dans la lentille floue d'un microscope, essayant de discerner ce que ni son œil ni son esprit ne pouvaient comprendre. Les choses familières et les faits inhabituels se rejoignaient et le résultat en était l'ébahissement et la peur. Durant les séances avec Panov en Virginie, David avait lu et relu des centaines de catalogues et de brochures de voyage qui décrivaient tous les endroits que le mythique Jason Bourse était censé avoir hantés. C'était un exercice constant et douloureux destiné à le ramener à soi. Des fragments lui réapparaissaient, comme des flashes, la plupart trop brièvement et trop confus, d'autres d'une manière prolongée, ses souvenirs devenant soudain très précis, les descriptions étonnamment personnelles, sans rien à voir avec les publicités des agences de voyage. En regardant maintenant en bas, il voyait beaucoup de choses qu'il connaissait mais qu'il ne pouvait pas réellement ramener en sa mémoire. Il détourna les yeux et se concentra sur la journée à venir.

Il avait télégraphié à l'hôtel Regent de Kowloon depuis Washington, pour réserver une chambre pour une semaine sous le nom d'Howard Cruett, identité arborée par un des passeports de Cactus, celui où il avait les yeux bleus. Il avait ajouté au texte : « Je crois que des arrangements ont été pris pour notre firme de manière à retenir la suite 690, si elle est libre. Jour d'arrivée confirmé, mais pas de numéro de vol. »

La suite serait libre. Ce qu'il devait découvrir, c'était qui avait pris ces engagements. C'était le premier pas vers Marie. Et avant, pendant ou après cette procédure il avait des achats à faire – certains simples, d'autres non, mais même trouver l'inaccessible n'était pas impossible. C'était Hong-kong. La colonie de la survie et les outils de la survie. C'était aussi un des rares endroits au monde où florissaient les religions mais où le seul Dieu reconnu par les croyants et les non-croyants avait pour nom l'argent. Comme disait Marie : « Hong-kong n'a pas d'autre raison d'être. »

Le matin fétide était empli des odeurs d'une humanité grouillante et sans cesse en mouvement, mais ces odeurs étaient étrangement agréables. On arrosait furieusement les trottoirs au jet d'eau, la vapeur montait du bitume surchauffé par le soleil et les émanations d'herbes bouillant dans l'eau emplissaient les ruelles, se dissipaient au passage des pousse-pousse et des taxis qui klaxonnaient pour éviter le pire. Les bruits s'accumulaient. Ils devinrent une série de crescendo constants appelant à la vente, à l'achat ou au moins à la négociation. Hong-kong était l'essence de la survie. On y travaillait frénétiquement sinon on n'y survivait pas. Adam Smith, jamais entendu parler... Il n'aurait pas pu concevoir un tel monde. Ce monde se moquait de la discipline qu'il prétendait appliquer à l'économie libre. C'était la folie. C'était Hong-kong.

David leva la main pour appeler un taxi, sachant qu'il

avait déjà fait ce geste, commaissant les sorties vers lesquelles il s'était dirigé après le cirque prolongé des douanes, sachant qu'il connaissait les rues que le chauffeur empruntait maintenant – il ne se souvenait pas réellement, mais, quelque part, il les connaissait. C'était à la fois réconfortant et complètement terrifiant. Il savait et ne savait pas. Il était une marionnette manipulée sur la scène de son propre théâtre et il ne savait pas qui était la marionnette et qui était le marionnettiste.

– C'était une erreur, dit David au réceptionniste derrière son comptoir de marbre ovale au centre du hall du Regent. Je ne veux pas une suite. Je préférerais quelque chose de plus petit, une chambre avec un grand lit suffira.

– Mais tout a été arrangé à l'avance, monsieur Cruett, répondit le réceptionniste, étonné, utilisant le nom du faux passeport de Webb.

– Qui a pris ces arrangements?

Le jeune Oriental regarda la fiche, la signature sur la réservation imprimée par l'ordinateur.

– C'est le directeur adjoint, M. Liang, qui est responsable de cela.

– Eh bien, selon les règles de la courtoisie, je devrais parler avec M. Liang, n'est-ce pas?

– J'ai bien peur que cela ne soit nécessaire. Je ne crois pas qu'il y ait quoi que ce soit d'autre de libre.

– Je comprends. Je vais aller dans un autre hôtel.

– Vous êtes considéré comme un hôte extrêmement important, monsieur. Permettez-moi d'appeler M. Liang.

Webb acquiesça et le réceptionniste, la réservation à la main, passa sous le comptoir et traversa rapidement le hall encombré avant de disparaître par une porte derrière le comptoir du concierge. David contempla le hall qui respirait l'opulence, et qui commençait en réalité dehors, dans le grand jardin frontal parsemé d'énormes fontaines, et se prolongeait, à travers la rangée de portes vitrées et au-delà du sol de marbre jusqu'à un demi-cercle d'immenses vitres teintées qui dominaient Victoria Harbor. Le tableau mouvant sans cesse qu'on y apercevait était un additif hypnotique à la mise en scène de ce hall incurvé devant le mur de verre teinté. Il y avait des douzaines de petites tables et de sièges de cuir, la plupart occupés, et des serveuses et des garçons en uniforme couraient en tous sens. C'était comme une arène d'où touristes et commerçants pouvaient admirer le panorama du commerce du port, une pièce qui se jouait tous les jours sous la ligne du ciel barrée au loin par les buildings de Hong-kong. Cette vue marine était familière à Webb, sans plus. Il n'était jamais venu dans cet hôtel plutôt extravagant. Du moins rien de ce qu'il voyait n'éveillait-il en lui de flashes mémoriels.

Soudain ses yeux furent attirés par le réceptionniste qui fonçait à travers le hall, précédant un Oriental d'âge moyen, visiblement le directeur adjoint, M. Liang. Le jeune homme replongea sous le comptoir de marbre et reprit sa place en face de David, les yeux écarquillés, anticipant la scène qui allait suivre. Quelques secondes plus tard, son chef s'approcha, le ventre légèrement proéminent, comme l'exigeait son statut.

— Voici M. Liang, annonça le réceptionniste.

— Puis-je vous être utile ? demanda le directeur adjoint. Et puis-je vous dire que c'est un plaisir de vous accueillir ici ?

Webb sourit et secoua poliment la tête.

— Ce sera pour une autre fois, j'en ai bien peur, dit-il.

— Vous n'êtes pas satisfait de votre réservation, monsieur Cruett ?

— Si, si, et je suis sûr que ça me plairait beaucoup, mais comme je le disais à votre jeune employé je préfère les choses moins grandioses, une grande chambre avec un double lit serait amplement suffisant, pas une suite... Mais j'ai cru comprendre qu'il n'y avait rien d'autre de disponible ?

— Votre télégramme stipulait bien la suite 690, monsieur.

— Je m'en rends bien compte et j'en suis désolé. C'est sûrement un excès de zèle d'un de nos représentants, dit Webb en fronçant les sourcils d'un air amical.

Puis il demanda, avec courtoisie :

— A propos, qui a fait cette réservation ? Ce n'est pas moi...

— Vos représentants, peut-être, lança Liang, le regard indéchiffrable.

— Notre vendeur ici ? Il n'en aurait pas l'autorité. Non, il a dit que c'était une compagnie d'ici. Nous ne pouvons pas l'accepter, bien évidemment, mais j'aimerais savoir à qui nous devons un tel cadeau, une telle générosité. Sûrement vous, monsieur Liang, puisque vous vous en êtes occupé, devriez pouvoir me répondre.

Le regard indéchiffrable se fit plus distant encore. Liang cligna des yeux. Cela suffisait à David, mais il voulait aller jusqu'au bout de la charade.

— Je crois que c'est un des membres de notre personnel — notre nombreux personnel — qui m'a soumis cette requête, monsieur. Mais il y a tellement de réservations, nous sommes débordés, je ne peux vraiment pas me rappeler qui.

— Il y a sûrement des instructions quant à la note?

— Nous avons beaucoup de clients dont un mot au téléphone suffit, monsieur.

— Hong-kong a changé.

— Et change tous les jours, monsieur Cruett. Il est possible que votre hôte veuille vous l'annoncer lui-même. Je ne m'immiscerais pas dans son désir.

— Votre sens de la confiance est admirable.

— Appuyé par un code de carte de crédit dans l'ordinateur de la caisse, naturellement, fit Liang en tentant un sourire.

Un sourire faux.

— Bon, puisque vous n'avez rien d'autre, je vais me débrouiller. J'ai des amis au Pen, de l'autre côté de la rue, dit Webb en se référant au célèbre hôtel Peninsula.

— Ce ne sera pas nécessaire. Nous pouvons modifier la réservation.

— Mais votre employé m'a dit que...

— Il n'est pas directeur adjoint du Regent, monsieur, fit Liang en jetant un bref coup d'œil au réceptionniste derrière son comptoir de marbre.

— Mon écran signale qu'il n'y a rien de disponible, protesta le réceptionniste.

— Silence! fit Liang, puis, instantanément il sourit à Webb, un sourire aussi faux que le précédent, conscient qu'il venait de perdre la charade en criant ainsi après son employé.

— Il est si jeune, dit-il, ils sont tous si jeunes et inexpérimentés. Mais il est très intelligent, très volontaire... Nous conservons toujours quelques chambres pour des cas semblables.

Il regarda à nouveau le jeune Oriental et, d'une voix hargneuse et sèche, il s'adressa à lui, tout en souriant à Webb.

– *Ting, ruan-ji!*

Puis il poursuivit très vite, en chinois, et Webb, qui demeurait dénué d'expression comprenait chaque mot.

– Ecoute-moi bien, espèce de poulet sans os! Ne donne jamais une information en ma présence sauf si je te le demande! Tu va te retrouver la gueule dans le caniveau si tu recommences. Maintenant donne à ce débile la chambre 200. Elle est sous le nom de Hold. Enlève la réservation et fais ton travail.

Le directeur adjoint, son sourire de cire encore plus prononcé, se tourna vers David.

– C'est une chambre splendide, avec vue sur le port, monsieur Cruett.

La charade était terminée, et le vainqueur minimisa sa victoire en arborant un air convaincu.

– Je vous suis très reconnaissant, dit David, les yeux plongés dans ceux de Liang qui semblait soudain moins rassuré. Cela m'évitera d'avoir à appeler tout le monde en ville pour leur dire où je suis, poursuivit-il.

Puis il s'arrêta, la main droite levée comme quelqu'un qui va continuer à parler. David Webb agissait en suivant d'autres instincts, des instincts développés par Jason Bourne. Il savait que le moment était venu d'insuffler la peur.

– Quand vous dites une vue splendide, je suppose que vous voulez dire : *you hao jingse de fang jian*, n'est-ce pas? Ou bien mon chinois est-il trop débile?

Le directeur adjoint regarda fixement l'Américain.

– Je n'aurais pu mieux le formuler, dit-il doucement. Le réceptionniste va s'occuper de tout. Bienvenue à Hong-kong, monsieur Cruett.

– On ne souhaite pas la bienvenue à tort et à travers, monsieur Liang. C'est un proverbe chinois très ancien, je crois, ou très moderne, je ne sais pas.

– Ce doit être moderne, monsieur Cruett. C'est trop actif pour une méditation passive, ce qui est l'esprit de Confucius, je suis certain que vous le savez.

— N'est-ce pas là l'accomplissement?

— Vous êtes trop vif pour moi, monsieur, dit Liang en exécutant une courbette. S'il y a quoi que ce soit que vous désiriez, n'hésitez pas à m'appeler.

— Je ne crois pas que ce sera nécessaire, mais merci. Franchement le vol était long et fatigant, et je crois que je vais demander au standard de bloquer tous les appels jusqu'au dîner.

— Oh? fit Liang en dévoilant qu'il marchait sur des œufs. Il avait peur, et cela se voyait. Mais, s'il y a une urgence, dit-il...

— Il n'y a rien qui ne puisse attendre, coupa Webb, et puisque je ne suis pas dans la suite 690, l'hôtel peut répondre qu'on m'attend un peu plus tard que prévu. C'est plausible, n'est-ce pas? Je suis extrêmement fatigué. Merci, monsieur Liang.

— Merci, monsieur Cruett, dit le directeur adjoint en refaisant une courbette, cherchant le regard de Webb. Mais il n'y eut aucun signe. Il se retourna rapidement, très nerveusement, et repartit vers son bureau.

« Fais toujours ce qu'ils n'attendent pas. Sème la confusion chez l'ennemi, déséquilibre-le. — Jason Bourne. Ou bien était-ce Alexander Conklin? »

— C'est une chambre absolument charmante, s'exclama le réceptionniste, soulagé. Elle vous plaira beaucoup.

— M. Liang est très accommodant, dit David. Je devrais lui exprimer ma satisfaction... pour votre aide aussi, ajouta-t-il en sortant son portefeuille et il tendit un billet de vingt dollars plié en serrant la main du réceptionniste.

— A quelle heure M. Liang quitte-t-il son bureau?

Le jeune homme, étonné mais cachant mal sa satisfaction, jeta un coup d'œil à droite et à gauche avant de répondre d'une série de phrases hachées.

— Oui! Vous êtes très généreux, monsieur. Ce n'était pas nécessaire, mais merci, monsieur. M. Liang quitte son bureau tous les jours à 5 heures. Moi également, monsieur. Je pourrais rester, bien sûr, si la direction me le demandait, monsieur, car j'essaye de faire de mon mieux pour nos hôtes, monsieur.

— J'en suis certain, dit Webb. Donnez-moi ma clef, s'il

vous plaît. Mes bagages arriveront plus tard. Il y a eu une erreur dans les heures de vol.

– Bien sûr, monsieur.

David était assis dans un fauteuil devant les vitres teintées qui surplombaient le port de Hong-kong. Des noms lui revenaient, accompagnant des images : Causeway Bay, Wanchai, Repulse Bay, Aberdeen, le Mandarin et, enfin, si clair dans le lointain, Victoria Peak dominant toute la colonie. Puis il vit au cœur de son esprit s'agiter les masses d'êtres humains grouillant dans toutes ces rues colorées, encombrées, souvent sales, et les salons des hôtels avec leurs chandeliers aux douces lueurs dorées où les survivants de l'empire en costume trois-pièces se mêlaient d'un air ennuyé aux nouveaux chefs d'entreprise chinois – la vieille couronne et l'argent nouveau devaient trouver des terrains d'entente... Les ruelles... Sans raison apparente, les ruelles lui apparaissaient, encombrées de gens, des formes couraient dans ces sentiers urbains à moitié déglingués, se poussaient entre les cages d'osier d'oiseaux multicolores et les paniers pleins de serpents de tailles variées – des foules de mendiants sur le barreau le plus bas de l'échelle du commerce. Des hommes et des femmes de tous âges, des enfants, des vieillards, vêtus de guenilles, et des fumées âcres et épaisses envahissaient l'espace entre les buildings délabrés, diffusaient la lumière, renforçaient la lourdeur de la pierre noire usée par les allées et venues. Il voyait tout cela et tout avait un sens pour lui, mais il ne le comprenait pas. Les détails le perturbaient. Il n'avait aucun point de référence et c'était affolant.

Marie était là, quelque part! Il devait la trouver. Il se leva d'un bond, en état de frustration complète, avec l'envie de se cogner la tête à coups de poing pour balayer la confusion qui l'habitait, mais il savait que cela ne servirait à rien. Rien ne pouvait l'aider, sauf le temps, et il ne parvenait pas à supporter la tension que le temps apportait. Il fallait qu'il la trouve, qu'il la serre dans ses bras, qu'il la protège, comme elle l'avait protégé en croyant en lui quand lui-même n'y croyait pas. Il passa devant le miroir au-dessus du bureau et regarda son visage hagard, d'une pâleur mortelle. Une chose était claire, une seule. Il devait agir vite, mais pas tel qu'il se voyait dans la glace. Il devait ramener sur le terrain tout ce qu'il avait appris et oublié quand il était Jason Bourne. Il devait faire remonter du plus profond de lui-même le passé enfoui et faire confiance à ses instincts oubliés.

Il avait fait un premier pas. La connexion était solide, il le savait. D'une manière ou d'une autre, Liang allait lui amener quelque chose, probablement le plus bas niveau d'information, mais ce serait un début. Un nom, un endroit, ou un contact initial qui le mènerait à un autre, puis à un autre encore. Il fallait qu'il bouge vite en se servant du peu qu'il avait, sans donner à son ennemi le temps de manœuvrer, appuyant sur celui qu'il atteindrait en le collant dans une position de « parle et survis, ou tais-toi et meurs » – et sans hésitation. Mais pour accomplir quoi que ce fût, il devait être prêt. Il fallait acheter diverses choses, et s'organiser une visite de la colonie. Il voulait une heure au moins d'observation du fond d'une voiture, pour recoller les morceaux épars de ses souvenirs.

Il prit l'annuaire de cuir rouge de l'hôtel, s'assit sur le coin du lit et l'ouvrit, feuilletant les pages rapidement. « Le New World Shopping Centre, magnifique complexe commercial sur cinq niveaux, rassemble les plus beaux produits des quatre coins du monde... » Mis à part les superlatifs, le « complexe » était adjacent à l'hôtel. Cela conviendrait. « Location de limousines. A l'heure, à la journée pour affaires ou tourisme. Contactez le concierge. Composez le 62. » Les limousines allaient de pair avec un chauffeur expérimenté capable de naviguer dans la démence des rues de Hong-kong, labyrinthe d'avenues et de ruelles... et capable de bien d'autres choses encore. De tels hommes connaissaient les à-côtés et les dessous de leur ville. A moins qu'il ne se trompe, il allait aussi avoir besion d'une aide supplémentaire. Une arme. Et, enfin, il y avait une banque dans le district central de Hong-kong, banque associée à une autre située à des milliers de kilomètres de là dans les îles Caïmans. Il devait s'y rendre, signer ce qu'il y aurait à signer et en sortir avec plus d'argent qu'aucun homme sensé ne porterait sur lui à Hong-kong – ou ailleurs, en fait. Il trouverait un endroit où cacher cet argent, mais pas dans une banque où les heures de bureau réduisaient sa marge de manœuvre. Jason Bourne savait comment faire : promettez la vie sauve à un homme et en général il coopère. Promettez-lui la vie sauve et une grosse somme d'argent et l'accumulation des deux amène à la soumission totale.

David prit le petit bloc-notes qui servait à écrire les messages posé près du téléphone sur la table de nuit et commença une autre liste. Les petites choses devenaient des montagnes au fur et à mesure que les heures passaient. Et il ne lui restait que peu de temps. Il était déjà presque 11 heures. Le port luisait sous la lumière proche du zénith. Il avait tellement de choses à faire avant 4 heures et demie, heure à laquelle il avait l'intention de se glisser près de la sortie des employés ou dans le parking souterrain, ou n'importe où il saurait trouver Liang, cet homme au visage de cire qui était sa première connexion.

Trois minutes plus tard sa liste était complète. Il arracha la page, se leva et prit sa veste sur une chaise. Soudain le téléphone se mit à sonner, strident comme un signal d'alarme dans le silence feutré de sa chambre. Il dut fermer les yeux, serrer les poings et contracter son ventre pour ne pas bondir répondre, espérant par-dessus tout entendre la voix de Marie, même si elle était toujours captive. Il ne devait pas décrocher le téléphone. L'instinct. Jason Bourne... Il n'avait pas le contrôle. S'il répondait, il serait sous leur contrôle. Il le laissa sonner et traversa la pièce, noué par l'angoisse, puis il sortit.

Il était midi dix lorsqu'il revint, portant des sacs en plastique provenant de différents magasins du Shopping Centre. Il les posa sur le lit et en sortit ses achats. Il y avait, entre autres choses, un imperméable noir léger et un chapeau de toile noire, une paire de tennis gris foncé, des pantalons noirs et un pull-over également noir. Voilà les vêtements qu'il porterait de nuit. Il y avait aussi un rouleau de fil de pêche au gros et deux crochets qui tenaient dans la paume de la main et qui permettraient de confectionner une boucle solidement maintenue aux deux bouts, un presse-papiers de cinq cents grammes en forme de barbeau, un pic à glace et un couteau de chasse à double tranchant dentelé d'un côté, muni d'une lame de trente centimètres. Telles étaient les armes silencieuses qu'il porterait nuit et jour. Il lui restait une chose à acheter. Il la trouverait.

Tandis qu'il examinait ses achats, commençant à fabriquer son fil muni de deux crochets, il se rendit soudain compte qu'une petite lumière clignotait. Une petite lueur, puis plus rien, puis une petite lueur... Il était agacé car il ne parvenait pas à savoir d'où cela venait et, comme cela se produisait si souvent, il se demandait si ce clignotement existait réellement ou si ce n'était qu'une aberration mentale. Puis son regard fut attiré vers la table de nuit. Le soleil pénétrait par les fenêtres et noyait la pièce et le téléphone posé sur la table de nuit. Mais la lumière clignotante venait bien de là, du téléphone lui-même où une petite lampe indiquait qu'il y avait un message pour lui à la réception. Un message n'était pas forcément un appel, se dit-il. Il s'approcha de la table de nuit, lut les instructions sur une carte plastique et appuya sur le bouton approprié.

— Oui, monsieur Cruett? dit la standardiste devant son tableau électronique.

— Il y a un message pour moi? demanda-t-il.

— Oui, monsieur. M. Liang a essayé de vous joindre...

— Je pensais que mes instructions étaient claires, coupa Webb. Aucun appel jusqu'à ce que j'en avertisse le standard!

— Oui, monsieur, mais, M. Liang est directeur adjoint — le responsable quand son supérieur n'est pas là, ce qui est le cas ce matin... cet après-midi. Il dit que c'est très urgent. Il vous a appelé toutes les cinq minutes depuis une heure. Je vais vous le passer, monsieur.

David raccrocha. Il n'était pas prêt pour Liang, ou, d'une manière plus appropriée, Liang n'était pas prêt pour lui — du moins pas ainsi que David le voulait. Liang était en proie à l'anxiété, certainement, car il était le premier maillon de la chaîne et il avait échoué dans sa tentative de placer le sujet là où il aurait dû être — dans une suite truffée de micros où l'ennemi pourrait entendre le moindre mot. Mais la panique qui menaçait Liang n'était pas suffisante. David voulait qu'il bascule, complètement. Et le meilleur moyen d'y parvenir était de ne lui permettre aucun contact, aucune discussion aucune explication.

Webb ramassa les vêtements et les mit dans deux tiroirs avec le reste de ses achats, glissant les crochets et le fil entre le pull et les pantalons. Puis il posa le presse-papiers sur la liste du *room service* qui traînait sur le bureau et glissa le couteau de chasse dans la poche de sa veste. Il regarda le pic à glace et fut soudain frappé par une pensée née d'un étrange instinct : un homme rongé par l'anxiété pouvait craquer d'un coup si on le mettait en face de quelque chose d'inattendu et de particulièrement terrifiant. L'image ultra-violente le choquerait, exacerberait sa peur. David sortit un mouchoir de sa poche, prit le pic à glace et nettoya le manche. Saisissant l'instrument avec le tissu, il se dirigea rapidement vers le petit salon, estima un niveau de vision approximatif et planta le pic à glace dans le mur blanc qui faisait face à la porte. Le téléphone sonna, puis sonna à nouveau, continuellement, comme devenu fou. Webb se glissa dehors et courut jusqu'aux ascenseurs. Il se dissimula dans un recoin et attendit.

Il ne s'était pas trompé. Les panneaux de métal luisant glissèrent et Liang sortit de l'ascenseur central en courant vers la chambre de Webb. David fit le tour et repassa devant les ascenseurs, puis, très calmement s'avança vers le coin de son propre couloir. Il pouvait voir Liang, dans un état de nerfs ahurissant, qui sonnait à sa porte, puis qui se mit à frapper de plus en plus fort.

Un autre ascenseur s'ouvrit, livrant passage à deux couples hilares. L'un des hommes regarda Webb d'un air étonné, puis haussa les épaules et le groupe disparut sur la gauche. David reporta son attention sur Liang. Le directeur adjoint était affolé. Il sonnait et tapait dans la porte en même temps. Puis il s'arrêta et colla son oreille contre la porte. Satisfait, il fouilla dans sa poche et en sortit un trousseau de clefs. David se recula d'un bond au moment où Liang regardait à droite et à gauche dans le couloir avant d'ouvrir sa porte. David n'avait pas à regarder. Entendre lui suffisait.

Il n'eut pas à attendre longtemps. Un cri guttural et réprimé jaillit, immédiatement suivi par le bruit de la porte qui claquait. Le pic à glace avait fait son effet. Webb courut se dissimuler à nouveau derrière le dernier ascenseur, plaqué contre le mur. Il regarda. Liang, visiblement secoué, respirait très vite en pressant sans arrêt le bouton d'appel des ascenseurs. Enfin les panneaux luisants glissèrent et Liang se rua à l'intérieur.

David n'avait pas de plan spécifique, mais il savait vaguement ce qu'il avait à faire, car il n'y avait aucun autre moyen d'y parvenir. Il repassa rapidement devant les ascenseurs et courut jusqu'à sa chambre. Il entra et saisit le téléphone, appuyant sur les touches qu'il avait déjà apprises par cœur.

— Concierge, dit une voix aimable qui ne paraissait pas orientale. Plutôt indienne.

— Vous êtes le concierge? demanda Webb.

— Oui, monsieur.

— Vous n'êtes pas un de ses assistants?

— Non, monsieur. Y a-t-il quelqu'un de particulier à qui vous voudriez parler? Un membre de notre personnel?

— Non, c'est à vous que je veux parler, dit David. Je suis dans une situation qui réclame la plus grande discrétion. Puis-je compter sur vous? Je saurais me montrer généreux.

— Vous êtes un des clients de cet hôtel?

— Parfaitement.

— Et votre problème n'a rien d'illégal, je veux dire. Rien qui pourrait nuire à la réputation de l'établissement?

— Au contraire, cela renforcerait sa réputation d'aider les hommes d'affaires prudents qui enrichissent le commerce du territoire.

— Je suis à votre service, monsieur.

Il fut convenu qu'une Daimler conduite par le chauffeur le plus expérimenté l'attendrait dans dix minutes devant le parc sur Salisbury Road. Le concierge se tiendrait lui-même près de la voiture et recevrait pour sa peine deux cents dollars américains, ce qui faisait à peu près mille cinq cents dollars de Hong-kong. La location de la voiture ne porterait pas de nom, seulement la mention d'une compagnie prise au hasard, serait payée en liquide pour vingt-quatre heures. Et M. « Cruett », escorté par un garçon d'étage, pourrait utiliser les ascenseurs de service du Regent, jusqu'au sous-sol où une sortie menait au New World Centre qui avait un accès direct sur Salisbury Road.

Une fois que les billets eurent changé de main, David monta à l'arrière de la Daimler et observa le visage fatigué, les traits tirés d'un chauffeur entre deux âges dont le sourire essayait de contredire l'air las.

— Bienvenue, monsieur. Je m'appelle Pak-fei et je vous garantis le meilleur des services! Vous me dites où, et je vous y emmène. Je connais tout!

146

– J'y comptais bien, dit doucement Webb.

– Je vous demande pardon, monsieur?

– *Wo bushi luke*, dit David, affirmant ainsi qu'il n'était pas un touriste. Mais, comme je ne suis pas venu ici depuis des années, poursuivit-il en chinois, je voudrais me réaccoutumer. Commençons par la visite touristique normale et ennuyeuse autour de l'île, puis un petit tour à travers Kowloon... Il faut que je sois revenu d'ici deux heures environ... Et, maintenant, parlons anglais.

– Ah! votre chinois est très bon, monsieur, très cultivé, mais je comprends tout ce que vous dites. Pourtant, deux *zhongtou* seulement...

– Deux heures, interrompit David. On parle anglais, d'accord, et comprends-moi bien. Ces deux heures et ton pourboire, et les vingt-deux heures suivantes, et ton pourboire, dépendent de notre bonne entente. D'accord?

– Oui, oui, s'écria Pak-fei en appuyant sur le démarreur et en lançant avec autorité la Daimler dans l'insupportable trafic de Salisbury Road.

– Vous n'aurez pas à vous plaindre de mes services, dit-il.

Effectivement, et les noms et les images qui avaient assailli David à l'hôtel se trouvaient renforcés par leur existence réelle. Il connaissait les rues du district central, reconnut l'hôtel Mandarin, et le Hong-kong club, et Chater Square, avec la Cour suprême de la colonie en face des géants bancaires de Hong-kong. Il avait marché à travers ces trottoirs encombrés jusqu'à la pagaille qu'était le Star Ferry, lien perpétuel avec Kowloon. Queen's Road, Hiller, Possession Street... Le Wanchai clinquant – tout lui revenait. Il était déjà venu, il connaissait ces endroits, ces rues, même les raccourcis pour aller d'un endroit à l'autre. Il reconnut la route sinueuse qui menait à Aberdeen, s'attendit à voir les restaurants flottants qui masquaient l'incroyable amas de jonques et de sampans, massive communauté de *boat people* dépossédés de tout. Il pouvait même entendre le claquement et les cris des joueurs de mah-jong, contestant leurs mises à la lumière de lanternes agitées par la brise nocturne. Il avait rencontré des hommes et des femmes – des contacts, des hommes de main, songeait-il – sur les plages de Shek O et de Big Wave, et il avait nagé dans les vagues surpeuplées de Repulse Bay, face à l'élégance décrépie du vieil hôtel colonial. Il avait tout vu. Il connaissait tout ici, et pourtant il ne parvenait pas à le lier à quoi que ce soit.

Il regarda sa montre. Ils roulaient depuis bientôt deux heures. Il avait un dernier arrêt à faire sur l'île, puis il mettrait Pak-fei à l'épreuve.

— Reviens vers Chater Square, dit-il. Je dois aller à la banque. Tu m'attendras.

L'argent n'était pas seulement un lubrifiant social et industriel. En quantité suffisante, c'était un passeport pour une vaste marge de manœuvre. Sans argent, les hommes traqués étaient coincés, leurs options limitées et les poursuivants pouvaient se retrouver frustrés de la victoire simplement parce qu'ils ne pouvaient pas dépenser sans limites. Et plus grosses étaient les sommes, plus grande l'aisance. La lutte était inégale entre un homme dont les ressources ne lui permettaient qu'un emprunt de cinq cents dollars, quand un autre avait une ligne de crédit de cinq cent mille. Il en était ainsi pour David dans la banque de Chater Square. Les tractations furent brèves et professionnelles. On lui fournit un attaché-case sans faire de commentaires sur le transport des fonds, et on lui offrit même un garde du corps pour l'accompagner à son hôtel si cela le sécurisait. Il déclina poliment cette offre, signa les papiers et on ne lui posa plus de question. Il revint à la voiture arrêtée dans une circulation infernale.

Il se pencha en avant, posant la main gauche sur le haut du siège à quelques centimètres de la tête du chauffeur. Il tenait entre ses doigts une coupure de cent dollars américains.

— Pak-fei, dit-il, il me faut une arme.

Lentement le chauffeur tourna la tête. Il jeta un coup d'œil sur le billet, puis à David. L'enthousiasme forcé avait disparu, disparu le désir de plaire. Le visage aux traits tirés était passif, son regard distant.

— Kowloon, répondit-il. Dans le Mongkok.

Puis il prit les cent dollars.

IX

La Daimler s'enfonçait dans les rues congestionnées de Mongkok, masse urbaine qui jouissait du peu enviable privilège d'être le quartier à la population la plus dense de l'histoire de l'humanité. Peuplé, il fallait le souligner, presque exclusivement de Chinois. Un visage occidental était une telle rareté qu'il attirait des regards curieux, à la fois hostiles et amusés. On décourageait tout homme ou femme de race blanche d'y aller la nuit tombée. Il n'y existait aucun équivalent d'un « Cotton Club » oriental. Ce n'était pas une question de racisme, mais une simple admission de la réalité. Ils avaient déjà trop peu d'espace pour eux seuls – et ils protégeaient leur territoire comme tous les Chinois l'avaient fait depuis les plus anciennes dynasties. La famille était tout, tout était la famille et trop de familles vivaient là, pas forcément dans la crasse mais dans le confinement d'une seule pièce couverte de nattes posées sur des planchers propres. Partout, de petits balcons attestaient cet appétit de propreté, balcons où on n'apercevait en effet personne sauf pour y étendre d'infinies rangées de linge à sécher. Ces rangées de balcons masquaient les murs et les fenêtres des immeubles et semblaient perpétuellement agitées par le vent qui soulevait les tissus et les faisait danser, comme cent mille drapeaux, preuve supplémentaire du nombre incroyable de gens entassés dans cette zone.

Mongkok n'était pas pauvre, le quartier étincelait de couleurs, le rouge lavis prédominant comme un aimant. Des enseignes énormes dominaient la foule, panneaux publicitaires de trois étages où les idéogrammes tentaient de séduire le client. Il y avait de l'argent à Mongkok, de l'argent tranquille, de l'argent hystérique, souvent de l'argent illégal. La seule chose qui y manquait c'était l'espace, et l'espace leur appartenait à eux, pas aux étrangers. Sauf si un étranger, amené par l'un d'entre eux, apportait de l'argent pour nourrir l'insatiable machine qui produisait une masse innombrable de produits matériels en tout genre. Il suffisait de savoir où chercher et de pouvoir y mettre le prix. Pak-fei savait où chercher et Jason Bourne pouvait mettre le prix.

— Je vais m'arrêter pour passer un coup de téléphone, dit Pak-fei en se garant derrière un camion en double file. Je vais bloquer les portes. Je ferai vite.

— Est-ce nécessaire? demanda Webb.

— Cet attaché-case est à vous, monsieur, pas à moi.

Merde, songea David, je suis complètement dingue! Il n'avait pas pensé à son attaché-case. Il transportait plus de trois cent mille dollars au cœur de Mongkok comme s'il s'agissait de son repas de midi. Il serra la poignée, posa l'attaché-case sur ses genoux et vérifia les loquets. Ils tenaient. Mais si on effleurait à peine les deux boutons en même temps, le couvercle s'ouvrirait. Il se pencha et cria au conducteur qui était déjà sorti :

— Rapporte-moi du ruban adhésif!

C'était trop tard. Le vacarme de la rue était assourdissant, la foule ressemblait à un flot humain entourant la voiture de partout. Et soudain une centaine de paires d'yeux se braquèrent sur lui, des visages tordus s'écrasaient sur les vitres – de tous côtés – et Webb devint le centre d'un nouveau volcan au bord de l'éruption. Il pouvait entendre les questions posées par cent voix aiguës. *Bin go ah?* et *Chong man tui*, ce qui équivalait à peu près à « Qui est-ce? – Un ventre plein », c'est-à-dire « Il est plein aux as ». Il se sentait comme un animal en cage qu'une horde de bêtes d'une autre espèce étudiait avec des yeux vicieux. Il serra l'attaché-case contre lui, regardant droit devant. Deux mains commencèrent à griffer l'espace libre en haut de la fenêtre sur sa droite. Il chercha lentement son couteau de chasse. Les doigts passèrent.

— *Jau!* s'écria Pak-fei en se frayant un passage à travers la foule. C'est un taipan extrêmement important et la police vous versera de l'huile bouillante sur les couilles si vous le dérangez! Allez-vous-en! Allez! cria le Chinois.

Il débloqua les portes, sauta derrière son volant et claqua sa portière dans un concert de malédictions furieuses. Il démarra, fit ronfler le moteur puis appuya sur le klaxon jusqu'à ce que la cacophonie, à son comble, finisse par éloigner la foule déçue. La Daimler rugit et s'enfonça plus avant dans l'étroite rue.

– Où allons-nous? cria Webb. Je croyais que nous étions arrivés.

– L'homme dont vous avez besoin a changé d'adresse, monsieur, ce qui est bien, parce que cette partie de Mongkok n'est pas sûre.

– Tu aurais dû l'appeler avant. Ce n'était pas très marrant là derrière.

– Si je peux modifier votre impression, cet arrêt avait son avantage, monsieur, dit Pak-fei en regardant David dans le rétroviseur. Nous savons maintenant que nous ne sommes pas suivis. Et qu'on ne nous suit pas là où nous allons maintenant.

– De quoi parles-tu?

– Vous entrez les mains vides dans une grande banque de Chater Square et vous ressortez avec un attaché-case.

– Et alors? fit Webb en soutenant le regard du chauffeur.

– Aucun garde ne vous accompagnait, et il y a plein de gens animés de mauvaises intentions qui surveillent les gens comme vous – souvent, on les signale même de l'intérieur des banques. Nous vivons une époque troublée, donc il me fallait réduire les risques.

– Maintenant tu es sûr de ton coup?

– Oh, oui, monsieur, dit Pak-fei en souriant. Une voiture qui nous aurait suivis dans ces ruelles de Mongkok ne serait pas passée inaperçue.

– Tu n'as pas téléphoné, en fait?

– Oh si, monsieur! Il faut toujours téléphoner d'abord. Mais c'était très bref. Ensuite j'ai remonté la rue en enlevant ma casquette, bien sûr, sur plusieurs centaines de mètres. Je n'ai pas vu de types énervés cachés dans une voiture et personne n'a surgi pour tenter de vous atteindre. Je suis rassuré maintenant et je peux vous emmener chez le revendeur sans problème.

– Je suis rassuré aussi, dit David, se demandant pourquoi Jason Bourne l'avait temporairement quitté. Et je ne

151

savais même pas qu'il y avait à s'inquiéter d'être suivi, ajouta-t-il.

La foule dense de Mongkok se raréfiait maintenant, au fur et à mesure que les bâtiments diminuaient de taille et Webb pouvait apercevoir les eaux de Victoria Harbor derrière des rangées de poteaux reliés par des chaînes. Derrière ces barrières s'étalaient des quais et des entrepôts où les navires marchands étaient alignés et d'énormes grues grinçaient et grondaient en charriant d'énormes containers. Pak-fei tourna pour entrer dans un entrepôt isolé. Tout semblait désert, mis à part deux voitures garées sur l'asphalte. La porte était fermée. Un garde sortit d'un petit bureau aux parois de verre et s'approcha de la Daimler, un bloc-notes à la main.

— Je ne suis pas sur les listes, dit Pak-fei en chinois, et avec une autorité singulière tandis que le garde s'approchait. Informe M. Wu Song que le numéro 5 du Regent est ici et lui amène un taipan aussi important que lui-même. Il nous attend.

Le garde hocha la tête, clignant des yeux pour essayer d'apercevoir ce passager si important.

— Aiya! cria Pak-fei devant une telle impertinence.

Puis il se tourna et s'adressa à Webb.

— Ne vous méprenez pas, monsieur, dit-il tandis que le garde courait téléphoner. Même si j'utilise le nom de l'hôtel, cela n'a rien à voir. En vérité, si M. Liang savait, lui ou quelqu'un d'autre, que je l'ai mentionné, je perdrais mon travail. Il se trouve que je suis né le cinquième jour du cinquième mois de l'année 1935 de Notre-Seigneur Jésus-Christ.

— Je ne dirai rien, assura David en souriant intérieurement, songeant que Jason Bourne ne l'avait en fait pas quitté. Le mythe qu'il avait été jadis connaissait les sentiers qui menaient aux bons contacts – les connaissait aveuglément – et cet homme était à nouveau là, à l'intérieur de David Webb.

La pièce blanche tapissée de rideaux, où s'alignaient des étagères, ressemblait à un musée où on aurait exposé des vestiges de civilisations passées comme des outils primitifs, des insectes fossilisés ou des sculptures appartenant à des religions disparues. Mais les objets étalés étaient d'une nature toute différente. Il y avait là l'échantillonnage le plus incroyable d'armes explosives, depuis les revolvers de calibres divers, jusqu'aux fusils de toutes sortes, en passant par des centaines de fusils-mitrailleurs avec les chargeurs correspondants, et même des missiles guidés par laser et qu'un seul homme pouvait utiliser en les posant sur son épaule. Un arsenal pour terroristes. Deux hommes en costume croisé montaient la garde, l'un à l'extérieur de la salle, l'autre à l'intérieur. Comme on pouvait s'y attendre, le second se courba pour s'excuser avant de passer un scanner électronique du haut en bas des vêtements de David et de son chauffeur. Puis l'homme voulut prendre l'attaché-case. David le tira en arrière en secouant la tête, désignant le scanner. Le garde l'avait pourtant passé sur la petite valise.

— Ce sont des papiers personnels, dit David dans un chinois qui étonna le garde. Puis il entra dans la pièce.

Il lui fallut une bonne minute pour absorber ce qu'il voyait. Pour effacer son incrédulité. Il regagna ensuite les panneaux, nantis d'un blason, qui recommandaient de ne pas fumer en anglais, français et chinois et se demanda pourquoi ils étaient là. Il n'y avait rien à craindre. Il s'approcha des étagères où étaient disposées les armes de poing et les examina. Il serrait l'attaché-case dans sa main comme si c'était le dernier lien le rattachant à la normalité dans un monde devenu fou à force d'instruments de violence.

— *Huanying!* cria une voix, suivie par l'apparition d'un homme assez jeune. Il sortait d'une porte coulissante et portait un de ces costumes européens serrés qui exagéraient la carrure et serraient la taille. Les deux pans de sa veste flottaient derrière lui comme la queue d'une pintade. Une parfaite réussite de styliste qui rendait chic en bradant l'image du mâle.

— Voici M. Wu Song, monsieur, dit Pak-fei, en se courbant d'abord devant le marchand d'armes, puis devant Webb. Il n'est pas nécessaire de lui donner votre nom, monsieur.

— *Bu!* cracha le jeune marchand en désignant l'attaché-case de David. *Bu jing ya!*

— Votre client, monsieur Song, parle couramment chinois, dit le chauffeur en se tournant vers David. Comme vous pouvez le voir, M. Song n'apprécie pas la présence de votre attaché-case.

— Il ne quittera pas ma main, dit Webb.

— Alors nous ne pouvons pas parler affaires, conclut Wu Song dans un anglais impeccable.

— Pourquoi? Votre homme l'a passé au scanner. Il n'y a pas d'arme à l'intérieur et même si j'essayais de l'ouvrir, j'ai comme l'impression que je serais sur le plancher avant que le couvercle ne soit relevé.

— Du plastic? demanda Wu Song. Des micros en plastique reliés à un système explosif dont les éléments métalliques sont si infimes que même le scanner ne les décèle pas?

— Vous êtes parano.

— Comme on dit chez vous, ça fait partie du métier.

— Vous parlez un anglais impeccable.

— Université de Columbia, 1973.

— Vous avez un diplôme d'ingénieur en armement?

— Non, de marketing.

— *Aiya!* hurla Pak-fei, mais il était trop tard.

Ce bref échange de phrases avait masqué les mouvements des gardes. Ils avaient traversé la salle, plongeaient vers Webb et le chauffeur.

Jason Bourne bondit en tournoyant, déboîtant le bras de son assaillant. Il le coinça sous le sien et, en le tordant, obligea l'homme à s'écraser au sol avant de lui aplatir l'attaché-case en pleine figure. Les mouvements lui revenaient. La violence lui revenait comme elle l'avait déjà fait dans le crâne d'un amnésique éberlué sur un petit bateau de pêche en face d'une île de la Méditerranée. Il avait tant oublié. Il y avait tant de choses inexpliquées, mais qui remontaient...

L'homme était à terre, stupéfait, mais son partenaire, après avoir cogné Pak-fei qui s'écroulait, se dirigeait vers lui, très vite, furieux. Il marchait sur lui, les deux mains levées selon une étrange diagonale, sa large poitrine et ses épaules servant de base à ces deux fléaux mobiles. David lâcha l'attaché-case, plongea sur sa droite, puis bondit à nouveau, encore sur sa droite, son pied gauche décollant du sol. Il frappa le Chinois dans l'aine avec une force telle que l'homme fit presque un saut périlleux en hurlant. Instantanément Webb le frappa du pied droit, ses orteils enfoncés dans la gorge de son assaillant, juste sous la mâchoire. L'homme roula sur le sol, cherchant l'air, une main sur son bas-ventre, l'autre autour de son cou. Le premier garde se relevait. Bourne s'avança vers lui et, relevant le genou, l'expédia presque à l'autre bout de la pièce, où il s'écroula, inconscient, sous une étagère.

Le jeune marchand d'armes était stupéfait. Il venait d'être le témoin de l'incroyable. Il s'attendait encore à ce que le film se déroule à l'envers, à ce que ses gardes soient victorieux. Puis, en une seconde, il sut que cela ne se produirait pas. Paniqué, il s'élança vers la porte coulissante et l'atteignit au moment où Webb l'atteignait, lui. David saisit les épaules de l'homme et le balança sur le sol. Wu Song trébucha et s'abattit. Il leva les mains, suppliant.

— Non! Je vous en prie! Arrêtez! Je ne peux pas supporter la violence physique! Prenez ce que vous voulez!

— Quoi?

— Vous avez entendu! Ça me rend malade!

— Et tout ça, alors? lança David en désignant les centaines d'armes qui encombraient les étagères.

— Je fournis la demande, c'est tout. Prenez ce que vous voudrez, mais ne me touchez pas, je vous en prie!

Dégoûté, Webb traversa la salle pour rejoindre le chauffeur qui se relevait péniblement, du sang au coin des lèvres.

— Je paierai ce que je prendrai, dit-il au marchand en aidant le chauffeur à se remettre debout. Ça va? lui demanda-t-il.

— Vous venez de vous attirer de gros ennuis, monsieur, dit Pak-fei, les mains tremblantes, la peur se lisant dans ses yeux.

— Cela n'a rien à voir avec toi. Wu Song le sait, n'est-ce pas, Wu Song?

— C'est moi qui vous ai amené ici, protesta le chauffeur.

— Pour acheter quelque chose, ajouta David très vite. Alors finissons-en. Mais, d'abord, attache ces deux singes. Sers-toi des rideaux, arrache-les.

Pak-fei jetait des regards implorants vers le marchand d'armes.

— Par le Dieu des chrétiens, hurla Wu Song, fais ce qu'il te dit! Il va me frapper. Prends les rideaux! Attache-les, imbécile!

Trois minutes plus tard, Webb avait en main un étrange revolver, menaçant mais pas trop grand. C'était une arme sophistiquée. Le cylindre perforé qui constituait le silencieux était fixé par un système pneumatique et réduisait les décibels d'un coup de feu à un vulgaire bruit de crachat, sans affecter la précision à courte portée. Il contenait neuf balles et le chargeur se fixait à la base en une fraction de seconde. Il y avait trois chargeurs de réserve. Trente-six cartouches avec la puissance de feu d'un Magnum 357, dans une arme qui pesait moitié moins qu'un colt 45.

— Remarquable, dit Webb en contemplant les gardes ligotés et Pak-fei qui tremblait. Qui l'a dessiné?

Tant de choses lui revenaient, son expérience, sa connaissance des armes...

— En tant qu'Américain, cela va peut-être vous offenser, répondit Wu Song, mais c'est un type du Connecticut qui s'est rendu compte que la compagnie qui l'emploie, pour qui il conçoit ce genre de chose, ne le récompenserait jamais assez pour cette invention. Grâce à des intermédiaires, il est arrivé sur le marché international et a vendu au plus offrant.

— Vous?

— Je n'investis pas. Je vends.

— C'est vrai. J'avais oublié. Vous répondez à une demande.

— Précisément.

— Qui payez-vous?

— Je paie un compte numéroté à Singapour, je ne sais rien d'autre. Je suis protégé, bien sûr... Tout est fourni d'avance.

— Je vois. Combien pour cette arme?

— Prenez-la. Je vous en fais cadeau.

— Vous puez. Je n'accepte pas de cadeaux des gens qui puent. Combien?

— Le prix normal est de huit cents dollars américains, dit Wu Song en avalant sa salive.

Webb fouilla dans sa poche gauche et sortit les coupures qu'il y avait placées. Il compta huit billets de cent dollars et les donna au marchand d'armes.

– Marché conclu, dit-il.

– Marché conclu, dit le Chinois.

– Attache-le, dit David à Pak-fei. Ne t'inquiète pas, attache-le.

– Fais ce qu'il te dit, idiot!

– Après, tu les emmèneras tous les trois dehors. Le long du hangar près de la voiture. Et fais attention qu'on ne te voie pas de la porte.

– Vite! s'écria Wu Song. Tu ne vois pas qu'il est en colère?

– Ça, tu peux le dire, acquiesça Webb.

Quatre minutes plus tard, les deux gardes et Wu Song avançaient bizarrement dans la lumière éblouissante de cette fin d'après-midi que les reflets des eaux du port rendaient encore plus dure. Leurs genoux et leurs bras étaient ligotés avec des lambeaux de rideau, et leurs mouvements étaient hésitants. Des tampons de tissu enfoncés dans la bouche des gardes garantissaient le silence. Le jeune marchand d'armes n'avait pas besoin de bâillon. Il était pétrifié.

Une fois seul, David posa son attaché-case sur le sol et fit rapidement le tour de la salle, étudiant les étagères jusqu'à ce qu'il trouve ce qu'il voulait. Il fracassa la vitrine avec la crosse de son revolver et écarta les tessons pour prendre les armes qu'il allait utiliser. Des grenades à minuterie, chacune possédant la force d'impact d'une bombe de dix kilos. Comment savait-il cela?

Il prit six grenades et vérifia chaque pile. Comment pouvait-il faire ça? Comment savait-il où regarder, où appuyer? Peu importait. Il savait. Il regarda sa montre.

Il enclencha chaque minuterie et se mit à courir le long des vitrines en fracassant les vitres, jetant les grenades dedans. Il lui restait une grenade et deux vitrines à fracasser lorsque ses yeux furent attirés par les panneaux d'interdiction de fumer en trois langues. Il courut jusqu'aux portes coulissantes et vit ce qu'il s'attendait à y trouver. Il jeta la dernière grenade à l'intérieur.

Webb regarda sa montre, prit l'attaché-case et sortit. Il mettait un point d'honneur à garder son contrôle. Il s'approcha de la Daimler garée le long de l'entrepôt. Pak-fei semblait s'excuser auprès de ses prisonniers, suant sang et eau. Wu Song, tantôt le maudissait, tantôt le consolait, car il souhaitait par-dessus tout qu'on lui épargne toute violence physique.

— Emmène-les jusqu'au bord du quai, dit-il à Pak-fei en désignant le petit mur de pierre qui bordait les eaux du port.

Wu Song fixait Webb.

— Qui êtes-vous? demanda-t-il.

Le moment était venu. Maintenant...

Webb regarda sa montre une fois encore en marchant sur le marchand d'armes. Il le saisit par un coude et le traîna le long du bâtiment vers un coin où les autres ne pourraient pas entendre leur conversation.

— Je m'appelle Jason Bourne, dit-il simplement.

— Jason Bou...

L'Oriental s'étrangla, réagissant comme si on lui avait enfoncé un stylet dans la gorge, comme s'il entrevoyait à l'instant sa propre mort.

— Et si tu as la moindre intention de réparer le tort causé à ton ego en punissant quelqu'un – disons mon chauffeur –, oublie ça tout de suite. Je saurai où te trouver.

Webb s'arrêta une seconde, puis reprit :

— Tu as certains privilèges, Wu, mais ces privilèges s'accompagnent de responsabilités. Il se pourrait qu'on te pose certaines questions, et je ne m'attends pas à ce que tu mentes – j'ai l'impression que le mensonge n'est pas ton fort –, donc nous nous sommes rencontrés, ça je l'accepte. Je t'ai même volé, si ça t'arrange. Mais si jamais tu donnes une description exacte de moi, tu as intérêt à disparaître, et pour de bon. Ça sera moins douloureux pour toi.

Le diplômé de l'université de Columbia s'était figé, sa lèvre inférieure tremblait tandis qu'il fixait Webb. David lui rendit son regard en silence, hochant la tête. Puis il lui lâcha le bras et se dirigea vers Pak-fei et les deux gardes ligotés, laissant le marchand à ses pensées.

— Fais ce que je t'ai dit, Pak-fei, lança David en regardant sa montre une fois de plus. Amène-les jusqu'au mur et dis-leur de se coucher par terre. Dis-leur que je les surveille avec mon arme et que je les braquerai jusqu'à ce qu'on soit sortis. Je crois que leur employeur pourra certifier que j'étais un adversaire à la hauteur.

Plus que réticent, le chauffeur finit par aboyer les ordres

en chinois, se courbant devant le marchand d'armes. Wu Song commença à marcher, précédant ses deux gardes, en se contorsionnant vers le bord du quai, à cinquante mètres de là. Webb regarda dans la Daimler.

– Lance-moi les clefs, cria-t-il à Pak-fei et dépêche-toi!

David saisit les clefs au vol et se mit au volant. Il mit le moteur en marche, enclencha la première et suivit l'étrange cortège derrière l'entrepôt.

Wu Song et ses gardes étaient allongés, prostrés sur l'asphalte. Webb bondit hors de la voiture, laissant le moteur tourner, et courut autour vers l'autre côté, sa nouvelle arme à la main, le silencieux en place.

– Monte et démarre, lança-t-il à Pak-fei, vite!

Le chauffeur grimpa sur son siège, éberlué. David fit feu trois fois – des crachats qui éclatèrent l'asphalte à quelques mètres du visage des trois prisonniers. C'était bien assez. Ils roulèrent tous trois vers le mur, complètement paniqués.

– Allons-y, dit-il en regardant une dernière fois sa montre.

Son arme dépassait par la fenêtre, dirigée vers les trois formes prostrées le long du mur.

La porte se rouvrit pour l'auguste taipan dans son auguste limousine. La Daimler fonça en avant puis prit sur la droite pour rentrer dans le trafic de l'autoroute menant à Mongkok.

– Ralentis, ordonna David. Gare-toi à droite, sur le bas-côté.

– Ces automobilistes sont fous, monsieur. Ils foncent parce qu'ils savent que dans quelques minutes ils ne pourront plus bouger. Ce sera difficile de revenir dans la file.

– Je ne crois pas vraiment...

Cela arriva. Les explosions vinrent, l'une après l'autre – trois quatre, cinq... six. L'entrepôt isolé vola en morceaux, flammes énormes dans le ciel, nuage de fumée noire qui emplit soudain l'air au-dessus de la rive et du port, forçant instantanément voitures et camions à s'arrêter dans des hurlements de freins.

– Vous? cria Pak-fei en s'étranglant, les yeux exorbités braqués sur Webb.

– J'y étais, oui.

– *Nous* y étions, monsieur! *Aiya!* Je suis mort!

– Non, Pak-fei, tu n'es pas mort, dit David. Tu es protégé, crois-moi sur parole. Tu n'entendras plus jamais parler de monsieur Wu Song. J'imagine qu'il va se retrouver très vite à l'autre bout du monde, sûrement en Iran, où il apprendra le marketing aux mollahs. Je ne vois personne d'autre qui pourrait l'accepter.

– Mais pourquoi? Comment?

– Il est fini. On lui avançait la marchandise, ce qui veut dire qu'il payait une fois qu'elle était vendue. Tu me suis?

– Je crois, monsieur.

– Il n'a plus de marchandise, mais elle n'a pas été vendue. Elle s'est évaporée.

– Monsieur?

– Il avait des bâtons de dynamite et des caisses de plastic dans la pièce derrière. Il ne les avait pas mis en vitrine. Trop primitif. Et trop encombrant.

– Monsieur?

– C'était interdit de fumer... Contourne ces embouteillages, Pak-fei, il faut que je rentre à Kowloon.

Comme ils pénétraient dans le Tsim Sha Tsui, les mouvements de Pak-fei qui tournait constamment la tête dans sa direction interrompirent les pensées de Webb. Le chauffeur n'arrêtait pas de le regarder.

– Qu'est-ce qu'il y a? demanda-t-il.

– Je ne sais pas, monsieur. J'ai peur, je crois.

– Tu ne crois pas ce que je t'ai dit? Que tu n'as rien à craindre?

– Ce n'est pas ça, monsieur. Je crois que je peux vous croire à cause de ce que j'ai vu et j'ai aussi vu le visage de Wu Song quand vous lui parliez. Je crois que c'est de vous que j'ai peur, mais je pense aussi que je me trompe, parce que vous m'avez protégé vraiment. C'était dans les yeux de Wu Song. Je ne peux pas expliquer.

– Laisse tomber, dit David en cherchant de l'argent dans sa poche. Dis-moi, Pak-fei, tu es marié? Tu as une petite amie, ou un petit ami, je m'en fous...

– Je suis marié, monsieur. Et j'ai deux grands enfants qui ont des boulots pas trop mauvais. Mon idole est bonne...

– Elle va même être excellente. Rentre chez toi prendre

ta femme et tes enfants si tu veux, et roule, Pak-fei. Roule jusqu'aux nouveaux territoires et fais des kilomètres avant de t'arrêter et de faire un bon repas à Tuen Mun ou Yuen Long, et puis roule encore. Fais-les profiter de cette belle voiture.

– Monsieur?

– Un *xiao xin*, poursuivit Webb, son argent à la main. Ce que nous appelons en anglais un pieux mensonge qui ne fait de tort à personne. Tu vois, je veux que le kilométrage de cette voiture atteigne la distance parcourue cet après-midi... et ce soir.

– C'est où, ça?

– Tu as conduit M. Cruett d'abord à Lao Wu puis, par la base de la corniche jusqu'à Lok Ma Chau.

– Ce sont les postes frontières de la République populaire.

– Exactement, acquiesça David en sortant deux billets de cent dollars, puis un troisième. Tu crois que tu peux te souvenir de ça et faire correspondre le kilométrage?

– Très certainement, monsieur.

– Et tu crois, ajouta Webb les doigts sur un quatrième billet de cent dollars, que tu pourras dire que je suis descendu de voiture à Lok Ma Chau et que j'ai erré dans les collines pendant environ une heure?

– Dix heures si vous voulez, monsieur. Je dors très peu.

– Une heure suffira, dit David en brandissant les quatre billets de cent dollars américains devant les yeux effarés du chauffeur. Et je saurai si tu ne respectes pas notre accord.

– Ne vous inquiétez pas, monsieur! s'écria Pak-fei, une main sur le volant, l'autre agrippant les billets. Je vais aller chercher ma femme, mes enfants, mes beaux-parents et tout. Ce monstre que je conduis est assez grand pour douze. Je vous remercie, monsieur, je vous remercie!

– Arrête-moi à dix rues de Salisbury Road et dégage du secteur. Je ne veux pas que cette voiture soit vue à Kowloon.

– Non, monsieur, bien sûr. Nous serons à Lao Wu, dans Lok Ma Chau!

– En ce qui concerne demain, raconte ce que tu voudras. Je ne serai plus là. Je pars ce soir. Tu ne me reverras plus.

– Bien, monsieur.

– Notre contrat prend fin, Pak-fei, dit Jason Bourne, tandis que ses pensées revenaient à une stratégie qui devenait plus claire à chaque mouvement qu'il effectuait.

Et chaque mouvement l'amenait plus près de Marie. Tout était plus froid, maintenant. Il éprouvait une certaine liberté à être ce qu'il n'était pas.

... Joue le scénario comme on te l'a donné... Sois partout à la fois. Fais-le transpirer...

A 17 h 02, un Liang très dérouté passa les portes vitrées du Regent. Il regardait autour de lui avec anxiété, surveillant les clients qui entraient et sortaient, puis il tourna à gauche et descendit la rampe qui menait à la rue à toute vitesse. David l'observait à travers les jets d'une des fontaines, de l'autre côté du jardin. Se dissimulant derrière les rangées de jets d'eau, Webb traversa la circulation, zigzaguant entre voitures et taxis et, atteignant la rampe qui menait à Salisbury Road, il suivit Liang.

Il stoppa soudain à mi-chemin de la rue, et se tourna, se mettant de profil sur la gauche. Le directeur adjoint s'était brutalement arrêté, le corps penché en avant, comme une personne pressée qui se souvient soudain de quelque chose, ou qui change subitement d'avis. Ce devait être la seconde solution, songea David en voyant Liang entrer dans le New World Shopping Centre. Webb savait qu'il allait le perdre dans la foule s'il ne se dépêchait pas. Il leva les deux mains et, arrêtant les voitures, il fonça à travers la rampe dans un concert infernal de klaxons et de hurlements. Il atteignit l'entrée en nage, inquiet. Il ne voyait plus Liang! Où était-il! L'océan de visages asiatiques devint un brouillard. Tous si semblables et si peu semblabes à la fois. Où était-il? David se précipita en avant, bafouillant des excuses en bousculant les gens, les visages étonnés. Il l'aperçut! Il était certain que c'était Liang – non, pas si certain en fait. Il avait vu une silhouette en costume sombre tourner vers l'entrée de la jetée, long ruban de béton dominant les eaux où les gens pêchaient, se promenaient et pratiquaient leurs excercices de *tai-chi* aux premières lueurs de l'aube. Il n'avait vu que le dos d'un homme. Si ce n'était pas Liang, il allait le perdre complètement. L'instinct... Pas le tien, celui de bourne – les yeux de Jason Bourne.

Webb se mit à courir en direction de l'arche de pierre qui marquait l'entrée de la jetée. A l'horizon, Hong-kong brillait au soleil. La circulation dans le port devenait confuse, ramenait le travail de la journée. Il ralentit en passant sous l'arche. Il n'y avait pas d'autre moyen de revenir sur Salisbury Road. Que cette arche. La jetée était un cul-de-sac qui avançait sur le port. Et cela lui amena une question, tout en apportant une réponse à une autre question. Pourquoi Liang – si c'était Liang – s'était-il fourré dans un cul-de-sac? Qu'est-ce qui l'attirait ici? Un contact? Une boîte à lettres? Un relais? En tout cas, cela signifiait que le Chinois n'avait pas envisagé la possibilité d'être suivi. C'était la réponse immédiate dont David avait besoin. Cela lui disait ce qu'il devait savoir. Sa proie était en pleine panique. L'inattendu ne pourrait que la propulser dans une panique plus terrible encore.

Les yeux de Jason Bourne n'avaient pas menti. C'était Liang, mais la première question n'avait toujours pas eu de réponse, même avec ce que voyait Webb. Entre les milliers de cabines téléphoniques que comptait Hong-kong – dans des galeries fourmillant de monde, ou dans les couloirs feutrés de salons obscurs –, il avait fallu que Liang choisisse celle qui était là, sur cette jetée. Elle était exposée, complètement à découvert, au milieu de cette promenade qui n'était qu'un cul-de-sac. Cela n'avait pas de sens. Même l'amateur le plus nul avait des instincts de base protecteurs. En cas de panique, il cherchait à se couvrir.

Liang fouillait dans ses poches, cherchant de la monnaie et, subitement, comme commandée par une voix intérieure, David sut. Il ne pouvait pas laisser ce coup de téléphone avoir lieu. S'il devait être donné, c'était à lui de le donner. Cela faisait partie d'une stratégie, sa stratégie qui le rapprocherait de Marie! Il fallait qu'il ait le contrôle entre ses mains! Personne ne devait contrôler la situation, sauf lui!

Il se mit à courir, droit vers la bulle de plastique de la cabine, avec l'envie de crier, mais sachant qu'il devait être plus près s'il voulait dominer le brouhaha alentour. Le directeur adjoint venait juste de finir de composer le numéro. Quelque part un téléphone sonnait.

– Liang! rugit Webb, sortez de cette cabine! Si vous tenez à la vie, raccrochez et sortez de là!

Le Chinois pivota sur lui-même, son visage changé en un masque de terreur pure.

– Vous! hurla-t-il, hystérique, s'écrasant contre la bulle de plastique.

– Non! non!... Pas maintenant! Pas ici!

Des coups de feu effacèrent soudain le bruit du vent, un staccato qui dominait les bruits du port. Les gens se mirent à crier, à courir en tous sens. La terreur balaya la jetée.

X

— *Aiya!* rugit Liang, plongeant sur le côté de la cabine téléphonique alors que les balles venaient s'écraser contre la rambarde de la jetée et sifflaient dans l'air au-dessus. Webb bondit vers le Chinois, rampa jusqu'à ses côtés, le couteau de chasse à la main.

— Non! Qu'est-ce que vous faites? cria Liang quand David l'agrippa par le plastron et lui colla la lame de son couteau sous la gorge, crevant la peau, lui faisant sortir le sang.

— *Ahee!*

Le cri hystérique se perdit dans l'affolement qui régnait sur la jetée.

— Donne-moi le numéro! Maintenant!

— Ne me faites pas ça! Je vous jure que je ne savais pas que c'était un piège!

— Ce n'est pas un piège pour moi, Liang, dit Webb, le souffle court, la sueur dégoulinant sur son front. C'est un piège pour toi!

— Moi? Vous êtes fou! Pourquoi moi?

— Parce qu'ils savent que je suis ici maintenant et que tu m'as vu, que tu m'as parlé. Tu as donné ton coup de téléphone et ils n'ont plus besoin de toi.

— Mais pourquoi?

— On t'avait donné un numéro. Tu as fait ton travail et ils ne peuvent pas laisser des traces.

— Ça n'explique rien!

— Peut-être mon nom t'expliquera-t-il mieux. C'est Jason Bourne.

— Oh, Dieu du ciel! chuchota Liang, le visage blême et la bouche ouverte, fixant David.

– Tu es une trace, dit Webb. Tu es mort.

– Non! non! Le Chinois secouait la tête. Ça ne se peut pas! Je ne connais personne! Rien que le numéro! C'est un bureau vide dans le New World Shopping Centre, une ligne temporaire! Je vous en prie! Le numéro, c'est 344-01! Ne me tuez pas, monsieur Bourne! Pour l'amour du Christ! Je vous en supplie!

– Si je pensais que le piège était pour moi, je te trancherais la gorge... 344-01?

– Oui, c'est ça!

Le mitraillage s'arrêta aussi brutalement qu'il avait commencé.

– Le New World Shopping Centre est juste au-dessus de nous, hein? C'est une de ces fenêtres, là-haut?...

– Oui, exactement, fit Liang.

Il tremblait des pieds à la tête, incapable de détacher son regard des yeux de David. Puis il les ferma, ses paupières s'envahirent de larmes et il secoua violemment la tête.

– Je ne vous ai jamais vu! Je le jure sur la sainte croix de Notre-Seigneur Jésus!

– Parfois je me demande si je suis à Hong-kong et pas au Vatican, dit Webb en levant la tête pour regarder autour d'eux.

Tout le long de la jetée, des gens terrifiés commençaient à se relever, hésitants. Des mères serraient des enfants, des hommes soutenaient des femmes, d'autres s'agenouillaient, se remettaient sur pied et, très vite, une masse de gens se dirigea vers l'arche.

– On t'a dit de passer ton appel d'ici, hein? fit David en serrant Liang à la gorge.

– Oui, monsieur.

– Pourquoi? Est-ce qu'ils t'ont donné une raison?

– Oui, monsieur.

– Bon Dieu, ouvre les yeux!

– Oui, monsieur. Liang ouvrit les paupières et détourna son regard. Ils ont dit qu'ils n'avaient pas confiance dans l'hôte de la suite 690, que c'était un homme capable de forcer les autres à mentir. Ils voulaient donc m'observer quand je leur parlerais, monsieur Bourne – Non! Je n'ai pas dit ça! Monsieur Cruett! J'ai essayé de vous joindre toute la journée, monsieur Cruett! Je voulais vous faire savoir qu'on me harcelait, monsieur Cruett! Ils n'arrêtaient pas de m'appeler, ils voulaient savoir quand je les appellerais d'ici! Je leur répétais que vous n'étiez pas arrivé! Qu'est-ce que je pouvais faire d'autre? En essayant de vous joindre sans arrêt, vous voyez bien que j'essayais de vous prévenir, monsieur! C'est évident, non?

— Ce qui est évident, c'est que tu es un vrai crétin.

— Je n'ai aucune expérience de ce travail.

— Pourquoi avoir accepté de le faire?

— Pour l'argent, monsieur! J'étais avec Chiang, avec le Kuo-min-tang. J'ai une femme et cinq enfants – deux fils et trois filles. Il faut que je parte d'ici! Ils fouillent le passé des gens. Ils nous collent des étiquettes sans appel! Je suis un homme cultivé, monsieur! Université de Fudan, deuxième de ma promotion – j'avais mon propre hôtel à Shanghai. Mais tout ça n'a plus d'importance maintenant. Quand Pékin prendra les commandes, je serai mort, ma famille aussi. Et maintenant vous me dites que je suis mort. Qu'est-ce que je dois faire?

— Pékin ne touchera pas la colonie, ils ne changeront rien, dit David en se remémorant ce qu'avait dit Marie ce terrible soir après la visite de McAllister. Sauf si les dingues prennent le pouvoir.

— Ils sont tous fous, monsieur. Croyez-moi! Vous ne les connaissez pas!

— Peut-être pas. Mais je connais quelques-uns d'entre vous. Et, franchement, je préférerais pas.

— Que celui qui est sans péché jette la première pierre, monsieur.

— Des pierres, oui, mais pas les corbeilles d'argent de la corruption de Chiang, hein?

— Monsieur?

— Quels sont les noms de tes trois filles, allez, vite!

— Elles s'appellent... euh... Wang... Wang Sho...

— Arrête! cria David en regardant vers l'arche qui menait à Salisbury Road. *Ni bushi ren!* Tu n'es pas un homme, tu es un porc! Porte-toi bien, Liang du Kuo-min-tang. Porte-toi bien tant qu'ils te laissent en vie. Franchement, je m'en fous...

Webb se releva, prêt à se jeter à nouveau à terre à la première lueur, au premier reflet suspect venu d'une des fenêtres au-dessus à gauche. Les yeux de Jason Bourne étaient parfaits. Rien ne se passa. David se joignit à la foule qui se pressait sous l'arche et disparut vers Salisbury Road.

Il composa le numéro dans une cabine coincée sous une des arcades les plus bruyantes de Nathan Road. Il dut placer son index dans son oreille droite pour entendre plus clairement.

– *Wei?* dit une voix d'homme.

– Ici Bourne, et je parlerai en anglais. Où est ma femme?

– *Wode tian ah!* On dit que vous parlez notre langue et ses nombreux dialectes.

– Ça fait longtemps que je ne l'ai pas fait et je veux que tout soit clairement compris. Je vous ai demandé où était ma femme!

– C'est Liang qui vous a donné ce numéro?

– Il n'avait pas le choix.

– Il est donc mort.

– Je me fous de ce que vous faites, mais si j'étais vous, j'y réfléchirais à deux fois avant de le tuer.

– Pourquoi? Ce n'est qu'un ver.

– Non, c'est un fou que vous avez choisi – pire, un dingue hystérique. Il a parlé à trop de gens. Une standardiste m'a dit qu'il m'appelait toutes les cinq minutes.

– Qu'il vous appelait?

– Je suis arrivé ce matin. Où est ma femme?

– Liang, quel sale menteur!

– Vous ne vous attendiez quand même pas à ce que je m'installe dans cette suite, non? Je l'ai obligé à me trouver une autre chambre. On nous a vus parler ensemble, discuter, une demi-douzaine d'employés nous regardaient. Si vous le tuez, il y aura plus de bruit que nous n'en voulons. La police se mettra à chercher un riche Américain disparu.

– Il a sali son pantalon, dit le Chinois. C'est peut-être assez.

– C'est assez. Alors, ma femme?

– Je vous ai entendu. Je n'ai pas le privilège de détenir cette information.

– Alors, passez-moi quelqu'un qui l'a. Maintenant!

– Vous allez rencontrer d'autres personnes plus compétentes.

– Quand?

– Nous entrerons en contact avec vous. Dans quelle
chambre êtes-vous?

– C'est moi qui vous appellerai. Vous avez quinze
minutes.

– Comment? Vous me donnez des ordres?

– Je sais où tu es, quelle fenêtre, quel bureau – tu es nul
avec ton fusil. Tu aurais dû passer le canon au charbon. Le
soleil se reflète sur le métal, banalité de base. Dans trente
secondes je serai à vingt mètres de ta porte mais tu ne
sauras pas où je suis et tu ne peux pas quitter ce
téléphone.

– Je ne vous crois pas!

– Tente ta chance. Tu ne me vois pas en ce moment,
mais moi je te regarde. Tu as quinze minutes, et quand je
rappellerai je veux parler à ma femme.

– Elle n'est pas ici!

– Si je pensais qu'elle y était, tu serais déjà mort, je
t'aurais tranché la gorge et j'aurais balancé ta tête dans les
ordures qui encombrent le port. Si tu penses que j'exagère,
renseigne-toi. Demande aux gens qui ont eu affaire à moi.
Demande à ton taipan, le Yao Ming qui n'existe pas.

– Je ne peux pas faire apparaître votre femme, Jason
Bourne! s'écria le sous-fifre, effrayé.

– Trouve-moi un numéro où je peux l'appeler. Soit
j'entends sa voix – me parler –, soit il n'y a rien. Sauf ton
cadavre sans tête et un foulard noir posé sur ta gorge
tranchée. Quinze minutes!

David raccrocha. Il essuya la sueur sur son front. Il
l'avait fait. L'esprit et les mots étaient ceux de Jason
Bourne : il était revenu en arrière, dans ce temps dont il ne
se souvenait que vaguement, et il savait instinctivement
quoi faire, quoi dire, comment menacer. Il y avait une
leçon quelque part. L'apparence dépassait largement la
réalité. Ou bien y avait-il une réalité en lui qui hurlait pour
sortir, qui réclamait le contrôle, qui disait à David Webb
de faire confiance à cet homme en lui?

Il quitta l'arcade oppressante comme une fourmilière et
prit à droite sur un trottoir également encombré. Le
Golden Mile du Tsim Sha Tsui se préparait pour ses jeux

nocturnes; il allait en faire autant. Il pouvait rentrer à l'hôtel, maintenant. Le directeur adjoint devait déjà être en route pour l'aéroport, en train de réserver une place pour Taiwan, si ses allégations hystériques renfermaient le moindre soupçon de vérité. Webb utiliserait le monte-charge pour atteindre sa chambre, au cas où quelqu'un l'attendrait dans le hall, bien qu'il en doutât. Le stand de tir situé dans le New World Shopping Centre n'était pas un poste de commandement. Et le tireur n'était pas un stratège, tout au plus un relais, qui, maintenant, craignait pour sa vie.

Plus David avançait sur Nathan Road, plus son souffle devenait court, plus son cœur cognait dans sa poitrine. Dans douze minutes il entendrait la voix de Marie. L'impatience le faisait trembler. Il voulait l'entendre, tellement! Il le fallait! C'était la seule chose qui l'empêcherait de devenir complètement fou, la seule chose qui comptait.

— Vos quinze minutes sont écoulées, dit Webb, assis sur le bord du lit, essayant de contrôler les battements de son cœur.

Il se demanda si cet écho ultra rapide s'entendait autant qu'il l'entendait lui, il espérait que cela n'altérait pas sa voix.

— Appelez le 526-53.

— 5? fit David, reconnaissant le numéro du central. Cela veut dire qu'elle est à Hong-kong, pas à Kowloon.

— Elle sera déplacée immédiatement après.

— Je rappelle dès que je lui ai parlé.

— C'est inutile, Jason Bourne. Des gens compétents sont là-bas et ils vont vous parler. Mon travail est fini et vous ne m'avez jamais vu.

— Je n'ai pas besoin de te voir. Quelqu'un va prendre une photo de toi quand tu sortiras de ce bureau, mais tu ne sauras pas qui. Tu verras sûrement pas mal de gens dans les couloirs ou dans l'ascenseur, mais tu ne sauras pas qui porte un appareil-photo avec un objectif qui ressemble à un bouton de sa veste ou à un écusson sur son sac. Porte-toi bien, mon mignon. Fais de beaux rêves.

Webb appuya sur l'interrupteur du téléphone. Il attendit trois secondes, le lâcha, et composa le numéro.

Il entendait la sonnerie. Bon Dieu, c'était insupportable!

– *Wei?*

– Ici Bourne. Passez-moi ma femme.

– Entendu.

– David?

– Tu vas bien? hurla Webb, au bord de l'hystérie.

– Oui, un peu fatiguée, c'est tout, mon chéri. Et toi?

– Est-ce qu'ils t'ont fait du mal? Est-ce qu'ils t'ont touchée?

– Non, David, ils ont même été plutôt gentils. Mais tu sais comme je suis fatiguée, parfois. Tu te souviens à Zurich quand tu voulais visiter le Fraumünster et les musées et puis faire de la voile sur la Limmat, je n'étais pas très en forme...

Cette promenade n'avait jamais eu lieu à Zurich. Zurich n'était qu'un cauchemar. Ils avaient failli y perdre tous deux la vie. Lui, échappant de justesse à ses exécuteurs sur la Steppdeckstrasse, elle, presque violée, condamnée à mort sur le quai de Guisan. Qu'essayait-elle de lui dire?

– Oui, je m'en souviens.

– Donc tu ne dois pas t'inquiéter, chéri. Dieu merci, tu es là! On sera ensemble très bientôt, ils me l'ont promis. Ce sera comme à Paris, David. Tu te souviens quand je croyais t'avoir perdu? Mais tu es revenu et nous savions tous deux où aller. Cette si jolie rue avec les grands arbres verts et le...

– Ce sera tout, madame Webb, coupa une voix d'homme. Ou préférez-vous qu'on vous appelle Mme Bourne? ajouta la voix anonyme.

– Réfléchis, David, et fais attention! cria Marie à l'arrière-plan sonore. Ne t'inquiète pas, chéri! La si jolie rue avec les rangées d'arbres verts, mon arbre favori...

– *Ting zhi!* s'exclama la voix d'homme. Emmenez-la! Elle est en train de lui donner des informations! Vite! Ne la laissez pas parler!

– Si vous lui faites quoi que ce soit, vous le regretterez pour le restant de votre courte vie, dit Webb d'un ton glacial. Je jure que je vous retrouverai!

– Vous n'avez rien à redouter pour l'instant, répliqua l'homme d'une voix sincère. Vous avez entendu votre femme. Elle a été bien traitée. Elle n'a pas à se plaindre.

– Non, il y a quelque chose qui ne va pas chez elle! Qu'est-ce que vous lui avez fait, qu'elle ne peut pas me dire?

– C'est seulement la tension, monsieur Bourne. Et elle essayait bien de vous dire quelque chose, son anxiété était significative de ce fait, sans aucun doute. Elle essayait de vous décrire cet endroit – en se trompant, dois-je dire –, mais même si elle ne se trompait pas, cela vous serait aussi inutile que ce numéro de téléphone. Elle est déjà en route pour un autre appartement, un des millions d'appartements de Hong-kong. Pourquoi lui ferions-nous du mal? Ce serait vraiment improductif. Un grand taipan veut vous rencontrer.

– Yao Ming?

– Comme vous, il a plusieurs noms. Peut-être parviendrez-vous à un accord.

– Si nous n'y parvenons pas, il est mort. Et vous aussi.

– Je vous crois, Jason Bourne. Vous avez tué un de mes parents qui se croyait hors de toute atteinte dans sa propre île fortifiée de Lantau. Vous vous en souvenez, j'en suis certain.

– Je ne suis pas collectionneur. Yao Ming, quand?

– Ce soir.

– Où?

– Vous devez comprendre qu'il est très reconnaissable, donc cela doit être un endroit très inhabituel.

– Supposons que je choisisse?

– Inacceptable, bien entendu. N'insistez pas. Nous tenons votre femme.

David était de plus en plus tendu. Il était en train de perdre le contrôle dont il avait désespérément besoin.

– Allez-y, dit-il.

– La Cité des Remparts. Nous supposons que vous connaissez.

– J'en ai entendu parler, corrigea Webb, essayant de faire le point sur ce qu'il en savait dans sa mémoire. C'est l'ensemble de taudis le plus dégueulasse de la terre, si je me souviens bien...

– Bien sûr. C'est la seule possession légale de la République populaire dans la colonie. Même le détestable Mao Zedong avait autorisé notre police à le nettoyer. Mais les services municipaux n'étant pas très bien payés, cet endroit est resté tel quel.

– A quelle heure ce soir?

– Après le coucher du soleil, mais avant que le bazar ne ferme. Entre 21 h 30 et 21 h 45.

– Comment est-ce que je trouve ce Yao Ming? – qui n'est pas Yao Ming.

– Dans le premier bloc du marché ouvert, il y a une femme qui vend des entrailles de serpent comme aphrodisiaque, principalement du cobra. Demandez-lui où se trouve le « grand ». Elle vous dira quels escaliers utiliser pour descendre, quelle ruelle prendre. On vous trouvera.

– Il se peut que je n'arrive jamais là-bas. La couleur de ma peau n'y est pas bienvenue.

– On ne vous fera aucun mal. Néanmoins je vous suggère de ne pas vous vêtir trop luxueusement et de ne pas porter de bijoux.

– De bijoux?

– Si vous avez une montre de prix, ne la portez pas.

... « Ils te couperaient le bras pour te piquer ta montre... Méduse... Qu'il en soit ainsi... »

– Merci pour le conseil.

– Une dernière chose. Ne songez pas à impliquer les autorités, ni votre consulat, pour compromettre le taipan. Votre femme mourrait.

– Précision inutile.

– Avec Jason Bourne, aucun conseil n'est inutile. On vous surveillera.

– Entre 9 h 30 et 9 h 45, dit Webb en raccrochant. Il se leva, se dirigea vers la fenêtre et contempla le port. Qu'est-ce que c'était? Qu'est-ce que Marie essayait de lui dire?

Tu sais comme je suis fatiguée, parfois.

Non, il ne le savait pas. Sa femme était une fille élevée dans un ranch de l'Ontario et ne se plaignait jamais d'être fatiguée.

Tu ne dois pas t'inquiéter pour moi, chéri.

Phrase absurde s'il en était. Marie devait bien s'en être rendu compte. Elle ne perdait jamais de temps à dire de telles choses. A moins que... Pouvait-elle être en plein délire?

Ce sera comme à Paris, David... Nous savions tous deux où aller... Cette si jolie rue avec les grands arbres verts.

Non, elle ne délirait pas, elle essayait seulement d'en avoir l'apparence. Il y avait un message là-dedans. Mais lequel? Quelle jolie rue avec de « grands arbres verts? » Cela ne lui évoquait rien et cela le rendait dingue! Il ne faisait pas le poids. Elle lui envoyait un signal, et il était incapable de l'interpréter!

Réfléchis, David, et fais attention!... Ne t'inquiète pas, chéri! Cette si jolie rue avec ses rangées d'arbres, mon arbre favori.

Quelle jolie rue, bon sang? Quels satanés arbres verts? Quel arbre favori? Cela n'avait aucun sens pour lui et pourtant cela aurait dû en avoir! Il devrait être capable de répondre au lieu de contempler stupidement cette fenêtre, l'esprit vide. Aide-moi! Aide-moi! cria-t-il silencieusement, ne s'adressant à personne.

Une voix intérieure lui dit de ne pas se torturer avec ce qu'il ne comprenait pas. Il avait des choses à faire. Il ne pouvait décemment pas avancer en terrain ennemi, en terrain choisi, sans quelques précautions, quelques cartes à sortir de ses manches... « Je vous suggère de ne pas vous vêtir trop luxueusement »... Il ne l'aurait pas fait, de toute façon, mais maintenant il allait aller à contre-pied – il allait faire l'inattendu.

Durant tous ces mois passés à peler les lambeaux de Jason Bourne dans sa mémoire, un thème ne cessait de se répéter. Change, change, change. Bourne était un expert en changement. On le surnommait le caméléon, un homme qui pouvait se fondre dans toutes sortes d'environnements sans aucun problème. Pas avec les perruques et les fausses moustaches des bandes dessinées, mais comme quelqu'un capable d'adapter l'essentiel de son apparence à son environnement immédiat. C'est une des raisons pour lesquelles ceux qui avaient rencontré « l'assassin » – rarement en pleine lumière et rarement de très près – ne pouvaient donner que de vagues descriptions de l'homme que toute l'Asie et l'Europe traquaient. Les détails ne concordaient jamais. Les cheveux étaient soit clairs, soit foncés. Les yeux tantôt bleus, marron ou pers. La peau blanche ou bronzée, ou couperosée. Les vêtements bien coupés et de prix si le rendez-vous avait lieu dans un bar aux lumières tamisées, ou dépenaillé si la rencontre se tenait sur un quai ou dans les bas-fonds d'une ville. Change... Sans effort, avec le minimum d'artifice. David Webb allait se laisser guider par le caméléon qui était en lui. Laisse faire. Va où Jason Bourne t'emmène...

Après avoir quitté la Daimler de Pak-fei, il s'était rendu à l'hôtel Peninsula et avait pris une chambre. Il avait déposé son attaché-case dans les coffres de l'hôtel. Il avait eu la présence d'esprit d'utiliser le troisième faux passeport fourni par Cactus. Si on le recherchait, le nom qu'il avait utilisé au Regent attirerait l'attention. C'était la seule piste qu'ils avaient.

Il traversa Salisbury Road, prit le monte-charge de service, se rendit rapidement dans sa chambre et prit les quelques affaires dont il avait besoin. Il les colla dans son sac de voyage, mais il conserva sa chambre. Si on le recherchait, il voulait qu'on le cherche là où il n'était plus.

Une fois installé au Peninsula, il prit le temps de manger et de faire quelques achats dans diverses boutiques, jusqu'à la tombée de la nuit. Quand l'heure viendrait, il serait dans la Cité des Remparts – avant 9 h 30. Jason Bourne donnait les ordres, et David Webb obéissait.

La Cité des Remparts n'avait pas de mur d'enceinte visible, mais les remparts étaient définis aussi clairement que s'ils avaient été faits d'acier trempé. Cela se sentait immédiatement dans le marché à ciel ouvert qui courait le long des ruelles, devant les rangées d'immeubles sombres et délabrés – des taudis entassés les uns sur les autres qui donnaient l'impression qu'à tout moment cet ensemble d'édifices allait s'effondrer sous son propre poids, ne laissant rien qu'un tas de gravats et de décombres. Mais, très vite, une sorte de force semblait émaner de cette partie de la ville, dès qu'on descendait les courtes volées de marches qui menaient à cet ensemble de taudis dégueulasses. Sous le niveau du sol, des ruelles pavées qui, dans le meilleur des cas, ressemblaient à des tunnels se faufilaient entre les taudis. Dans des couloirs puants, des mendiants estropiés se mêlaient aux prostituées aux trois quart dévêtues et aux *dealers*, sous l'éclairage fantomatique d'ampoules nues accrochées de loin en loin à des fils qui pendaient le long des murs. Une atmosphère faite de pourriture qu'on aurait dit pétrifiée par les âges.

Dans les ruelles obscures, des escaliers de fortune à peine éclairés escaladent les façades de loin en loin, mènent à des séries verticales d'appartements dévastés, la plupart sur trois étages, dont deux au-dessus du sol. Dans ces petites pièces sordides, on trouve à acheter la plupart des drogues et des fantasmes sexuels. Tout cela est hors d'atteinte de la police – tous les partis sont d'accord – car peu de membres des autorités ne se risquent à s'aventurer dans les entrailles de la Cité des Remparts. Cet enfer se suffit à lui-même. Qu'il en soit ainsi...

Dans le marché à ciel ouvert qui déborde dans les rues, jonchées d'ordures où la circulation automobile est interdite, des tables souillées étaient couvertes de marchandise jetée au rebut ou volée, coincées entre les fourneaux où des nuages de vapeur s'élevaient de casseroles bouillantes dans lesquelles des morceaux de viande douteuse cuisent, où on sert du poisson et des tranches de serpent enveloppés dans de vieux journaux. La multitude se déplace dans la faible lumière des rares réverbères, d'un vendeur à l'autre, brassage de cris perpétuels, d'appels, d'achats et de ventes. Il y a aussi ceux qui vendent directement sur le trottoir, ceux qui ne disposent pas d'un stand ou d'une table et qui étalent leurs marchandises sur le pavé. Ils se faufilent entre les étals de bijouterie bon marché, volée sur les docks, et les cages pleines d'insectes rampants et d'oiseaux multicolores.

Près de la bouche qui était l'entrée de cet étrange bazar fétide, une femme très large d'épaules était assise sur un tabouret de bois, ses épaisses jambes écartées, épluchant des serpents, leur vidant les entrailles. Ses yeux semblaient obsédés par la vision de chaque serpent qu'elle dépouillait. De chaque côté d'elle, de grands paniers d'osier remuaient tout seuls sous la fureur des reptiles qui sifflaient, enragés d'être enfermés les uns sur les autres. Coincé sous le pied droit de cette énorme femme, un cobra royal, la tête aplatie, ses petits yeux immobiles, semblait hypnotisé par la foule éternellement en mouvement. La misère de ce marché à ciel ouvert était comme une barricade qui protégeait l'entrée de la Citée des Remparts.

Au coin opposé du long bazar, une silhouette informe

faisait le tour pour entrer dans ce fleuve misérable. L'homme portait un vieux costume marron difforme, pantalon trop large, mais veste serrée sur ses épaules tordues. Un chapeau au bord défoncé, noir et visiblement oriental, jetait une ombre constante sur son visage. Il allait d'un pas lent, comme tout homme désireux de s'arrêter devant divers étalages, examinant les marchandises, mais il ne mit qu'une seule fois la main à la poche pour acheter un cornet de poisson frit. Il y avait quelque chose de naturel dans son attitude, l'attitude d'un homme que le travail des champs a courbé pendant des années et dont l'alimentation n'a jamais suffi à entretenir le corps. Cet homme évoquait la tristesse, la futilité née du trop peu, du trop tard, du prix de la vie. C'était comme l'aveu de l'impotence, de la fierté abandonnée, car il n'y avait rien qui appelât la fierté. Le prix de la survie avait été trop élevé pour lui. Et cet homme, cette étrange silhouette qui venait d'acheter un cornet de poisson frit douteux, ressemblait à beaucoup des hommes qui arpentaient le marché – en fait, rien ne le distinguait des autres. Il s'approcha de la grosse femme qui arrachait les intestins d'un serpent encore vivant.

– Où puis-je trouver le « grand »? demanda Jason Bourne en chinois, les yeux fixés sur le cobra immobile, de la graisse dégoulinant sur sa manche gauche.

– Vous êtes en avance, répliqua la femme sans la moindre expression. Il fait nuit mais vous êtes en avance.

– On m'a dit de faire vite. Vous doutez des instructions du taipan?

– Un peu radin pour un taipan! cracha-t-elle dans son cantonais guttural. Je m'en fous, moi! Descendez les marches derrière moi et prenez la première ruelle à gauche. Il y a une pute à vingt mètres de là. Elle attend l'homme blanc et le conduira au taipan... Etes-vous l'homme blanc? Avec cette lumière, je ne pourrais pas dire, et vous parlez bien le chinois – mais vous ne ressemblez pas à un blanc et vous ne portez pas les habits d'un Blanc.

– A ma place est-ce que vous vous habilleriez comme un homme blanc pour descendre jusqu'ici?

– Surtout si vous avez de l'argent! dit la femme en riant entre ses chicots. Vous avez de l'argent?... notre bon *Zhongguo ren?*

– Vous me flattez. Non, pas d'argent.

– Vous mentez. Les Blancs mentent toujours quand ils parlent d'argent.

– Très bien, je mens. J'espère que votre serpent ne va pas m'attaquer pour ça!

– Ah ah! Il est vieux, il n'a plus de crocs, plus de venin. Mais il est l'image de l'organe masculin, béni des dieux. Il me rapporte de l'argent. Vous me donnerez de l'argent?

– En échange d'un service, oui.

– *Aiya!* Si c'est mon vieux corps que vous voulez, vous devez avoir une hache dans le pantalon! Allez troncher la pute, pas moi!

– Juste quelques mots, dit Bourne, en glissant sa main dans la poche de son pantalon. Il en sortit un billet de cent dollars américains et le présenta à la tête du cobra, plié dans sa main de manière à ce que personne alentour ne puisse le voir.

– *Aiya, aiya!* chuchota la femme lorsque Jason éloigna le billet de ses mains crochues.

Le serpent éventré était tombé sur le pavé, entre ses jambes.

– Un service, répéta Bourne. Puisque vous pensiez que j'étais l'un d'entre vous, je m'attends à ce que les autres pensent de même. Tout ce que je veux c'est que vous disiez que l'homme blanc n'est pas venu si quelqu'un vous le demande. Il n'est jamais venu. Ça va?

– Ça va! Donnez-moi l'argent.

– Le service?

– Vous avez acheté des serpents! Des serpents! Qu'est-ce que je sais d'un homme blanc, moi? Il n'est jamais venu! Voilà votre serpent! Allez faire l'amour! lança la femme en saisissant le billet.

Elle jeta les entrailles du serpent dans un sac en plastique qui portait la griffe d'un grand couturier, et le lui tendit. Jason lut *Christian Dior* sur le sac.

Toujours courbé, Bourne la salua et sortit de la foule, avant de jeter le sac aux entrailles dans un coin sombre. Il portait encore son cornet de poisson frit et faisait semblant d'en prendre une bouchée de temps en temps tout en descendant les escaliers qui menaient au cœur de la Cité des Remparts. Il regarda sa montre, renversa du poisson en levant le poignet. Il était 9 h 15. Les patrouilles du taipan devaient se mettre en place.

Il lui fallait connaître l'extension de la protection du banquier. Il voulait que les mensonges qu'il avait proférés au téléphone se transforment en vérités. Au lieu d'être surveillé, il voulait être celui qui surveillerait. Il allait mémoriser chaque visage, chaque rôle dans la structure de commandement, la rapidité avec laquelle chaque garde prenait une décision face à une situation oppressante, l'équipement de communication dont ils disposaient, et, surtout il voulait trouver la faille dans la sécurité du taipan. David comprenait que Jason Bourne prenait les commandes. Il y avait pourtant une modification dans le programme. Le message dactylographié du banquier commençait par : une femme pour une femme... Il suffisait d'y changer un mot. Un taipan pour une femme.

Bourne tourna à gauche dans une ruelle et marcha une centaine de mètres sans prêter attention à ce qui s'étalait autour de lui. Un habitant de la Cité des Remparts n'aurait pas sourcillé. Dans un escalier obscur une femme à genoux accomplissait l'acte pour lequel elle était payée, l'homme au-dessus d'elle tenait son argent à la main en agrippant ses cheveux. Un jeune couple, visiblement des junkies en manque, suppliait un type vêtu d'une veste de cuir noir qui détonnait dans cette misère. Un gosse, un joint au bec, pissait contre un mur. Un mendiant amputé des deux jambes avançait sur une planche à roulettes en chantant *Bong ngo, bong ngo!* pour réclamer l'aumône et, sur d'autres marches d'escalier obscures, un maquereau élégamment vêtu menaçait une de ses putes de la défigurer si elle ne ramenait pas plus d'argent. David Webb songea en souriant qu'il n'était pas à Disneyland. Jason Bourne étudiait la ruelle comme si c'était un terrain d'atterrissage derrière les lignes ennemies. 9 h 24. Les soldats devaient se mettre à leurs postes. L'homme aux deux mémoires fit demi-tour et repartit dans l'autre sens.

La pute engagée par le banquier se mettait en position, son chemisier rouge vif déboutonné, couvrant à peine ses petits seins. La traditionnelle fente de sa jupe noire atteignait son aine. Une vraie caricature. L'« homme blanc » ne pouvait pas se tromper. Premier point : accentuer l'évident. Quelque chose dont il faudrait se souvenir. On ne faisait pas dans la subtilité. Plusieurs mètres derrière elle, un homme parlait dans un talkie-walkie. Il s'approcha de la femme, hocha la tête et fonça jusqu'au bout de la ruelle, jusqu'aux marches. Bourne s'arrêta, toujours courbé en avant, et se tourna vers le mur. Les pas de l'homme qui courait se rapprochaient derrière lui. Un second Chinois le dépassa; entre deux âges, il était vêtu d'un costume sombre, les pieds chaussés de chaussures vernies. Il n'avait rien d'un habitant de la Cité des Remparts. Son expression reflétait un mélange d'appréhension et de dégoût. Ignorant la pute, il regarda sa montre et poursuivit son avance. Il avait l'allure et le comportement d'un cadre obligé d'accomplir des tâches qu'il trouvait répugnantes. Un bureaucrate, précis, ordonné, motivé par son travail. Un banquier?

Jason étudia la rangée irrégulière d'escaliers. L'homme devait être sorti de l'un d'entre eux. Le bruit de ses pas avait résonné et, à en juger par sa vitesse, le bon escalier ne pouvait pas être distant de plus de quinze, vingt mètres. Le troisième escalier à gauche ou le quatrième à droite. Dans un des appartements surplombant l'un de ces escaliers, un taipan attendait son visiteur. Bourne devait trouver le bon escalier, le bon étage. Il fallait surprendre le taipan, le mettre en état de choc. Il devait comprendre à qui il avait affaire, et ce que ses actions allaient lui coûter.

Jason se remit en marche, simulant la démarche d'un ivrogne. Les mots d'une vieille chanson en mandarin lui revinrent. *Me li hua cherng zhang liu yue*, il fredonnait doucement, se cognait les épaules aux murs en se rapprochant de la pute.

— J'ai de l'argent, dit-il d'un ton plaisant, dans un chinois hésitant, et toi, merveilleuse créature, tu as ce que je désire. Où allons-nous?

— Nulle part, ivrogne. Barre-toi de là.

— *Bong ngo! Cheng bong ngo!* criait le mendiant cul-de-jatte en raclant les murs. *Cheng bong ngo!*

— *Jau!* s'écria la femme. File d'ici avant que je te flanque un coup de pied, Loo Mi! Je t'ai dit de ne pas rester là. On a à faire!

— A faire avec cet ivrogne? J'ai mieux pour toi, dit le cul-de-jatte.

– Ce n'est pas lui, chéri. Lui, il m'emmerde. J'attends quelqu'un.

– Alors, je vais lui couper la jambe cria le grotesque mendiant, en sortant un couperet de sous sa planche à roulettes.

– Ça va pas? rugit Bourne en anglais, collant son pied dans la poitrine du cul-de-jatte, l'envoyant valser contre le mur d'en face.

– Il y a des lois! hurla le mendiant. Vous avez attaqué un infirme! Vous volez un infirme!

– Fais-moi un procès, dit Jason en se tournant vers la femme, tandis que le mendiant s'éloignait en rampant.

– Vous... Vous parlez anglais, dit la pute.

– Vous aussi, dit Bourne.

– Vous parlez chinois, mais vous n'êtes pas chinois.

– En esprit, peut-être. Je te cherchais.

– C'est vous, l'homme?

– C'est moi, oui.

– Je vais vous amener au taipan.

– Non. Dis-moi seulement quel escalier, quel étage.

– Ce ne sont pas mes instructions.

– Nouvelles instructions, données par le taipan. Tu discutes ses instructions?

– C'est son homme de main qui les donne...

– Le petit *Zhongguo ren* en costume sombre?

– C'est lui qui nous dit tout. Il nous paye pour le taipan.

– Qui paye-t-il?

– Demandez-lui vous-même.

– Le taipan veut le savoir, dit Bourne en sortant une liasse de billets. Il m'a dit de te donner de l'argent en plus si tu coopères. Il pense que son homme de main l'arnaque.

La femme battit en retraite le long du mur, regardant alternativement l'argent et le visage de Bourne.

– Si vous mentez...

– Pourquoi est-ce que je mentirais? Le taipan veut me voir, ça tu le sais. Tu dois m'amener à lui. C'est lui qui m'a dit de m'habiller comme ça, de venir te trouver et de surveiller ses hommes. Comment aurais-je pu savoir que tu étais là s'il ne me l'avait pas dit?

– Au marché. Vous deviez voir quelqu'un.

– Je n'y suis pas allé. Je suis venu directement ici.

Jason prit quelques billets dans sa liasse.

– On travaille tous les deux pour le taipan. Tiens, ça c'est pour toi. Il veut que tu partes, maintenant, mais pas par la rue.

Il lui tendit l'argent.

– Le taipan est généreux, dit la pute en prenant les billets.

– Quel escalier? demanda Bourne en retenant les billets. Quel étage? Le taipan ne le sait pas.

– C'est là, répliqua la femme en désignant le mur d'en face. Le troisième escalier, deuxième étage. L'argent, maintenant.

– Qui est à la solde de l'homme de main? Vite!

– Sur le marché, il y a la salope aux serpents, et le vieux voleur qui vend des fausses chaînes d'or, et le marchand de poisson et de viande pourrie.

– C'est tout?

– C'est tout. Parole.

– Le taipan avait raison. On le double. Il te sera reconnaissant, dit Bourne en dépliant un autre billet. Mais je dois faire ça bien. A part l'homme avec la radio, combien d'autres?

– Trois autres, aussi avec la radio, dit la pute, les yeux rivés sur le billet, la main tendue.

– Tiens, prends ça et disparais. Va par là et ne remonte pas vers la rue.

La femme saisit l'argent et partit en courant dans la ruelle, ses hauts talons claquant sur le pavé sale.

Bourne resta immobile jusqu'à ce qu'elle soit hors de vue puis se précipita à nouveau vers le marché. Arrivé aux marches, il reprit son apparence de bossu et grimpa jusqu'à la rue. Trois gardes et un homme de main. Il savait ce qu'il avait à faire. Et il devait agir vite, très vite. Il était 9 h 36... *Un taipan pour une femme...*

Il trouva le premier garde en train de parler au marchand de poisson. Il s'exprimait nerveusement, avec des gestes tranchants. Le bruit de la foule était un avantage. Le marchand secouait sans arrêt la tête. Bourne choisit un type assez gros qui passait près du garde. Il se précipita en avant et poussa le badaud droit dans le garde. Puis il bondit de côté pendant que le garde essayait de se relever.

Dans la brève mêlée qui suivit, Jason tira le garde sur le côté, lui écrasa ses phalanges contre la gorge, le plia en deux pendant qu'il tombait. Puis il le frappa du tranchant de la main à la base de la nuque. Il traîna l'homme inconscient vers un coin sombre, excusant en chinois son ami qui avait trop bu. Il jeta le garde dans un magasin en ruine, prit le talkie-walkie et l'écrabouilla du pied.

Le deuxième garde du taipan lui demanda moins d'efforts. Il était seul, à la lisière de la foule, et il criait dans sa radio. Bourne s'approcha, rien dans son attitude n'était menaçant. Il tendait la main, comme un mendiant. Le garde lui fit signe de partir, d'un geste de la main. Ce fut son dernier geste. Bourne lui saisit le poignet, le tordit, lui cassant le bras. Quatorze secondes plus tard le deuxième garde reposait sous un tas d'ordures, sa radio éparpillée en miettes.

Le troisième garde était en grande conversation avec la « salope aux serpents ». A la grand satisfaction de Bourne, elle aussi secouait négativement la tête, comme le marchand de poisson. Il y avait une certaine loyauté dans la corruption, songea Webb. L'homme sortit sa radio, mais il n'eut pas l'occasion de s'en servir. Jason Bourne lui fonça dessus, saisit le cobra sans crocs et le lui jeta au visage. L'homme eut un cri étranglé, un cri d'horreur. Exactement la réaction qu'attendait Bourne. Les nerfs de la gorge sont un excellent réseau pour immobiliser, fibres reliées au système nerveux central. Bourne n'eut qu'à appuyer dessus très vite. Puis il traîna sa victime à travers la foule, s'excusant encore, avant de l'abandonner dans une encoignure de béton pleine d'ordures. Il colla la radio contre son oreille. Rien. Il était 9 h 40. Il restait l'homme de main.

Le petit Chinois en costume sombre aux chaussures vernies se bouchait les narines en courant en tous sens. Il cherchait ses hommes tout en essayant de ne pas se frotter aux hordes rassemblées autour des stands et des tables. Sa petite taille l'empêchait de voir correctement ce qui se passait loin de lui. Bourne regarda où il allait, le dépassa, puis fit brusquement demi-tour et lui colla son poing dans le bas-ventre. Au moment où le petit Chinois se pliait en deux, Jason le prit par la taille, le souleva et l'emporta dans un coin où deux hommes étaient assis, se passant une bouteille. Il lui colla un *Wushu* du tranchant de la main en pleine gorge et le balança entre les deux hommes. Même à travers les vapeurs de leur ivresse, les deux hommes allaient s'assurer que leur nouveau compagnon ne leur faussait pas compagnie. Il avait des poches qu'ils allaient vider, des vêtements et des chaussures qu'ils allaient prendre. Tout avait de la valeur. Un sacré bonus pour leur journée. 9 h 43.

Bourne ne jouait plus les bossus. Exit le caméléon. Il se précipita vers l'escalier, descendit dans la ruelle en courant. Il avait réussi! Il avait éliminé la garde prétorienne... *Un taipan pour une femme!*... Il atteignit l'escalier indiqué par la pute, le troisième à droite, et sortit le remarquable revolver qu'il avait acheté à Mongkok. Aussi doucement qu'il pouvait, chaque pied posé avec mille précautions sur chaque marche, il gravit l'escalier jusqu'au deuxième étage. Il prit son élan, balança son poids et flanqua son pied gauche dans le bois mince de la porte.

La porte défoncée s'ouvrit d'un coup. Il se jeta à l'intérieur, accroupi sur le sol, brandissant son arme.

Trois hommes lui faisaient face, formant un demi-cercle. Chacun d'eux tenait une arme braquée sur sa tête. Derrière eux, vêtu d'un costume de soie blanche, un énorme Chinois était assis dans un fauteuil. Il fit un signe de tête à ses hommes.

Il avait perdu. Bourne avait commis une erreur de calcul et David Webb allait mourir. Bien plus affreux encore, il savait que la mort de Marie allait suivre, très vite. Qu'ils tirent, songea David. Qu'ils appuient sur ces foutues détentes! Qu'on en finisse, vite! Il venait de condamner à mort la seule personne qui comptait dans sa vie.

— Tirez, mais tirez donc, bon Dieu!

XI

— BIENVENUE, monsieur Bourne, dit le gros homme en
costume de soie blanche, tout en faisant signe à ses gardes
de s'écarter. Je crois qu'en toute logique vous devriez poser
votre arme sur le sol et la pousser de côté. Vous n'avez pas
le choix, vous le savez.

Webb regarda les trois Chinois. Celui qui était au centre
remit le chien de son automatique en place. David baissa
son arme et la fit glisser devant lui.

— Vous m'attendiez, n'est-ce pas? demanda-t-il calmement en se relevant.

Le garde sur sa droite ramassa son arme.

— Nous ne savions pas à quoi nous attendre, sauf à
l'inattendu. Comment avez-vous fait? Mes hommes sont
morts?

— Je ne crois pas. Sonnés et abîmés, mais pas morts.

— Remarquable. Vous pensiez que j'étais seul ici?

— On m'avait dit qu'il y avait un homme de main et
trois gardes, pas six. Je trouvais ça logique. Trop d'hommes risquaient d'attirer l'attention.

— C'est pour cela qu'ils sont venus beaucoup plus tôt
pour s'occuper de tout. Ils n'ont pas quitté ce trou depuis
leur arrivée. Vous pensiez pouvoir me prendre pour
m'échanger contre votre femme?

— Il est évident qu'elle n'a rien à voir avec tout ça.
Laissez-la partir. Tuez-moi, mais laissez-la partir.

— *Pi ge!* dit le banquier, ordonnant à deux des gardes de
quitter l'appartement. Ils firent une courbette et sortirent.
Cet homme restera, poursuivit le banquier en se tournant
vers Webb. En dehors de son immense loyauté envers moi,
il ne parle ni ne comprend un mot d'anglais.

– Je vois que la confiance règne.

– Je ne fais confiance à personne, dit le financier en désignant à Webb une vieille chaise de bois de l'autre côté de la pièce. David aperçut une Rolex en or à son poignet, le cadran incrusté de diamants, assortie à des bracelets d'or. Asseyez-vous, ordonna-t-il. Il m'en a coûté beaucoup pour organiser cette conférence.

– Votre second – je suppose que c'était votre second –, dit Bourne pour gagner du temps en étudiant la pièce dans ses moindres détails, m'avait averti de ne pas porter de bijoux dans ce quartier. Apparemment ses conseils vous sont indifférents...

– Je suis arrivé vêtu d'un caftan sale dont les manches étaient suffisamment larges pour cacher tout cela. En regardant comment vous êtes habillé, je suis certain que le caméléon comprend.

– Vous êtes Yao Ming, dit Bourne en s'asseyant.

– C'est un nom dont je me suis servi. Le caméléon change de forme et de couleurs.

– Je n'ai pas tué votre femme – ni l'homme qui se trouvait, paraît-il, avec elle.

– Je sais cela, monsieur Webb.

– Quoi? dit David en bondissant de sa chaise.

Le garde fit un brusque pas en avant, son arme braquée.

– Asseyez-vous, répéta le banquier. N'alarmez pas mon dévoué gardien sinon nous pourrions tous les deux le regretter. Vous, plus que moi.

– Vous saviez que ce n'était pas moi et vous avez tout de même fait tout ça?

– Asseyez-vous, je vous en prie.

– Je veux une réponse, et vite! dit Webb en se rasseyant.

– Parce que vous êtes le vrai Jason Bourne. C'est pour cela que vous êtes ici et que votre femme reste en mon pouvoir et y restera jusqu'à ce que vous ayez accompli ce que j'ai à vous demander.

– Je lui ai parlé.

– Je sais. C'est moi qui l'ai autorisé.

– Elle ne semblait pas elle-même, même dans de telles circonstances. C'est une femme forte, plus forte que moi durant ces saletés de semaines à Zurich ou à Paris. Elle a quelque chose qui ne va pas! Est-ce qu'elle a été droguée?

– Certainement pas.

– Est-elle blessée?

– En esprit, peut-être, mais pas physiquement. Néanmoins elle mourra si vous refusez mon offre. Je ne saurais être plus clair.

– Vous êtes un homme mort, taipan.

– Voilà le vrai Bourne qui parle. C'est très bien. Exactement ce dont j'ai besoin.

– Expliquez-vous!

– Un homme me traque, un homme qui porte votre nom, commença le taipan d'une voix dure dont l'intensité allait croissant. Et les pertes sont bien plus sévères – les dieux me pardonnent – que la simple mort d'une jeune femme. De tous les côtés, dans toutes les zones, ce terroriste, ce nouveau Jason Bourne, m'attaque. Il tue mes gens, fait sauter des stocks entiers de marchandises, menace les autres taipans de mort s'ils font affaire avec moi! Ses tarifs exorbitants sont payés par mes ennemis ici à Hong-kong et à Macao, et jusque dans le nord, dans les provinces elles-mêmes!

– Vous avez beaucoup d'ennemis...

– Mes intérêts sont très étendus.

– Comme ceux de l'homme que je n'ai pas tué à Macao, m'a-t-on dit.

– Ça va vous paraître curieux, dit le banquier en respirant très fort, les mains crispées sur les accoudoirs de son fauteuil comme pour se contenir, mais nous n'étions pas ennemis, lui et moi. Nos intérêts convergeaient en ce qui concerne certaines affaires. C'est comme cela qu'il a rencontré ma femme.

– Comme c'est commode. On se partage les bénéfices...

– Vous m'offensez...

– Je me fous de vos affaires, venons-en à l'essentiel, répliqua Bourne, le regard glacé. Ma femme est en vie et je veux qu'on me la rende, sans une égratignure, sans même que quiconque ait élevé la voix contre elle. Si jamais elle a la moindre blessure morale ou physique, vous ne serez jamais de taille à lutter contre ce que je vous préparerai!

– Vous n'êtes pas exactement en position de proférer des menaces, monsieur Webb.

– Webb, non, acquiesça l'homme jadis le plus recherché d'Europe et d'Asie, mais Bourne, si!

L'Oriental lança un regard dur à Jason, puis hocha deux fois la tête. Il n'avait pu soutenir le regard de Webb.

– Votre audace est à la mesure de votre arrogance. Venons-en à l'essentiel. C'est très simple...

Soudain, le taipan serra son poing droit et l'abattit sur le bras du fauteuil.

– Je veux des preuves contre mes ennemis! s'écria-t-il, les yeux ivres de colère masqués par ses paupières gonflées. Le seul moyen d'en avoir, c'est que vous me rameniez cet imposteur si crédible qui a pris votre place! Je le veux là, devant moi, je veux qu'il me regarde pendant que sa vie lui échappe, lambeau par lambeau, et qu'il me dise tout ce que je dois savoir! Amenez-le-moi, Jason Bourne!

Le banquier respira plusieurs fois, puis ajouta doucement :

– Alors, et alors seulement, vous retrouverez votre femme.

Webb le regarda un long moment en silence.

– Qu'est-ce qui vous fait croire que je peux le faire? finit-il par demander.

– L'original n'est-il pas le meilleur moyen de capturer l'imposteur?

– Ce sont des mots, dit Webb. Cela n'a aucun sens.

– Il vous a étudié! Il a analysé vos méthodes, vos techniques. Il ne pourrait pas se faire passer pour vous s'il ne l'avait pas fait. Trouvez-le! Prenez-le au piège de vos propres tactiques.

– Comme ça? Tout simplement?

– Vous aurez de l'aide. Divers noms, diverses descriptions d'hommes dont je suis convaincu qu'ils sont derrière ce nouveau tueur qui porte votre nom.

– A Macao?

– Jamais! Vous ne devez jamais aller à Macao! On ne doit jamais faire mention de l'accident de l'hôtel Lisboa. C'est une affaire classée, terminée. Vous ne savez rien de tout ça. Il faut qu'en aucun cas on puisse faire la relation entre vous et moi. Vous n'avez rien à voir avec moi! Si vous faites surface, vous n'êtes qu'un homme qui traque celui qui s'est servi de votre nom. Vous vous protégez, vous vous défendez, et c'est bien naturel dans de telles circonstances.

– Je croyais que vous vouliez des preuves...

– Elles viendront d'elles-mêmes quand vous m'amènerez l'imposteur! hurla le taipan.

– Bon, pas de Macao. Où, alors?

– Ici, à Hong-kong. Dans le Tsim Sha Tsui, cinq hommes ont été assassinés dans l'arrière-salle d'un cabaret. Parmi eux, un banquier – un taipan comme moi, mon associé occasionnel, aussi influent que moi –, avec lui trois hommes dont l'identité n'a pas été révélée. Une décision gouvernementale, apparemment. Je n'ai jamais pu découvrir qui ils étaient.

– Mais vous connaissiez le cinquième homme, dit Bourne.

– Il travaillait pour moi. Il avait pris ma place pour ce meeting. Si j'avais été moi-même, votre double m'aurait tué. C'est de là que vous allez partir, ici à Kowloon. Je vous donnerai le nom des deux morts que je connais et l'identité de beaucoup de leurs ennemis. Mes ennemis, maintenant. Agissez rapidement. Trouvez l'homme qui tue en votre nom et ramenez-le-moi. Et, un dernier avertissement, monsieur Bourne. Si vous tentez de découvrir qui je suis, l'ordre sera bref, et l'exécution plus rapide encore. Votre femme mourra.

– Et vous aussi. Donnez-moi les noms.

– Ils sont sur ce papier, dit l'homme qui se servait du nom de Yao Ming en fouillant dans la poche de sa veste de soie blanche. J'ajoute qu'il serait inutile d'essayer de retrouver la machine à écrire qui a tapé ces lignes.

– Une perte de temps, dit Bourne en prenant la feuille de papier. Il doit y avoir vingt millions de machines à écrire à Hong-kong.

– Mais peu de taipans qui aient ma taille et ma corpulence, hein?

– Ça, je m'en souviendrai.

– J'en suis certain.

– Comment est-ce que je rentre en contact avec vous?

– Vous ne le faites pas. Jamais. Cet entretien n'a jamais eu lieu.

– Alors pourquoi a-t-il eu lieu? Pourquoi tout ça?

Imaginons que je parvienne à coincer ce crétin qui se fait appeler Bourne – et c'est un sacré conditionnel –, qu'est-ce que je fais de lui? Je le laisse là, sur les marches de la Cité des Remparts?

– Ce serait une bonne idée. Drogué, personne ne prêterait la moindre attention à lui, sauf pour lui faire les poches...

– Moi, je vais y prêter attention, taipan. J'exige des garanties en acier. Je veux retrouver ma femme.

– Quelle sorte de garantie vous satisferait?

– D'abord sa voix au téléphone m'assurant qu'elle n'a rien; et puis je veux la voir – disons, marchant de long en large sur un trottoir, de son propre gré et sans personne autour d'elle.

– C'est Jason Bourne qui parle?

– Oui.

– Très bien. Nous avons développé l'industrie technologique de pointe ici, à Hong-kong, vous pouvez demander à un spécialiste de l'électronique chez vous. Au bas de cette page vous trouverez un numéro de téléphone. Quand l'imposteur tombera entre vos mains, s'il y tombe, appelez ce numéro et répétez le mot « snake lady » (la femme aux serpents) plusieurs fois...

– Méduse, coupa Webb...

Le taipan fronça les sourcils, mais son visage restait dénué d'expression.

– Naturellement je faisais référence à la marchande de serpents de ce bazar, enchaîna-t-il.

– Ben voyons, fit Bourne. Continuez...

– Je disais donc, vous répétez ces mots plusieurs fois jusqu'à ce que vous entendiez une série de clics...

– Qui déclenchent automatiquement un autre numéro, ou plusieurs numéros, l'interrompit à nouveau Bourne.

– Cela a quelque chose à voir avec le son de la phrase, je crois, acquiesça le taipan. Le S qui siffle, suivi d'une voyelle plate et de consonnes sonores. Ingénieux, non?

– Cela s'appelle un programme de réception audio, les instruments sont activés par une empreinte vocale.

– Puisque vous ne semblez pas impressionné, permettez-moi d'insister sur les conditions dans lesquelles cet appel doit être fait, et pour le salut de votre femme, j'espère que ça vous impressionnera. L'appel ne doit être fait que lorsque vous serez prêt à livrer l'imposteur en quelques minutes. Si vous ou quiconque tentez d'utiliser ce numéro et ces mots de code sans cette garantie, je saurai qu'on essaie de remonter la ligne. Dans cette éventualité, votre femme mourra, et une femme blanche défigurée et impossible à identifier sera retrouvée dans les eaux du port. Est-ce bien clair?

Jason Bourne déglutit. Il essayait de supprimer la rage qui l'envahissait malgré la peur terrible.

– J'ai compris, dit-il d'un ton glacial. Maintenant, écoutez-moi. Quand je donnerai ce coup de téléphone, si je le donne, je veux parler à ma femme – pas quelques minutes plus tard, immédiatement. Si ce n'est pas le cas, celui que j'aurai au bout du fil entendra distinctement la balle de mon arme faire sauter la tête de l'assassin auquel vous tenez tant. Vous aurez trente secondes, pas plus.

– J'ai compris vos conditions et je m'y tiendrai. Cet entretien est terminé, Jason Bourne.

– Je veux mon arme. Un des gardes qui est parti l'a.

– Elle vous sera rendue quand vous sortirez.

– Il m'écoutera?

– Inutile. Il avait l'ordre de vous la rendre si vous sortiez d'ici. Un cadavre n'a pas besoin d'un revolver.

Ce qui reste des grandes propriétés datant de l'extravagante époque coloniale de Hong-kong s'étale sur les flancs du Victoria Peak, dans un quartier qui porte le même nom, couronne impériale de tout le territoire. Ses gracieux jardins sont agrémentés de sentiers bordés de parterres de roses qui mènent aux vérandas et aux terrasses d'où les riches observent les splendeurs du port en contrebas et les îles éparpillées au lointain. Les résidences nanties des plus belles vues sont des versions doublées des grandes maisons de la Jamaïque. Elles sont hautes sous plafond et labyrinthiques. Les pièces se succèdent selon des angles bizarres pour profiter des brises d'été qui rafraîchissent cette longue et oppressante saison. Et ce ne sont que boiseries sculptées et fenêtres renforcées pour résister aux vents et aux pluies de l'hiver. Solidité et confort sont associés dans ces petits châteaux. Le climat commande.

Pourtant, une de ces maisons près du Peak différait des

autres. Pas en taille ni en élégance, pas par la beauté de ses jardins qui étaient un peu plus grands que la normale. Pas par la taille imposante de son entrée, ni à cause du haut mur de pierre qui l'encerclait. Ce qui la rendait en partie différente, c'était l'impression d'isolement qu'elle dégageait, surtout le soir, quand seules quelques lumières éclairaient les nombreuses pièces et qu'aucun son ne provenait des fenêtres donnant sur le jardin. C'était comme si la maison était quasi inhabitée. Vraiment aucun signe de frivolités. Mais ce qui la mettait totalement à part, c'était les hommes au portail et les autres hommes semblables qui patrouillaient dans le parc derrière les murs. On les voyait de la route. Ils étaient armés et en treillis. C'étaient des marines américains.

La propriété était louée par le consulat des Etats-Unis au Conseil national de sécurité. Si on posait des questions, le consulat devait répondre que, durant les prochains mois, plusieurs représentants du gouvernement américain et de l'industrie américaine devaient se rendre à Hong-kong plusieurs fois et à des dates indéterminées. D'où les mesures de sécurité et la location. C'était tout ce que le consulat savait. Néanmoins certains membres du MI-6, Special Branch, avaient reçu plus d'informations, car leur coopération était indispensable et avait été autorisée par Londres. Et pourtant, elles étaient limitées selon une base de besoins-immédiats-d'information. Là encore, Londres était d'accord. Tout cela au plus haut niveau, niveau qui incluait les plus proches conseillers du président et le Premier ministre. Et on en arrivait à la même conclusion : toute fuite concernant la nature réelle de cette maison de Victoria Peak pourrait avoir des conséquences catastrophiques pour l'Extrême-Orient, et le monde. C'était une maison stérile, le quartier général d'une opération secrète si explosive que même le président et le Premier ministre en ignoraient les détails. Ils n'en connaissaient que les objectifs.

Une petite limousine gravissait la pente menant au portail. Instantanément, de puissants projecteurs s'allumèrent, éblouissant le chauffeur qui mit son bras devant ses yeux. Deux marines s'approchèrent, chacun d'un côté du véhicule, leurs armes braquées.

– Vous devriez commencer à connaître la voiture, les

gars, dit le gros Oriental en costume de soie blanche en baissant sa vitre.

— On connaît la voiture, major Lin, répliqua le caporal sur la gauche. On doit juste s'assurer du chauffeur.

— Qui pourrait se déguiser assez bien pour me ressembler? plaisanta l'énorme major.

— Le Yéti, répondit le marine sur la droite.

— Très drôle, dit le major.

— Excusez...

— Pas de quoi. Alors, je peux entrer ou je reste dehors?

— On va éteindre et ouvrir les portes, monsieur, dit le premier marine. Oh, à propos, merci pour ce restaurant de Wanchai. C'est super et ça matraque pas trop.

— Mais hélas, vous n'avez pas trouvé de Suzie Wong...

— Qui, monsieur?

— Peu importe. La porte, s'il vous plaît, les gars.

Dans la bibliothèque le sous-secrétaire d'Etat Edward Newington McAllister était assis derrière un bureau. Il étudiait un dossier, tournant les pages à la lueur d'une lampe, marquait de temps à autre quelque chose dans la marge, sous certains paragraphes, soulignait certaines phrases. Il était épuisé et son attention était rivée aux pages. L'interphone bourdonna. Il dut forcer ses yeux à quitter la page, forcer sa main à prendre l'appareil.

— Oui?

Il écouta et reprit :

— Faites-le entrer, bien sûr, dit-il, puis il raccrocha et revint au dossier posé devant lui, le crayon à la main.

En haut de chaque page qu'il lisait, les mêmes mots se répétaient : Strictement Confidentiel. P.R.C. Sheng Chou Yang.

La porte s'ouvrit et l'énorme major Lin Wenzu, de l'Intelligence Service, MI-6, Special Branch, Hong-kong, entra, ferma la porte et sourit à McAllister qui était toujours absorbé par son dossier.

— C'est toujours la même chose, Edward, hein? Enterré sous les mots, il y a un schéma, une ligne à suivre.

— Et j'aimerais bien la trouver, répondit le sous-secrétaire d'Etat en lisant fiévreusement.

— Vous y arriverez, mon vieux.

— Je suis à vous dans un instant.

— Prenez votre temps, dit le major en ôtant la Rolex en or et les gourmettes. Il les posa sur le bureau.

— Dommage de devoir rendre tout ça, dit-il doucement. Ça ajoutait à ma présence naturelle. Vous me devez encore le prix du costume, Edward. Ce n'est pas tout à fait le genre que je mets d'habitude, mais j'ai été raisonnable, même si on considère ma corpulence.

— Oui, oui, bien sûr, marmonna le sous-secrétaire, préoccupé.

Le major Lin se posa sur un fauteuil de cuir noir de l'autre côté du bureau et demeura silencieux pendant une minute. Visiblement, c'était la limite. Il se remit à parler.

— Est-ce que je peux vous aider à quelque chose, Edward? Est-ce que cela me concerne? Est-ce quelque chose dont vous pouvez me parler?

— Malheureusement, non, Lin.

— Il faudra bien que vous nous expliquiez un de ces jours. Nos supérieurs à Londres seront obligés de nous le dire. Pour l'instant ils se contentent de nous dire : « Faites ce qu'il vous demande, enregistrez toutes les conversations et les ordres, mais suivez sa tactique et donnez-lui des conseils. » Des conseils? Ça ne veut rien dire. Seule la tactique compte. Un homme dans un bureau inoccupé tire quatre balles dans le mur de la jetée, six dans l'eau, et le reste à blanc – Dieu merci, il n'y a pas eu de crises cardiaques! – et nous avons créé la situation que vous vouliez. Maintenant, ce que nous pouvons comprendre...

— J'en déduis que tout s'est bien passé.

— Il y a eu une émeute, si c'est ça que vous voulez dire par « bien passé ».

— Oui, c'est ça, fit McAllister en se reculant sur son fauteuil, ses longs doigts minces frottant ses tempes.

— Un à zéro, mon vieux. Le vrai Jason Bourne a été convaincu et il a effectué ses mouvements. Par ailleurs, vous aurez à payer l'hospitalisation d'un homme avec un bras cassé et de deux autres en état de choc qui ont eu la nuque presque brisée. Le quatrième est trop embarrassé pour se plaindre.

— Bourne est vraiment très fort.

— C'est une bombe, Edward!

— Vous vous en êtes bien sorti, quand même?

— A chaque seconde je pensais qu'il allait sortir une

nouvelle carte de sa manche et faire exploser cette saleté de pièce. J'étais pétrifié. Ce type est cinglé. J'y pense tout d'un coup, pourquoi ne doit-il pas aller à Macao? C'est une étrange restriction...

— Il n'y a rien qu'il puisse faire là-bas. Les meurtres ont eu lieu à Hong-kong. Les clients de l'imposteur sont basés ici, pas à Macao, c'est évident.

— Comme d'habitude, ce n'est pas une réponse.

— Tournons ça autrement. Ce que je peux vous dire, vous le savez déjà, en un sens, puisque vous avez joué ce rôle ce soir. Le mensonge sur notre taipan mythique, sa femme et son amant assassinés à Macao... Qu'en pensez-vous?

— Une histoire ingénieuse, dit Lin en fronçant les sour-cils. Ce sont les actes de vengeance du type œil pour œil qu'on comprend le plus facilement. Dans un sens, c'est la base de toute votre stratégie – de ce que j'en sais, en tout cas.

— Qu'est-ce que vous croyez que Webb ferait s'il appre-nait que tout cela n'est qu'un mensonge?

— Il ne peut pas le savoir. Vous lui avez clairement fait comprendre que les meurtres ont été tenus secrets.

— Vous le sous-estimez. Une fois à Macao il irait fouiller dans toutes les poubelles pour savoir qui est ce taipan. Il soudoierait tous les garçons d'étage, toutes les femmes de ménage, il menacerait de mort une bonne douzaine de personnes dans l'hôtel Lisboa, des policiers même, jusqu'à ce qu'il sache la vérité.

— Mais nous tenons sa femme, et ça, ce n'est pas un mensonge. Il agira en conséquence.

— Oui, mais dans une dimension différente. Quoi qu'il pense maintenant – et il doit avoir des soupçons –, il ne peut pas savoir. C'est impossible. Mais, s'il va fourrer son nez à Macao et qu'il apprend la vérité, il aura la preuve que c'est son propre gouvernement qui est derrière tout ça.

— Comment cela?

— Parce que le mensonge a été déposé devant sa porte par un officiel du Département d'Etat – moi, en l'occur-rence – et, pour tout arranger, il a déjà été trahi une fois.

— Ça, nous le savons.

— Je veux un type en permanence à l'immigration de Macao – nuit et jour. Engagez des gens en qui vous pouvez avoir confiance et donnez-leur sa photo, mais aucune information. Offrez une prime au premier qui le verra.

— Cela peut se faire, mais il ne s'y risquerait pas. Il croit qu'il n'a pas l'avantage. Un seul informateur dans l'hôtel ou au quartier général de la police et sa femme meurt. Il le sait. Il ne prendra pas ce risque.

— Et nous ne prendrons pas ce risque non plus. Si jamais il s'apercevait qu'il est manipulé encore une fois... et trahi encore une fois, il deviendrait enragé et cela pourrait avoir des conséquences inimaginables pour nous tous. Franchement, s'il va à Macao, il n'y aurait qu'une seule solution...

— L'éliminer? demanda le major, simplement.

— Je ne peux pas employer ces mots.

— Vous n'en avez pas besoin. Je crois que j'ai été très convaincant, ce soir. J'ai frappé sur le fauteuil et élevé la voix d'une manière très plausible. « Votre femme mourra! » ai-je crié. Il m'a cru. J'aurais dû être chanteur d'opéra.

— Vous vous en êtes bien tiré.

— J'ai joué la comédie aussi bien qu'Akim Tamiroff.

— Que qui?

— Je vous en prie, on m'a déjà fait le coup à la porte.

— Je vous demande pardon?

— Oubliez ça. A Cambridge on me disait que je rencontrerais des gens comme vous. J'avais un professeur d'histoire orientale qui disait que vous ne laissiez jamais tomber, aucun d'entre vous. Vous insistez pour sauvegarder les secrets parce que les *Zhongguo ren* sont inférieurs. Ils ne peuvent pas comprendre. Est-ce le cas aujourd'hui, *yang qui zi*?

— Seigneur Dieu, non!

— Alors qu'est-ce que nous sommes en train de faire? Je comprends ce qui est évident. Nous recrutons un homme qui est dans la position unique de pouvoir traquer un tueur, parce que le tueur a pris son identité – l'identité de celui qu'il était jadis. Mais pour y parvenir, nous jouons un jeu très dangereux, kidnappant sa femme, nous mouillant, nous. Pour être franc, Edward, quand vous m'avez remis le scénario, j'ai moi-même interrogé Londres. « Suivez les ordres », voilà ce qu'ils m'ont répété. Et surtout, silence complet. Eh bien, comme vous le disiez il y a un instant, ce n'est pas assez. On devrait nous en dire plus. Sans ce savoir, comment le Special Branch peut-il assumer ses responsabilités?

— Pour le moment, la responsabilité nous incombe, la décision nous appartient. Londres est tombé d'accord sur ça et ils ne l'auraient pas fait s'ils n'étaient pas convaincus que c'est le meilleur moyen d'agir. Tout doit être très retenu. Il n'y a pas place pour des fuites ou des erreurs de calcul. Ce sont les propres mots de Londres, conclut McAllister en se penchant sur son bureau.

Il serra les poings. Ses phalanges blanchirent.

— Je vais vous parler franchement, Lin. J'aimerais tellement que cette responsabilité ne soit pas nôtre, surtout quand je suis au centre de tout ça. Ce n'est pas moi qui prends les décisions ultimes. Et j'aimerais n'en prendre aucune. Je ne suis pas qualifié.

— Je ne dirais pas ça, Edward. Vous êtes un des types les plus brillants que j'aie rencontrés. Vous l'avez prouvé il y a deux ans. Vous êtes un très bon analyste. Vous n'avez pas besoin d'être un expert vous-même tant que vous recevez vos ordres de quelqu'un qui l'est. Tout ce dont vous avez besoin, c'est de compréhension et de conviction – et la conviction se lit sur votre visage troublé. Vous ferez ce qu'il faudra quand ce sera à vous d'agir.

— Merci...

— Tout ce que vous désiriez a été accompli ce soir, donc vous n'allez pas tarder à savoir si votre chasseur ressuscité est toujours aussi talentueux. Pendant les jours à venir, nous pouvons influer sur les événements, mais c'est tout. Nous ne les contrôlons plus. Bourne commence son dangereux voyage.

— Il a les noms, donc?

— Les noms authentiques, Edward. Les membres les plus vicieux de la pègre de Hong-kong – des soldats de haut niveau qui exécutent les ordres, les capitaines qui les donnent, qui arrangent les contrats, des contrats ultra-violents. Si quelqu'un sait quelque chose sur cet imposteur-assassin, c'est sur cette liste que Bourne le trouvera.

— Nous entamons la phase deux. Bien.

McAllister desserra ses mains et consulta sa montre.

– Bon sans, je n'avais aucune idée de l'heure! Ça a été une longue journée pour vous. Vous n'étiez pas obligé de rapporter la montre et les gourmettes ce soir.

– Je le savais bien.

– Alors, pourquoi?

– Je ne voudrais pas vous ajouter un poids supplémentaire, mais il se pourrait que nous ayons un nouveau problème. Un problème auquel nous n'avions pas songé, stupidement.

– Quel problème?

– Sa femme semble malade. Il s'en est aperçu au téléphone quand il lui a parlé.

– Vous voulez dire sérieusement malade?

– On ne sait pas ce qu'elle a. Le docteur non plus.

– Le docteur?

– Ce n'était pas la peine de vous inquiéter pour ça. J'ai appelé un de nos médecins il y a quelques jours : on peut compter sur lui. Elle ne s'alimentait plus et se plaignait de nausées. Le médecin pense que cela pouvait être dû à l'anxiété ou une dépression, un virus même. Il lui a donné des antibiotiques et des tranquillisants doux. Mais ça n'a rien fait. En fait, son état s'est rapidement détérioré. Elle est dans le cirage, elle a des crises de tremblement, elle divague. Cela ne lui ressemble pas du tout. Ça, j'en suis certain.

– Bien sûr! dit le sous-secrétaire d'Etat en clignant des yeux plusieurs fois. Qu'est-ce qu'on peut faire?

– Le médecin pense qu'il faudrait l'hospitaliser immédiatement.

– C'est hors de question, bon Dieu!

L'officier de renseignement chinois se leva et s'approcha lentement du bureau.

– Edward, commença-t-il doucement, je ne connais pas les ramifications de cette opération, mais je peux quand même assembler quelques morceaux du puzzle, et des morceaux importants. Notamment en ce qui concerne l'un de vos objectifs. Je crains de devoir vous demander ce qui va arriver à David Webb si sa femme est sérieusement malade. Que devient votre Jason Bourne, si elle meurt.

XII

— J'AI besoin de son dossier médical, et le plus vite possible, major. C'est un ordre, monsieur. J'étais lieutenant dans le corps médical de la *Royal Navy*.

« C'est le médecin anglais qui m'a examinée, songea Marie. Il est très poli, mais froid et je le soupçonne d'être un excellent médecin. Il est étonné. C'est bon... »

— Nous vous le fournirons. Sans problème. Vous dites qu'elle est incapable de vous donner le nom de son médecin aux Etats-Unis?

Ça, c'est l'énorme Chinois qui est si poli – onctueux, même, mais plutôt sincère. Il a toujours été très gentil, ses hommes aussi. Il obéit aux ordres – ils obéissent tous aux ordres –, mais ils ne savent pas pourquoi...

— Même dans ses instants de lucidité, elle est dans le potage, ce qui n'est pas encourageant, reprit le médecin. Ce pourrait être un mécanisme de défense qui indiquerait qu'elle sait qu'elle est sérieusement malade et qu'elle tente d'enrayer la maladie.

— Cela ne lui ressemble pas, docteur. Elle est forte.

— La force psychologique est relative, major. Souvent les plus forts d'entre nous sont incapables d'accepter l'idée de la mort. L'ego la refuse. Trouvez-moi son background médical. Il me le faut, et vite.

— Un homme va appeler Washington et là-bas ils s'en occuperont. Ils sauront où elle vit, comment, et en quelques minutes ils connaîtront même ses voisins. Quelqu'un finira bien par trouver son médecin traitant.

— Je veux tout transmis par satellite. Nous avons l'équipement nécessaire.

– Toute transmission d'information doit être reçue dans nos bureaux.

– Eh bien, je vais venir avec vous. Donnez-moi quelques minutes.

– Vous semblez avoir peur, docteur...

– C'est un désordre neurologique. C'est toujours effrayant, major. Si vos hommes travaillent vite, je pourrai peut-être parler moi-même à son médecin. Ce serait la meilleure solution.

– Vous n'avez rien trouvé avec vos examens?

– Des possibilités, seulement. Rien de concret. La douleur se déplace. J'ai demandé un scanner pour demain matin.

– Vous avez vraiment peur.

– J'en ferais dans mon froc, major.

Oh, vous faites exactement ce que je voulais que vous fassiez, songea Marie. Mon Dieu, qu'est-ce que j'ai faim! Je vais dévorer cinq heures d'affilée quand je sortirai d'ici – et je vais sortir d'ici! David, est-ce que tu m'as comprise? Est-ce que tu as compris ce que je voulais te dire avec mes arbres? Les érables... La feuille d'érable, c'est l'emblème du Canada. L'ambassade, ici, à Hong-kong! C'est ce que nous avions fait à Paris! C'était terrible, mais ici ça se passera bien. Je connais forcément quelqu'un ici. Quand j'étais à Ottawa, j'ai enseigné à tellement de mes compatriotes qui sont maintenant aux quatre coins du monde. Ta mémoire est embrumée, mon amour, mais pas la mienne... Tu dois comprendre, David. Les gens à qui j'avais affaire ne sont pas différents de ceux qui m'entourent ici, qui me retiennent ici. Ce sont des robots, dans un sens, mais ce sont aussi des individus qui pensent, qui posent des questions et qui se demandent pourquoi on leur fait faire certaines choses. Mais ils suivent un régime, mon chéri, parce que, s'ils ne le font pas, on fait de mauvais rapports sur eux, ce qui équivaut à pire qu'un licenciement – puisque ça signifie pas d'avancement. On les oublie dans un bureau minable où ils végètent jusqu'à la fin de leur misérable carrière. Ils ont été très gentils avec moi, vraiment, comme s'ils étaient embarrassés par les ordres qu'on leur a donnés. Mais ils doivent obéir. Ils croient que je suis malade et ils s'inquiètent pour moi, sincèrement. Ce ne sont pas des criminels ni des assassins, mon amour. Ce sont des bureaucrates en quête de direction!

Ce sont des bureaucrates, David! Toute cette incroyable histoire porte GOUVERNEMENT inscrit sur le front! Je le sais! J'ai travaillé avec des gens comme ça toute ma vie. J'étais l'une d'entre eux!

Marie rouvrit les yeux. La porte était fermée, la pièce vide, mais elle savait qu'il y avait un garde dehors – elle avait entendu le major chinois donner ses instructions. Personne n'avait le droit d'entrer dans sa chambre, sauf le médecin anglais et deux infirmières que le garde connaissait et qui seraient de service jusqu'au matin. Elle connaissait les règles et, grâce à ce savoir, elle pouvait les briser.

Elle s'assit. Dieu que j'ai faim! pensa-t-elle. Puis elle sourit en imaginant la tête de leurs voisins dans le Maine quand on leur demanderait s'ils connaissaient son docteur. Elle connaissait à peine ses voisins et elle n'avait pas de médecin traitant. Cela faisait à peine trois mois qu'ils étaient dans cette ville universitaire. Cela avait commencé cet été, à la fin, par la préparation de David à son nouveau poste. Ensuite étaient venus les problèmes de location d'une maison, elle avait dû également se renseigner sur ce que la jeune femme d'un nouveau professeur devait faire ou être, savoir où étaient les magasins, meubler la maison – les mille et une choses qu'une femme fait quand elle emménage. Elle n'avait pas eu le temps matériel de s'occuper de trouver un médecin. David et elle sortaient de huit mois de médecins et autres spécialistes et, excepté Mo Panov, elle souhaitait ne jamais revoir un docteur de sa vie.

Par-dessus tout, il y avait David, David qui se battait dans ses tunnels personnels, comme il les appelait, et qui essayait toujours de masquer sa douleur, qui était si heureux quand la mémoire revenait, quand la lumière revenait. Il dévorait les livres, fou de joie quand des lambeaux entiers d'histoire remontaient, mais sa joie était vite tempérée par l'angoisse, lorsqu'il se rendait compte que ce n'était que des segments de sa propre vie qui le perturbaient. Et souvent la nuit, si souvent, elle sentait bouger le matelas et savait qu'il se levait pour être seul face à ses pensées floues, aux images qui le hantaient. Elle attendait alors quelques minutes puis elle sortait et s'asseyait en haut des escaliers. Elle écoutait. Et, tout d'un coup, elle l'entendait : le sanglot étouffé d'un homme fier en proie à l'agonie. Elle allait vers lui. Et il se détournait. L'embarras et la douleur étaient trop forts. Elle disait : « Tu ne te bats pas tout seul, mon amour. Nous nous battons ensemble, comme avant. » Alors il se mettait à parler, d'abord réticent, puis se laissant aller, petit à petit, les mots sortaient de plus en plus vite jusqu'à ce que le barrage cède, et là il trouvait, il découvrait des choses... *Les arbres, David! Mon arbre favori, l'érable. La feuille d'érable, David. Le consulat, mon amour!*...

Elle avait du travail. Elle saisit le fil et appuya sur le bouton pour appeler l'infirmière.

Deux minutes plus tard la porte s'ouvrit et une Chinoise d'une quarantaine d'années entra, vêtue d'une blouse d'infirmière immaculée.

– Qu'y a-t-il pour votre service? dit-elle plaisamment dans un anglais avec un drôle d'accent.

– Je suis très fatiguée, mais je n'arrive pas à m'endormir. Est-ce que je peux avoir un somnifère?

– Je vais voir ça avec votre médecin. Il est encore là. Je suis sûre qu'il sera d'accord.

L'infirmière sortit et Marie se leva du lit. Elle s'approcha de la porte. La longue chemise de nuit blanche qu'elle portait glissa de son épaule gauche et, avec l'air conditionné et la grande ouverture dans son dos, elle frissonna. Elle ouvrit la porte. Le jeune garde costaud qui était assis sur une chaise sur la droite se leva, ébahi.

– Oui, madame...

– Chut! fit Marie, l'index sur les lèvres. Viens! Entre, vite!

Stupéfait, le jeune Chinois la suivit dans la chambre. Elle retourna rapidement vers le lit et s'allongea, mais sans rabattre les couvertures. Elle secoua l'épaule droite. La chemise de nuit glissa, découvrant presque entièrement sa poitrine.

– Viens, chuchota Marie. Je ne veux pas qu'on nous entende.

– Qu'est-ce qu'il y a, madame? demanda le garde en essayant d'éviter la vision de ce que Marie dévoilait.

Il s'approcha, en s'obligeant à ne regarder que les yeux de Marie, ses longs cheveux auburn. Il restait à distance.

– La porte est fermée, personne ne peut nous entendre, qu'y a-t-il? bredouilla le garde.

– Je te veux, chuchota Marie, à peine audible.

– Je n'entends pas, madame, dit le garde en s'approchant.

– Tu es le plus gentil ici, tu as été vraiment charmant...

– Je n'avais pas de raisons de me conduire autrement...

– Tu sais pourquoi on m'a enfermée ici?

– Pour votre sécurité, mentit le garde, d'une voix neutre.

– Je vois, dit Marie.

Elle entendit des pas dans le couloir. Elle secoua ses épaules d'un geste nonchalant et la chemise de nuit glissa. Lorsque la porte s'ouvrit, l'infirmière, stupéfaite, la vit, les seins nus.

– Oh! fit la Chinoise, visiblement offusquée.

Elle regarda le garde embarrassé d'un air sévère. Marie se couvrit.

– Je me demandais pourquoi tu n'étais pas dehors, dit l'infirmière.

– C'est elle qui m'a demandé d'entrer, répliqua le garde en reculant.

L'infirmière interrogea Marie du regard.

– C'est lui qui le dit, lança Marie.

– Mais pas du tout, s'écria le garde en ouvrant la porte. Elle ne va pas bien, cette femme, elle dit n'importe quoi.

Puis il sortit en refermant ostensiblement la porte.

L'infirmière scrutait le visage de Marie.

– Vous vous sentez bien? demanda-t-elle.

– Je sais encore ce que je dis, mais je fais aussi ce qu'on me dit, lâcha Marie. Quand ce monstre de major sera parti, venez me voir s'il vous plaît. J'ai quelque chose à vous dire.

– Désolée, je ne peux pas faire ça. Vous devez vous reposer. Tenez, votre sédatif. Vous avez de l'eau...

– Mais vous êtes une femme, insista Marie en fixant l'infirmière durement.

– Oui, acquiesça l'Orientale d'un ton inexpressif.

Elle posa un gobelet de carton avec un cachet dedans

sur la table de nuit et recula jusqu'à la porte. Elle eut un dernier regard interrogateur pour sa patiente et sortit.

Marie se leva et s'approcha tout doucement de la porte. Elle colla son oreille contre le panneau de métal. Elle entendit dans le couloir le son étouffé d'un rapide dialogue, en chinois apparemment. Quelle que soit la teneur de cette brève altercation, Marie avait planté la graine. Travaille sur le visuel, disait toujours Jason Bourne pendant l'enfer des semaines passées en Europe. Le visuel est plus efficace que tout le reste. Les gens tireront les conclusions que tu souhaites sur la base de ce qu'ils voient beaucoup plus que d'après n'importe quel mensonge que tu peux leur raconter.

Elle ouvrit l'armoire où étaient ses vêtements. Ils avaient laissé les affaires qu'ils avaient achetées pour elle à Hong-kong dans l'appartement, mais les jeans, la blouse et les chaussures qu'elle portait lors de son transport à l'hôpital étaient encore là. Personne n'avait eu l'idée de les enlever. Et pourquoi l'auraient-ils fait ? Ils étaient persuadés qu'elle était extrêmement malade. Ses tremblements et ses spasmes les avaient convaincus, tous. Jason Bourne aurait compris, lui. Elle regarda le petit téléphone blanc posé sur la table de nuit. Un téléphone plat, digital. Elle n'avait personne à appeler, mais elle décrocha tout de même pour vérifier. Comme elle s'y attendait, il n'y avait pas de tonalité. Seul le bouton d'appel pour l'infirmière la reliait à l'extérieur. C'était tout ce dont elle avait besoin.

Elle s'approcha de la fenêtre et releva les rideaux blancs. Il faisait nuit. Les lumières éclatantes de Hong-kong éclairaient le ciel. Elle était plus près du ciel que du sol. Comme dirait David – ou plutôt Jason : Qu'il en soit ainsi. La porte. Le couloir...

Qu'il en soit ainsi...

Elle se rendit au lavabo. La brosse à dents et le dentifrice fournis par l'hôpital étaient encore sous plastique. Le savon encore emballé dans le papier d'origine. L'étiquette garantissait une pureté divine.

La salle de bain. Rien de bien différent. Un distributeur de serviettes en papier et un panneau expliquant en quatre langues ce qu'il ne fallait pas faire avec. Elle revint dans la chambre. Que cherchait-elle ? Elle ne le savait pas. Mais elle savait qu'elle ne l'avait pas encore trouvé.

Etudie tout. Tu finiras par trouver quelque chose dont tu pourras te servir. C'étaient les mots de Jason, pas ceux de David. Et soudain, elle le vit.

Certains lits d'hôpital – et celui-ci en faisait partie – sont munis d'une poignée sous le sommier qui sert à monter ou à abaisser la moitié du matelas. Cette poignée peut s'enlever – et souvent est enlevée – quand les patients sont sous perfusion ou si leur médecin tient à ce qu'ils demeurent dans une certaine position. Les infirmières peuvent débloquer cette poignée et l'ôter, ce qu'elles font souvent pendant les visites, pour que les visiteurs ne cèdent pas aux désirs des malades contre l'avis du médecin. Marie connaissait bien ce type de lit, et ce type de poignée. Quand David se remettait des blessures reçues à Treadstone 71, il était maintenu en vie par perfusions. Marie avait observé les infirmières. Son futur mari souffrait plus qu'elle ne pouvait le supporter. Et les infirmières, persuadées qu'elle risquait de modifier la position de son lit pour l'aider, enlevaient régulièrement la poignée à chaque visite. Marie savait comment faire. Et cette poignée, une fois ôtée, n'était rien de plus qu'un coin de métal.

Elle prit la poignée et se remit au lit, cachant son arme sous la couverture. Elle attendit, songeant à la différence profonde qui existait entre les deux personnalités constituant son mari. Son amant, Jason, pouvait être si patient et si froid, attendant le moment pour bondir, frapper... La survie par la violence. Et son mari, David, si généreux, si prêt à écouter, évitant la violence à tout prix parce qu'il l'avait vécue et qu'il haïssait la douleur et l'anxiété – la nécessité absolue d'éliminer tout sentiment animal. Et maintenant on le forçait à redevenir l'homme qu'il détestait. David, mon David! Ne cède pas à la démence! Je t'aime tant...

Du bruit dans le couloir. Marie regarda le réveil sur la table de nuit. Seize minutes s'étaient écoulées. Elle enfouit ses deux mains sous la couverture. L'infirmière entra. Marie baissa ses paupières, comme si elle allait sombrer dans le sommeil.

– Très bien, dit l'infirmière en s'avançant vers le lit. Vous m'avez émue, je ne peux pas dire le contraire. Mais j'ai mes ordres – des instructions très précises en ce qui vous concerne. Le major et votre médecin sont partis. Qu'est-ce que vous vouliez me dire?

— Pas... pas maintenant, murmura Marie en dodelinant de la tête. Je suis... J'ai pris mon cachet...

— C'est le garde dehors?

— C'est un malade... Il ne me touche pas – je m'en fiche... Il m'apporte des choses... J'ai sommeil...

— Comment ça, il est malade?

— Il... il aime regarder les femmes... il... Il ne m'ennuie pas quand je dors...

— *Zang!* fit l'infirmière entre ses dents. Le salaud!

Elle fit demi-tour, sortit, referma la porte et s'adressa au garde.

— Elle dort! Tu m'entends?

— Eh bien, tant mieux, répondit le garde.

— Elle dit que tu ne l'as pas touchée!

— Je n'y ai même jamais pensé...

— Eh bien, continue à ne pas y penser!

— Dis donc, tu ne vas pas me faire la leçon, non? J'ai mon boulot, moi!

— Eh bien, contentez-vous de le faire, votre boulot! Je parlerai au major Lin Wenzu demain matin!

La femme toisa le garde puis s'en alla, ses talons résonnant dans le couloir, d'une démarche très agressive.

— Hé!

Le chuchotement venait de la porte de Marie, qui était à peine entrouverte. Elle l'ouvrit de quelques centimètres encore et dit :

— Cette infirmière! Qui c'est?

— Je croyais que vous dormiez, madame..., dit le garde, stupéfait.

— C'est ce qu'elle m'a dit qu'elle te dirait...

— Quoi?

— Elle va revenir! Elle dit que les chambres ont des portes communicantes. Qui est-ce?

— Qu'est-ce qu'elle a dit?

— Ne parle pas! Ne me regarde pas! Elle va te voir!

— Elle a tourné le coin du couloir.

— On ne sait jamais. Avec une femme comme ça! Tu vois ce que je veux dire?

— Je ne comprends rien à tout ça! plaida le garde, doucement, en s'adressant au mur en face de lui. Je ne comprends rien à ce qu'elle dit, ni à ce que vous dites, madame!

– Entre, vite! Je crois que c'est une communiste! De Pékin!

– Pékin?

– Je ne veux pas qu'elle m'emmène! dit Marie en ouvrant la porte, puis elle se cacha derrière le panneau.

Le garde se précipita à l'intérieur en fermant la porte. La pièce était obscure. Seule la lumière de la salle de bain était allumée, mais la porte était juste entrouverte. Le garde était visible mais ne pouvait pas voir.

– Où êtes-vous? dit-il. Restez calme. Elle ne vous emmènera nulle part.

Le garde n'eut pas le temps d'en dire plus. Marie avait abattu la poignée du lit sur la base de son crâne de toutes ses forces, comme lorsque enfant elle maniait le fouet pour rentrer le bétail dans le ranch de son père. Le garde s'évanouit. Elle s'agenouilla près de lui et s'affaira à toute vitesse.

Le Chinois était musclé mais ni large ni grand. Marie n'était pas très large d'épaules, mais elle était grande. En tirant un peu sur les manches et le pantalon, les vêtements du garde conviendraient pour une fuite rapide, mais ses cheveux posaient un vrai problème. Elle examina la pièce. Elle entendait la voix de Jason lui chuchoter : étudie tout. Tu finiras par trouver quelque chose que tu pourras utiliser. Elle trouva. Pendue à une barre chromée près de la table de nuit, une serviette éponge. Elle la prit, aplatit ses cheveux et enroula la serviette autour. Cela paraissait légèrement ridicule, et n'aurait pas résisté à un examen approfondi, mais cela ressemblait vaguement à un turban.

En chaussettes et en slip, le garde se mit à grogner et commença à se relever. Mais il sombra à nouveau, inconscient. Marie se précipita sur le placard, arracha ses vêtements qu'elle roula en boule et s'approcha de la porte qu'elle n'ouvrit que de quelques centimètres. Deux infirmières, une orientale et une européenne, discutaient dans le couloir. La Chinoise n'était pas celle qui était revenue la voir. Une autre infirmière apparut, fit un signe de tête aux deux autres et disparut par une porte de l'autre côté du corridor. C'était une réserve de linge. Un téléphone se mit à sonner sur le bureau placé à vingt mètres de là, au bout du couloir. Juste avant ce bureau, un couloir perpendiculaire. Un panneau marqué *Sortie* pendait au plafond, une flèche pointée vers la droite. Les deux infirmières qui discutaient se dirigèrent vers le bureau. La troisième sortit de la réserve, les bras chargés de draps propres.

La meilleure façon de s'échapper est de procéder par étapes, en se servant au maximum de la confusion... La voix de Jason résonnait dans sa tête...

Marie se glissa hors de la chambre et entra dans la réserve de linge. Elle ferma la porte derrière elle. Soudain, un rugissement de protestation la fit sursauter. Elle se figea. Elle entendit les talons claquer, s'approcher. Puis d'autres bruits de pas.

— Le garde! hurlait l'infirmière chinoise en anglais. Où est ce salopard?

Marie ouvrit la porte de la réserve. Trois infirmières excitées lui tournaient le dos. Elles entrèrent dans sa chambre.

— Quoi? Il s'est déshabillé! Ah, le salaud! *Zang sile!* Dégueulasse! vite, la salle de bain!

— Vous, hurla le garde. Vous l'avez laissée s'enfuir! Je ferai mon rapport à mes supérieurs!

— Lâche-moi. Salaud! Menteur!

— Vous êtes une communiste! De Pékin! hurlait le garde.

Marie se glissa hors de la réserve, cachant son visage derrière une pile de serviettes et courut jusqu'au couloir perpendiculaire, jusqu'au panneau *Sortie*.

— Appelez le major Lin! J'ai attrapé une communiste infiltrée!

— Appelez la police! Ce type est un satyre! hurlait l'infirmière.

Une fois sortie de l'hôpital, Marie courut dans le parking, s'enfonça dans la partie la plus sombre puis s'arrêta, essoufflée, entre deux voitures. Il fallait qu'elle évalue sa situation. Elle ne pouvait commettre aucune erreur. Elle posa les serviettes et ses vêtements et fouilla les poches du pantalon du garde. Elle cherchait un portefeuille. Elle le trouva, l'ouvrit et compta l'argent qu'il contenait. Il renfermait un peu plus de six cents dollars de Hong-kong, c'est-à-dire un peu moins de cent dollars américains. Un peu juste pour une chambre d'hôtel. C'est à ce moment qu'elle trouva la carte de crédit. *Ne partez pas sans elle...* S'il le fallait, elle pourrait se servir de cette carte pour prendre une chambre. Elle conserva l'argent et la carte, remit le portefeuille dans la poche et commença à changer de vêtements tout en surveillant les allées et venues de l'entrée de l'hôpital. Pas mal de monde entrait et sortait, ce qui pour elle représentait une sécurité relative.

Soudain une voiture déboula à toute vitesse dans le parking et ses pneus crissèrent lorsqu'elle s'arrêta devant l'entrée des urgences. Accroupie derrière une voiture, Marie aperçut, à travers les vitres, le gros major et le médecin anglais qui couraient vers l'entrée. Lorsqu'ils eurent disparu à l'intérieur, elle traversa le parking en courant et s'élança dans les rues.

Elle marcha pendant des heures, puis s'arrêta dans un fast food et engloutit des hamburgers jusqu'à ce qu'elle n'en puisse plus. Elle se rendit aux toilettes et contempla son visage dans la glace. Elle avait perdu du poids et ses yeux étaient cerclés de noir, mais, malgré tout, elle était encore elle-même. Ces satanés cheveux! Ils allaient retourner Hong-kong pour la trouver et les premiers éléments de description seraient sa taille et ses cheveux. Elle ne pouvait rien faire quant à sa taille, mais elle pouvait modifier sa chevelure. Elle entra dans un drugstore pour acheter des épingles à cheveux. Puis, se souvenant de ce que Jason lui avait demandé de faire à Paris quand sa photo était parue dans les journaux, elle tira ses cheveux en arrière, en fit un chignon et les aplatit au maximum en haut de son crâne. Résultat, son visage prenait un air beaucoup plus sévère, renforcé par sa maigreur et l'absence de maquillage. C'était l'effet que David avait voulu à Paris... Non, se dit-elle, ce n'était pas David à Paris. C'était Jason Bourne. Et il faisait nuit et elle n'était plus à Paris.

— Pourquoi faites-vous ça, Miss? demanda un vendeur près du miroir qui trônait sur le comptoir du rayon cosmétiques. Vous avez de si beaux cheveux...

— Oh, j'en ai assez de les démêler, c'est tout.

Marie quitta le drugstore, acheta des sandales plates à un petit marchand de rue et une imitation de sac de chez Gucci à un autre – les C était inversés. Il lui restait environ quarante-cinq dollars américains et elle n'avait aucune idée d'où elle allait passer la nuit. Il était à la fois trop tard et trop tôt pour le consulat. Une canadienne débarquant après minuit et demandant une liste du personnel déclencherait l'alarme et elle n'avait pas encore eu le temps de penser à la façon dont elle allait procéder. Où pouvait-elle aller? Elle avait besoin de sommeil. Ne bouge pas quand tu es épuisée, disait la voix de Jason. Si tu es crevée, ta marge d'erreur s'agrandit. Le repos est une arme. Ne l'oublie pas.

Elle pénétra sous une arcade où un magasin était en train de fermer. Un jeune couple américain en blue-jeans marchandait avec le propriétaire d'un stand de tee-shirts.

– Allez, mon vieux, disait le jeune homme. Tu vas bien encore faire une affaire ce soir, non? Tu vas diminuer un peu ton bénéfice, mais ça te fera encore quelques *dineros* dans la poche, pas vrai?

– Pas de *dineros*, s'écria le marchand en souriant, seulement des dollars! et vous offrez trop peu! J'ai des enfants. Vous leur enlevez le riz de la bouche!

– Il doit posséder un restaurant, dit la fille.

– Restaurant? dit le marchand. Je connais un très bon!

– T'avais raison, Lacy! dit le jeune homme en riant.

– Le troisième cousin du côté de mon père a un très bon restaurant, cuisine chinoise authentique, à deux pas d'ici! tout près, pas cher, très bon!

– Oublie cette histoire de restaurant, mon vieux, allez, quatre dollars U.S. pour les six tee-shirts. A prendre ou à laisser.

– Je prends. Et seulement parce que vous êtes trop fort pour moi, dit le marchand en saisissant les quatre billets et en fourrant les tee-shirts dans un sac en papier.

– Tu es formidable, Buzz, dit la fille en l'embrassant sur la joue. Ce type gagne encore du quatre cents pour cent!

– C'est ça le problème avec vous, les étudiants en économie! Vous n'avez aucun sens esthétique. Le plaisir de la chasse, du marchandage, du conflit verbal!

– Si jamais on se marie, je t'entretiendrai pour le restant de tes jours, ô grand négociateur!

Des occasions se présenteront, disait la voix. Sache les reconnaître. Agis sur elles.

Marie s'approcha des deux étudiants.

– Excusez-moi, dit-elle, en s'adressant d'abord à la fille. Je vous ai entendus parler et...

– J'ai été merveilleux, non? coupa le jeune homme.

– Très habile, répliqua Marie, mais je crois que votre amie a raison. Ces tee-shirts doivent lui coûter moins de vingt-cinq *cents* pièce.

– C'est du quatre cents pour cent, dit la fille en hochant la tête. Le Keystone grimpe.

– Qui ça? demanda le jeune homme.

– C'est un terme de joaillerie, expliqua Marie. C'est cent pour cent.

– Je suis entouré de matérialistes! s'écria le jeune homme. Moi, j'étudie l'histoire de l'art. Un jour je serai conservateur du *Metropolitan Museum!*

– N'essaye surtout pas de l'acheter, en tout cas, dit la fille en se tournant vers Marie. Je suis désolée, on plaisante, on vous a interrompue.

– C'est très embarrassant, vraiment, mais mon avion avait un jour de retard et j'ai loupé mon voyage organisé en Chine. L'hôtel est complet et je me demandais si...

– Vous cherchez un endroit où dormir? demanda l'étudiant en histoire de l'art.

– Oui... Franchement mes fonds sont suffisants, mais limités. Je suis professeur, dans le Maine. Professeur d'économie, malheureusement...

– Pas de quoi être désolée, dit la fille en souriant.

– Je vais rattraper mon groupe demain, mais ce n'est que demain et ce soir...

– On peut vous aider, pas vrai, Lacy?

– Bien sûr! Notre fac a des accords avec l'université de Hong-kong.

– Le service n'est pas terrible, mais le prix l'est, lui, dit le jeune homme. Trois dollars U.S. la nuit. Mais, attention, c'est antédiluvien!

– Il veut dire qu'ils sont assez puritains. Les sexes sont séparés.

– *Boys and girls,* chantonna l'étudiant en histoire de l'art... vraiment séparés, nom d'un chien, ajouta-t-il.

Marie était assise sur un lit dans l'immense pièce, sous un plafond haut de quinze mètres. Elle supposait que c'était un gymnase transformé en dortoir. Tout autour d'elle des jeunes femmes dormaient ou ne dormaient pas encore. La plupart étaient silencieuses, mais certaines ronflaient, d'autres allumaient de temps en temps une cigarette et, parfois, une silhouette se dirigeait vers la salle de bain, où les néons étaient allumés. Elle était parmi des enfants, et elle aurait voulu être une enfant, elle aussi, et oublier les terreurs qui l'encerclaient. *David, j'ai besoin de toi! Tu crois que je suis forte, mon amour, mais je n'en peux plus! Que vais-je faire? Comment vais-je faire?*

Etudie tout. Tu trouveras quelque chose à utiliser – Jason Bourne.

XIII

La pluie était torrentielle. Elle creusait le sable, frappait les projecteurs qui illuminaient le grotesque statuaire de Repulse Bay. Reproductions d'énormes dieux chinois, représentations mythiques des anciens dieux de l'Orient dans des postures furieuses, certains hauts de plus de dix mètres surplombaient la plage déserte. Mais le vieil hôtel était bourré à craquer de monde, et de l'autre côté de la route les gens s'entassaient dans le petit stand à hamburgers. Il y avait de tout, des promeneurs, des marginaux, des touristes et des autochtones qui étaient venus là boire un dernier verre ou manger un souper tardif, en contemplant les terribles statues qui repoussaient depuis des siècles les mauvais esprits venus de la mer. L'averse soudaine avait obligé tout ce monde à s'abriter à l'intérieur. La plupart attendaient la fin de l'orage pour rentrer chez eux.

Complètement trempé, Bourne était allongé sous les feuillages, à dix mètres du pied d'une de ces idoles, à mi-chemin de la plage. Il s'essuya le visage et commença à escalader les marches de béton qui menaient à l'entrée du vieil hôtel Colonial. Il attendait le troisième nom sur la liste du taipan.

Le premier avait essayé de le piéger sur le Star Ferry, où, d'un commun accord, ils avaient rendez-vous. Mais Jason, qui portait les mêmes vêtements que dans la Cité des Remparts, avait repéré ses deux gardes du corps. Ce n'était pas aussi facile que de repérer des types munis de radios, mais cela n'avait pas été bien sorcier. Au bout de trois aller retour à travers le port, Bourne ne s'était toujours pas manifesté sur les lieux du rendez-vous, un hublot bien précis à bâbord. Les mêmes deux hommes étaient passés devant son contact deux fois, murmurant brièvement quelques mots avant de reprendre position à leur poste, le regard fixé sur leur supérieur. Jason avait attendu jusqu'à ce que le ferry s'approche du port. La masse des passagers se pressait vers la passerelle de débarquement. Il avait éliminé le Chinois de droite d'un coup dans les reins en passant près de lui, mêlé à la foule, puis il l'avait frappé à la base du crâne avec son lourd presse-papiers de cuivre. Les passagers, eux, se précipitaient vers le quai. Bourne avait alors traversé le bateau jusqu'à tribord. S'approchant de l'autre garde du corps, il lui avait collé son revolver dans l'estomac et l'avait fait reculer jusqu'à la poupe. Il avait courbé le type en arrière et l'avait poussé par-dessus bord, à l'instant précis où le sifflet du bateau déchirait la nuit. Il s'était alors dirigé vers son contact, qui attendait toujours devant la fenêtre au milieu du ferry.

— Vous avez tenu parole, dit Jason. Excusez-moi, je suis en retard.

— C'est vous qui m'avez appelé? avait dit le contact, en regardant les vêtements de Bourne d'un air méprisant.

— C'est moi.

— Vous ne ressemblez pas à quelqu'un qui détient les sommes dont vous avez parlé!

— Les apparences peuvent être trompeuses, répondit Bourne en sortant une liasse de billets américains. Le chiffre mille était bien visible sur les coins.

— C'est bien vous, avait dit le Chinois en regardant par-dessus l'épaule de Jason. Qu'est-ce que vous voulez?

— Des informations sur un homme qui vend ses services et qui se fait appeler Jason Bourne.

— Vous vous êtes trompé d'adresse.

— Je saurai être généreux.

— Je n'ai rien à vendre.

— Oh si, avait dit Bourne en rangeant l'argent et en sortant son arme, collé à l'homme, tandis que les passagers pour Kowloon montaient à bord.

— Ou vous me dites ce que je veux savoir gratuitement, ou vous me le dites pour sauver votre peau.

– La seule chose que je sache, c'est que mes gens ne toucheront pas à cet homme!

– Et pourquoi ça?

– Ce n'est pas le même homme!

– Quoi?

– Il prend des risques qu'il n'aurait jamais pris avant, avait dit le Chinois en regardant toujours au-dessus de l'épaule de Bourne, le visage luisant de sueur. Il est revenu, après deux ans d'absence. Qui sait ce qui lui est arrivé?... L'alcool, les narcotiques, une maladie vénérienne... Il a changé...

– De quels risques parlez-vous?

– Il est entré dans un cabaret de Tsim Sha Tsui – il y a eu une émeute, la police était en route. Et pourtant il est entré, et il a abattu cinq hommes! Il aurait pu se faire prendre, ses clients se seraient fait repérer! Il n'aurait jamais fait une chose pareille il y a deux ans.

– Vous pourriez enchaîner les séquences dans l'autre sens, dit Jason Bourne. Il aurait pu entrer, déguisé, et entamer l'émeute. Puis il tue les cinq hommes, change d'aspect et sort en profitant de la confusion.

L'Oriental avait regardé Bourne dans les yeux, pas longtemps, soudain beaucoup plus effrayé qu'auparavant.

– Oui, j'imagine que c'est possible.

Sa voix était devenue un trémolo, il avait secoué la tête, au bord de la panique.

– Comment peut-on trouver ce Bourne?

– Je ne sais pas, je le jure, sur tous les esprits! Pourquoi me posez-vous toutes ces questions?

– Comment? avait répété Jason, s'appuyant sur le type, le canon de son arme enfoncé dans son abdomen. Même si vous ne voulez pas y toucher, vous savez comment l'atteindre, le joindre! Allez, où ça?

– Oh, Dieu des chrétiens!

– Je m'en fous, de ton Dieu! Où est Bourne?

– A Macao! avait chuchoté le Chinois. C'est ce qu'on dit. C'est tout ce que je sais...

Le Chinois n'arrêtait pas de regarder de droite à gauche.

– Si tu cherches tes deux gardes du corps, ne t'en fais

pas pour eux. Il y en a un dans une manche à air, là-bas, et j'espère que l'autre sait nager...

– Ces hommes étaient... Qui êtes-vous ?

– Je crois que tu peux le deviner, avait répondu Bourne. Retourne à l'arrière du ferry et restes-y. Si tu t'approches de la proue avant qu'on arrive au quai, tu ne prendras plus jamais le ferry.

– Mon Dieu, vous êtes...

– Si j'étais toi, je n'achèverais pas cette phrase.

Le deuxième nom sur la liste était assorti d'une étrange adresse, un restaurant sur Causeway Bay, spécialisé dans la cuisine française. D'après les notes de Yao Ming, l'homme se faisait passer pour le directeur, mais était en réalité le propriétaire, et la plupart des garçons et des serveurs étaient aussi habiles au revolver que pour servir les clients. L'adresse personnelle du contact était inconnue. Il faisait toutes ses affaires dans le restaurant et on le soupçonnait de ne pas avoir de domicile fixe. Bourne était revenu à l'hôtel Peninsula, après avoir jeté sa veste et son chapeau, et avait traversé le hall à toute vitesse pour prendre l'ascenseur. Un couple très bien mis avait tenté de masquer leur surprise devant son aspect. Il leur avait souri, avant de s'excuser.

– Une chasse au trésor... C'est idiot, non ?

Dans sa chambre, il s'était permis quelques instants de redevenir David Webb. C'était une erreur. Il ne pouvait supporter la conscience de Webb. Il ne pouvait se permettre de cesser d'être Bourne. *Je suis Jason Bourne. Il le faut. Il sait quoi faire, je ne le sais pas !*... Il s'était douché pour se débarrasser de la crasse de la Cité des Remparts et de l'humidité oppressante du Star Ferry. Il s'était rasé pour effacer les ombres de son visage et s'était habillé pour un souper au restaurant français.

Je le trouverai, Marie ! Je te le jure ! Je le trouverai ! C'était David Webb qui faisait cette promesse, mais c'était Jason Bourne qui hurlait silencieusement, enragé.

Le restaurant ressemblait à un grand hôtel rococo de l'avenue Montaigne, inattendu à Hong-kong. Des chandeliers alambiqués pendaient du plafond, des bougies éclairaient les tables où brillaient argenterie et cristal, d'un goût exquis.

– J'ai bien peur que nous n'ayons pas de table ce soir, dit le maître d'hôtel, apparemment le seul Français en vue.

– On m'a dit de demander Jiang Yu et de dire que c'était urgent, avait répliqué Bourne, une coupure de cent dollars américains dans la main. Croyez-vous qu'il pourrait me trouver quelque chose, si ceci aide à le trouver?

– Je vais vous trouver quelque chose, monsieur, avait dit le maître d'hôtel en serrant subtilement la main de Jason pour prendre le billet. Jiang Yu est un membre éminent de notre petite communauté, mais c'est moi qui place les hôtes. *Vous comprenez?* avait-il achevé, en français.

– *Absolument,* avait répliqué Bourne en français également.

– Bien! Par ici, monsieur...

Bourne ne devait pas avoir le temps de dîner. Les événements s'étaient enchaînés trop vite. Quelques minutes après qu'on lui eut servi l'apéritif, un grand Chinois en costume noir s'était approché de sa table. Il avait l'air bizarre, avait pensé David Webb. Quelque chose dans le teint de sa peau et l'écartement de ses yeux. Plus malais que chinois...

Arrête! avait ordonné la voix de Bourne. *Ce genre de réflexion ne nous sert à rien!*

– Vous m'avez demandé, avait dit le directeur, scrutant le visage de son interlocuteur. En quoi puis-je vous être utile?

– En vous asseyant, d'abord.

– Je n'ai pas l'habitude de m'asseoir avec mes clients, monsieur.

– Etant donné que vous êtes le propriétaire, je ne vois pas qui pourrait vous faire des remarques. Asseyez-vous, je vous prie.

– Est-ce encore une intrusion du Bureau des Taxes? Si c'est le cas, profitez de votre dîner, mais je ne paierai pas l'addition. Mes livres de comptes sont impeccables.

– Si vous me prenez pour un Anglais, vous vous trompez. Et, en fait d'intrusion, si vous pensez qu'un demi-million de dollars ne vaut pas la peine d'une conver-

sation, alors tirez-vous et laissez-moi dîner, avait répliqué
Bourne en soulevant son verre de la main gauche. Sa main
droite était sous la table.

— Qui vous a envoyé? avait demandé le Chinois en
s'asseyant.

— Mettez-vous en face de moi. Je n'aime pas les oreilles
indiscrètes.

— Bien sûr, avait fait Jiang Yu en se plaçant juste en
face de Bourne. Qui vous a envoyé?

— Vous aimez les films américains? Les westerns?

— Bien sûr, j'adore les films américains et surtout les
westerns. Ils sont à la fois si poétiques et si violents.

— Eh bien, vous êtes dans un western, là, maintenant.

— Je vous demande pardon?

— J'ai un revolver tout à fait spécial sous la table. Il est
pointé sur votre entrejambe, avait dit Bourne en soulevant
une seconde la nappe pour que l'autre puisse voir le bout
du silencieux. Il est muni d'un de ces gadgets qui réduisent
le bruit d'un quarante-cinq au pop d'un bouchon de
champagne. Mais pas l'impact. *Liao jie ma?*

— *Liao jie*..., souffla l'Oriental, tremblant de peur. Vous
êtes du Spécial Branch?

— Je travaille pour moi seul.

— Il n'est plus question d'un demi-million de dollars,
alors?

— Ça dépend à combien vous estimez votre vie.

— Pourquoi moi?

— Vous êtes sur une liste...

— Des gens à exécuter? avait chuchoté le Chinois, en
s'étranglant à moitié, le visage tordu de peur.

— Ça dépend de vous.

— Il faut que je vous paye pour que vous m'épar-
gniez?

— Dans un sens, oui.

— Je n'ai pas un demi-million de dollars dans mes
poches! Ni même dans la caisse ici!

— Alors payez-moi autrement.

— Comment? Combien?

— Des informations...

— Quelles informations? s'écria le Chinois toujours en
proie à la panique. Pourquoi êtes-vous venu me trouver,
moi?

– Parce que vous avez fait affaire avec un homme que je veux trouver. Celui qui se fait appeler Jason Bourne.

– Non! Jamais!

Les mains de l'Oriental s'étaient mises à trembler. Les veines de sa gorge battaient et ses yeux évitaient ceux de Bourne. Il mentait.

– Vous mentez, avait dit Bourne très tranquillement en avançant son bras droit sous la table. Vous avez fait la connexion à Macao.

– Macao, oui! Mais je n'ai pas fait de connexion, je le jure. Sur les tombes de ma famille, sur mes ancêtres!

– Vous allez y perdre votre estomac et votre vie. On vous a envoyé à Macao pour entrer en contact avec lui.

– On m'y a envoyé, oui. Mais je ne l'ai jamais joint!

– Prouvez-le-moi. Comment deviez-vous entrer en contact?

– Le Français... Je devais me tenir en haut des marches des ruines de la basilique Saint-Paul. Je devais porter un foulard noir autour du cou et attendre qu'un homme vienne – un Français – et s'attarde devant la beauté des ruines. Je devais alors lui dire les mots suivants : Caïn est pour Delta. S'il répondait : « Et Carlos est pour Caïn », je devais l'accepter en tant que contact devant me mener à Jason Bourne. Mais je vous jure qu'il n'est jamais...

Bourne n'avait pas entendu la suite des protestations du Chinois. Ça explosait dans sa tête, son esprit était comme rejeté dans le passé. Une lumière blanche aveuglante brouillait son regard. Le vacarme était insupportable. *Caïn est pour Delta! Et Carlos est pour Caïn!... Caïn est pour Delta! Delta One est Caïn! Méduse attaque! Le serpent mue et quitte sa peau. Caïn est à Paris et Carlos sera à lui!*

C'étaient les phrases, les codes, le défi lancé à Carlos le Chacal.

Je suis Caïn et je te suis supérieur! Je suis ici! Viens me chercher, Chacal! Je te défie. Caïn tue mieux que toi! Tu ferais mieux de me trouver avant que je te trouve, Carlos. Tu n'es pas de taille à lutter contre Caïn!

Qui, à l'autre bout du monde, ici, pouvait connaître ces mots – et comment? Ces phrases codées étaient enfouies dans les plus secrètes archives des opérations clandestines! Ces phrases étaient un lien direct avec Méduse!

Bourne avait failli appuyer sur la détente de son arme,

tant le choc de cette révélation avait été soudain. Il ôta son index de la détente. Il avait failli tuer un homme parce qu'il venait de lui livrer une information extraordinaire. Mais comment était-ce possible? Qui était le contact menant à « Jason Bourne », qui était cet homme qui savait tant de choses?

Il fallait qu'il se calme, il le savait. Son silence allait le trahir, trahir sa stupéfaction. Le Chinois le fixait. L'homme avait déjà la main sur le bord de la table.

— Retire ça, sinon je te fais sauter les couilles et l'estomac, avait dit Bourne en reprenant ses esprits.

L'Oriental sursauta et ramena très vite sa main.

— Ce que je vous ai dit, c'est vrai, balbutia le Chinois. Le Français n'est jamais venu. S'il était venu, je vous dirais tout. Vous feriez la même chose à ma place. Je ne fais que me protéger.

— Qui vous avait envoyé prendre ce contact? Qui vous a donné les mots de code à utiliser?

— Tout ceci me dépasse largement, comprenez-le. Tout est fait par téléphone grâce à des tierces personnes qui ne connaissent que l'information qu'ils transmettent. La seule preuve d'intégrité tient aux fonds qu'on me verse.

— Qui paye? Comment arrivent-ils?

— Quelqu'un, c'est-à-dire personne. Un type engagé secrètement. Un hôte, un client, qui vient mêlé à un groupe de dîneurs. Il demande le directeur. Je viens lui dire bonsoir et pendant notre conversation il me glisse une enveloppe. Je reçois dix mille dollars américains pour joindre le Français.

— Et alors? Comment tu le joins?

— Il faut aller à Macao, au casino Kam Pek, dans le centre. C'est pratiquement réservé aux Chinois, pour les jeux de *fan-tan* et de *dai-sui*. Il faut aller à la table numéro 5 et laisser le numéro d'un hôtel de Macao – jamais un téléphone privé – et un nom, n'importe quel nom, sauf le vôtre, bien sûr.

— Il t'appelle à ce numéro?

— Ça dépend. On reste vingt-quatre heures à Macao. S'il n'a pas appelé, c'est que le Français n'a pas le temps, qu'il est trop demandé.

— Ce sont les règles?

— Oui. Deux fois on ne m'a pas appelé, et la seule fois

où on m'a fixé rendez-vous, il n'est pas venu sur les marches de la basilique Saint-Paul, à Calcada.

— Pourquoi personne n'est venu?

— Je n'en ai pas la moindre idée. Peut-être a-t-il trop de travail pour son maître-assassin. Peut-être ai-je dit ce qu'il ne fallait pas les deux premières fois. Peut-être a-t-il vu des gens bizarres à Calcada, des hommes qu'il pensait être à moi. Il a peut-être eu peur. Il n'y avait personne, bien sûr, mais c'était sans appel.

— Table 5. Les croupiers, dit Bourne.

— Les croupiers changent constamment. C'est la table qui compte. Une mise, j'imagine. A partager. Et il n'entre jamais au Kam Pek lui-même. Il paye une pute dans la rue pour entrer à sa place. Il est très prudent, très professionnel.

— Tu connais quelqu'un d'autre qui a essayé d'entrer en contact avec ce Bourne? Je saurai si tu mens...

— J'en suis certain. Vous êtes un obsédé – mais ça ne me regarde pas – et vous m'avez piégé dès le début. Non, je ne connais personne. C'est la vérité, car je n'ai aucune envie de voir mes intestins répandus au son d'un bouchon de champagne.

— Tu n'aurais pas pu résumer mieux la situation. Pour parler comme quelqu'un que je connais, je crois que je te crois.

— Croyez-moi, monsieur. Je ne suis qu'un courrier – un peu cher peut-être – mais rien qu'un courrier.

— Tes serveurs, eux par contre...

— Il me semble qu'ils n'ont rien remarqué...

— Tu vas quand même m'accompagner jusqu'à la porte, avait conclu Jason Bourne.

Et maintenant, il y avait le troisième nom de la liste, un troisième homme, sous la pluie battante de Repulse Bay.

Le contact avait répondu au code, en français :

— *Ecoutez bien, monsieur* : Caïn est pour Delta et Carlos est pour Caïn.

— On devait se rencontrer à Macao! avait crié l'homme au téléphone. Où étiez-vous?

— Occupé, avait dit Jason Bourne.

— Vous allez sûrement arriver trop tard. Mon client

dispose de très peu de temps et c'est une personnalité connue. Il a entendu dire que votre homme agit ailleurs. Il est préoccupé. Vous aviez promis, *Frenchie* !

– Où croit-il que mon homme est allé ?

– Accomplir une autre mission, bien évidemment. Il est au courant des détails !

– Il se trompe. L'offre est toujours valable et le prix maintenu.

– Rappelez-moi dans quelques minutes. Je vais parler à mon client et voir si l'affaire l'intéresse toujours.

Bourne avait rappelé quelques minutes plus tard. L'accord avait été passé. Le rendez-vous établi. Repulse Bay. Une heure. La statue du dieu de la Guerre, à mi-chemin de la plage, sur la gauche vers la jetée. Le contact devait porter un foulard noir autour du cou. Le code restait le même.

Jason regarda sa montre. Il était 1 h 12. Le contact était en retard, et la pluie n'était pas un problème ; c'était au contraire un avantage, une protection naturelle. Bourne avait examiné les alentours scrupuleusement, partant de la statue et faisant des cercles de plus en plus grands. Il n'y avait rien d'anormal. Aucun piège en vue.

Le *Zhongguo ren* apparut, les épaules rentrées pour se protéger de l'averse, comme si la forme donnée à son corps pouvait effacer les milliards de gouttes qui tombaient du ciel. Il courait le long du sentier menant à la statue du dieu de la Guerre et il s'arrêta brusquement lorsqu'il atteignit l'énorme idole. Il s'écarta des rayons des projecteurs qui éclairaient la statue, mais le peu que Jason avait pu voir de son visage reflétait sa colère de ne trouver personne.

– Frenchie ! Hé, Frenchie !

Bourne s'élança à travers les feuillages jusqu'aux marches, vérifiant une fois de plus avant d'entrer en contact, afin de réduire sa vulnérabilité. Il fit le tour de l'énorme piédestal de pierre qui bordait les marches et jeta un coup d'œil vers le sentier qui menait à l'hôtel. Il vit ce qu'il avait osé espérer ne pas voir ! Un homme en imperméable sortait de l'hôtel Colonial. Il tira quelque chose de sa poche. Il y eut un éclair de lumière très bref... Auquel un autre éclair répondit immédiatement, venu d'une des fenêtres du hall de l'hôtel. Des lampes stylo. Des signaux. Un éclaireur était en route pour un poste avancé, et son relais confirmait le contact. Jason fit demi-tour et reprit le même chemin à travers les feuillages.

— Frenchie? Où êtes-vous?

— Par ici!

— Pourquoi ne répondiez-vous pas? Où ça?

— Tout droit. Les buissons en face de vous, vite!

Le contact approchait des feuillages. Il était à portée de sa main. Bourne bondit et le saisit, le fit pivoter et le poussa plus avant dans les broussailles trempées, en lui collant la main sur la bouche.

— Si tu veux vivre, pas un bruit!

Dix mètres plus avant dans les fourrés, Jason aplatit le contact contre le tronc d'un arbre.

— Qui est avec toi? demanda-t-il sèchement, en ôtant lentement sa main de la bouche de l'homme.

— Avec moi? Il n'y a personne avec moi!

— Ne mens pas! fit Bourne en sortant son automatique et en écrasant le bout du silencieux sur la gorge du contact. Le Chinois se cogna la tête contre l'arbre, les yeux écarquillés, la bouche grande ouverte. Je n'ai pas de temps à perdre avec des pièges, poursuivit Jason. Je n'ai pas le temps!

— Il n'y a personne avec moi! Ma parole est ma seule sauvegarde dans ce genre d'affaire! Je vous donne ma parole! Sans elle je n'ai plus de métier!

Bourne scruta le visage de cet homme. Il remit son automatique dans sa ceinture, saisit le contact par le bras et le propulsa vers la droite.

— Tais-toi! Viens...

Quatre-vingt-dix secondes plus tard, Jason et le contact avaient rampé sous les buissons trempés jusqu'au bord du sentier à une douzaine de mètres à l'ouest de l'idole massive. L'averse couvrait les bruits qu'on aurait pu entendre par temps sec. Soudain, Bourne saisit l'épaule de l'Oriental, et l'arrêta. Plus haut, l'éclaireur était visible. Il venait de s'aplatir près du bord du sentier, une arme à la main. Pendant un instant, il traversa un rayon des projecteurs qui éclairaient la statue, avant de disparaître. Cela dura une fraction de seconde, mais c'était suffisant. Bourne regarda le contact.

Le Chinois était stupéfait. Il ne parvenait plus à détacher son regard de la tache lumineuse que l'éclaireur venait de traverser. Ses pensées se bousculaient. Sa terreur grandissait. C'était dans son regard.

— *Shi... Jiagian!* murmura-t-il.

— En anglais, on appelle ça un exécuteur? dit Jason.

— *Shi!...* Oui.

— Dis-moi. Qu'as-tu amené?

— Tout, répondit le contact, en état de choc. Le premier versement, les instructions... Tout.

— Un client n'envoie pas d'argent s'il va tuer l'homme qu'il engage.

— Je sais, dit le contact doucement.

Il hocha la tête et ferma les yeux avant d'ajouter :

— C'est moi qu'ils veulent tuer.

Les mots qu'il avait dits à Liang sur la jetée du port avaient été prophétiques, songea Bourne. « ... Ce n'est pas un piège pour moi... C'est pour toi... Tu as fait ton travail et ils ne peuvent pas laisser de traces... Ils n'ont plus besoin de toi... »

— Il y en a un autre dans l'hôtel. Je les ai vus se faire des signaux. C'est pour cela que je ne pouvais pas te répondre.

L'Oriental se tourna et regarda Jason. Il ne s'apitoyait pas sur lui-même. Cela se lisait dans ses yeux.

— Les risques du métier, dit-il simplement. Comme on dit chez moi, je vais aller rejoindre mes ancêtres et j'espère qu'ils sont moins idiots que les vivants. Tenez...

Le contact fouilla dans sa poche et en sortit une enveloppe.

— Tout est là.

— Tu as vérifié?

— Seulement l'argent. Et il y est. Je ne me permettrais pas un rendez-vous avec le Français sans m'en tenir à ses exigences. Le reste, je m'en fous.

Soudain l'homme fixa Bourne, clignant des yeux sous la pluie battante.

— Mais vous n'êtes pas le Français!

— Doucement, dit Jason. Les choses vont un peu vite pour toi ce soir.

— Qui êtes-vous?

— Quelqu'un qui vient juste de te faire entrevoir la réalité. Combien as-tu apporté?

— Trente mille dollars américains.

– Si ce n'est que le premier paiement, la cible doit être quelqu'un d'important.

– Je le suppose, oui.

– Garde-les.

– Quoi? Qu'est-ce que vous dites?

– Je ne suis pas le Français, tu te souviens?

– Je ne comprends pas.

– Je n'ai même pas besoin des instructions. Je suis certain que quelqu'un comme toi saura en tirer un avantage. Un homme paye bien pour une information qui peut l'aider. Il paye sacrément plus pour sa vie.

– Pourquoi faire une chose pareille?

– Parce que rien de tout ça ne me concerne. Je n'ai qu'un objectif. Je veux l'homme qui se fait appeler Bourne et je n'ai pas de temps à perdre. Je te fais cadeau des trente mille dollars, des instructions et d'un dividende supplémentaire – je vais te sortir d'ici vivant, même si je dois laisser deux cadavres dans la baie; je m'en fous. Mais tu dois me donner ce que j'ai demandé au téléphone. Tu disais que ton client affirmait que l'assassin du Français allait quelque part. Où? Où est Bourne?

– Vous parlez si vite...

– Je te l'ai dit. Je n'ai pas le temps! Parle. Si tu refuses je te laisse là et ton client te tuera. Choisis.

– Shenzen, dit le contact, comme si ce mot l'effrayait.

– En Chine? La cible est à Shenzen?

– On peut le supposer. Mon client a des informateurs dans Queens's Road.

– Qu'est-ce que c'est que ça?

– Le consulat de la République populaire. Un visa très spécial a été délivré. Apparemment il a été accepté par les plus hautes autorités de Pékin. L'informateur ne savait pas pourquoi, et quand il a posé la question, on l'a changé de département. Il a rapporté ça à mon client. Pour de l'argent, bien sûr.

– Qu'est-ce que ce visa avait d'inhabituel?

– Il n'y a pas eu d'attente et le demandeur n'est pas venu au consulat. Cela ne s'est jamais produit auparavant.

– Ce n'est rien qu'un visa.

– En République populaire il n'existe pas de choses

comme « rien qu'un visa ». Surtout pour un Blanc voyageant seul avec un passeport douteux issu à Macao.

– Macao?

– Oui.

– Quelle est la date d'entrée?

– Demain. La frontière à Lao Wu.

Jason étudiait le contact.

– Tu disais que ton client a un informateur au consulat. Toi aussi?

– Ce à quoi vous pensez coûterait énormément d'argent, car le risque est gros.

Bourne leva la tête et regarda à travers les rideaux de pluie. L'idole baignait dans la lumière des projecteurs. Il y eut un mouvement. L'éclaireur cherchait sa cible.

– Attends-moi ici, dit-il.

Le train du matin mettait à peine une heure de Kowloon au poste frontière de Lao Wu. Mais il fallait quelques secondes pour se rendre compte qu'on était en Chine.

Vive la République populaire de Chine!

Il n'y avait pas besoin de point d'exclamation, les garde-frontière en tenaient lieu. Ils étaient rigides, soupçonneux et désagréables. Ils tamponnaient les passeports avec la fureur imbécile d'adolescents hostiles. Néanmoins, il y avait un système d'accueil supplémentaire amélioré en la personne d'une phalange de jeunes femmes en uniforme, qui se tenaient, souriantes, derrière plusieurs longues tables recouvertes de prospectus exaltant les beautés et les vertus de leur pays et de son système. Si leur attitude était hypocrite, cela ne se voyait pas.

Bourne avait payé sept mille dollars américains au contact trahi pour son visa. Il était valable cinq jours. Le but de la visite était indiqué comme suit : investissements commerciaux dans la Zone économique, et il était renouvelable aux bureaux de l'immigration de Shenzen, avec preuve d'investissement grâce au relais d'un banquier chinois qui devait effectuer les transferts. Débordant de gratitude, et pour le même prix, le contact lui avait donné le nom d'un banquier de Shenzen qui pouvait aisément diriger les investissements de « M. Cruett ». Ledit M. Cruett demeurant toujours à l'hôtel Regent de Hong-kong. Enfin, l'homme qu'il avait sauvé sur Repulse Bay lui avait fait un cadeau supplémentaire : la description de l'homme qui voyageait avec un passeport issu à Macao. Il mesurait 1,88 m, pesait 85 kg, peau blanche, cheveux châtains. Jason avait examiné cette information, incapable de ne pas se souvenir de ce que mentionnaient ses propres papiers d'identité : 1,88 m, 86 kg, peau blanche, cheveux châtains. Une étrange peur l'avait envahi. Pas la peur de la confrontation. Il la désirait plus que tout, car il souhaitait plus que tout au monde récupérer Marie. Non, c'était plutôt l'horreur de comprendre qu'il était responsable de la création d'un monstre. Un ange de la mort, né d'un virus létal qu'il avait perfectionné dans les laboratoires de son corps et de son esprit.

C'était le premier train qui partait de Kowloon, principalement occupé par des ouvriers spécialisés et des cadres admis – autorisés – à entrer dans la Zone économique libre de Shenzen par la République populaire dans l'espoir d'y attirer des investissements étrangers. A chaque arrêt qui le rapprochait de la frontière, le train s'emplissait d'autres passagers. Bourne avait arpenté les wagons, arrêtant son regard un instant sur chaque Blanc. Il y en avait quatorze dans le train quand ils atteignirent Lao Wu. Aucun ne correspondait, même vaguement, à la description de l'homme de Macao – sa propre description. Le nouveau « Jason Bourne » devait prendre un autre train, plus tard. L'original l'attendrait de l'autre côté de la frontière. Il l'attendait, maintenant.

Pendant les quatre heures qui suivirent, Jason dut expliquer seize fois au personnel des douanes qu'il attendait un associé. Il s'était apparemment trompé d'horaire et avait pris son train trop tôt. Comme tous les gens de tous les pays, mais spécialement en Orient, le fait qu'un Américain courtois parle leur langue l'aidait beaucoup. On lui offrit quatre tasses de café, sept thés brûlants et deux des jeunes filles en uniforme avaient pouffé de rire en lui offrant un ice-cream chinois trop sucré. Il accepta tout – refuser eût été offensant et, puisque la plupart de la « bande des quatre » avait perdu non seulement la face, mais la tête, l'heure n'était plus à la rigueur, sauf pour les garde-frontière.

Il était 11 h 10. Les passagers arrivaient, s'engouffrant

dans le long couloir de barrières qui suivait l'immigration. La majorité étaient des touristes, des Blancs pour l'essentiel, ébahis d'être là. La plupart étaient rassemblés en groupes accompagnés de guides – un de Hong-kong et un de République populaire – qui parlaient un anglais, un français ou un allemand acceptable, et, avec réticence le japonais, car ces visiteurs plus riches que Marx ou Confucius n'étaient pas vraiment bienvenus. Jason étudiait chaque Blanc de plus d' 1,80 m. Mais ils étaient soit trop jeunes, soit trop vieux, soit trop gras, soit trop minces ou bien trop voyants dans leurs pantalons jaune citron et leurs vestes hawaïennes pour être l'homme de Macao.

Attends!... Là-bas!

Un homme assez âgé qui ressemblait à un touriste de taille moyenne et qui boitait légèrement venait subitement de se redresser. Il semblait plus grand! Il descendit rapidement les escaliers, traversant la foule et fila dans l'immense parking plein d'autocars, de bus et de quelques taxis qui portaient un ZHAN – libre – sur le pare-brise. Bourne se mit à courir après l'homme, bousculant les gens, se foutant de voir s'ils râlaient ou pas. C'était l'homme! L'homme de Macao!

– Hé, ça va pas, non? Ralph! Il m'a bousculée!

– Eh bien, bouscule-le, qu'est-ce que tu veux que je te dise?

– Fais quelque chose, enfin!

– Il est déjà loin...

L'homme en imperméable sauta par la portière ouverte d'une fourgonnette aux vitres teintées de noir, qui, d'après les idéogrammes qui couvraient ses flancs, appartenait à un département appelé Réserve ornithologique de Chutang. La portière glissa, le véhicule démarra aussitôt et fonça vers la sortie. Bourne était comme un forcené. Il ne pouvait pas le laisser filer! Il y avait un vieux taxi sur sa droite, moteur au ralenti. Il ouvrit la portière, accueilli par un cri.

– *Zhan!* criait le chauffeur.

– *Shi ma?* rugit Jason en brandissant assez de dollars pour assurer cinq ans de luxe en Chine populaire.

– *Aiya!*

– *Zou!* ordonna Bourne en désignant la fourgonnette qui s'engageait déjà sur le rond-point. Colle-le et tu pourras ouvrir un commerce dans la Zone, dit-il en cantonais. Je te le promets!

« ... Marie, je suis si près! Je sais que c'est lui! Je vais l'avoir! Il est à moi maintenant!... »

La fourgonnette fonçait sur la voie de sortie. Elle prit la première intersection à droite pour éviter la grande place encombrée d'autocars et de bus, évitant le flot incessant de vélos. Le chauffeur de taxi la suivit sur une sorte d'auto-route primitive pavée d'argile plus que d'asphalte. Le véhicule aux vitres teintées de noir était loin devant et attaquait un virage devant un camion à plateau qui transportait du matériel agricole lourd. Un autocar attendait sur le bas-côté et entra sur la route derrière le camion.

Bourne regarda au-delà de la fourgonnette. La route escaladait des collines. Un autre autocar apparut, derrière eux cette fois.

– *Shumchun,* fit le chauffeur.

– *Bin do?* demanda Jason.

– Le réservoir de Shumchun, répondit le chauffeur en chinois. C'est un des plus grands lacs de retenue de Chine, très, très beau. L'eau approvisionne Hong-kong et Kowloon. C'est plein de touristes en cette saison. C'est très joli en automne.

Soudain la fourgonnette accéléra. Elle grimpait une côte, s'éloignait du camion et de l'autocar.

– Tu ne peux pas aller plus vite? Dépasse l'autocar, et le camion!

– Beaucoup de virages...

– Essaye!

Le chauffeur écrasa l'accélérateur et déboîta pour doubler l'autocar. La voiture frôla le pare-chocs avant de l'autocar, obligée de se rabattre *in extremis* pour éviter un half-track de l'armée qui venait en sens inverse. Les deux soldats à l'avant du véhicule blindé et le chauffeur du car se mirent à injurier le chauffeur de taxi par leurs fenêtres.

– Putain de ta mère! hurla le chauffeur, qui jouissait de son triomphe. Triomphe de courte durée car il se retrouva coincé derrière le camion à plateau.

Ils entraient dans un virage serré. Bourne se pencha à la fenêtre pour voir au-delà du virage.

– Il n'y a rien qui vient, cria-t-il au chauffeur pour dominer le bruit du vent. Fonce! Tu peux doubler! Maintenant!

Le chauffeur s'exécuta, poussant son taxi aux limites de sa puissance. Les pneus crissèrent sur l'argile durcie et le taxi dérapa dangereusement devant le camion. Un autre virage, à gauche cette fois, et une pente très raide. En face la route était droite maintenant, grimpait une colline. La fourgonnette était invisible. Elle avait disparu en haut de la crête.

– *Kuai!* cria Bourne. Tu ne peux pas aller plus vite?

– Cette voiture n'a jamais été aussi vite! Les putains d'esprits vont faire sauter le moteur. Et alors qu'est-ce que je deviendrai? Il m'a fallu cinq ans pour acheter cette machine, et mille pots-de-vin pour pouvoir conduire dans la Zone?

Jason jeta une poignée de billets sur le plancher du taxi près des pieds du chauffeur.

– Je t'en donnerai dix fois plus si on rattrape cette fourgonnette! Allez, fonce!

Le taxi bondit par-dessus la crête et aborda une longue descente qui dominait un lac immense. Au loin, Bourne voyait des montagnes aux sommets enneigés et des îles vertes parsemant l'étendue bleu-vert jusqu'à l'horizon. Le taxi s'arrêta près d'une grande pagode rouge et dorée qu'on atteignait en gravissant un long escalier de béton. Les balcons de la pagode surplombaient le lac. De petites gargotes offraient rafraîchissements et curiosités locales aux touristes qui descendaient de quatre autocars. Les guides abreuvaient leur troupeau de clients d'instructions et de mises en garde, les avertissant de ne pas se tromper de car après leur visite.

La fourgonnette aux vitres fumées n'était pas là. Bourne jeta un coup d'œil panoramique. Où était-elle?

– Qu'est-ce que c'est, cette route là-bas? demanda-t-il au chauffeur.

– Des stations de pompage. Personne n'a le droit de prendre cette route. C'est gardé par l'armée. Il y a des barbelés autour et un poste de garde.

– Attends-moi ici, dit Jason en sortant du taxi. Il se mit en marche vers la route interdite. Il aurait aimé porter une caméra ou un appareil-photo – quelque chose qui l'aurait fait passer pour un touriste. Le mieux à faire restait d'adopter la démarche hésitante et le regard intéressé d'un promeneur. Tout ce qu'il avait à observer était intéressant. Il s'approcha de la courbe qui menait à la clôture et au poste de garde. Une longue barre de métal fermait l'entrée et deux soldats discutaient, lui tournant le dos. Ils regardaient deux véhicules garés côte à côte un peu plus bas, près d'un bâtiment de béton peint en marron. L'un des véhicules était la fourgonnette, l'autre une limousine brun foncé. La fourgonnette bougea. Elle revenait vers la barrière !

Bourne réfléchissait à toute vitesse. Il n'avait pas d'arme. Il aurait été absurde d'essayer de passer la frontière avec une arme. S'il essayait d'arrêter la fourgonnette et de traîner le tueur dehors, les gardes interviendraient et ils savaient certainement tirer. Il devait donc amener l'imposteur à sortir de son propre gré. Le reste était de l'enfantillage. Il le capturerait d'une manière ou d'une autre et lui ferait repasser la frontière, d'une manière ou d'une autre. Aucun homme ne pouvait lui résister. Aucune gorge, aucun œil, aucun bas-ventre n'était à l'abri de ses coups. La violence l'habitait. David Webb n'avait jamais été confronté à cette réalité. Jason Bourne la vivait.

Il y avait un moyen !

Jason courut vers la courbe déserte, hors de vue des soldats. Il reprit son attitude de touriste ébahi par la beauté du paysage. Il écoutait. Le moteur de la fourgonnette passa au point mort. Les grincements signifiaient qu'on relevait la barrière. Plus que quelques secondes. Il se dissimula dans un fourré qui bordait la route étroite. La fourgonnette arrivait. Bourne mesurait ses gestes futurs.

Soudain, il jaillit devant le véhicule, l'air terrifié, puis il bondit de côté sous la fenêtre du conducteur et frappa la portière du plat de la main en poussant un cri, comme s'il avait été frappé, peut-être même tué par le choc. Il demeura allongé dans l'herbe rase. La fourgonnette s'arrêta. Le conducteur descendit, innocent prêt à protester de son innocence. Il n'eut pas le temps de proférer un son. Le bras de Jason se détendit, il saisit l'homme par la cheville et le souleva, envoyant sa tête valdinguer contre l'arrière de la fourgonnette. Le conducteur s'évanouit et Bourne le traîna hors de vue. Il aperçut une bosse sous la veste de l'homme. C'était un automatique, comme on pouvait s'y attendre étant donné la personnalité de son passager. Jason s'en empara et attendit l'homme de Macao.

Il ne se montrait pas. Ça n'était pas normal.

Bourne s'élança vers l'avant de la fourgonnette, saisit la portière côté conducteur et l'ouvrit en grand, son arme braquée.

Personne. La fourgonnette était vide.

Il revint vers le conducteur, lui cracha au visage et le gifla pour le réveiller.

— *Nali?* cracha-t-il entre ses dents. Où est l'homme qui était avec toi?

— Là-bas! répliqua le conducteur en cantonais. Dans la voiture officielle avec un homme que personne ne connaît. Epargnez ma pauvre vie! J'ai sept enfants!

— Remonte au volant, dit Bourne en soulevant le type et en le traînant vers la portière ouverte. Et file d'ici le plus vite que tu peux.

Il était inutile d'en dire davantage. La fourgonnette disparut en trombe. Jason crut même qu'il allait rater le virage qui menait à la pagode.

Un homme que personne ne connaît? Qu'est-ce que ça voulait dire? Aucune importance. L'homme de Macao était pris. Il était dans la limousine brun foncé, derrière les portes, sur la route interdite. Jason revint au taxi en courant et s'installa à côté du chauffeur. L'argent qu'il avait jeté sur le plancher avait disparu.

— Vous êtes satisfait? demanda le chauffeur. Vous allez me donner dix fois ce que vous aviez mis devant mes misérables pieds?

— La ferme, Charlie Chan! Une voiture va sortir par cette route et tu vas faire exactement ce que je te dirai. Compris?

— Vous comprenez les dix fois plus que ce que vous avez déjà laissé dans mon misérable taxi?

— C'est compris. Ça pourra même être quinze fois, si tu fais ton boulot correctement. Allez, avance. Va jusqu'à l'entrée du parking. Je ne sais pas combien de temps on va devoir attendre.

— Le temps c'est de l'argent, monsieur.

— Oh, la ferme!

L'attente ne dura qu'une vingtaine de minutes. La

limousine marron apparut et Bourne vit ce qu'il n'avait pas remarqué auparavant. Les fenêtres étaient teintées, encore plus foncées que celles de la camionnette. Les passagers étaient invisibles. Et c'est alors qu'il entendit les seuls mots qu'il n'aurait jamais voulu entendre.

– Reprenez votre argent, dit doucement le chauffeur. Je vais vous ramener à Lao Wu. Je ne vous ai jamais vu.

– Pourquoi?

– C'est une voiture gouvernementale – un véhicule officiel – et je ne la suivrai pas.

– Attends une minute! Juste une minute. Vingt fois ce que je t'ai donné, avec un bonus supplémentaire si tout se passe bien. Jusqu'à ce que je te dise autre chose, tu peux rester loin derrière elle. Je ne suis qu'un touriste qui veut se promener. Non, attends! Regarde! Mon visa dit que je suis ici pour investir de l'argent. Les investisseurs ont le droit d'aller et venir!

– Vingt fois? fit le chauffeur en regardant Jason. Quelle garantie ai-je que vous tiendrez votre promesse?

– Je vais les poser sur le siège entre nous deux. C'est toi qui conduis. Tu pourrais faire un tas de choses avec cette voiture. Je n'essaierai pas de les reprendre.

– Bon! Mais je reste loin derrière. Je connais ces routes. Il n'y a que quelques intersections.

Vingt-cinq minutes plus tard, la limousine était loin devant eux, mais en vue.

– Ils vont vers l'aérodrome, dit le chauffeur.

– Quel aérodrome?

– C'est un terrain utilisé par les officiels du gouvernement et les gens qui ont de l'argent.

– Les investisseurs de Hong-kong?

– C'est la Zone économique, ici.

– Je suis un investisseur, dit Bourne. Mon visa l'affirme. Dépêche-toi, rapproche-toi d'eux.

– Il y a cinq véhicules entre eux et nous, et nous étions d'accord pour que je reste à distance.

– Jusqu'à ce que je te dise le contraire! C'est différent, maintenant. J'ai de l'argent. J'investis en Chine!

– On nous arrêtera à la porte. Ils téléphoneront...

– J'ai le nom d'un banquier de Shenzen!

– Et est-ce qu'il a votre nom, monsieur? Et une liste des firmes chinoises avec lesquelles vous êtes en relation? Si

233

oui, vous pourrez discuter à la porte. Mais sinon, vous serez détenu pour avoir donné de fausses informations. Votre séjour en Chine risque d'être long. Des semaines, des mois...

— Il faut que je rattrape cette voiture !

— Si vous approchez cette voiture, on va vous tirer dessus !

— Bordel ! hurla Jason en anglais. Puis il revint au chinois. Ecoute-moi, je n'ai pas le temps de t'expliquer, mais il faut que je le voie !

— Ça ne me regarde pas, dit le chauffeur, froidement.

— Vas-y, engage-toi sur la route et avance jusqu'à la porte, ordonna Bourne. Je suis un client que tu as pris à Lao Wu, c'est tout. Je m'occupe du reste !

— C'est trop demander ! Je ne veux pas être vu avec quelqu'un comme vous !

— Fais ce que je te dis, lança Jason en sortant l'automatique de sous sa veste.

Les coups dans sa poitrine étaient insupportables. Bourne était devant une large baie vitrée qui dominait l'aérodrome. Cet aéroport était petit et réservé aux voyageurs privilégiés. La vision incongrue d'hommes d'affaires occidentaux portant des attachés-cases ou des raquettes de tennis énervait Jason à cause du contraste avec les gardes en uniforme, raides comme la justice. L'huile et l'eau ne se mélangeaient apparemment pas.

S'exprimant en anglais avec l'interprète qui traduisait pour l'officier responsable, il avait affirmé être un envoyé du consulat de Hong-kong qui devait rencontrer un officiel arrivant de Pékin. Il ne se souvenait pas exactement du nom de cet officiel, mais ils s'étaient déjà rencontrés brièvement au Département d'Etat et ils se reconnaîtraient sans problème. Il les avait convaincus que cette rencontre était d'une grande importance pour certains membres influents du Comité central. On lui avait remis un laissez-passer qui ne lui permettait l'accès qu'au terminal de l'aéroport, et il avait demandé si son taxi pouvait l'attendre au cas où il en ait besoin plus tard. Requête acceptée.

– Si tu veux ton argent, tu restes, avait-il dit au chauffeur en cantonais en ramassant les billets pliés posés entre eux.

– Vous avez un pistolet et des yeux en colère. Vous allez tuer.

– La dernière chose au monde que je veux faire est de tuer l'homme qui est dans cette voiture. Je ne tuerai que pour protéger sa vie, avait dit Jason.

La limousine marron n'était nulle part dans le parking. Bourne avait traversé le terminal de l'aéroport aussi rapidement que possible sans attirer l'attention, jusqu'à la baie vitrée où il se tenait maintenant. Il sentait ses tempes battre, prêtes à éclater tant la colère et la frustration le submergeaient. Car il voyait la voiture gouvernementale sur le terrain, là, devant lui. Elle était garée sur la piste à moins de vingt mètres de lui, mais un impénétrable mur de verre le séparait d'elle – et de la délivrance. Soudain la limousine redémarra et roula jusqu'à un moyen-courrier en attente sur la piste d'envol. Bourne plissa les yeux. Il regrettait l'absence de jumelles, jurant entre ses dents. Puis il se rendit compte qu'elles auraient été inutiles. La voiture avait disparu derrière la queue de l'avion.

Saloperie!

En quelques secondes l'avion se mit à rouler vers l'entrée de la piste d'envol, tandis que la voiture revenait vers le parking et la sortie.

Que pouvait-il faire? Ce n'est pas possible! Il est là! Il est « moi » et il est là!

Bourne se précipita vers le premier comptoir venu, prenant l'attitude d'un type complètement dérouté.

– L'avion qui va décoller! Je devrais être dedans! Il va à Shangai et les gens de Pékin ont dit que je devais le prendre! Arrêtez-le! Faites quelque chose!

La fille derrière le comptoir prit son téléphone. Elle composa un numéro, puis soupira de soulagement.

– Ce n'est pas votre avion, monsieur. Celui-ci va à Guangdong.

– Où ça?

– C'est la frontière de Macao, monsieur.

Jamais! Ce ne doit jamais être Macao, avait crié le taipan... Si vous allez à Macao, votre femme mourra!...

Jason resta quelques secondes immobile, comme frappé par la foudre.

Macao. La table n° 5. Le casino Kam Pek...

... S'il se rend à Macao, avait dit McAllister, cela pourrait avoir des conséquences inimaginables pour nous...

— Il faudrait l'éliminer, avait dit le major.

— Je ne peux pas employer ce mot...

XIV

— C'EST impossible! hurla McAllister en bondissant de sa chaise. C'est inacceptable! Je ne veux pas en entendre parler!

— Vous feriez mieux d'écouter, Edward, dit le major Lin Wenzu. Parce que c'est vrai. Cela s'est vraiment produit.

— C'est ma faute, ajouta le médecin anglais, debout devant le bureau d'Edward Newington McAllister, dans la villa de Victoria Peak. Tous les symptômes qu'elle montrait amenaient à un diagnostic de détérioration neurologique rapide. Perte de concentration et d'acuité visuelle, perte d'appétit et considérable perte de poids — et, encore plus significatif, des spasmes alors qu'elle perdait tout contrôle moteur. Honnêtement, j'ai pensé que le processus de dégénérescence atteignait un point critique...

— Qu'est-ce que ça signifie, bon Dieu?

— Qu'elle était en train de mourir. Oh, ce n'était pas une question d'heures ni de jours, mais ce processus semblait irréversible.

— Vous auriez pu avoir raison?

— Plus que tout au monde je voudrais ne pas m'être trompé. Je voudrais que mon diagnostic ait été juste. Pour être bref, disons qu'elle m'a bluffé.

— Elle vous a eu?

— Oui, et c'est ce qui fait le plus mal, monsieur le sous-secrétaire. Cette salope m'a joué une comédie d'enfer, alors qu'elle ne connaît même pas la différence entre un fémur et un fibrome, si ça se trouve! Tout ce qu'elle a fait était calculé. Depuis ses appels aux infirmières jusqu'à la façon dont elle a assommé le garde. Tout était planifié. Le désordre était de notre côté.

– Bon Dieu, dit McAllister. Il va falloir que j'appelle Havilland!

– L'ambassadeur? demanda Lin, les sourcils froncés.

– Oubliez ce que vous venez d'entendre, enchaîna McAllister en le regardant.

– Je ne le répéterai pas, mais je ne peux pas l'oublier. Les choses sont plus claires. L'attitude de Londres aussi. Vous parlez de quartier général, d'opération Overlord et d'une grande partie d'Olympe!

– Ne mentionnez ce nom à personne, docteur.

– Je l'ai déjà oublié. Je ne sais même pas qui il est.

– Et qu'est-ce que vous faites, maintenant? demanda McAllister à Lin Wenzu.

– Tout ce qui est humainement possible, répondit le major. Nous avons quadrillé Hong-kong et Kowloon. Nous interrogeons chaque hôtel, examinons leurs registres. Nous avons alerté la police et les garde-côtes. Tout le personnel a des copies de son signalement. Les instructions qui y sont jointes indiquent que c'est une priorité.

– Quoi? Qu'est-ce que vous dites? Comment avez-vous justifié ça?

– C'est là que j'ai pu vous aider, dit le docteur. Après l'imbécillité que j'avais faite, c'était le minimum. J'ai lancé une alerte médicale. En faisant ça, nous récupérons à notre service l'aide des équipes médicales de tous les hôpitaux, et leurs liaisons radio permanentes.

– Quel genre d'alerte médicale?

– Un minimum d'information, mais du genre à créer des soucis. On leur a dit que la femme avait séjourné sur une île qui est normalement interdite aux visiteurs pour cause d'épidémie galopante transmise par contact avec les ustensiles de cuisine sales.

– Et la rangeant dans cette catégorie, coupa Lin, notre bon docteur les a soulagés de toute hésitation. Ce n'est pas qu'ils auraient négligé leur travail, mais chaque panier a ses fruits pourris. Et on ne peut pas se le permettre. Je crois sincèrement que nous allons la retrouver, Edward. Nous savons qu'on la remarque dans une foule. Elle est grande, attirante, et ces cheveux qu'elle a... Pensez qu'il y a plus d'un millier de personnes qui la recherchent.

– J'espère que vous avez raison, bon Dieu. Mais ça

m'inquiète. Elle a reçu son premier entraînement d'un caméléon, dit McAllister.

– Je vous demande pardon?

– Ce n'est rien, docteur, dit le major. C'est un terme technique dans notre métier.

– Ah bon...

– Il me faut le dossier complet, entier!

– Quoi, Edward?

– En Europe ils ont été traqués ensemble. Maintenant ils sont séparés, mais également traqués. Qu'est-ce qu'ils ont fait à cette époque? Que vont-ils faire maintenant?

– Un schéma, un type de comportement?

– C'est toujours là que ça se passe, dit McAllister en se frottant la tempe droite. Excusez-moi, messieurs, je dois vous demander de partir. J'ai un coup de téléphone très délicat à donner.

Marie échangea des vêtements et paya quelques dollars pour d'autres. Le résultat était passable : avec ses cheveux tirés sous un chapeau mou, elle était devenue une bonne femme normale, avec une jupe longue et une blouse informe qui cachait toute forme, précisément. Des sandales plates diminuaient sa taille et le faux sac Gucci faisait d'elle une touriste un peu minable ébahie par Hong-kong. Ce qu'elle n'était absolument pas. Elle appela le consulat du Canada et on lui dit comment s'y rendre en bus. Les bureaux se trouvaient dans la Maison de l'Asie au quatorzième étage, à Hong-kong. Elle prit le bus devant l'université chinoise, traversa Kowloon et le tunnel qui menait dans l'île. Elle observait les rues avec attention et descendit au bon arrêt. Elle prit l'ascenseur, satisfaite de voir qu'aucun homme ne se retournait sur elle. Ce qui était plutôt inhabituel. C'est à Paris – avec un caméléon – qu'elle avait appris à utiliser des choses simples pour modifier son apparence. Les leçons lui revenaient en mémoire.

– Ça va vous sembler parfaitement ridicule, dit-elle d'un ton humoristique à la réceptionniste, mais il y a un cousin au deuxième degré du côté de ma mère qui est en poste ici, et j'ai promis de passer lui dire bonjour pour lui donner des nouvelles.

– Ça ne me semble pas ridicule du tout.

– Attendez, vous allez rire. J'ai oublié son nom!

Les deux femmes se mirent à rire en même temps.

– En plus, poursuivit Marie, on ne s'est jamais rencontrés et je suis certaine qu'il préfère ça, mais la famille va me tuer en rentrant si je ne l'ai pas vu.

– Vous savez dans quelle section il est?

– Quelque chose qui a à voir avec l'économie, je crois...

– Ça devrait donc être le département commercial.

La réceptionniste ouvrit un tiroir et en sortit un étroit carnet blanc avec la feuille d'érable rouge du Canada imprimée sur la couverture plastique.

– Tenez, voici notre répertoire. Pourquoi vous ne vous installez pas dans un fauteuil pour regarder...

– Merci beaucoup, dit Marie en se dirigeant vers un gros fauteuil de cuir. J'ai une sensation bizarre, ajouta-t-elle. Je suis certaine que vous, vous connaissez le nom de votre cousin au deuxième degré du côté de votre mère.

– Ma chère, je n'en ai pas, dit la réceptionniste.

Son téléphone se mit à sonner. Elle répondit.

Marie tournait les pages, lisait très vite, dévalant les colonnes de noms, cherchant un nom qui évoquerait un visage. Elle en trouva trois. Mais les visages restaient flous. Puis, à la douzième page, un visage et une voix lui sautèrent à la figure lorsqu'elle lut le nom. Catherine Staples.

Catherine cool, Catherine l'iceberg... Ces surnoms n'étaient pas justes et ne donnaient pas une idée réelle de la personne. Marie avait rencontré Catherine Staples lorsqu'elle travaillait au Trésor, à Ottawa. Elle et d'autres faisaient des conférences internes destinées au personnel des ambassades avant leur départ à l'étranger. Staples y était venue deux fois. Une fois pour se rafraîchir la mémoire sur le Marché commun... L'autre, bien sûr, avant de venir à Hong-kong! C'était treize ou quatorze mois auparavant. On ne pouvait pas dire que leur amitié fût profonde – quatre ou cinq déjeuners, un dîner offert par Catherine, un rendu par Marie –, mais Marie avait appris pas mal de choses sur cette femme qui faisait son travail mieux que beaucoup d'hommes.

Pour commencer, son rapide avancement au département des Affaires extérieures lui avait coûté son mariage. Elle avait sacrifié la vie de couple au reste de sa vie, car les exigences des voyages et des heures de travail complètement insensées étaient inacceptables pour tout homme. Tout homme valant la peine d'être épousé. Maintenant, dépassant la cinquantaine, Catherine Staples était une femme mince, grande et énergique, qui s'habillait à la mode, mais sans excentricité. Elle était professionnelle, intelligente, avec une attitude légèrement sarcastique et une haine profonde des boniments et des excuses mal placées. Elle pouvait être charmante avec des hommes et des femmes qui n'étaient pas qualifiés pour le boulot qu'ils faisaient et qui se plantaient, mais elle était sans pitié avec ceux qui leur en avaient donné l'ordre, sans se soucier de leur rang dans la hiérarchie. S'il y avait une phrase pour résumer l'officier supérieur des Affaires étrangères Catherine Staples, c'était : « Dure, mais juste. » Elle pouvait aussi être très drôle, se moquant perpétuellement d'elle-même. Marie espérait qu'elle serait juste.

— Non, il n'y a rien qui sonne familier, dit Marie en se levant du fauteuil pour ramener le répertoire à la réceptionniste. Je me sens vraiment stupide !

— Vous ne savez pas à quoi il ressemble ?

— Je n'ai jamais pensé à le demander.

— Je suis désolée.

— Et moi, donc ! Il va falloir que j'appelle Vancouver, et je vais me faire passer un de ces savons... Oh, j'ai bien vu un nom. Rien à voir avec mon cousin, mais je crois que c'est l'amie d'une amie. Une femme nommée Staples.

— L'impératrice Catherine ! Elle est là, oui. Bien que pas mal du personnel ici préférerait la voir devenir ambassadrice en Europe de l'Est. Elle leur fiche la trouille. Elle est à l'étage au-dessus.

— Oh, vous voulez dire qu'elle est ici, maintenant ?

— A dix mètres de vous. Vous voulez me donner le nom de votre amie, je vais voir si elle a le temps de vous recevoir.

Marie était tentée. Mais l'obligation de l'officialité interdisait ce raccourci. Si les choses étaient telles que Marie l'imaginait, l'alarme avait été donnée aux consulats des pays amis, Catherine Staples pourrait se sentir obligée de coopérer. C'était peu probable, mais elle se devait de maintenir l'intégrité de son travail. Ambassades et consulats cherchaient constamment les faveurs les uns des autres. Elle avait besoin de temps pour parler avec Catherine, et pas dans un cadre officiel.

— C'est très gentil de votre part, dit-elle à la réceptionniste. Mon amie sera ravie... Attendez une minute. Vous avez dit Catherine Staples?

— Oui, c'est ça. Croyez-moi, y'en a qu'une.

— Certainement, mais l'amie de mon amie s'appelle Christine. Seigneur... C'est pas mon jour, vraiment. Merci beaucoup pour tout. Je vais vous laisser travailler tranquillement.

— Mais c'était un plaisir, *honey*. Vous devriez voir ceux qui viennent se plaindre parce qu'ils ont acheté ce qu'ils croyaient être une montre Cartier au quart du prix et qu'elle ne marche pas, et quand vous leur montrez l'intérieur et qu'ils voient un élastique et un yoyo miniature...

La réceptionniste s'interrompit, apercevant soudain le faux sac Gucci que portait Marie.

— Oh, oh, dit-elle.

— Pardon? fit Marie.

— Rien rien. Bonne chance pour votre coup de téléphone à Vancouver...

Marie attendit au rez-de-chaussée de la Maison de l'Asie jusqu'à ce qu'elle n'y tînt plus, puis sortit et se mit à arpenter le trottoir devant l'entrée pendant près d'une heure. Il était un peu plus de midi et elle se demandait si Catherine prenait le temps de déjeuner — lui parler en déjeunant semblait une très bonne idée. Mais il y avait une autre possibilité, une impossibilité peut-être, quelque chose qu'elle souhaitait plus que tout au monde, une chose pour laquelle elle prierait si elle savait encore prier. David pouvait apparaître, mais ce ne serait pas David, ce serait en tant que Jason Bourne et ce pouvait être n'importe qui. Son mari, sous les déguisements de Bourne, serait bien plus malin. Elle avait eu un aperçu de son inventivité à Paris, et elle lui venait d'un autre monde, d'un monde létal où le moindre faux pas pouvait coûter la vie. Chaque mouvement était prémédité dans trois ou quatre dimensions. Et s'il fait ceci? Et s'il décide de faire ça?... L'intellect jouait, dans le monde violent, un bien plus grand rôle que les intellectuels non violents ne le supposaient. Ne l'admettraient jamais. Ce monde qu'ils jugeaient barbare leur ferait sauter la cervelle parce qu'ils ne pouvaient pas penser assez vite, ni assez en profondeur. *Cogito ergo* rien du tout. Pourquoi pensait-elle à ces choses? Elle appartenait au second monde et David également! Et soudain la réponse lui apparut, claire. On venait de les rejeter dans le premier, le monde violent et barbare. Ils devaient survivre et se retrouver...

Catherine était là! Elle sortait de l'immeuble à grands pas. Elle était à une douzaine de mètres. Marie se mit à courir. Elle bouscula quelques passants pour arriver à sa hauteur. « Essaye de ne jamais courir, cela te fait repérer », dit la voix dans sa tête. Je m'en fous! Il faut que je lui parle!

Staples traversa le trottoir. Une voiture du consulat l'attendait. La feuille d'érable rouge peinte sur les portières. Catherine Staples s'apprêta à monter à bord.

— Non, attends! s'écria Marie en fendant la foule.

Elle saisit la poignée de la portière et la maintint ouverte.

— Je vous demande pardon, fit Catherine, pendant que le chauffeur se tournait sur son siège, avec, à la main, un pistolet sorti de nulle part.

— Je t'en prie! c'est moi! Ottawa! les conférences!

— Marie? C'est toi?

— Oui, j'ai des ennuis et j'ai besoin de ton aide.

— Monte, dit Catherine Staples en s'écartant pour lui laisser la place de s'asseoir. Et rangez-moi ça, dit-elle au chauffeur. C'est une amie.

Annulant son déjeuner sous le prétexte d'une convocation d'urgence à l'ambassade de Grande-Bretagne, l'officier de renseignement Staples ordonna à son chauffeur de les laisser au début de Food Street, sur Causeway Bay. Food Street offrait le spectacle insensé de plus de trente restaurants coincés dans l'espace de deux pâtés de maisons. La circulation était interdite aux automobiles et même si elle ne l'avait pas été, il eût été impossible à un quelconque véhicule de s'y engager, étant donné la masse de piétons en quête d'une des quatre mille tables qu'on y trouvait. Catherine entraîna Marie vers l'entrée de service d'un restaurant. Elle sonna à la porte et quinze secondes plus tard la porte s'ouvrit, libérant une bouffée de milliers d'odeurs de cuisine orientale.

– Miss Staples, comme je suis content de vous voir, dit le Chinois habillé comme un chef de cuisine, un des nombreux chefs. Entrez, entrez. Comme toujours, il y a une table pour vous.

Comme elles traversaient le chaos de l'immense cuisine, Catherine se tourna vers Marie.

– Dieu merci, cette profession misérablement payée a encore quelques avantages. Le propriétaire d'ici a des parents au Québec – un superbe restaurant dans St. John's Street – et je m'assure qu'on lui renouvelle bien son visa *damn damn quick,* comme ils disent ici!

Catherine hocha la tête. Elles atteignaient les quelques tables vides à l'arrière du restaurant, près des cuisines. On les fit asseoir, et elles étaient littéralement masquées par le flot incessant de serveurs qui passaient les portes battantes. Le vacarme des centaines de conversations rendrait la leur inaudible.

– Merci d'avoir choisi un endroit comme ça, dit Marie.

– Ma chérie, répliqua Catherine de sa voix de gorge, à ton allure et à tes vêtements, on se doute que tu n'as pas envie d'attirer l'attention.

– Voilà une façon sympathique de présenter les choses. Est-ce que la personne avec qui tu devais déjeuner acceptera ton excuse facilement?

– Sans le moindre problème. La vieille Angleterre jette toutes ses forces dans la bataille en ce moment. Pékin nous achète d'énormes quantités de blé – mais tu sais ça mieux que moi, surtout en ce qui concerne les additions de dollars et de *cents* que cela provoque...

– Je ne me tiens plus trop au courant en ce moment...

– Oui, je comprends, dit Catherine Staples en regardant Marie d'un air à la fois contrit et interrogateur. J'étais ici, poursuivit-elle, quand tout ceci s'est produit mais j'ai lu les journaux européens. Les mots sont faibles pour te décrire l'état de choc dans lequel nous étions en pensant à ce que tu devais ressentir. On a tous cherché à obtenir des réponses, mais on nous disait de laisser tomber – pour ton propre salut. Ils n'arrêtaient pas de nous dire que ce que tu avais de mieux à faire c'était de rester en dehors de tout ça... Evidemment, à la fin, on a appris que toutes les charges étaient abandonnées contre toi – quelle phrase insultante, bon Dieu, après tout ce que tu avais traversé! Et puis tu as purement et simplement disparu et personne n'a plus entendu parler de toi.

– C'était la vérité, Catherine. C'était dans mon intérêt – dans notre intérêt – de rester à l'écart. Pendant des mois ils nous ont cachés et puis nous avons repris notre vie normale et civilisée dans un coin plutôt tranquille et sous un nom que peu de gens connaissent. Mais nous avions encore des gardes du corps.

– Nous?

– J'ai épousé l'homme dont on parlait dans les journaux. Tu penses bien qu'il n'avait rien à voir avec la description qu'en donnaient ces journaux. Il travaillait, dans le plus grand secret, pour le gouvernement américain. Il a donné une grande partie de sa vie pour cette étrange mission.

– Et maintenant te voilà à Hong-kong et tu me dis que tu as de nouveau des ennuis.

– Oui, je suis là, et j'ai de très sérieux ennuis.

– Puis-je supposer que ces ennuis sont liés à ce qui s'est produit l'an dernier?

– Oui...

– Qu'est-ce que tu peux me dire?

– Tout ce que je sais, parce que j'ai besoin de ton aide. Je n'ai pas le droit de te la demander si je ne te dis pas tout ce que je sais.

– J'aime les exposés succincts. Non seulement à cause de leur clarté mais également parce qu'ils définissent la personne qui les fait. Tu veux dire que, si je ne sais pas tout, je ne peux rien faire pour toi?

– Je n'avais pas envisagé les choses comme ça, mais tu as probablement raison.

– Bon. C'était une façon de te tester. Dans la « nouvelle diplomatie », la simplicité ouverte est devenue à la fois une protection et un outil. On s'en sert souvent pour masquer la duplicité, et aussi pour désarmer l'adversaire. Je fais référence aux proclamations récentes de ton nouveau pays d'adoption...

– Je suis une économiste, Catherine, pas une diplo
mate.

– En combinant les talents que tu as, tu pourrais
remettre les pendules à l'heure à Washington comme tu
aurais pu le faire à Ottawa. Mais tu perdrais la tranquillité
que tu sembles souhaiter dans ta nouvelle vie.

– Oui, nous devons l'obtenir. C'est tout ce qui compte.
Moi, je ne compte pas.

– Je te testais encore. Tu n'étais pas sans ambitions,
avant. Tu dois aimer ton mari.

– Enormément. Je veux le retrouver. Qu'on me le
rende!

Catherine Staples écarquilla les yeux, incrédule.

– Il est ici, à Hong-kong?

– Oui, quelque part. Ça fait partie de l'histoire.

– Une histoire compliquée, non?

– Très.

– Tu peux attendre un peu – c'est important je crois –,
attendre que nous soyons dans un endroit plus tranquille?

– J'ai appris la patience auprès d'un homme dont la vie
en dépendait vingt-quatre heures sur vingt-quatre.

– Mon Dieu... Dis, tu as faim?

– Je meurs de faim. Ça aussi, ça fait partie de l'histoire.
Est-ce qu'on peut commander?

– Evite les *dim sum,* ils sont trop cuits et trop frits. Mais
ils ont le meilleur canard laqué de Hong-kong... Tu peux
attendre, Marie, ou bien tu préfères partir?

– Je peux attendre, Catherine. Ma vie est en suspens.
Une demi-heure de plus ne fera aucune différence. Et si je
ne mange pas, je risque d'être complètement incohérente.

– Je sais. Ça fait partie de l'histoire...

Elles étaient face à face dans l'appartement de Catherine
Staples, chacune d'un côté d'une table basse. Elles
buvaient du thé.

– Je crois, dit Catherine, que je viens d'avoir un aperçu
du plus grand gâchis de trente ans de renseignement – dans
notre camp, bien sûr. A moins qu'il n'y ait une grave
erreur d'interprétation.

– Tu ne me crois pas?

– Au contraire, ma chérie. Tu n'aurais pas pu inventer tout ça. Tu as tout à fait raison. Tout cela est d'une logique qui frise l'absurdité.

– Je n'ai pas dit ça...

– Tu n'en avais pas besoin. Cela va sans dire. On choisit ton mari, on implante les possibilités et puis on le balance, comme une fusée nucléaire. Pourquoi?

– Je te l'ai dit. Il y a un tueur qui se fait appeler Jason Bourne – c'est le rôle que David a joué pendant trois ans.

– Un tueur est un tueur, peu importe son nom. Gengis khan, Jack l'éventreur ou Carlos le Chacal – ou même Jason Bourne. En général les pièges tendus à ces gens sont mis en place avec le consentement de ceux qui les traquent.

– Je ne comprends pas.

– Ecoute, ma chérie. C'est le vieux renard en moi qui parle. Tu te souviens quand je suis venue te voir pour me rafraîchir la mémoire sur le Marché commun?

– Oui. Je me souviens de nos dîners. Le tien était meilleur que le mien.

– Oui, effectivement. Mais j'étais là-bas, en réalité, pour apprendre comment convaincre mes contacts du bloc socialiste que je pouvais utiliser les fluctuations monétaires pour rendre les achats qu'ils allaient faire chez nous bien plus profitables pour eux. J'ai réussi. Moscou enrageait.

– Catherine, qu'est-ce que tout ça a à voir avec mon histoire?

– Attends, fit Catherine en masquant sa fermeté derrière son perpétuel sourire sympathique. Laisse-moi t'expliquer. Si tu analysais les raisons de ma présence à Ottawa à l'époque, tu aurais pu penser que j'étais là pour comprendre l'économie européenne, histoire de mieux faire mon travail. Dans un sens c'était vrai, mais ce n'était pas la seule raison. J'étais surtout là pour apprendre à me servir des fluctuations monétaires de manière à offrir les contrats les plus avantageux à nos futurs clients. Quand le Deutsche Mark montait, nous vendions en francs ou en guldens. C'était entre les lignes des contrats.

– Mais ça nous desservait, non?

– Nous ne cherchions pas le profit, nous voulions ouvrir des marchés qui nous avaient toujours été fermés. Les profits viendraient plus tard. Tu étais très claire sur la spéculation possible entre les différentes monnaies européennes. Tu nous montrais ce que cela avait de diabolique – et nous devions justement être diaboliques, mais pour la bonne cause, naturellement.

– Bon, très bien. Tu avais picoré des informations chez moi pour un but que j'ignorais complètement.

– Il fallait que cela reste secret.

– Mais qu'est-ce que ça à voir avec ce que je t'ai raconté?

– Je sens qu'il y a quelque chose de pourri, et mon nez a de l'expérience. De même que j'avais un motif secret à Ottawa quand je suis venue te voir, ceux qui te font tout ça ont une motivation plus profonde que la capture de l'imposteur qui se fait passer pour ton mari.

– Pourquoi dis-tu ça?

– C'est ton mari qui l'a dit le premier. Tout ceci est une affaire qui regarde la police, surtout la police internationale. Interpol a quand même une sacrée bonne réputation. Ils sont bien plus qualifiés pour ce genre de travail que le Département d'Etat, la CIA ou le MI-6. Les services de renseignement ne s'occupent pas, en général, de criminels de droit commun – de meurtriers ordinaires. Ils n'ont pas le temps. Tous ces trous du cul seraient obligés de dévoiler tous leurs agents secrets s'ils interféraient avec des affaires de simple police.

– Mais McAllister a dit le contraire. Il a affirmé que les meilleurs agents U.S. et britanniques étaient sur le coup. Il a dit que c'était parce que, si le tueur qui se fait passer pour mon mari descendait une personnalité politique importante d'un camp ou de l'autre, le statut de Hong-kong serait en danger immédiat. Que Pékin interviendrait instantanément en se servant du prétexte du traité de 1897. L'Oriental ne supporte pas les enfants désobéissants. Ce sont ses propres mots.

– Inacceptable et impossible à croire, rétorqua Catherine Staples. Ou ton sous-secrétaire d'Etat est un menteur ou il a un Q.I. de poulet! Il vous a donné toutes les raisons pour que les services secrets n'interviennent justement pas! Même un zeste d'action clandestine serait désastreux! Cela mettrait le feu aux poudres du Comité central. De toute façon je ne crois pas un mot de ce qu'il a dit. Londres ne l'aurait jamais autorisé. Londres n'aurait même pas permis qu'on mentionne le Special Branch.

– Tu te trompes, Catherine. Tu n'as pas fait attention. L'homme qui est venu à Washington compulser le dossier Treadstone était anglais, il appartenait au MI-6. Il a été abattu pour ce dossier.

– J'ai parfaitement compris. Mais je n'y crois pas, tout simplement. Et de plus, le Foreign Office aurait insisté pour que ce bordel demeure une affaire de simple police. Ils n'auraient jamais laissé le MI-6 à la même table qu'un inspecteur de police de seconde zone, même dans Food Street. Crois-moi, ma chérie, je sais de quoi je parle. Nous vivons une époque où on marche sur des œufs et on n'a pas de temps à perdre avec des enfantillages surtout du genre « un service de renseignement se mêle d'une sordide histoire d'assassin ». Non. On t'a amenée ici et ton mari a été forcé de suivre pour une raison complètement différente.

– Pour quelle raison, bon sang? s'écria Marie, à bout de nerfs.

– Je ne sais pas. Il y a quelqu'un d'autre, peut-être.

– Qui?

– Ça me dépasse largement.

Silence. Deux esprits d'une intelligence peu commune soupesaient les mots prononcés.

– Ecoute, dit enfin Marie, j'accepte la logique de tout ce que tu viens de dire, mais tu as dit aussi que tout ceci était d'une logique frisant l'absurdité. Suppose que j'aie raison. Que les hommes qui me tenaient prisonnière n'étaient ni des criminels ni des assassins, mais des bureaucrates qui suivaient des ordres qu'ils ne comprenaient pas. J'avais l'impression qu'ils portaient tous le mot gouvernement écrit sur le front et dans leurs explications évasives, même dans leur souci pour mon confort et ma santé. Je sais que tu penses que le McAllister que je t'ai décrit est un menteur et un dingue, mais suppose qu'il soit un menteur, mais pas un dingue? En faisant cette supposition – et je crois que c'est la vérité – nous obtenons une situation où deux gouvernements agissent de concert, dans une époque très instable. Alors?

– Alors, ils s'y sont pris comme des manches. Ils

courent au désastre, dit l'officier supérieur Catherine Staples.

— Et tout tourne autour de mon mari?

— Si tu as raison, oui.

— C'est possible, non?

— Je ne veux même pas y penser.

XV

A SOIXANTE-DIX kilomètres au sud-est de Hong-kong, au-delà des archipels du sud de la mer de Chine, s'étend la péninsule de Macao, une colonie portugaise, du moins historiquement. Elle tire ses origines du Portugal, mais c'est plutôt la richesse de la *jet set* internationale qu'on y retrouve, avec son Grand Prix annuel, ses salles de jeu et ses yachts, son luxe et son extravagance. Pourtant, il ne faut pas s'y tromper. Macao est chinois. Les commandes se trouvent à Pékin.

Jamais! N'allez jamais à Macao! L'ordre sera bref, l'exécution plus rapide encore! Votre femme mourra!...

Mais l'assassin était à Macao et le caméléon devait entrer dans cette nouvelle jungle.

Bourne, examinant tous les visages et tous les coins d'ombre du hall, avançait avec la foule vers le quai de l'hydroglisseur qui devait les emmener à Macao. Le voyage durait à peine une heure. Les passagers étaient divisés en trois catégories distinctes : les résidents de la colonie portugaise – la plupart des Chinois silencieux –, les joueurs professionnels – un mélange racial qui parlait bas quand il ouvrait la bouche, jetant sans cesse des coups d'œil vers leurs futurs adversaires –, et des noctambules attardés – touristes braillards, exclusivement blancs, presque tous beurrés, avec des chapeaux bizarres et des chemises hawaïennes.

Jason avait quitté Shenzen par le train de trois heures qui l'avait ramené à Kowloon. Voyage épuisant, car ses facultés de raisonnement étaient bouleversées, son émotion le submergeait. Jamais il n'avait été aussi proche de l'assassin imposteur! Si seulement il avait pu isoler l'homme de Macao, rien qu'une minute, il aurait pu l'avoir! Il y avait des moyens. Leurs deux visas étaient en ordre et un homme plié de douleur, la gorge assez abîmée pour lui ôter la parole, pouvait très bien passer pour un homme malade, un visiteur indésirable, contagieux, dont les autorités chinoises auraient aimé se débarrasser. Mais cela ne s'était pas produit, pas cette fois. Si seulement il avait pu le voir!

Et puis il y avait cette découverte insensée... Cet assassin, ce mythe qui n'était qu'un tueur brutal, avait des contacts étroits avec la République populaire de Chine. C'était extrêmement troublant. Car les officiels chinois qui recevaient un tel homme ne pouvaient le faire que pour se servir de lui. C'était une complication supplémentaire que David ne désirait pas. Cela n'avait rien à voir avec Marie. Or, Marie et lui étaient les deux seuls êtres dont il se souciait. La voix de Jason Bourne se fit entendre pardessus ces pensées : ramène l'homme de Macao!

Il était revenu à l'hôtel Peninsula, s'était arrêté au New World Centre pour acheter un blouson de nylon noir et une paire de baskets bleu marine. L'anxiété de David Webb devenait envahissante. Jason Bourne faisait des plans sans avoir de plan à long terme. Il avait commandé un repas léger dans sa chambre d'hôtel et l'avait à peine touché en regardant sans les voir les nouvelles à la télévision. Puis David Webb s'était allongé, avait fermé les yeux en se demandant d'où lui venaient ces mots : le sommeil est une arme. Ne l'oublie pas.

Jason Bourne s'était réveillé quinze minutes plus tard.

Il avait acheté un billet pour le bateau de 8 h 30 dans le délire de l'office central des transports, sur le Tsim Sha Tsui, en pleine heure de pointe. Afin d'être certain de n'être pas suivi – et il devait en être absolument certain –, il avait pris trois taxis différents pour se rendre à quelques rues du quai du Ferry assurant le trajet pour Macao. Il avait une heure d'avance et il avait fait le reste du trajet à pied. Ensuite il avait accompli un rituel qu'il avait été entraîné à faire. Les souvenirs de cet entraînement étaient flous, mais la pratique demeurait. Il s'était fondu dans la foule du terminal, se faufilant, faisant au revoir à un ami inexistant, fouillant ses poches, puis restant soudain immobile sur le côté du hall, se concentrant sur les mouvements derrière lui, cherchant un visage déjà aperçu auparavant, une paire d'yeux impatients braquée sur lui. Mais il n'y avait rien. Or, la vie de Marie dépendait de cette certitude, il avait donc répété encore ce rituel deux fois avant de s'arrêter enfin au bout du terminal obscur où des bancs de bois faisaient face aux docks et aux eaux du port. Il n'arrêtait pas de chercher un visage inquiet, un homme qui aurait subitement tourné le dos. Mais il n'avait remarqué personne. Il était donc libre de quitter Hong-kong et d'aller à Macao.

Il était assis à l'arrière près d'une fenêtre et il regardait disparaître au loin les lumières de Kowloon, sous le ciel illuminé. De nouvelles lumières apparaissaient, puis disparaissaient au fur et à mesure que l'hydroglisseur dépassait les îles qui appartenaient à la Chine. Il imaginait les soldats en uniforme qui s'usaient les yeux sur leurs jumelles ou leurs télescopes à infrarouge, ne sachant pas quoi chercher, mais obéissant à l'ordre de tout observer. Les montagnes des Nouveaux Territoires dominaient l'ensemble, et la lueur de la lune accentuait les formes de leurs pics et leur beauté, mais ces montagnes affirmaient autre chose : c'est ici que vous vous arrêtez. Au-delà, tout est différent. Mais ce n'était pas si différent. Des gens vendaient leurs produits sur les places de Shenzen. Les artisans prospéraient, les fermiers vendaient leur bétail et vivaient aussi bien que les classes éduquées de Pékin et Shanghai – et étaient mieux logés. La Chine changeait. Pas assez vite pour le monde occidental, et c'était certainement encore un géant paranoïaque, mais pourtant, songeait David Webb, les estomacs des enfants déformés par la famine, si apparents quelques années auparavant, disparaissaient peu à peu. En haut de l'échelle politique mystérieuse, les gens gras étaient nombreux, mais dans les champs, très peu mouraient encore de faim. Il y avait du progrès, songeait David, amusé, que le reste du monde approuve les méthodes employées ou pas.

L'hydroglisseur ralentit, et sa coque se posa sur l'eau. Il passa entre les bornes illuminées d'un récif fait de main d'homme. Ils étaient à Macao, et Bourne savait ce qu'il avait à faire. Il se leva, s'excusa auprès de son voisin et se dirigea vers un coin du bateau où un groupe d'Américains, debout ou assis, chantait une version visiblement travaillée de M. Sandman.

> *Boom boom boom boom*
> *Mr. Sandman, sing me a song*
> *Boom boom boom boom*
> *Oh, Mr. Sandman...*

Ils étaient beurrés, mais pas ivres morts. Un autre groupe de touristes, apparemment allemands d'après leur accent, encourageait les Américains. A la fin, ils applaudirent.

– *Gut!*

– *Sehr gut!*

– *Wunderbar!*

– *Danke, meine Herren.*

Les Américains qui entouraient Jason saluèrent les Allemands comme au music-hall. Un bref échange de conversations s'ensuivit, les Allemands parlant en anglais et les Américains répliquant en allemand.

– Ça rappelle le pays, fit Bourne à un de ses voisins américains.

– Hé, *a Landsmann*! Avec cet air-là, on sait votre âge, mon vieux. C'est un vieux tube, mais toujours bien, hein? Dites, vous êtes avec le groupe?

– Quel groupe?

– Honeywell-Porter, répondit l'homme, fier d'appartenir à cette agence publicitaire new-yorkaise qui avait des ramifications sur toute la planète.

– Non, malheureusement.

– C'est bien ce qui me semblait. On n'est que trente et il me semblait que je connaissais tout le monde. Je m'appelle Ted Mather, du bureau de Los Angeles. D'où est-ce que vous êtes?

– Je m'appelle Jim Cruett. Je suis professeur, à Boston.

– La ville du haricot! Laissez-moi vous présenter votre *Landsmann*... Ou bien est-ce qu'on dit *Stadtsmann*? Hé, Jim, c'est lui, Bernie...

Mather lui désigna un homme assis près de la fenêtre, la bouche grande ouverte et les yeux fermés. Il était visiblement complètement bourré et portait une casquette d'équipe de base-ball.

— Pas la peine de lui parler, il n'entend pas. C'est le cerveau de notre agence de Boston. Vous auriez dû le voir il y a trois heures, dans son costume croisé, avec une douzaine de contrats qu'il était le seul à comprendre. J'ajouterais qu'il nous a tenus éveillés. C'est sans doute pour ça qu'on en a bu quelques-uns – et lui un peu trop. Mais on s'en fout, hein, c'est notre dernier soir.

— Vous rentrez demain?

— Par le dernier vol. Ça nous donnera le temps de récupérer.

— Pourquoi Macao?

— Les tables de jeu nous démangeaient tous. Vous aussi?

— Un peu, oui. Envie de voir tourner la roulette. Bon sang, sa casquette me donne le mal du pays! Dire que jusqu'ici je n'avais pas manqué un seul match!

— Et sa casquette ne lui manquera pas, dit le publicitaire, hilare, en prenant la casquette sur la tête du dormeur et en la collant sur celle de Jason.

— Tenez, ça me fait plaisir que vous l'ayez! dit-il en riant encore plus fort.

L'hydroglisseur arriva à quai. Bourne sortit et passa la douane et l'immigration au milieu du groupe d'Honeywell-Porter, comme s'il était l'un d'entre eux. Et, tandis qu'ils descendaient l'escalier de béton qui menait dans le hall du terminal, Jason – la visière de sa casquette baissée sur ses yeux et la démarche incertaine – repéra un homme appuyé contre le mur de gauche qui étudiait les nouveaux arrivants. L'homme tenait une photo à la main. Et Bourne savait que cette photo était la sienne. Il rit à une boutade de Ted Mather, accroché au bras de Bernie de Boston.

Les occasions se présenteront d'elles-mêmes. Sache les reconnaître et t'en servir, agir dessus.

Les rues de Macao sont presque aussi clinquantes que celles de Hong-kong. Ce qui y manque, c'est cette étrange sensation de trop de gens dans trop peu d'espace. Et ce qui est anachroniquement différent, c'est l'ensemble d'immeubles couverts d'enseignes lumineuses en chinois. Car ces immeubles sont de style portugais, anciens, très hispaniques, très méditerranéens. C'est comme si une culture initiale s'était rendue face à l'invasion d'une autre, mais avait refusé d'effacer son *imprimatur,* affirmant la force supérieure de la pierre sur l'éphémère des néons. L'histoire y est déniée exprès. Les églises vides et les ruines d'une cathédrale existent en une étrange harmonie avec les casinos bondés où croupiers et dealers parlent cantonais, et où les descendants des premiers conquérants apparaissent rarement. Tout y est fascinant et étrangement menaçant. C'est Macao.

Jason quitta discrètement le groupe Honeywell-Porter et trouva un taxi qui avait dû s'entraîner en regardant le Grand Prix annuel de Macao. Il se fit conduire au Kam Pek casino, malgré les objections du chauffeur.

– Le Lisboa mieux pour vous, pas Kam Pek! Kam Pek pour Chinois! *Dai sui! Fan-tan!*

– Kam Pek, *cheng nei,* dit Bourne, ajoutant s'il vous plaît en cantonais, mais sans dire un mot de plus.

Le casino était obscur. L'air était humide et fétide et les nuages de fumée qui montaient en spirales au-dessus des tables étaient opaques et presque sucrés. Il y avait un bar au fond, assez loin des tables de jeu. Jason s'en approcha et se posa sur un tabouret, en tassant son corps pour diminuer sa taille. Il s'exprima en chinois, la visière de sa casquette de base-ball baissée sur ses yeux, ce qui était quasi inutile, étant donné qu'il avait déjà du mal à lire les étiquettes sur les bouteilles à un mètre de lui. Il commanda un verre et quand le barman le lui apporta, il lui donna un généreux pourboire en dollars de Hong-kong.

– *Mgoi,* dit l'employé, pour le remercier.

– *Hou,* dit Jason en agitant la main.

« ... Etablis un contact, aussi minime soit-il, dès que possible. Surtout dans un endroit inconnu où il pourrait y avoir une hostilité. Ce contact pourrait te donner l'occasion cherchée ou le temps dont tu aurais besoin... » Etait-ce Méduse qui parlait ainsi ou Treadstone? Il importait peu qu'il ne s'en souvînt pas.

Il fit un demi-tour lentement sur son tabouret et observa les tables. Il trouva le panonceau indiquant « table 5 » en chinois. Il se retourna vers le bar, sortit un calepin et un stylo à bille. Il arracha une page de son carnet et écrivit le numéro de téléphone d'un hôtel de Macao qu'il avait appris par cœur dans un magazine touristique fourni sur l'hydroglisseur. Il écrivit un nom dont il se souviendrait seulement si c'était nécessaire et ajouta la phrase suivante : pas un ami de Carlos.

Il mit sa main sous le comptoir et versa le contenu de son verre sur le plancher, puis il leva la main pour en commander un autre. Quand le barman le lui donna, il fut encore plus généreux qu'avant.

— *Mgoi saai,* dit le barman avec une courbette.

— *Msa,* répondit Bourne, en secouant à nouveau la main, avant de la laisser en l'air pour dire au barman de rester là.

— Pourriez-vous me faire une faveur ? demanda-t-il dans la langue de l'employé. Cela ne vous prendrait que dix secondes.

— De quoi s'agit-il, monsieur ?

— De remettre ce message au croupier de la table numéro 5. C'est un vieil ami et je voudrais qu'il sache que je suis là, dit Jason en pliant la page arrachée à son carnet. Je vous donnerai un bon pourboire.

— Mais avec plaisir, monsieur.

Bourne regardait. Le croupier prit le message, l'ouvrit et y jeta un bref coup d'œil avant de le glisser sous la table de jeu. L'attente commençait.

C'était interminable. Le barman fut remplacé par un autre. Puis le croupier changea de table et deux heures plus tard il fut également remplacé. Deux heures passèrent encore et un nouveau croupier prit la table numéro 5. Sous les pieds de Jason le plancher était imbibé de whisky. Il passa donc au café, puis au thé. Il était 2 h 10 du matin. Encore une heure et il irait à l'hôtel dont il avait indiqué le numéro de téléphone, et même s'il devait acheter des actions en bourse, il y prendrait une chambre. Il n'en pouvait plus.

Le vertige et la fatigue s'effacèrent en une seconde. Elle était là ! Une Chinoise avec la jupe fendue typique des prostituées locales s'approchait de la table numéro 5. Elle se fraya un passage entre les joueurs et dit quelques mots au croupier qui fouilla sous la table et lui remit discrètement le message plié. Elle hocha la tête et s'en alla, se dirigea vers la sortie du casino.

« ... Il n'apparaît jamais lui-même, bien sûr. Il se sert d'une pute choisie dans la rue... »

Bourne quitta le bar et suivit la femme. Une fois dans la rue obscure, où traînaient encore pas mal de gens, mais qu'on aurait dit déserte comparée à Hong-kong, il se maintint à une vingtaine de mètres d'elle, s'arrêtant de temps à autre pour contempler les vitrines éclairées des magasins, puis fonçant pour ne pas la perdre.

« ... N'accepte jamais le premier relais. Ils pensent aussi bien que toi. Le premier peut très bien être un indigent qui cherche à se faire quelques dollars et qui ne sait rien. Même le second ou le troisième... Tu reconnaîtras le contact. Il sera différent... »

Un vieux clochard s'approcha de la pute. Leurs corps se frôlèrent et elle lui cria après tout en lui glissant le message. Jason simulait l'ivresse et il fit demi-tour, pour s'attaquer au second relais.

Cela se produisit trois cents mètres plus loin, et l'homme était bien différent. C'était un petit Chinois élégamment vêtu et ses larges épaules et sa taille mince dégageaient une impression de force contenue. La rapidité de ses gestes lorsqu'il croisa le clochard et qu'il le paya en disait long. C'était un adversaire de taille. Pour Bourne, c'était comme une irrésistible invitation. C'était un contact plein d'autorité, un lien avec le Français.

Le Chinois avait traversé la rue. Jason le suivit. Il restait à une vingtaine de mètres derrière mais il perdait du terrain. Nul besoin de continuer à jouer la subtilité. Il se mit à courir. En quelques secondes il fut juste derrière le contact. Ses baskets avaient étouffé le bruit de sa course. Devant eux, une ruelle s'ouvrait entre deux immeubles de bureaux. Toutes les fenêtres étaient noires. Il fallait qu'il agisse vite, mais d'une manière qui n'attirerait pas l'attention, qui ne donnerait pas envie aux rares passants d'appeler la police. Il possédait l'avantage. La plupart des gens qui traînaient à cette heure étaient plutôt bourrés ou défoncés; les autres rentraient chez eux après une nuit de boulot et marchaient vite en regardant droit devant eux. Le contact arrivait à la hauteur de la ruelle. Maintenant!

Bourne se précipita sur le côté droit de l'homme.

— Le Français! dit-il en chinois. J'ai un message du Français! Vite!

Il se jeta dans la ruelle et le contact, stupéfait, n'avait pas d'autre choix que de le suivre comme un zombie dans la ruelle, ouverte comme une bouche obscure. Maintenant!

Surgissant de l'ombre, Jason saisit l'oreille gauche de l'homme, la tordit et le propulsa en avant, lui collant un genou au bas de la colonne vertébrale, son autre main sur sa gorge. Il le balança dans les entrailles noires de la ruelle, courant à ses côtés, puis lui écrasa un pied derrière le genou droit. L'homme tomba, tournoya dans sa chute et regarda Bourne.

– Vous! C'est vous! Puis il plissa les yeux. Non, fit-il, soudain très calme, vous n'êtes pas *lui*!

Sans un geste d'avertissement le Chinois balança sa jambe droite et décolla du pavé comme dans un film à l'envers. Il frappa la cuisse gauche de Jason, fit suivre ce coup d'un second qui toucha Bourne à l'abdomen, tout en assurant sa position, les mains étendues devant lui, rigides, son corps musclé glissant avec une grâce fluide, selon un demi-cercle. Il anticipait la suite.

Ce qui suivit fut une bataille d'animaux, deux tueurs entraînés, exécutant chaque mouvement avec une préméditation intense, chaque coup porté mortel s'il parvenait au but. L'un combattait pour sa vie, l'autre pour sa survie et sa délivrance – pour la femme sans qui il ne pourrait pas vivre, sans qui il ne voudrait plus vivre. Finalement, la taille, le poids et un mobile plus fort que sa propre vie firent la différence, apportant la victoire à l'un et la défaite à l'autre.

Plaqués contre le mur, tous deux couverts de sueur et d'hématomes, du sang coulant de leurs yeux et de leurs lèvres, Bourne réussit à bloquer son adversaire d'une prise à la gorge. Son genou gauche écrasé dans le dos de l'autre, sa jambe droite lui immobilisant les chevilles.

– Tu sais ce qui va se passer ensuite! chuchota-t-il en espaçant bien ses mots en chinois. Un mouvement et tu peux dire adieu à ta colonne vertébrale. Ce n'est pas une façon agréable de mourir. Et tu n'es pas obligé de mourir. Tu peux vivre avec plus d'argent que le Français ne t'en donnera jamais. Tu as ma parole que le Français et son assassin ne vont pas faire long feu. Choisis ton camp!

Maintenant! dit Jason en accentuant sa pression. Les veines sur la gorge du Chinois étaient prêtes à rompre.

— Oui, oui, balbutia le Chinois. Je veux vivre, pas mourir!

Ils étaient assis dans la ruelle, le dos appuyé sur le mur et ils fumaient une cigarette. Le Chinois parlait couramment l'anglais. Il l'avait appris chez les sœurs dans une école catholique portugaise.

— Tu es très fort, tu sais, dit Bourne en essuyant le sang sur ses lèvres.

— Je suis le champion de Macao. C'est pour ça que le Français me paye. Mais vous m'avez battu. Je suis déshonoré, quoi qu'il arrive.

— Pas du tout. C'est juste que je connais quelques trucs dégueulasses de plus que toi. On ne les enseigne pas là où tu t'entraînes, et on ne devrait jamais les enseigner. De plus, personne ne le saura.

— Mais je suis jeune et vous êtes vieux!

— Pas si vieux que ça. Et je me maintiens en forme, grâce à un docteur dingo qui me dit quoi faire. Quel âge tu crois que j'ai?

— Vous avez plus de trente ans!

— Oui.

— C'est vieux!

— Ah ben, merci!

— Vous êtes aussi très fort, très lourd — mais c'est plus que ça. Je ne suis pas vicieux; vous, si!

— Peut-être, dit Jason en écrasant sa cigarette sur le pavé. Parlons, poursuivit-il en sortant de l'argent de sa poche. Ce n'était pas une plaisanterie, je te paierai bien... Où est le Français?

— Tout n'est pas en équilibre.

— Qu'est-ce que tu entends par là?

— L'équilibre est très important.

— Je sais cela, mais je ne te comprends pas.

— Il y a un manque d'harmonie et le Français va être furieux. Combien me paierez-vous?

— Ça dépend de ce que tu peux me dire.

— Où sera le Français, avec son assassin demain soir...

— Je te donnerai dix mille dollars américains.

– *Aiya!*

– Mais seulement si tu m'y conduis!

– Mais c'est de l'autre côté de la frontière!

– J'ai un visa pour Shenzen. Il est valable pour trois jours encore.

– Ça peut aider, mais ce n'est pas légal pour Guangdong.

– Trouve un moyen. Dix mille dollars...

– Je trouverai, dit le contact en reluquant l'argent que tenait l'Américain. Puis-je avoir ce que vous appelez des arrhes?

– Cinq cents dollars, c'est tout.

– Les tractations à la frontière coûteront bien plus que ça!

– Appelle-moi, je t'apporterai l'argent.

– Vous appeler? Où ça?

– Trouve-moi une chambre d'hôtel ici, à Macao. Je mettrai mon argent dans le coffre.

– Le Lisboa.

– Non. Je ne peux pas aller là. Un autre hôtel.

– Pas de problème. Aidez-moi à me relever... Non! Ma dignité souffrira moins si j'y arrive seul.

– Qu'il en soit ainsi, dit Jason Bourne.

Catherine Staples était assise devant son bureau. Elle tenait encore le téléphone à la main. D'un air absent, elle le reposa. La conversation qu'elle venait d'avoir la laissait stupéfaite. Comme il n'y avait pas d'agents clandestins canadiens opérant à Hong-kong, les officiers du Foreign Office devaient cultiver leurs propres sources dans la police de Hong-kong pour ces moments particuliers où des informations particulières étaient nécessaires. Ces occasions survenaient toujours dans l'intérêt de citoyens canadiens qui résidaient dans la colonie ou qui ne faisaient qu'y passer. Les problèmes allaient des agressés aux agresseurs et des escroqués aux escroqueurs. Bien sûr, surgissaient certains problèmes touchant à la sécurité ou à l'espionnage. Cela allait des visites officielles de membres du gouvernement canadien jusqu'aux actes de chantage perpétrés contre des membres du personnel du consulat. Il était de notoriété publique que les agents du bloc communiste ou des régimes fanatiques du Moyen-Orient se servaient de drogues et de prostituées des deux sexes pour réunir des informations compromettantes sur leurs adversaires occidentaux. Hong-kong était un marché de la seringue et de la viande. Et c'était dans ce registre que Catherine Staples avait accompli son meilleur travail dans cette région. Elle avait sauvé la carrière de deux attachés de son propre consulat, d'un Américain et de trois Britanniques. Des photos compromettantes avaient été détruites, ainsi que les négatifs, et les maîtres chanteurs bannis de la colonie grâce à des menaces bien réelles, physiques, celles-là. Une fois, un officiel du consulat iranien, hurlant depuis son quartier général de Gammon House, l'avait accusée de se mêler d'affaires dépassant largement ses prérogatives. Elle avait écouté cet âne jusqu'à la limite de sa tolérance, puis avait achevé le bonhomme d'une simple phrase : « Vous ne saviez pas que Khomeiny aimait les petits garçons ? »

Tout cela lui avait été rendu possible grâce à ses rapports avec un vieux veuf anglais qui avait échangé sa retraite de Scotland Yard pour un poste de chef des Affaires de la Couronne à Hong-kong. Agé de soixante-sept ans, Ian Ballantyne avait accepté de quitter le Yard, mais il refusait de laisser perdre ses aptitudes professionnelles. Il s'était porté volontaire pour l'Extrême-Orient, où il avait quelque peu secoué la section renseignement de la police de la colonie. Et, très tranquillement, il avait peu à peu instauré une organisation d'une efficacité redoutable qui connaissait mieux le monde souterrain de Hong-kong qu'aucune des autres agences présentes sur ce territoire, y compris le MI-6, Special Branch. Catherine et Ian s'étaient rencontrés lors d'un de ces dîners bureaucratiques mortels qu'exigeait le protocole consulaire et, après une conversation prolongée où il avait pu apprécier la finesse et la subtilité de sa voisine de table, Ballantyne s'était penché vers elle et lui avait demandé simplement :

— Vous croyez qu'on peut encore s'envoyer en l'air, ma grande ?

— Essayons, avait répliqué Catherine.

Ils avaient essayé. Et tous deux avaient vraiment apprécié. Ian était donc devenu un pôle attractif dans la vie de Catherine, mais sans entraves. Ils s'aimaient beaucoup et c'était amplement suffisant.

Et Ian Ballantyne venait d'étaler au grand jour le mensonge de McAllister. Il n'y avait aucun taipan à Hong-kong nommé Yao Ming et ses sources – extrêmement bien payées – à Macao lui assuraient qu'il n'y avait jamais eu de double meurtre impliquant la femme d'un taipan et un trafiquant de drogue à l'hôtel Lisboa. Il n'y avait eu aucun crime dans ce style depuis le départ des Japonais en 1945. Il y avait eu pas mal d'assassinats, au couteau ou au revolver, autour des tables de jeu, pas mal de morts par overdose dans des chambres d'hôtel, mais rien qui ressemblât à l'incident décrit par l'informateur de Catherine.

– C'est un tissu de mensonges, chère Catherine, avait dit Ian. Le pourquoi de cette fable, je l'ignore...

– Mon informateur est plus que crédible, mon chou. Tu sens quelque chose?

– Une odeur de pourri, ma grande. Quelqu'un prend un risque énorme pour un objectif de taille, vraisemblablement. Il se couvre, bien sûr – on peut acheter tout ce qu'on veut ici, y compris du silence –, mais tout ce fatras est de la fiction pure. Tu ne veux pas m'en dire plus?

– Suppose que je te dise que ça vient de Washington, et pas du Royaume-Uni?

– Là, je serais obligé de te contredire. Pour aller si loin, il faudrait que Londres soit impliqué.

– Mais ça n'a aucun sens!

– De ton point de vue, Cathy. Mais tu ne connais pas les leurs. Et je peux te dire une chose : ce fou, ce Bourne, nous tient tous. Une de ses victimes est un homme dont personne ne parlera jamais. Je ne te dirai même pas qui, ma chérie.

– Et si je te donnais plus d'informations?

– Ça ne changerait probablement rien, mais tu peux essayer.

Catherine Staples était assise devant son bureau et elle soupesait leur conversation.

Une de ses victimes est un homme dont personne ne parlera jamais.

Qu'avait voulu dire Ballantyne? Que se passait-il? Et pourquoi une ancienne économiste canadienne était-elle au centre de cette soudaine tempête?

De toute façon, elle était en sécurité.

L'ambassadeur Havilland, un attaché-case à la main, entra dans le bureau de Victoria Peak. McAllister bondit de son fauteuil pour le lui laisser.

– Restez où vous êtes, Edward. Quelles nouvelles?

– Aucune, j'en ai peur.

– Bordel, c'est pas ce que je veux entendre!

– Je suis désolé.

– Où est le fils de salope attardé mental qui a laissé une telle chose se produire?

McAllister pâlit. Le major Lin Wenzu, qu'Havilland n'avait pas remarqué, se leva du divan où il était assis près du mur du fond.

– Je suis ce fils de salope attardé mental, le Chinois qui a laissé une telle chose se produire, monsieur l'Ambassadeur.

– Je ne m'excuserai pas, dit Havilland, très sec, en se tournant vers lui. Ce sont vos têtes qu'on essaye de sauver, pas les nôtres. Nous survivrons, mais pas vous!

– Je ne suis pas dans le secret des dieux, je ne peux pas comprendre ce que vous dites.

– Ce n'est pas sa faute, protesta le sous-secrétaire d'Etat.

– C'est la vôtre? hurla l'ambassadeur. Vous êtes responsable de son évasion?

– Je suis responsable de tout ici.

– C'est très charitable de votre part, monsieur McAllister, mais pour l'instant nous ne sommes pas en train de lire la Bible au catéchisme!

– J'étais responsable, coupa Lin. J'avais accepté la mission et j'ai échoué. En deux mots, cette femme nous a blousés.

– Vous êtes Lin Wenzu, du Special Branch?

– Oui, monsieur l'Ambassadeur.

– J'ai entendu beaucoup de bien de vous.

– Je suis sûr que le présent efface le passé...

– On m'a dit aussi qu'elle avait blousé un excellent médecin.

– C'est exact, confirma McAllister. Un des meilleurs neurologues du territoire.

– Un Anglais, ajouta Lin.

– Cette précision était inutile, major. Comme votre

adjectif « chinois » quand vous parlez de vous. Je ne suis pas raciste. Le monde ne le sait pas, mais il n'a pas de temps à perdre avec une connerie comme le racisme, dit Havilland en s'approchant du bureau.

Il posa son attaché-case, l'ouvrit et en sortit une épaisse enveloppe de papier bulle encadrée de noir comme un faire-part.

– Vous avez demandé le dossier Treadstone. Le voici. Inutile de vous dire qu'il ne peut quitter cette pièce et que, quand vous ne le lirez pas, il doit être mis dans le coffre.

– Je veux commencer le plus tôt possible.

– Vous croyez que vous trouverez quelque chose là-dedans?

– Je ne sais pas où chercher. J'ai changé de bureau. Je me suis installé là où est le coffre.

– Vous êtes libre de vos mouvements, dit le diplomate. Qu'avez-vous expliqué au major?

– Juste ce qu'on m'avait ordonné de lui dire, dit McAllister en regardant Lin Wenzu. Il s'est plaint de ne pas en savoir assez. Et il a sans doute raison.

– Je ne renouvellerai pas ma plainte, Edward. Après ce que j'ai fait... Londres a été très ferme, monsieur l'Ambassadeur. Naturellement j'accepte cette condition.

– Je ne veux pas que vous « acceptiez » quoi que ce soit, major. Je veux que vous creviez de trouille comme jamais! Nous allons laisser M. McAllister à sa lecture et faire quelques pas dehors. J'ai vu que le jardin était magnifique. Accompagnez-moi donc.

– Ce sera un privilège, monsieur.

– Ça reste à démontrer, mais c'est nécessaire. Vous devez tout comprendre. Vous devez retrouver cette femme!

Marie était à la fenêtre dans l'appartement de Catherine Staples et elle regardait l'effervescence dans la rue en bas. Les rues étaient une véritable fourmilière, comme toujours, et elle éprouvait le désir irrésistible de sortir de l'appartement et de descendre se mêler à cette foule anonyme, de courir dans ces avenues jusqu'à la Maison de l'Asie dans l'espoir d'y trouver David. Au moins elle serait en mouve-

ment, elle scruterait des visages, écouterait des voix, elle
espérerait – elle ne serait pas là à réfléchir en silence, à
devenir dingue. Mais elle ne pouvait pas sortir. Elle avait
donné sa parole à Catherine. Elle avait promis de rester là,
de n'ouvrir à personne et de ne répondre au téléphone que
s'il ne sonnait que deux fois, puis se remettait à sonner
immédiatement après. C'était un signal signifiant que
Catherine l'appelait.

Chère Catherine, merveilleuse Catherine – Catherine
morte de peur. Elle essayait de cacher sa peur, mais ça
transpirait à travers ses questions, questions qu'elle posait
trop vite, trop intensément et ses réactions aux réponses de
Marie étaient trop étonnées, trop souvent accompagnées
d'un soupir de stupéfaction, et ses yeux partaient vers un
horizon invisible. On pouvait presque sentir la rapidité de
ses pensées. Marie n'avait pas encore tout compris, mais
elle avait compris que la profonde connaissance de Catherine en ce qui concernait le monde des ombres d'Extrême-
Orient avait des ramifications qu'elle ne soupçonnait pas.
Et, quand une personne si bien renseignée essayait de
masquer sa peur, c'est que l'histoire dépassait largement ce
qu'elle en savait.

Le téléphone sonna. Deux fois. Silence. Puis il se remit à
sonner. Marie courut jusqu'à la table près du divan et
décrocha.

– Oui ?

– Marie, quand ce menteur de McAllister vous a parlé,
il a mentionné un cabaret dans le Tsim Sha Tsui, non ?

– Oui. Et il a parlé d'un Uzi – c'est un pistolet-
mitrail...

– Je sais ce que c'est, ma chérie. Cette même arme est
censée avoir été utilisée pour tuer la femme du taipan et
son amant à Macao, n'est-ce pas ?

– C'est ça.

– Mais est-ce qu'il a dit quoi que ce soit sur les hommes
qui ont été tués dans le cabaret ici, à Kowloon ?

– Non, fit Marie en cherchant dans sa mémoire. Je ne
crois pas. Il n'a insisté que sur l'arme.

– Tu en es sûre ?

– Tout à fait. Je m'en souviendrais, sinon.

– J'en suis certaine, acquiesça Catherine Staples.

– Je me suis remémoré cette conversation mille fois. Tu as appris quelque chose?

– Oui. Le double meurtre tel que McAllister vous l'a décrit n'a jamais eu lieu à l'hôtel Lisboa de Macao.

– Il a été étouffé. Le banquier a payé.

– Il n'a jamais pu payer autant que ma source pour obtenir l'information contraire...

– Qu'est-ce que tu veux dire?

– Tout ceci est soit l'opération la plus maladroite qui ait jamais été montée, soit un plan extrêmement brillant destiné à impliquer ton mari dans une affaire qu'il n'aurait jamais accepté de vivre. Je préfère la seconde explication.

– Pourquoi?

– Aujourd'hui un homme est arrivé à l'aéroport de Kai-tak, un homme d'Etat qui a été beaucoup plus qu'un simple diplomate. Nous le connaissons tous, mais le monde ne le connaît pas. Son arrivée était sur tous les téléscripteurs. Il s'est défilé quand les médias ont essayé de l'interviewer. Il a affirmé qu'il venait passer des vacances dans son cher Hong-kong...

– Et alors?

– Ce type n'a jamais pris de vacances de sa vie!

McAllister courait dans le jardin clos de murs, parsemé de massifs de fleurs et de sièges de jardin en métal peint de blanc, de rangées de rosiers et de bassins pleins de poissons rouges. Il avait enfermé le dossier Treadstone dans le coffre, mais les mots étaient imprimés dans son esprit. Où étaient-ils?

Ils étaient assis sur deux bancs de béton sous un cerisier. Le major Lin penché en avant, comme hypnotisé. McAllister se remit à courir et arriva près d'eux, à bout de souffle. Il fixa le major du MI-6.

– Lin! Quand la femme de Webb a parlé à son mari – et que vous l'avez interrompue –, qu'a-t-elle dit, exactement?

– Elle a commencé par parler d'une rue de Paris où il y avait une rangée d'arbres, de son arbre favori, je crois, répliqua Lin, stupéfait. Elle essayait visiblement de lui dire où elle était enfermée, mais elle se trompait du tout au tout.

– Non, elle avait raison! Quand je vous ai interrogé, vous m'avez dit qu'elle avait rappelé à Webb comme les choses avaient été terribles dans cette rue de Paris, ou quelque chose d'approchant...

– C'est ce qu'elle a dit, oui, interrompit le major.

– Mais que ce serait mieux ici, hein?

– Oui, c'est bien ce qu'elle a dit.

– A Paris, un homme a été tué à l'ambassade, un homme qui essayait de les aider tous les deux!

– Qu'est-ce que vous essayez de dire, McAllister? coupa brusquement Havilland.

– La rangée d'arbres ne veut rien dire, monsieur l'Ambassadeur, mais son « arbre favori » si! L'érable! La feuille d'érable! Le symbole du Canada! Il n'y a pas d'ambassade du Canada à Hong-kong, mais il y a un consulat. C'est leur terrain de rencontre, là qu'ils doivent se retrouver! Voilà le schéma! C'est Paris qui recommence!

– Vous n'avez pas alerté les ambassades alliées – les consulats?

– Bon Dieu, et pour leur dire quoi? explosa le sous-secrétaire d'Etat. Je suis sous une chape de silence, non?

– Vous avez raison. La rebuffade est justifiée.

– Vous ne pouvez pas nous lier totalement les mains, monsieur l'Ambassadeur, enchaîna Lin. Je vous respecte grandement en tant que personne, mais nous devons être respectés un minimum aussi si nous devons faire notre travail. Vous venez de le faire en m'assénant l'effrayante nouvelle sur ce Sheng Chou Yang. Incroyable!

– La discrétion doit être absolue.

– Elle le sera, dit le major.

– Le consulat du Canada, dit Havilland. Donnez-moi la liste complète de son personnel.

XVI

L'APPEL eut lieu à cinq heures de l'après-midi et Bourne était prêt. Aucun nom ne fut prononcé.

– C'est arrangé, dit son interlocuteur. Nous devons être à la frontière juste avant 21 heures, pour la relève des gardes-frontière. On examinera attentivement votre visa pour Shenzen, mais personne n'y touchera. Une fois dedans, vous serez livré à vous-même, mais vous ne serez pas entré par Macao.

– Et pour ressortir? Si ce que tu m'as dit est vrai et si tout va bien, il y aura quelqu'un avec moi.

– Je ne pourrai rien pour vous. Je vous conduirai là où il faut, après ça, je vous laisse.

– Ça ne répond pas à ma question.

– C'est plus facile de sortir que d'entrer, sauf si on vous fouille et que vous ayez de la contrebande sur vous.

– Pas de contrebande, non...

– Alors je vous suggérerais de simuler l'ivrognerie. C'est assez fréquent. Il y a un aéroport en dehors de Shenzen que les...

– Je le connais, coupa Jason.

– Vous vous êtes trompé d'avion, ça arrive. Les horaires sont assez fantaisistes en Chine.

– Combien pour ce soir?

– Quatre mille dollars de Hong-kong, et une montre neuve.

– D'accord.

A quelque quinze kilomètres au nord du village de Gongbei, les collines montent, deviennent de petites montagnes couvertes d'une épaisse forêt de conifères. Jason et son ancien adversaire de Macao marchaient sur une route boueuse. Le Chinois s'arrêta et regarda la pente au-dessus d'eux.

— Encore cinq ou six kilomètres et nous atteindrons un champ. Nous le traverserons et nous nous dirigerons vers le deuxième niveau de la forêt. Il faut faire très attention.

— Tu es certain qu'ils seront là?

— J'ai transmis le message. S'il y a un feu de camp, c'est qu'ils sont là.

— Que disait le message?

— On demandait un rendez-vous pour discuter.

— Pourquoi de l'autre côté de la frontière?

— Ça ne pouvait avoir lieu que de l'autre côté. C'était expliqué dans le message.

— Mais tu ne sais pas pourquoi?

— Je n'étais que le messager. Les choses ne sont pas en équilibre.

— Tu as déjà dit ça hier soir. Tu ne peux pas m'expliquer ce que tu veux dire?

— Je ne peux pas me l'expliquer à moi.

— Est-ce parce que ce rendez-vous a lieu ici? En Chine?

— Oui, c'est une partie de l'explication.

— Il y a plus?

— *Wen ti,* dit le guide. Des questions qui viennent d'impressions.

— Je crois que je comprends, dit Jason.

Et il comprenait. Il s'était posé les mêmes questions. Il avait eu les mêmes impressions quand il était devenu clair que l'assassin qui se faisait appeler Jason Bourne roulait dans un véhicule officiel de la République populaire.

— Tu as été trop généreux avec le garde-frontière, dit-il. La montre était trop chère pour lui.

— Je peux avoir besoin de lui.

— Il peut changer de poste frontière.

— Je le retrouverai.

— Il va vendre la montre.

— Tant mieux. Je lui en apporterai une neuve.

Penchés en avant, ils couraient à travers les hautes herbes du champ, s'aplatissant de loin en loin. Bourne suivait son guide. Ses yeux scrutaient constamment leurs flancs ou les hautes herbes devant eux, et il trouvait des ombres dans l'obscurité. Et pourtant l'obscurité n'était pas totale. Des nuages bas, mouvants et rapides, masquaient la lune, filtraient sa lumière, mais de temps en temps un rayon blafard tombait, illuminait le paysage. Ils atteignirent la lisière des arbres. Le terrain montait, semé de hauts sapins. Ils attaquèrent la montée. Au bout d'un moment le Chinois s'arrêta et se tourna vers Jason, les deux mains levées.

— Qu'est-ce qu'il y a? murmura Jason.
— Faut aller doucement. Pas faire de bruit.
— Des patrouilles?
— Je ne sais pas, fit le guide en haussant les épaules. Il n'y a pas d'harmonie.

Ils rampèrent, escaladant la pente entre les troncs d'arbre. Ils s'arrêtaient à chaque cri d'oiseau dérangé, à chaque froissement d'aile, laissant le calme revenir. Le bruit de la forêt ressemblait à une respiration, les criquets jouaient une symphonie perpétuelle. Une chouette ulula, une autre lui répondit. De petites créatures se faufilaient sous les buissons. Bourne et son guide atteignirent la fin de cette haute futaie. Un autre champ de hautes herbes s'étendait devant eux, et, au-delà de cet espace, la lisière d'une autre pente couverte de bois.

Il y avait aussi autre chose. Une lueur en haut de la prochaine colline, au sommet de la forêt. C'était un feu de camp, le feu de camp! Bourne dut se maîtriser, faire appel à toutes ses forces pour s'empêcher de se lever et de foncer à travers le champ, d'escalader la forêt pour débouler comme un tigre en plein dans le brasier. Tout était affaire de patience, maintenant, et il était dans son élément naturel, l'obscurité. De vagues souvenirs lui enjoignaient de garder sa confiance en lui-même – lui disaient qu'il était le meilleur sur ce terrain-là. Patience... Il allait traverser silencieusement le champ, et tout aussi silencieusement grimper jusqu'en haut de la colline. Il trouverait une cachette à la lisière du bois, un point d'observation d'où il pourrait voir le feu, le lieu du rendez-vous. Il allait attendre et regarder. Alors, il saurait quand bouger. Il l'avait fait si souvent – les détails différaient, mais pas la trame. Un homme quitterait le feu de camp et, silencieux comme un chat, il le suivrait jusqu'au moment choisi. Il connaîtrait ce moment, d'instinct, et l'homme serait en son pouvoir.

« ...Marie, je n'échouerai pas cette fois. Je peux me mouvoir avec une sorte de terrifiant sentiment de pureté – cela semble fou, mais c'est pourtant vrai... Je peux haïr avec pureté... Cela fait partie de moi, de mes origines, je crois. Trois corps ensanglantés flottant dans la rivière... Ce sont eux qui m'ont appris à haïr. Une empreinte de sang sur la porte de notre maison... Ce sang a renforcé ma haine, m'a appris à agir pour que cela ne se reproduise plus. Je suis rarement en désaccord avec toi, mon amour, mais tu te trompais à Genève, tu te trompais à Paris. Je suis un tueur... »

– Ça ne va pas? chuchota le guide, à quelques centimètres du visage de Jason. Vous ne me suivez pas?

– Désolé. Je pensais.

– Moi aussi, *peng you!* A nos vies!

– Ne t'inquiète pas. Tu peux partir maintenant. Je vois le feu là-haut.

Bourne sortit de l'argent de sa poche.

– Je préfère y aller seul, dit-il. Un homme seul a moins de chance de se faire repérer que deux.

– Et s'il y a d'autres hommes, des patrouilles? Vous m'avez battu à Macao, mais je peux vous êtres très utile.

– S'il y a d'autres hommes, je tiens à en trouver un.

– Pourquoi?

– J'ai besoin d'une arme. Je ne pouvais pas risquer d'en passer une à la frontière.

– *Aiya!*

– Tout est là, dit Jason en tendant l'argent à son guide. 9 500. Tu veux retourner dans les bois pour les compter? J'ai une petite lampe...

– On ne doit pas douter de celui qui a vaincu. La dignité l'interdit.

– Tu parles comme un livre, mais n'achète jamais un diamant à Amsterdam. Allez, va-t'en, tu es sur mon territoire maintenant.

– Et voici mon arme, dit le guide en sortant un automatique de sa ceinture. Il le tendit à Bourne en prenant l'argent. Servez-vous-en si nécessaire. Le chargeur est plein, neuf balles. Il n'a pas de marque, n'est pas enregistré. Le Français m'a appris.

— Tu as passé la frontière avec ça ?

— Vous avez apporté la montre, pas moi. J'aurais pu le jeter dans une poubelle, mais j'ai vu son sourire. Je n'en aurai plus besoin maintenant.

— Merci, mais je devrais te dire que si tu m'as menti je te retrouverai. Tu peux compter dessus !

— Les mensonges ne pourraient pas venir de moi et je rendrais l'argent.

— Tu pousses un peu !

— Vous m'avez vaincu. Je dois me comporter honorablement en toute occasion.

Bourne rampait lentement à travers les hautes herbes pleines d'orties et de ronces, écartant les épines de son cou et de son front, ravi de porter un blouson en nylon qui les repoussait. Instinctivement, il savait pourquoi il n'avait pas voulu que son guide l'accompagne. Un champ de hautes herbes était le meilleur endroit pour patrouiller. Le sommet des herbes bougeait quand on rampait à travers elles. On devait donc observer les mouvements de l'ensemble, profiter des coups de vent.

Il aperçut le début de la forêt, les arbres qui dépassaient au-dessus des herbes. Il s'accroupit, puis, brusquement, silencieusement, il s'aplatit sur le sol et demeura immobile. En haut sur sa droite, un homme se tenait au bord du champ, un fusil à la main, et il regardait l'étendue herbeuse éclairée par intermittence par la lune. Il scrutait les mouvements du champ que la brise agitait. Une rafale de vent tomba des montagnes. Bourne se mit en mouvement, profitant de l'agitation et du bruit qu'elle occasionnait. Il arriva à trois mètres du garde. Centimètre par centimètre, il rampa jusqu'à la lisière du bois. Il suivait maintenant une ligne parallèle au garde dont l'attention était braquée sur le champ devant lui, pas sur ses flancs. Jason était tout près de lui. Le garde regarda sur sa gauche. Maintenant !

Bourne bondit et plongea sur l'homme. Instinctivement, le garde releva son fusil pour parer l'attaque. Jason saisit la crosse, la fit tourner au-dessus de la tête du garde et la lui écrasa sur le crâne en lui enfonçant son genou dans les côtes. Le garde s'écroula. Bourne le traîna dans les hautes herbes, hors de vue. Economisant ses gestes au maximum, il ôta la veste du garde et déchira sa chemise. Il en fit des bandelettes et quelques secondes plus tard l'homme était ligoté de telle manière que le moindre mouvement resserrait ses liens. Il était bâillonné, une manche de chemise maintenant le bâillon dans sa bouche.

Normalement, comme il l'avait toujours fait dans le passé, Bourne aurait dû foncer à travers bois sans perdre une seconde, et aller s'embusquer près du feu de camp. Mais le visage de l'Oriental ligoté l'intriguait. Quelque chose le dérangeait – un manque d'harmonie. D'abord, il s'était attendu à ce que le garde soit vêtu d'un uniforme de l'armée chinoise, à cause de la limousine marron de Shenzen et de tout ce que cela impliquait. Mais ce n'était pas seulement l'absence d'uniforme. C'était les vêtements que l'homme portait. Ils étaient sales, une odeur de graisse, de cuisine, y adhérait encore. Il se pencha et ôta le bâillon du garde. Il lui ouvrit la bouche. Il n'avait plus que quelques chicots noirâtres. Quel genre de garde était-ce là ? C'était un *thug* – expérimenté sans nul doute –, une brute criminelle, recrutée dans les ruelles où la vie ne valait pas cher, quand elle avait même un sens. Et pourtant les hommes qui devaient se rencontrer là-haut, près du feu, jouaient avec des dizaines de milliers de dollars. Le prix qu'ils payaient pour une vie était énorme. Quelque chose n'était pas en équilibre, comme disait son guide.

Bourne saisit le fusil et, après avoir bâillonné à nouveau la sentinelle, il se remit à ramper. Il ne voyait rien, n'entendait rien que les murmures de la forêt au-devant de lui. Il se leva et courut dans le bois. Il montait rapidement, silencieusement, s'arrêtant à chaque cri d'oiseau de nuit, chaque froissement d'aile, chaque arrêt brusque de la symphonie des criquets. Il ne rampait plus maintenant, il grimpait à quatre pattes, tenant le fusil par le milieu, prêt à s'en servir comme d'une matraque. Il ne pouvait pas tirer, sauf si sa vie en dépendait. Le piège allait se refermer, ce n'était qu'une question de patience, patience et les mâchoires du piège allaient claquer. Il atteignit le haut de la forêt, se glissa sans bruit derrière une souche au bord de la clairière où se trouvait le feu de camp. Il posa le fusil dans l'herbe et sortit l'automatique que lui avait donné son guide. Il leva la tête et regarda par-dessus la souche.

Il voyait maintenant ce qu'il s'était attendu à voir. Un soldat montait la garde, en uniforme, une arme en bandoulière, à six mètres du feu. C'était comme s'il voulait qu'on le voie mais sans pouvoir l'identifier. Là encore, un manque d'équilibre. Le soldat regarda sa montre. L'attente avait commencé.

Cela dura presque une heure. Le soldat en était à sa cinquième cigarette. Jason était resté parfaitement immobile, retenant sa respiration. Et soudain, sans avertissement, sans sonneries de trompettes, cela se produisit. Une deuxième silhouette apparut, lentement. L'homme sortit de l'ombre, écarta quelques branches basses et entra dans la clairière. Avec une violence inouïe, des éclairs explosèrent dans l'esprit de David Webb, insupportables, effaçant la conscience de Jason Bourne.

Car, au moment où l'homme entrait dans le cercle de lumière que dégageait le feu de camp, Jason vit le fantôme de lui-même. Il sentit sa gorge se bloquer. Il serrait convulsivement son arme, se retenait de tirer, de tuer. C'était une apparition, un spectre des années passées qui revenait vers lui. Qui était le chasseur maintenant? Le visage était son visage, mais pas tout à fait son visage – peut-être était-ce les traits qu'il avait avant que les chirurgiens ne le transforment en Jason Bourne. Le corps aussi, grand, solide. Mais le visage était plus jeune – plus jeune que le mythe qu'il imitait – et cette jeunesse émanait de la force, la force de Delta. C'était totalement incroyable. Même la démarche, la souplesse féline, les grands bras ballants le long du corps, visiblement rompus à tous les arts martiaux. C'était Delta, le Delta dont on lui avait parlé, le Delta qui était devenu Caïn et finalement Jason Bourne. Il se regardait lui-même, mais ce n'était pas tout à fait lui, c'était pourtant un tueur. Un assassin.

Il y eut un craquement au loin, par-dessus les bruits de la forêt. L'assassin s'arrêta, puis bondit hors de la lumière du feu et plongea sur sa droite tandis que le soldat se jetait à terre. Le staccato d'une arme automatique résonna, multiplié par l'écho. Des balles s'écrasaient dans la clairière. Des mottes de terre jaillissaient là où s'était tenu le tueur, qui fonçait maintenant vers le sous-bois. Le soldat chinois était à genoux et tirait vers l'assassin en criant de rage.

Puis ce fut l'escalade, sans aucun avertissement. Trois explosions énormes. La première grenade fit voler le feu de camp en miettes. La deuxième éclata au milieu des arbres, mettant le feu aux branches sèches, et la troisième, qui semblait tomber du haut du ciel, s'abattit exactement à l'endroit d'où partait le tir de mitrailleuse. Soudain, le feu était partout et Bourne, se protégeant les yeux, fit le tour de son abri précaire, l'arme à la main. On avait tendu un piège au tueur et il était tombé dedans! Le soldat chinois était mort, son fusil éclaté, la moitié de son corps également. Tout à coup, une forme traversa en courant les hautes flammes qui dévoraient la clairière. L'homme aperçut Jason et tira deux fois dans sa direction. L'assassin était revenu sur ses pas pour piéger et tuer ceux qui l'avaient attiré dans ce guet-apens. Bourne tournoya sur lui-même, d'abord à droite, puis à gauche. Il se jeta à terre, suivant toujours la silhouette des yeux au milieu de cet enfer de flammes et de branches qui claquaient. Il se releva et se lança en avant. Il ne pouvait pas le laisser s'échapper! Il traversa les gerbes de feu qui montaient vers le ciel. La silhouette devant lui disparaissait dans le bois. C'était le tueur! L'imposteur qui prétendait être ce mythe qui avait enflammé l'Asie, qui s'était servi de ce mythe pour ses propres desseins, détruisant l'original et la femme que cet homme aimait. Bourne courait comme il n'avait jamais couru de sa vie, écartant les branches et sautant par-dessus les buissons avec une agilité qui effaçait les années passées depuis Méduse. Il était de retour dans Méduse! Il était Delta! Et tous les dix mètres il gagnait cinq mètres. Il connaissait les forêts, et chaque forêt était une jungle et la jungle était son alliée. Il avait survécu dans les pires jungles du monde, sans réfléchir, se fiant uniquement à ses sens. Il connaissait leurs pièges, leurs détours, les trous qui s'ouvraient sous les pas, les ravins abrupts. Il gagnait du terrain! Et soudain il le vit, il était là, à quelques mètres devant lui!

Avec ce qui lui sembla être son dernier souffle, Jason plongea – Bourne contre Bourne! Ses mains étaient les griffes d'un puma. Il saisit les épaules de l'homme qui courait devant lui et ses doigts s'enfoncèrent dans la chair. Il tira le tueur vers lui, ses talons se plantèrent dans la terre et son genou droit s'écrasa dans le dos de son adversaire. Sa rage était telle qu'il devait se répéter de ne pas tuer. Ne le tue pas! Il est ta liberté, notre liberté!

L'assassin hurla, mais le vrai Jason Bourne l'avait déjà saisi à la gorge, et, lui tordant le cou, l'obligeait à s'écraser au sol. Ils roulèrent à terre. L'avant-bras de Bourne s'enfonçait dans la carotide de l'autre, pendant que son poing gauche lui martelait l'abdomen et le bas-ventre, le vidant de son air complètement.

Le visage! le visage? Où était passé le visage qu'il avait aperçu? Le visage qui lui appartenait jadis! Le spectre qui l'avait plongé dans l'enfer de ses souvenirs, de sa mémoire bloquée? Ce n'était pas lui!

— Delta! cria l'homme qu'il étranglait entre deux sanglots.

— Comment m'as-tu appelé? hurla Bourne.

— Delta! glapit l'homme, dans un souffle. Caïn est pour Carlos, Delta est pour Caïn!

— Salopard! Qui...

— Danjou! C'est moi, Danjou! Méduse! Tam Quan! Nous n'avions pas de noms! Rien que des symboles! Je t'en supplie, écoute! Paris! Le Louvre! Tu m'as sauvé la vie à Paris! Tu as sauvé tellement de gens de Méduse! C'est moi, Danjou! Je t'ai dit ce que tu devais savoir à Paris! Tu es Jason Bourne! L'homme qui vient de nous échapper n'est qu'une création! Ma création!

Webb regarda le visage tordu de douleur qu'il tenait à sa merci. La fine moustache grise impeccablement taillée, les cheveux grisonnants défaits, une mèche barrant son front marqué de rides. Le cauchemar recommençait... Il était dans les jungles terrifiantes de Tam Quan, il n'y avait pas d'issue et la mort était tout autour d'eux. Et soudain il était à Paris, près de l'entrée du Louvre, sous un soleil éblouissant. Des coups de feu. Des voitures freinaient, des gens hurlaient. Il fallait qu'il sauve le visage qui lui faisait face! Qu'il sauve l'homme de Méduse qui pouvait lui fournir les pièces qui manquaient dans ce puzzle démentiel!

— Danjou, murmura Jason. C'est toi?

— Si tu lâches ma gorge, dit le Français en s'étranglant,

je te raconterai une histoire. Et je suis certain que tu en as une à me raconter aussi.

Philippe Danjou examinait ce qui restait du camp, des débris fumants. Il fit un signe de croix avant de fouiller les poches du « soldat » mort, ôtant tout ce qui avait de la valeur.

— On libérera le type en bas en partant, dit-il. Il n'y a pas d'autre moyen d'accès. C'est pour ça que je l'avais placé là-bas.

— En lui disant de surveiller quoi?

— Je suis comme toi, je viens de Méduse. Je sais que les étendues de hautes herbes sont à la fois des avenues et des pièges potentiels.

— Tu ne pouvais pas deviner que je venais!

— Non. Mais je pouvais anticiper toutes les contre-attaques de ma « création ». Il devait venir seul. Les instructions étaient claires. Mais comment faire confiance à ce type-là?

— Tu vas un peu vite pour moi...

— Tu vas comprendre quand je te raconterai mon histoire.

Ils traversèrent la forêt. Le souffle court, Danjou se tenait aux branches pour descendre. Ils atteignirent le champ de hautes herbes. Ils entendaient les sons étouffés produits par le garde bâillonné. Bourne s'approcha et coupa les liens avec son couteau. Le Français le paya.

— *Zou ba!* cria le Français. L'homme s'enfuit dans les ténèbres. C'est vraiment une merde, dit Danjou. Ce sont tous des ordures, mais ils tuent volontiers pour pas cher et ils disparaissent.

— Tu as essayé de le tuer ce soir. C'était un piège.

— Oui. Je pensais qu'il avait été blessé dans les explosions. C'est pour ça que je suis descendu.

— Je croyais qu'il avait fait un cercle pour te coincer par-derrière.

— Oui, c'est ce que nous aurions fait, dans Méduse...

— C'est pour ça que je t'ai pris pour lui, dit Jason, puis il explosa. Qu'est-ce que tu as fait, bordel?

— Ça fait partie de l'histoire que je vais te raconter.

— Allez! Parle!

– Il y a une étendue plate à quelques centaines de mètres d'ici, dit le Français. On s'en servait pour atterrir en hélico et rencontrer l'assassin. Allons-y. On se reposera un peu et on discutera. Juste au cas où ce qui reste du feu attire les paysans du village.

– Il est à huit kilomètres!

– Mais on est quand même en Chine...

Les nuages s'étaient dispersés, soufflés par les vents de la nuit. La lune descendait mais baignait encore les montagnes au loin de sa lueur blafarde. Les deux hommes de Méduse étaient assis sur le sol. Bourne alluma une cigarette. Danjou se mit à parler.

– Tu te souviens, à Paris, de ce café où nous avions discuté après la fusillade du Louvre?

– Bien sûr. Carlos avait failli nous avoir tous les deux ce jour-là.

– Tu l'as presque eu, ce Chacal.

– Je ne l'ai pas eu. Alors, Paris, ce café?

– Je t'avais dit que j'allais rentrer en Asie. A Singapour ou à Hong-kong, peut-être les Seychelles. La France ne m'a jamais réussi. Ni aidé, d'ailleurs. Après Diên Biên Phu – tout ce que j'avais a été détruit, par nos propres troupes – il était inutile de parler de réparations. Que de discours, que d'âneries... C'est pour cela que j'avais rejoint les rangs de Méduse. Le seul moyen de récupérer ce que je possédais, c'était grâce à une victoire américaine.

– Je me souviens, dit Jason. Mais qu'est-ce que ça a à voir avec ce soir?

– Evidemment, je suis revenu en Asie. Puisque le Chacal m'avait vu, j'étais hors circuit pour un moment. Ce qui me laissait du temps pour réfléchir. Je devais faire une évaluation correcte des circonstances et des possibilités qui s'offraient à moi. J'étais en fuite et, sans être riche, je n'étais pas démuni. Cet après-midi à Paris, j'ai pris le risque de retourner dans la boutique de la rue Saint-Honoré et j'ai raflé la caisse. Je connaissais la combinaison du coffre et, heureusement, il était bien garni. Je pouvais me retirer à l'autre bout du monde, hors d'atteinte de Carlos, et vivre un moment sans paniquer. Mais que faire de ma vie? Les fonds allaient diminuer et mes aptitudes –

si évidentes dans le monde civilisé – n'étaient pas suffisantes pour me permettre de vivre l'automne de ma vie ici avec le confort auquel j'avais été habitué avant de tout perdre. Mais je n'avais pas été un des serpents de la tête de Méduse pour rien. J'avais développé certains talents et tout d'un coup la moralité ne me semblait plus une issue. On m'avait trompé, et je pouvais tromper aussi. Des étrangers sans nom et sans visage avaient essayé de me tuer un nombre incalculable de fois. Donc je pouvais assumer la responsabilité de la mort d'étrangers sans nom et sans visage. Tu vois la symétrie, non? Une fois posée l'équation, les termes deviennent abstraits.

– Je vois surtout un tas de merde, répliqua Bourne.

– Alors tu n'écoutes pas, Delta.

– Je ne suis pas Delta.

– Très bien, Bourne...

– Je ne suis pas... vas-y continue, peut-être le suis-je.

– *Comment?* fit Danjou en français.

– *Rien,* répondit Bourne, continue.

– Une chose m'avait frappé. Quoi qu'il te soit arrivé à Paris – que tu sois perdant ou gagnant, mort ou vivant –, Jason Bourne était fini. Et bon Dieu, je savais que Washington n'en soufflerait jamais un mot. Tu allais simplement disparaître. Au-delà de toute récupération, je crois que c'est l'expression.

– Je connais, dit Jason. Donc, j'étais fini.

– *Naturellement.* Et il n'y aurait aucune explication. Il ne pouvait pas y en avoir. L'assassin qu'ils avaient inventé était devenu fou – il avait tué! Non, il n'y aurait rien. Les stratèges se retirent dans leur monde d'ombre feutrée quand leurs plans leur sautent à la gueule.

– Je connais celle-là aussi.

– Bien. Donc tu commences à comprendre la solution que j'ai trouvée pour moi, pour mes vieux jours.

– Oui, je commence à comprendre.

– Il y avait un vide, ici, en Asie. Jason Bourne n'était plus, mais sa légende était toujours vivante. Et il existe des hommes qui payent cher les services d'un tel expert. Je savais ce qui me restait à faire. Il me suffisait de trouver le bon composant...

– Composant?

– Prétendant, si tu préfères. Et à l'entraîner comme dans

Méduse, avec tous les trucs de cette terrible fraternité criminelle. Je suis allé à Singapour et j'ai fouillé les ruelles, craignant souvent pour ma vie, jusqu'à ce que je trouve celui qu'il me fallait. Et je l'ai trouvé assez vite, si je peux dire. Il était désespéré, en fuite depuis trois ans, et ses poursuivants toujours à un doigt de le rattraper. C'est un Anglais, un ancien Royal Commando, qui a tué sept personnes une nuit où il était bourré, et ivre de rage. A cause de son passé militaire, on l'a remis entre les mains des psychiatres, dans le Kent et, Dieu seul sait comment, il s'est évadé et s'est retrouvé à Singapour. Il possédait déjà tous les talents nécessaires. Il suffisait de l'affiner et de le guider.

— Il me ressemble. Il ressemble à ce que j'étais.

— Bien plus qu'avant. Il avait la stature, et le même genre de corps musclé. Il ne restait qu'à modifier légèrement son nez qui était trop proéminent et à arrondir son menton pour qu'il ressemble au souvenir que j'avais de Delta. Tu étais différent à Paris, mais pas assez radicalement pour que je ne puisse pas te reconnaître.

— Un commando, dit doucement Jason. Cela explique pas mal de choses. Qui est-ce?

— C'est un homme qui n'a pas de nom, mais qui a une histoire, et plutôt macabre, répliqua Danjou en contemplant les montagnes au loin.

— Pas de nom?

— A chaque fois qu'il m'a donné un nom, il l'a contredit dans les minutes qui suivaient. Il protège ce nom comme la prunelle de ses yeux, comme si sa révélation devait immanquablement amener sa mort. Bien sûr, il a raison. Les circonstances présentes le démontrent. Si j'avais son vrai nom, je pourrais le transmettre discrètement aux autorités britanniques de Hong-kong. Leurs ordinateurs s'allumeraient. On ferait venir des spécialistes de Londres et une chasse à l'homme, comme je serais bien incapable d'en organiser, commencerait. Ils ne le prendraient jamais vivant – il ne le leur permettrait pas et ils ne le souhaiteraient pas non plus – et mon but serait atteint.

— Pourquoi les Britanniques veulent-ils sa peau?

— Disons pour résumer que, de même que les Américains ont eu leur Mai Lai et leur Méduse, Londres a une unité de combat de l'armée beaucoup plus récente qui était dirigée par un criminel psychotique qui a laissé des centaines de cadavres derrière lui – sans faire de distinction entre les coupables et les innocents. Il détient trop de secrets, qui, si on les révélait, provoqueraient des éruptions de violence dans tout le Moyen-Orient et en Afrique. Les aspects pratiques priment, tu le sais.

– Il dirigeait une unité? demanda Bourne, étonné.

– Ce n'était pas un fantassin, Delta. Il était capitaine à vingt-deux ans et major à vingt-quatre, alors qu'il était à l'époque quasi impossible de monter en grade si on sortait du rang, pour des raisons économiques. Il serait sans doute colonel ou général si sa chance n'avait pas tourné.

– C'est ce qu'il t'a dit?

– Souvent, quand il buvait trop, il lui venait des crises de rage terrifiantes et la vérité remontait à la surface – mais sans jamais qu'il dise son nom. Cela lui arrivait une ou deux fois par mois et ça durait plusieurs jours. Il se mettait dans un état monstrueux, mais il restait assez cohérent avant d'exploser pour me dire de l'attacher, de l'enfermer, de le protéger contre lui-même... Il se remettait à vivre des moments horribles de son passé, sa voix même changeait, devenait gutturale, diabolique. Quand l'alcool prenait le dessus, il se mettait à décrire des scènes de torture et de mutilation, des interrogatoires où il crevait les yeux de ses prisonniers, où il leur tranchait les veines en les obligeant à regarder leur vie s'écouler sur le plancher. Autant que je puisse recoller tous les morceaux du puzzle, il semble qu'il ait commandé la plupart des raids les plus dangereux de la fin des années 70 et du début des années 80, depuis le Yémen jusqu'aux bains de sang de l'Est africain. Un jour, avec une jubilation insensée, il m'a raconté qu'Amin Dada tremblait à la seule mention de son nom parce qu'il le dépassait largement en brutalité et en horreur. Sacrée réputation!

Danjou s'arrêta, secoua la tête, les sourcils levés comme pour accepter l'inexplicable.

– C'est un « sous-homme », il n'est pas vraiment humain, reprit-il, c'est un ancien officier, très intelligent et gentleman. C'est un paradoxe complet, une contradiction totale de l'homme civilisé... Ses troupes le méprisaient et ça le faisait rire. Ils l'appelaient « l'animal » mais personne n'a jamais déposé une plainte officielle.

– Pourquoi? demanda Jason, qui sentait une douleur lui vriller la tête. Pourquoi?

– Parce qu'il les a toujours sortis du pétrin – la plupart d'entre eux – quand l'ordre de mission semblait sans espoir.

– Je vois, dit Bourne, laissant les mots s'envoler avec le vent. Non, je ne vois pas, s'écria-t-il soudain, en colère, comme si on venait de le piquer. Pourquoi ses supérieurs le laissaient-ils faire? C'est incroyable! Ils devaient bien se douter de quelque chose!

– Si j'ai bien compris, il s'attaquait au travail quand d'autres ne pouvaient pas ou ne voulaient pas. Il avait appris les secrets que nous avions appris dans Méduse. Jouer les règles les plus dures de l'ennemi. Changer les règles selon les cultures. Après tout, tout le monde ne se fait pas la même idée de la vie que les judéo-chrétiens. Il y a tellement de peuples pour qui la mort est une délivrance, étant donné l'intolérable condition humaine.

– Respirer c'est respirer, insista sèchement Jason. Etre c'est être et penser c'est penser! ajouta David Webb. C'est un homme de Neanderthal, ce type!

– Pas plus que Delta en certaines occasions. Et toi aussi, tu nous as sortis de pas mal de...

– Ne dis pas ça, protesta Bourne violemment. Ce n'était pas la même chose!

– Une variante, alors, insista Danjou. En fin de compte les motivations ne comptent pas réellement, non? Seuls les résultats importent. Ou bien est-ce que tu te fous d'accepter la vérité? Tu es passé par là. Est-ce que Jason Bourne vit maintenant en se mentant à lui-même?

– Pour l'instant, je vis, c'est tout – jour après jour, nuit après nuit, jusqu'à ce que ce soit terminé. D'une manière ou d'une autre.

– Sois un peu plus clair.

– Quand je le voudrai, ou quand il le faudra, répliqua Bourne d'un ton glacial. Donc, il est très fort, hein? Ton commando, ton major sans nom. Très efficace...

– Aussi bon que Delta, peut-être même meilleur. Tu vois, il est dénué de conscience. Toi, au contraire, aussi violent que tu aies pu être, tu avais des éclairs de compassion. Quelque chose en toi l'exigeait. Tu disais : « Epargnez cet homme, il a une femme, des enfants. Mettez-le hors d'état de nuire, mais laissez-le vivre... » Ma création, ton imposteur, ne ferait jamais une chose pareille. C'est un adepte de la solution finale – la mort devant ses propres yeux.

– Que lui est-il arrivé? Pourquoi a-t-il tué ces gens à Londres? Etre bourré n'est pas une raison suffisante.

– Sauf si ça fait tellement partie de ta vie que tu ne peux y échapper.

– Mais tu ne sors pas tes armes si on ne te menace pas. Sinon, c'est que tu le cherches...

– Il n'avait pas d'armes, à Londres. Seulement ses deux mains.

– Quoi?

– Il arpentait les rues en cherchant des ennemis imaginaires – c'est ce que j'ai pu comprendre à travers son délire. Il criait : « C'était dans leurs yeux! Ils savent qui je suis, ce que je suis! » Je t'assure, Delta, c'était à la fois effrayant et pénible, et il n'a jamais balancé un seul nom, sauf celui d'Idi Amin Dada, mais n'importe quel mercenaire ivre mort s'en serait servi pour se vanter. Si j'impliquais les Britanniques de Hong-kong, je devais m'impliquer moi aussi, et, après tout, je ne pouvais pas vraiment faire ça. Alors j'ai employé la bonne vieille méthode de Méduse : « Fais-le toi-même »... C'est toi qui nous avais appris ça, Delta. Tu nous répétais, tu nous ordonnais d'utiliser notre imagination. C'est ce que j'ai fait ce soir. Et j'ai échoué, comme on pouvait s'y attendre. J'ai vieilli.

– Réponds à ma question, le pressa Bourne. Pourquoi a-t-il tué ces gens à Londres?

– Pour une raison à la fois banale et stupide – et familiale. Il avait été rejeté, et son ego ne le tolérait pas. Je doute que cela se soit passé à un niveau émotionnel. Pour lui, l'activité sexuelle n'est qu'un relâchement animal. Il est dénué d'affection, il n'est pas capable d'éprouver de l'affection.

– Mais qu'est-ce qui s'est passé, bordel?

– Il revenait, blessé, d'une mission particulièrement brutale en Ouganda, et il comptait retrouver la femme qu'il avait laissée à Londres – quelqu'un de la haute, comme on dit, certainement un lien avec son propre passé. Mais elle a refusé de le voir et elle a engagé des gardes du corps armés pour protéger sa maison de Chelsea après son coup de téléphone. Deux de ces gardes du corps sont parmi les sept personnes qu'il a tuées ce soir-là. Tu vois, elle disait qu'il ne savait pas se contenir et que ses crises d'éthylisme en faisaient un meurtrier. Elle ne s'était pas trompée! Mais pour moi, c'était le remplaçant idéal. A Singapour je l'ai suivi quand il est sorti du bar et je l'ai vu coincer deux *thugs*, des contrebandiers, dans une ruelle. Je l'ai vu leur ouvrir la gorge à tous les deux d'un seul coup de poignard. Il leur a fait les poches. Là j'ai compris que ce type était au bout du rouleau. J'avais trouvé mon Jason Bourne. Je me suis approché de lui tout doucement, lentement, la main tendue. Je tenais plus d'argent qu'il ne venait d'en piquer à ses victimes. On a parlé. C'était le commencement...

— Alors Pygmalion crée sa Galatée et le premier contact que tu as accepté est devenu Aphrodite et lui a donné vie. George Bernard Shaw t'adorerait, et moi je pourrais te tuer...

— Pour quoi faire? Tu es venu le chercher ce soir. J'étais venu pour le détruire.

— Ce qui est une partie de ton histoire, dit David Webb détournant son regard du Français. Il regardait les montagnes au loin, pensait au Maine et à la vie avec Marie qui avait été si violemment détruite. Espèce d'enculé! cria-t-il soudain en saisissant le Français par le col. Je pourrais te tuer! As-tu la moindre idée de ce que tu as fait?

— C'est ton histoire, Delta. Laisse-moi finir la mienne.

— Sois bref... Echo... C'était ton nom, n'est-ce pas? Echo?

Les souvenirs remontaient. Il lâcha le Français.

— Oui, c'était ça. Une fois à Saigon, tu avais dit que tu ne partais pas sans ton vieil Echo... Il fallait que je sois dans ton équipe parce que je comprenais les problèmes qu'il pouvait y avoir avec les chefs de tribus. Les autres ne pouvaient pas. Et cela n'avait pas grand-chose à voir avec mon symbole alphabétique. Et ce n'était pas mystique. J'avais juste vécu aux colonies pendant dix ans. Je savais quand les *Quan-si* mentaient.

— Finis ton histoire, ordonna Bourne.

— Trahison, dit Danjou, les paumes levées dans un geste d'impuissance. De la même manière que tu avais été créé, j'avais créé mon propre Jason Bourne. Et, comme toi, ma créature est devenue folle. Il s'est retourné contre moi, il est devenu la réalité que j'avais inventée. Oublie Galatée, Delta. Il est devenu le monstre de Frankenstein, mais sans les tourments de cette pauvre créature. Il m'a échappé et s'est mis à penser par lui-même, à agir seul, pour lui-même. Une fois son désespoir effacé, grâce à mon aide inestimable et au bistouri d'un chirurgien. Son sens de l'autorité lui est revenu, et son arrogance aussi, son horreur. Il me considère comme une broutille. C'est comme ça qu'il parle de moi! Une non-entité insignifiante qui s'est servie de lui! Moi qui l'ai créé!

— Tu veux dire qu'il passe des contrats tout seul?

— Des contrats pervers, grotesques, et extraordinairement dangereux.

— Mais c'est à travers toi que je l'ai repéré, grâce à tes dispositions au Kam Pek casino. Table n° 5, etc.

— Une méthode de contact qu'il trouve commode de maintenir. Et pourquoi pas? C'est une méthode qui a fait ses preuves, sécurité absolue, et qu'est-ce que je peux faire? Aller voir les autorités et leur dire : « Bonjour, messieurs, vous voyez, il y a ce type, là, dont je suis un peu responsable, qui se sert de mes arrangements personnels afin de se faire payer pour tuer quelqu'un! »... Il se sert même de mon propre homme de main.

— Le *Zhongguo ren* qui joue si bien des mains et des pieds?

— Ah, c'est comme ça que tu y es arrivé, fit Danjou en regardant Jason, Delta n'a pas perdu la main, hein? Est-il toujours en vie?

— Oui, il est vivant et plus riche de quelque dix mille dollars.

— C'est un cochon affamé de dollars. Mais je ne peux pas trop critiquer, je l'ai utilisé aussi. Je le payais cinq cents dollars pour ramasser et livrer chaque message.

— C'est comme ça que tu as amené ta création ici ce soir pour le tuer? Pourquoi es-tu certain qu'il viendrait?

— L'instinct de Méduse et la possession d'une information incroyable. Il a établi un contact extrêmement profitable avec quelqu'un, et c'est si dangereux que cela pourrait allumer une guerre à Hong-kong, paralyser la colonie entière.

— J'ai déjà entendu cette théorie, dit Jason. — Il pensait à ce qu'avait dit McAllister ce soir-là dans le Maine. — Et je n'y crois pas, ajouta-t-il. Quand des tueurs s'entre-tuent, ce sont plutôt eux les perdants, en général. Ils se font sauter la caisse et les informateurs sortent du parquet comme des cafards en croyant qu'ils sont les prochains à crever.

— Si les victimes se limitaient à ce cadre précis, tu aurais raison. Mais quand on compte parmi les cadavres une personnalité politique importante appartenant à une nation puissante et agressive?

Bourne regarda Danjou.

— La Chine? demanda-t-il doucement.

Le Français acquiesça.

— Cinq hommes ont été tués sur le Tsim Sha Tsui...

— Je sais ça.

— Quatre des cadavres étaient sans importance. Pas le cinquième. C'était le vice-Premier ministre de la République populaire.

— Bon Dieu, fit Jason en fronçant les sourcils.

L'image d'une voiture lui revenait en mémoire. Une voiture aux vitres teintées qui emportait un assassin. Un véhicule officiel du gouvernement chinois.

— Et qu'est-ce que le vice-Premier ministre faisait à Kowloon, d'abord? Est-ce que cet auguste meneur du Comité central faisait partie des corrompus? Ecoute, ma création doit être détruite. Avant qu'il accepte un autre contrat qui pourrait nous plonger tous dans l'abîme...

— Désolé, Echo. Capturé et ramené à quelqu'un d'autre, mais pas tué.

— Nous en arrivons à ton histoire, si je comprends bien?

— A une partie de mon histoire, oui.

— Vas-y, raconte.

— Seulement ce que tu dois savoir. Ma femme a été kidnappée et amenée à Hong-kong. Pour la récupérer — et je vais la récupérer, sinon vous crèverez tous — je dois livrer ton fils de pute, ta création. Et maintenant j'ai fait un pas de plus parce que tu vas m'aider, et je veux dire vraiment m'aider. Parce que si tu ne m'aides pas...

— Menace inutile, Delta, l'interrompit l'ancien membre de Méduse. Je sais de quoi tu es capable. Je t'ai vu à l'œuvre. Tu as tes raisons pour le vouloir, mois les miennes. Nos ordres de mission se rejoignent.

XVII

CATHERINE STAPLES insistait pour que son hôte reprenne une vodka Martini. Elle refusa d'en reprendre une, car son verre était encore à moitié plein.

— Il est aussi à moitié vide, dit le jeune attaché américain.

Il avait trente-deux ans et ne cessait de sourire nerveusement en remontant une mèche de ses cheveux bruns qui lui barrait le front.

— Je sais que c'est stupide, Catherine, ajouta-t-il, mais je n'arrive pas à oublier que vous avez vu ces photos – oui, je sais que vous avez sauvé ma carrière et même ma vie – mais, quand même, vous avez vu ces photos!

— A part moi, seul l'inspecteur Ballantyne les a vues.

— Mais vous aussi!

— Je pourrais être votre mère.

— Justement... Je vous regarde et j'ai vraiment honte. Je me sens sale.

— Mon ancien mari, Dieu seul sait où il est celui-là, m'a dit un jour que rien, absolument rien, ne devait être considéré comme sale dans les ébats sexuels. J'imagine qu'il avait une excellente raison pour affirmer ça, mais je pense qu'il n'avait pas tort. Ecoutez, John, oubliez ces photos. Moi, je les ai oubliées.

— J'aimerais bien, dit-il doucement.

Un serveur arrivait. Elle lui fit signe de resservir l'Américain.

— Depuis que vous m'avez appelé cet après-midi, poursuivit le jeune attaché, j'ai cru devenir dingue. J'ai cru que toute cette histoire revenait en surface. Ces vingt-quatre heures étaient du pur délire.

– Vous aviez été insidieusement drogué. On ne peut pas vous tenir pour responsable de vos actes dans un état pareil. Et je suis sincèrement désolée, j'aurais dû vous dire que mon appel n'avait rien à voir avec cette histoire.

– Si vous l'aviez fait, j'aurais pu mériter mon salaire de cet après-midi!

– C'est un oubli cruel, mais involontaire. Excusez-moi.

– Je vous excuse. Vous êtes sensationnelle, Catherine.

– Attention aux relations mère-fils!

– Je ne me laisserai pas aller!

– Alors ne prenez pas ce cinquième Martini.

– Mais c'est seulement le second!

– Un peu de flatterie n'a jamais fait de mal à personne!

Ils rirent tous les deux. Le serveur revint avec le verre de John Nelson. Il remercia et se tourna vers Catherine Staples.

– C'est marrant, dit-il, mais j'ai beau me servir de la flatterie, je n'ai encore jamais dîné au Plume. Ce restaurant est largement au-dessus de mes moyens.

– Des miens aussi, mais c'est Ottawa qui paye. Vous êtes enregistré comme un hôte extrêmement important. Et, en fait, vous l'êtes.

– C'est gentil. Personne ne m'a jamais dit ça. J'ai un bon boulot ici parce que j'ai appris le chinois. Je me disais qu'avec tous ces fils de famille, un type qui sortait de l'Upper Iowa College à Lafayette, Nullepart, U.S.A. devait se ménager un avantage.

– Mais vous l'avez, Johnny. Les consulats vous aiment. Notre « Avenue des Ambassadeurs » ne pense que du bien de vous, et il y a de quoi.

– C'est grâce à vous et à Ballantyne. C'est tout.

Nelson se tut, but une lampée de Martini et regarda Catherine Staples par-dessus son verre. Puis il le reposa sur la table et reprit :

– Qu'est-ce qu'il y a Catherine? Pourquoi suis-je important?

– Parce que j'ai besoin de votre aide.

– Tout, je ferai tout ce que je pourrai.

– Pas si vite, Johnny. On aborde les eaux profondes et je pourrais moi-même m'y noyer.

– Si quelqu'un mérite qu'on lui lance une bouée, c'est

bien vous. En dehors de quelques problèmes mineurs, nos deux pays vivent comme des voisins qui s'entendraient parfaitement – nous sommes du même côté. De quoi s'agit-il? Comment puis-je vous aider?

– Marie Saint-Jacques... Webb, dit Catherine en étudiant les réactions de l'attaché américain.

Nelson fronça les sourcils et fit une petite grimace dubitative.

– Rien, dit-il. Ce nom n'évoque rien du tout, pourquoi?

– Très bien, essayons Raymond Havilland.

– Oh, ça c'est un autre style de gibier, un peu plus pimenté, fit l'attaché en ouvrant grands les yeux. On se demande tous ce qu'il fait ici. Il n'est pas venu au consulat, il n'a même pas téléphoné au consul, qui veut absolument se faire prendre en photo avec lui pour les journaux d'ici. Après tout, Havilland c'est la classe au-dessus – le genre métaphysique dans son business. Il existe depuis l'aube de l'humanité. On le soupçonne d'être pour quelque chose dans la genèse!

– Donc vous savez que votre ambassadeur aristocrate est impliqué depuis des années dans bien autre chose que des négociations diplomatiques.

– Personne ne le dit jamais, mais il n'y a que les naïfs pour se contenter des apparences.

– Vous êtes vraiment fort, Johnny...

– Juste un peu observateur, c'est tout. J'essaye de mériter un tant soit peu mon salaire. Quelle est la connexion entre un nom que je connais bien et un nom que je ne connais pas?

– J'aimerais le savoir. Vous ne savez vraiment pas pourquoi Havilland est ici? Aucune rumeur, rien?

– Aucune idée, mais je sais que vous ne le trouverez pas dans un hôtel.

– Je suppose qu'il a pas mal d'amis fortunés...

– Moi aussi, mais il n'est pas descendu chez eux non plus.

– Ah bon?

– Le consulat a loué discrètement une maison de Victoria Peak, et un deuxième contingent de marines a débarqué d'Hawaï pour y monter la garde. Personne de nous autres pauvres cadres moyens n'était au courant jusqu'à la semaine dernière. Il y a eu une belle boulette. Deux marines dînaient dans le Wanchai et l'un des deux a payé sa note avec un chèque temporaire d'une banque de Hong-kong. Vous connaissez comme moi l'aversion des serveurs pour les chèques. Le directeur s'est énervé après le caporal des marines. Le môme a dit que ni lui ni son pote n'avaient eu le temps de passer prendre du liquide à la banque et que le chèque était parfaitement en règle. Pourquoi le directeur n'appelait-il pas le consulat pour vérifier?

– Très malin, votre caporal, coupa Catherine Staples.

– Pas très malin, le consulat, dit Nelson. L'attaché militaire était parti pour la journée et notre personnel chargé de la sécurité avec leur parano sans limites n'avait même pas contrôlé le contingent de Victoria Peak. Le directeur a dit plus tard que le caporal lui avait montré ses papiers et qu'il avait l'air d'un brave garçon, donc il avait pris le risque avec le chèque.

– C'était raisonnable de sa part. Il ne l'aurait sans doute pas fait si le caporal s'était comporté autrement. Très malin, ce marine.

– Oui, mais il s'est comporté autrement. Pas plus tard que le lendemain matin au consulat. Il est arrivé en gueulant comme un putois, si fort que même moi je l'ai entendu, et mon bureau est au bout du couloir. Il voulait savoir pourquoi ces cons de civils que nous sommes ne les avaient pas contrôlés et mis sur les listes puisqu'ils étaient là depuis une semaine. Il était plutôt énervé, je vous assure.

– Et tout d'un coup tout le consulat a su qu'il y avait une maison « stérile » sur Victoria Peak?

– C'est vous qui le dites, Catherine. Mais je vais vous dire exactement ce que renfermait la note de service qu'on a reçue une heure après le départ du caporal, qui venait de passer vingt minutes mémorables avec quelques clowns de la sécurité, très embarrassés.

– Et ce qu'on vous demandait de dire n'a rien à voir avec ce que vous pensez?

– Sans commentaire, dit Nelson. « La maison de Victoria Peak a été louée pour le séjour des membres du gouvernement et d'hommes d'affaires de compagnies U.S. en visite à Hong-kong ».

– N'importe quoi. Surtout la deuxième partie. Depuis quand le contribuable américain paye-t-il des villas à General Motors ou ITT?

– Washington encourage en ce moment les relations commerciales avec la République populaire. Cela va avec notre polititique d'ouverture sur la Chine. Ça tient debout. Nous voulons rendre les choses plus faciles, et cette île est bondée. Essayez d'obtenir deux jours de réservation de suite dans un des grands hôtels!

– On dirait que vous avez appris ce petit discours par cœur.

– Sans commentaire... Je vous ai dit ce qu'on m'a ordonné de dire si on me posait cette question – ce que vous venez de faire.

– Bien sûr. J'ai des amis sur Victoria Peak qui disent que le voisinage change, avec tous ces marines qui traînent.

Catherine Staples but une gorgée de son Martini.

– Havilland est là-haut, hein? demanda-t-elle en reposant son verre sur la table.

– Presque garanti.

– Presque?

– Notre responsable de l'information – elle occupe le bureau voisin du mien – voulait quelques détails sur Havilland. Elle a demandé au consul dans quel hôtel il séjournait et on lui a répondu aucun. Chez qui, alors? a-t-elle demandé. Même réponse. Il faudra attendre qu'il nous appelle, s'il le fait un jour, a dit le consul. Elle est venue pleurer sur mon épaule, mais l'ordre était strict. Défense de s'occuper de l'ambassadeur.

– Il est sur Victoria Peak, conclut Catherine Staples tranquillement. Il s'est construit une maison stérile et il a monté une opération.

– Qui a quelque chose à voir avec cette Webb, cette Marie Saint quelque chose dont vous parliez?

– Saint-Jacques Webb, oui.

– Vous voulez bien m'en parler?

– Pas maintenant – pour votre sauvegarde et la mienne. Si j'ai raison et que quelqu'un pense qu'on vous a informé, vous pourriez vous retrouver à Reykjavik sans avoir le temps de prendre un pull-over.

– Mais vous disiez que vous ne saviez pas s'il y avait

une connexion entre les deux, que vous aimeriez le savoir.

– Je ne connais qu'une version de cette histoire et elle est pleine de trous. Je ne sais même pas si cette connexion existe. Je pourrais me tromper, dit Catherine en buvant une nouvelle gorgée. Ecoutez, Johnny, poursuivit-elle, il n'y a que vous qui puissiez prendre cette décision et je ne vous en voudrai pas si vous refusez. Je dois savoir si la présence de Havilland a quelque chose à voir avec un homme nommé David Webb et sa femme, Marie Saint-Jacques. Elle était économiste à Ottawa avant son mariage.

– Elle est canadienne?

– Oui. Je vais vous donner quelques informations, mais pas assez pour vous attirer des ennuis. S'il y a un rapport entre ces deux faits, je vais devoir suivre une certaine direction. Sinon, je peux faire un demi-tour complet et prendre un autre chemin. Je peux en appeler aux médias. Me servir des journaux, de la radio, de la télévision pour que son mari reprenne contact avec elle.

– Ce qui veut dire qu'il est seul sur la banquise, dit l'attaché, et que vous savez où elle est, alors que les autres ne le savent pas.

– Comme je le disais tout à l'heure, vous êtes plutôt rapide.

– Mais s'il y a une connexion avec Havilland, ce dont vous êtes persuadée, en fait...

– Sans commentaire, coupa Catherine Staples. Si je vous répondais, je vous en dirais plus que vous ne devez en savoir.

– Je vois. C'est délicat. Laissez-moi réfléchir, fit Nelson en prenant son Martini.

Mais il ne but pas. Il le reposa sur la table.

– Qu'est-ce que vous penseriez d'un coup de téléphone anonyme? demanda-t-il.

– Du genre?

– Une Canadienne affolée qui cherche des informations sur son mari américain disparu?

– Pourquoi vous aurait-elle appelé? Elle a l'habitude d'évoluer dans les sphères gouvernementales. Pourquoi n'aurait-elle pas appelé le consul lui-même?

– Il n'était pas là. Moi, si.

– Je ne veux pas ruiner vos rêves de gloire, Johnny, mais vous n'êtes pas son second!

– Exact. Et n'importe qui pourrait vérifier au standard et s'apercevoir que je n'ai jamais reçu cet appel.

Catherine Staples fronça les sourcils et se pencha vers lui.

– Il y aurait bien un moyen, si vous étiez disposé à mentir juste un peu plus. C'est fondé sur la réalité. Cela s'est produit et personne ne pourrait affirmer le contraire.

– Quel moyen?

– Une femme vous a abordé dans Garden Road quand vous sortiez du consulat. Elle ne vous en a pas dit long, mais assez pour vous inquiéter, et elle ne voulait pas entrer au consulat parce qu'elle avait peur. C'est la femme affolée cherchant son mari américain disparu. Vous pourriez même la décrire.

– Commencez par son signalement, dit Nelson.

Assis de l'autre côté du bureau de McAllister, Lin Wenzu lisait son carnet et le sous-secrétaire d'Etat l'écoutait.

– Bien que la description diffère, les différences sont mineures et aisément identifiables. Elle a remonté ses cheveux, elle porte un chapeau, pas de maquillage et des sandales pour réduire sa taille, mais... c'est elle.

– Elle a dit qu'elle ne reconnaissait aucun nom dans le répertoire qui pouvait être son prétendu cousin?

– Le cousin au second degré du côté de sa mère. C'est assez gros pour être crédible. D'après la réceptionniste elle paraissait un peu bizarre, agitée même. Elle portait aussi un sac qui était une imitation si mal faite d'un Gucci que la réceptionniste l'a prise pour une fille de la cambrousse. Drôle, mais crédule.

– Elle a reconnu le nom de quelqu'un, affirma McAllister.

– Si c'était le cas, pourquoi n'a-t-elle pas demandé à le voir? Elle n'avait pas de temps à perdre...

– Elle a certainement supposé que nous avions lancé l'alerte, qu'elle ne pouvait pas risquer d'être reconnue, comme ça, d'entrée.

– Je ne crois pas qu'elle s'en soucierait, Edward. Avec ce qu'elle sait et ce qu'elle a vécu, elle pourrait être extrêmement convaincante.

– Avec ce qu'elle croit qu'elle sait, Lin. Elle ne peut être sûre de rien. Elle va se montrer très prudente. Elle aura peur de faire un faux pas. C'est son mari qui est là, dehors, et croyez-moi – je les ai vus ensemble – elle le protège énormément. Bon Dieu, elle a volé plus de cinq millions de dollars parce qu'elle était persuadée, à juste titre, qu'on avait floué son mari. Elle pensait qu'il y avait droit et que Washington pouvait aller se faire foutre!

– Elle a fait ça?

– Havilland vous a tout expliqué, non? Elle a fait ça, et il n'y a pas eu de conséquences. Qui allait protester? Elle tenait Washington à cause du secret. Ils étaient sur les dents mais ils ne pouvaient rien faire.

– Plus j'en apprends, plus j'admire cette femme.

– Admirez-la tant que vous voulez, mais trouvez-la!

– Puisqu'on parle de l'ambassadeur, où est-il?

– Il déjeune avec le haut-commissaire canadien.

– Il va tout lui dire?

– Non. Il va lui demander de coopérer aveuglément, avec un téléphone posé sur leur table et relié directement à Londres. Londres va obliger le haut-commissaire à faire tout ce que Havilland lui demandera. Tout a été arrangé.

– Il secoue tout le monde, hein?

– Il n'a pas son pareil. Il ne devrait plus tarder maintenant. Il est en retard, d'ailleurs...

Le téléphone sonna. McAllister décrocha.

– Oui?... Non, il n'est pas là. Qui?... Oui, bien sûr, je le prends.

Le sous-secrétaire d'Etat couvrit le téléphone et s'adressa au major.

– C'est notre consul général, l'Américain, je veux dire.

– Il s'est passé quelque chose, dit Lin en se levant de son fauteuil, l'air soudain nerveux.

– Oui, monsieur Lewis, c'est McAllister. Je veux que vous sachiez d'abord combien nous apprécions tout ce que vous avez fait, monsieur. Le consulat a été très coopératif.

Soudain, la porte du bureau s'ouvrit, livrant passage à Havilland.

– C'est le consul, monsieur l'Ambassadeur, dit Lin. Je crois qu'il voulait vous parler.

– Ce n'est pas le moment de m'inviter à une de leurs soirées, bon Dieu!

– Un instant, monsieur Lewis, dit McAllister. L'ambassadeur vient juste d'arriver. Je vais vous le passer.

McAllister tendit l'appareil à Havilland.

– Oui, Jonathan, qu'y a-t-il? demanda l'ambassadeur, très raide, les yeux fixés sur un point de l'horizon.

Il écouta un bon moment sans dire un mot, puis, finalement, il répondit.

– Merci, Jonathan, vous avez fait exactement ce qu'il fallait. Ne dites rien à personne, je m'en occupe.

Havilland raccrocha et regarda Lin et McAllister.

– La piste, si c'en est une, vient du mauvais côté. Pas du consulat canadien, mais du consulat américain.

– C'est absurde, dit McAllister. Ce n'est pas Paris. Ça n'a rien à voir avec son arbre favori, avec la feuille d'érable. Il ne peut s'agir que du consulat canadien.

– Et, à cause de cette analyse, nous devons écarter cette nouvelle piste?

– Bien sûr que non. Que s'est-il passé?

– Un de nos attachés, John Nelson, a été abordé dans Garden Road par une canadienne qui essayait de retrouver son mari disparu. Ce Nelson a offert de l'aider, de l'accompagner à la police, mais elle a refusé. Elle ne voulait pas aller voir la police et elle ne voulait pas le suivre dans son bureau.

– Est-ce qu'elle lui a donné des raisons? demanda Lin. Elle demande de l'aide et puis après elle la refuse...

– Juste que c'était personnel. Nelson l'a décrite comme étant à bout de nerfs, épuisée. Elle s'est identifiée comme Marie Webb. Elle a dit que son mari était peut-être venu la chercher au consulat. Elle a demandé à Nelson de se renseigner. Elle a dit qu'elle le rappellerait.

– Ça n'a rien à voir avec ce qu'elle a dit avant, protesta McAllister. Elle faisait clairement référence à ce qui leur est arrivé à Paris, et ça voulait dire joindre un officiel de son propre gouvernement, de son pays, du Canada.

– Pourquoi vous obstiner? demanda Havilland. Ce n'est

pas une critique, Edward, mais j'aimerais bien savoir pourquoi.

– Je ne sais pas. Il y a quelque chose qui ne colle pas. Entre autres choses, le major a établi le fait qu'elle s'était rendue au consulat canadien.

– Oh, fit l'ambassadeur en regardant l'homme du Special Branch.

– La réceptionniste l'a confirmé. La description était assez bonne, surtout pour quelqu'un qui a été entraîné par un caméléon. Elle a raconté qu'elle avait promis à sa famille de venir dire bonjour à un lointain cousin dont elle avait oublié le nom. La réceptionniste lui a donné un répertoire et elle a cherché un nom.

– Elle a trouvé quelqu'un qu'elle connaissait, interrompit le sous-secrétaire d'Etat. Elle est entrée en contact.

– Eh bien, voilà votre réponse, dit Havilland d'un ton ferme. Elle a appris que son mari ne s'était pas rendu dans cette rue pleine de feuilles d'érable, alors elle a essayé un second registre. Le consulat américain.

– Et elle donne son vrai nom alors qu'elle sait pertinemment qu'on la cherche dans tout Hong-kong?

– Donner un faux nom n'aurait servi à rien, répliqua l'ambassadeur.

– Ils parlaient tous les deux français. Elle aurait pu dire *toile,* au lieu de Webb.

– Je parle français aussi, merci. Mais où voulez-vous en venir?

– Son mari aurait dû comprendre, a dû comprendre. Elle aurait dû faire quelque chose de moins évident.

– Monsieur l'Ambassadeur, interrompit Lin Wenzu en détachant lentement son regard de McAllister. En vous entendant parler au consul général, lui dire qu'il ne devait en parler à personne, et comprenant maintenant votre désir de secret absolu, je suppose que M. Lewis n'appréhende pas la situation dans sa totalité.

– Exact, major.

– Alors comment a-t-il su qu'il fallait vous appeler? Il y a plein de gens qui se perdent à Hong-kong. Un mari disparu ou une femme disparue, c'est fréquent, ici.

Pendant un instant l'expression de Havilland refléta le doute.

– Jonathan Lewis et moi, ça remonte loin, dit-il d'une

voix d'où semblait avoir disparu son autorité naturelle. C'est le genre bon vivant, en apparence, mais ça n'est pas un imbécile, loin de là. Il ne serait pas en poste ici, sinon. Et, d'après les circonstances de la rencontre entre son attaché et cette femme, eh bien, Lewis me connaît bien et il en a tiré certaines conclusions évidentes.

Le diplomate se tourna vers McAllister. Son autorité lui revenait peu à peu.

— Rappelez Lewis, Edward, dit-il. Qu'il prévienne ce Nelson qu'il va recevoir un appel de vous. Je préférerais une approche moins directe, mais nous n'avons pas le temps. Je veux que vous le questionniez, sur tout, sur tout ce qui vous viendra à l'esprit. J'écouterai sur le poste de votre bureau.

— Vous êtes d'accord, donc, dit le sous-secrétaire. Il y a quelque chose qui ne va pas.

— Oui, répondit Havilland en regardant Lin. Le major s'en est aperçu et pas moi. Je pourrais formuler ça autrement, mais c'est essentiellement ce qui trouble le major. La question n'est pas de savoir pourquoi Lewis m'a appelé mais pourquoi cet attaché s'est adressé à lui. Après tout, une femme a l'air agité dit que son mari a disparu mais ne veut pas voir la police, ne veut pas entrer au consulat... Normalement, une folle comme ça serait vite oubliée. Ce n'est certainement pas le genre d'affaire pour laquelle on dérangerait le consul lui-même, ce pauvre Lewis débordé... Appelez-le.

— D'accord. Mais d'abord, est-ce que tout s'est bien passé avec le commissaire canadien ? Est-ce qu'il va coopérer ?

— La réponse à votre première question est non, ça ne s'est pas bien passé. Quant à la seconde, il n'a pas le choix.

— Je ne comprends pas.

Havilland soupira, visiblement irrité.

— Par Ottawa il va nous fournir une liste de son personnel qui a pu avoir de près ou de loin rapport avec Marie Saint-Jacques, mais il va le faire avec réticence. C'est la coopération qu'on l'a obligé à fournir, mais ça ne lui plaisait pas du tout. Pour commencer il a suivi, lui-même, un séminaire avec elle il y a quatre ans, et d'après lui au moins un quart du personnel du consulat en a fait autant. Elle ne se les rappellerait pas tous, mais tous se la rappellent. Elle était « étonnante », voilà comment il la voit. C'est aussi une citoyenne canadienne qui a été « foutue dans la merde par une bande de trous du cul américains », voilà ce qu'il a dit, et sans se gêner, « lancés dans une opération secrète complètement démente, dérangée de la tête », voilà ce qu'il a ajouté, une « opération idiote montée de toutes pièces par ces mêmes trous du cul », oui, il l'a répété, qui « n'a jamais été pleinement expliquée d'une manière satisfaisante ».

L'ambassadeur s'interrompit un instant, sourit une seconde, ce qui le fit tousser.

— C'était très rafraîchissant, dit-il. Il ne m'a rien épargné. On ne m'avait pas parlé comme ça depuis la mort de ma pauvre épouse. Ça me manque beaucoup.

— Mais vous lui avez dit que c'était pour son propre bien à elle, n'est-ce pas? Que nous devons la trouver avant qu'il ne lui arrive quelque chose.

— J'ai l'impression certaine que notre ami canadien avait des doutes réels sur mes facultés mentales. Appelez Lewis. Dieu seul sait quand nous aurons cette liste. Notre feuille d'érable va probablement la faire envoyer par train de Ottawa à Vancouver puis par cargo jusqu'à Hong-kong, où elle sera égarée à la poste. Pendant ce temps-là, nous avons ici cet attaché qui se comporte bien étrangement. Il enjambe des barrières quand ça n'est pas nécessaire.

— Je connais John Nelson, monsieur, dit Lin. C'est un type intelligent et il parle pas mal chinois. Il est plutôt populaire dans le milieu des consulats.

— Il est aussi quelque chose d'autre, major.

Nelson raccrocha le téléphone. Des ruisselets de sueur avaient coulé de son front. Il les essuya du revers de la main, satisfait de s'être si bien comporté, malgré tout. Il était assez content d'avoir retourné ses questions à McAllister, mais avec diplomatie.

— Pourquoi vous êtes-vous senti obligé d'alerter le consul?

— Votre appel semble répondre à ça, monsieur McAllister. Je sentais que quelque chose hors de l'ordinaire était en train de se produire. Je pensais que le consul devait en être averti.

– Mais la femme a refusé d'aller voir la police. Elle a même refusé d'entrer au consulat!

– C'est bien ce que je disais, monsieur. Elle était nerveuse et tendue, mais elle n'était pas jobarde.

– Quoi?

– Elle était parfaitement lucide, on pourrait même dire en pleine possession de tout son contrôle, malgré son anxiété.

– Je vois.

– Je me demande si vous voyez bien, monsieur. Je n'ai aucune idée de ce que le consul général vous a dit mais je lui ai suggéré qu'avec la maison sur Victoria Peak, les marines, et l'arrivée de l'ambassadeur Havilland, il pourrait téléphoner là-haut.

– C'est vous qui le lui avez suggéré?

– Oui.

– Pourquoi?

– Je ne crois pas que cela servirait à quoi que ce soit que je spécule sur ces faits, monsieur McAllister. Tout cela ne me regarde pas.

– Oui, bien sûr. Vous avez raison. Je veux dire, oui, très bien. Mais nous devons trouver cette femme, monsieur Nelson. J'ai été chargé de vous dire que si vous pouvez nous aider, cela serait vraiment avantageux pour vous.

– Je tiens sincèrement à vous aider, monsieur. Si elle m'appelle, j'essaierai d'organiser un rendez-vous et je vous rappellerai tout de suite. Je savais que j'avais raison de me comporter ainsi, de dire ce que j'ai dit.

– Nous attendrons votre coup de téléphone...

Catherine ne s'était pas trompée, songea John Nelson. Il y avait une sacrée connexion. Une telle connexion qu'il n'osait pas se servir de son téléphone pour l'appeler. Mais quand il l'aurait au bout du fil, il allait lui poser quelques questions difficiles. Il avait confiance en elle, mais une fois les photos compromettantes et leurs conséquences mises à part, il n'était pas à vendre. Il se leva et se dirigea vers la porte de son bureau. Un rendez-vous chez le dentiste dont il venait juste de se souvenir ferait l'affaire. En traversant le corridor qui menait à la réception, ses pensées revinrent à Catherine Staples. Catherine était une des personnes les plus fortes qu'il ait rencontrées, mais la veille au soir, son regard semblait avoir perdu cette force. Ses yeux ne reflétaient qu'une sorte de peur désespérée. C'était une Catherine qu'il n'avait jamais vue auparavant.

– Il a détourné vos questions vers ses propres réponses, dit Havilland en franchissant la porte, l'énorme Lin Wenzu derrière lui. Vous êtes d'accord, major ?

– Oui, et ça signifie qu'il anticipait les questions. Il s'y attendait.

– Ce qui veut dire que quelqu'un l'avait préparé à ces questions.

– Nous n'aurions jamais dû l'appeler, dit calmement McAllister, ses doigts massant encore une fois sa tempe droite. Tout ce qu'il a dit n'était fait que pour amener une réponse de ma part.

– Nous étions obligés de l'appeler, insista Havilland. Ne serait-ce que pour apprendre ça.

– Il a gardé le contrôle. Je l'ai perdu.

– Vous n'auriez pas pu agir différemment, Edward, dit Lin. Réagir autrement vous aurait obligé à questionner ses mobiles. En d'autres termes, vous auriez été obligé de le menacer.

– Et pour le moment nous ne voulons pas qu'il se sente menacé, aquiesça Havilland. Il glane des informations pour quelqu'un et nous devons trouvons pour qui.

– Et cela signifie effectivement que la femme de Webb a bien joint quelqu'un qu'elle connaissait et qu'elle a tout raconté à cette personne, dit McAllister en posant ses coudes sur le bureau, les doigts croisés, serrés.

– Vous aviez donc raison, dit l'ambassadeur en regardant le sous-secrétaire d'Etat. Une rue avec son arbre favori. Paris. La répétition inévitable. C'est clair. Nelson travaille pour quelqu'un du consulat canadien. Et qui que soit cet homme, il est en contact avec la femme de Webb.

McAllister leva les yeux.

– Alors, Nelson est soit un sacré crétin, soit un crétin dangereux. Il a lui-même admis savoir – ou du moins supposer – qu'il frayait avec des informations très secrètes impliquant un conseiller de la présidence. En dehors de se faire radier, il pourrait atterrir en prison pour conspiration contre le gouvernement.

– Ce n'est pas un imbécile, je vous assure, dit Lin.

– Eh bien, soit quelqu'un le force à agir contre sa volonté – un chantage, apparemment –, soit il a été payé pour savoir s'il existait une relation entre Marie Saint-Jacques et cette maison de Victoria Peak. Cela ne peut rien être d'autre, fit Havilland, le front soucieux, en se posant dans le fauteuil en face du bureau.

– Donnez-moi vingt-quatre heures, poursuivit le major du MI-6. Je peux peut-être trouver. Si je trouve, nous ramasserons l'homme du consulat canadien...

– Non, dit le diplomate, qui était un expert en opérations clandestines. Vous avez jusqu'à 8 heures ce soir. Nous ne pouvons pas nous le permettre, mais si nous pouvons éviter une confrontation et ses possibles retombées, nous devons essayer. La retenue est primordiale. Essayez, Lin. Pour l'amour de Dieu, essayez.

– Et après 8 heures ce soir, monsieur l'Ambassadeur?

– Alors, major, nous nous saisirons de notre attaché si malin et si évasif, et nous le briserons. Je préférerais de beaucoup l'utiliser sans qu'il le sache, sans risquer de déclencher l'alarme, mais la femme de Webb passe en premier. A 8 heures, monsieur Lin.

– Je ferai tout ce qui est en mon pouvoir.

– Et si nous nous trompons, poursuivit Havilland, comme si Lin Wenzu n'avait pas répondu, si ce Nelson a agi en aveugle et qu'il ne sait rien, je veux qu'on brise toutes les règles. Je me fous de savoir combien ça coûte, comment vous vous y prenez, ou quelles saloperies vous serez obligé de faire. Mais je veux des caméras, des tables d'écoute, une surveillance électronique sur tous les membres du consulat canadien. Il y a quelqu'un là-bas qui sait où elle se cache. Quelqu'un qui la cache.

– Catherine, c'est John, dit Nelson dans la cabine publique sur Albert Road.

– Comme c'est gentil d'appeler, répondit Catherine Staples d'un ton enjoué, mais en parlant très vite. Je viens de passer un après-midi épuisant, mais je serais ravie qu'on boive un verre un de ces jours. Ce serait très agréable de vous revoir et vous pourriez me parler de Canberra. Mais, à propos, dites-moi, est-ce que j'avais raison?

– Il faut que je vous voie, Catherine.

– Allez, ne me faites pas languir...

– Il faut que je vous voie. Vous êtes libre?

– J'ai un rendez-vous dans un quart d'heure.

– Plus tard, alors. Vers cinq heures. Il y a un endroit qui s'appelle le Monkey Tree, dans le Wanchai, sur Gloucester.

– Je connais. J'y serai.

John Nelson raccrocha. Il ne pouvait rien faire d'autre que retourner au bureau. Il ne pouvait pas s'absenter trois heures, surtout après sa conversation avec le sous-secrétaire d'Etat Edward McAllister. Les apparences interdisaient une telle absence. Il avait entendu parler de McAllister. Le sous-secrétaire avait passé sept ans à Hong-kong et il en était parti quelques mois avant l'arrivée de Nelson. Pourquoi était-il revenu? Pourquoi y avait-il une maison stérile sur Victoria Peak et pourquoi l'ambassadeur Havilland y résidait-il? Et, surtout, pourquoi Catherine Staples était-elle si effrayée? Il devait la vie à Catherine, mais il lui fallait quelques réponses. Il avait une décision à prendre.

Lin Wenzu avait épuisé ses sources. Un seul lui avait donné matière à réfléchir. Comme d'habitude, l'inspecteur Ian Ballantyne avait répondu à ses questions par d'autres questions, plutôt que de donner des réponses concises. C'était très agaçant, car on ne savait jamais si l'ancien de Scotland Yard savait quelque chose ou pas sur un quelconque sujet. Et dans ce cas précis, le sujet était l'attaché John Nelson.

– J'ai rencontré le bonhomme quelquefois, avait dit Ballantyne. Brillant, parle votre jargon, vous saviez ça?

– Mon jargon?

– Bien peu d'entre nous le parlaient pendant la guerre de l'opium. Intéressante période historique, n'est-ce pas, major?

– La guerre de l'opium? Je parlais d'un attaché américain, John Nelson...

– Oh, est-ce qu'il y a un rapport?

– Avec quoi, inspecteur?

– La guerre de l'opium.

– S'il existe un rapport, il doit avoir au bas mot cent cinquante ans, or son dossier dit qu'il en a trente-deux.

– Vraiment? Il est plus jeune que je ne le croyais.

Mais Ballantyne avait marqué trop de temps d'arrêt dans ses réponses pour satisfaire Lin. Visiblement, si le vieux cheval de bataille savait quelque chose, il n'allait pas le lui dire. Tous les autres – depuis la police de Hong-kong et de Kowloon jusqu'aux « spécialistes » qui fournissaient des renseignements au consulat américain moyennant finances – avaient brossé de Nelson le portrait le plus propre du territoire. Si Nelson avait un point faible, c'était dans sa soif inextinguible pour le sexc. Mais, puisqu'il était apparemment hétérosexuel, et qu'il était célibataire, on aurait dû l'applaudir, pas le condamner. Un des « spécialistes » dit à Lin qu'on avait averti Nelson de passer régulièrement ses visites médicales. Ce n'était pas un criminel – juste un jouisseur.

Le téléphone sonna. Lin décrocha.

– Oui?

– Le sujet a marché jusqu'au tram puis il a pris un taxi pour Wanchai. Il est dans un café, le Monkey Tree. Je suis avec lui. Je peux le voir.

– C'est loin et bondé, ce café, non? demanda le major. Est-ce qu'il y a quelqu'un avec lui?

– Non, mais il a demandé une table pour deux.

– Je serai là dès que possible. Si vous devez partir, je reste en contact par radio. Vous avez la voiture 7, non?

– Voiture 7, oui, monsieur... Attendez! Une femme s'approche de sa table. Il se lève...

– Vous la reconnaissez?

– Il fait trop sombre, non...

– Payez le serveur. Ralentissez le service. Mais sans vous faire remarquer. Donnez-moi le temps d'arriver. Je vais prendre notre ambulance. Je laisserai la sirène en marche jusqu'à ce que nous soyons à cent mètres de là.

– Catherine, je vous dois tant, et je veux vous aider du mieux que je peux, mais il faut que j'en sache plus que ce que vous m'avez dit.

– Il y a une connexion, n'est-ce pas? Entre Havilland et Marie Saint-Jacques...

– Je ne confirmerai pas ça – je ne peux pas le confirmer – parce que je n'ai pas parlé à Havilland. Mais j'ai parlé à quelqu'un d'autre. Un homme qui était en poste ici – un sacré cerveau – et il avait l'air aussi désespéré que vous.

– Je vous ai paru désespérée hier soir? dit Catherine Staples en lissant ses cheveux gris. Je ne m'en suis pas rendu compte.

– Allons, Catherine. Pas dans les mots employés, peut-être, mais dans votre façon de parler. C'était juste sous la surface, quelque chose de strident. Vous me ressembliez le jour où vous m'avez remis les photos. Croyez-moi, je peux m'identifier.

– Johnny, croyez-moi. Nous avons sans doute affaire à quelque chose que ni vous ni moi ne devrions approcher, quelque chose qui plane dans les hautes sphères et ni vous ni moi n'avons le pouvoir de prendre les décisions appropriées.

– Je dois prendre une décision, Catherine, dit Nelson en cherchant le serveur des yeux. Alors, qu'est-ce qu'il fabrique avec nos verres?

– Je ne suis pas morte de soif.

– Moi, si. Je vous dois tout, je vous aime bien et je sais que vous n'utiliserez pas ces photos contre moi, ce qui rend les choses bien pires.

– Je vous les ai toutes données, et nous avons brûlé les négatifs ensemble!

– Donc j'ai une véritable dette envers vous, vous ne le croyez pas, bon Dieu! Cette môme, avait, quoi, douze ans...

– Vous l'ignoriez. Vous aviez été drogué.

– Mon passeport pour l'oubli. Aucun poste de secrétaire d'Etat inscrit dans mon futur, juste un poste dans un sex-shop. Quel trip!

– C'est terminé et ne soyez pas si mélodramatique. Je veux simplement que vous me disiez s'il existe une relation entre la présence de Havilland et Marie Saint-Jacques – et je crois que vous pouvez faire ça. Pourquoi est-ce si difficile? Quand vous l'aurez fait, moi je saurai quoi faire.

– Parce que si je le fais, je vais devoir dire à Havilland que je vous ai parlé.

– Donnez-moi une heure.

– Pourquoi?

– Parce que j'ai quelques photos dans mon coffre au consulat, mentit Catherine Staples.

Nelson sursauta, ébahi, la bouche grande ouverte.

– Non! Je ne vous crois pas!

– Essayez de comprendre, Johnny. C'est un jeu dangereux parfois parce que nous jouons dans l'intérêt de nos employeurs – de nos propres pays, si vous préférez. Marie Saint-Jacques était une amie à moi – est une amie à moi. Et sa vie est devenue un détail insignifiant aux yeux d'hommes imbus de leur propre importance qui dirigent une opération clandestine et qui se foutent complètement de son sort ou de celui de son mari. Ils se sont servis d'eux et ils ont essayé de les tuer tous les deux! Laissez-moi vous dire quelque chose, Johnny. Je déteste votre CIA et votre grandiose service des Opérations consulaires du Département d'Etat. Ce n'est pas que ce soient de vrais salauds, ce sont de vrais cons de salauds! Et si j'ai la sensation qu'on monte une opération en se servant de ces deux personnes qui en ont déjà tellement bavé, je tiens à savoir pourquoi et à agir en conséquence. Mais plus de chèques en blanc sur leur vie. J'ai une certaine expérience qu'ils n'ont pas et je suis assez énervée – furieuse, même – pour exiger des réponses.

– Bordel de Dieu...

Le serveur s'approcha avec leurs verres, et au moment où Catherine lui jetait un coup d'œil pour le remercier, son regard fut attiré vers un homme installé près d'une cabine téléphonique dans le couloir de l'entrée. L'homme les regardait. Elle détourna les yeux.

– Alors, Johnny. Vous confirmez, ou vous niez?

– Je confirme, murmura Nelson en prenant son verre.

– La maison de Victoria Peak?

– Oui.

– Qui était l'homme qui vous a parlé, celui qui était en poste ici?

– McAllister. Le sous-secrétaire McAllister.

– Mon Dieu, siffla Catherine.

Le couloir extérieur fut soudain agité de mouvements

désordonnés. Catherine plissa les yeux et tourna doucement la tête pour augmenter son champ de vision. Un type énorme venait d'entrer un peu trop vite et se dirigeait vers le téléphone. Il n'y avait qu'un homme comme lui dans tout Hong-kong. C'était Lin Wenzu, MI-6, Spécial Branch! Les Américains avaient engagé le meilleur, mais cela pouvait être le pire pour Marie et son époux.

— Vous n'avez rien fait de mal, Johnny, dit Catherine en se levant. Nous parlerons plus longuement, mais je dois aller aux toilettes.

— Catherine?

— Oui?

— Un jeu dangereux?

— Très dangereux, mon cher.

Catherine Staples passa devant Lin qui essaya de se faire tout petit, lui tournant le dos. Elle entra dans les toilettes pour dames, attendit quelques secondes, puis sortit avec deux autres femmes et se dirigea vers les cuisines du Monkey Tree. Sans dire un mot aux cuisiniers étonnés, elle trouva la sortie et se jeta dehors. Elle courut dans la ruelle qui la ramena sur Gloucester Road, tourna à gauche, le cœur battant à se rompre. Elle trouva une cabine téléphonique, mit une pièce et composa un numéro.

— Allô!

— Marie, sors de chez moi! Ma voiture est dans un garage à cent mètres sur ta droite en sortant de l'immeuble! Le garage s'appelle Ming. L'enseigne est rouge. Fonce! Je te retrouve là! Vite!

Catherine Staples héla un taxi.

— Elle s'appelle Staples, Catherine Staples! criait Lin Wenzu au téléphone dans le Monkey Tree. Mettez-moi la disquette du consulat, faites marcher cet ordinateur, bon sang! Vite! Je veux son adresse, et la bonne!

Les muscles de la mâchoire du major travaillaient furieusement tandis qu'il attendait. La réponse vint et il donna un autre ordre.

— Si une de nos voitures est dans cette zone, dites-leur de foncer là-bas! Sinon, envoyez-en une immédiatement.

Il s'arrêta. Il écoutait.

— La femme américaine! reprit-il, doucement cette fois.

C'est elle qu'ils doivent chercher. S'ils la trouvent, qu'ils se rabattent et qu'ils la prennent. Nous arrivons.

   – Voiture 5, répondez! répéta l'opérateur radio, les lèvres collées à un micro, la main posée sur un bouton de la console devant lui. La pièce était immaculée et sans fenêtres, l'air conditionné faisait entendre son perpétuel ronron. Trois des murs étaient couverts d'appareillage radio sophistiqué et de matériel électronique posé sur des comptoirs blancs faits du plus doux des formicas. Cette pièce semblait antiseptique. Mais empreinte d'une étrange dureté. Cela aurait pu être un laboratoire électronique dans un centre médical hyperperfectionné, mais c'était un autre genre de centre. Le centre des communications du MI-6, Special Branch, Hong-kong.
   – Voiture 5! Je vous reçois! s'écria une voix hors d'haleine dans un des haut-parleurs. J'ai reçu votre appel, mais j'étais à une rue de là, après les Thaïlandais. On avait raison. Drogue.
   – Laissez tomber, ordonna l'opérateur.
   Il y eut un son aigu qui cessa aussi vite qu'il avait commencé.
   – Laissez tomber les Thaï, poursuivit l'opérateur radio. C'est vous qui êtes le plus près. foncez sur Arbuthnot Road, passez par l'entrée du jardin botanique, c'est le plus court.
   Puis il donna l'adresse de l'immeuble de Catherine Staples et donna un dernier ordre.
   – L'Américaine. Surveillez la rue. Emparez-vous d'elle.
   – *Aiya!* siffla l'agent essoufflé du Special Branch.

   Marie essayait de ne pas paniquer. Elle s'imposait un contrôle d'elle-même qu'elle sentait complètement artificiel. La situation était à la fois ridicule et dramatique. Elle était en peignoir, elle venait de prendre un long bain brûlant, et, pour tout arranger, elle avait lavé ses habits dans l'évier de la cuisine de Catherine. Ils séchaient sur le balcon. Cela lui avait semblé si naturel, si logique de laver la chaleur et la saleté de Hong-kong, de s'en débarrasser... Et ses sandales bon marché lui avaient collé des ampoules aux pieds. Elle venait d'en crever une avec une épingle et elle avait du mal à marcher. Mais il ne lui fallait pas marcher; il lui fallait courir.

Que s'était-il passé? Catherine n'était pas le genre de personne à donner des ordres péremptoires, tout comme elle. Surtout vivant avec David. Les gens comme Catherine évitaient cette approche impérative parce qu'elle ne faisait qu'obscurcir les pensées de la victime – et Marie Saint-Jacques était une victime, maintenant, pas autant que le pauvre David, mais une victime quand même. Bouge! Combien de fois Jason avait-il prononcé ce mot à Zurich et à Paris? Si souvent qu'elle frissonnait encore en l'entendant dans sa tête.

Elle s'habilla. Les vêtements humides collaient à son corps. Elle fouilla dans les placards de Catherine à la recherche d'une paire de chaussons. Ils étaient assez inconfortables, mais plus doux que ses sandales. Elle pouvait courir. Elle devait courir.

Ses cheveux! Bon sang, ses cheveux! Elle fonça dans la salle de bain où Catherine entassait ses épingles à cheveux dans un pot de porcelaine. En quelques secondes elle avait attaché ses cheveux au sommet de son crâne. Elle retourna dans le petit salon, ramassa son chapeau moche et l'écrasa sur son chignon.

L'attente pour l'ascenseur était interminable! D'après les boutons lumineux au-dessus des portes, les deux ascenseurs n'arrêtaient pas de faire la navette entre le rez-de-chaussée, le troisième et le septième. Aucun des deux ne daignait monter jusqu'au neuvième. Les locataires qui sortaient avaient programmé les monstres verticaux, retardant sa descente.

– *Evite les ascenseurs autant que tu le peux. Ce sont des pièges.* Jason Bourne, Zurich.

Marie regarda le couloir à droite, puis à gauche. Elle aperçut la sortie de secours et s'y précipita.

A bout de souffle elle débaula dans le petit hall d'entrée, se composant une attitude du mieux qu'elle pouvait pour détourner les regards de cinq ou six locataires qui entraient ou sortaient. Elle n'avait pas le temps de les compter. Elle pouvait à peine les voir. Il fallait qu'elle sorte!

– *Ma voiture est dans le garage à un bloc sur ta droite quand tu sors de l'immeuble. Le garage s'appelle Ming.*

Etait-ce bien à droite? Ou bien à gauche? Sur le trottoir, elle hésitait. Droite ou gauche? Droite signifiait tant de choses. Gauche aussi... Elle essayait de réfléchir. Qu'avait dit Catherine? A droite! Elle devait aller à droite. C'était la première chose qui lui venait à l'esprit. Elle devait s'y fier.

— *Tes premières idées sont les meilleures, les plus appropriées, parce que les impressions sont stockées dans ta tête, comme les informations dans une banque de données. Ton cerveau est une banque de données.* Jason Bourne. Paris.

Elle se mit à courir. Son chausson gauche glissa. Elle s'arrêta, se pencha pour le ramasser. Soudain une voiture apparut. Elle faisait le tour des grilles du gardin botanique. Elle s'engagea dans la rue et, comme un missile furieux, traversa la chaussée. Elle lui fonçait dessus! La voiture dérapa, dans un hurlement de pneus et s'immobilisa. Un homme en jaillit et courut vers elle.

XVIII

Il n'y avait plus rien à faire. Elle était coincée, piégée. Marie se mit à crier, à hurler, encore et encore tandis que l'agent chinois s'approchait. Son hystérie grimpa d'un cran encore lorsque l'homme la saisit par le bras, poliment, mais fermement. Elle le reconnut – c'était l'un d'entre eux, l'un des bureaucrates! Son cri atteignit un crescendo insupportable. Des gens s'arrêtaient. Ils se retournaient vers eux. Des femmes, bouche bée, et des hommes plus qu'étonnés commençaient à s'approcher, hésitants. D'autres cherchaient des yeux un policier. Certains se mirent à crier « Police, police! »

– Je vous en prie, madame!... s'écria l'Oriental en essayant de contrôler sa voix. Il ne vous sera fait aucun mal. Permettez-moi de vous escorter jusqu'à ma voiture. C'est pour votre propre protection!

– Au secours! cria Marie, s'adressant aux badauds étonnés qui commençaient à former un petit attroupement autour d'eux. C'est un voleur! Il m'a volé mon sac, mon argent! Il veut me prendre mes bijoux!

– Dis donc, mon gars, dit un vieil Anglais en levant sa canne. J'ai envoyé un gamin chercher la police, mais, tant qu'ils ne sont pas là, fais attention, sinon je t'écrabouille!

– Je vous en prie, monsieur, insista l'homme du Special Branch calmement. Cette affaire regarde les autorités, et j'en fais partie. Permettez-moi de vous montrer mes papiers.

– Doucement, petit, rugit une voix avec un accent australien prononcé.

Un gros type écartait les badauds. Il poussa gentiment le vieil Anglais de côté et abaissa sa canne.

– Vous êtes très chevaleresque, mon vieux, dit l'Australien mais ne vous fatiguez pas. Cette ordure mérite une correction! Ote tes mains de la dame, tête de punk! Et vite, sinon je te démonte la gueule!

– Je vous en prie, monsieur, c'est une méprise! Vraiment! Madame est en danger et les autorités la réclament pour l'interroger.

– Et où il est, ton uniforme?

– Permettez-moi de vous montrer mes papiers.

– C'est ce qu'il a dit il y a une heure quand il m'a attaquée dans Garden Road! hurla Marie comme une hystérique. Des gens ont essayé de m'aider! Et il a menti à tout le monde! Et puis il m'a volé mon sac! Il m'a suivie jusqu'ici!

Marie hurlait, sachant que ce qu'elle criait n'avait aucun sens. Elle ne pouvait espérer qu'une confusion suffisante, quelque chose que Jason lui avait appris à utiliser.

– Je vais pas me répéter, petit con! cria l'australien en marchant sur le Chinois. Ote tes sales pattes de la dame!

– Je vous en prie, monsieur! Je ne peux pas faire ça! D'autres officiels sont en route! Ils vont arriver!

– Ah ouais? C'est vrai que vous marchez en bande, espèces de salauds! Eh bien, ils vont te trouver une drôle de gueule quand ils vont venir tes potes! fit l'Australien en saisissant l'Oriental par l'épaule.

Il le poussa sur sa gauche. Mais au moment où l'homme du Special Branch pivotait, son pied droit – la pointe de sa chaussure de cuir horizontale comme une lame – vint s'écraser dans le ventre de l'Australien. Le Bon Samaritain de l'hémisphère Sud se plia en deux, tomba à genoux.

– Je vous demanderai une fois encore de ne pas intervenir, monsieur!

– Après ça? Espèce de fils de pute borgne! gueula l'Australien en se jetant sur l'Oriental, le matraquant de coups de poing.

La foule rugit d'approbation. Ce cri collectif emplit la rue. Et le bras de Marie était libre! Puis d'autres sons envahirent l'espace, des sirènes, le bruit de trois voitures qui fonçaient, dont une ambulance... Elles freinèrent toutes les trois en même temps, dans un vacarme suraigu de freins et de pneus torturés.

Marie plongea dans la foule et atteignit le bord des façades. Elle se mit à courir vers l'enseigne rouge, à cinquante mètres de là. Elle avait perdu les chaussons de Catherine. Ses ampoules éclatées la brûlaient, couvrant ses jambes d'ondes de douleur cuisante. Elle ne pouvait pas songer à la douleur! Il fallait qu'elle coure, qu'elle sorte de là! Puis, soudain, une voix énorme couvrit tous les bruits de la rue et elle imagina l'énorme bonhomme qui rugissait. C'était le Chinois géant qu'ils appelaient le major.

– Madame Webb! Madame Webb! Je vous en prie, arrêtez! Nous ne vous voulons aucun mal! Tout vous sera expliqué! Je vous en supplie, arrêtez! Arrêtez-vous!

Tout vous sera expliqué! pensa Marie. Pour me dire des mensonges et encore des mensonges! Soudain, des gens couraient vers elle. C'était absurde! Pourquoi couraient-ils dans ce sens-là?... Ils la croisèrent. C'étaient des hommes pour la plupart, mais il y avait aussi des femmes. Il y avait une panique dans la rue. Une émeute, un accident, quelque chose qui sentait la mort. Va voir! Va regarder! Mais, à distance, surtout.

Des occasions se présenteront. Sache les reconnaître, agis dessus.

Marie fit demi-tour en une fraction de seconde. Elle se courba, se glissa à travers la foule qui se précipitait vers là d'où elle venait. Elle s'efforçait de diminuer sa taille penchée en avant. Elle s'élança vers là où elle avait failli se faire prendre. Elle n'arrêtait pas de regarder à droite et à gauche – attentive, pleine d'espoir. Et elle l'aperçut, à travers le flot de gens qui couraient! Le gros major courait dans l'autre sens. Il la dépassa. Un autre homme, un autre bureaucrate bien habillé, courait à ses côtés.

La foule ralentit sa course. Les gens se faisaient subitement attentifs, comme tous leurs pareils, se faufilant assez près, mais pas assez pour être impliqués. Ce qu'ils voyaient n'était pas très flatteur pour les spectateurs chinois, surtout pour ceux qui tenaient les arts martiaux orientaux en estime, mysticisme exacerbé. Le gros Australien, qui criait dans un anglais magnifiquement obscène, expédiait trois assaillants différents hors de son ring personnel. Tout d'un coup, au plus grand étonnement des spectateurs, l'Australien saisit un de ceux qu'il avait collés au tapis, le souleva, et fit entendre un rugissement comparable à celui de l'immense major.

— Mais bordel de Dieu! Arrêtez-vous, enculés de jobards! Vous êtes pas des petits merdeux! Même moi, j' le vois! On s'est tous fait gruger!

Marie traversa la rue et entra dans le jardin botanique. Elle se colla contre un arbre près des grilles. Elle avait une ligne de mire directe sur le parking du garage Ming. Le major avait dépassé le garage, s'était arrêté au coin de plusieurs ruelles qui coupaient Arbuthnot Road. Il avait envoyé son subordonné dans certaines ruelles, cherchant sans arrêt du regard ses troupes. Il n'y avait personne. Marie le voyait bien, parce que la foule commençait à se disperser. Ses trois hommes reprenaient difficilement leur souffle, appuyés sur l'ambulance. C'est l'Australien qui les avait traînés là.

Un taxi s'approcha du garage Ming. A première vue, personne n'en sortit. Puis le chauffeur ouvrit sa portière et entra dans le parking du garage et se mit à parler avec quelqu'un dans une cabine vitrée. Il fit une courbette pour remercier son interlocuteur, puis revint vers le taxi et commença à discuter avec son passager. Son client ouvrit la portière avec précaution et avança sur le trottoir. C'était Catherine! Elle entra également dans le parking, beaucoup plus rapidement que le chauffeur et dit quelques mots devant la cabine vitrée, secouant la tête, n'ayant visiblement pas entendu ce qu'elle désirait entendre.

Soudain, Lin apparut. Il revenait sur ses pas, furieux après ses hommes, qui auraient dû normalement le suivre. Il allait passer devant le parking du garage! Il allait voir Catherine!

— Carlos! hurla Marie, en supposant tout à coup le pire, comprenant curieusement que cela lui apprenait tout.

— Delta!

Le major se figea de surprise, les yeux écarquillés. Marie se précipita dans le jardin botanique. C'était la clef!

Caïn est pour Delta et Carlos sera tué par Caïn...

C'était approximativement les codes dont elle se souvenait. les codes qui avaient été utilisés à Paris! Hurlés à Paris! Ils se servaient à nouveau de David! Ce n'était plus une possibilité, c'était une certitude! C'était la réalité! Ils –

eux ! le gouvernement des Etats-Unis – obligeaient son mari à jouer à nouveau le rôle qui avait déjà failli le tuer! Tué par ses propres compatriotes! Quelles sortes de salauds étaient-ils?... Ou plus exactement, quelles sortes de fins justifiaient de tels moyens, utilisés, *a priori,* par des hommes sains d'esprit pour les atteindre?

Maintenant plus que jamais elle dèvait retrouver David, le trouver avant qu'il ne prenne plus de risques que d'autres devraient prendre à sa place! Il leur avait déjà tant donné et maintenant ils exigeaient davantage, et de la manière la plus cruelle possible! Mais pour le trouver il fallait qu'elle rejoigne Catherine, qui était à moins de cent mètres d'elle. Il fallait qu'elle éloigne l'ennemi et qu'elle retraverse la rue sans qu'il la voie. Jason... Qu'est-ce que je peux faire?

Elle se dissimula derrière un bosquet, écarta les branches pour s'abriter à l'intérieur. Le major entrait dans le jardin botanique. L'énorme Oriental s'arrêta et lança un regard panoramique autour de lui, ses yeux perçants braqués sur tous les coins d'ombre. Puis il se retourna et apostropha son subordonné qui venait de ressortir d'une des ruelles donnant sur Arbuthnot Road. Son deuxième homme avait du mal à se frayer un passage à travers la rue. Les voitures étaient collées les unes contre les autres à cause de l'ambulance et des deux autres véhicules officiels qui bloquaient la circulation. Juste devant l'entrée du jardin botanique. Le major éclata en voyant la raison de l'embouteillage.

– Dites à ces idiots de dégager les voitures! rugit-il. Et envoyez-les par ici... Non! Envoyez-en en surveiller les grilles sur Albany Road. Les autres, suivez-moi! Vite!

Les promeneurs du début de soirée devenaient de plus en plus nombreux. Les hommes desserraient leurs cravates, les femmes avaient troqué leurs chaussures à hauts talons contre des sandales plates. Les mères de famille qui promenaient leurs poussettes retrouvaient leurs maris. Des amoureux marchaient, la main dans la main, dans les allées parsemées de fleurs éclatantes. Les rires des enfants couraient à travers les jardins et le major montait toujours la garde près de l'entrée. Marie ravala la boule qu'elle avait dans la gorge. Elle sentait sa peur grandir. On déplaçait l'ambulance et les deux voitures. La circulation redevenait normale.

Un froissement de tôles! Près de l'ambulance un automobiliste impatient venait d'emboutir la voiture devant lui. Le major ne put s'en empêcher; la proximité de l'accident, juste devant son véhicule officiel, le força à marcher, pour voir si ses hommes étaient impliqués dans l'accident.

Des occasions se présenteront... Sers-t'en.

Maintenant!

Marie sortit de derrière les buissons, s'élança vers un groupe de gens qui empruntaient une allée de graviers menant à la sortie du jardin botanique. Elle jeta un coup d'œil sur sa droite. Elle avait peur de regarder, mais il fallait qu'elle sache. Ses pires craintes étaient justifiées. L'énorme major avait senti que quelqu'un courait derrière lui. Il s'arrêta un instant, se retourna, puis se remit à courir vers la sortie.

Un coup de klaxon, puis deux, puis trois. De petits coups aigus. C'était Catherine qui lui faisait signe. Elle était au volant d'une petite voiture japonaise. Marie courut vers elle.

— Monte, vite! cria Catherine Staples.

— Il m'a vue!

— Dépêche-toi!

Marie sauta sur le siège à côté d'elle et Catherine lança la voiture en avant, grimpa sur le trottoir puis se faufila avec maestria dans la circulation. Elle tourna immédiatement dans une rue perpendiculaire et la descendit à toute vitesse jusqu'à un carrefour où un panneau muni d'une flèche rouge indiquait : Central Business district. Marie suivit la flèche sur la droite.

— Catherine, dit Marie. Il m'a vue!

— Pire, dit Catherine. Il a vu la voiture.

— Une deux portes verte, Mitsubishi! criait Lin Wenzu dans sa radio. Numéro de la plaque : AOR 5, 3, 5, 0 – le 0 est peut-être un 6, mais je ne crois pas. Peu importe. Les trois premières lettres suffiront. Alerte générale, servez-vous de l'ordinateur de la police! Chauffeur et passagère doivent être arrêtés immédiatement sans la moindre discussion. C'est une affaire gouvernementale. Pas d'explications à donner. Allez!

Staples entra dans le parking de Ice House Street. A cent mètres de là on apercevait l'enseigne rouge éclatante du Mandarin qui venait de s'allumer.

– On va louer une voiture, dit Catherine en prenant le ticket de parking que lui tendait le préposé. Je connais plusieurs des employés de l'hôtel.

– Vous la garez ou je la gare? demanda le préposé du parking avec des yeux avides.

– Vous la garez, répliqua Staples en lui tendant quelques dollars de Hong-kong. Allons-y, dit-elle en se tournant vers Marie et reste sur ma droite, à l'ombre des façades. Comment vont tes pieds?

– J'aime autant ne pas le savoir.

– Eh bien, n'en parlons plus. On n'a pas le temps d'y faire quoi que ce soit. Endure, ma fille!

– Arrête de jouer les Aubrey Smith, tu veux?

– Qui est-ce?

– Tu n'aimes pas les vieux films? Bon, allons-y...

Marie clopinait derrière Catherine.

Elles arrivèrent devant une des entrées du Mandarin, grimpèrent les marches et entrèrent.

– Il y a des toilettes sur la droite, après les boutiques, dit Catherine.

– Je vois.

– Attends-moi là. J'arrive dès que possible.

– Est-ce qu'il y a une pharmacie, ici?

– Ne te balade pas. Ton signalement doit avoir été donné partout.

– Je m'en doute, mais est-ce que tu peux y aller pour moi?

– Tu as tes règles?

– Non, c'est pour mes pieds. Il me faut de la vaseline, du sparadrap, des sandales – non, pas des sandales, plutôt des *tongs* –, et un désinfectant.

– Je ferai ce que je peux, mais on n'a pas beaucoup de temps.

– Ça fait un an que c'est comme ça. C'est comme un rouleau compresseur. Est-ce que ça va s'arrêter un jour?

– Je vais faire tout ce que je peux pour ça, crois-moi. Tu es une amie et une compatriote. Et je suis hors de moi – et, dis donc, combien de femmes as-tu croisées dans les couloirs glauques de la CIA ou de cette espèce de Département d'Etat?

– Aucune, en fait, dit Marie, frappée par cette évidence.

– Eh bien, qu'ils aillent tous se faire enculer!

– Il y avait une femme, à Paris...

– Il y en a toujours une, chérie. Je te retrouve dans les toilettes.

– Une voiture est une gêne, à Hong-kong dit Lin en regardant la pendule accrochée au mur de son bureau dans le quartier général du MI-6, Special Branch. La pendule indiquait 6 h 34. Nous devons donc en déduire qu'elle a l'intention de conduire la femme de Webb assez loin, de la cacher et d'abandonner sa voiture. Notre heure limite est bouleversée. Ce n'est plus 8 heures, c'est maintenant. La chasse commence. Nous devons l'intercepter. Avons-nous oublié quelque chose?

– De mettre l'Australien en taule, suggéra son subordonné, le petit homme impeccablement habillé. On a eu des blessés dans la Cité des Remparts, mais, lui, là, il a troublé l'ordre public. Nous savons où il réside. On peut l'arrêter?

– Sous quel motif?

– Obstruction.

– Et pour quoi faire?

– Pour notre propre satisfaction, dit le subordonné, d'un air rageur.

– Vous venez de répondre à votre propre question. Votre fierté est mal placée. Occupez-vous de la femme... Des femmes!

– Très bien. Vous avez raison.

– Tous les garages, les parkings, toutes les agences de location de voitures de l'île et de Kowloon ont été appelés?

– Oui, monsieur. Mais je me permets de vous signaler qu'une femme comme Mme Staples pourrait facilement faire appel à un de ses amis – canadien – et se retrouver avec une voiture qu'on ne...

– Nous opérons sur ce que nous pouvons contrôler, uniquement! De plus, connaissant l'officier Staples, à mon avis elle agira seule. Jamais officiellement. Elle ne va impliquer personne pour l'instant.

– Comment pouvez-vous en être sûr?

Lin regarda son subordonné. Il avait du mal à se contenir. Il dut choisir ses mots.

– Je devine, c'est tout.

– Et ça marche, en général?

– On dirait que vous ne le savez pas. Le bon sens est mon meilleur allié.

Le téléphone sonna. Le major décrocha s'emparant du combiné d'un geste étonnamment rapide.

– Oui?

– Police, ici Central 4, annonça une voix grave.

– Nous apprécions votre coopération, Central 4.

– Le garage Ming a répondu à notre appel. La Mitsubishi AOR a un parking loué au mois. Nom du propriétaire du véhicule : Staples, Catherine, sujet canadien. La voiture a été sortie il y a vingt-cinq minutes environ.

– Merci infiniment, Central 4, dit Lin, puis il raccrocha et regarda son subordonné impatient.

– Maintenant nous avons trois nouvelles informations. D'abord, la demande de recherche que nous avons envoyée à la police a bien été exécutée. Ensuite, au moins un garage a noté l'information, et enfin, Mme Staples loue son parking au mois.

– C'est un début, monsieur.

– Il y a trois agences de location principales, et au moins douze moins importantes, sans compter les hôtels que nous avons couverts séparément. On peut compter sur leurs informations. Pas sur celles des garages.

– Pourquoi? demanda le subordonné. Il doit y en avoir à peine une centaine. Il faut vraiment avoir envie de construire un garage à Hong-kong, alors que dans le même espace on peut mettre quinze boutiques! La police peut nous bloquer vingt ou trente standardistes. On peut les appeler tous.

– Ce n'est pas une question de nombre, mon vieux. C'est une question de mentalité. Les employés n'ont pas un boulot très enviable. Ceux qui savent écrire sont trop paresseux ou trop hostiles pour se tracasser, et ceux qui ne savent pas écrire, ils évitent plutôt la police.

— Pourtant un garage a répondu.

— Un vrai Cantonais. C'était le propriétaire.

— On devrait le dire au propriétaire, criait le garçon du parking.

Il s'exprimait en un chinois suraigu. Le préposé dans sa cabine soupirait.

— Pourquoi?

— Je t'ai expliqué! Je vais te l'écrire!

— Parce que tu vas à l'école et que tu écris à peine mieux que moi, ça ne fait pas de toi le patron! *Fuck fuck!*

— Tu ne sais pas écrire du tout! Tu es mort de trouille, *shit shit!* Tu m'as appelé quand on t'a dit au téléphone que c'était une alerte générale de la police! T'es qu'un illettré! Et tous les illettrés ont la trouille des flics! C'était la bonne voiture, la Mitsubishi verte que j'ai parquée au niveau 2! Si t'appelles pas la police, appelle au moins le patron!

— Il y a des choses qu'on ne t'apprend pas à l'école, garçon à l'organe minuscule!

— Ils nous apprennent qu'il faut aider la police.

— Je vais appeler la police, et tu pourras être leur héros.

— Bien!

— Mais quand les deux femmes seront revenues, je veux causer avec le chauffeur.

— Quoi?

— Elle a cru qu'elle me donnait deux dollars, mais elle m'en a donné onze. Elle était très énervée. Elle a peur. Elle n'a pas regardé ses billets.

— Tu as dit que c'était deux dollars!

— Et maintenant je suis honnête. Serais-je honnête avec toi si je n'avais pas nos deux intérêts à l'esprit?

— Comment ça?

— Je vais dire à cette riche Américaine – elle parlait américain – effrayée que pour l'aider nous n'avons pas appelé la police. Elle nous récompensera très, très généreusement – parce qu'elle comprendra qu'elle ne pourra pas reprendre sa voiture sans ça. Tu peux me surveiller de l'intérieur du garage. Quand elle aura payé, j'enverrai un autre garçon chercher sa voiture, et il aura du mal à la trouver parce que je l'enverrai pas au bon endroit et tu appelleras la police. La police arrivera, nous aurons fait notre devoir sacré, et nous aurons de l'argent pour toute la soirée !

Le garçon plissa les yeux et secoua doucement la tête.

— Tu as raison, dit-il. Ils n'apprennent pas ces choses à l'école. Et je suppose que je n'ai pas le choix ?

— Oh, mais si, dit le préposé en sortant un long couteau de sa ceinture. Tu peux dire non, et alors je te couperai ta *fuck fuck* langue.

Catherine Staples s'approcha du bureau du concierge dans le hall du Mandarin, ennuyée de ne connaître aucun des deux employés derrière le comptoir. Elle avait besoin d'une faveur, et vite, et à Hong-kong cela voulait dire s'arranger avec quelqu'un qu'on connaît. A son grand soulagement, elle aperçut le concierge de la première équipe. Il était au milieu du hall et il essayait de calmer une cliente excitée. Elle se déplaça sur sa droite et attendit, espérant croiser le regard de Lee Teng. Elle avait cultivé Teng, lui envoyant nombre de Canadiens qui avaient des problèmes hôteliers à résoudre. Il avait toujours été grassement payé.

— Oui, puis-je vous aider, madame ? demanda le jeune employé chinois en s'approchant d'elle derrière le comptoir.

— J'attendrai M. Teng, merci.

— M. Teng est très occupé, madame. Il passe un mauvais moment. Vous êtes une client du Madarin, madame ?

— Je suis résidente du territoire, et je suis une vieille amie de M. Teng. A chaque fois que je le peux, je lui envoie des clients, et votre bureau en profite.

— Oh..., fit l'employé en réponse au statut de non-touriste de Catherine. Il se pencha en avant, et reprit, sur le ton de la confidence : Lee Teng est maudit par les esprits, ce soir. La dame doit aller au grand bal à l'hôtel de ville, mais ses malles sont restées à Bangkok. Elle doit

321

croire que M. Teng a des ailes sous sa veste et des réacteurs sous les bras, non?

– Un concept intéressant. La dame vient d'arriver?

– Oui, madame. Mais elle avait beaucoup de bagages. Ceux qu'elle réclame, ils ne lui manquaient pas quand elle est arrivée. Elle a engueulé son mari, et maintenant c'est Lee Teng.

– Où est son mari?

– Au bar. Il lui a proposé de prendre le premier avion pour Bangkok, mais sa gentillesse a énervé sa femme encore plus. Il ne va pas quitter le bar, et s'il va au bal ce sera dans un état qu'il regrettera demain matin. Mauvais esprits, partout... Peut-être est-ce que je peux vous aider pendant que M. Teng fait de son mieux pour calmer tout le monde.

– Je veux louer une voiture, et le plus vite possible.

– *Aiya!* fit l'employé. Il est sept heures du soir et les agences sont presque toutes fermées.

– Je suis certaine qu'il y a des exceptions.

– Peut-être une voiture de l'hôtel avec un chauffeur?

– Seulement s'il n'y a rien d'autre. Je ne suis pas une de vos clientes, et, franchement, mon portefeuille ne déborde pas.

– Quel est celui parmi nous?... demanda l'employé d'un air énigmatique. Comme dit la sainte Bible...

– S'il vous plaît, prenez votre téléphone et faites de votre mieux.

Le jeune homme se pencha et prit, sous le comptoir, une liste plastifiée des agences de location de voitures. Puis il se déplaça jusqu'au téléphone, le prit et composa un numéro. Catherine se retourna. Lee Teng avait réussi à coincer sa cliente irascible entre le mur et un palmier nain, tentative évidente de l'écarter des autres clients qui étaient assis dans le hall et commandaient des cocktails ou accueillaient des amis. Il parlait vite, doucement, et, bon sang, songeait Catherine, il était en train de réussir à la calmer. Même si sa colère était légitime, cette femme n'était qu'un trou du cul! Elle portait une étole de chinchilla, alors que le climat de Hong-kong était ce qu'on pouvait faire de pire pour une fourrure si délicate. Pourtant, l'officier Catherine Staples n'aurait pas refusé une telle babiole. Elle en aurait une si elle était restée avec Owen Staples. Ce petit salaud d'Owen était propriétaire d'au moins quatre banques à Toronto maintenant. Pas un mauvais bougre, Owen, et comme pour le culpabiliser un peu, il ne s'était jamais remarié. Pas très fair-play, Owen! Elle lui était tombée dessus par hasard, trois ans auparavant en revenant d'Europe. Ils avaient bu quelques verres au Mayfair Club, dans l'hôtel King Edward de Toronto.

– Allons, Owen. Avec ton allure, et ton argent – et tu avais l'allure avant l'argent – comment ça se fait? Il doit y avoir au moins mille jolies filles, rien que dans ce quartier, qui t'épouseraient sur l'heure!

– Une fois m'a suffi, Cathy. C'est toi qui m'as appris ça.

– Je ne sais pas, mais tu me fais me sentir... coupable. Je t'ai quitté, Owen, mais pas parce que je ne t'aimais pas.

– Quoi?

– Tu sais ce que je veux dire.

– Oui, je crois, avait rit Owen. Tu m'as quitté pour tout un tas de très bonnes et vraies raisons, et j'ai accepté ton départ sans animosité pour des raisons de calme. Si tu avais attendu cinq minutes de plus, je crois que je t'aurais jetée dehors! J'aurais payé le loyer ce mois-là!

– Espèce de salaud!

– Pas du tout, Catherine. Nous n'étions des salauds ni l'un ni l'autre. Tu avais tes ambitions et j'avais les miennes. C'est juste qu'elles étaient incompatibles.

– Mais ça n'explique pas pourquoi tu ne t'es jamais remarié.

– Je viens de te le dire. C'est toi qui m'a appris ça.

– Appris quoi? Que toutes les ambitions étaient incompatibles?

– Poussées à l'extrême, comme nous, oui. Tu vois, j'ai appris que je n'avais pas envie d'une relation permanente avec quelqu'un qui ne serait pas passionné, ou ambitieux, mais je ne pouvais pas vivre avec une telle femme nuit et jour. Et celles sans ambition me provoquaient une sensation de manque dans nos relations. Pas de permanence possible.

– Mais une famille? Des enfants?

– J'ai deux enfants, avait dit Owen très tranquillement. Que j'aime immensément. Et leurs très ambitieuses mères ont été terriblement gentilles. Même leurs maris suivants ont été compréhensifs. J'ai vu mes enfants constamment pendant qu'ils grandissaient. Dans un sens, j'avais trois familles. C'était tout à fait civilisé, quoiqu'un peu compliqué.

– Toi? Le parangon de la communauté? Le banquier des banquiers? Le puritain complet? Qui prenais tes douches en pyjama!

– J'ai laissé tomber tout ça quand tu es partie. J'ai séparé l'Eglise de l'Etat!

– Owen, tu ne me l'avais jamais dit!

– Tu ne me l'as jamais demandé, Cathy. Tu avais tes ambitions et moi les miennes. Mais je vais te dire ce que je regrette le plus au monde, si tu veux bien l'entendre.

– Je veux bien.

– Je suis authentiquement navré que nous n'ayons jamais eu un enfant ensemble. A en juger d'après les deux que j'ai, il ou elle aurait été tout à fait fantastique.

– Espèce de salaud. Tu vas me faire pleurer.

– Ne pleure pas, je t'en prie. Soyons honnêtes. Nous n'avons de regret ni l'un ni l'autre...

La rêverie de Catherine fut soudain interrompue. L'employé revenait du téléphone. Il aplatit triomphalement ses mains sur le comptoir.

– Les esprits sont avec vous, madame! annonça-t-il. Il y avait encore quelqu'un à l'agence Apex de Bonham Strand. Ils ont des voitures, mais personne pour en amener une ici.

– Je prendrai un taxi. Notez-moi l'adresse, dit Catherine en se retournant.

Elle cherchait la pharmacie de l'hôtel. Il y avait trop de gens dans le hall, trop d'agitation.

– Où puis-je acheter de la pommade, de la vaseline, des sandales ou des tongs? demanda-t-elle en revenant vers l'employé.

– Il y a une boutique au bout du hall sur la droite, madame. Ils ont à peu près tout ce que vous cherchez. Mais pourriez-vous me payer? Vous devrez présenter un reçu à l'agence. C'est mille dollars Hong-kong. La différence vous sera rendue, si vous ne dépassez pas...

– Je n'ai pas cette somme sur moi. Voilà une carte de crédit.

– C'est la même chose, dit l'employé.

Catherine lui tendit une carte. Je reviens, dit-elle en se dirigeant vers le hall de droite. Sans raison apparente elle jeta un coup d'œil vers Lee Teng et sa cliente irascible. Elle sourit en voyant que la femme à la trop fragile fourrure hochait la tête, d'un air convaincu, tandis que Lee Teng lui désignait du doigt la rangée de boutiques de luxe qu'on atteignait en grimpant quelques marches seulement. Lee Teng était un vrai diplomate. Il avait réussi à convaincre sa cliente hystérique qu'elle ferait d'une pierre trois coups en calmant à la fois ses besoins et ses nerfs et en frappant son mari au plexus, c'est-à-dire au portefeuille. On était à Hong-kong et elle pouvait acheter ce qu'il y avait de mieux sur la planète, et, en y mettant le prix, elle serait prête à temps pour le grand bal de l'hôtel de ville. Staples continua vers le hall de droite.

— Catherine!

Le nom avait jailli, si clair et si fort qu'elle se figea, paralysée.

— S'il vous plaît, madame Catherine!

Catherine mit une seconde à se retourner. C'était Lee Teng qui avait enfin quitté sa cliente maintenant calmée.

— Oui? dit-elle, soudain effrayée en voyant l'expression mortifiée de Teng. Il transpirait.

— Je vous avais vue, mais j'avais un problème.

— Je sais.

— Et vous aussi, Catherine.

— Je vous demande pardon?

Teng jeta un coup d'œil vers le comptoir – curieusement, pas vers le jeune employé qui l'avait aidée, mais vers l'autre, debout à l'autre bout du bureau. L'homme était seul. Pas de clients devant lui, et il regardait son collègue.

— Les esprits sont mauvais ce soir! s'exclama Teng entre ses dents.

— De quoi parlez-vous? demanda Catherine.

— Venez par ici, dit le concierge de la première équipe de nuit.

Il entraîna Catherine sur le côté, hors de vue de son collègue. Il fouilla dans sa poche et en sortit une demi-page de papier perforé, directement sorti de l'imprimante d'un ordinateur.

— Trois copies de ça sont arrivées tout à l'heure. J'ai

réussi à en ramasser deux, mais la troisième est sur le comptoir, là-bas.

« Alerte générale. Contrôle gouvernemental. Une Canadienne, Mme Catherine Staples, va probablement tenter de louer une voiture. Elle a cinquante-sept ans, des cheveux poivre et sel, taille moyenne et silhouette mince. Retardez toute tentative de location et contactez le Central 4. »

Lin Wenzu avait tiré ses conclusions très rapidement, songea Catherine. Il savait que ceux qui conduisaient une voiture particulière à Hong-kong étaient soit fous, soit contraints de le faire. Il couvrait ses bases rapidement, et complètement.

– Le jeune employé vient de me trouver une voiture dans Bonham Strand, dit Catherine. Il n'a pas lu ceci, visiblement.

– Il vous a trouvé une voiture à cette heure?

– Il est en train de composter ma carte de crédit. Vous croyez qu'il va voir ce papier?

– Ce n'est pas lui qui m'inquiète. C'est un stagiaire. Il fera ce que je lui dis. L'autre, non. Il aimerait bien me prendre ma place. Attendez-moi. Ne vous montrez pas.

Teng s'approcha du comptoir. Le jeune employé cherchait anxieusement sa cliente des yeux, les carbones à la main. Teng prit les feuilles et les mit dans sa poche.

– Ce ne sera pas nécessaire, dit-il. Notre cliente a changé d'avis. Elle a rencontré un ami dans le hall. Il va l'emmener dans sa voiture.

– Oh? Alors je vais dire à notre collègue d'arrêter. Comme le montant dépasse la limite, il est en train de vérifier pour moi. Je ne suis pas encore très au fait de tout ça et il m'a proposé...

Teng lui fit signe de se taire et se dirigea vers le deuxième employé qui était au téléphone à l'autre bout du comptoir.

– Vous n'avez qu'à me donner la carte et oublier ce coup de téléphone. Il y a trop de femmes en détresse pour moi ce soir! Celle-ci vient de trouver un autre moyen de transport.

– Certainement, monsieur Teng, dit le second employé, obséquieusement.

Il lui tendit la carte de crédit, s'excusa dans le téléphone et raccrocha.

– Mauvaise nuit...

Teng haussa les épaules, fit demi-tour et retraversa la foule qui encombrait le hall. Il s'approcha de Catherine, sortant son portefeuille de sa poche.

– Si vous êtes à court de liquide, tenez, dit-il. Ne vous servez pas de votre carte.

– J'ai ce qu'il faut à la maison et à la banque, mais je ne transporte jamais beaucoup avec moi. C'est une des règles non écrites.

– Une des meilleures, dit Teng en hochant la tête.

Catherine prit les billets que lui tendait Teng et le regarda dans les yeux.

– Vous voulez que je vous explique? demanda-t-elle.

– Inutile, Catherine. Quoi qu'en dise Central 4, je sais que vous êtes quelqu'un de bon, et même si vous ne l'êtes pas et que vous partez avec mon argent, je vous en devrai encore le centuple, Hong-kong...

– Je ne disparaîtrai pas, Teng.

– Et vous n'aurez pas à marcher non plus. Un des chauffeurs de l'hôtel a une dette envers moi et il est au parking maintenant. Il va vous conduire jusqu'à votre voiture dans Bonham Strand. Venez, je vous y emmène.

– Il y a quelqu'un d'autre avec moi. Il faut que je la sorte de Hong-kong. Elle est aux toilettes.

– Je vous attends dans le hall. Dépêchez-vous.

– Parfois j'ai l'impression que le temps passe plus vite quand on est débordé de problèmes, dit le second employé à son plus jeune collègue stagiaire en prenant la feuille d'imprimante sous le comptoir. Il la fourra discrètement dans sa poche de veste.

– M. Teng n'a pas eu le temps de s'ennuyer, apparemment, enchaîna le jeune homme. Il est très fort, hein?

– C'est parce qu'il est chauve. Les gens le considèrent comme un homme sage, même s'il n'a aucun message de sagesse à offrir.

– Peut-être, mais il sait s'y prendre avec les gens. J'aimerais bien y arriver un jour.

– Perds tes cheveux, dit le second employé. En attendant, puisque personne ne nous ennuie, je vais en profiter pour aller aux toilettes. A propos, tiens, au cas où je

327

cherche une agence de location à cette heure-ci, qui tu as eu? C'était pas l'Apex de Bonham Strand?

– Si, si.

– Tu as été très rapide...

– J'ai fait la liste. C'était à la fin.

– J'en connais qui se seraient arrêtés avant. On devrait te recommander.

– Merci beaucoup. Je ne suis qu'un simple stagiaire...

– Je ne veux que ton bien, dit le second employé. Souviens-t'en toujours.

L'homme quitta le bureau. Il dépassa les palmiers en pot et aperçut Lee Teng. Le concierge de nuit était dans le hall de droite. Il attendait la femme, bien évidemment. L'employé fit demi-tour et prit l'escalier jusqu'à la mezzanine où s'étalaient des boutiques d'un luxe exagéré. Il entra dans la première boutique.

– Cela concerne l'hôtel, dit-il à la vendeuse en saisissant le téléphone mural derrière une vitrine de pierres précieuses.

– Police, Central 4...

– Vos directives, monsieur, en ce qui concerne la Canadienne, Mme Staples.

– Vous avez des informations?

– Je crois, monsieur, mais il est un peu embarrassant pour moi de les communiquer.

– Pourquoi? C'est une alerte générale, une affaire gouvernementale!

– Comprenez-moi, officier. Je ne suis qu'un employé et il est très possible que le concierge de nuit n'ait pas vu votre appel. Il est très occupé.

– Que voulez-vous dire?

– Eh bien, officier, monsieur... la femme qui a demandé le concierge ressemblait étonnamment à la description du message que nous avons reçu. Mais ce serait très embarrassant pour moi si on apprenait que je vous ai appelés!

– Vous serez protégé. Vous pouvez rester anonyme. Qu'avez-vous à déclarer?

– Eh bien, monsieur, j'ai entendu...

Avec une ambiguïté prudente, le premier assistant du concierge fit de son mieux pour sa carrière personnelle, c'est-à-dire qu'il enfonça son supérieur, Lee Teng. Ses dernières phrases, néanmoins, furent concises et sans équivoque.

– C'est l'agence Apex de Bonham Strand. Je vous suggère de faire vite, elle est déjà en route.

La circulation du début de la soirée était moins dense que pendant l'heure de pointe, mais elle était encore épouvantable. C'était une des raisons qui faisaient que Catherine et Marie échangeaient des regards inquiets, assises à l'arrière de la limousine de l'hôtel Mandarin. Le chauffeur, au lieu d'accélérer pour avancer dans l'espace qui venait de se libérer devant eux, braqua soudain et engagea l'énorme voiture dans une place de stationnement le long du trottoir de Bonham Strand. Il n'y avait aucun signe d'une agence de location de voitures d'un côté ou de l'autre de la rue.

– Pourquoi nous arrêtons-nous? demanda Catherine d'un ton sec.

– Instructions de M. Teng, madame, répondit le chauffeur en se tournant vers elles. Je vais fermer la voiture et mettre le signal d'alarme. Personne ne vous ennuiera avec le signal qui clignote sous les quatre poignées de porte.

– C'est très réconfortant, mais j'aimerais savoir pourquoi vous ne nous y emmenez pas en voiture?

– Je vais vous amener la voiture, madame.

– Je vous demande pardon?

– Instruction de M. Teng. Il a été très ferme et il est en train d'appeler l'agence Apex. C'est au coin de la prochaine rue, madame. Je reviens de suite.

Le chauffeur ôta sa casquette et sa veste, les posa sur le siège à côté de lui. Puis il enclencha l'alarme et sortit de la limousine.

– Qu'est-ce que tu en penses? demanda Marie en passant son pied droit sur sa cuisse gauche. Elle maintenait des compresses sur sa plante de pied. Tu as confiance en ce Teng?

– Oui, absolument, répliqua Catherine, étonnée. Je ne comprends pas. Apparemment il multiplie les précautions. Mais il multiplie aussi ses propres risques. Et je ne sais pas pourquoi. La feuille d'imprimante portait la mention

Contrôle gouvernemental. Or, ces deux mots ne sont pas à prendre à la légère à Hong-kong. Pourquoi fait-il ça?

– Je ne peux vraiment pas te répondre, dit Marie. Mais je peux te faire remarquer quelque chose.

– Quoi?

– La façon dont il te regardait dans le hall. Tu n'as pas remarqué?

– Non. Quoi?

– Je dirais qu'il est sûrement amoureux de toi.

– Amoureux?... De moi?

– Je crois, oui.

Catherine Staples se tourna vers la fenêtre et son regard se perdit dehors.

– Mon Dieu, murmura-t-elle.

– Qu'est-ce qu'il y a?

– Quand j'attendais au Mandarin, je ne sais pas pourquoi, peut-être à cause d'une imbécile avec une étole en chinchilla, j'ai pensé à Owen.

– Owen?

– Mon mari.

– Owen Staples? Le banquier?

– C'est mon nom, et c'est mon homme – enfin, c'était. A cette époque-là on gardait son nom.

– Tu ne m'avais jamais dit que c'était ton mari. Owen Staples!

– Tu ne me l'as jamais demandé, ma chérie...

– Tu dérailles, Catherine...

– Je crois, oui, acquiesça Catherine. Mais je pensais à un soir où on s'était retrouvés, Owen et moi. On avait bu quelques verres et j'avais appris des choses sur lui que je n'aurais jamais pu croire, avant. J'étais sincèrement heureuse pour lui, même si cet imbécile m'avait presque arraché des larmes.

– Catherine, au nom du ciel, qu'est-ce que ça a à voir avec maintenant?

– C'est Teng. On a bu quelques verres ensemble aussi, un soir, ici. Il m'a dit ce soir-là qu'il ne serait pas bon qu'on me voie avec un homme comme lui.

– Pourquoi ça?

– C'est ce que je lui ai dit. Tu vois, il semblait vouloir me protéger comme il le fait ce soir. Et je crois que je l'ai mal compris. J'ai cru qu'il ne cherchait qu'une nouvelle source de revenus. Je crois que je me trompais, terriblement.

– Comment?

– Il a dit une chose étrange, ce soir-là. Il a dit qu'il aurait aimé que les choses soient différentes, que les différences entre les peuples n'étaient pas si évidentes et que ces différences ne dérangeaient pas certaines personnes. J'avais pris ça pour des banalités, comme une tentative d'amateur pour... arriver à ses fins, comme dirait mon ex-mari. Peut-être était-ce quelque chose d'autre.

Marie rit doucement en la regardant.

– Chère, chère Catherine. Ce monsieur Teng t'aime!

– Que Jésus ressuscite à Montréal! jura Catherine. Je n'avais pas besoin de ça!

Lin Wenzu était assis à l'avant de la voiture 2 du MI-6. Son regard patient braqué sur l'entrée de l'agence Apex sur Bonham Strand East. Tout était prêt. Les deux femmes seraient en son pouvoir dans quelques minutes. L'un de ses hommes était entré dans l'agence et avait parlé à l'employé. L'agent avait montré sa carte et l'employé, terrorisé, lui avait montré le registre de la soirée. Il y avait bien une réservation au nom de Catherine Staples, mais elle avait été annulée, et la voiture en question avait été retenue pour un des chauffeurs de l'hôtel Mandarin. Et puisque Mme Staples, Catherine, ne louait plus la voiture, l'employé n'avait vu aucune raison valable d'appeler la police, Contrôle 4. Que pouvait-on dire? Et personne, personne d'autre ne pouvait venir chercher la voiture, puisqu'un chauffeur de l'hôtel Mandarin devait la prendre.

Tout était en ordre, pensa Lin. Victoria Peak allait sentir un énorme souffle de soulagement quand il entrerait dans la maison stérile avec cette bonne nouvelle. Le major savait exactement ce qu'il dirait.

– On a retrouvé les deux femmes. Mme Webb est entre nos mains.

De l'autre côté de la rue, un homme en bras de chemise entra dans l'agence Apex. Lin le trouvait bizarre, hésitant... Un taxi arriva, en trombe. Le major bondit en avant, la main sur la poignée de la porte. Il avait oublié l'homme qui hésitait.

— Attention, les gars, dit Lin dans son micro relié au tableau de bord. Il faut être aussi rapides et aussi discrets que possible. Je ne tolérerai pas un nouvel Arbuthnot Road! Et, pas d'armes, bien sûr! Prêts? Allez-y!

Mais il ne se passait absolument rien. Le taxi continuait sa route sans décharger personne.

— Voiture 3! dit le major d'un ton péremptoire. Relevez son numéro et appelez la compagnie de taxis! Trouvez-moi ce que ce taxi foutait là! Suivez-le, les deux femmes étaient peut-être à l'arrière!

— Je crois qu'il n'y avait qu'un homme à l'arrière, monsieur, dit son chauffeur.

— Elles auraient pu se cacher derrière le siège! Satanés yeux! Un homme, vous êtes sûr?

— Oui, monsieur.

— Je sens l'embrouille...

— Pourquoi, major?

— Si je le savais, ça ne sentirait pas aussi fort!

L'attente continua et l'énorme Lin Wenzu commençait à transpirer. Les derniers rayons du soleil tombaient sur la rue, alors que le ciel était déjà presque noir. Les ombres s'alignaient, gigantesques, tout le long de Bonham Strand East.

— C'est trop long, murmura le major, pour lui-même.

La radio se mit à crachoter.

— Nous avons le rapport de la compagnie de taxis, monsieur.

— Allez-y.

— Le taxi en question cherche une maison d'import-export sur Bonham Strand West. Apparemment, son passager est furieux. Il est sorti et il a jeté de l'argent par la fenêtre du chauffeur il y a quelques secondes.

— Laissez tomber et revenez ici, ordonna Lin.

Il voyait les portes du garage qui s'ouvraient, livrant passage à une voiture conduite par l'homme en bras de chemise.

La sueur lui coulait maintenant tout le long de la figure. Il y avait quelque chose qui n'allait pas. Quelque chose le chiffonnait. Mais quoi?

— Lui! hurla soudain Lin Wenzu, faisant sursauter son chauffeur.

— Monsieur?

– Sa chemise est froissée, mais son pantalon est impeccable! Un pantalon d'uniforme! C'est un chauffeur! Demi-tour! Suivez-le!

Le chauffeur écrasa le klaxon, entra dans le flot de voitures sans prévenir, fit le demi-tour demandé au risque de provoquer un carambolage monstre. Pendant ce bref laps de temps, le major donnait ses instructions par radio, divisant ses forces entre l'agence Apex et la voiture qui partait.

– *Aiya!* hurla le chauffeur en aplatissant ses freins pour s'arrêter net, le nez de leur voiture collé à la portière arrière d'une grosse limousine qui venait de jaillir d'une ruelle, leur bloquant le passage. Il n'y avait eu qu'un choc très léger.

– *Feng-zi!* cria le chauffeur de la grosse limousine, traitant le chauffeur de Lin de clébard bon pour l'asile.

Il sortait de son énorme voiture pour examiner les dégâts.

– *Lai! lai!* lança le chauffeur du major, déjà dehors, prêt au combat.

– Arrête! rugit Lin Wenzu. Dégage le passage, c'est tout!

– Mais il ne veut pas bouger, monsieur!

– Dis-lui qu'il doit le faire! Montre-lui ta plaque!

Toute la circulation s'était immobilisée. Les klaxons retentissaient, les gens gueulaient, dans leurs voitures et sur le trottoir. Le major ferma les yeux et secoua la tête, image parfaite de la frustration. Il ne pouvait rien faire, que sortir de la voiture.

Un homme sortit en même temps que lui de la limousine. C'était un Chinois entre deux âges, le crâne chauve. Lee Teng.

– Il semble que nous ayons un problème, dit-il.

– Je vous connais! hurla Lin Wenzu. L'hôtel Mandarin!

– Beaucoup de ceux qui ont le bon goût de fréquenter notre hôtel me connaissent, monsieur. Mais je crois que la réciproque n'est pas vraie. Etes-vous un de nos clients?

– Qu'est-ce que vous faites ici?

– Je suis chargé d'un travail confidentiel pour un monsieur client de l'hôtel, et je n'ai pas l'intention d'en dire plus long.

– Une circulaire gouvernementale a été transmise! Alerte générale! Une Canadienne nommée Catherine Staples! Un membre du personnel de votre hôtel nous a appelés!

– Je ne vois absolument pas de quoi vous parlez, monsieur. Depuis plus d'une heure j'ai été occupé à résoudre le problème d'une cliente qui assiste au bal de l'hôtel de ville, ce soir. Je peux vous donner son nom si vous voulez, si vous m'y autorisez.

– Et comment! Pourquoi nous avez-vous barré la route?

– Je crois que c'est votre chauffeur qui a grillé le feu.

– Pas du tout! s'écria le chauffeur de Lin.

– Eh bien, la justice tranchera, dit Lee Teng. Faisons un constat.

– Non, répliqua le major en s'approchant du concierge. Je vous répète qu'une directive gouvernementale est arrivée à votre hôtel comme partout. On y disait qu'une femme nommée Catherine Staples allait essayer de louer une voiture. Vous deviez alerter la police, Central 4.

– Eh bien, je vais me répéter aussi, monsieur. Ça fait plus d'une heure que je n'ai pas mis les pieds dans mon bureau. Pourtant, bien que vous ne m'ayez pas montré vos papiers, je vais vous renseigner. Toutes les locations de voiture doivent obligatoirement être faites par mon assistant, un homme que je trouve assez peu vertueux, il faut l'admettre.

– Mais vous êtes ici, vous!

– Combien de clients du Mandarin peuvent-ils avoir un problème délicat à régler sur Bonham Strand East, monsieur? Acceptez cette coïncidence.

– Vos yeux sourient, *Zhongguo ren*...

– Sans rire, monsieur. Faisons-nous un constat? Les dégâts sont minimes...

– Je me fous de savoir si vous et vos hommes restent debout toute la nuit, dit l'ambassadeur Havilland. C'est la seule piste que nous ayons. Apparemment elle reviendra rendre la voiture et reprendre la sienne. Bon Dieu de merde! Il y a une conférence stratégique américano-

334

canadienne à 4 heures demain. Elle doit y être! Restez là! Attendez-la et ramenez-la-moi!

— Elle ne se laissera pas faire! Nous serons en pleine violation des règles de la diplomatie internationale!

— Violez-les! Je m'en fous! Ramenez-la, moi-même s'il faut la rouler dans le tapis de Cléopâtre! Il n'y a pas une minute à perdre!

Fermement tenue par deux agents, Catherine Staples, furieuse, fut conduite dans le bureau de Victoria Peak. Lin Wenzu lui avait ouvert la porte. Il la refermait, maintenant, et Catherine Staples faisait face à l'ambassadeur Raymond Havilland et au sous-secrétaire d'Etat Edward McAllister. Il était 11 h 35 du matin et à travers la grande baie vitrée le soleil baignait la pièce.

— Vous êtes allé trop loin, Havilland! dit Catherine d'une voix de gorge où perçait la colère.

— Je n'ai pas encore été assez loin en ce qui vous concerne, madame Staples. Vous avez compromis un membre de la délégation américaine. Vous l'avez fait chanter pour aller à l'encontre des buts de mon gouvernement.

— Vous ne pouvez pas prouver ça. Il n'y a aucune preuve, aucune photo.

— Je n'ai pas à le prouver. A 7 heures hier soir ce jeune homme a pris sa voiture et est venu ici tout nous raconter. Sordide petite histoire, non?

— Le pauvre fou! Il n'est pas à blâmer, mais vous, si! Et puisqu'on fait dans le sordide, il n'a jamais été à la hauteur de vos propres saletés!

Les mots sortaient de la bouche de Catherine comme d'une mitrailleuse.

— Je suppose, reprit-elle, que voici le célèbre menteur Edward McAllister...

— Vous ne vous laissez pas démonter, dit le sous-secrétaire.

— Et vous n'êtes qu'un larbin qui fait le sale boulot des autres. Je suis au courant de tout et c'est absolument dégueulasse! Mais tous ces fils ont été tissés par... un expert! fit Catherine en claquant des doigts. Qui vous a donné le droit de jouer le rôle de Dieu? Tous autant que vous êtes? Est-ce que vous vous rendez compte de ce que vous avez fait à cet homme et à cette femme? Est-ce que vous savez ce que vous leur avez demandé de vivre?

– Nous le savons, dit simplement l'ambassadeur. Je le sais.

– Et elle le sait aussi, même si je n'ai pas eu le cœur de lui confirmer tout ce que je sais. C'est vous, McAllister! Quand j'ai su que c'était vous, je n'étais pas certaine qu'elle pourrait le supporter. Pas pour l'instant. Mais j'ai l'intention de le lui dire! Espèce de dégueulasse! Menteur! La femme d'un taipan assassinée à Macao! Oh, quelle ravissante symétrie! Quelle parfaite excuse pour kidnapper la femme d'un homme! Tout est faux! J'ai mes sources. Cela ne s'est jamais produit! Et bien, fourrez-vous bien ça dans la tête : je vais la ramener au consulat sous l'entière protection de mon gouvernement. Et si j'étais vous, Havilland, je ferais extrêmement attention à ne rien commettre d'illégal. Vous et vos sbires, vous avez manipulé une citoyenne canadienne, vous lui avez fait risquer sa vie dans une opération clandestine. Votre arrogance est à peine croyable! Mais je vous jure que ça va cesser. Que mon gouvernement soit d'accord ou pas, je vais tous vous balancer, tous! Vous ne valez pas mieux que les barbares du KGB. Le dieu des opérations clandestines américaines va se faire éclabousser de sa propre merde! J'en ai plus qu'assez de vous! Le *monde* en a assez de vous!

– Très chère madame, explosa l'ambassadeur en perdant les derniers vestiges de sa maîtrise de soi, proférez toutes les menaces que vous voudrez, mais écoutez-moi! Et si, quand vous m'aurez entendu, vous tenez à déclarer cette guerre, allez-y. Ma vie ne vaut peut-être pas cher, mais ce sont des millions de vie qui sont en jeu! Et j'aimerais faire mon possible pour prolonger ces vies. Vous pouvez ne pas être d'accord, alors allez-y, déclarez votre guerre, chère madame! Et, bordel de Dieu, c'est vous qui en supporterez les conséquences!

XIX

Assis sur le bord du fauteuil, penché en avant, Bourne remit le mécanisme de détente en place et examina le canon de l'arme à la lumière du lampadaire au-dessus de lui. C'était un exercice aussi répétif qu'inutile. Le canon était lisse comme du mercure. Durant les quatre heures précédentes il avait nettoyé l'automatique de Danjou quatre fois, graissant chaque pièce de cette mécanique mortelle avant de la remettre à sa place. Cet exercice l'aidait à tuer le temps. Il avait étudié l'arsenal de Danjou, toutes sortes d'armes et d'explosifs soigneusement rangés et emballés, avant de se concentrer sur cet automatique. Il n'y avait pas grand-chose d'autre à faire dans l'appartement du Français. L'appartement, situé dans la Rua das Lorchas, dominait le Porto Interior – le port intérieur – de Macao, et Bourne et Danjou étaient tombés d'accord sur le fait que Jason ne devait pas sortir de jour. Dans cet appartement, il était aussi en sécurité qu'il pouvait l'être à Macao. Danjou, qui changeait de domicile très fréquemment, avait loué cet appartement moins de deux semaines auparavant, se servant d'un faux nom et d'un avocat qu'il n'avait jamais rencontré, qui, à son tour, avait employé un « loueur » pour signer le bail, avant de le faire parvenir par coursier à son client inconnu à la réception du casino flottant. Tels étaient les moyens employés par Philippe Danjou, anciennement Echo, du groupe Méduse.

Jason remplit le chargeur de balles et le mit en place. Puis il se leva et s'avança jusqu'à la fenêtre, l'automatique à la main. De l'autre côté de l'étendue d'eau se trouvait la République populaire de Chine, si accessible pour qui savait exploiter la cupidité humaine. Il n'y avait rien de nouveau sous le soleil depuis l'époque des pharaons en ce qui concernait les frontières. Elles étaient faites pour être franchies, d'une manière ou d'une autre.

Il regarda sa montre. Il était près de 5 heures. Le soleil de l'après-midi descendait. Danjou l'avait appelé de Hong-kong à midi. Le Français était allé à l'hôtel Peninsula muni de la clef de Bourne, avait fait sa valise mais sans rendre la chambre et il devait revenir par l'hydroglisseur de 1 heure. Où était-il ? Le voyage prenait à peine une heure et il fallait dix minutes à pied pour se rendre du quai de débarquement à la Rua das Lorchas. Mais Echo était souvent imprévisible.

Des fragments de souvenirs remontaient dans l'esprit de Jason, ramenés par la présence de Danjou. Bien que douloureuses et effrayantes, certaines impressions lui procuraient un certain confort, grâce au Français. Danjou n'était pas seulement un menteur consommé et un opportuniste de première, c'était aussi un homme plein de ressource. Le Français était avant tout un pragmatique. Il l'avait prouvé à Paris, et ces souvenirs-là étaient clairs. S'il était en retard, il devait avoir une bonne raison pour ça. Et s'il ne revenait pas, c'est qu'il était mort. Et ce dernier fait était inacceptable pour Bourne. Danjou était à même de faire quelque chose que Jason désirait par-dessus tout mais qu'il ne pouvait faire lui-même sans risquer la vie de Marie. Il avait déjà pris un énorme risque en suivant la trace de l'imposteur jusqu'à Macao, mais tant qu'il restait éloigné de l'hôtel Lisboa, il avait foi en son instinct. Il devait demeurer caché, invisible pour ceux qui le guettaient – qui guettaient quelqu'un qui lui ressemblait vaguement en taille et en corpulence. Quelqu'un qui serait venu poser des questions à l'hôtel Lisboa.

Un coup de téléphone de l'hôtel Lisboa au taipan de Hong-kong et Marie mourrait. Les menaces du taipan n'étaient pas à prendre à la légère. Il était passé de la colère à la plus froide détermination. Marie mourrait. C'était une promesse faite par un homme qui tenait ses promesses, qui n'avait qu'une parole.

Et pourtant, malgré tout, David Webb éprouvait une sensation indéfinissable. Ce gigantesque taipan avait quelque chose d'étrange, de trop calculateur qui n'avait rien à voir avec sa taille. Comme s'il utilisait sa corpulence avec le talent d'un acteur shakespearien. Qui était ce taipan? La réponse se trouvait à l'hôtel Lisboa, et puisqu'il n'osait pas y aller lui-même, les talents de Danjou pouvaient lui servir. Il en avait très peu dit au Français. Il allait lui en dire plus. Il allait lui décrire le double meurtre brutal, l'arme utilisée, un pistolet-mitrailleur Uzi, et lui annoncer qu'une des victimes était la femme de ce puissant taipan. Danjou poserait les questions qu'il ne pouvait pas poser lui-même et, s'il obtenait des réponses, ce serait un pas de plus vers Marie.

Joue le scénario – Alexander Conklin.

Le scénario de qui? – David Webb.

Tu perds du temps – Jason Bourne... Trouve l'imposteur. Capture-le!

Un bruit de pas étouffés dans le couloir, dehors. Jason s'écarta rapidement de la fenêtre et s'adossa au mur près de la porte, son arme à la hauteur de ses yeux... La porte en se rabattant le cacherait. Une clef dans la serrure. La porte s'ouvrit doucement.

Bourne la rabattit violemment sur l'intrus, avant de la rouvrir et de saisir l'homme par le cou. Il le tira à l'intérieur, lui collant son arme sur la tête, puis le balança à travers la pièce. L'homme lâcha une valise qu'il portait et un gros paquet. C'était Danjou.

– Voilà un excellent moyen de se faire brûler la cervelle, Echo!

– Merde! C'est la dernière fois que j'ai des attentions pour toi! Si tu te voyais, Delta! Tu as la même tête qu'à Tam Quan. On dirait que tu n'as pas dormi depuis des jours. Je croyais que tu te reposais!

Un autre souvenir, bref, un flash.

– A Tam Quan tu m'as dit qu'il fallait que je dorme, non? On s'est planqués sous les broussailles et vous avez formé un cercle autour de moi et presque donné l'ordre de dormir.

– C'était de l'égoïsme pur et simple. On ne pouvait pas se sortir de là. Il n'y avait que toi qui pouvais nous en tirer.

– Tu m'avais dit quelque chose ce jour-là. Qu'est-ce que c'était? Je t'ai écouté.

– Je t'ai dit que le repos pouvait être une arme, au même titre que n'importe quel artefact humain.

– J'en ai utilisé une variation, plus tard. C'est devenu un axiome pour moi.

– Je suis content de voir que tu as eu l'intelligence d'écouter tes aînés. Puis-je me relever maintenant? Pourrais-tu avoir l'amabilité de baisser cette saloperie de revolver?

– Oh, désolé.

– Nous avons peu de temps, dit Danjou en se levant.

Il déchira le papier craft de son paquet et en sortit des uniformes fraîchement repassés, deux ceintures avec leurs étuis ainsi que deux casquettes à visière. Il jeta le tout sur une chaise.

– Voilà les uniformes. J'ai les papiers correspondants dans ma poche. Je crois que mon grade dépasse le tien, malheureusement, Delta, c'est le privilège de l'âge.

– Ce sont des uniformes de la police de Hong-kong.

– De Kowloon, plus exactement. On a peut-être une chance, Delta! C'est pour ça que j'ai été long à revenir. L'aéroport de Kai-tak! Les services de sécurité sont gigantesques, c'est ce que souhaite l'imposteur pour montrer qu'il est meilleur que tu ne l'as jamais été! C'est sans garantie, bien sûr, mais je jouerais ma vie dessus – c'est le défi classique du dément. « Sortez toutes vos forces, et je passerai quand même! » Avec un seul meurtre dans des conditions pareilles, il rétablit la légende de son invincibilité. C'est lui, j'en suis certain!

– Commence par le début, ordonna Bourne.

– Pendant qu'on s'habille, précisa le Français en ôtant sa chemise et déboutonnant son pantalon.

– Dépêche-toi, reprit-il. J'ai un hors-bord qui nous attend à quai. On peut être à Kowloon dans quarante-cinq minutes? Tiens, mets ça! Bon sang, quand je pense à tout le fric que j'ai dû dépenser, j'ai envie de vomir.

– Les patrouilles chinoises? dit Jason en se déshabillant. Ils vont nous couler!

– Idiot, va... Certains bateaux négocient leur tranquillité avec des codes radio. Il y a un certain honneur chez nous, après tout. Comment crois-tu que nous passons nos marchandises? Comment crois-tu qu'on survit? On se rencontre dans les criques des îles chinoises et on paye, c'est tout. Allez, grouille!

– L'aéroport? Pourquoi es-tu si sûr de ton coup?

– Le gouverneur de la Couronne. Un assassinat.

– Quoi? fit Bourne, stupéfait.

– Je marchais jusqu'au Ferry avec ta valise, et en passant devant le poste de police de Salisbury Road, j'ai vu sept voitures de patrouille qui en sortaient en trombe, les unes derrière les autres et elles tournaient toutes à gauche, ce qui est plutôt bizarre. Une ou deux, bon, ça aurait pu être une intervention d'urgence, mais sept? Les esprits étaient avec moi, comme on dit ici. J'ai appelé mon contact à la police et il a été très coopératif – ce n'était d'ailleurs plus un secret. Il m'a dit que si je restais là, j'allais voir dix voitures de plus, vingt fourgonnettes, et qu'elles allaient toutes à Kai-tak. Celles que j'avais vues étaient les premières équipes de recherche. Ils venaient de recevoir une information d'un de leurs indicateurs. Une tentative d'assassinat allait être perpétrée contre le gouverneur.

– Des détails! ordonna Bourne en fermant son pantalon kaki, avant de tendre le bras pour attraper la cartouchière et la ceinture.

– Le gouverneur rentre de Pékin ce soir avec son escorte du Foreign Office, et une délégation de négociateurs chinois. Il y aura la presse, la télévision, tout le monde. Les deux gouvernements tiennent à l'événement. Il y a une conférence demain entre tous les négociateurs et les principaux groupes financiers du secteur.

– C'est pour le traité de 1897?

– Oui, un autre round dans ces bavardages sans fin autour des accords. Mais, pour notre salut, prions pour que tous ces gens devisent tranquillement.

– Le scénario, dit doucement Jason, soudain immobile.

– Quel scénario?

– Celui que tu viens de m'apporter, le scénario qui fait griller les lignes entre Pékin et Hong-kong. Tuer un gouverneur de la Couronne, pour venger un vice-Premier ministre. Et puis pourquoi pas un diplomate étranger, contre un membre du Comité central chinois – c'est l'escalade. Un Premier ministre contre un président? Jusqu'à quand le parent sévère tolérera-t-il un enfant désobéissant avant d'envahir Hong-kong? Bon sang, ça pourrait se produire! Quelqu'un veut que cela arrive!

Danjou était statufié, la large ceinture du holster à la main, au milieu de la pièce et du désordre de leurs vêtements.

– Ce que je suggérais n'était qu'une spéculation fondée sur la violence aveugle provoquée par un tueur obsédé qui accepte ses contrats sans discrimination. La cupidité et la corruption règnent assez des deux côtés pour justifier cette spéculation. Mais ce que tu suggères, Delta, est tout à fait différent. Tu sembles dire qu'il y aurait un plan, un plan organisé pour bouleverser Hong-kong au point que la Chine intervienne...

– Le scénario, répéta Jason Bourne. Plus il se complique, plus il semble simple.

Les toits de l'aéroport de Kai-tak grouillaient de policiers, comme les portes et les tunnels, les comptoirs, la douane et les tourniquets à bagages. Dehors, sur l'immense terrain d'atterrissage obscur, des projecteurs traçaient de larges bandes de lumière blanche et crue, tandis que les lueurs de dizaines de torches électriques fouillaient chaque véhicule, chaque centimètre de sol invisible. Des équipes de télévision tiraient des câbles sous les yeux soupçonneux des sentinelles, et des journalistes, installés derrière les voitures-son, répétaient leurs questions dans une bonne douzaine de langues. La presse et les photographes avaient été cantonnés derrière les portes. Des hauts-parleurs jaillissait une voix qui promettait que tous les détenteurs de cartes de presse pourraient bientôt avancer jusqu'aux cordes installées entre les portes et les barrières dehors. C'était la folie intégrale. Et puis, le complètement inattendu se produisit, Venue de l'obscurité du ciel, une soudaine tempête balaya la colonie. Un véritable déluge automnal.

– Les esprits sont avec l'imposteur, hein? dit Danjou.

Il marchait aux côtés de Bourne, dans une phalange de policiers, sous un hall couvert fait de tôle qui le menait dans un immense hangar. Le martèlement de la pluie sur la tôle était assourdissant.

– La chance n'a rien à voir avec ça, répliqua Jason. Il a étudié les rapports météo jusqu'au Szu-ch'uan. Tous les aéroports en ont. Ça fait au moins deux jours qu'il sait qu'il y aura cette tempête. C'est une arme aussi, Echo.

– Il ne pouvait quand même pas dicter au gouverneur de la Couronne d'arriver à l'heure dans un avion chinois. Ils ont souvent plusieurs heures de retard.

– Mais pas des jours. Quand la police de Hong-kong a-t-elle eu vent de cette tentative?

– Je l'ai demandé, répondit le Français. Ils l'ont su vers 11 h 30 ce matin.

– Et l'avion de Pékin était prévu pour ce soir?

– Oui, je te l'ai dit. Les journalistes et la télé ont été convoqués ici pour 21 heures.

– Il a étudié les rapports météo. Des occasions se présentent. Tu les saisis au vol.

– Et c'est ça que tu dois faire, Delta! Pense comme lui, sois lui! C'est notre seule chance.

– Qu'est-ce que tu crois que je suis en train de faire?... Quand nous atteindrons le hangar, on les quitte. Ton ersatz de papier d'identité nous le permet?

– Je suis commandant du secteur britannique de la police, division Mongkok.

– Qu'est-ce que ça veut dire?

– Je n'en sais vraiment rien, mais c'est ce que j'ai pu trouver de mieux!

– Au son, tu ne fais pas très britannique.

– Qui, ici, pourrait bien s'en apercevoir, mon cher?

– Les Britanniques.

– Je les éviterai. Mon chinois est meilleur que le tien. Les *Zhongguo ren* le respecteront. Tu seras libre d'aller et venir.

– Il le faut, dit Jason Bourne. Si c'est ton commando, je le veux avant que qui que ce soit ne le voie! Ici, maintenant!

Le personnel de l'aéroport s'agitait, uniformément vêtu de cirés jaunes. Un camion plein de cirés jaunes arriva pour les forces de police. les hommes les prenaient au fur et à mesure qu'on les leur jetait par la porte arrière du camion. En les mettant, les policiers formèrent plusieurs groupes pour recevoir leurs instructions de leurs supérieurs. Un semblant d'ordre émergea rapidement de la confusion amenée par ce soudain déluge. C'était typiquement le genre d'ordre auquel Bourne ne faisait aucune confiance. Il était trop relâché, trop conventionnel pour le travail qui les attendait. Des rangées de soldats en ciré jaune qui marchaient bien droit étaient exactement le contraire de ce qu'il fallait pour lutter contre la guérilla – contre un homme seul entraîné à la guérilla. Chaque policier sous son habit jaune plastifié était à la fois un avertissement et une cible – et autre chose aussi. Un pion. Et chacun de ces pions pouvait être remplacé par un autre petit pion jaune, un tueur en ciré qui savait parfaitement passer inaperçu.

Pourtant la stratégie de l'infiltration dans le but de tuer était suicidaire, et Jason savait que son imposteur n'avait aucune pulsion suicidaire... Sauf si l'arme utilisée émettait un son assez faible pour que la pluie le noie... Mais la réaction de la cible serait quasi instantanée, on établirait immédiatement un cordon autour du lieu, au premier signe de défaillance du gouverneur de la Couronne. On ordonnerait à tout le monde de ne plus bouger, sous la menace des armes. Alors? Une réaction retardée? Une minuscule fléchette dont l'impact n'était pas plus sensible qu'une piqûre de moustique, et la goutte mortelle de poison entrait dans le sang, causant lentement la mort, mais inévitablement, sans considération temporelle. C'était une possibilité. Mais encore une fois, il y avait trop d'obstacles à surmonter, trop de précision demandée à une arme à air comprimé à portée limitée. Le gouverneur portait certainement un gilet protecteur, et viser le visage était hors de question. Les nerfs faciaux exagéraient la douleur, et le moindre objet, même minuscule, approchant des yeux provoquerait une réaction immédiate et dramatique. Cela laissait les mains et la gorge. Les mains formaient une cible trop petite et trop mouvante. La gorte était une zone trop limitée. Alors? Un fusil du haut d'un toit? Un fusil d'une précision extrême avec une lunette télescopique à infrarouge? Une autre possibilité – encore un autre ciré jaune remplacé par celui porté par l'assassin. Mais, là encore, c'était du suicide, car une telle arme allait produire un bruit certain et identifiable. Monter un silencieux aurait réduit la précision de l'arme, assez pour que l'on ne puisse plus s'y fier. Ce ne pouvait pas être du haut d'un toit. Ce serait trop visible.

Et pourtant tout était dans le meurtre lui-même. Bourne

le comprenait, surtout dans ces circonstances. Danjou avait raison. Tous les facteurs étaient posés pour réaliser un assassinat spectaculaire. Carlos le Chacal n'aurait pas souhaité mieux – ni Jason Bourne, songea David Webb. S'en sortir, malgré l'extraordinaire service de sécurité ferait du nouveau « Bourne » le roi de sa profession de malades. Mais comment? Quelle arme allait-il utiliser? Et, une fois rempli son contrat, quelle porte de sortie serait la plus efficace, la plus probable?

Un camion de télévision, avec tout son équipement compliqué, serait un moyen d'évasion par trop évident. Les équipes de maintenance de l'aéroport étaient vérifiées, et revérifiées. Sans arrêt. Un intrus serait instantanément repéré. Tous les journalistes devaient passer à travers des détecteurs de métal capables de déceler le moindre bout de ferraille supérieur à dix milligrammes. Et les toitures, c'était exclu. Comment, alors?

– Voilà ton coupe-file, dit Danjou.

Il venait d'apparaître soudain à ses côtés et tenait un morceau de papier à la main.

– C'est signé par le proviseur de la police de Kai-tak!

– Qu'est-ce que tu lui as raconté?

– Que tu es un juif entraîné par le Mossad pour la lutte anti-terroriste et que tu es en stage ici à cause d'un programme d'échanges. On va faire passer le mot.

– Bon dieu! Mais je ne parle pas hébreu!

– Qui parle hébreu, ici? Hausse les épaules et sors-leur ton insupportable français – ils le parlent très mal aussi, ici. Tu t'en sortiras.

– Tu es impossible, tu sais ça, non?

– Je sais que Delta, quand il était notre chef, disait au quartier général de Saigon qu'il ne sortirait pas sans son « vieil Echo ».

– Je devais avoir perdu l'esprit.

– Tu te maîtrisais moins bien que maintenant, je te l'accorde.

– Merci, Echo. Souhaite-moi bonne chance.

– Tu n'en as pas besoin, dit le Français. Tu es Delta. Tu seras toujours Delta.

Bourne ôta son ciré jaune et sa casquette à visière. Il sortit et montra son laissez-passer aux gardes près des portes du hangar. Un peu plus loin, on faisait passer la presse sous les fourches caudines de la surveillance électronique. Fourgonnettes et motos de la police formaient un demi-cercle autour du lieu de la conférence de presse. Les préparatifs étaient terminés, les forces de sécurité en place, l'équipement médiatique prêt à tourner. L'avion venant de Pékin avait visiblement amorcé sa descente à travers la tempête. Il allait atterrir, c'était une question de minutes maintenant. Minutes que Jason aurait voulu pouvoir étirer. Il avait tellement de choses à chercher et si peu de temps pour sa recherche. Où? Quand? Quoi? Tout était à la fois possible et impossible. Quelle option allait choisir le tueur? Et comment pouvait-il, en toute logique, s'échapper le plus facilement du lieu de l'assassinat? S'échapper vivant?

Bourne avait envisagé toutes les solutions qui lui étaient venues à l'esprit et les avait éliminées. Pense! Réfléchis encore! Plus que quelques minutes. Marche et recommence depuis le début... Le début. Prémices : l'assassinat du gouverneur de la Couronne. Conditions : extrêmes, forces de sécurité, tireurs d'élite sur les toits, toutes entrées bloquées, toutes sorties, tous escaliers et escalators, contacts radio permanents. Pas une chance. Du suicide... Et pourtant c'était cette somme de handicaps que l'imposteur trouvait irrésistible. Danjou avait raison, une fois de plus. Avec un assassinat spectaculaire réalisé dans de pareilles conditions, l'assassin établirait sa suprématie – ou la rétablirait. Comment le Français l'avait-il formulé? Avec un meurtre comme ça, il rétablit la légende de son invincibilité.

Qui? Où? Comment? Réfléchis! Regarde!

L'averse avait trempé son uniforme de la police. Il n'arrêtait pas de s'essuyer le visage, scrutant tous les autres visages, partout, examinant le moindre détail flou sous la pluie battante. Rien! Et, soudain, on entendit le rugissement des réacteurs. L'avion de Pékin entamait son approche finale, tout au bout de la piste. Il se posait.

Jason étudiait la foule qui se tenait derrière un réseau de cordes tendues. Le gouvernement de Hong-kong, très accommodant par déférence envers Pékin et désireux de couvir totalement l'événement, avait fourni des ponchos, des carrés de toile et des imperméables de poche en plastique fin à tous ceux qui les voulaient. Le personnel de Kai-tak avait contré l'exigence des médias qui voulaient une conférence à l'intérieur en se bornant à prôner les raisons de sécurité. Les déclarations seraient brèves, guère plus de cinq ou six minutes. Mais les honorables membres de la presse pouvaient bien supporter un peu de pluie pour un événement aussi important.

Les photographes? Du métal! Les appareils passaient les contrôles, mais tous les appareils ne prenaient pas des photos. Un appareillage assez simple pouvait facilement être installé dans un appareil-photo, un mécanisme de tir qui expédiait une balle ou une fléchette, avec l'assistance d'un objectif télescopique. Etait-ce ça? L'assassin avait-il pris cette option, espérant écraser ensuite l'appareil sous ses pieds et en sortir un autre de sa poche en s'écartant rapidement vers les bords de la foule, nanti de papiers aussi authentiques que ceux de Danjou ou du prétendu spécialiste du Mossad? C'était possible.

L'énorme avion se posa sur la piste et Bourne se précipita dans la zone réservée à la presse, derrière les cordes. Il s'approchait de chaque photographe, cherchant – cherchant un homme qui lui ressemblait. Il devait y avoir deux douzaines d'hommes bardés de caméras. Bourne s'affolait. L'avion de Pékin roulait maintenant vers la foule. Les rayons des projecteurs étaient braqués sur une portion de piste devant les caméras de télévision. Bourne courait d'un photographe à l'autre, s'assurant rapidement que l'homme ne pouvait pas être l'assassin, puis regardant à nouveau pour voir si chacun d'entre eux était bien debout de toute sa stature, si aucun visage n'était maquillé. Rien... Personne! Il fallait qu'il le trouve, qu'il le prenne! Avant qu'un autre ne s'en empare. L'assassinat lui importait peu, en fait! Rien ne comptait, sauf Marie!

Repars du début! Cible : le gouverneur de la Couronne. Conditions : hautement négatives pour un assassinat, la cible entourée du maximum de sécurité, protégée par un gilet pare-balles, les forces de sécurité en place, disciplinées, les officiers sur le qui-vive... Le début? Il manquait quelque chose... Recommence... Le gouverneur de la Couronne – la cible, un simple meurtre. Méthode employée : l'aspect suicidaire ne permet l'emploi que d'une arme à retardement – une fléchette empoisonnée – et pourtant la précision requise rendait une telle arme illogique. La déflagration d'une arme traditionnelle mettrait immédiatement les services de sécurité en branle. Retardement – une *action* à retardement, pas une *réaction* ! Le départ était mauvais, la première présomption était fausse ! Ce ne serait pas un assassinat, mais plusieurs ! Un massacre ! Beaucoup plus spectaculaire qu'un simple meurtre ! Beaucoup plus efficace pour un dément qui voulait jeter Hong-kong dans le chaos ! Et le chaos allait commencer immédiatement, grâce aux forces de sécurité. Le désordre, le moyen de s'échapper.

L'esprit de Bourne courait à toute vitesse pendant qu'il se frayait un passage sous le déluge, regardant partout. Il essayait de se remémorer toutes les armes qu'il connaissait. Une arme qu'on pouvait actionner en silence et dont l'effet avait lieu à retardement, permettant à son utilisateur de changer de position et de s'échapper proprement. La seule chose qui lui venait à l'esprit, c'était des grenades, mais il écarta cette possibilité. Puis il songea à de la dynamite, ou du plastic, avec des détonateurs sur un système de minuterie. C'était beaucoup plus probable, parce que plus facile à dissimuler et à programmer. Ce type d'explosif pouvait être programmé en termes de minutes et de fractions de minute, plutôt qu'en secondes seulement. On pouvait les cacher dans des boîtes, des paquets, même des porte-documents – ou des valises d'appareils-photo dont le propriétaire n'avait pas besoin d'être vraiment photographe. Il fit demi-tour et revint vers la foule des photographes et des journalistes. Ses yeux étaient braqués à la hauteur du sol, entre les jambes des gens, vers l'obscurité de la piste. Il cherchait un container isolé, une mallette, une serviette, quelque chose, posé sur l'asphalte. La logique le faisait se concentrer sur les premiers rangs d'hommes et de femmes juste derrière les cordes. Dans son esprit, le « paquet » ne pouvait pas excéder trente centimètres s'il était épais, cinquante si c'était un attaché-case. Une charge plus petite ne tuerait pas les négociateurs des deux gouvernements. Les lumières de l'aéroport étaient fortes, mais elles créaient des myriades d'ombres, de recoins plus sombres dans l'obscurité. Il songea qu'il aurait dû se munir d'une lampe torche – il en avait toujours une avec lui, ne serait-ce qu'une lampe stylo, car ça aussi, c'était une arme! Pourquoi l'avait-il oublié? Et soudain, à sa plus grande stupéfaction, il aperçut des rayons lumineux qui s'entre-croisaient, balayant le sol obscur de l'aéroport, passant entre les jambes qu'il observait auparavant. Les forces de sécurité en étaient arrivées aux mêmes conclusions que lui, à force d'expérience, sans nul doute. La Guardia, 1972, Lod, Tel-Aviv, 1974. Rue du bac, Paris, 1975. Harrods, Londres, 1982. Et une demi-douzaine d'ambassades de Téhéran à Beyrouth. Son esprit s'était engourdi. Il n'aimait pas ça. Il ne pouvait pas se le permettre!

Qui? Où?

L'énorme 747 de la République populaire de Chine apparut comme un vaisseau spatial posé sur le ciment, ses réacteurs rugissaient sous le déluge. Le bruit diminua. L'avion roulait doucement. Il s'arrêta. Les deux portes s'ouvrirent et la parade commença. Les deux chefs des délégations chinoise et britannique émergèrent ensemble. Ils saluèrent la foule de la main et descendirent les escaliers de métal à l'unisson, l'un vêtu comme un lord, l'autre dans l'uniforme sans grade de l'armée populaire. Ils étaient suivis par deux files d'assistants et de subordonnés, occi-dentaux et orientaux, qui faisaient de leur mieux pour avoir l'air de s'entendre parfaitement devant les yeux des caméras. Les deux leaders s'approchèrent des micros, et, tandis que leurs voix tentaient de dominer le tumulte de la tempête, les minutes qui suivirent devinrent encore plus floues pour Jason. Une partie de son esprit suivait la cérémonie qui avait lieu sous les projecteurs, une autre occupée à une dernière recherche, une recherche finale. Si l'imposteur était là, il devait le trouver! Avant l'explosion, avant le chaos! Mais où était-il, bon Dieu!

Bourne repassa encore les cordes pour avoir une vue d'ensemble. Un garde émit une objection, Bourne lui montra ses papiers et demeura immobile, étudiant les équipes de télévision, leur allure, leurs regards, leurs équipements. Si l'assassin était l'un d'entre eux, lequel était-ce?

– Nous sommes conjointement satisfaits de pouvoir

vous annoncer que des progrès certains ont été faits en ce qui concerne les accords. Le Royaume-Uni...

– La République populaire de Chine – la seule véritable Chine – exprime le désir de trouver un réel terrain d'entente avec ceux qui souhaitent...

Les deux discours s'entrecroisaient, chacun des deux interlocuteurs remerciant son partenaire tout en soulignant que les négociations étaient loin d'être achevées. On sentait une certaine tension derrière la civilité, le placebo verbal et les sourires plastifiés. Et Jason ne voyait rien, rien qui attirât son regard. Il essuya la pluie sur son visage, fit un signe de tête au policier et repassa derrière les cordes. Il se fraya un chemin à travers les journalistes jusqu'au coin gauche de la conférence de presse.

Soudain, son regard fut attiré par une série de phares qui approchaient rapidement, venus du bout du terrain. Puis, avec un synchronisme qu'on eût dit fait exprès, il y eut une vague d'applaudissements. La brève cérémonie était terminée, entérinée par l'arrivée des voitures officielles, chacune des limousines escortée par des motos. La police entourait les camions-vidéo de la télévision, ordonnant à tout le monde, sauf à deux cameramen choisis antérieurement, de monter dans leurs véhicules.

C'était le moment. S'il devait se passer quelque chose, c'était maintenant. Si un instrument de mort devait être mis en place et réglé pour exploser d'ici une minute ou même moins, c'est maintenant qu'il devait être placé!

A deux mètres sur sa gauche, Jason vit un officier du contingent de la police, un type assez grand dont les yeux bougeaient aussi vite que les siens. Jason s'approcha de lui et s'adressa à lui en chinois en lui montrant ses papiers qu'il abritait de la pluie sous sa main gauche.

– Je suis l'homme du Mossad, cria-t-il pour couvrir les applaudissements.

– Oui, je suis au courant, répondit l'officier. On est contents que vous soyez là!

– Vous avez une lampe?

– Oui. Bien sûr. Vous la voulez?

– Merci.

– Tenez.

– Dites-leur de me laisser passer, dit Jason en soulevant

la corde. Je n'ai pas le temps de leur montrer mes papiers!

– Certainement, répondit le Chinois.

Il intercepta un des gardes qui allait arrêter Jason – prêt à lui tirer dessus.

– Laissez-le passer! C'est l'un des nôtres! Il est entraîné spécialement pour ce genre de situation!

– C'est le juif du Mossad?

– Oui, c'est lui.

– On nous a prévenus. Merci, monsieur... Mais il ne me comprend pas.

– Justement si. Il parle *guangdong hua*.

– Dans Food Street, il y a ce qu'ils appellent un restaurant *kascher* qui sert notre cuisine.

Bourne était maintenant entre la rangée de limousines et les cordes. Il longeait les cordes, éclairait le sol, donnant des ordres en chinois et en anglais. Il criait, mais d'un ton ferme. Un par un, hommes et femmes de la presse reculaient, expliquaient ce qui se passait à ceux qui étaient derrière eux. Jason arrivait à la limousine de tête. Les drapeaux britannique et chinois flottaient à l'avant de la voiture, indiquant que les Anglais recevaient et que les Chinois étaient leurs hôtes. Les deux représentants allaient monter ensemble. Jason se concentra sur l'obscurité par terre. Les passagers allaient entrer dans la longue voiture. Leurs plus proches collaborateurs applaudissaient encore.

Cela se produisit! Quelque chose, mais Bourne ne savait pas exactement quoi. Son épaule gauche avait touché une autre épaule et le contact était électrique. L'homme qu'il avait effleuré s'était penché, puis avait pivoté d'un coup avec une telle férocité que Jason avait perdu l'équilibre. Il se retourna et regarda l'homme sur la moto de police, braqua sa lampe sur l'ovale plastique de son casque.

Des éclairs jaillirent dans son crâne, ses yeux, son regard se troublèrent. Il voyait l'impossible. Il se regardait lui-même – un lui-même de quelques années en arrière! Les traits du visage sous la bulle de plastique étaient les siens! C'était le commando! L'imposteur! L'assassin!

Les yeux qui le regardaient reflétaient eux aussi la panique. Mais il fut plus rapide que Webb. Une main crispée comme une lame le frappa à la gorge, lui coupant le souffle et la parole, la pensée. Bourne tomba en arrière, incapable de crier, serrant sa gorge qui irradiait une douleur mortelle. L'assassin sauta de sa moto, dépassa Jason et plongea sous la corde.

Relève-toi! Rattrape-le!... Marie! Les mots ne passaient plus – des pensées hystériques, affolées, s'entrechoquaient silencieusement dans l'esprit de Jason. Il se releva. Sa gorge semblait vouloir exploser. Il sauta par-dessus la corde, plongea dans la foule, suivant le sentier que l'assassin s'était ouvert à coups de poing, renversant les gens pour s'échapper.

– Arrêtez... le! Seule la dernière syllabe émergea de sa bouche, comme un chuchotement sec. Laissez-moi passer!

Seuls deux mots étaient audibles, mais personne n'écoutait. On entendait une fanfare par-dessus le bruit de la tempête, quelque part près de l'aéroport.

Le sentier humain se refermait! Tous ces gens! Tous ces visages anonymes, outrés, trempés! Saisissez-le! Marie! Il s'enfuit! Il a disparu!

– Laissez-moi passer! hurla Jason, retrouvant soudain l'usage de sa voix, mais personne ne l'écoutait.

Il bouscula, tira, poussa des gens pour se frayer un passage à travers la foule. Une autre foule lui faisait face, derrière les portes vitrées de l'aéroport.

Rien! Personne! Le tueur avait disparu!

Le tueur? La bombe!

C'était la limousine, la voiture de tête avec les fanions chinois et britannique sur les ailes avant! C'était elle la cible! Quelque part sous cette voiture, un simple mécanisme allait l'expédier en l'air, tuant les chefs des deux délégations!

Résultat le scénario serait achevé... Le chaos!

Vite!

Bourne fit demi-tour, cherchant désespérément un représentant des autorités. A six mètres des cordes, surveillant les voitures, au garde-à-vous pour l'hymne britannique que jouait la fanfare, se tenait un officier de police. Il portait une radio à la ceinture. Une chance sur dix mille! Les voitures avaient entamé leur lente procession vers une sortie invisible de l'aéroport.

Jason souleva la corde, renversa une barrière et se mit à

courir vers le petit officier chinois raide comme un soldat de plomb.

— *Xun su!* cria Jason.

— *Shemma?* répliqua l'homme, surpris, cherchant instinctivement son arme.

— Arrêtez-les! Les voitures! La limousine! Celle de tête!

— De quoi parlez-vous? Qui êtes-vous?

Bourne faillit frapper l'homme.

— Mossad!

— Vous êtes le type d'Israël? J'ai entendu...

— Ecoutez-moi! Prenez votre radio et arrêtez les voitures! Dites-leur de descendre de cette limousine! Elle va sauter! Vite!

L'officier croisa le regard désespéré de Jason à travers le rideau de pluie, puis il hocha la tête et saisit sa radio.

— Alerte! Ceci est une urgence! Passez-moi Red Star One, immédiatement!

— Toutes les voitures! interrompit Bourne. Dites-leur de se séparer!

— Alertez tous les véhicules, cria l'officier. Puis, d'une voix calme et précise, insistant sur chaque mot : Ici Colony Five, ceci est une alerte! Il y a avec moi l'homme du Mossad et je vous transmets ses instructions. Exécution immédiate. Red Star One doit s'arrêter et tout le monde doit descendre du véhicule, puis courir se mettre à l'abri. Toutes les autres voitures doivent tourner à gauche et se diriger au centre du terrain, s'éloigner de Red Star One. Confirmez!

La foule, étonnée, vit soudain les voitures partir à toute vitesse. Cinq limousines filèrent sur la gauche, tandis que la voiture de tête freinait brutalement. Les portes s'ouvrirent et des silhouettes en jaillirent, courant dans toutes les directions.

Huit secondes plus tard, la limousine, nom de code Red Star One, explosa à dix mètres d'une porte. Du métal tordu et des éclats de verre grimpèrent en spirale dans une gerbe de feu. L'orchestre s'arrêta au milieu d'une mesure. Le déluge noyait les vrilles de flammes.

Au-dessus de la banlieue nord de Pékin se trouve un vaste complexe dont on parle très rarement, et qui n'est jamais ouvert au public. La raison principale qu'on évoque est la sécurité, mais c'est certainement aussi en raison de l'embarras que cela provoquerait dans cette société égalitaire. Car, à l'intérieur de cette enclave boisée se trouvent les villas des personnages les plus influents de la Chine. Tout le secteur est protégé et gardé, clos d'un mur de pierre. Les portes sont surveillées par des vétérans de l'armée et les bois sillonnés de patrouilles renforcées de chiens policiers. Si on voulait spéculer sur les relations politiques ou sociales entretenues dans ce secteur, on remarquerait d'abord qu'aucune des villas n'a vue sur sa voisine, car chacune est entourée de son propre mur et possède sa garde personnelle, garde sélectionnée, triée sur le volet. Le nom de ce secteur, quand on en parle, est la montagne de la Tour de Jade, et fait référence, non à une véritable montagne, mais à une grosse colline qui domine toutes les autres. A un moment ou un autre, selon les vents des fortunes politiques, des hommes comme Mao Zedong, Liu Shaoqi, Lin Biao et Zhou Enlai ont habité cet endroit. Parmi les résidents actuels se trouvait un homme qui façonnait la destinée économique de la République populaire. La presse mondiale, lorsqu'elle parlait de lui, le désignait sous le nom de Sheng, nom immédiatement reconnaissable. Son nom intégral était Sheng Chou Yang.

Une conduite intérieure marron descendait la route qui bordait l'imposante enceinte de pierre grise. Elle approchait de la porte numéro 6 et, comme s'il était distrait, le chauffeur appuya soudain sur les freins, la voiture dérapa et s'arrêta à quelques centimètres de la barrière orange prise dans le faisceau de ses phares. Un garde s'approcha.

— Qui venez-vous voir et quel est votre nom ? s'enquit la sentinelle. J'ai besoin de vos papiers officiels.

— Ministre Sheng, dit le chauffeur, et mon nom est sans

importance, ni mes papiers. Veuillez informer la résidence du ministre que son émissaire de Kowloon est là.

La sentinelle haussa les épaules. De telles répliques étaient monnaie courante sur la montagne de la Tour de Jade. Réitérer sa question n'aurait amené qu'un transfert probable de ce poste tranquille vers un poste frontière du Nord. Ici, les restes des repas des dirigeants remplissaient les estomacs, et on trouvait même de la bière d'importation. Le garde prit tout de même son téléphone. Le visiteur devait être admis dans les règles. Sinon, la sentinelle risquait de finir à genoux contre un mur, une balle dans la tête. Il composa donc le numéro de la villa de Sheng Chou Yang.

– Laissez-le entrer! Vite!

Sans revenir vers la voiture, la sentinelle appuya sur un bouton et la barrière orange se releva. La voiture s'engouffra à l'intérieur, faisant jaillir du gravier de partout. La sentinelle se dit que l'émissaire devait être très pressé.

– M. le ministre Sheng est dans le jardin, dit l'officier à la porte en regardant au-delà du visiteur. Allez le rejoindre.

L'émissaire se précipita à travers le hall d'entrée rempli de meubles laqués rouge, jusqu'à une arche qui ouvrait sur un jardin intérieur parfait, avec ses étangs couverts de nénuphars subtilement éclairés de jaune par des lampes sous l'eau. Deux sentiers de gravier blanc formaient un X entre les étangs et des chaises de repos noires étaient disposées à la fin de chaque sentier, selon un ovale harmonieux. Assis seul au bout du sentier « est », un homme mince de taille moyenne avec des cheveux gris en brosse et un visage émacié. Mais quelqu'un qui le rencontrerait pour la première fois aurait immédiatement été frappé par ses yeux, car c'étaient les yeux sombres d'un mort, ses paupières ne cillaient jamais, même un instant. Mais c'étaient aussi les yeux d'un fanatique dont le dévouement à sa cause créait la force. Il y avait une chaleur blanche dans ses pupilles, des éclairs de folie. Tels étaient les yeux de Sheng Chou Yang, et ils étaient en flammes.

– Dis-moi! rugit-il, les deux mains crispées sur les accoudoirs de son siège. Qui fait ça?

— C'est un mensonge, monsieur le Ministre! Nous avons vérifié avec nos gens à Tel-Aviv. Cet homme n'existe pas. Il n'y a aucun agent du Mossad à Kowloon! C'est un mensonge!

— Quel type d'action as-tu envisagé?

— C'est très préoccupant...

— Quelles actions?

— Nous recherchons un Anglais dans le Mongkok dont personne ne semble avoir entendu parler.

— Fous! Imbéciles! Idiots! A qui as-tu parlé?

— Notre homme clef dans la police de Hong-kong. Il est sidéré, et j'ai le regret de vous dire que je crois qu'il a peur. Il a fait plusieurs références à Macao et je n'aimais pas sa voix.

— Il est mort.

— Je transmettrai vos instructions.

— J'ai bien peur que non, fit Sheng en lui faisant signe d'approcher d'un mouvement de la main gauche. Sa main droite était dissimulée dans l'ombre. Viens payer ton obéissance au Kuo-min-tang, ordonna-t-il.

L'émissaire s'approcha du ministre. Il se courba et tendit sa main gauche au grand homme. Sheng leva la main droite. Elle tenait un pistolet.

Une explosion suivit, éclatant la tête de l'émissaire. Des fragments de crâne et de cervelle éclaboussèrent les nénuphars. L'officier de l'armée apparut sous l'arche. Le cadavre du messager était étalé sur le gravier blanc, dans une posture impossible.

— Disposez de lui, ordonna Sheng. Il en avait trop entendu, trop appris... trop supposé...

— Certainement.

— Et appelez l'homme à Macao. J'ai des instructions pour lui et elles doivent être mises en route immédiatement, pendant que les flammes illuminent encore le ciel de Kowloon. Je veux qu'il vienne ici.

Tandis que l'officier s'approchait du courrier mort, Sheng se leva brusquement de son fauteuil et s'approcha du bord du plus proche étang. Son visage était illuminé en contre-plongée par les lumières sous l'eau. Il se remit à parler d'une voix neutre mais déterminée.

— Bientôt Hong-kong et les territoires, dit-il en regardant les reflets jouer sur la surface de l'eau. Et peu après, la Chine tout entière.

— Vous conduisez, dit l'officier, le regard illuminé par la dévotion, nous suivons. La marche que vous nous avez promise est commencée. Nous revenons vers notre mère la Chine et la terre sera à nouveau à nous.

— Oui, dit Sheng Chou Yang. On ne peut pas nous arrêter. On ne peut plus m'arrêter.

XX

A MIDI de ce jour paralysant, alors que Kai-tak était un banal aéroport et pas encore un champ de bataille, l'ambassadeur Havilland avait décrit à une Catherine Staples abasourdie les grandes lignes de la conspiration de Sheng et ses ramifications dans le Kuo-min-tang. Objectif : un consortium de taipans, menés par un chef, le fils de Sheng, s'emparait de Hong-kong et jetait la colonie dans le propre empire financier des conspirateurs. Résultat inévitable : la conspiration échouait et le géant enragé qu'était la République populaire frappait, marchait sur Hong-kong, rompait les accords et jetait l'Extrême-Orient dans le chaos. En proie à l'incrédulité, Catherine Staples avait exigé des informations plus substantielles et à 14 h 15 elle avait relu pour la deuxième fois le dossier top secret du Département d'Etat concernant Sheng Chou Yang, mais elle continuait à soulever des objections, car on ne pouvait pas être certain de la justesse de vue des auteurs. A 15 h 30, on la fit entrer dans la salle de radio et, par transmission satellite codée et brouillée, on lui présenta un éventail de faits. C'était Reilly, du Conseil national de sécurité, à Washington.

— Vous n'êtes qu'une voix, monsieur Reilly, dit Catherine. Comment puis-je savoir que vous n'êtes pas en bas de Victoria Peak ?

A cet instant il y eut un clic prononcé sur la ligne et une voix que Catherine et le monde entier connaissaient résonna dans l'appareil.

— Ici le président des Etats-Unis, madame Staples. Si vous doutez également de cela, je vous suggère d'appeler votre consulat. Demandez-leur de joindre la Maison Blanche sur la ligne diplomatique pour qu'ils vous confirment notre conversation. Je raccrocherai. Vous me rappellerez. Pour l'instant, je n'ai rien de mieux à faire – rien de plus vital.

Catherine secoua la tête, ferma les yeux un court instant.

– Je vous crois, monsieur le Président, dit-elle doucement.

– Oubliez-moi. Croyez seulement ce qu'on vous a raconté. C'est la vérité.

– C'est tellement incroyable – inconcevable !

– Je ne suis pas un expert, madame Staples, et je n'ai jamais prétendu l'être, mais le cheval de Troie lui aussi était totalement inconcevable. Bon, c'est peut-être une légende et la femme de Ménélas n'était peut-être qu'un piment ajouté par un conteur au coin du feu, mais le concept tient debout – c'est devenu le symbole d'un ennemi qui détruit son adversaire de l'intérieur.

– Ménélas ?

– Ne croyez pas les médias. Il m'arrive de lire un livre ou deux. Mais croyez nos hommes, madame Staples. Nous avons besoin de vous. Je peux appeler votre Premier ministre si c'est nécessaire, mais en toute franchise j'aimerais autant l'éviter. Il pourrait avoir envie d'appeler d'autres gens pour leur demander leur avis.

– Non, monsieur le Président. La retenue est primordiale. Je commence à comprendre l'ambassadeur Havilland.

– Vous avez de la chance. Je ne le comprends pas toujours.

– C'est peut-être mieux ainsi, monsieur.

A 15 h 58 il y eut un appel urgent – priorité absolue – dans la maison stérile de Victoria Peak, mais ce n'était ni pour l'ambassadeur ni pour le sous-secrétaire d'Etat McAllister. C'était pour le major Lin Wenzu ; et, après ce coup de téléphone, une veille anxieuse commença et dura quatre heures. L'insuffisance d'information mettait les nerfs à vif au point que toute leur attention était braquée sur la crise. Catherine Staples téléphona donc à son consulat et dit au commissaire général qu'elle ne pourrait pas assister à la conférence stratégique avec les Américains cet après-midi parce qu'elle ne se sentait pas bien. Sa présence dans la maison stérile était bienvenue. Havilland voulait qu'elle voie et comprenne par elle-même que l'Extrême-Orient était au bord du gouffre. Qu'une seule erreur de la part de Sheng ou de son assassin pouvait mettre le feu aux poudres, amenant les troupes chinoises à entrer dans les territoires en l'espace de quelques heures, détruisant non seulement le commerce de Hong-kong, mais surtout, charriant son cortège de souffrances humaines : combats, escadrons de la mort de droite ou de gauche exploitant des ressentiments vieux de quarante ans, factions raciales ou provinciales se jetant les unes sur les autres et contre les militaires. Le sang coulerait dans le port et dans les rues et, comme toutes les nations du monde ou presque en seraient affectées, la guerre mondiale deviendrait soudain une possibilité bien réelle. Il lui expliquait tout cela pendant que Lin se débattait furieusement avec son téléphone, donnant des ordres, coordonnant ses hommes avec la police de la colonie et les services de sécurité de l'aéroport.

Tout avait commencé par un geste vif du major, posant la main sur le micro de son téléphone et annonçant d'une voix posée qui résonnait dans cette salle victorienne de Victoria Peak :

– Kai-tak. Ce soir. Les délégations sino-britanniques. Assassinat. La cible est le gouverneur de la Couronne. Ils pensent que c'est Jason Bourne.

– Je ne comprends pas, protesta McAllister en se levant du divan. C'est prématuré. Sheng n'est pas prêt! Nous n'avons pas reçu le moindre signal qu'il le soit – il y aurait eu une allusion au moins de la part de son ministère à propos d'une conférence quelconque. C'est faux!

– Un mauvais calcul? demanda froidement l'ambassadeur.

– Possible. Ou autre chose. Une stratégie que nous n'avons pas envisagée.

– Faites votre travail, major, dit Havilland.

Après avoir donné ses derniers ordres, Lin en reçut lui-même un dernier de Havilland avant de partir pour l'aéroport.

– Restez hors de vue, major, dit l'ambassadeur. Qu'on ne vous voie surtout pas, et je pense ce que je dis.

– Impossible, répliqua le major. Malgré tout le respect que je vous dois, je dois rester avec mes hommes. Mes yeux ont un certain entraînement.

– Et, malgré tout le respect que moi je vous dois, poursuivit Havilland, je dois en faire une condition *sine qua non*. Sans ça, je ne vous laisse pas sortir d'ici.

– Pourquoi, monsieur l'Ambassadeur?

– Avec votre perspicacité, je suis surpris que vous posiez la question!

– Mais je ne comprends pas!

– Alors ce doit être ma faute, major. Je croyais avoir été clair quant à nos motivations. Nous avons mis le paquet pour amener « notre » Jason Bourne ici. Si vous acceptez le fait que c'est un homme extraordinaire – son dossier le prouve –, rendez-vous bien compte qu'il a des oreilles partout. Nous pouvons donc supposer, si l'expertise médicale est juste et que des portions de sa mémoire continuent à lui revenir, qu'il a des contacts dans toute cette partie du monde, des sources dans la pègre locale dont nous ne savons rien. Supposez – ça n'est qu'une supposition, major – qu'un de ses contacts l'informe qu'une alerte générale a été lancée pour ce soir à l'aéroport de Kai-tak et que d'énormes forces de sécurité prennent position pour protéger le gouverneur de la Couronne. Que pensez-vous qu'il va faire?

– Etre là, répondit doucement Lin Wenzu, avec une réticence certaine. Etre là, quelque part...

– Et supposez encore que « notre » Bourne vous aperçoive? Pardonnez-moi, mais vous ne passez pas inaperçu. L'extrême discipline de son esprit logique – la logique, la discipline et l'imagination ont toujours été ses moyens de survie – le forcera à trouver qui vous êtes vraiment, précisément. Ai-je besoin d'en dire plus?

– Je ne crois pas, répondit le major.

– La connexion serait faite, poursuivit Havilland comme pour formuler les pensées de Lin. Il n'y a donc aucun taipan dont la femme a été assassinée à Macao. Le taipan se trouve être en fait un officier de terrain des Renseignements britanniques, jouant le rôle d'un taipan fictif, qui lui a fait avaler un autre mensonge, mensonge répondant en écho aux précédents. Il comprendra qu'il a été manipulé une fois de plus, de la manière la plus brutale possible, par le kidnapping de sa femme. L'esprit, major, est un instrument délicat, et le sien est encore plus fragile que les autres. Il ne peut plus encaisser qu'une certaine dose de stress. Je n'ose même pas imaginer ce qu'il ferait – ce qu'il serait obligé de faire.

– Ça a toujours été le point faible du scénario, et pourtant c'est le cœur de toute l'histoire.

– Tactique ingénieuse, ce sont vos propres mots, Lin, surenchérit McAllister. Peu d'actes de vengeance sont aussi bien compris qu'« œil pour œil »...

– Eh bien, vous n'auriez pas dû me choisir pour jouer le rôle de votre taipan, insista le major. Il y a une crise à Hong-kong et vous m'avez paralysé!

– Nous faisons tous face à la même crise, dit Havilland, compatissant. Seulement, cette fois, nous sommes prévenus. Et qui aurions-nous pu choisir? Quel autre Chinois que le chef du Special Branch? Croyez-vous que Londres aurait accepté d'initier quelqu'un d'autre? Sans parler de tout ce que vous savez maintenant. Installez votre poste de commandement dans la tour de contrôle de l'aéroport. Les vitres sont fumées.

Réduit au silence, furieux, le gros major tourna les talons et quitta la pièce.

– Est-ce prudent de le laisser y aller? demanda McAllister, alors que Havilland et Catherine Staples le regardaient sortir.

– Certainement, répondit le diplomate des opérations clandestines.

– J'ai passé quelques semaines ici avec le MI-6, poursuivit le sous-secrétaire. Lin est connu pour désobéir aux ordres.

– Seulement quand les ordres lui sont donnés par des officiers britanniques prétentieux qui ont moins d'expérience que lui. Il n'a jamais été réprimandé. Il avait toujours raison. Et, là, il sait que j'ai raison.

– Comment pouvez-vous en être certain?

– Pourquoi croyez-vous qu'il emploie le mot « paralysé »? Il n'aime pas ça, mais il l'accepte.

Havilland fit le tour du bureau et s'adressa à Catherine.

– Asseyez-vous, je vous en prie, madame Staples. Et, Edward, j'aimerais vous demander une faveur. Rien de confidentiel, vous en savez autant que moi, et je ferai appel à vous si j'ai besoin du moindre renseignement. Mais j'aimerais parler à madame Staples en tête à tête.

– Je vous en prie, dit le sous-secrétaire en ramassant des papiers sur le bureau tandis que Catherine s'asseyait dans un fauteuil en face du diplomate. J'ai énormément de sujets de réflexion, vous savez. Si cette histoire d'aéroport n'est pas une supercherie – si c'est vraiment un ordre direct de Sheng –, alors il a conçu une stratégie que nous n'avons même pas envisagée, et c'est extrêmement dangereux. Dans toutes les éventualités possibles, il doit amener tout le monde vers la sortie qu'il a choisie, sa satanée commission économique, et dans des conditions stables – pas instables. Cela pourrait tout remettre en question, tout faire sauter. Mais il n'est pas stupide, il est même brillant. Qu'est-ce qu'il fout, bon Dieu?

– Considérez votre approche dans l'autre sens, Edward, coupa l'ambassadeur en s'asseyant, le front soucieux. Au lieu de ramener sa commission financière pendant une période stable, il la propose en pleine instabilité. Il passe ainsi pour quelqu'un capable de ramener l'ordre rapidement. Il n'est plus un géant en colère, mais un père protecteur qui se soucie de ses enfants émotionnellement troublés, et qui ramène le calme.

– Et quel avantage en tire-t-il?

– Cela se met en place rapidement, c'est tout. Qui aurait l'idée d'éplucher un groupe de financiers respectables que la colonie a mis en place en pleine période de crise? Après tout, ils représentent la stabilité. Pensez-y.

McAllister, ses papiers à la main, regardait Havilland.

– C'est un trop gros jeu, dit-il. Sheng risque de perdre le contrôle des expansionnistes du Comité central, des vieux militaires révolutionnaires qui n'attendent qu'une excuse pour entrer dans la colonie. Une crise fondée sur la violence leur fournirait immédiatement ce prétexte. C'est le scénario que nous avons donné à Webb, et il est particulièrement réaliste.

– Sauf si la position de Sheng est maintenant assez solide pour les supprimer. Et, vous l'avez dit vous-même, Sheng Chou Yang a fait rentrer énormément d'argent en

Chine, et s'il existe un peuple vraiment capitaliste, c'est bien les Chinois. Ils ont pour l'argent un respect phénoménal qui tourne même à l'obsession.

– Ils ont aussi beaucoup de respect pour les vieux qui ont fait la Longue Marche, et, là aussi, c'est presque une obsession. Sans ces maoïstes de la première heure, la plupart des jeunes dirigeants chinois ne seraient encore que des paysans illettrés qui se ruineraient le dos dans les champs. Ils révèrent ces vieux soldats. Sheng n'oserait pas risquer une confrontation.

– Eh bien, il y a une autre théorie, qui serait une combinaison de ce que nous pensons tous deux. Nous n'avons pas dit à Webb qu'un certain nombre des vieux ténors de Pékin ont disparu ces derniers mois. Et, dans plusieurs cas, lorsque l'annonce en a été faite officiellement, leur disparition était toujours plus ou moins naturelle. Un accident tragique, une mort naturelle, une disgrâce. Maintenant, si notre supposition est juste, si certains de ces hommes ont été éliminés par l'assassin de Sheng...

– C'est qu'il a solidifié sa position en les éliminant, coupa McAllister. Il y a des Occidentaux partout à Pékin, les hôtels sont archicombles. Cela ne fait qu'un Occidental de plus – qui pourrait être n'importe qui, un attaché, un directeur de société... un caméléon.

– Et qui mieux que Sheng, avec son sens de la manipulation, saurait organiser des rencontres secrètes entre « son » Jason Bourne et des victimes choisies? Il ne manquerait pas de prétextes, notamment l'espionnage technique militaire. Les cibles bondiraient de joie.

– Si tout cela est vrai, Sheng doit être beaucoup plus près de réussir que nous ne le pensions.

– Prenez vos documents. Demandez tout ce dont vous avez besoin à nos gens des renseignements et au MI-6. Etudiez tout, mais trouvez-nous le schéma, Edward. Si nous perdons le gouverneur de la Couronne ce soir, nous ne serons plus qu'à quelques jours de perdre Hong-kong... Pour tout un tas de mauvaises raisons.

– Il sera protégé, murmura McAllister, se dirigeant vers la porte, le visage anxieux.

– J'y compte bien, dit l'ambassadeur tandis que le sous-secrétaire quittait la pièce. Havilland se tourna vers

Catherine Staples. Est-ce que vous commencez à me comprendre? demanda-t-il.

— Je comprends les mots et leurs implications, oui, mais pas certains détails spécifiques, répliqua Catherine en regardant bizarrement la porte que le sous-secrétaire venait de franchir. C'est un homme étrange, vous ne trouvez pas? dit-elle.

— McAllister?

— Oui.

— Il vous gêne?

— Au contraire. Il a apporté une certaine crédibilité à tout ce qui m'a été dit. Par vous, par ce Reilly – et même par votre président, je dois dire, fit Staples en fixant l'ambassadeur. J'essaie d'être sincère, ajouta-t-elle.

— Je veux que vous le soyez. Et je comprends sur quelle longueur d'onde vous êtes. McAllister est l'un des meilleurs esprits analytiques du Département d'Etat, un bureaucrate brillant qui ne s'élèvera jamais au véritable niveau de sa valeur réelle.

— Et pourquoi ça?

— Je crois que vous le savez, que vous le sentez au moins. C'est un homme d'une moralité trop rigide et c'est son sens moral qui bloque son avancement. Si j'avais été affublé de son sens moral, je ne serais jamais devenu l'homme que je suis – et, à ma décharge, je n'aurais jamais accompli ce que j'ai accompli. Mais je pense que vous savez cela aussi. Vous avez dit à peu près la même chose quand vous êtes entrée ici.

— Maintenant c'est vous qui êtes sincère et j'apprécie.

— Tant mieux. Je veux que les choses soient claires, transparentes entre nous. Je veux votre aide.

— Marie?

— Et au-delà, dit Havilland. Quels sont les détails qui vous gênent? Que puis-je clarifier?

— Cette commission de banquiers et de taipans que Sheng proposera pour chapeauter la politique financière de la colonie.

— Laissez-moi anticiper un peu, l'interrompit le diplomate. En surface ils seront très disparates de caractère et de position et éminemment respectables. Comme je l'ai dit à McAllister la première fois que nous nous sommes rencontrés, si nous pensions que tout ce schéma insensé avait une chance de réussir, nous regarderions ailleurs et nous leur souhaiterions bonne chance. Mais il n'y a aucune chance que ça marche. Tous les hommes puissants ont des ennemis, il y aura des gens sceptiques ici et à Pékin – des factions jalouses qui ont été exclues –, et ils creuseront plus profond que Sheng ne s'y attend. Je crois que vous savez ce qu'ils découvriront.

– Que tous les chemins mènent à rome. Rome étant ici ce taipan, le père de Sheng, dont votre document ultra-secret ne mentionne jamais le nom. C'est l'araignée dont les fils atteignent chacun des membres de cette future commission. Il les contrôle. Mais pour l'amour du ciel, qui est-il?

– J'aimerais bien le savoir, dit Havilland d'une voix neutre.

– Vous l'ignorez vraiment? demanda Catherine d'un air incrédule.

– Si nous le savions, la vie serait bien plus simple, et je vous l'aurais dit. Je ne joue pas avec vous. Nous n'avons jamais pu connaître son identité. Combien de taipans y a-t-il ici, à Hong-kong? Combien de fanatiques désireux de rendre les coups à Pékin en soutenant la cause du Kuo-min-tang? Pour eux, on leur a volé la Chine. Leur mère patrie, la terre de leurs ancêtres, leurs propriétés, leurs possessions – tout. Beaucoup d'entre eux étaient des gens honnêtes, madame Staples, mais d'autres non. Les leaders politiques, les seigneurs de la guerre, les grands propriétaires fonciers, les immensément riches, c'était une société privilégiée qui se gavait grâce à la sueur et au sacrifice de millions d'hommes. Et même si cela ressemble à de la propagande communiste de troisième catégorie, n'oublions pas que c'est la provocation d'hier qui nous amène aujourd'hui à une telle crise. Nous avons affaire à une poignée d'expatriés obsédés qui veulent récupérer leur bien. Ils oublient que c'est leur propre corruption qui a amené leur chute.

– Vous avez pensé à affronter Sheng lui-même, en privé?

– Bien sûr, et sa réaction est par trop prévisible. Il feindrait l'outrage et nous dirait crûment que si nous continuons à répandre de telles fantaisies pour le discréditer, il va rejeter les accords de Chine, hurler à la trahison, et faire immédiatement passer Hong-kong dans l'orbite économique chinoise. Il nous dirait que beaucoup des marxistes de la vieille ligne du Comité central applaudiraient un tel geste, et il aurait raison. Et puis il nous regarderait et nous dirait probablement : Messieurs, faites votre choix. Bonsoir.

– Et si vous rendiez publique la conspiration de Sheng, la même chose se produirait, et il sait que vous le savez, dit Catherine Staples, les sourcils froncés. Pékin dénoncerait les accords, accusant Taiwan et l'Ouest de collusion. Ils sont obsédés par la corruption capitaliste interne, et le territoire n'aurait plus qu'à marcher au son du tambour communiste – en fait, ils n'auraient pas le choix. Ensuite viendrait le chaos économique.

– C'est comme ça que nous voyons les choses, effectivement, dit l'ambassadeur.

– Quelle est la solution ?

– Il n'y en a qu'une : Sheng.

Catherine Staples hocha la tête.

– Durcir le jeu, dit-elle.

– Une action extrême, oui.

– C'est bien ce que je voulais dire, répondit Catherine. Et ce Webb, l'époux de Marie, fait partie intrinsèque de la solution ?

– Jason Bourne, oui. Intrinsèque...

– Parce que cet imposteur, cet assassin qui se fait appeler Bourne, peut être piégé par l'homme extraordinaire qu'il personnifie – comme dit McAllister – mais pas dans le même contexte. Il prend sa place et attire Sheng là où il le désire, là où il peut tracer la solution, la solution extrême... Il le tue, bon sang.

– Oui, quelque part en Chine, bien évidemment.

– En Chine ?... Bien évidemment ?

– Oui, en déguisant cet assassinat en une lutte fratricide interne sans connexions extérieures. Pékin ne peut alors blâmer personne, sauf les ennemis inconnus de Sheng dans sa propre hiérarchie. En fait, à ce point, si cela se produit. Ce ne sera sans doute même pas nécessaire. Le monde n'entendra jamais officiellement parler de la mort de Sheng pendant des semaines, et quand on l'annoncera, son « retrait soudain » sera sans aucun doute attribué à une attaque cardiaque ou une hémorragie cérébrale. Pas à un meurtre. Le Géant n'étale pas ses aberrations, il les dissimule.

— Et c'est précisément ce que vous voulez.

— Naturellement. Le monde continue à tourner, les taipans sont coupés de leur source, la commission de Sheng s'écroule comme un château de cartes et des gens raisonnables continuent à respecter les accords pour le bénéfice général... Mais nous en sommes loin, madame Staples. Pour commencer, il y a aujourd'hui, ce soir, Kai-tak. Ce pourrait être le commencement de la fin. Car nous n'avons aucune contre-mesure immédiate à mettre en place. Je peux vous sembler calme, mais c'est une illusion entretenue par des années de dissimulation de mes tensions. Mes deux seules consolations pour l'instant sont que les forces de sécurité de la colonie sont parmi les meilleures du monde et ensuite — si on peut faire abstraction de la tragédie que représenterait un attentat — Pékin a été alerté, mis au courant de la situation. Hong-kong ne masque rien, au contraire. Donc, dans un sens, les risques sont partagés quand nous protégeons le gouverneur de la Couronne.

— En quoi est-ce que ça vous aide si le pire se produit ?

— Cela nous aide psychologiquement. C'est peu et c'est beaucoup. Cela peut réduire l'apparence d'instabilité, parce que cette alerte a été étiquetée d'emblée comme un acte isolé de violence préméditée, non symptomatique de l'agitation qui règne dans la colonie. Et, de plus, le risque est partagé. Chaque délégation a son escorte militaire. On les mettra à contribution.

— On peut contrôler une crise grâce à de si subtils points de protocole ?

— A ce qu'on m'a dit, vous n'avez de leçon à recevoir de personne en ce qui concerne le contrôle des crises, ni leur déclenchement, d'ailleurs. De surcroît, tout peut nous péter dans les doigts en se développant d'une manière qui flanquerait toutes les subtilités à la poubelle. Malgré tout ce que je vous ai dit, je suis mort de peur. Il y a place pour tant d'erreur et de mauvais calcul — ce sont nos ennemis, madame Staples. Tout ce que nous pouvons faire, c'est attendre. Et l'attente est ce qu'il y a de plus dur, de plus épuisant.

— J'ai d'autres questions, dit Catherine.

– Je vous en prie, posez autant de questions que vous voulez. Obligez-moi à réfléchir, faites-moi marner, si vous pouvez. Cela nous aidera tous deux à supporter l'attente.

– Vous venez de faire référence à mon habileté à résoudre les crises, à les contenir. Mais vous avez ajouté que je pouvais aussi bien les déclencher.

– Je suis désolé. Je n'ai pas pu résister. c'est une sale habitude que j'ai.

– Vous pensez à cet attaché, John Nelson?

– Qui?... Ah oui, le jeune homme du consulat. Ce qui lui manque de jugement, il le compense par son courage.

– Vous vous trompez.

– Sur son jugement? demanda Havilland d'un air un peu étonné.

– Je n'excuse pas sa faiblesse, mais c'est un des meilleurs types que vous ayez ici. Son jugement professionnel est nettement supérieur à celui de la plupart de votre personnel expérimenté. Demandez à tous ceux qui ont travaillé avec lui. C'est aussi un des seuls qui parle un vrai bon cantonais.

– Il a également compromis ce qu'il savait être une opération ultra-secrète, dit le diplomate, abrupt.

– S'il ne l'avait pas fait, vous ne m'auriez pas trouvée. Vous ne seriez pas à deux doigts de récupérer Marie Saint-Jacques. Ce qui est le cas maintenant...

– A deux doigts? fit Havilland en se penchant vers elle, le regard brillant de colère. Vous n'allez quand même pas continuer à la cacher?

– Probablement pas. Je n'ai pas encore pris ma décision.

– Bordel, madame! Après tout ce qu'on vous a dit? Il faut qu'elle soit ici, avec nous! Sans elle nous sommes perdus! Tous! Si Webb s'apercevait qu'elle n'est plus avec nous, il deviendrait fou! Il faut nous la livrer!

– C'est bien ce que je voulais dire. Je peux vous la « livrer » à n'importe quel moment. Pas obligatoirement quand vous me le demandez.

– Non! tonna l'ambassadeur. Quand – et si – notre Jason Bourne réussit sa mission, une série de coups de téléphone doivent le mettre immédiatement en contact avec sa femme!

– Je ne vous donnerai pas de numéro, dit Catherine

Staples d'un ton presque badin. Et pourquoi pas une adresse?

– Vous ne savez pas ce que vous faites! Que dois-je vous dire pour vous convaincre?

– C'est très simple. Contentez-vous de réprimander verbalement John Nelson. Effacez tout ça des dossiers, du sien surtout, et maintenez-le ici à Hong-kong où il a le plus de chance de faire carrière.

– Mais bordel de merde, explosa Havilland, c'est un drogué!

– Ridicule! Réaction primitive et typique d'un moraliste américain à qui l'on donne quelques mots clefs!

– Je vous en prie, madame Staples.

– On l'a drogué. Il ne se drogue pas. Sa limite, c'est trois vodkas Martini, et il aime les filles. Bien sûr, quelques-uns de vos attachés préfèrent les garçons et leur limite est de six vodkas Martini, mais qui est-ce qui les compte? Franchement, je me fous complètement de ce que les adultes font entre les quatre murs d'une chambre à coucher – je ne crois pas réellement que cela affecte ce qu'ils font hors de leur chambre – mais Washington semble avoir cette étrange préoccupation qui...

– D'accord, madame Staples! Nelson sera réprimandé – je le ferai moi-même – et le consul général ne sera pas informé, rien n'ira ternir son dossier. Vous êtes satisfaite?

– On y arrive. Appelez-le cet après-midi et dites-le lui. Dites-lui aussi de faire plus attention à sa vie professionnelle, pour son propre bien.

– Ce sera un plaisir. Y a-t-il autre chose? demanda Havilland d'un air à la fois ironique et agacé.

– Oui, et j'ai bien peur de ne pas savoir comment le formuler sans vous insulter.

– Pour l'instant, cela ne vous a pas trop gêné.

– Maintenant, cela me gêne parce que j'en sais beaucoup plus qu'il y a trois heures.

– Alors, insultez-moi, madame, allez-y.

Catherine se tut un instant, et, lorsqu'elle se remit à parler, sa voix ressemblait à un cri, un cri exigeant des explications, de la compréhension. Sa voix était grave, mais l'air de la pièce semblait soudain plus épais.

– Pourquoi? Pourquoi avez-vous fait *ça*? Il n'y avait aucun autre moyen?

– Je suppose que vous voulez parler de Mme Webb?

– Evidemment, je veux parler de Mme Webb, et de son mari aussi! Je vous ai déjà posé cette question. Est-ce que vous avez la moindre idée de ce que vous leur avez fait? C'est plus que barbare et j'aimerais que ce mot soit chargé de bien plus de sens! Vous les avez collés tous les deux sur une sorte de roue médiévale, pour leur arracher le corps et l'esprit, en les laissant vivre avec le sentiment qu'ils ne pourraient plus jamais se revoir, chacun d'eux étant persuadé qu'un seul faux pas, une seule décision erronée, pouvait causer la mort de l'autre. Un avocat américain a un jour posé cette question lors d'une session du Sénat et j'ai peur de devoir vous poser la même... Est-ce que vous avez le moindre sens de la décence, monsieur l'Ambassadeur?

Havilland regardait Catherine Staples d'un air dur, mauvais. Mais, quelque part, désemparé.

– J'ai le sens du devoir, dit-il d'une voix fatiguée, le visage tiré. Il m'a fallu développer très rapidement une situation capable de provoquer une réponse immédiate, une obligation de réagir sans cesse. Tout était fondé sur un incident appartenant au passé de Webb, une chose terrible qui a changé un jeune étudiant civilisé en – l'expression utilisée à l'époque pour le décrire était « terroriste suprême ». J'avais besoin de cet homme, de ce chasseur, pour toutes les raisons que vous avez entendues précédemment. Il est ici, il chasse, il traque son ennemi et je soupçonne que sa femme est en parfaite santé, et nous n'avions rien envisagé d'autre en ce qui la concerne.

– L'incident lié au passé de Webb. C'était sa première femme? Au Cambodge?

– Vous savez?

– Marie me l'a raconté. Sa femme et ses deux enfants ont été tués par un avion qui a piqué sur la rivière où ils se baignaient.

– Et il est devenu un autre homme, dit Havilland en secouant la tête presque tristement. Son esprit a basculé et c'est devenu sa guerre bien qu'il n'ait jamais montré le moindre respect pour Saigon. Il cherchait sa vengeance, utilisant le seul moyen qu'il connaissait, et il combattait l'ennemi qui avait volé sa vie. Il n'acceptait pour ainsi dire que les missions les plus complexes et les plus dangereuses, là où les objectifs étaient importants, les cibles à la mesure d'une action individuelle. Un médecin disait que, dans ses cavernes mentales, Webb tuait ceux qui avaient envoyé des tueurs sans nom et sans esprit. Il me semble que cela veut dire quelque chose.

— Et en kidnappant sa deuxième femme vous espériez réveiller le spectre de cette époque, l'incident qui avait fait de lui le « terroriste suprême », puis, plus tard Jason Bourne, le chasseur lancé à la poursuite de Carlos...

— Oui, madame Staples, le chasseur. J'avais besoin de ce chasseur sur scène, immédiatement. Pas une minute à perdre. Et je ne voyais aucun autre moyen d'obtenir ce résultat immédiat.

— C'était, c'est un professeur de sciences orientales, s'écria Catherine. Il comprend mille fois mieux la dynamique de l'Orient qu'aucun d'entre nous, les prétendus experts. Est-ce que vous n'auriez pas pu faire appel à lui, à son sens de l'histoire, en lui montrant les conséquences éventuelles?

— C'est peut-être un professeur, mais c'est avant tout quelqu'un qui croit – et c'est à moitié justifié – que son gouvernement l'a trahi. Il demandait de l'aide et un piège avait été tendu pour le tuer. Aucun appel n'aurait pu franchir cette barrière.

— Vous auriez pu essayer, au moins!

— Et perdre du temps, alors que chaque heure comptait? Dans un sens, je regrette que vous ne vous soyez jamais trouvée dans ma position. Vous m'auriez sans doute vraiment compris.

— Question, dit Catherine en levant la main, une lueur de défi illuminant son regard. Qu'est-ce qui vous fait penser que David Webb entrera en Chine pour tuer Sheng s'il trouve et capture l'imposteur? Si j'ai bien compris, il doit simplement vous livrer l'homme qui se fait appeler Jason Bourne pour que Marie lui soit rendue.

— Si nous en arrivons là, cela n'a aucune importance. C'est à cet instant que nous lui dirons pourquoi nous avons agi de cette manière. C'est à ce moment que nous en appellerons à son expérience de l'Extrême-Orient, que nous lui montrerons les conséquences de la machination de

Sheng et des taipans. S'il refuse, nous avons plusieurs agents expérimentés qui pourront prendre sa place. Ce ne sont pas des hommes que vous présenteriez à votre mère, mais ils sont disponibles et ils peuvent le faire.

– Comment?

– Les codes, madame Staples. Le Jason Bourne originel employait toujours des méthodes fondées sur des codes entre lui et ses clients. Cela faisait partie de la structure du mythe et l'imposteur a étudié chaque aspect de l'original. Une fois ce « nouveau » Bourne entre nos mains, nous obtiendrons l'information dont nous avons besoin d'une manière ou d'une autre – confirmée grâce aux médicaments, bien sûr. Nous saurons comment joindre Sheng, et c'est tout ce dont nous avons besoin. Un rendez-vous hors de sa montagne de la Tour de Jade. Un mort, et le monde continue à tourner normalement. Je n'ai pas trouvé d'autre solution. Le pouvez-vous?

– Non, dit Catherine doucement. On joue « dur ».

– Donnez-nous Mme Webb.

– Oui. Mais pas ce soir. Elle ne peut aller nulle part et vous avez assez de problèmes avec Kai-tak. Elle est dans un appartement de Tuen Mun, dans les Nouveaux Territoires. Cet appartement appartient à un de mes amis. Je l'ai également emmenée voir un médecin qui lui a bandé les pieds – elle s'est salement abîmée en échappant à votre Lin Wenzu – et il lui a donné un calmant. Elle est dans un état lamentable, elle n'a pas dormi depuis je ne sais combien de temps et les somnifères que je lui ai fait prendre hier soir n'ont pas agi. Elle était trop tendue, trop effrayée. Je suis restée avec elle et nous avons parlé jusqu'à l'aube. Laissez-la se reposer. J'irai la prendre demain matin.

– Comment allez-vous faire? Qu'allez-vous lui dire?

– Je n'en sais trop rien. Je vais l'appeler plus tard et je vais essayer de la calmer. Je lui dirai que les choses ont l'air de se décanter, que j'avance – plus peut-être que je ne pensais pouvoir le faire. Je veux lui redonner espoir, calmer sa tension. Je lui dirai de rester près du téléphone et de se reposer le plus possible, que je viendrai demain matin, avec de bonnes nouvelles.

– J'aimerais que quelqu'un vous accompagne, dit Havilland. Un garde du corps et peut-être McAllister. Il la connaît et je crois sincèrement que son sens moral pourrait être communicatif. Cela ne pourrait que vous aider.

– C'est possible, lui accorda Catherine. Comme vous le disiez, j'avais cette sensation. D'accord, mais que votre équipe reste hors de vue jusqu'à ce que je lui aie parlé, et cela pourrait durer une ou deux heures. Elle a une méfiance viscérale à l'égard de Washington maintenant, et il va falloir la convaincre. C'est son mari qui est là dehors, et elle l'aime énormément. Je ne peux – ni ne veux – lui dire que j'approuve ce que vous avez fait, mais je peux lui dire qu'à la lumière de ces circonstances extraordinaires – sans exclure l'effondrement possible de Hong-kong – je comprends pourquoi vous avez agi ainsi. Ce qu'il faut qu'elle comprenne – surtout –, c'est qu'elle est plus proche de son mari en restant avec vous qu'en se cachant. Bien évidemment, elle peut vouloir essayer de vous tuer, mais c'est votre problème. Elle est très féminine, très belle, plus qu'attirante même, mais souvenez-vous qu'elle a été élevée dans un ranch au Canada. Je vous conseille de ne pas rester seul avec elle entre quatre murs. Je suis certaine qu'elle était capable de faire mordre la poussière à des veaux plus lourds que vous!

– Je prendrai un escadron de marines.

– Surtout pas. Elle les retournerait contre vous. C'est une des personnes les plus persuasives que je connaisse.

– Elle doit l'être, effectivement, répliqua l'ambassadeur en se carrant à nouveau dans son fauteuil. Elle a forcé un homme qui avait perdu son identité, noyé dans des sentiments de culpabilité, à regarder en lui-même et à sortir des tunnels de sa propre confusion mentale. Une tâche plutôt difficile... Parlez-moi d'elle – je connais son dossier –, parlez-moi de la personne.

Catherine se mit à parler, lui faisant part de ses observations et de ce qu'elle sentait d'instinct. Le temps passait, les heures tournaient, entrecoupées de coups de téléphone qui mettaient Havilland au courant des préparatifs sur l'aéroport de Kai-tak. Le soleil descendait sur le jardin clos de murs. Un souper léger leur fut servi.

– Pourriez-vous demander à McAllister de se joindre à nous? dit Havilland au membre du personnel qui leur portait leur repas.

374

– J'ai demandé à McAllister s'il voulait manger quelque chose, monsieur, et il m'a dit de lui foutre la paix.

– Très bien, tant pis. Merci.

Le téléphone continuait à sonner. Ils avaient épuisé le sujet Marie Saint-Jacques et la conversation ne tournait maintenant qu'autour de Kai-tak. Catherine Staples observait le diplomate avec étonnement, car plus la crise se resserrait, plus sa voix se faisait calme et contrôlée.

– Parlez-moi un peu de vous, madame Staples. Seulement professionnellement, bien sûr.

Catherine étudia Raymond Havilland et commença d'une voix posée :

– Je suis née dans un épi de maïs de l'Ontario...

– Oui, bien sûr, dit l'ambassadeur d'un air sincèrement intéressé tout en regardant le téléphone.

Catherine comprenait maintenant. Cet homme d'Etat renommé arrivait à tenir une conversation à bâtons rompus tout en gardant l'esprit concentré sur un sujet entièrement différent. Kai-tak. Ses yeux ne cessaient de revenir vers le téléphone. Il tournait constamment le poignet pour jeter des coups d'œil à sa montre, et pourtant il répondait toujours, soulignait ce qu'elle disait quand il le fallait.

– Mon ancien mari vend des chaussures...

Havilland regardait sa montre. On ne l'aurait pas cru capable d'un sourire embarrassé, mais il en colla un sur ses lèvres.

– Vous m'avez eu, dit-il.

– Il y a longtemps, dit Catherine.

– Il se trouve que je connais assez bien Owen Staples.

– Ça ne m'étonne pas. J'imagine que vous évoluez dans les mêmes sphères.

– Je l'ai vu à Toronto l'an dernier pour la course de la Reine. Je crois qu'un de ses chevaux ne s'en est pas trop mal sorti. Il avait fière allure en queue-de-pie, il faisait partie de l'escorte de la reine mère.

– Quand nous étions mariés, il n'avait même pas de quoi se payer un costume.

– Vous savez, dit Havilland, quand j'ai lu le rapport sur vous et que j'ai su que vous étiez sa femme, j'ai été tenté de l'appeler. Pas pour lui dire quoi que ce soit, mais pour lui demander de me parler de vous. Et puis je me suis dit qu'après toutes ces années, si vous vous parliez encore, j'allais me brûler les doigts.

– Effectivement, nous nous parlons toujours et vous vous brûlez les doigts rien qu'en venant à Hong-kong.

– C'est votre avis; mais seulement quand la femme de Webb est entrée en contact avec vous. Dites-moi, à quoi avez-vous pensé quand vous avez compris que j'étais ici?

– Que le Royaume-Uni vous avait appelé pour vous consulter à propos des accords.

– Vous me flattez...

Le téléphone sonna et la main de Havilland fendit l'espace pour décrocher. C'était Lin Wenzu qui l'appelait et qui lui faisait part des progrès faits à Kai-tak, ou plus exactement de l'absence de progrès.

– Pourquoi est-ce qu'ils n'annulent pas tout, tout simplement? demanda l'ambassadeur d'un air agacé. Entassez-les dans leurs voitures et sortez-les de là, bon Dieu!

la réponse de Lin Wenzu ne fit qu'aggraver son exaspération.

– C'est ridicule, s'écria l'ambassadeur. Ce n'est pas le moment de faire des discours! C'est un assassinat potentiel! Dans ces circonstances, l'honneur de personne n'entre en ligne de compte, et, croyez-moi, le monde se fiche complètement de leur satanée conférence de presse! la moitié de la planète dort à cette heure-ci!

Le diplomate écouta. Les remarques de Lin ne faisaient pas que l'étonner, elles le mettaient hors de lui.

– Quoi? Le Chinois a dit ça? C'est insensé! Pékin n'a pas le droit d'exiger ça! C'est – Havilland regarda Catherine Staples –, c'est barbare! Quelqu'un devrait leur dire que ce ne sont pas leurs têtes d'Asiatiques qu'on sauve, que c'est celle du gouverneur anglais, et que sa tête est attachée à la leur, qui pourrait bien tomber!

Silence. L'ambassadeur ferma les yeux, d'un air soudain résigné.

– Je sais, je sais. La sainte étoile rouge doit continuer à illuminer la sainte obscurité. Il n'y a rien que vous puissiez faire, alors faites de votre mieux, major. Continuez à appeler. Comme dirait mon petit-fils, j'ai les boules, quel que soit le sens de cette expression.

Havilland raccrocha et se tourna vers Catherine en soupirant.

– Ordres de Pékin. Les délégations ne doivent pas fuir face au « terrorisme occidental ». Protégez les gens concernés, mais faites comme si de rien n'était.

– Londres approuverait sans doute. C'est bien dans leur style chevaleresque.

– Ordres de Pékin, dit le diplomate entre ses dents. Ordres de Sheng, plutôt...

– Vous êtes sûr de ça?

– C'est son jeu! La balle est dans son camp. Mon Dieu, il est prêt.

La tension croissait géométriquement chaque quart d'heure, jusqu'à ce que l'air fût chargé d'électricité. L'orage éclata, la pluie vint frapper les larges baies vitrées, comme un animal furieux. On apporta un poste de télévision et l'ex-ambassadeur américain et l'officier du Foreign Office canadien se mirent à regarder dans un silence plein d'appréhension. Le gros avion roulait sur la piste, sous des trombes d'eau, pour rejoindre la foule des journalistes. Les gardes d'honneur chinoise et anglaise émergèrent simultanément par les deux portes de l'appareil. Leur apparence était étonnante, car au lieu de descendre en une procession toute martiale, les deux escouades descendirent à toute vitesse les escaliers de métal, coudes au corps, armes braquées, et prirent position. Les leaders suivirent, saluant la foule, puis descendirent à leur tour, suivis de leurs assistants et de leurs subordonnés, l'air bizarrement inquiet. L'étrange « conférence de presse » commença et le sous-secrétaire d'Etat McAllister fit une entrée fracassante dans la pièce, la lourde porte venant s'écraser contre le mur.

– Ça y est! s'écria McAllister. Ça y est!

– Calmez-vous, Edward! Expliquez-vous!

– La délégation chinoise! fit McAllister le souffle court. Le chef de la délégation est Lao Sing! Son second est un général nommé Yunshen! Ils sont très puissants et se sont opposés à Sheng Chou Yang depuis des années, ils critiquent ouvertement sa politique économique au Comité central! Leur présence dans l'équipe de négociateurs semble avoir été décidée par Sheng lui-même, pour rétablir un certain équilibre, ce qui le dédouanait aux yeux de la vieille garde.

– Bon Dieu, qu'est-ce que vous dites?

– Ce n'est pas seulement le gouverneur de la Couronne qui est visé! Ce sont eux tous! Avec un seul attentat, il se débarrasse de ses deux plus durs opposants à Pékin et il se nettoie la route! Et puis, comme vous dites, il installe sa commission – ses taipans – en pleine période d'instabilité, instabilité partagée par les deux gouvernements!

Havilland saisit le téléphone.

– Trouvez-moi Lin à Kai-tak! ordonna-t-il au standard. Vite!... Le major Lin Wenzu, s'il vous plaît. Immédiatement!... Comment ça, pas là?... Où est-il? Qui êtes-vous?... Oui, je sais qui vous êtes. Ecoutez-moi, écoutez-moi bien! La cible n'est pas seulement le gouverneur! L'objectif inclut deux membres de la délégation chinoise. Séparez-les les uns des autres – vous le saviez?... Un homme du Mossad? Mais?... Il n'y a pas eu d'arrangement comme ça! C'est impossible!... Oui, très bien. Je raccroche. Rappelez-moi.

Haletant, le visage d'une pâleur mortelle, le diplomate regarda le mur en face de lui et se mit à parler, d'une voix à peine audible :

– Ils ont trouvé, Dieu seul sait comment, et ils viennent de prendre des contre-mesures... Qui? Bordel de Dieu? Qui était ce type du Mossad?

– Notre Jason Bourne, dit doucement McAllister. Il est là-bas.

Sur l'écran de télévision, une limousine qui s'éloignait s'arrêta soudain, les autres voitures disparurent dans le noir. Des silhouettes s'éloignèrent à toute vitesse de la voiture immobile, et, deux secondes plus tard, l'écran s'emplit d'une explosion aveuglante.

– Il est là-bas, répéta McAllister, sa voix réduite à un souffle. Il est là-bas!

XXI

Le bateau bondissait furieusement dans l'obscurité sous les trombes de l'averse. Les deux membres d'équipage écopaient l'eau qui ne cessait de passer par-dessus bord et le capitaine, un métis chinois-portugais, les yeux collés à la vitre du cockpit, tentait de se faufiler vers la ligne obscure de l'île qu'on apercevait à peine en face d'eux. Bourne et Danjou encadraient le propriétaire du bateau. Le Français se mit à parler, élevant la voix pour dominer le bruit de la tempête.

— Vous pensez que la plage est encore loin?

— Deux cents mètres, plus ou moins, dit le capitaine.

— C'est le moment d'envoyer le signal. Où est la lampe?

— Dans le placard devant vous. Sur la droite. Encore soixante-quinze mètres et je mets en panne. Si on s'approche plus, on va se flanquer sur les récifs. C'est dangereux avec ce temps.

— Il faut que nous allions jusqu'à la plage! s'écria le Français. C'est impératif, je vous l'ai dit!

— Oui, mais vous avez oublié de me dire qu'il pleuvait autant, qu'il y aurait des creux pareils. Quatre-vingt-dix mètres et vous pourrez prendre le canot. Le moteur est puissant, vous y arriverez.

— Merde! cracha Danjou en ouvrant le placard. Il en sortit une lampe. Ça va nous faire cent mètres en canot!

— Ça ne pourrait pas être moins de cinquante mètres, je vous avais prévenu.

— Et entre les deux, c'est profond!

— Vous voulez que je retourne à Macao?

— Et qu'on se fasse tirer dessus par les patrouilleurs? Il

faut payer, sinon on n'arrive jamais à destination, vous le savez aussi bien que moi!

– Cent mètres, pas un de plus.

Danjou hocha la tête, agacé, tout en tenant la grosse lampe contre sa poitrine. Il appuya sur un bouton, une fraction de seconde, et un bref éclair bleuté illumina le cockpit du bateau. Quelques secondes plus tard, un signal bleu identique jaillit, venu de la côte.

– Vous voyez, mon capitaine, si on n'était pas venus au rendez-vous, cette misérable coque de noix aurait été coulée.

– Vous ne traitiez pas mon bateau de coque de noix cet après-midi, répliqua le capitaine, les mains crispées sur la barre.

– C'était hier après-midi. Il est une heure du matin et je commence à connaître vos pratiques de voleur!

Danjou remit la lampe dans le placard et jeta un coup d'œil à Bourne qui le regardait. Ils faisaient chacun ce qu'ils avaient si souvent fait à l'époque de Méduse : vérifier l'équipement du partenaire. Ils avaient roulé leurs affaires dans des sacs de toile – pantalons, pulls et fins masques de caoutchouc, le tout noir. En dehors de l'automatique de Jason et du petit pistolet calibre 22 du Français, ils n'avaient que des couteaux de chasse – cachés.

– Approchez-vous le plus possible, dit Danjou au capitaine, et rappelez-vous que vous n'aurez la somme totale que quand nous reviendrons.

– Et s'ils prennent votre argent et qu'ils vous tuent? s'écria le pilote en tournant furieusement la barre. C'est fichu pour moi!

– Je suis très touché, dit Bourne.

– Ne vous inquiétez pas, dit le Français en regardant le métis. J'ai déjà eu affaire à cet homme très souvent ces derniers mois. Comme vous, il est capitaine d'un bateau et il est aussi voleur que vous. Je lui remplis ses poches marxistes pour que ses maîtresses puissent vivre comme les concubines du Comité central. Et, aussi, il me soupçonne de tenir un fichier sur lui. Nous sommes entre les mains de Dieu, peut-être même mieux que celles de Dieu, d'ailleurs.

– Alors gardez la lampe, murmura le capitaine d'un air

bougon. Vous en aurez peut-être besoin et je préfère vous voir vivants que déchiquetés sur les rochers.

— Votre sympathie me confond, dit Danjou d'un air ironique en reprenant la lampe.

Puis il se tourna vers Jason.

— Allons examiner le canot et son moteur.

— Le moteur est sous une bâche, dit le capitaine. Ne le mettez pas en marche avant d'être dans l'eau!

— Comment être certains qu'il marche? demanda Bourne.

— Parce que je veux mon argent, *ô silencieux passager!*

Le trajet jusqu'à la plage les trempa complètement tous les deux. Ils se tenaient à la coque du frêle esquif, s'accrochant aux bords ou à la barre pour le maintenir à flot dans les creux énormes. La coque racla le fond. Métal contre rocher. Le Français fit virer le bateau, poussant le moteur au maximum.

L'étrange lueur bleue illumina encore une fois une portion de plage, comme un flash, et Danjou dirigea le canot vers cette lumière, sur bâbord. En quelques minutes ils touchèrent le sable. Le Français releva le moteur et Bourne sauta à terre, saisit la corde et commença à tirer le canot sur la plage.

Il sursauta. Un homme venait de surgir près de lui et s'était emparé de la corde.

— Quatre mains valent mieux que deux, s'écria l'étranger, un Chinois, dans un anglais parfait — un anglais avec un accent américain.

— C'est vous le contact? cria Jason, étonné, se demandant si la tempête n'avait pas déformé son ouïe.

— Quel terme stupide! répliqua l'homme en criant pour dominer le vacarme. Je suis simplement un ami.

Cinq minutes plus tard, après avoir traîné le petit canot sur le sable, les trois hommes s'enfoncèrent à travers l'épais feuillage qui bordait le sable. Les fourrés furent remplacés par une clairière. Leur « ami » avait construit une sorte d'abri avec la carcasse d'une barque couverte de branchages. Un petit feu brûlait, invisible de tous côtés. La chaleur était la bienvenue. L'eau et le vent avaient transi Bourne et Danjou. Ils s'installèrent en tailleur autour du feu et le Français s'adressa au Chinois en uniforme :

— Ce n'était pas vraiment nécessaire, Gamma...

– Gamma? hurla Jason.

– J'ai gardé certaines traditions de notre passé, Delta. En fait j'aurais pu choisir Tango ou Fox Trot – il n'y avait pas que des lettres grecques, tu sais. Le grec était réservé aux chefs.

– Qu'est-ce que c'est que cette conversation de merde? Je veux savoir ce qu'on fait ici. Pourquoi tu ne le paies pas et qu'on se tire, bordel?

– Mon vieux, fit le Chinois en exagérant son accent américain, il est énervé, ce mec! Qu'est-ce qu'il a qui déconne?

– J'ai rien qui « déconne », mec, c'est juste que je voudrais retourner au bateau. On n'a pas le temps de prendre le thé!

– Et un petit scotch? demanda l'officier de la République populaire en fouillant derrière lui avant de sortir une bouteille de whisky tout à fait acceptable. Il faudra partager au goulot, mais n'ayez pas peur des microbes. On se lave, on se brosse les dents et on dort avec des putes propres – du moins notre saint gouvernement s'assure-t-il qu'elles le sont.

– Mais qui êtes-vous? demanda Bourne.

– Gamma suffira, Echo m'en a convaincu. Mais pour vous dire ce que je suis, je préfère vous laisser imaginer. Essayez USC – l'université de Berkeley, et toutes ces marches pacifistes de la fin des années 60. Vous vous en souvenez sûrement.

– Vous en étiez?

– Certainement pas! J'étais un de ces conservateurs constipés de la *John Birch Society* qui voulaient qu'on leur tire dessus à vue! Ces salauds de « freaks » sans aucune considération pour les devoirs moraux de leur nation!

– Quelle conversation merdeuse, lâcha Jason.

– Mon ami Gamma, interrompit Danjou, est l'intermédiaire parfait. C'est un homme qui a de l'éducation, et qui est un agent triple ou quadruple qui travaille pour tous les côtés dans son intérêt personnel. Il est totalement amoral, et c'est pour cela que je le respecte.

– Vous êtes revenu en Chine? En République populaire?

– C'est là que se trouvait l'argent, admit l'officier. Toutes les sociétés répressives offrent de vastes possibilités à ceux qui sont prêts à prendre des risques mineurs au nom des opprimés. Demandez aux commissaires de Moscou et du bloc de l'est. Bien sûr, il faut avoir des contacts à l'Ouest et posséder certains talents qui peuvent aussi servir les leaders. Heureusement, je suis un excellent marin, grâce à quelques amis dans la région de San Francisco qui possédaient des yachts et des hors-bords. J'y retournerai un de ces jours. J'adore cet endroit.

— N'essaie jamais d'évaluer son compte en Suisse, dit Danjou, occupons-nous plutôt de savoir pourquoi Gamma nous a organisé une si plaisante petite soirée en pleine tempête.

Le Français prit la bouteille et la passa à Jason.

— Ça va vous coûter très cher, Echo, dit le Chinois.

— Avec vous, c'est toujours très cher.

— Je peux parler devant votre compagnon?

— Absolument.

— C'est une information que vous tiendrez à avoir, je vous le jure. Le prix est mille dollars américains.

— C'est tout?

— Ça devrait suffire, dit l'officier chinois en prenant la bouteille à Jason. Vous êtes deux et mon patrouilleur est à un demi-mille de la côte. Mon équipage pense que j'ai un rendez-vous secret avec nos agents de la colonie.

— « Vous tiendrez à avoir cette information », et « je vous le jure ». Pour ces deux phrases, je dois payer mille dollars? Alors que vous avez peut-être une douzaine de *Zhongguo ren* planqués dans les buissons?

— Il est des moments où il faut avoir confiance.

— Mais c'est mon argent, dit le Français, et vous n'aurez pas un sou tant que je n'aurai pas une idée de ce que j'achète.

— Vous, les Français, vous êtes terribles, dit Gamma en secouant la tête. Très bien. Cela concerne votre disciple, celui qui n'obéit plus à son maître mais qui ramasse ses trente deniers et un peu plus même.

— L'assassin?

— Paie-le, ordonna Bourne, très tendu, les yeux braqués sur le Chinois.

Les yeux de Danjou allaient du Chinois à Jason. Il souleva son pull noir et défit sa ceinture de pantalon. A l'intérieur de sa ceinture, une pochette en plastique. Il en sortit des billets qu'il passa, un par un, au Chinois.

– Trois mille pour le passage de ce soir et mille de plus pour cette nouvelle information. Le reste, c'est des faux billets. J'ai toujours mille dollars de réserve. Mais seulement mille.

– L'information, coupa Jason.

– C'est lui qui a payé, répliqua Gamma, c'est à lui que je m'adresserai.

– Cause à qui tu veux, mais accouche!

– Notre ami commun à Guangzhou, commença l'officier en s'adressant ostensiblement à Danjou, l'opérateur radio au quartier général numéro 1...

– Oui, nous avons fait affaire, dit le Français, sur ses gardes.

– Sachant que j'allais vous retrouver ici ce soir, j'ai refait le plein à Zhuhai Shi peu après 22 heures. Il y avait un message pour moi, disant que je devais le joindre. Nous avons un relais très sûr. Il m'a dit qu'il y avait eu un appel transmis de Pékin avec un code prioritaire non identifié de la Tour de Jade. L'appel était pour Soo Jiang...

Danjou bondit, les poings serrés.

– Le salaud!

– Qui est-ce? demanda Bourne.

– Il est censé être chef des renseignements pour Macao, répliqua le Français. Mais il vendrait sa mère dans un bordel si le tarif était intéressant. Pour l'instant, il sert de relais à mon ancien disciple, mon Judas.

– Qui vient d'être appelé d'urgence à Pékin, interrompit le Chinois.

– Tu en es certain? dit Jason.

– Notre ami mutuel en est certain, répondit l'officier en regardant toujours Danjou. Un aide de Soo Jiang est venu au quartier général numéro 1 et a vérifié tous les vols de demain entre Kai-tak et Pékin. Il a réservé une place, une seule, sur chaque vol en usant de son autorité. Dans plusieurs cas, il a été obligé d'annuler les places de certains passagers. Quand un des officiers du quartier général numéro 1 a demandé une confirmation personnelle de Soo Jiang, l'aide a dit qu'il était parti à Macao pour une affaire urgente. Une affaire urgente, à minuit? Tout est fermé à Macao.

– Sauf les casinos, fit Bourne. La table numéro 5. Au Kam Pek. Circonstances totalement contrôlées.

– Ce qui, à la lumière de ces fameuses réservations, nous amène à penser que Soo Jiang ne sait pas à quelle heure il réussira à joindre l'assassin.

– Mais il est certain de le joindre. Quel que soit le message qu'il porte, c'est un ordre impératif et urgent, dit Jason. Puis il se tourna vers l'officier chinois. Fais-nous entrer à Pékin, par le premier vol. Tu seras riche, je te le garantis.

– Mais tu es cinglé, Delta! s'écria Danjou. C'est hors de question! Pas Pékin!

– Et pourquoi pas? Personne ne nous recherche, et là-bas il y a partout des Français et des Anglais, des Italiens, des Américains et Dieu sait quoi encore. Nous avons des passeports qui nous permettront de passer.

– Sois raisonnable, plaida Echo. On sera dans leurs filets. Sachant ce que nous savons, si jamais on est repérés on sera abattus immédiatement! Il sera bien obligé de revenir de ce côté de la frontière, c'est une question de temps!

– Je n'ai pas le temps, dit froidement Bourne. Ta créature m'a déjà échappé deux fois. Je ne vais pas la rater une troisième!

– Tu crois que tu peux t'emparer de lui en Chine?

– C'est là qu'il s'attend le moins à un piège.

– C'est de la folie pure! Tu es complètement dingue!

– Arrange tout, dit Bourne au Chinois. Le premier vol en partance de Kai-tak. Quand j'aurai les billets, je donnerai cinquante mille dollars américains à celui qui me les remettra. Envoie quelqu'un en qui tu as confiance.

– Cinquante mille..., fit l'officier chinois en contemplant Bourne, bouche bée.

Au-dessus de Pékin, le ciel était brumeux. La poussière soulevée par les vents venus des grandes plaines du nord de la Chine créait des poches de jaune et de beige qu'on imaginait fétides, et que le soleil avait du mal à traverser. L'aéroport, comme tous les aéroports internationaux, était immense. Ses pistes formaient un entrelacs d'avenues sombres, certaines longues de quatre kilomètres. S'il existait une différence fondamentale entre l'aéroport de Pékin et les aéroports occidentaux, c'était dans le terminal en forme de dôme, avec son hôtel adjacent et ses diverses autoroutes partant dans toutes les directions. Bien que d'un design contemporain, ce terminal sentait le fonctionnel et manquait singulièrement de détails plaisants pour les yeux. C'était un aéroport fait pour être utilisé et admiré pour son efficacité, pas pour sa beauté.

Bourne et Danjou passèrent la douane sans problème. Le fait qu'ils parlent tous deux couramment chinois y était pour quelque chose. Les gardes étaient souriants et ils jetèrent à peine un coup d'œil sur leurs bagages réduits au minimum, beaucoup plus curieux de leur habileté linguistique que de leurs maigres possessions. Le chef des douaniers accepta sans réticence leur histoire. Deux professeurs de sciences orientales en vacances qui n'auraient aucun mal à trouver le chemin des bibliothèques. Ils changèrent mille dollars chacun en ren-min-bi — littéralement l'argent du peuple — et on leur remit presque deux mille yuans chacun. Bourne enleva les lunettes qu'il avait achetées à Washington chez Cactus.

— Il y a un truc qui me chiffonne, dit le Français pendant qu'ils regardaient un tableau électronique indiquant les arrivées des prochains vols. Pourquoi est-ce qu'il prend un vol commercial? Celui qui le paie pourrait certainement mettre à sa disposition un avion militaire ou gouvernemental. C'est évident.

— Comme les nôtres, ce genre de vol doit être signé et contre-signé, répondit Jason. Et celui qui l'emploie doit garder ses distances. Il faut que l'assassin entre comme un touriste normal ou un homme d'affaires, et puis le processus compliqué de prise de contact commence. Du moins est-ce sur ça que je compte.

— C'est de la folie! Dis-moi, Delta, si tu arrives à le capturer — et c'est un « si » lourd de conséquences parce que c'est un type redoutablement efficace —, est-ce que tu as une idée de la façon de le faire sortir de Chine?

— J'ai de l'argent — américain. Des grosses coupures, plus que tu ne peux même imaginer. C'est dans la doublure de ma veste.

— C'est pour ça qu'on s'est arrêté à l'hôtel Peninsula,

non? C'est pour ça qu'hier tu m'as dit de ne pas annuler ta chambre. Ton argent est là-bas?

– Il y était, oui. Dans le coffre de l'hôtel. Je parviendrai à le faire sortir d'ici.

– Sur les ailes de Pégase?

– Non, sûrement sur un vol Pan Am. Nous deux encadrant un ami visiblement très malade. En fait je crois que c'est toi qui m'en as donné l'idée.

– Alors je suis bon pour l'asile!

– Reste près de la fenêtre, dit Bourne. Il reste douze minutes avant l'arrivée du prochain vol de Kai-tak, mais ça pourrait aussi bien être deux minutes ou douze heures. Je vais nous acheter un cadeau.

– Folie, grommela le Français, trop fatigué pour faire plus que hocher la tête d'un air désespéré.

Jason revint et fit signe à Danjou de le rejoindre dans un coin hors de vue du personnel et des passagers qui passaient les portes de l'immigration. Il sortit de sa poche intérieure une longue boîte étroite enveloppée d'un de ces papiers cadeau qu'on trouve dans tous les aéroports du monde. Il l'ouvrit et en sortit un fin coupe-papier, avec des caractères chinois sur le manche, gravés dans le cuivre. La pointe était dure et effilée.

– Prends ça, dit Jason. Mets-le dans ta ceinture.

– Il est équilibré? demanda Echo en glissant la lame dans son pantalon.

– Pas mal. Le centre est à peu près à la moitié et le cuivre lui donne du poids. Tu dois pouvoir le lancer correctement.

– Je me souviens, dit Danjou. Une des premières règles était de ne jamais lancer son couteau, jusqu'au jour où tu avais vu un Gurkha se débarrasser d'une sentinelle ennemie sans tirer un coup de feu ni risquer le corps à corps. Sa baïonnette avait traversé l'air comme un missile, droit dans la poitrine de la sentinelle. Le lendemain matin, tu avais dit au Gurkha de tous nous apprendre. Certains s'en sortaient mieux que d'autres.

– Toi, par exemple?

– Pas mal, effectivement. J'étais plus vieux que vous tous et je me sentais plutôt attiré par les moyens de défense qui n'exigeaient pas trop de force physique. Et puis je n'ai jamais cessé de m'entraîner.Tu m'as vu faire. Tu faisais des commentaires...

– C'est drôle, dit Jason en le regardant droit dans les yeux, mais je ne me souviens de rien de tout ça.

– Je croyais que... Je suis désolé, Delta.

– Ne t'en fais pas. J'apprends à avoir confiance en des choses que je ne comprends pas.

L'attente se poursuivit, et cela rappelait à Bourne son attente à Lao Wu, quand les trains passaient l'un après l'autre la frontière, jusqu'à ce qu'un vieil homme boitillant se transforme soudain en quelqu'un d'autre une fois éloigné de la gare. L'avion de 11 h 30 avait deux heures de retard. Les formalités ajouteraient cinquante minutes au moins.

– Regarde! s'écria soudain Danjou en désignant du doigt un homme qui passait les portes de l'immigration.

– Celui qui boitille, avec une canne? demanda Jason.

– Ses vêtements larges ne cachent pas ses épaules! s'exclama Echo. Ses cheveux gris sont trop neufs. Il ne les a pas assez brossés, et les lunettes noires sont trop grandes. Il est comme nous, il est épuisé. Tu avais raison. On l'a sommé de venir, et il est parti trop vite. Il n'a pas pris assez de précautions.

– Le repos est une arme, dit Jason. Il n'en a pas tenu compte.

– Oui. Hier soir, à Kai-tak, il s'est fatigué, mais, et c'est plus important, il a dû obéir. *Merde!* Avec son salaire qui doit avoisiner les centaines de milliers de dollars!

– Il se dirige vers l'hôtel, dit Bourne. Reste là, je vais le suivre à distance. S'il t'aperçoit, il va s'enfuir et on va le perdre.

– Il pourrait te voir, toi!

– Pas vraiment. C'est moi qui ai inventé le jeu. Et je suis derrière lui. Reste ici, je reviens te chercher.

Soulevant son sac de voyage, d'une démarche accusant la fatigue d'un long trajet aérien, Jason se mit dans la file de passagers qui avaient débarqué et se dirigeaient vers l'hôtel, les yeux braqués sur l'homme grisonnant devant lui. Deux fois l'ancien commando britannique s'arrêta et se retourna, et deux fois, averti par son bref mouvement d'épaules, Bourne se retourna également et se baissa comme pour chasser une poussière de son pantalon ou réajuster la courroie de son sac, son visage et son corps hors de vue de l'assassin. La foule grossissait devant le comptoir et Jason était à huit personnes derrière l'assassin, se faisant le plus discret possible, se baissant sans arrêt pour faire avancer son sac. Le commando arriva devant la réceptionniste. Il lui montra ses papiers, signa le registre et boitilla jusqu'à la rangée d'ascenseurs bruns sur la droite. Six minutes plus tard, Bourne arrivait devant la même réceptionniste. Il s'adressa à la jeune fille en mandarin.

– *Ni-neng bang-zhu wo ma?* commença-t-il. C'est un voyage décidé à la dernière minute et je ne sais pas où descendre. Juste pour ce soir.

– Vous parlez très bien notre langue, dit la jeune femme, ses yeux en amande écarquillés d'étonnement et de plaisir. Vous nous faites un grand honneur, ajouta-t-elle poliment.

– J'espère faire encore mieux durant mon séjour ici. C'est un voyage d'études.

– Ce sont les plus intéressants. Il y a tant de trésors à Pékin et ailleurs aussi, bien sûr, mais ici, c'est la ville la plus belle. Vous n'avez pas de réservation?

– Non. Tout s'est décidé à la dernière minute, si vous voyez ce que je veux dire.

– Parlant les deux langues, je peux vous dire que vous l'avez dit correctement dans la nôtre. Je vais voir ce que je peux faire. Ce ne sera pas terriblement grand, bien sûr.

– Je ne peux pas me payer le terriblement grand, dit Jason d'un air timide. Mais j'ai un compagnon – on peut partager le même lit si nécessaire.

– Je crois malheureusement que ce sera obligatoire, étant donné que vous n'avez pas réservé.

Les doigts de la jeune fille fouillaient dans une pile de fiches.

– Tenez, dit-elle. Une chambre sur l'arrière, au premier étage. Je crois que cela correspond à votre budget.

– Nous la prenons, dit Bourne. Oh, à propos, il y a quelques minutes je crois avoir aperçu quelqu'un que je connais. Je crois bien que c'est un de mes anciens professeurs. Des cheveux grisonnants, avec une canne... Je suis sûr que c'est lui. J'aimerais l'appeler.

– Oh oui, je me souviens, fit la jeune réceptionniste en compulsant les fiches devant elle. Il s'appelle Wadsworth,

Joseph Wadsworth. il est au 325. Mais vous devez vous tromper. Il est inscrit comme spécialiste britannique des forages offshore.

— Alors ce n'est pas le bon bonhomme, dit Jason en secouant la tête d'un air embarrassé.

Puis il ramassa la clef de sa chambre.

— On peut s'en emparer maintenant! dit Bourne en serrant convulsivement le bras de Danjou.

Il le tirait hors du terminal désert.

— Maintenant? Si vite? Si facilement? C'est incroyable!

— Au contraire, dit Jason en poussant Danjou vers la rangée de portes de l'hôtel. C'est complètement crédible. L'esprit de ton commando est préoccupé par une bonne douzaine de choses différentes. Il va rester hors de vue. Il ne peut pas passer de coups de téléphone par le standard; il va donc rester dans sa chambre et attendre un appel qui lui donnera ses instructions.

Ils franchirent une porte de verre, regardèrent alentour et se dirigèrent vers la gauche le long du comptoir.

— Kai-tak n'a pas marché hier soir, reprit Bourne en parlant à toute vitesse entre ses dents. Il faut qu'il envisage d'autres possibilités, y compris sa propre élimination, sur la base de ce qui s'est passé. Celui qui a fait échouer sa tentative l'a vu et l'a identifié. Il va devoir insister pour que son client soit seul lors de leur rendez-vous. Pour le voir seul à seul. C'est son ultime protection.

Ils arrivaient à un escalier. Ils montèrent.

— Et ses vêtements, poursuivit le Delta de Méduse, il va en changer. Il ne peut pas se montrer comme il était ni comme il est. Il doit devenir quelqu'un d'autre.

Ils atteignaient le troisième étage, et Jason, la main sur la poignée de la porte, se tourna vers Danjou.

— Crois-moi sur parole, Echo, ton bonhomme est coincé. En ce moment, sa tête fourmille d'exercices qui feraient pâlir un joueur d'échecs soviétique.

— Est-ce l'universitaire qui parle ou l'homme qu'on appelait jadis Jason Bourne?

— Bourne, dit David Webb, les yeux fixes, la voix glaciale. Maintenant plus que jamais.

Le sac en bandoulière, Jason ouvrit doucement la porte de l'escalier, avança centimètre par centimètre dans l'encadrement. Deux hommes en costume mille-raies avançaient dans le couloir, venant vers lui. Ils râlaient contre la mauvaise qualité du service de l'hôtel. Ils parlaient en anglais. Ils ouvrirent la porte de leur chambre et disparurent. Bourne entra dans le couloir et tira Danjou par la manche. Ils avancèrent. Les numéros de chambre étaient en anglais et en chinois.

341, 339, 337... Ils étaient dans le bon couloir. La chambre sur le côté gauche. Trois couples d'Indiens émergèrent soudain d'un ascenseur, les femmes en sari, les hommes en pantalon large. Ils croisèrent Jason et Danjou en discutant, cherchant leurs chambres. Les maris n'étaient pas contents de devoir porter eux-mêmes leurs valises.

335, 333, 331...

— Ça suffit maintenant! hurla une voix féminine.

Une femme obèse, la tête couverte de bigoudis, sortait martialement de sa chambre, en peignoir. Sa chemise de nuit traînait. Elle se prit les pieds dedans, révélant une paire de mollets dignes d'un rhinocéros.

— Les toilettes ne marchent pas, et on se demande pourquoi il y a un téléphone dans la chambre!

— Isabelle, je t'en prie, hurla un type en pyjama rouge planté dans l'encadrement de la porte. C'est le décalage horaire! Repose-toi, dors, et souviens-toi que tu n'es plus à Short Hills! Calme-toi un peu!

— Puisque je ne peux pas me servir de la salle de bain, je n'ai pas le choix! Je vais trouver un de ces salauds aux yeux bridés et hurler en plein dans sa gueule! Où sont les escaliers? Je ne prendrai jamais un de ces ascenseurs. S'ils bougent, ça doit être sur le côté, à travers les murs!

La femme, folle de rage, marchait à grands pas vers l'escalier. Deux des trois couples indiens avaient du mal avec leurs clefs, et finirent par régler le sort de leurs portes à grands coups de pied. L'homme en pyjama rouge claqua la porte de sa chambre en grommelant :

— C'est toujours comme ça avec elle! Elle est pas possible!

Et le couloir retomba dans le silence.

329, 327... 325. La chambre. Le couloir était déesrt.

Ils entendaient de la musique chinoise filtrer à travers la

porte. La radio était allumée, et le volume fort, prêt à être encore augmenté quand le téléphone sonnerait. Jason tira Danjou en arrière et lui dit, calmement :

– Je ne me souviens d'aucun Gurkha ni d'aucun éclaireur.

– Une partie de toi s'en est souvenue, Delta.

– Peut-être, mais ce n'est pas la question. Nous sommes au commencement de la fin de la route. On va laisser nos sacs ici. Je m'occupe de la porte et tu me suis immédiatement. Tiens ta lame prête. Mais comprends bien une chose, et il ne doit pas y avoir d'erreur : ne la lance que si tu ne peux pas faire autrement. Et si tu le fais, vise les jambes. Pas au-dessus de la taille en tout cas.

– Tu mets plus de foi que moi dans mon habileté.

– J'espère ne pas en avoir besoin. Ces portes sont en contre-plaqué et ton assassin doit salement gamberger. Il pense à sa stratégie, il pense à tout, sauf à nous. Comment pourrait-il savoir que nous sommes là, et même s'il le savait, comment aurions-nous pu passer la frontière si vite? Et je le *veux*! Je vais le prendre! Prêt?

– Plus que jamais, dit le Français en posant son petit bagage.

Il sortit le coupe-papier de cuivre de sa ceinture, le prit à trois doigts puis le posa sur ses doigts étendus pour trouver l'équilibre.

Bourne posa son sac de voyage et se mit tranquillement en position en face de la porte 325. Il regarda Danjou. Echo hocha la tête et Jason bondit vers la porte, le pied gauche tendu comme un bélier d'airain, écrasant le bois sous la serrure. La porte s'effondra en avant, comme sous l'effet d'un explosif, le bois éclaté, les charnières tordues, arrachées à leurs gonds. Bourne plongea à l'intérieur, roulant sur le plancher, ses yeux fouillant toutes les directions à toute vitesse.

– Stop! rugit Danjou.

Une forme sortait d'une porte intérieure : l'homme aux cheveux gris, l'assassin! Jason se remit debout d'un bond, se jeta sur son adversaire. Il lui saisit les cheveux, le secouant de droite à gauche, l'écrasant contre le chambranle de la porte. Soudain le Français poussa un cri et le coupe-papier de cuivre fendit l'air, se planta dans le mur, la poignée vibrait. C'était vraiment à côté, mais c'était un avertissement.

– Delta! Non!

Bourne s'immobilisa. Il tenait son adversaire écrasé sous lui, à sa merci.

– Regarde! cria Danjou.

Jason relâcha doucement son étreinte, les bras crispés. Il regarda son adversaire. C'était un très vieil homme aux cheveux gris et fins, qui le regardait, les yeux pleins de terreur.

XXII

Allongée sur le lit étroit, Marie contemplait le plafond. Les rayons du soleil de midi éclataient à travers les fenêtres sans volets et remplissaient la pièce d'une lumière aveuglante et d'une chaleur suffocante. La sueur coulait sur son visage et son chemisier lui collait à la peau. Ses pieds lui faisaient mal d'avoir couru, après cette matinée de folie qui avait commencé par une marche le long d'une route inachevée qui menait à une plage de cailloux. Une chose idiote, mais c'était, à ce moment-là, la seule chose qu'elle pouvait faire. Elle avait cru devenir cinglée.

Les bruits de la rue semblaient se fondre dans l'air en une étrange cacophonie de voix haut perchées, de cris aigus, de sonnettes de bicyclettes, de gros klaxons de camions et d'autobus. C'était comme si on avait arraché une tranche de Hong-kong, une tranche débordante de bruits et de gens, et qu'on l'avait balancée sur cet endroit isolé où une large rivière et des champs immenses remplaçaient le port et les rangées sans fin de hauts buildings faits de verre et d'acier. En un sens, c'était une véritable transplantation, se dit-elle. La ville miniature de Tuen Mun était un de ces phénomènes urbains qui étaient nés au nord de Kowloon dans les Nouveaux Territoires. Un an avant, c'était une plaine aride traversée d'une rivière. Maintenant, c'était une vraie métropole faite de rues pavées et d'usines, de centres commerciaux et d'immeubles d'habitation qui poussaient comme des champignons, pleins de promesses pour les gens du Sud, promesses de logements et de travail, et ceux qui avaient répondu à l'appel avaient amené avec eux l'hystérie typique de Hong-kong et de son art du commerce. Sans cette hystérie, ils seraient tous rongés par l'anxiété. C'étaient tous des descendants de Guangzhou – la province de Canton –, pas des gens de Shanghai.

Marie s'était éveillée aux premières lueurs du jour et le peu de sommeil dont elle se souvenait était plein de cauchemars horribles. Et elle savait qu'elle devait faire face à une autre suspension du temps jusqu'à ce que Catherine Staples l'appelle. Elle l'avait appelée la veille, très tard, la tirant d'un sommeil dû à son total épuisement, simplement pour lui dire d'une manière cryptée que plusieurs choses peu ordinaires pourraient amener des nouvelles favorables. Elle devait rencontrer un homme remarquable qui pouvait l'aider. Marie devait rester dans l'appartement près du téléphone au cas où il y aurait de nouveaux développements. Comme Catherine lui avait dit de ne prononcer aucun nom ni d'évoquer aucun détail au téléphone, Marie ne s'était pas posé de questions sur la brièveté de l'appel.

– Je t'appelle à la première heure demain, ma chérie.

Et Catherine Staples avait abruptement raccroché.

A 8 heures, elle n'avait pas appelé. A 9 heures, toujours rien. Et, à 9 h 36, Marie n'en pouvait plus. Elle songea que les noms n'étaient pas nécessaires puisque chacune connaissait bien la voix de l'autre, mais Catherine devait comprendre que la femme de David Webb avait droit au « à la première heure, ma chérie ». Marie avait appelé l'appartement de Catherine à Hong-kong. Pas de réponse. Elle avait alors recomposé le numéro pour être certaine d'avoir fait le bon. Rien. Alors, frustrée et soudain inattentionnée, elle avait appelé le consulat canadien.

– L'officier Catherine Staples, s'il vous plaît. Je suis une de ses amies, du bureau du Trésor, à Ottawa. Je voudrais lui faire la surprise.

– La ligne est drôlement claire, dites donc!

– Je ne suis pas à Ottawa, je suis ici, dit Marie en visualisant exactement le visage de la réceptionniste.

– Désolé, miss, Mme Staples est à l'extérieur. Il n'y a pas d'instructions. Pour vous dire la vérité, le haut-commissaire la cherche aussi. Pourquoi vous ne me donnez pas votre numéro et...

Marie reposa le combiné. La panique montait en elle. Il était près de 10 heures et Catherine était une lève tôt. « A la première heure » pouvait être quelque part entre 7 h 30 et 9 h 30, plutôt vers le milieu. Mais pas 10 heures! Pas dans de telles circonstances. Et puis, douze minutes plus tard, le téléphone avait sonné. C'était le début d'une panique bien moins subtile.

— Marie?

— Catherine, tu vas bien?

— Oui, bien sûr.

— Tu avais dit : « A la première heure »! Pourquoi tu n'as pas appelé avant? Je devenais folle! Tu peux parler?

— Oui, je suis dans une cabine.

— Qu'est-ce qui se passe? Qu'est-ce qui s'est passé? Qui est l'homme que tu as vu?

Il y avait eu une brève pause sur la ligne. Pendant un instant, Marie avait trouvé cela bizarre sans savoir trop pourquoi.

— Je veux que tu restes très calme, ma chérie, dit Catherine. Je ne t'ai pas appelée avant parce que je voulais que tu te reposes le plus longtemps possible. Il se peut que j'obtienne les réponses que tu cherches. Les choses ne sont pas aussi terribles que tu crois, et il faut que tu restes calme.

— Mais bon sang, je suis calme, ou en tout cas raisonnablement réceptive. De quoi diable est-ce que tu parles?

— Je peux te dire que ton mari est vivant.

— Et moi je peux te dire qu'il est plutôt assez fort dans sa branche – tu ne m'apprends rien du tout!

— Je vais venir te voir. Il y a une circulation terrible, comme d'habitude, mais avec la conférence sino-britannique c'est encore pire. J'en ai pour au moins une heure et demie ou deux heures.

— Catherine, je veux des réponses!

— Je te les apporte, du moins quelques-unes. Repose-toi, Marie, essaie de te relaxer. Tout va aller très bien. J'arrive le plus vite possible.

— Cet homme, dit Marie d'une voix suppliante, est-ce qu'il sera avec toi?

— Non, je serai seule. Personne avec moi. Je veux qu'on parle. Tu le verras plus tard.

— Très bien.

Etait-ce dans le ton de voix de Catherine Staples? s'était

demandé Marie après avoir raccroché. Ou bien dans le fait que Catherine ne lui avait absolument rien dit après avoir admis qu'elle pouvait parler librement puisqu'elle était dans une cabine publique? La Catherine qu'elle connaissait aurait tout fait pour effacer les peurs d'une amie terrifiée si elle avait des faits concrets à lui offrir pour la réconforter. Même une simple information vitale, si l'ensemble de la toile était trop complexe. La femme de David Webb méritait au moins ça! Mais à la place elle n'avait eu droit qu'à une conversation toute diplomatique, des allusions mais rien de substantiel. Quelque chose clochait, mais elle ne savait pas quoi. Catherine l'avait protégée, avait pris d'énormes risques professionnellement – en ne cherchant pas l'avis de son propre consulat – et personnellement, en affrontant un danger physique réel. Marie savait qu'elle aurait dû éprouver de la gratitude, mais, au contraire, elle se sentait envahie par un doute indéfinissable.

Redis-le, Catherine, avait-elle crié intérieurement en se mordant les lèvres. Redis-moi que tout ira très bien! Je n'arrive plus à penser. J'étouffe ici! Il faut que je sorte... Que je prenne l'air...

Elle s'était levée, avait cherché les vêtements qu'elles avaient achetés en arrivant à Tuen Mun la veille au soir, après avoir vu le médecin qui avait soigné ses pieds et lui avait conseillé de porter des chaussons à semelles épaisses si elle devait marcher dans les jours qui suivaient. C'était Catherine qui avait acheté les vêtements pendant que Marie attendait dans la voiture et, malgré la tension qui l'habitait, Catherine avait choisi des vêtements simples et plutôt seyants. Une jupe de coton vert pâle et une blouse de coton blanc, plus un petit sac à main en forme de coquille Saint-Jacques. Elle avait également acheté des habits de rechange, une paire de jeans noirs et un chemisier. L'ensemble était un rassemblement des plus parfaites imitations de prêt-à-porter qu'on pouvait trouver. Même les étiquettes étaient faites correctement.

— C'est très joli, Catherine, merci.

— Ça va très bien avec tes cheveux, avait dit Catherine Staples. Personne ne te remarquera à Tuen Mun, il faut que tu restes absolument enfermée. Mais il faudra bien qu'on sorte un jour. Ah, et si par hasard je devais rester coincée au bureau pour une raison quelconque, je t'ai mis de l'argent dans le sac.

– Je croyais que je ne devais pas sortir de l'appartement?

– Je ne sais pas ce qui se passe en ce moment même à Hong-kong. Ce Lin Wenzu doit être si furieux qu'il est capable d'aller déterrer une vieille loi coloniale et de me mettre aux arrêts. Il y a un magasin de chaussures dans Blossom Soon Street. Il va falloir que tu ailles essayer tes chaussons. Je viens avec toi, bien sûr.

Un bon moment avait passé et Marie se remit à parler.

– Catherine, comment se fait-il que tu connaisses si bien cet endroit? Je n'ai pas encore vu un seul Occidental dans les rues. A qui est cet appartement?

– A un ami, avait dit Catherine sans pousser plus loin son explication. Personne ne s'en sert la plupart du temps, alors j'y viens, histoire de m'éloigner un peu du reste.

Catherine n'en avait pas dit plus long. Le sujet ne serait pas abordé davantage. Même lorsqu'elles parlèrent, ce qui dura une bonne partie de la nuit, Catherine Staples ne lui fournit aucune information supplémentaire. C'était un élément dont elle refusait de parler.

Marie avait mis le jean noir et le chemisier, et s'était battue avec les chaussons trop grands. Avec mille précautions elle avait descendu les escaliers et s'était aventurée dans la rue encombrée, immédiatement consciente d'attirer tous les regards. Elle s'était demandé si elle n'allait pas faire demi-tour et remonter dans l'appartement. Impossible. Les quelques minutes de liberté auxquelles elle venait de goûter la tonifiaient. Elle marchait doucement, ses pieds lui faisaient très mal, descendant la rue, hypnotisée par la couleur, le mouvement hystérique et l'écho incessant des conversations et des cris autour d'elle. Comme à Hong-kong, des enseignes clinquantes dominaient tous les bâtiments, et partout des gens discutaient devant de petits stands, devant les entrées des immeubles. C'était vraiment comme si une tranche de la colonie avait été arrachée du sol et posée là, près de la frontière.

Elle avait fini par trouver cette route inachevée qui menait à la plage de galets, derrière une ruelle, travaux apparemment abandonnés temporairement, témoins les grues et les machines couvertes de poussière et de rouille qui traînaient çà et là. Marchant à petits pas, elle était descendue sur la plage et s'était installée sur un gros rocher plat. Cés minutes de liberté ramenaient de précieux moments de paix intérieure. Elle regardait les bateaux qui mettaient la voile, quittant les docks de Tuen Mun, et ceux, plus lointains, qui venaient de la République populaire. D'après ce qu'elle pouvait voir, les premiers étaient des bateaux de pêche, leurs filets drapés sur le pont tandis que les navires chinois étaient plutôt de petits cargos, débordant de marchandises. Il y avait aussi de rapides vedettes de garde-côtes aux couleurs de la République populaire. De gros canons noirs et menaçants hérissaient ces navires, des hommes en uniforme immobiles auprès d'eux, des jumelles collées sur les yeux. De temps à autre, un de ces patrouilleurs abordait un des bateaux de pêche, provoquant des gestes excités parmi l'équipage. Le patrouilleur se contentait de les intimider, sans procéder à aucun contrôle. On aurait dit un jeu, songeait Marie. Le Nord affirmait tranquillement son contrôle absolu, pendant que le Sud ne pouvait que protester contre cet envahissement de sa zone de pêche. Le Nord avait la force de l'acier et de la discipline, le Sud la souplesse des filets et la persévérance. Il n'y avait pas de vainqueur, sauf les frères ennemis : l'ennui et l'anxiété.

— *Jing-cha!* s'écria une voix d'homme au loin.

— *Shei!* répliqua une seconde voix d'homme. *Ni zai zher gan shemma?*

Marie se retourna. Il y avait deux hommes sur la route et ils couraient vers elle. Leurs cris étaient pour elle. Chancelante, elle se leva, assura son équilibre sur les pierres. Ils venaient vraiment vers elle. Ils étaient tous les deux vêtus d'habits paramilitaires et, en les regardant, elle s'aperçut qu'ils étaient assez jeunes – vingt ans tout au plus.

— *Bu xing!* aboya le plus grand des deux, en regardant derrière eux, avant de faire signe à son compagnon de saisir Marie. Il fallait agir, et vite. Le deuxième garçon lui maintenait les poignets par-derrière.

— Arrêtez! s'écria Marie en se débattant. Qui êtes-vous?

— La dame parle anglais, observa le premier jeune type.

Moi aussi, ajouta-t-il fièrement, onctueusement. J'ai travaillé pour un bijoutier de Kowloon.

Il regarda en arrière, encore une fois.

— Dites à votre ami de me lâcher?

— La dame ne me dit pas quoi faire. Moi, je dis à la dame!

Le jeune type s'approcha un peu plus, les yeux fixés sur la courbe des seins de Marie.

— C'est route interdite, ici! Plage interdite! la dame n'a pas vu les panneaux?

— Je ne lis pas le chinois. Désolée. Je m'en vais. Lâchez-moi.

Soudain Marie sentit le corps du jeune homme derrière elle qui l'attirait contre lui.

— Arrêtez! hurla-t-elle, en entendant un ricanement dans son oreille.

Elle pouvait sentir le souffle chaud du type dans son cou.

— Est-ce que la dame rencontre un bateau de criminels de la République populaire? Est-ce qu'elle fait des signaux aux hommes sur l'eau? fit le plus grand en approchant les mains du chemisier de Marie, les doigts sur les boutons du haut. Est-ce qu'elle cache une radio peut-être, un signal? C'est notre devoir de savoir ces choses. C'est la police qui le demande.

— Salaud! Lâchez-moi tout de suite! fit Marie en se tordant violemment, donnant des coups de pied devant elle.

Le type derrière elle la souleva et le plus grand lui saisit les jambes, les prit en ciseaux entre les siennes. Elle ne pouvait plus bouger. Son corps était coincé en diagonale, fermement maintenu. Le premier Chinois lui arracha son chemisier, puis son soutien-gorge et lui prit les deux seins. Elle hurla, se contorsionna, hurla encore jusqu'à ce qu'il lui file une claque avant de lui serrer la gorge à deux doigts, réduisant ses cris à une toux douloureuse. Le cauchemar de Zurich revenait! Viol et mort sur le quai de Guisan.

Ils la traînèrent vers une étendue d'herbes hautes. Le type derrière elle lui écrasait la bouche de sa main. Puis il lui serra la gorge avec son avant-bras, l'empêchant de hurler. On la jeta à terre. Un des jeunes types lui couvrit la figure avec son ventre nu, pendant que l'autre commençait à lui enlever son jean et lui collait la main entre les jambes. C'était Zurich qui recommençait, mais au lieu du froid et de l'obscurité il y avait la chaleur moite de l'Orient. Au lieu de la Limmat, une autre rivière, plus large, bien plus déserte. Au lieu d'une brute, deux. Elle pouvait sentir le corps du plus grand couché sur elle, gigotant, furieux de ne pas pouvoir entrer en elle parce qu'elle remuait trop. Pendant un instant le type couché en travers de sa figure chercha à ouvrir son pantalon – un bref moment d'espace et le monde explosa! Marie planta ses dents dans la chair offerte au-dessus d'elle, le sang jaillit. Elle sentit la chair écœurante dans sa bouche.

Le Chinois hurla. On lui lâcha les bras. Elle balança des coups de pied pendant que le plus petit roulait au loin en se tenant le bas-ventre. Elle écrasa son genou dans l'organe exposé au-dessus de sa taille, puis planta ses ongles dans le visage aux yeux fous qui transpirait au-dessus d'elle. Elle criait, hurlait, gémissait, suppliait comme jamais de sa vie. Tenant ses testicules sous son short, le jeune type furieux se jeta à nouveau sur elle, mais il ne pensait plus au viol, il voulait qu'elle se tienne tranquille. Elle étouffait. L'obscurité tombait comme un rideau mortel – et puis elle entendit d'autres voix au loin, des voix excitées qui se rapprochaient et elle comprit qu'elle devait lancer un dernier appel au secours. Avec l'énergie du désespoir, elle réussit à planter ses ongles dans le visage déformé de rage au-dessus d'elle. Sa bouche était libre.

– Par ici! Ici! Au secours!

Soudain il y eut un tourbillon autour d'elle, un tourbillon de corps. Elle entendit des coups et des cris furieux mais cette folie n'était plus dirigée contre elle. Puis l'obscurité totale était venue et ses dernières pensées n'étaient pas dirigées seulement vers elle-même.

David! David! où es-tu, mon amour? Reste en vie, David! Ne les laisse pas s'emparer à nouveau de ton cerveau! Ne leur permets jamais! Ils veulent le mien et je ne leur donnerai jamais! Pourquoi nous font-ils ça! Mon Dieu, pourquoi?

Elle s'était éveillée sur un matelas dans une petite pièce sans fenêtres. Une jeune Chinoise essuyait son front avec une serviette humide et parfumée.

– Où?... Où suis-je? murmura Marie.

La jeune fille lui sourit et fit un signe de tête à un homme de l'autre côté du divan, un Chinois qui devait avoir une trentaine d'années, habillé de vêtements tropicaux, une tunique blanche remplaçant la chemise.

— Permettez-moi de me présenter, dit l'homme dans un anglais élaboré, mais fortement accentué. Je m'appelle Jitai et je suis employé par la succursale de Tuen Mun de la Hang Chow Bank. Vous êtes dans l'arrière-boutique d'un magasin de tissu qui appartient à un client et ami, M. Chang. On vous a amenée ici et on m'a appelé. Vous avez été attaquée par deux voyous du Di-di Jing Cha, qu'on peut traduire par les Jeunes Auxiliaires de la Police. C'est une de ces entreprises pleines de bonnes intentions mais qui comporte également ses fruits pourris, comme vous dites, vous les Américains.

— Pourquoi pensez-vous que je suis américaine?

— Vous avez parlé. Pendant que vous étiez inconsciente, vous avez parlé d'un homme nommé David. Un ami à vous, sans nul doute. Vous vouliez le retrouver.

— Qu'est-ce que j'ai dit d'autre?

— Pas grand-chose. Vous n'étiez pas très cohérente.

— Je ne connais personne qui s'appelle David, dit Marie, fermement. Ce doit être un souvenir d'enfance ramené par le délire.

— Peu importe. Il n'y a que votre bien-être qui compte. Nous sommes emplis de honte et désolés de ce qui vous est arrivé.

— Où sont ces deux salauds?

— Ils ont été pris et ils seront punis.

— J'espère qu'ils passeront dix ans en taule!

Le Chinois fronça les sourcils.

— Cela voudrait dire impliquer la police — une plainte officielle, un magistrat, la légalité. Si vous le désirez, je peux vous accompagner jusqu'au poste de police et vous servir d'interprète, mais notre opinion était que nous devions d'abord vous demander votre avis. Vous avez passé un très mauvais moment et vous êtes seule, ici, à Tuen Mun pour des raisons que vous seule connaissez.

— Non, monsieur Jitai, dit doucement Marie. Je crois que je ne vais pas porter plainte. Je vais bien et la vengeance ne fait pas partie de mes préoccupations premières.

– Pour nous, si, madame.

– Que voulez-vous dire?

– Vos agresseurs emporteront notre honte sur leurs lits de noce, où leurs exploits seront moins évidents que prévus.

– Je vois. Ils sont très jeunes.

– Ce matin, nous l'avons appris, n'est pas leur première offense. Ils sont pourris et il faut leur donner une leçon.

– Ce matin? Mon Dieu! Quelle heure est-il? Depuis combien de temps suis-je ici?

– Depuis près d'une heure, dit le banquier en regardant sa montre.

– Il faut que je retourne à l'appartement – immédiatement. C'est très important.

– Les dames veulent recoudre vos habits et les repasser. Cela ne prendra pas longtemps. Elles pensent que vous ne pouvez pas sortir sans.

– Je n'ai pas le temps. Il faut que je retourne là-bas. Mon Dieu! Je ne sais même pas où c'est! Je n'ai pas l'adresse!

– Nous connaissons l'immeuble, madame. Une grande et belle femme blanche seule à Tuen Mun ne passe pas inaperçue. La rumeur circule vite. Nous allons vous y emmener.

Le banquier se retourna et se mit à parler en chinois, très vite, s'adressant à une porte derrière lui. Marie s'assit. Elle aperçut soudain la foule de regards qui l'épiaient derrière la porte entrouverte. Elle se leva, posa ses pieds par terre, ses pieds douloureux, et resta un moment immobile, chancelante mais retrouvant peu à peu son équilibre. Elle ramena les pans de son chemisier déchiré sur sa poitrine.

La porte s'ouvrit en grand, livrant passage à deux vieilles femmes qui portaient chacune une pièce de soie de couleur vive. La première était une robe façon kimono qu'on lui passa doucement par la tête pour couvrir son chemisier déchiré. La seconde était un long morceau assez large qu'on lui enroula autour de la taille avant de l'attacher avec une douceur qui lui fit un bien énorme. Malgré la tension qui l'habitait, Marie remarqua que chaque pièce d'étoffe était exquise.

– Venez, madame, dit le banquier en lui touchant le coude. Je vais vous escorter.

Ils sortirent du magasin de tissu. Marie hochait la tête et essayait de sourire à la foule de Chinois qui lui faisaient courbettes sur courbettes, leurs yeux noirs empreints d'une profonde tristesse.

Elle était revenue dans le petit appartement, avait ôté les magnifiques pièces de soie et s'était allongée sur le lit. Elle essayait de trouver un sens à ce qui n'en avait aucun. Elle enfouit son visage sous l'oreiller, essayant de chasser les horribles images de la matinée, mais l'horreur ne s'effaçait pas, au contraire. La sueur coulait de tous les pores de sa peau et plus elle serrait ses paupières, plus violentes devenaient les images, se mélangeant avec le terrible souvenir de Zurich où un homme nommé Jason Bourne avait sauvé sa vie.

Elle étouffa un cri et se leva. Elle était immobile, tremblant des pieds à la tête. Elle entra dans la petite cuisine et tourna le robinet. Elle prit un verre et regarda le mince filet d'eau remplir lentement le verre, l'esprit ailleurs.

Elle entendait la voix de Morris Panov...

Il y a des moments où les gens devraient s'en remettre à d'autres, en ce qui concerne leur tête. En tant que psychiatre, Dieu sait que je le fais plus que n'importe qui... Parfois des choses nous submergent... Il faut prendre sur soi et se contrôler.

Elle ferma le robinet, but l'eau tiédasse et retourna dans la pièce unique. Elle s'arrêta un instant dans l'encadrement de la porte, et sut ce qu'elle trouvait grotesque dans son abri. C'était une cellule, aussi évidemment que si elle avait été enfermée dans une lointaine prison, c'était une forme très réelle de confinement solitaire. Une fois encore, elle se retrouvait isolée avec ses pensées, avec ses terreurs. Elle s'approcha de la fenêtre comme un prisonnier l'aurait fait et regarda le monde extérieur. Ce qu'elle vit n'était qu'une extension de sa cellule. Elle n'était pas libre non plus, là, dans cette rue agitée. Ce n'était pas un monde qu'elle connaissait et elle ne s'y sentait pas bienvenue. Même sans penser à l'horreur qu'elle avait vécue le matin même sur la plage, elle n'était qu'un intrus qui ne pouvait ni comprendre ni être compris. Elle était seule et cette solitude la menait à grands pas vers la folie.

Dans un état presque second, Marie contemplait la rue. La rue? Elle était là! Catherine! Elle était debout à côté d'un type près d'une voiture grise. Ils regardaient vers une autre voiture d'où sortaient trois autres hommes. Ils étaient tous les cinq vraiment visibles, car ils ne ressemblaient à personne d'autre dans la rue. C'étaient des Occidentaux dans un océan de Chinois, des étrangers dans un lieu étranger. Ils paraissaient très excités, inquiets et ils ne cessaient de hocher la tête en parlant et en regardant dans toutes les directions, notamment de l'autre côté de la rue. Vers l'immeuble où elle était. Trois des hommes avaient les cheveux coupés très court en brosse – une coupe militaire... Des marines! Des marines américains!

Le compagnon de Catherine, un civil à en juger par sa coupe de cheveux, parlait très vite, son index s'agitait en l'air... Marie le connaissait. C'était l'homme du Département d'Etat, celui qui était venu les voir dans le Maine! Le sous-secrétaire d'Etat avec ses yeux de merlan frit qui n'arrêtait pas de se masser les tempes et qui avait à peine protesté quand David lui avait dit qu'il n'avait aucune confiance en lui. C'était McAllister! C'était lui l'homme que Catherine avait vu!

Tout d'un coup les pièces abstraites du puzzle, de ce terrible puzzle, se mettaient en place toutes seules. Deux des marines traversèrent la rue et se séparèrent. Celui qui se tenait près de Catherine conversa brièvement avec McAllister. Puis il partit en courant sur sa droite, sortant une petite radio de sa poche. Staples continuait à parler au sous-secrétaire d'Etat et leva les yeux vers l'appartement. Marie se recula d'un bond.

Je serai donc seule, personne avec moi.

Très bien.

C'était un piège! Catherine Staples avait été retournée. Ce n'était plus une amie, c'était l'ennemi! Marie savait qu'elle devait fuir. Pour l'amour du ciel, fiche le camp en vitesse! Elle saisit au vol le sac à main blanc qui contenait un peu d'argent et, pendant une seconde, elle regarda les soieries que lui avaient données les Chinoises. Elle les ramassa et sortit en courant.

Il y avait deux couloirs, un qui traversait le bâtiment en

longueur, muni d'un escalier sur la droite qui descendait vers la rue, l'autre le coupant en T inversé et qui menait vers une porte donnant sur l'arrière de l'immeuble. Ce deuxième escalier servait à descendre les poubelles vers la ruelle derrière. Catherine le lui avait montré quand elles étaient venues, expliquant qu'un décret interdisait de déposer les poubelles dans la rue, car c'était une des artères principales de Tuen Mun. Marie courut dans le couloir jusqu'à la porte et l'ouvrit. Elle sursauta. Elle était tombée nez à nez avec un vieil homme qui tenait un balai à la main. Il l'examina une seconde, les yeux pleins d'une intense curiosité. Elle s'engagea dans la cage d'escalier tandis que le vieux Chinois entrait dans le couloir. Elle maintint la porte entrouverte, attendant que Catherine émerge dans le couloir, venue de l'escalier principal. Si Catherine, trouvant l'appartement vide, retournait vite dans la rue parler à McAllister, Marie pourrait peut-être revenir dans l'appartement et prendre les vêtements que Catherine avait achetés pour elle. Dans sa panique elle les avait oubliés. Elle n'avait pas osé perdre de précieuses secondes à fouiller dans le placard où Catherine les avait pendus. Elle y pensait seulement maintenant. Elle ne pouvait pas marcher ni courir dans les rues avec sa blouse déchirée et son jean noir sale. Quelque chose n'allait pas! C'était le vieil homme! Il restait planté là, regardant les fissures dans la porte.

— Allez-vous-en, murmura Marie.

Des pas. Le claquement de talons hauts qui montaient rapidement l'escalier de métal de la façade. C'était Catherine, elle allait dépasser le couloir transversal.

— *Deng yi deng!* glapit le vieux Chinois, toujours planté son balai à la main, la regardant fixement.

Marie referma un peu plus la porte, ne gardant qu'un centimètre pour voir.

Catherine réapparut dans le couloir, jeta un bref coup d'œil curieux vers le vieil homme. Apparemment elle avait entendu sa voix haut perchée. Elle continua pourtant jusqu'à l'appartement. Marie attendait. Elle avait l'impression que les coups qui martelaient sa poitrine résonnaient dans l'escalier obscur. Puis les mots vinrent, des cris suppliants, hystériques.

— Non! Marie! Marie, où es-tu?

Le bruit de talons revenait, Catherine venait maintenant vers le vieux Chinois, vers l'autre escalier, vers elle!

– Marie! Ce n'est pas ce que tu crois! Pour l'amour du ciel, arrête-toi!

Marie Webb s'élança dans l'escalier noir. Soudain un rayon de lumière envahit l'escalier, venu d'en bas. Puis plus rien. On venait d'ouvrir et de refermer la porte du rez-de-chaussée. Un homme en costume sombre était entré très vite. Un marine qui prenait son poste. L'homme grimpait les escaliers en courant. Marie s'accroupit dans le recoin du deuxième étage. Le marine arriva à la dernière marche, prêt à tourner, accroché à la rampe. Marie bondit en avant et sa main, qui tenait les morceaux d'étoffe, s'écrasa en pleine figure du soldat étonné, le déséquilibrant. Marie lui donna un coup d'épaule dans la poitrine, l'envoyant bouler dans l'escalier. Elle sauta par-dessus lui. Elle entendait les cris au-dessus d'elle.

– Marie! Marie! Je sais que c'est toi! Pour l'amour du ciel écoute-moi!

Elle déboucha dans la ruelle et un autre cauchemar commença, sous l'éclatant soleil de Tuen Mun. Courant dans ce réseau qui s'entrecroisait derrière les immeubles, les pieds en sang dans ses chaussures, Marie passa le kimono et s'arrêta près d'une poubelle. Elle y jeta son chemisier. Puis elle se couvrit la tête de l'autre morceau de soie et s'enfonça dans la plus proche ruelle qui menait à la rue principale. Elle l'atteignit et, en une seconde, elle se mêla à la masse humaine qui grouillait sous le soleil. Elle traversa la rue.

– Là-bas! cria une voix d'homme. La grande femme!

La chasse recommença, mais sans avertissement, les choses évoluèrent brusquement. Un homme courait derrière elle sur la chaussée. Soudain une charrette lui barra la rue. Il essaya de la pousser sur le côté, mais il mit les mains dans des bassines d'huile bouillante. Il hurla, retourna la charrette et se trouva entouré de gens, agoni d'injures par le propriétaire qui exigeait visiblement qu'on le rembourse.

– La voilà, la garce!

Marie entendit distinctement les mots. En face d'elle une rangée de boutiques ambulantes tenues par des femmes. Elle vira à droite et s'engouffra dans une autre ruelle, une ruelle qui se terminait en impasse, coupée par le mur d'un temple chinois. Et cela recommença! Cinq jeunes gens – en tenue paramilitaire – jaillirent soudain d'une porte et lui firent signe de passer.

– Criminel yankee! Voleur yankee!

Les jeunes gens criaient en cadence ce slogan appris par cœur. Ils firent une chaîne pour barrer la ruelle et interceptèrent sans violence l'homme aux cheveux ras, l'obligèrent à se plaquer contre le mur.

– Barrez-vous de là, bande de couillons! s'écria le marine. ôtez-vous de mon chemin ou je vous allume tous, sales cons!

– Si vous levez la main... ou une arme, cria une voix venue de derrière.

– Je n'ai jamais parlé d'une arme, dit le soldat de Victoria Peak.

– Mais si vous bougez, poursuivit la voix, ils vont défaire leur chaîne et cinq Di-di Jing Cha – entraînés par nos amis américains – contiendront sans nul doute un homme seul.

– Mais enfin, monsieur! J'essaye juste de faire mon travail! Ça ne vous regarde pas!

– J'ai bien peur que si, monsieur. Pour des raisons que vous ignorez.

– Merde! dit le marine coincé contre le mur, hors d'haleine.

Les cinq jeunes gens lui souriaient et, derrière eux aussi, les gens souriaient.

– *Lai!* dit une femme en tirant Marie par sa manche de kimono.

Elle lui désignait une porte d'une drôle de forme, sans poignée visible et d'une épaisseur qui semblait à l'épreuve de tout.

– *Xiao xin,* dit la femme en lui faisant signe de faire attention.

– Attention? Je comprends.

Une forme encapuchonnée ouvrit la porte et Marie se précipita à l'intérieur, saisie par un étrange courant d'air glacé. Elle était dans une chambre froide où des carcasses de bœuf pendaient à des crocs sous une lumière glauque. Marie serra la mince étoffe de soie autour d'elle et croisa les bras pour lutter contre ce soudain changement de température, froid mordant après l'étouffante rue. L'employé lui fit signe de le suivre. Elle avança, se frayant un passage entre les carcasses jusqu'à l'entrée de l'énorme frigo. Le Chinois souleva une barre de métal et poussa la porte, puis il fit un signe de tête à Marie qui tremblait. Elle pouvait y aller. Elle se trouva dans une boucherie déserte, toute en longueur, dont les volets en bambou filtraient l'éclatante lumière de la rue. Un Chinois aux cheveux blancs était assis tout au bout de la boutique et il regardait entre deux lattes de bambou la rue dehors. Il agita l'index vers Marie, lui demandant de le rejoindre. Elle s'approcha du vieil homme, remarquant au passage une étrange couronne de fleurs posée derrière la porte vitrée de la boucherie, fermée à double tour.

Le vieil homme pointa son doigt vers l'extérieur. Marie écarta deux lattes de bambou et manqua s'étrangler de stupéfaction en contemplant la scène dehors. La chasse tournait à la catastrophe. Le marine qui s'était brûlé les mains ne cessait de les agiter en l'air en courant d'un magasin à l'autre. Elle vit aussi Catherine Staples et McAllister coincés dans une discussion très animée avec une foule de Chinois qui protestaient visiblement contre cette incroyable perturbation de la vie tranquille de Tuen Mun. Apparemment, McAllister, paniqué, avait dit quelque chose d'offensant et un homme qui avait bien deux fois son âge le défiait, magnifique dans son costume traditionnel, tandis que des plus jeunes retenaient leur aîné. Le sous-secrétaire d'Etat battait en retraite, les mains levées pour plaider son innocence pendant que Catherine Staples criait en vain pour les sortir tous deux de la foule en colère.

Soudain le marine aux mains brûlées passa à travers la vitrine d'un magasin de l'autre côté de la rue. Du verre brisé éclata dans toutes les directions. Le marine roula sur la chaussée, hurlant de douleur quand ses mains touchèrent le pavé. Il était poursuivi par un jeune Chinois vêtu de la tunique blanche et des pantalons courts d'un professeur d'arts martiaux. Le marine sauta sur ses pieds et au moment où son adversaire arrivait en face de lui il le frappa d'un crochet du gauche dans les reins, immédiatement suivi d'un direct du droit en pleine figure, le réexpédiant dans la vitrine défoncée, tout en hurlant à cause de la douleur causée par ses mains ébouillantées.

Le dernier marine de Victoria Peak arrivait à l'autre bout de la rue, traînant une jambe, les épaules baissées comme après une chute – une chute dans un escalier, songea Marie en regardant cette scène comme sur l'écran d'un cinéma. Il vint à l'aide de son camarade angoissé et se révéla très efficace. Les tentatives d'imitation d'arts martiaux par les jeunes étudiants du professeur maintenant hors de combat se brisèrent net dans un ballet furieux de balayages, de prises d'épaules et de projections. L'homme était visiblement un expert en judo.

Et soudain, sans aucun avertissement, le vacarme dissonant d'une musique orientale envahit la rue, coups de cymbales retentissants, instruments à vent grimpant dans des trémolos chromatiques. Un orchestre complet descendait la rue, en costumes traditionnels. Ceux qui le suivaient portaient de grands panneaux surmontés de fleurs. Le combat cessa instantanément, tous les participants statufiés. On n'entendait plus que cette étrange musique. Le reste de la rue était subitement silencieux. Les Américains ne savaient plus quoi faire. Catherine Staples ravalait sa frustration et Edward McAllister serrait les poings, exaspéré.

Marie regardait, sidérée par le changement advenu dehors. Tout était immobile, comme si une présence sépulcrale avec laquelle il valait mieux ne pas discuter avait soudain ordonné qu'on fît halte et qu'on saluât son passage. Elle changea son angle de vision en soulevant une autre latte de bambou et elle aperçut un groupe de gens énervés qui s'approchait. Le groupe était mené par Jitai le banquier! Il se dirigeait vers la boucherie.

Abasourdie, Marie assista à la retraite honteuse de Catherine Staples et Edward McAllister. Ils passèrent en courant à quelques centimètres d'elle, entre les stands et la boucherie. Puis, les deux marines empruntèrent le même chemin. Ils disparurent tous sous la lumière aveuglante.

On frappa à la porte de la boucherie. Le vieil homme aux cheveux blancs enleva la couronne de fleurs et ouvrit. Le banquier, Jitai, entra et fit une courbette pour saluer Marie.

– Est-ce que la parade vous a plu, madame?

– Je n'étais pas bien sûre de ce que c'était.

– Une marche funéraire pour les morts. Visiblement, aujourd'hui pour les animaux accrochés dans la chambre foide de M. Woo.

– Vous?... Tout ça était organisé?

– Prêt à être joué, pourriez-vous dire, expliqua Jitai. Souvent nos cousins du Nord passent la frontière – pas les voleurs, mais des gens qui veulent rejoindre leurs familles – et les soldats veulent les capturer pour les renvoyer au Nord. Nous devons toujours être prêts à aider nos frères.

– Mais moi?... Vous saviez?

– Nous avons regardé. Nous attendions. Vous vous cachiez, vous fuyiez quelqu'un. Ça nous le savions. Vous nous aviez dit que vous ne vouliez pas aller à la police, pas « porter plainte » comme vous dites. On vous a dirigée dans la ruelle de derrière.

– La queue de femmes avec leurs charrettes?

– Oui. C'était prévu. Nous devons vous aider.

Marie regarda les visages anxieux derrière le rideau de bambou, puis ses yeux revinrent sur le banquier.

– Comment savez-vous que je ne suis pas une criminelle?

– Ceci a peu d'importance. L'outrage que vous ont fait subir deux de nos jeunes gens, voilà qui a de l'importance. Et, madame, vous ne ressemblez pas à une criminelle en fuite.

– Je n'en suis pas une. Et j'ai effectivement besoin d'aide. Il faut que je retourne à Hong-kong, dans un hôtel où ils ne pourront pas me trouver, où il y a un téléphone dont je puisse me servir. Je ne sais pas qui, mais il faut que j'appelle quelqu'un à l'aide... Quelqu'un qui nous aide. L'homme dont je parlais dans mon délire, David, c'est mon mari, conclut-elle, regardant le banquier dans les yeux.

– Je peux comprendre, répondit Jitai, mais d'abord vous devez voir un docteur.

– Quoi?

– Vous avez les pieds en sang.

Marie regarda. Du sang avait traversé les bandages et coulait de ses chaussons jusque par terre, d'une manière épouvantable.

— Je crois que vous avez raison, dit-elle.

— Puis il faudra des vêtements, un moyen de transport — je vous trouverai moi-même un hôtel sous le nom que vous voudrez. Et puis il y a la question d'argent. Vous avez de l'argent?

— Je n'en sais rien, dit Marie en posant le sac en forme de coquille Saint-Jacques sur le comptoir de la boucherie. C'est-à-dire que je n'ai pas regardé, poursuivit-elle. Une amie, enfin quelqu'un que je croyais une amie, m'a laissé ça.

Elle sortit quelques billets qu'elle posa sur le comptoir.

— Nous ne sommes pas très riches ici à Tuen Mun, mais nous pouvons peut-être vous aider. On avait parlé de faire une quête...

— Je ne suis pas une femme pauvre, monsieur Jitai, l'interrompit Marie. Si c'est nécessaire, et pour tout dire, si je suis encore en vie, le moindre centime vous sera rendu avec un intérêt bien supérieur au taux de base.

— Comme vous voudrez. Je suis banquier. Qu'est-ce qu'une charmante femme comme vous connaît aux intérêts et aux taux? demanda Jitai en souriant.

— Vous êtes banquier, mais je suis économiste. Qu'est-ce que les banquiers savent des serpents monétaires causés par les taux d'intérêt surélevés, surtout les taux de base? répondit Marie en souriant pour la première fois depuis très longtemps.

Elle avait environ une heure encore pour réfléchir dans le calme de la campagne que le taxi traversait, la ramenant à Kowloon. Ensuite viendraient quarante-cinq minutes d'embouteillages lorsqu'ils atteindraient la banlieue, le district particulièrement congestionné qu'ils appelaient Mongkok. Les gens de Tuen Mun n'avaient pas été que généreux et protecteurs, ils s'étaient montrés particulièrement inventifs. Le banquier Jitai avait confirmé que la victime de l'agression était effectivement une femme blanche qui se cachait pour protéger sa vie et que, puisqu'elle devait retrouver des gens capables de l'aider, il fallait donc vraisemblablement modifier son apparence. On acheta divers vêtements dans différentes boutiques, des vêtements occidentaux qui étonnèrent Marie. Ils étaient ternes et utilitaires, solides mais mal coupés. Pas des vêtements bon marché, mais le genre qu'aurait sélectionné une femme qui n'avait aucun sens esthétique ou qui se sentait au-dessus de ces considérations. Et puis, après une heure passée dans l'arrière-boutique d'un salon de beauté, elle comprit ce choix bizarre. Les femmes riaient en la regardant. Ses cheveux avaient été lavés et gonflés et quand ce fut fini elle se regarda dans une glace. Elle manqua en perdre le souffle. Son visage, ses traits tirés, sa peau presque transparente de pâleur étaient surmontés d'un globe de cheveux gris souris parsemés de fines mèches blanches. Elle avait pris plus de dix ans. C'était une extension de ce qu'elle avait tenté de faire après s'être échappée de l'hôpital, mais beaucoup plus audacieuse, beaucoup plus complète. Elle était l'image chinoise de la touriste sérieuse, *middle class,* pas trop bête – probablement veuve –, qui devait donner des ordres péremptoires, compter son argent et ne jamais sortir sans un guide qu'elle compulsait à tous les coins de rue de son itinéraire parfaitement organisé. Les gens de Tuen Mun connaissaient ce type de touriste et leur portrait était parfait. Jason Bourne aurait approuvé.

Mais, pendant ce trajet qui la ramenait à Kowloon, d'autres pensées l'occupaient, des pensées de désespoir qu'elle tentait de contrôler et de maintenir dans une perspective, pour effacer la panique qui pourrait si facilement la submerger, lui faire faire un faux pas, un mouvement erroné qui mettrait David en danger de mort... *David, David où es-tu? Comment te trouver? Comment?*

Elle cherchait dans sa mémoire une personne capable de l'aider. Elle rejetait les noms les uns après les autres, et tous les visages, car chacun d'eux avait été à un moment ou un autre un des rouages de cette horrible stratégie qu'ils appelaient – au-delà de toute sauvegarde – la mort d'un individu comme seule solution acceptable. Tous, sauf Morris Panov, mais Mo était un paria aux yeux du gouvernement. Il avait appelé les tueurs officiels de leurs vrais noms : incompétents et meurtriers. Il n'arriverait à rien et amènerait même un second ordre d' « au-delà de toute récupération ».

Un visage lui revint en mémoire, un visage couvert de larmes, une voix qui sanglotait en demandant pardon, un ancien ami d'un jeune officier de renseignement, et de sa fcmme, et de ses enfants, dans un petit poste alors inconnu, Phnom Penh. Conklin! Il s'appelait Alexander Conklin! Durant toute la convalescence de David, il avait essayé sans relâche de voir son mari, mais David l'avait interdit, disant qu'il le tuerait s'il franchissait la porte. Conklin, l'infirme, avait commis la plus grosse erreur de sa vie en ne croyant pas à l'amnésie de David, en n'écoutant pas les supplications de David, en l'accusant d'avoir trahi, allant jusqu'à le condamner à mort. Il avait essayé de tuer David près de Paris, et finalement, il avait installé un dernier piège mortel dans la 71e Rue, à New York, dans une maison stérile qui s'appelait Treadstone 71. Il avait failli réussir. Quand la vérité sur David avait été connue, Conklin s'était senti rongé par la culpabilité et le remords, détruit par ce qu'il avait fait. Marie s'était sentie désolée pour lui, en fait, car son angoisse était sincère et authentique, et son remords totalement destructeur. Elle avait parlé avec Alex en prenant le café sur la terrasse, mais David n'avait jamais voulu qu'il entre. Alex était la seule personne qui lui venait à l'esprit – et ce n'était pas si insensé.

L'hôtel s'appelait l'Empress, du nom d'on ne savait quelle impératrice, et il était situé sur Chatham Road dans Kowloon. C'était un petit hôtel du Tsim Sha Tsui fréquenté par un mélange de cultures, ni riches ni pauvres, la plupart des commerçants de l'Est et de l'Ouest qui avaient des affaires à conclure mais pas les notes de frais des grandes compagnies. Le banquier Jitai avait bien fait son travail. Une chambre avait été réservée pour une Mme Pénélope Austin. Pénélope était une idée de Jitai, parce qu'il avait lu beaucoup de romans anglais et que Pénélope lui semblait tout à fait approprié. Qu'il en soit ainsi, comme aurait dit Jason Bourne, songea Marie.

Elle se posa sur le bord du lit et s'empara du téléphone, ne sachant pas très bien quoi dire, mais certaine qu'elle devait le dire.

– J'ai besoin du numéro de téléphone de quelqu'un aux Etats-Unis, à Washington D.C., s'il vous plaît. C'est une urgence, dit-elle à la standardiste.

– Il y a une taxe pour les renseignements internationaux.

– Mettez-la sur ma note, coupa Marie. C'est urgent. Je reste en ligne.

– Oui, dit la voix chargée de sommeil. Allô!

– Alex, c'est Marie Webb.

– Bon sang de bordel! Où êtes-vous? Où êtes-vous tous les deux? Il vous a trouvée!

– Je ne sais pas de quoi vous parlez. Je ne l'ai pas trouvé et lui non plus. Vous savez ce qui se passe?

– A votre avis, qui est venu chez moi et m'a à moitié tordu le cou la semaine dernière? David! J'ai des relais sur tous les numéros où on peut me joindre! Mo Panov aussi! Où êtes-vous?

– A Hong-kong, à Kowloon, plutôt. Hôtel Empress, sous le nom d'Austin. David vous a joint?

– Et Mo! Nous avons tourné tous les deux le problème dans tous les sens pour comprendre ce qui se passe mais on se heurte à un mur de pierre construit de toutes pièces! Non, je reprends. Eux-mêmes ne savent pas ce qui se passe! S'ils le savaient, je le saurais aussi! Bordel de Dieu, Marie, vous savez que je n'ai pas bu un verre depuis une semaine!

– Je ne savais pas que ça vous manquait.

– Si, ça me manque! Que se passe-t-il?

Marie lui raconta tout, insistant sur l'évidente appartenance gouvernementale des bureaucrates qui l'avaient capturée, son kidnapping, son évasion, l'aide apportée par Catherine Staples changée en piège, le rôle de McAllister qu'elle avait vu dans la rue avec elle.

– McAllister? Vous l'avez vu?

– Il est ici, Alex. Ils veulent me reprendre. Avec moi il contrôle David et il va le tuer! Ils ont déjà essayé!

Il y eut un bref silence sur la ligne, un silence plein d'angoisse.

– Nous avons déjà essayé, dit doucement Conklin. Mais c'était alors, et pas maintenant!

– Qu'est-ce que je peux faire?

– Restez où vous êtes, lui ordonna Alex. Je prends le premier avion pour Hong-kong. Ne sortez pas de votre chambre. Ne téléphonez plus. Ils vous recherchent, ils sont obligés de le faire.

– Mais David est là, Alex, là dehors! Ils l'ont obligé à faire quelque chose à cause de moi. J'ai peur, Alex...

— Delta était le meilleur élément de Méduse. Il n'y a jamais eu personne d'aussi bon que lui sur ce terrain. Je le sais. Je l'ai vu.

— C'est un des aspects, oui, et j'ai appris à vivre avec ça. Mais, pensez à son esprit, Alex! Qu'est-ce qui va arriver à son esprit?

Conklin se tut à nouveau et quand il reprit la parole, il avait une voix pensive.

— Je vais amener un ami avec moi, un ami à nous tous. Mo ne refusera pas. Ne bougez pas, Marie. C'est le moment d'étaler les cartes, et bordel de merde, il n'y aura pas que des cartes qui vont s'étaler!

XXIII

— QUI êtes-vous? hurlait Bourne comme pris de folie, les mains serrées sur la gorge du vieil homme, l'écrasant contre le mur.

— Delta, arrête! commanda Danjou. Tais-toi! Les gens vont t'entendre. Ils vont croire que tu le tues et appeler la réception!

— Il se pourrait que je le tue, et les téléphones ne fonctionnent pas! fit Jason en relâchant la gorge du faux imposteur.

Il le saisit par le devant de sa chemise, la déchirant, et projeta le vieil homme dans un fauteuil.

— La porte, continua Danjou d'un air énervé. Remets-la en place du mieux que tu peux, pour l'amour du ciel, je tiens à sortir vivant de Pékin! Et chaque seconde que tu perds diminue mes chances! La porte!

A moitié fou, Bourne fit demi-tour en une fraction de seconde, souleva la porte défoncée et la flanqua dans ses gonds, la réajustant à coups de pied. Le vieil homme se massait la gorge et il bondit soudain de son siège.

— Non, dit le Français en le bloquant. Restez où vous êtes. Ne vous préoccupez pas de moi, mais de lui, seulement. Vous voyez, il pourrait vraiment vous tuer. Il est enragé et il n'a aucun respect pour l'âge vermeil. Moi, si, parce que j'en suis proche.

— Enragé! Mais c'est un outrage! cracha le vieil homme en toussant. J'ai fait El-Alamein, et, par le Christ, je me battrai maintenant!

Le vieil homme essaya encore une fois de bondir hors de son fauteuil, mais Danjou le repoussa à nouveau. Jason était revenu.

— Oh, l'héroïque « Rosbif », dit le Français. Au moins vous avez eu la grâce de ne pas dire Azincourt!

— Arrête tes conneries, cria Bourne en poussant Danjou de côté et en se penchant au-dessus du fauteuil.

Il prit les poignets du vieil homme et le cloua au fauteuil.

— Vous allez me dire où il est, et vite, sinon vous allez regretter de n'être pas mort à El-Alamein!

— Où est qui, espèce de cinglé?

— Vous n'êtes pas le type d'en bas! Vous n'êtes pas Joseph Wadsworth montant dans sa chambre 325!

— C'est bien la chambre 325, et je suis Joseph Wadsworth! Général à la retraite, *Royal Engineers!*

— Quand avez-vous rempli votre fiche?

— En fait on m'a évité cet inconvénient, répliqua Wadsworth d'un ton hautain. En tant qu'hôte de marque du gouvernement, j'ai droit à certains privilèges. On m'a escorté à travers la douane et amené directement ici. Je dois admettre que le service n'est pas fantastique et que le téléphone est très primitif, mais diable, on n'est pas au Ritz.

— Je vous ai demandé quand?

— La nuit dernière, mais comme l'avion avait six heures de retard, je suppose que je devrais dire ce matin.

— Quelles étaient vos instructions?

— Mais cela ne vous regarde absolument pas!

Bourne sortit en un éclair son coupe-papier de cuivre de sa ceinture et piqua la pointe sur la gorge du vieil homme.

— Mais si, cela me regarde, si vous avez envie de vous relever vivant de ce fauteuil, dit-il.

— Seigneur Dieu! Vous êtes vraiment fou!

— Exact. Je n'ai pas le temps de faire autrement. Les instructions?

— Pas de quoi fouetter un chat... On devait venir me chercher vers midi et comme il est déjà bientôt trois heures, on peut supposer que les pendules du gouvernement populaire sont les mêmes que celles de ses avions.

Danjou toucha le bras de Jason.

— L'avion de 11 heures 30, dit doucement le Français. C'est un leurre, il ne sait rien.

– Alors ton Judas est ici dans une autre chambre, répliqua Jason par-dessus son épaule. Il doit y être!

– N'en dis pas plus, on lui posera des questions.

Avec une autorité aussi soudaine qu'inattendue, Danjou éloigna Bourne du fauteuil et s'adressa au vieil homme du ton impatient des officiers supérieurs.

– Brigadier, pardon, général, nous nous excusons pour cette méprise, je sais que c'était terrible. C'est la troisième chambre dans laquelle nous pénétrons de force. Nous apprenons les noms des clients dans le but d'un interrogatoire choc.

– Quoi choc? Je ne comprends pas.

– Il y avait quatre personnes soupçonnées à cet étage. Un seul coupable réel. Il a passé plus de cinq millions de dollars de drogue. Comme ce n'était pas les trois premiers – vous êtes le malheureux troisième, – c'est forcément le dernier. Je vous suggérerais de dire la même chose qu'eux. Dites que votre chambre a été enfoncée par un ivrogne, rendu fou furieux par le manque de commodités – c'est ce qu'ils diront tous. Il y a beaucoup de cas comme ça et il vaut mieux ne pas attirer l'attention. On pourrait vous associer par erreur au criminel. Le gouvernement ici a souvent des réactions disproportionnées.

– Je n'apprécierais pas, grommela Wadsworth, ancien des Royal Engineers. Déjà que ma pension me suffit à peine pour vivre. Il ne manquerait plus que je la perde!

– La porte, major, ordonna Danjou à Bourne d'un ton péremptoire. Et tâchez de vous calmer un peu.

Puis le Français se tourna vers le général à la retraite et ajouta :

– Ne faites rien pendant un moment, général. Laissez-nous environ vingt minutes avant de prévenir qui que ce soit. Et, souvenez-vous, un ivrogne enragé. Pour votre propre sauvegarde.

– Oui, oui, bien sûr. Un ivrogne. Enragé.

– Venez, major!

Une fois dans le couloir ils ramassèrent leurs sacs et marchèrent vers l'escalier rapidement.

– Dépêche-toi, dit Bourne. On a encore le temps. Il doit se changer, se transformer. C'est ce que je ferais à sa place. On va surveiller les sorties, les stations de taxis. On en choisira deux logiques, ou illogiques. Une chacun et on met un signal au point.

– Mais d'abord, les deux portes, coupa Danjou, essoufflé. Dans ce couloir. Choisis-en deux. N'importe lesquelles, mais fais vite. Tu les défonces et tu entres en gueulant n'importe quoi, en déformant ta voix, bien sûr.

– Tu es sérieux?

– Je n'ai jamais été aussi sérieux, Delta. Tu as vu, l'explication est on ne peut plus plausible. Et l'embarras des gens de l'hôtel coupera court à toute enquête. La direction parviendra sans aucun doute à faire taire notre général. Ils pourraient tous y perdre leur confortable boulot. Allez, vite! Choisis deux portes et fais ton travail!

Jason s'arrêta devant une porte sur sa droite. Il serra ses coudes et se lança, l'épaule en avant, droit dans la porte qui vola.

– *Madad demaa!* hurla une femme en hindi, à moitié sortie de son sari qui pendait à ses pieds.

– *Kyaa baat hai?* fit un homme nu qui sortait de la salle de bain, se couvrant les parties à la hâte.

Ils restaient tous deux pétrifiés devant l'intrus qui titubait dans la pièce en balayant de la main les divers objets traînant sur le bureau, hurlant d'une voix d'ivrogne.

– Saloperie d'hôtel! les toilettes ne marchent pas! Le – hic! – téléphone ne marche pas! Rien – Bordel! C'est pas ma... ma chambre! désolé, – hic!

Bourne sortit en trombe et claqua la porte derrière lui.

– Très bien, dit Danjou. Ils avaient des problèmes avec leurs clefs. Vite, une autre! celle-ci!

Le Français pointait son index vers une porte sur la gauche.

– J'entends des rires à l'intérieur. Deux voix.

Jason se jeta à nouveau contre la porte, la défonça en rugissant comme un poivrot au dernier degré de l'éthylisme. Mais, au lieu de tomber nez à nez avec deux clients stupéfaits, il se retrouva face à un jeune couple, nus au-dessus de la ceinture, qui tiraient tous deux sur un joint, en aspirant exagérément.

– Bienvenue, voisin, dit le jeune Américain, d'une voix un peu flottante, en essayant de bien préciser ses mots. Ne vous frappez pas comme ça parce que les téléphones ne marchent pas. On a mieux que le téléphone. Tenez, tirez un peu sur le joint et ne vous énervez pas comme ça.

Le jeune Américain lui tendait son joint.

– Qu'est-ce que – hic! – vous foutez dans ma chambre? lança Jason qui jouait son rôle d'ivrogne à la perfection.

– Si vous considérez que c'est votre chambre, monsieur le macho, c'est que vous êtes encore attaché à la propriété, or nous ne sommes pas comme ça, dit la fille en pouffant de rire.

– Vous êtes défoncés!

– Et vous, vous êtes vraiment beurré, contra le jeune homme.

– Nous ne croyons pas à l'alcool, ajouta la jeune fille, complètement pétée. Il ne produit que de l'hostilité. Elle apparaît à la surface comme les démons de l'enfer.

– Va te faire désintoxiquer, voisin, surenchérit le jeune Américain, et puis fume de l'herbe, c'est bon pour la santé. Nous pouvons te guider vers les champs où tu retrouveras ton âme.

Bourne se précipita hors de la pièce, claqua la porte derrière lui et saisit le bras de Danjou.

– Allons-y, dit-il. Si l'histoire que tu as racontée au général se répand, j'en connais deux qui vont passer le reste de leur vie à tondre des moutons en Mongolie extérieure.

La propension chinoise à observer de près leurs hôtes avait conduit l'architecte à limiter les voies d'accès à l'hôtel. Une grande entrée devant pour les clients et une seconde entrée sur le côté du bâtiment pour les employés. Celle-ci était gardée par des soldats en uniforme qui examinaient attentivement les papiers des membres du personnel et fouillaient poches et sacs. L'absence de familiarité entre les gardes et le personnel laissait sous-entendre qu'on relevait la garde fréquemment, augmentant l'espace entre les corrupteurs et les corrompus potentiels.

– Il ne tentera pas sa chance du côté des gardes, dit Jason en franchissant la porte réservée aux employés. Ils avaient prétexté un rendez-vous urgent qu'ils risquaient de manquer à cause du retard de leur avion.

– On dirait qu'ils gagnent des bons points s'ils prennent quelqu'un en train de sortir un poulet ou un morceau de savon, ajouta-t-il.

— Et ils détestent visiblement ceux qui travaillent ici, renchérit Danjou. Mais pourquoi es-tu si sûr qu'il est encore dans l'hôtel? Il connaît Pékin. Il aurait pu prendre un taxi et aller dans un autre hôtel.

— Pas avec l'allure qu'il avait en sortant de l'avion, je te l'ai dit. Il ne peut pas se le permettre. Je ne pourrais pas me le permettre. Il veut pouvoir bouger sans se faire repérer. Il a besoin de cette liberté pour sa propre sécurité.

— Si tel est le cas, ils pourraient déjà être en train de surveiller sa chambre. Résultat identique. Ils sauront à quoi il ressemble.

— Si j'étais à sa place – et c'est tout ce qui me reste pour continuer –, je ne serais plus ici. Il a dû s'arranger pour avoir une autre chambre.

— Tu te contredis! objecta le Français tandis qu'ils s'approchaient de l'entrée de l'hôtel encombrée de gens. Tu as dit qu'il allait recevoir ses instructions par téléphone. Celui qui va l'appeler va demander la chambre qu'ils lui ont réservée, pas celle de l'appât, de Wadsworth...

— Si les téléphones marchent – une condition supplémentaire pour ton Judas –, c'est une simple question de transfert d'un appel d'une chambre dans une autre. Une prise insérée dans le standard si c'est un appareil primitif, ou un programme différent si c'est un appareil électronique. Pas compliqué. Une conférence importante, de vieux amis dans l'avion – ce que tu voudras – ou pas d'explications du tout, ce qui est probablement mieux encore.

— Fadaises! s'exclama Danjou. Son client à Pékin alertera les standardistes de l'hôtel. Il mettra le standard sur écoute.

— Justement pas, dit Bourne en poussant le Français dans les portes tournantes de l'hôtel, puis sur le trottoir parsemé de touristes perdus et d'hommes d'affaires qui essayaient de négocier un moyen de transport. C'est un risque qu'il ne peut pas prendre, poursuivit Jason tandis qu'ils longeaient une rangée de vieux autobus et de taxis antédiluviens. Le client de ton commando doit garder une distance maximale entre eux. Il ne peut y avoir la moindre possibilité d'établir une connexion entre eux. Ce qui veut dire un cercle très restreint de gens, une élite qui ne touchera jamais à un standard, qui n'attirera l'attention de personne, surtout pas de ton commando. Personne ne se risquera non plus à tourner autour de l'hôtel. Ils vont rester loin de lui, le laisser effectuer les mouvements. Il y a trop de police secrète ici. Un membre de cette élite pourrait être reconnu.

– Mais les téléphones, Delta... Apparemment, d'après ce qu'on a entendu depuis ce matin, ils ne marchent pas. Qu'est-ce qu'il va faire?

Jason fronça les sourcils. Il marchait et c'était comme s'il cherchait à se souvenir de tout ce que lui masquait sa mémoire.

– Le temps joue pour lui, dit-il. Il doit avoir des instructions secondaires à suivre s'il n'est pas contacté au bout d'un moment donné après son arrivée – quelles qu'en soient les raisons – et il ne peut pas y avoir de numéro à appeler si on considère les précautions qu'ils doivent prendre.

– Dans cette éventualité ils vont le surveiller, non? Ils vont attendre dehors quelque part et essayer de le ramasser.

– Bien sûr, et il le sait. Il faut qu'il les repère et qu'il atteigne sa position sans être vu. C'est sa seule façon de garder le contrôle de la situation. C'est son premier travail.

Danjou saisit le coude de Bourne.

– Alors je crois que j'ai repéré l'un de ceux qui l'attendent.

– Quoi? fit Jason en ralentissant son pas.

– Continue à marcher, ordonna Danjou. Dirige-toi vers ce camion, celui qui dépasse, là-bas, avec le type en haut du bras de levage.

– C'est un camion de la compagnie de téléphone, souffla Jason.

Anonymes dans la foule, ils atteignirent le camion.

– Regarde en l'air, aie l'air intéressé, puis regarde à gauche. La fourgonnette devant le premier autobus. Tu la vois?

Jason la voyait, et il savait que le Français avait raison. La fourgonnette était blanche et presque neuve avec des vitres teintées. Excepté sa couleur, ç'aurait pu être la fourgonnette qui avait ramassé l'assassin à Shenzen, près de la frontière. Bourne lut les caractères chinois sur la porte latérale.

– *Niao Jing Shan...* Bon Dieu, c'est la même! Le nom importe peu – c'est un sanctuaire, une réserve d'oiseaux à Jing Shan! Quand j'étais à Shenzen c'était la réserve de Chutang, ici c'est une autre. Comment l'as-tu repérée?

– Le type qui est à la vitre. Tu ne peux pas bien le voir d'ici, mais il a la tête tournée vers l'entrée de l'hôtel. Et en soi, il représente une sacrée contradiction pour un employé d'une réserve ornithologique!

– Pourquoi?

– Parce que c'est un officier de l'armée, et d'après la coupe de son uniforme et la qualité supérieure du tissu, un type de haut rang. Est-ce que la glorieuse armée du peuple recrute des flamants roses pour ses troupes d'assaut? Ou bien est-ce simplement un homme anxieux qui attend quelqu'un qu'il a l'ordre de repérer et de suivre en se servant d'une couverture acceptable favorisée par un angle de vue qui nécessite malheureusement d'ouvrir sa vitre?

– On ne peut aller nulle part sans son vieil Echo, dit Jason Bourne, anciennement Delta, le Fléau de Méduse. Des réserves ornithologiques, mon Dieu, mais c'est magnifique. Quel miroir aux alouettes, quel écran de fumée! si calme, si retiré... C'est une sacrée bonne couverture!

– Très chinois, Delta. Le masque pacifique recouvre le visage haineux. Les paraboles de Confucius mettent en garde contre de tels masques.

– Ce n'est pas à cela que je faisais allusion. A Shenzen, là où j'ai raté ton bonhomme pour la première fois, il a été ramassé par une fourgonnette – aux vitres teintées aussi – et elle appartenait également à une réserve d'oiseaux gouvernementale.

– Comme tu disais, une excellente couverture.

– Bien plus que ça, Echo. C'est une sorte de marque d'identification.

– On révère les oiseaux depuis des millénaires, en Chine, dit Danjou en regardant Jason, intrigué. Ils ont toujours été décrits dans leurs arts, dans leurs soieries. Ils sont considérés comme une délicatesse, à la fois pour l'œil et pour le palais.

– Dans ce cas précis ils pourraient être un moyen très simple, extrêmement pratique.

424

– Dans quel genre?

– Les réserves d'oiseaux sont très étendues géographi-quement. Elles sont ouvertes au public mais sujettes aux règlements gouvernementaux, comme partout ailleurs.

– Où veux-tu en venir, Delta?

– Dans un pays où dix personnes opposées à la ligne officielle ont peur d'être vues ensemble, quel meilleur lieu de rendez-vous qu'une réserve qui s'étend sur des hectares? Pas de bureaux, ni d'appartements, ni de maisons, ni de tables d'écoute, ni de surveillance électronique. Rien que quelques amoureux des oiseaux, bien innocents dans ce pays où les oiseaux sont révérés, munis chacun d'un passeport officiel qui leur permet d'entrer quand la réserve est fermée officiellement – nuit et jour.

– De Shenzen à Pékin? Tu impliques un type de situation qui nous dépasse largement.

– Quoi que ce soit, dit Jason, cela ne nous concerne pas. Il n'y a que lui qui nous concerne... Nous devons nous séparer, mais rester en vue l'un de l'autre. Je vais aller par...

– Inutile! coupa le Français. Le voilà!

– Où?

– Recule! Plus près du camion! Mets-toi à l'ombre.

– Lequel est-ce?

– Le prêtre qui tapote la tête de l'enfant, là-bas, la petite fille, répondit Danjou, le dos appuyé contre le camion comme s'il regardait la foule qui sortait de l'hôtel.

– Un homme de robe, poursuivit le Français, amer. Un des déguisements que je lui ai appris à utiliser. J'avais fait faire un costume de pasteur anglican complet pour lui à Hong-kong, avec une bénédiction cousue dans le col sous la griffe d'un tailleur de Savile Row. C'est le costume que j'ai reconnu d'abord. C'est moi qui l'ai payé!

– Tu viens d'un diocèse bien riche, dit Bourne en étudiant l'homme qu'il voulait plus que tout au monde, qu'il voulait capturer, frapper, entraîner dans une chambre d'hôtel et forcer à le suivre sur la route qui menait à Marie.

La couverture de l'assassin était bonne – plus que bonne – et Jason l'analysait. Des tempes grisonnantes dont les pattes descendaient sous son chapeau noir. De fines lunet-tes cerclées d'acier posées bas sur son nez pâle, sur son visage sans couleur. Les yeux légèrement écarquillés et les sourcils levés, il montrait des signes d'émerveillement feints dans cet environnement inhabituel. Tout était l'œuvre de Dieu, les enfants de Dieu... Il renforçait son attitude en caressant les cheveux de la petite fille, souriant et saluant respectueusement la mère de l'enfant. C'était exactement ça, songea Jason presque avec respect. Ce fils de pute puait l'amour! Dans chacun de ses gestes, dans ses mouvements hésitants, dans chaque regard attendri qu'il jetait. C'était un homme de robe, le berger de ses moutons, le gardien aux yeux pleins d'amour. Vêtu ainsi, on le voyait dans la foule, mais les yeux qui cherchaient un tueur l'oubliaient aussitôt.

Bourne se souvenait. Carlos! Le Chacal avait pris les vêtements d'un prêtre, sa peau latine sombre au-dessus de son faux col blanc amidonné, il sortait de l'église de Neuilly. Jason l'avait vu! Ils s'étaient vus, tous les deux, leurs yeux s'étaient soudés, chacun sachant qui était l'autre sans avoir à prononcer un mot. *Prends Carlos! Piège Carlos! Caïn est pour Charlie et Carlos est pour Caïn!* Les codes avaient explosé dans sa tête pendant qu'il courait après le Chacal dans les rues de Paris... pour le perdre dans la foule, tandis qu'un vieux clochard, aplati sur le trottoir, souriait, horrible.

Mais ce n'était pas Paris, pensa Bourne. Il n'y avait pas d'armée de vieillards pour protéger l'assassin, cet assassin-là. Il allait vaincre ce chacal, là, à Pékin.

— Sois prêt à bouger, dit Danjou, interrompant les souvenirs de Jason. Il s'approche du bus.

— Le bus est plein.

— C'est ça. Il sera le dernier à monter. Qui refuserait un prêtre qui est pressé? C'est une de mes leçons.

Une fois de plus le Français avait raison. La porte du petit autobus bourré à craquer commença à se fermer, mais le prêtre passa son bras juste avant la fermeture. Une fois coincé il sembla mendier qu'on le délivre. La porte se rouvrit, il se tassa à l'intérieur et le chauffeur referma.

— C'est le bus express pour T'ien an Men, dit Danjou. J'ai le numéro.

— Il nous faut un taxi. Vite!

— Pas facile, Delta.

426

– J'ai mis au point une technique, répliqua Bourne en sortant de l'ombre du camion des téléphones.

Le bus passa devant eux et le Français le suivit. Ils jouèrent des coudes à travers la foule, remontant la file d'attente jusqu'à l'autre bout, là où arrivaient les taxis. Un taxi tournait justement pour se mettre sur les rangs. Jason se précipita au milieu de la rue en levant les paumes devant lui. Le taxi s'arrêta et le chauffeur passa la tête par la portière.

– *Shemma?*

– *Wei!* cria Bourne en courant vers lui. Il brandissait pour cinquante dollars de yuans. *Bi Yao bang zhu,* dit-il affirmant à l'homme qu'il avait besoin d'aide et qu'il paierait bien.

– *Hao!* s'exclama le chauffeur en prenant l'argent. *Bingle ba!* ajouta-t-il, justifiant son intervention comme s'il avait affaire à un touriste malade.

Jason et Danjou montèrent dans la voiture. Mais le chauffeur protesta parce qu'un autre client allait monter par la porte qui donnait sur le trottoir. Bourne ajouta vingt yuans qu'il lança sur le siège avant et le chauffeur céda. Il fit sortir son taxi de la rangée et prit la route qui sortait du complexe de l'aéroport.

– En avant, il y a un autobus, dit Danjou en se penchant vers le conducteur, de son meilleur mandarin. Vous comprenez?

– Vous parlez Guangzhou, mais je comprends.

– Il est en chemin vers la place T'ien an Men.

– Quelle porte? demanda le chauffeur. Quel pont?

– Je ne sais pas. Je ne connais que le numéro du bus, c'est 7 421.

– Le terminus numéro un, dit le chauffeur, la porte Tien, le deuxième pont. L'entrée de la cité impériale.

– Est-ce qu'il y a un emplacement réservé aux autobus?

– Il y aura une file d'autobus, oui. Ils sont tous pleins. T'ien an Men est bondé quand le soleil est à cette hauteur.

– Nous devrions doubler le bus dont je parle sur la route, ce qui nous serait favorable étant donné que nous désirons arriver sur la place T'ien an Men avant lui. Pouvez-vous faire ça?

– Sans difficulté, répondit le chauffeur en grimaçant. Les autobus sont vieux et tombent souvent en panne. On peut arriver plusieurs jours avant qu'il n'atteigne la porte sacrée du nord.

– J'espère que vous n'êtes pas sérieux, coupa Bourne.

– Oh, non, généreux touriste. Tous les conducteurs sont des mécaniciens réputés, quand ils ont la chance de trouver leur moteur, lança le chauffeur.

Il rit, fier de sa plaisanterie, et écrasa l'accélérateur.

Trois minutes plus tard ils doublaient l'autobus qui emportait le tueur. Quarante-six minutes plus tard ils atteignaient le pont de marbre sculpté qui surplombe les eaux d'un fleuve fait de la main de l'homme, fleuve qui précède les portes de la Paix céleste, où les leaders de la Chine regardent passer les parades militaires et leurs instruments de guerre et de mort. Et, derrière cette porte mal nommée, se trouve l'une des réussites humaines les plus étonnantes. La place T'ien an Men. Le vortex de Pékin. Electrique.

Sa vaste majesté attire d'abord l'œil du visiteur, puis c'est l'immensité architecturale de l'énorme maison du Peuple sur la droite, où les salles de réception peuvent contenir plus de trois mille personnes. La seule salle des banquets compte cinq mille sièges, et la principale « salle de conférence » contient plus de dix mille personnes, sans les entasser. De l'autre côté de la porte, grimpant presque jusqu'aux nuages, un éperon de pierre à quatre côtés, un obélisque monté sur une terrasse de marbre de deux étages, brillant sous le soleil tandis que, dans l'ombre en dessous, les luttes et les succès de la révolution de Mao sont gravés dans la pierre. C'est le monument élevé à la gloire des héros du peuple, et Mao tient la première place dans ce panthéon. Il y a d'autres bâtiments, d'autres structures – mémoriaux, musées, bibliothèques – aussi loin que porte le regard. Mais, avant tout, l'œil est frappé par l'étonnant espace de cette place immense. L'espace et les gens... Et, pour l'oreille, quelque chose de tout à fait inattendu. Une douzaine des plus grands stades du monde pourraient être placés – Colisées romains ridicules – sur la place T'ien an Men sans diminuer son espace. Des gens par centaines de milliers peuvent s'y promener et laisser assez de place pour quelques centaines de milliers d'autres. Mais il y manque un élément déterminant qu'on aurait trouvé dans les sanglantes arènes de Rome, et dans tous les stades du monde contemporain. C'est le son. Le son est quasi absent, juste quelques décibels au-dessus du silence total, seulement troublé par les notes aigrelettes et étouffées de centaines de sonnettes de vélo. Cette quiétude est d'abord apaisante, puis effrayante. Comme si un énorme dôme géodésique transparent avait été posé sur ces centaines d'hectares, comme si un royaume inconnu informait sans cesse ceux d'en bas qu'ils sont dans une cathédrale. C'est antinaturel, irréel, et pourtant aucune voix ne s'élève contre cette décision, tout le monde semble l'accepter – ce qui est plus effrayant encore. Les enfants sont trop calmes.

Jason observait tout cela rapidement et sans passion. Il paya au chauffeur la somme marquée au compteur tout en envisageant les problèmes qui se posaient pour lui et Danjou. Pour une quelconque raison, un coup de téléphone ou une subite décision de sa part, le commando était en route pour la place T'ien an Men. La pavane commencerait avec son arrivée, et le pas lent de la danse empreinte de tant de précautions amènerait le tueur de plus en plus près des représentants de son client, en supposant que le client lui-même resterait forcément hors de vue. Mais il n'y aurait pas de contact tant que l'imposteur ne serait pas certain que le lieu du rendez-vous était sûr. Donc le « prêtre » allait monter son propre système de surveillance, circonvolutions englobant tout l'espace où devait avoir lieu la réunion, cherchant des yeux tous les danseurs armés. Il en prendrait un, peut-être deux, les coincerait sous la lame de son couteau ou les menacerait d'un silencieux pour obtenir l'information qu'il cherchait. Un éclair de mensonge dans les yeux lui dirait que le rendez-vous n'était qu'un prélude à son exécution. Enfin, si tout avait l'air bon, il propulserait l'un des mignons sous la menace d'une arme pour approcher le représentant du client et poser son ultimatum : le client lui-même doit se montrer et se placer dans les filets de l'assassin. Tout le reste est hors de question. La figure centrale, le client, doit être sur l'autre plateau de cette balance mortelle. Un second lieu de rendez-vous doit être établi. Le client devra y arriver le premier, et au premier signe de tromperie, anéanti. C'est ainsi que procédait Jason Bourne. C'est ainsi que procéderait le commando s'il avait deux grammes de cervelle.

Le bus numéro 7 421 arriva, parfaite image de la léthargie, et se gara à sa place au bout de la ligne de véhicules qui dégorgeaient des touristes. L'assassin en costume de curé émergea, aidant une vieille femme à descendre le marchepied, lui tapotant la main en lui lançant un de ses regards si pleins d'amour. Puis il se retourna et s'avança rapidement vers l'arrière du bus. Il disparut.

— Reste dix bons mètres derrière et regarde-moi, dit Jason. Fais exactement comme moi. Quand je stoppe, tu stoppes. Quand je tourne, tu tournes. Reste dans la foule. Va d'un groupe à l'autre, mais sois certain d'être toujours entouré de gens.

— Fais attention, Delta. Ce n'est pas un amateur.

— Moi non plus.

Bourne s'élança jusqu'au bout de l'autobus, s'arrêta et fit le tour des deux grilles arrière du moteur qui fumait. Son « prêtre » était vingt mètres devant, et son costume noir se détachait dans la lumière crue du soleil. Foule ou pas foule, il était facile à suivre. La couverture du commando était acceptable, sa performance d'acteur encore davantage, mais comme toutes les couvertures, elle avait ses inconvénients. C'est dans la limitation des inconvénients qu'on reconnaissait les meilleurs. Professionnellement Jason approuvait le choix du statut clérical, mais pas la couleur. Un prêtre catholique romain était contraint au noir, mais pas un curé anglican. Un gris était tout à fait possible sous le col. Le gris fondait dans le soleil. Pas le noir.

Soudain, l'assassin se sépara de la foule et s'avança derrière un soldat chinois qui prenait des photos, l'œil vissé à son appareil, remuant constamment la tête. Bourne comprit. Ce n'était pas un permissionnaire quelconque qui visitait Pékin. Il était trop âgé et son uniforme trop bien coupé – Danjou l'avait déjà remarqué avec l'officier dans la fourgonnette. Son appareil lui servait à examiner la foule grâce au téléobjectif. Le lieu de rencontre ne devait pas être loin. Jouant maintenant son rôle à la perfection, le commando posa une main paternelle sur l'épaule gauche du soldat: Son autre main était invisible, mais son manteau noir masquait l'espace entre eux – une arme était enfoncée dans les côtes du soldat. Il se figea. Malgré sa panique, son expression restait stoïque. Il se déplaça avec l'assassin qui lui serrait l'épaule et lui ordonnait de le suivre. Soudain le soldat se plia en deux, se tenant les côtes, puis il se reprit et secoua la tête. L'assassin lui avait recollé son arme dans le dos. Il suivrait les ordres, ou il allait mourir, là, sur la place T'ien an Men. Pas de compromis.

Bourne pivota, se baissa et rattacha un lacet parfaitement attaché, s'excusa auprès de ses voisins. L'assassin venait de regarder dans sa direction, motivant son geste. Jason se releva. Où était-il? Où était passé l'imposteur? Là! Bourne était stupéfait. Le commando avait laissé partir le soldat! Pourquoi? Le soldat chinois courait à travers la foule, en criant, les bras levés, puis il s'abattit sur le sol et un groupe de gens se précipita vers lui.

– Une diversion! Regarde-le, lui!

Jason se mit à courir. C'était le moment. L'assassin ne s'était pas servi d'un revolver mais d'une aiguille. Il avait dû l'enfoncer dans les côtes du soldat. Il s'était débarrassé d'un des protecteurs. Il allait chercher les autres maintenant. C'était le scénario que Bourne avait prévu. Et puisque l'attention du commando était entièrement occupée par la recherche de sa prochaine victime, c'était le bon moment! Maintenant! Jason savait qu'il pouvait descendre n'importe quel adversaire d'un coup dans les reins, surtout un homme qui ne s'attendait pas à une attaque contre lui-même. Il était en train d'attaquer et sa concentration était totale. Bourne réduisit la distance entre l'assassin et lui. Trente mètres, vingt mètres, dix mètres... Il allait d'un groupe de gens à un autre groupe de gens... Le « prêtre » en noir était presque à sa portée. Il allait pouvoir le descendre! Marie...

Un soldat. Un autre soldat! Mais, maintenant, ce n'était pas un assaut. C'était une conversation. Le soldat hocha la tête et fit un geste vers la gauche. Jason regarda, étonné. Un petit Chinois en costume civil qui portait un attaché-case se tenait devant un grand escalier de pierre menant à l'entrée d'un immense bâtiment où d'énormes colonnes de granit soutenaient des toits penchés, comme deux pagodes jumelles. C'était, juste derrière, le monument à la mémoire du président Mao. Deux files d'attente montaient les volées de marches, et des gardes séparaient les gens. Le civil se tenait entre les deux files, et son attaché-case aux armes du gouvernement était comme un symbole d'autorité. Il était seul. Soudain, sans que rien pût avertir de son geste, le grand assassin saisit le bras du soldat et le propulsa devant lui. Le soldat se cambra, les épaules rentrées. Une arme venait de s'enfoncer dans sa colonne vertébrale, ordre irréfutable.

Pendant que l'excitation grandissait autour du premier soldat, étalé au milieu d'un cercle de gens, l'assassin et son prisonnier montaient les marches du mémorial élevé à la gloire du président Mao. L'homme en civil avait visiblement peur de bouger, et Bourne comprit. Ces hommes étaient connus du commando. Ils étaient au cœur de cette élite qui mènerait l'assassin à son client, et ce client n'était pas loin. Plus question de sous-fifres. Une fois apparus les pontes, les autres perdaient toute importance, car les pontes s'exposaient rarement eux-mêmes. La diversion, maintenant réduite à un fait divers dont la police s'occupait déjà, avait donné à l'imposteur les secondes nécessaires pour remonter la chaîne qui menait à son client. Le soldat qui était en son pouvoir mourrait s'il désobéissait et n'importe quel tireur un peu adroit pouvait descendre d'un seul trait le civil dans l'escalier. Le rendez-vous était en deux étapes, et aussi longtemps que l'assassin contrôlait la seconde étape, il était prêt à agir volontiers. Le client était visiblement quelque part dans le vaste mausolée et ne pouvait absolument pas savoir ce qui se passait dehors. De plus, aucun sous-fifre n'oserait suivre son supérieur dans la zone du rendez-vous.

Il n'avait plus le temps d'analyser. Jason devait agir. Et vite. Il fallait qu'il entre dans le mausolée et qu'il observe, qu'il attende que le rendez-vous ait lieu – avec la répugnante possibilité de devoir sans doute protéger l'assassin. C'était une réalité à envisager et son seul avantage était le fait que l'imposteur avait suivi un scénario qu'il aurait pu créer lui-même. Si le rendez-vous se passait dans le calme, il n'aurait plus qu'à suivre l'assassin, assassin rassuré par le succès de sa tactique et occupé par ce que son client lui aurait dit – le suivre, puis s'emparer de lui, lui qui ne suspectait rien.

Bourne se retourna, chercha Danjou des yeux. Le Français était mêlé à un groupe de touristes. Il hocha la tête comme s'il avait lu les pensées de Delta. Il pointa son index vers le sol, puis fit un cercle avec son doigt. C'était un signal silencieux qui datait de leur appartenance au groupe Méduse. Cela signifiait qu'il resterait où il était, mais que s'il devait se déplacer il resterait dans les parages de cet endroit précis. C'était assez. Jason traversa, derrière l'assassin et son prisonnier, et prit une diagonale à travers la foule. Il s'engouffra dans un espace libre dans la file d'attente de droite. Il s'adressa, dans un mandarin poli, au garde qui faisait la circulation.

— Monsieur l'officier, je suis très embarrassé! J'étais tellement absorbé par les bas-reliefs du monument du Peuple que j'ai perdu mon groupe. Il vient d'entrer.

— Vous parlez très bien notre langue, dit le garde, étonné. Il était apparemment habitué aux étranges accents de langues qu'il ne comprenait pas. Vous êtes très courtois, dit-il.

— Je ne suis qu'un professeur mal payé très épris de votre grande nation, monsieur l'officier.

Le garde rit.

— Je ne suis que sous-officier, mais notre nation est grande, oui. Ma fille porte des blue-jeans dans la rue.

— Je vous demande pardon?

— Rien, rien. Où est votre badge?

— Mon quoi?

— Le badge de votre groupe de visiteurs.

— Il n'arrêtait pas de tomber, dit Bourne en secouant la tête d'un air malheureux. Je dois l'avoir perdu.

— Quand vous serez là-haut, voyez votre guide, il vous en donnera un autre. Allez-y, mettez-vous avec le groupe qui entre. Il se passe quelque chose en bas. Le prochain groupe devra sûrement attendre. Vous allez rater la visite.

— Oh? Il y a un problème?

— Je n'en sais rien. L'officiel, là-bas, avec son attaché-case, c'est lui qui nous donne nos ordres. Je crois qu'il compte les yuans qu'il pourrait se faire ici, qu'il imagine que ce mausolée devrait être aussi rempli que le métro de Pékin!

— Vous êtes très aimable, merci.

– Dépêchez-vous, monsieur.

Bourne escalada les marches, se baissant derrière les gens pour rattacher une fois de plus son lacet imaginaire. Il pencha la tête pour voir où en était l'assassin. L'imposteur bavardait tranquillement avec le civil, sans lâcher le soldat – mais il y avait quelque chose de bizarre. Le petit Chinois en costume sombre hocha la tête, mais ses yeux ne regardaient pas l'imposteur. Ils fixaient quelque chose derrière le commando. Mais peut-être était-ce une illusion? L'angle de vision de Jason n'était pas très bon. Peu importait. Le scénario se déroulait comme prévu, le client allait être rejoint selon les termes de l'assassin.

Il franchit les portes et entra dans le clair-obscur du monument, étonné comme tout un chacun devant lui par l'apparition soudaine d'un Mao de marbre, assis, et si majestueux que tout le monde retenait son souffle. Les rais de lumière qui jouaient sur le marbre, si fin qu'il en était presque translucide, créaient un effet éthéré qui isolait la gigantesque statue de la tapisserie de velours derrière elle et de l'obscurité ambiante. Le visage aux yeux scrutateurs semblait vivant.

Jason détourna les yeux et examina les côtés de la salle, cherchant portes et couloirs adjacents. Il n'y en avait aucun. C'était un mausolée, un hall immense dédié au sauveur d'une nation. Mais il y avait des colonnes, de grands piliers de marbre qui offraient des morceaux d'espace retirés. Le rendez-vous pouvait avoir lieu à l'ombre de l'un d'entre eux. Il attendrait. Il se dissimulerait aussi à l'ombre d'un pilier et observerait.

Son groupe entra dans le second grand hall et ce deuxième espace était encore plus saisissant que le premier. En face des visiteurs, un cercueil de cristal protégeait la dépouille de Mao Zedong, couvert d'un drapeau rouge, son corps embaumé pour un repos éternel. Pourtant ses yeux fermés semblaient pouvoir s'ouvrir à chaque instant pour désapprouver ce cérémonial pompeux. Des fleurs entouraient le sarcophage surélevé et deux rangées de pins vert foncé, plantés dans d'énormes pots de céramique, s'alignaient sur les murs de chaque côté. Là aussi des rayons de lumière jouaient une symphonie dramatique, le jaune, le rouge et le bleu des fleurs soulignant les ombres.

Un bruit résonna dans le premier hall, interrompant brièvement le silence religieux de la salle. Dernier touriste de son groupe, Bourne se sépara d'eux sans qu'on le remarque. Il se glissa derrière un pilier, caché dans l'ombre, et examina la salle de marbre blanc.

Ce qu'il vit le paralysa. Une douzaine de pensées se bousculaient dans sa tête. Et avant tout, le mot piège retentissait! Aucun groupe ne suivait celui avec lequel il était entré! Il était entré le dernier. Il était la dernière personne admise avant qu'on ne ferme les lourdes portes. C'était ça, le bruit qu'il avait entendu. Les portes s'étaient refermées et derrière, les gens murmuraient, râlant de devoir attendre.

Il se passe quelque chose... Le prochain groupe devra sûrement attendre... C'était ce qu'avait dit le garde dans l'escalier.

C'était un piège. Et ce, depuis le début! Chaque mouvement, chaque apparence avait été calculé! Depuis le début! Tout! L'information payée sous la pluie, les billets d'avion presque impossibles à obtenir, la première apparition de l'assassin à l'aéroport – alors que ce tueur professionnel était capable d'un bien meilleur déguisement. Puis les complications avec le vieux général – si illogiquement logique! Tout était si bien programmé! Un officier à la fenêtre d'une fourgonnette, qui ne cherchait pas l'assassin, qui les cherchait *eux*! Le costume de prêtre anglican que Danjou avait acheté! Depuis le début! Pour finir par ce scénario grandiose sur cette immense place T'ien an Men; il aurait pu être écrit par Jason Bourne. Un scénario irrésistible. Un piège inversé. Pour attraper le chasseur qui poursuivait sa proie.

Jason regarda tout autour de lui, éperdu. Un peu plus loin devant, un rai de lumière comme une flaque blanche. Les portes de sortie étaient à l'autre bout du mausolée. Elles seraient surveillées et chaque touriste qui sortait serait examiné attentivement.

Des pas. Derrière sa droite. Bourne pivota sur sa gauche, sortit son coupe-papier de cuivre de sa ceinture. Un type vêtu d'un costume Mao gris, de coupe militaire, longeait les piliers dans le clair-obscur près de la rangée de grands pins. Il était à deux mètres de lui. Et il tenait un automatique à la main. Le silencieux fixé au bout du canon garantissait que la déflagration ne ferait pas plus de bruit qu'un simple crachat. Jason fit ses calculs mortels d'une façon que David Webb ne comprendrait jamais. La lame devait entrer de manière à causer une mort immédiate. Il fallait que l'ennemi ne puisse proférer aucun son quand il traînerait son corps dans l'obscurité.

Il plongea, les doigts de sa main gauche rigides, tendus à hauteur des yeux de l'homme, tandis qu'il enfonçait le coupe-papier dans la gorge du soldat. La lame pénétra les cartilages, coupa le larynx. Dans le même mouvement, Bourne abaissa sa main gauche, saisit au vol l'arme que tenait encore l'ennemi et balança le cadavre sur le côté, le posant entre deux des énormes potiches qui contenaient les racines des grands pins. Il le glissa dans l'ombre. Accroupi, l'automatique à la main, il passa par-dessus le corps, et refit en sens inverse le chemin vers le premier hall, restant hors de vue.

Un deuxième homme en uniforme traversa le rai de lumière blanche qui illuminait l'entrée du deuxième hall. Il s'arrêta devant le cercueil de cristal de Mao, comme lavé par la lumière blafarde, et regarda autour de lui. Il approcha une radio de sa bouche et prononça quelques mots inaudibles. Puis il écouta. Cinq secondes plus tard son expression changea du tout au tout. Inquiet, il avança rapidement sur sa droite, refaisant le même chemin que le premier homme. Jason revint à toute vitesse vers le cadavre, presque à quatre pattes, avant de s'aplatir sous les basses branches d'un des grands pins.

Le soldat s'approchait. Il ralentit, étudia les dernières personnes de la file d'attente. Maintenant! Bourne bondit à l'instant où l'homme passait, le saisit à la gorge d'une clef qui lui coupa le souffle, et le traîna sous les branches basses. Il écrasa le silencieux de l'automatique contre l'estomac du soldat et appuya sur la détente. Le bruit fut insignifiant. L'homme laissa échapper un dernier souffle, son corps se détendit. Il était mort.

Il fallait qu'il sorte! S'il était pris et tué dans le silence inquiétant du mausolée, l'assassin s'échapperait et Marie mourrait. Ses ennemis refermaient le piège inversé. Il fallait qu'il retourne leur tactique contre eux. Qu'il survive!

La fuite la plus sûre se fait par étapes, en se servant du maximum de confusion qu'on peut créer.

Les deux premières étapes étaient terminées. Une certaine confusion devait exister déjà si d'autres hommes chuchotaient dans leurs talkies-walkies. Il fallait maintenant amener la confusion à un niveau de violence tel que ceux qui le chassaient dans l'ombre deviennent eux-mêmes les sujets d'une chasse hystérique.

Il n'y avait qu'une seule possibilité et Jason n'éprouvait aucun obscur sentiment héroïque du genre : je vais mourir en tentant le coup.

Il devait le faire! Il devait y arriver. La survie était tout, pour des raisons au-delà de lui-même. Le professionnel était à son niveau de capacité maximum, calme, délibéré.

Bourne se releva et traversa l'espace compris entre les branches et le pilier devant lui. Puis il courut jusqu'au pilier suivant celui-ci, puis jusqu'au suivant, le premier pilier du second hall, à dix mètres du cercueil à l'éclairage si dramatique. Il se pencha, les yeux fixés sur la porte d'entrée.

Cela se produisit. Ils apparurent. Le soldat qui était le « prisonnier » de l'assassin et le petit Chinois à l'attaché-case. Le soldat portait une radio accrochée à sa ceinture. Il la prit et dit quelques mots avant d'écouter, puis il secoua la tête, remit sa radio dans sa poche et sortit un revolver de son étui. Le civil fit un signe de tête et sortit à son tour une arme de sous sa veste. Un revolver au canon très court. Ils avancèrent tous deux vers le cercueil de cristal contenant les restes de Mao Zedong, se regardèrent et se séparèrent. L'un sur la gauche, l'autre sur la droite.

Maintenant! Jason leva son arme, visa rapidement et ouvrit le feu. Une fois! Un cheveu plus à droite. Deux fois! Les crachats du silencieux faisaient comme un bruit de toux dans l'ombre. Les deux hommes tombèrent sur le sarcophage. Le prenant avec le coin de sa veste, Bourne dévissa le silencieux brûlant et le jeta. Il lui restait cinq balles. Il écrasa la détente. Les explosions emplirent le mausolée, se répercutant sur les murs de marbre, le cristal du cercueil éclata. Les balles s'étaient logées dans le cadavre de Mao Zedong, une dans le front cireux, l'autre lui arrachant un œil.

Des sirènes se mirent à hurler. Un bruit de cloches assourdissant envahit la salle, tandis que des soldats apparaissaient, comme sortis de nulle part. Ils couraient vers la scène de cet horrible outrage. Les deux lignes de touristes, se sentant piégés dans la lumière glauque de cette crypte de la mort, s'affolèrent. La foule, en une masse paniquée, se précipita vers les portes et le soleil, piétinant ceux qui tombaient. Bourne se jeta dans ce flot, se fraya un passage entre les gens hystériques. Il atteignit enfin la lumière aveuglante de la place T'ien an Men, descendit les marches quatre à quatre.

Danjou! Jason courut sur sa droite, fit le tour du mur de pierre. Les gardes faisaient de leur mieux pour calmer la foule en proie à la plus totale panique, tout en essayant de comprendre ce qui s'était passé. On était au bord de l'émeute.

Bourne regardait l'endroit où il avait aperçu Danjou pour la dernière fois, puis il regarda un peu plus loin, là où le Français pouvait logiquement se trouver. Personne. Personne qui lui ressemblât, même vaguement.

Soudain il entendit le crissement de pneus torturés sur sa gauche. Il se retourna. Une fourgonnette aux vitres teintées venait de faire demi-tour et fonçait vers la porte sud de la place T'ien an Men.

Ils avaient pris Danjou. Echo avait disparu.

XXIV

— *Qu'est-ce qu'il y a?*

— *Des coups de feu! Les gardes sont paniqués!*

Bourne entendit les cris et, en trois pas, il rejoignit le groupe de touristes français, menés par un guide, dont l'attention était rivée au chaos qu'on apercevait sur les marches du mausolée. Il boutonna sa veste et cacha l'automatique dans sa ceinture avant de glisser le silencieux dans sa poche. Jetant un coup d'œil circulaire, il s'enfonça dans le groupe et s'approcha d'un homme plus grand que lui, très bien habillé, et dont le visage trahissait une expression dédaigneuse. Jason était heureux de constater que plusieurs hommes qui avaient à peu près sa taille faisaient écran entre lui et la foule excitée. Avec un peu de chance il passerait inaperçu. En haut des marches du mausolée, les portes étaient partiellement ouvertes. Des hommes en uniforme couraient du haut en bas des escaliers. Apparemment, les chefs avaient déserté et Jason savait pourquoi. Ils avaient disparu, car ils ne voulaient rien avoir affaire avec les terribles événements qui venaient de se produire. Maintenant, la seule chose qui comptait pour Bourne c'était l'assassin. Allait-il sortir de ce chaos? Ou bien avait-il trouvé Danjou, capturé son créateur avant de l'abandonner dans la fourgonnette, convaincu que le vrai Bourne était foutu, changé en un second cadavre dans le mausolée désert?

— Que se passe-t-il? demanda Jason, s'adressant au grand Français impeccablement vêtu.

— Encore un retard, sans aucun doute, répliqua l'homme avec un accent parisien un peu snob. Cet endroit est démentiel et j'ai atteint mon seuil de tolérance maximum! Je rentre à l'hôtel!

– Vous pouvez faire ça? demanda Bourne en modifiant son français pour le rendre plus distingué. Je veux dire, on a le droit de quitter notre groupe? Je croyais qu'il fallait qu'on reste toujours ensemble.

– Je suis businessman, pas touriste! Cette « visite » n'était pas sur mon programme. Franchement, j'avais cet après-midi libre – à cause de leurs interminables palabres – et je voulais voir un peu quelques trucs, mais il n'y avait pas un seul chauffeur qui parlait français. Le concierge m'a enjoint – et c'est un euphémisme – de rallier ce groupe. Le guide étudie la littérature française et il parle comme au XVIIe siècle. Je ne sais même pas ce qu'on est venu voir.

– C'est une excursion de cinq heures, expliqua Jason en lisant discrètement les caractères chinois sur le badge que portait le Français. Après T'ien an Men on visite les tombeaux Ming et puis, coucher de soleil sur la Grande Muraille...

– Ah vraiment? J'ai déjà vu la Grande Muraille, bon sang! C'est le premier endroit où les douze bureaucrates de la Commission commerciale m'ont traîné. Ils n'arrêtaient pas de me faire répéter par l'interprète que c'était un signe de leur longévité, de leur durée. Merde! Si le travail n'était pas si bon marché et les profits si grands...

– Moi aussi je suis dans les affaires, mais je suis voué au tourisme pour quelques jours. Je suis dans l'importation. Et vous?

– Les tissus, bien sûr. Et peut-être l'électronique, le pétrole, le charbon ou les parfums..., dit l'homme d'affaires en se permettant un sourire entendu et légèrement condescendant. Je vais vous dire, ces gens sont assis sur les plus grandes richesses du monde et ils ne savent pas quoi faire avec!

Bourne regarda attentivement le grand Français. Il pensait à Echo, l'Echo de Méduse, et à cet aphorisme selon lequel plus ça change plus c'est la même chose. *Des occasions se présenteront. Sache les reconnaître, agis dessus.*

– Comme je vous disais, continua Jason. Je suis aussi dans les affaires, mais j'ai déjà beaucoup voyagé en Chine et je connais bien la langue.

– On se promène, quoi, dit le Parisien, sardonique.

– Vous savez, je suis patron de ma propre entreprise et vous seriez étonné de connaître mes clients, poursuivit Bourne les yeux fixés sur l'escalier.

– Excusez-moi, mon cher, dit le Français en regardant Jason comme s'il le voyait pour la première fois.

– Et je peux vous dire, poursuivit Bourne, qu'aucun visiteur n'entrera plus dans le tombeau de Mao, et que tout le monde ici sera interrogé et peut-être même retenu.

– Mon Dieu, pourquoi?

– Apparemment il s'est passé quelque chose de grave à l'intérieur et les gardes ont l'air de parler de bandits étrangers... Vous dites qu'on vous a ajouté à ce groupe mais que vous n'en faisiez pas partie?

– Oui, c'est à peu près ça.

– Ils vont se poser des questions, non? Ils vont vous retenir, c'est certain.

– Mais c'est inconcevable!

– C'est la Chine...

– Mais c'est impossible! Il y a des millions de francs dans la balance! Je ne suis ici que parce que...

– Je vous suggérerais de partir, mon vieux. De dire que vous étiez sorti vous balader. Donnez-moi votre badge, je vous en débarrasserai.

– A quoi sert-il?

– Dessus il y a votre pays d'origine et le numéro de votre passeport. C'est comme ça qu'ils contrôlent les mouvements des touristes ici.

– Je vous dois une fière chandelle! s'écria l'homme d'affaires en ôtant son badge de plastique transparent. Si jamais, à Paris...

– Je suis la plupart du temps à Monte-Carlo chez le prince et...

– Evidemment! Merci encore!

Le Français, si différent, mais pourtant si semblable à Echo, disparut rapidement, sa grande silhouette se perdit dans le soleil, aussi visible que le faux prêtre qui avait failli coûter la vie à Jason.

Bourne accrocha le badge transparent à son revers. Il faisait maintenant partie d'un groupe de touristes en visite accompagnée. C'était comme ça qu'il sortirait de la place T'ien an Men.

Une fois le groupe rapidement rassemblé près des autocars, on les fit monter. Un peu plus tard, tandis que leur autobus passait la porte nord, Jason aperçut l'homme d'affaires français, apoplectique, suppliant la police de Pékin de le laisser passer. Les policiers avaient assemblé quelques fragments du puzzle. La rumeur se répandait. Un Occidental blanc avait défiguré le corps de sa sainteté Mao. Un terroriste blanc mêlé à un groupe de touristes et qui ne portait pas le badge obligatoire. Un garde de l'escalier avait donné le signalement de cet homme.

– Je me le remémore, dit le guide dans un français suranné.

Elle était debout devant la statue d'un lion furieux sur l'extraordinaire avenue des Animaux, où d'énormes répliques de pierre de chats, d'éléphants et de dragons mythiques bordaient la chaussée, gardant la voie qui menait aux tombes de la dynastie Ming.

– Mais, continua la jeune étudiante, ma mémoire s'estompe en vous entendant vous exprimer dans notre propre langue. Je n'ai pas souvenance de vous avoir sans aucun doute ouï précédemment.

Notre guide parle comme si elle sortait du XVIIᵉ siècle... Voilà ce qu'avait dit l'homme d'affaires méprisant.

– Je n'ai pas utilisé votre langue auparavant, répliqua Bourne en mandarin, parce que vous étiez avec d'autres gens et que je n'en éprouvais pas le besoin. Mais parlons-la maintenant.

– Vous la parlez extrêmement bien.

– Je vous remercie. Vous vous souvenez donc que l'on m'a ajouté à votre groupe à la dernière minute.

– Le directeur de l'hôtel Pékin a effectivement parlé à mon supérieur, mais, oui, je m'en souviens, dit la jeune femme en souriant. Il y a tellement de monde dans ce groupe. Je me souviens bien avoir donné son badge à quelqu'un et c'est donc ce quelqu'un qui est en face de moi maintenant. Malheureusement je crois que vous devrez payer quelques yuans de plus sur votre note d'hôtel. Je suis désolée, mais votre statut ne comporte pas la visite incluse dans le tarif.

— Bien sûr, mais je suis un homme d'affaires et je traite avec votre gouvernement.

— Je vous souhaite beaucoup de succès, dit le guide avec un petit sourire. Certains réussissent, d'autres moins.

— Le problème c'est que je ne vais pas pouvoir faire quoi que ce soit, dit Jason en lui rendant son sourire. Je parle bien mieux le chinois que je ne le lis et je viens de m'apercevoir qu'il faut que je sois rentré à l'hôtel dans une demi-heure. Comment puis-je faire ça?

— Il faut vous trouver un moyen de transport. Je vais vous écrire ce dont vous avez besoin et vous n'aurez qu'à présenter le papier aux gardes du Dahongmen...

— La Grande Porte Rouge? demanda Bourne. Celle avec les arches?

— Oui. Il y a des autobus qui vous ramèneront à Pékin. Vous aurez peut-être du retard, mais c'est coutumier ici, surtout chez les membres du gouvernement, dit le guide en sortant un calepin d'une des poches de sa veste Mao.

— On ne m'arrêtera pas?

— Si on vous demande quelque chose, dites-leur d'appeler les gens du gouvernement, dit la jeune femme en écrivant des instructions en chinois avant de déchirer la page et de la tendre à Jason.

— Mais ce n'est pas votre groupe! aboyait le conducteur du bus en mandarin grossier, en enfonçant son index dans le revers de la veste de Jason.

L'homme s'attendait visiblement à ce que ses mots n'aient aucun effet sur le touriste, donc il les renforçait de gestes exagérés et d'une voix stridente. Il était aussi visible qu'il espérait attirer l'attention d'un de ses supérieurs postés sous les arches de la Grande Porte Rouge. L'un d'eux les aperçut.

— Quel est le problème? demanda un soldat en marchant rapidement vers la porte de l'autobus en écartant les touristes derrière Bourne.

Des occasions se présenteront.

— Il n'y a aucun problème, dit Jason d'un ton sec,

arrogant même, en chinois, tout en sortant la note remise par le guide.

Il colla le papier dans la main du soldat.

— Si vous tenez à être responsable de mon retard au rendez-vous avec la Commission commerciale, dont le chef est le général Liang quelque chose...

— Vous parlez le chinois? dit le soldat étonné.

— Visiblement. Le général Liang aussi!

— Je ne comprends pas les raisons de votre colère.

— Vous comprendrez certainement mieux celle du général Liang!

— Je ne connais pas de général Liang, monsieur, mais il y a tellement de généraux. C'est la visite qui ne vous plaît pas?

— Non! Ce sont les idiots qui m'ont dit qu'elle durait trois heures, alors qu'elle en dure cinq! Si je rate mon rendez-vous à cause de leur incompétence, il va y avoir plusieurs personnes très énervées et notamment un général de l'armée populaire qui est très impatient de conclure certains achats avec la France.

Jason se tut, leva la main, puis reprit d'une voix plus calme :

— Néanmoins, si j'y parviens à temps, je recommanderai la personne qui m'aura aidé...

— Je vais vous aider, monsieur, dit le jeune soldat, les yeux emplis d'un soudain dévouement. Cette espèce de baleine qui essaye de ressembler à un autobus va mettre au moins une heure mais moi j'ai à ma disposition un véhicule beaucoup plus rapide et un chauffeur qui vous escortera. J'aimerais le faire moi-même, mais vous comprenez, je ne peux pas quitter mon poste.

— Je ferai part de votre sens du devoir au général.

— C'est tout à fait naturel chez moi, monsieur. Je m'appelle...

— Oui, laissez-moi votre nom. Tenez, marquez-le sur ce papier.

Bourne était assis dans le hall de l'hôtel Pékin, dans l'aile est, un journal à demi déplié devant lui, les yeux braqués sur la rangée de portes qui formaient l'entrée. Il attendait. Il attendait Jean-Louis Ardisson de Paris. Jason n'avait eu aucune difficulté à apprendre son nom. Vingt minutes plus tôt il s'était approché du bureau de l'agence touristique et avait demandé à l'employée, de son meilleur mandarin :

– Désolé de vous déranger, mais je suis le principal interprète de toutes les délégations françaises en affaires avec les industries gouvernementales et je crois bien avoir perdu une de mes brebis.

– Vous devez être un excellent interprète. Votre chinois est splendide. Qu'est-il arrivé à votre... brebis égarée ? dit la femme en se permettant un rire.

– Je ne sais pas exactement. Nous prenions le café et il est parti en me disant qu'il m'appellerait plus tard. Il allait rejoindre une visite organisée, je crois, et il était en retard. C'était très embêtant pour moi, mais je sais ce que c'est quand les gens viennent à Pékin pour la première fois. Ils sont subjugués.

– Ils le sont, effectivement, acquiesça l'employée. Mais en quoi puis-je vous être utile ?

– J'ai besoin de connaître l'orthographe exacte de son nom et son prénom – ces détails doivent être précisés dans les papiers gouvernementaux que je dois remplir pour lui.

– Mais comment pouvons-nous vous aider ?

– Il a laissé ça à la cafétéria, dit Jason en lui tendant le badge de plastique transparent. Je ne sais même pas comment il a fait pour rejoindre son groupe.

La femme se mit à rire et prit, sous son comptoir, un ensemble de listes dactylographiées.

– On a dû lui donner le lieu de départ. Tous les guides ont une liste. Parce que ces badges tombent sans arrêt. Son guide a dû lui donner un ticket temporaire.

L'hôtesse prit le badge et continua à tourner les pages de son imposant registre.

– Je vais vous dire, les idiots qui fabriquent ces badges ne méritent pas leur misérable salaire. Nous avons des règles strictes et ils nous font passer pour des idiots, d'entrée.

La femme s'arrêta, le doigt sur une ligne de son registre.

– Oh, oh ! dit-elle. Mauvais présage. Je ne sais pas si votre brebis s'est égarée, mais je peux vous dire qu'il a fait un scandale. Il se prétend très important et il a été très désagréable. Quand on lui a dit qu'il n'y avait pas de chauffeur qui parlait le français, il a pris ça comme une insulte envers votre radieux pays, avant d'en faire une histoire personnelle. Tenez, lisez son nom. Je ne sais pas comment il se prononce.

– Merci infiniment, avait dit Jason.

Puis il s'était rendu dans une cabine téléphonique surmontée d'un panneau marqué « English » et avait demandé à l'opératrice la chambre de M. Ardisson.

– Vous pouvez composer son numéro vous-même, monsieur, avait dit la standardiste, avec une note triomphale dans la voix, due à cette nouvelle haute technicité. C'est la chambre 1743. Très belle chambre. Très belle vue sur la ville interdite.

– Merci, avait conclu Bourne avant de composer ledit numéro.

Pas de réponse, M. Ardisson n'était pas encore rentré et, dans les circonstances présentes, il risquait de ne pas rentrer avant longtemps. Pourtant, un mouton qui avait la réputation d'une grande gueule ne resterait pas silencieux si sa dignité était offensée ou si ses affaires étaient en danger. Jason avait décidé d'attendre. Les grandes lignes d'un plan se dessinaient dans sa tête. C'était une stratégie désespérée, fondée sur des probabilités, mais c'était tout ce qui lui restait. Il s'acheta un magazine français vieux d'un mois et se posa dans un fauteuil, se sentant soudain envahi par le désespoir.

Le visage de Marie fit irruption sur l'écran des songes de David Webb, et le son de sa voix emplit soudain l'air autour de lui, un écho dans ses oreilles qui stoppait net ses pensées et créait une terrifiante douleur au centre de son front. Jason balaya cette intrusion avec la force d'un bulldozer. L'écran redevint sombre, parsemé de petits points lumineux, comme les traces du souvenir, qu'une voix intérieure évacuait d'un ton froid et autoritaire. *Arrête! Tu n'as pas de temps! Concentre-toi sur ce à quoi nous devons penser. Et sur rien d'autre!*

Les yeux de Jason dérivaient sur le hall, revenaient périodiquement sur les portes d'entrée. La clientèle qui encombrait le hall était internationale, un mélange de langues, de vêtements achetés sur la Cinquième Avenue, dans Savile Row, rue Saint-Honoré ou Via Condotti, où tranchaient les costumes des Allemands de l'Est et de l'Ouest ou des Scandinaves.

Les clients allaient et venaient devant les boutiques scintillantes, amusés ou intrigués par la pharmacie qui ne vendait que des médicaments chinois, s'entassaient dans les magasins d'artisanat placés près d'une immense carte du monde en relief étalée sur un des murs. De temps en temps quelqu'un entrait, entouré de Chinois, d'interprètes exécutant des courbettes obséquieuses qui traduisaient les conversations entre des officiels en uniforme qui tentaient d'avoir l'air à l'aise et des cadres supérieurs venus de l'autre bout de la terre dont les yeux étaient écarquillés d'avoir volé trop longtemps et trop peu dormi, et peut-être impatients de boire un bon whisky. On était peut-être en Chine rouge, mais l'art du négoce était plus vieux que le capitalisme, et les capitalistes, conscients de leur fatigue, ne parleraient pas affaires avant de pouvoir penser clairement.

Il entrait! Jean-Louis Ardisson, escorté par quelque quatre bureaucrates chinois qui faisaient tous de leur mieux pour le calmer. L'un d'eux fonça jusqu'au magasin d'alcool du hall pendant que les autres le retenaient devant les ascenseurs, meublant le silence grâce à leur interprète. L'acheteur revint avec un sac en plastique qui accusait un bon poids de bouteilles. Il y eut des sourires et encore des courbettes pendant que les portes de l'ascenseur s'ouvraient. Jean-Louis Ardisson accepta le prix de son calme en alcool et entra dans la cabine. Les portes se fermèrent.

Bourne resta assis. Il regardait les petites lumières de l'ascenseur. Quinzième, seizième, dix-septième. Il avait atteint l'étage supérieur, le bon étage. Jason se leva et se dirigea vers la rangée de téléphones. Il regarda sa montre. Il ne pouvait que deviner le timing, mais un homme dans un tel état d'agitation n'allait pas traîner dans les couloirs en sortant de l'ascenseur. Sa chambre était un havre de paix, une solitude bénie après plusieurs heures de tension et de peur. Etre interrogé par la police d'un pays étranger était déjà assez effrayant, mais cela devenait terrifiant quand on ajoutait un langage incompréhensible et des visages radicalement différents, et le fait de savoir que dans ce pays les gens avaient tendance à disparaître sans laisser de trace. Après une telle épreuve, un homme entrerait dans sa chambre et, dans le désordre, se laisserait tomber dans un fauteuil en tremblant de peur et de fatigue, allumerait une cigarette après l'autre en oubliant où il avait posé la première, boirait plusieurs verres bien tassés en les avalant cul sec pour en accentuer l'effet, puis saisirait son téléphone pour partager son horrible expérience avec quelqu'un, espérant inconsciemment en minimiser les effets secondaires. Bourne pouvait permettre à Ardisson de s'asseoir et de boire, mais il était hors de question qu'il téléphone. Il ne devait pouvoir partager sa terreur avec personne. Il ne fallait pas qu'elle s'estompe. Au contraire. Il devait l'accentuer, l'amplifier jusqu'à ce qu'il soit complètement paralysé, jusqu'à ce qu'il craigne pour sa vie s'il sortait de sa chambre. Quarante-sept secondes s'étaient écoulées. Il était temps d'appeler.

– Allô!

La voix était tendue, comme essoufflée.

– Ecoutez bien, dit Jason en français. Restez où vous êtes et ne vous servez pas du téléphone. Dans exactement huit minutes, je frapperai à votre porte. Deux coups rapides, puis un long. Laissez-moi entrer, mais n'ouvrez à personne avant moi. Surtout pas à une femme de chambre ou à un garçon d'étage.

– Qui êtes-vous?

– Un de vos compatriotes et je dois absolument vous parler. Pour votre propre sécurité. Dans huit minutes.

Bourne raccrocha et retourna dans son fauteuil. Il compta les minutes et calcula le temps que mettait un ascenseur moyennement plein de clients à aller d'un étage à l'autre. Une fois arrivé à l'étage, il fallait trente secondes pour atteindre n'importe quelle chambre. Six minutes passèrent. Jason se leva et se dirigea vers un des ascenseurs dont les petites lumières indiquaient qu'il serait le prochain à descendre. Huit minutes étaient la somme idéale pour conditionner un sujet. Cinq minutes, ce n'était pas assez pour obtenir le degré de tension idéal. Six, c'était mieux, mais ça passait trop vite. Huit minutes. Cela restait lié à une urgence tout en amenant un temps supplémentaire de réflexion qui réduisait à néant la résistance morale d'un sujet. Le plan de Bourne n'était pas encore clair dans sa tête. Mais son objectif, lui, était limpide. C'était tout ce qui lui restait et chaque fibre de son instinct entraîné par Méduse lui disait de s'y tenir. Delta One connaissait la mentalité orientale. Dans un sens, elle n'avait pas varié depuis des siècles. Le secret valait mille tigres, sinon un royaume.

Il se tenait devant la porte numéro 1743 et regardait sa montre. Huit minutes, exactement. Il frappa deux fois, s'arrêta puis frappa une fois encore. La porte s'ouvrit et un Ardisson en état de choc le fixa.

— C'est vous! s'exclama l'homme d'affaires, les mains devant la bouche.

— Restez tranquille, caimez-vous, dit Jason en entrant. Il referma la porte. Nous avons à parler, continua-t-il en français. Je dois savoir ce qui s'est passé.

— Vous! C'est vous qui étiez à côté de moi là-bas! Nous avons parlé. Vous m'avez pris mon badge! Tout ça, c'est votre faute!

— Vous avez mentionné ma présence?

— Je n'ai pas osé. J'aurais eu l'air d'avoir fait quelque chose d'illégal – d'avoir donné mon coupe-file à quelqu'un d'autre. Qui êtes-vous? Pourquoi êtes-vous ici? Vous m'avez causé assez d'ennuis pour aujourd'hui! Vous devriez sortir, monsieur!

— Pas avant que vous m'ayez dit exactement ce qui s'est passé, fit Bourne en traversant la pièce pour s'asseoir dans un fauteuil près d'une table laquée rouge. Il est urgent que je le sache.

— Eh bien, pas pour moi! Vous n'avez aucune raison d'entrer dans ma chambre, de vous installer comme ça et de me donner des ordres!

— J'ai bien peur que si. Notre visite guidée était privée et vous n'aviez aucun droit d'y participer.

— On m'a collé à ce satané groupe!

— Qui a donné l'ordre?

— Le concierge, enfin l'espèce d'idiot qu'il y a en bas!

— Pas lui. Au-dessus de lui. Qui était-ce?

— Comment le saurais-je? Je n'ai pas la moindre idée de ce que vous racontez!

— Vous êtes parti.

— Bon Dieu, mais c'est vous qui m'avez dit de le faire!

– Je vous testais.

– Vous me testiez?... Mais c'est incroyable!

– Croyez-moi, dit Jason. Si vous me dites la vérité, il ne vous sera fait aucun mal.

– Aucun mal?

– Nous ne tuons pas les innocents, seulement nos ennemis.

– Tuer... vos ennemis?

Bourne ouvrit sa veste et dégagea l'automatique de sa ceinture. Il le posa sur la table.

– Maintenant, c'est à vous de me convaincre que vous n'êtes pas avec eux. Que vous est-il arrivé après nous avoir quittés?

Sidéré, Ardisson recula, le dos au mur, les yeux fixés sur l'arme posée sur la table.

– Je vous jure sur tous les saints que vous vous trompez de personne, murmura-t-il.

– Je vous écoute. Je ne demande qu'à être convaincu.

– De quoi?

– De votre innocence. Que s'est-il passé?

– Je... en marchant sur la place, commença l'homme d'affaires terrifié, j'ai repensé à ce que vous aviez dit, à ce qui avait bien pu se passer dans le mausolée de Mao, aux gardes chinois qui criaient aux bandits étrangers et au fait que je ne faisais pas vraiment partie du groupe de touristes... Alors je me suis mis à courir – Dieu du ciel, je ne pouvais pas me retrouver dans une telle situation! Les affaires qui m'amènent ici représentent un marché de plusieurs millions de francs! Je représente un consortium!

– Vous vous êtes mis à courir et ils vous ont arrêté, coupa Jason, désireux de passer les détails.

– Oui! Ils parlaient si vite que je ne comprenais pas un mot et il m'a fallu une heure avant qu'ils trouvent un officiel qui parlait français!

– Pourquoi ne pas leur avoir dit tout simplement la vérité? Que vous étiez avec notre groupe de touristes?

– Parce que j'avais l'air de fuir ce groupe et que je vous avais donné ce sacré badge! De quoi aurais-je eu l'air pour ces barbares qui voient un fasciste dans chaque Blanc!

– Les Chinois ne sont pas des barbares, monsieur, dit Bourne doucement. Puis il se mit à crier. Ce n'est que la philosophie de leur gouvernement qui est barbare! C'est Satan qui les manipule!

— Je vous demande pardon?

— Plus tard, dit Jason. Donc un officiel qui parlait français est arrivé. Que s'est-il passé?

— Je lui ai dit que je me promenais — c'est vous qui me l'aviez suggéré — et que je m'étais soudain rappelé que j'attendais un appel de Paris. Par conséquent, je me dépêchais de rentrer et c'était pour ça que je courais.

— Tout à fait plausible.

— Pas pour cet officiel, monsieur. Il a commencé à me menacer, à m'insulter et à insinuer les pires choses. Je me demande ce qui s'est passé dans ce mausolée.

— Un chef-d'œuvre, monsieur, un pur chef-d'œuvre, répondit Bourne, le regard comme fanatisé.

— Je vous demande pardon?

— Peut-être plus tard... Donc l'officiel était menaçant?

— Ah oui! Mais il a été trop loin lorsqu'il a traité la haute couture parisienne d'industrie bourgeoise décadente! Tout de même, nous achetons leurs satanés tissus — ils n'ont pas à connaître nos marges bénéficiaires!

— Qu'est-ce que vous avez fait?

— J'ai avec moi une liste des gens avec qui je traite ici — certains sont plutôt importants, évidemment, étant donné le niveau de nos transactions. J'ai insisté pour qu'on les contacte et j'ai refusé — catégoriquement — de répondre à toute question avant qu'ils n'arrivent. Eh bien, deux heures plus tard ils étaient là et laissez-moi vous dire que les choses se sont soudain passées autrement! On m'a ramené ici dans la version chinoise d'une voiture présidentielle — un peu trop petite pourtant pour un homme de ma taille et quatre personnes! De surcroît ils m'ont avoué que notre dernière conférence est encore reportée. Elle n'aura pas lieu demain matin, mais demain soir tard. Est-ce une heure pour traiter une affaire?

Ardisson s'écarta du mur. Il avait le souffle court et ses yeux se faisaient suppliants.

— Voilà, acheva-t-il, c'est tout ce que je peux vous raconter, monsieur. Vous vous êtes vraiment trompé de bonhomme. Je n'ai rien à voir avec quoi que ce soit d'autre que mon consortium.

— Vous devriez! s'écria Jason d'un ton accusateur. Faire

des affaires avec les incroyants c'est aller contre la volonté du Seigneur!

— Je vous demande pardon?

— Vous m'avez satisfait, dit le caméléon. Vous n'êtes qu'une erreur.

— Quoi?

— Je vais vous dire ce qui s'est passé dans le mausolée de Mao Zedong. C'est nous qui l'avons fait. Nous avons crevé le cercueil de cristal et le corps de cet infâme païen!

— Vous dites?

— Et nous continuerons à détruire les ennemis du Christ partout où nous le pourrons! Nous portons son message d'amour et nous réussirons, même si nous devons tuer tous ces animaux écervelés qui ne croient pas en Lui! La planète sera chrétienne ou ne sera pas!

— Mais vous devriez pouvoir négocier. Pensez à l'argent, aux possibilités!

— L'argent de Satan! hurla Bourne en se levant.

Il ramassa son arme et la remit dans sa ceinture, puis il reboutonna sa veste et tira sur les revers comme s'il s'agissait d'une tenue militaire. Il s'avança vers l'homme d'affaires complètement abasourdi.

— Vous n'êtes pas un de nos ennemis, monsieur, mais vous n'en êtes pas si loin. Votre portefeuille, s'il vous plaît, et vos papiers, la liste des officiels avec qui vous êtes en transaction.

— De l'argent?

— Nous n'acceptons aucune contribution. Nous n'en avons pas besoin.

— Alors, pourquoi?

— Pour votre protection et la nôtre. Nos cellules doivent examiner les individus pour voir s'ils ne sont pas utilisés comme leurres. Il me semble évident que vous pouvez avoir été infiltré. Tout vous sera rendu demain.

— Je proteste.

— Ne protestez pas, interrompit le caméléon en mettant la main sous sa veste. Vous m'avez demandé qui je suis? Qu'il vous suffise de savoir que, de même que nos ennemis utilisent les services de l'OLP, de la fraction armée rouge et des fanatiques de l'ayatollah, nous avons créé nos propres brigades. Nous luttons sans merci. C'est un combat à mort.

– Mon Dieu...

– Nous combattons en Son nom. Ne quittez pas cette chambre. Commandez vos repas. N'appelez pas vos collègues ou vos partenaires à Pékin. En d'autres termes, restez hors de vue et priez pour que tout se passe pour le mieux. En vérité, je dois vous dire que j'ai certainement été suivi et que, si on sait que je suis venu dans votre chambre, vous disparaîtrez.

– Incroyable !...

Le regard flou, Ardisson se mit soudain à trembler de tout son corps.

– Votre portefeuille et vos papiers, s'il vous plaît.

Montrant tous les papiers d'Ardisson, y compris la liste des négociateurs chinois, Jason loua une voiture au nom du consortium du Français. Il rassura l'employé de l'Agence internationale chinoise des voyages en lui faisant clairement comprendre qu'il lisait et parlait le mandarin et que la voiture serait conduite par un officiel chinois. L'employé lui certifia que la voiture serait à l'hôtel à dix-neuf heures. Si tout tournait bien, il disposerait de vingt-quatre heures pour bouger aussi librement qu'un Occidental pouvait le faire à Pékin. Les dix premières heures lui diraient si une stratégie conçue avec l'énergie du désespoir pourrait sortir Marie et David Webb de l'obscurité, ou au contraire achèverait de les plonger dans l'abîme. Mais Delta connaissait la mentalité orientale. Elle n'avait pas varié depuis des siècles. Le secret valait mille tigres, sinon un royaume.

Bourne retourna à l'hôtel à pied. Il s'arrêta dans le quartier commercial de Wang Fu Jing, au coin de l'hôtel. Au 255, il acheta les vêtements nécessaires. Au 261, il trouva une boutique nommée Tuzhang Menshibu, la Maison de la gravure et du sceau, où il sélectionna le papier à lettres le plus officiel qu'il put trouver. (A sa plus grande surprise, et à sa plus grande satisfaction, la liste d'Ardisson n'incluait pas un, mais deux généraux. Après tout pourquoi pas ? Les Français fabriquaient des Exocet, et bien que cela ne soit pas de la haute couture, c'était quand même de la haute technologie.) Enfin, dans le magasin d'art, au 265, il acheta un stylo à calligraphier et une carte de Pékin et ses environs, ainsi qu'une carte indiquant les routes qui menaient de Pékin aux villes du Sud.

Rapportant ses achats à l'hôtel, il se dirigea vers un bureau mis à la disposition des clients et entama ses préparatifs. D'abord, il écrivit une note en chinois qui ôtait toute responsabilité au chauffeur et lui enjoignait de remettre la voiture de location à M. Ardisson. Cette note était signée par un général et équivalait à un ordre. Ensuite, il étala sa carte et encercla une petite zone verte aux limites nord-ouest de Pékin.

La réserve ornithologique de Jing Shan.

Le secret valait mille tigres, sinon un royaume.

XXV

MARIE bondit du fauteuil. La sonnerie du téléphone était stridente. Elle courut, boitant à moitié, et décrocha.

– Oui?

– Madame Austin, je présume?

– Mo?... Mo Panov! Dieu merci! dit Marie.

Elle ferma les yeux, envahie de bonheur et de soulagement. Cela faisait presque trente heures qu'elle avait parlé avec Conklin et l'attente, la tension et surtout le désespoir l'avaient menée au bord de la panique totale.

– Mo, reprit-elle, Alex disait qu'il allait te demander de venir avec lui. Il pensait que tu le ferais.

– Il pensait? Y avait-il un doute? Comment te sens-tu, Marie? Et je ne veux pas d'une réponse sibylline.

– Je deviens folle, Mo. J'essaie de lutter, mais je deviens vraiment folle!

– Etant donné que tu n'as pas achevé le voyage, je dirais que jusqu'ici tu as été remarquable, remarquable également le fait que tu luttes pied à pied à chaque étape. Mais tu n'as pas besoin de psychologie de cuisine. C'était juste une excuse pour entendre à nouveau le son de ta voix.

– Pour savoir si j'étais réellement changée en épave, dit Marie, avec l'ombre d'un sourire.

– On en a trop vu ensemble pour que je puisse te faire avaler le moindre subterfuge – avec toi, je ne m'en sortirais pas. D'ailleurs, je viens juste d'échouer.

– Où est Alex?

– Dans la cabine téléphonique à côté de moi. Il m'a demandé de t'appeler. Apparemment il veut te parler pendant que la personne qu'il appelle reste en ligne...

attends une seconde. Il me fait signe. La prochaine voix que vous entendrez et cetera...

– Marie?

– Alex? Merci. Merci d'être venu...

– Comme dirait votre mari, « pas le temps pour ça ». Qu'est-ce que vous portiez la dernière fois qu'ils vous ont vue?

– Qu'est-ce que je portais?

– Quand vous leur avez échappé.

– Je leur ai échappé deux fois. La deuxième, c'était à Tuen Mun...

– Non, pas à ce moment-là, l'interrompit Conklin. Il y a eu trop de confusion. Deux marines vous ont effectivement vue, mais personne d'autre. Ici, ici à Hong-kong. C'est avec cette description qu'ils démarreront, celle qui leur restera à l'esprit. Qu'est-ce que vous portiez?

– Laissez-moi réfléchir. A l'hôpital...

– Plus tard, coupa Alex. Vous m'aviez parlé de quelques achats de vêtements. Le consulat canadien, l'appartement de Staples. Vous pouvez vous souvenir?

– Mon dieu, comment *vous* pouvez vous souvenir?

– Pas de mystère. Je prends des notes. C'est un des effets secondaires de l'éthylisme. Dépêchez-vous, Marie. En gros, qu'est-ce que vous portiez?

– Une robe, oui, une robe grise, c'est tout. Et une espèce de blouse bleuâtre avec un col haut...

– Vous changeriez probablement ça.

– Quoi?

– Rien, rien. Quoi d'autre?

– Oh... Un chapeau, une sorte de truc aplati qui masquait un peu mon visage.

– Très bien!

– Et un faux sac Gucci acheté dans la rue. Oh, et des sandales pour me rapetisser.

– J'ai besoin de la taille. On en restera aux hauts talons. Très bien, c'est tout ce dont j'ai besoin.

– Pourquoi, Alex? Qu'est-ce que vous faites?

– Je joue à Jacques a dit. Je sais très bien que les ordinateurs du service des passeports du Département d'Etat m'ont repéré, et avec ma démarche si élégante et athlétique, même le plus con des sous-fifres me repérerait aux frontières. Ils ne savent rien, mais quelqu'un donne des ordres et je veux savoir qui d'autre va se montrer.

– Je ne suis pas certaine de bien comprendre.

– Je vous expliquerai plus tard. Restez où vous êtes. Nous serons là le plus vite possible. Dès que tout sera propre. Il faut que ce soit limpide, stérile même. Ça va prendre une heure ou deux.

– Et Mo?

– Il faut qu'il reste avec moi. Si nous nous séparons maintenant, ils vont sûrement le suivre. Au pire ils vont s'emparer de lui.

– Et vous?

– Ils n'iront pas au-delà de la surveillance rapprochée.

– Vous êtes confiant.

– Je suis en colère. Ils ne peuvent pas savoir ce que j'ai laissé derrière moi, ni qui, ni quelles sont mes instructions s'il y a une interruption dans une suite de coups de téléphone arrangés à l'avance. Pour eux, je suis comme une bombe à hydrogène qui marche toute seule – pardon, qui boite toute seule – et qui pourrait faire péter toute leur opération... plutôt leur satanée connerie, oui!

– Je sais que nous n'avons pas le temps, Alex, mais je voudrais vous dire quelque chose. Je ne sais pas bien pourquoi, mais je dois vous le dire. Je pense qu'une des choses qui a blessé le plus David, c'était le fait de penser que vous étiez le meilleur dans votre profession. De temps en temps, quand on avait bu quelques verres ou quand son esprit dérivait, ouvrant une ou deux portes, il secouait la tête tristement ou bien il tapait du poing furieusement et il se demandait : Pourquoi? Pourquoi? disait-il. Conklin était meilleur que ça... Il était le meilleur. Pourquoi?

– Je n'étais pas de taille à affronter Delta. Personne.

– Vous me semblez pourtant plutôt bon.

– Parce que je ne viens pas du froid. Je fonce à l'extérieur. Et j'ai la meilleure raison d'agir que j'aie jamais eue. De ma vie.

– Faites attention, Alex.

– Dites-leur à *eux* de faire attention.

Conklin raccrocha. Marie sentit les larmes qui coulaient sur ses joues, doucement.

Morris Panov et Alex Conklin quittèrent la boutique de cadeaux de la gare de Kowloon et se dirigèrent vers l'escalator qui menait au sous-sol, voies 5 et 6. Mo, l'ami, était tout à fait prêt à suivre les instructions de son ancien patient, mais Panov, le psychiatre, ne pouvait pas résister à donner son opinion professionnelle.

— Pas étonnant que vous ayez tous la cervelle complètement baisée, dit-il. Il tenait un panda en peluche sous le bras et un magazine aux couleurs criardes à la main. Bon, allons-y. Quand nous arrivons en bas, je marche vers la droite, ce qui est la voie 6, puis je prends à gauche vers l'arrière du train, dont nous supposons qu'il sera là dans quelques minutes. Correct?

— Correct, répondit Conklin.

Des gouttes de sueur coulaient sur son front. Il boitait à côté du médecin.

— Ensuite j'attends près du dernier pilier en tenant cet animal fourré avec je ne sais quoi, tout en feuilletant ce magazine extrêmement pornographique, jusqu'à ce qu'une femme s'approche de moi.

— Toujours correct, dit Alex. Ils étaient sur les premières marches de l'escalator. Le panda est un cadeau tout à fait normal. Les Occidentaux adorent ça. Cadeau pour un enfant. Le magazine porno complète simplement le signal de reconnaissance. Les pandas et les photos de cul ne vont pas ensemble, en général.

— Au contraire. Cette combinaison pourrait être positivement freudienne.

— C'est encore l'asile de cinoques qui marque un point. Contentez-vous de faire ce que je vous dis.

— Mais qu'est-ce que je dois dire à la femme?

— Essayez « ravi de vous rencontrer », ou « comment va la petite? » — c'est sans importance. Donnez-lui le panda et revenez aussi vite que vous pourrez jusqu'à cet escalator, sans courir.

Ils atteignirent le sous-sol et Conklin effleura le coude de Panov, pour le diriger sur sa droite.

— Vous vous en sortirez très bien. Faites juste ce que je vous ai dit et revenez ici. Tout va aller très bien.

— C'est plus facile à dire de là où je suis assis d'habitude!

Panov s'avança jusqu'au bout du quai. Le train de Lao Wu entrait en grondant dans la gare. Il alla s'installer près du dernier pilier et, tandis que des passagers par centaines sortaient du train, le médecin ouvrit son magazine et se cacha derrière, le panda sous le bras. Lorsque cela arriva, il faillit s'évanouir.

— Vous devez être Harold! s'exclama une grosse voix de fausset. Une silhouette lui faisait face, de larges épaules, un visage masqué d'un chapeau aplati, une robe grise. La femme lui tapa sur l'épaule. Je vous aurais reconnu entre mille, chéri!

— Ravi de vous connaître. Comment va la petite? balbutia Morris.

— Comment va Alex? contra la voix d'homme subitement. J'ai une dette envers lui, je la paye, mais c'est du délire! Il déjante complètement?

— Je crois que tout le monde déjante ces derniers temps, dit le psychiatre, éberlué.

— Vite! dit l'étrange personnage, ils se rapprochent. Donnez-moi le panda et quand je commencerai à courir, évanouissez-vous dans la foule et tirez-vous d'ici! Donnez!

Panov fit comme on le lui disait, conscient que plusieurs hommes semblaient converger vers eux, se frayant un passage entre les voyageurs. Soudain l'homme habillé en femme se mit à courir derrière les piliers et déboucha de l'autre côté. Il se débarrassa de ses hauts talons, refit le tour d'un pilier dans l'autre sens et, comme un pilier de rugby, s'élança droit dans la masse humaine de voyageurs pressés contre le train. Il échappa à un Chinois qui tenta de le saisir au passage, plongea dans le flot humain, écartant les gens à coups de poing. Derrière lui, d'autres hommes le prenaient en chasse, de plus en plus gênés par les voyageurs hostiles qui se servaient de leurs valises ou de leurs sacs pour répondre à tant de manque de courtoisie. Quelque part dans ce début d'émeute, le panda atterrit dans les mains d'une grande Occidentale qui tenait un horaire devant son nez. Deux Chinois se jetèrent sur elle. Elle se mit à hurler. Ils la regardèrent, s'engueulèrent et repartirent dans la foule.

Morris Panov faisait exactement ce qu'on lui avait dit de faire. Il se mêla très vite à la foule qui sortait à l'autre bout du quai et revint vers l'escalator où une file d'attente s'était formée. Une file d'attente, mais plus de Conklin! Maîtrisant sa panique, Mo ralentit le pas mais continua à avancer. Il regardait tout autour de lui, scrutait la foule. Que s'était-il passé? Où était l'homme de la CIA?

— Mo!

Panov se retourna. Le bref appel était à la fois un soulagement et un avertissement. Conklin était à moitié dissimulé derrière un pilier à dix mètres au-delà de la sortie de l'escalator. De quelques gestes rapides, il fit signe à Panov qu'il ne pouvait bouger. Mo devait s'approcher de lui, lentement et avec précaution. Panov prit l'air ennuyé des gens qui doivent attendre que la foule se disperse pour pouvoir avancer. Si seulement il avait été un fumeur invétéré, ou s'il avait gardé le magazine porno. Au moins cela lui aurait donné quelque chose à faire. Il croisa ses mains derrière le dos et, d'une démarche nonchalante, il fit quelques pas en attendant que la foule finisse de monter. Puis il grimpa sur l'escalator et, après s'être retourné deux fois discrètement, il finit par rejoindre Conklin derrière le pilier. Là, il manqua de s'étrangler de surprise.

Aux pieds de Conklin, un type était allongé sur le ventre. L'homme avait la quarantaine, portait un imperméable, et le pied droit de Conklin était enfoncé dans son dos.

— Je vous présente Matthew Richards, docteur. Notre amitié date de ces jours anciens à Saigon. Bien sûr, à cette époque il était plus jeune et bien plus agile. Comme nous tous, remarquez.

— Pour l'amour du ciel, Alex, laisse-moi me relever, gémit le dénommé Richards en secouant la tête du mieux qu'il pouvait. J'ai mal à la tête! Avec quoi tu m'as frappé? Une barre de fer?

— Non, Matt. Avec la chaussure de mon pied manquant. Elle est lourde, hein? Quant à te laisser te relever, cela dépendra de tes réponses à mes questions.

— Bon Dieu, mais j'ai déjà répondu! Je ne suis qu'un agent presque à la retraite, pas le chef d'antenne! C'est une directive de Washington qui nous a ordonné de te placer sous surveillance. Et puis le Département d'Etat a donné d'autres informations que je n'ai pas vues!

— Je te dis que j'ai du mal à croire ça! Votre équipe se

serre les coudes, ici. Tout le monde est au courant de tout. Sois raisonnable, Matt, on se connaît depuis longtemps. Quelles étaient les directives du Département d'Etat?

— Je n'en sais rien. C'était ultra-confidentiel! Réservé au C.A.!

— C'est le chef d'antenne, docteur, précisa Conklin en regardant Panov. C'est notre plus vieille excuse. On s'en sert à chaque fois qu'on se retrouve dans la rhubarbe avec les autres agences gouvernementales. « J'en sais rien, demandez au chef d'antenne. » Comme ça on a toujours les mains propres parce que personne ne veut emmerder un chef d'antenne. Tu vois, ils ont une ligne directe avec la Maison Blanche. C'est très, très politique, crois-moi, et ça n'a pas grand-chose à voir avec le renseignement.

— Très instructif, dit Panov.

Il contemplait le type coincé par terre. Il ne savait pas très bien quoi dire d'autre, soulagé de voir que le hall était presque désert et que le recoin où ils étaient était particulièrement sombre.

— Non, ce n'est pas une excuse, s'écria Richards qui luttait contre le poids de la prothèse de Conklin. Bon Dieu, je te dis la vérité! Je quitte l'agence en février! Pourquoi est-ce que je chercherais à m'attirer des ennuis?

— Oh, Matt, pauvre Matt, tu n'as jamais été le meilleur ni le plus brillant. Tu n'as toujours répondu qu'à tes propres questions. Tu sens venir la retraite comme le cheval sent l'écurie, tout comme moi, et tu ne veux pas faire de vagues. J'étais sur la liste, hein? Surveillance rapprochée, et tu ne veux pas foutre en l'air tes directives. O.K., mon vieux, je vais faire un de ces rapports sur toi, tu vas te retrouver dans une équipe de démolition en Amérique centrale jusqu'à la retraite, si tu tiens jusque-là.

— Arrête!

— Tu te rends compte? Te faire coincer par un infirme derrière un pilier au milieu d'une gare? Ils vont sûrement te laisser miner quelques ports à la nage!

— Je ne sais rien!

— Qui sont les Chinois?

— Je ne...

— Ils ne sont pas de la police. Qui sont-ils?

— Gouvernement...

– Quelle branche? Il a bien fallu qu'ils te le disent. Ton chef d'antenne était obligé de te le dire. Il ne pouvait pas t'envoyer bosser en aveugle...

– Si, si, en aveugles! La seule chose qu'on nous a dite, c'est que le Département d'Etat couvrait tout d'en haut. Il nous a juré que c'était tout ce que lui savait! Qu'est-ce qu'on pouvait faire? Demander à voir leurs permis de conduire?

– Donc il n'y a pas de responsable puisque personne ne sait rien. Ça deviendrait génial s'il s'agissait de communistes chinois qui kidnappent un dissident, non?

– C'est le chef d'antenne qui est responsable!

– Oh, quel merveilleux sens moral! « Nous n'avons fait que suivre les ordres, *Herr General*! » fit Conklin en accentuant le G de general. Et naturellement, *Herr General* ne sait rien non plus parce que, lui aussi, il obéit aux ordres.

Alex se tut un instant. Il plissa ses paupières et accentua la pression de son pied sur le dos de l'agent.

– Il y avait un type, un gros Chinois avec une tête à faire du cinéma. Qui est-ce, Matt?

– Je ne sais pas... pas exactement.

– Qui c'est?

– Je l'ai vu, c'est tout. Difficile de ne pas le remarquer.

– Ce n'est pas tout. Parce qu'il est difficile de ne pas le remarquer et que, si on considère les endroits où tu l'as vu, tu as bien dû poser des questions. Qu'est-ce que tu as appris?

– Allons, Alex! Ce ne sont que des rumeurs. Rien de concret.

– J'adore les rumeurs. Cause, Matt, sinon cette horrible chose qui pend au bout de ma jambe va t'écraser la gueule. Tu vois, j'ai beaucoup de mal à contrôler mon pied. Il ne fait que ce qu'il veut et il ne t'aime pas. Il peut devenir très hostile, même contre moi.

Conklin leva la jambe avec effort et abattit sa chaussure entre les omoplates de Richards.

– Bon Dieu, tu vas me casser la colonne!

– Non, je crois que c'est à ta gueule qu'il en veut... Alors, Matt, qui est-ce? fit Alex en relevant son pied avant de l'écraser sur la nuque de l'homme de la CIA.

462

– D'accord. Ce n'est pas du bronze, mais j'ai entendu dire qu'il est haut placé dans les services de la Couronne.

– Ce charabia, expliqua Alex à Panov, pour dire que le type en question travaille pour le MI-6 à Hong-kong, ce qui veut dire qu'il reçoit ses ordres de Londres.

– Très enrichissant, dit le psychiatre, aussi stupéfait qu'inquiet.

– Extrêmement enrichissant, oui, acquiesça Alex. Puis-je avoir votre cravate, docteur? demanda-t-il en ôtant la sienne. Je vous la rembourserai sur mes faux frais, parce que maintenant les choses sont différentes. Je travaille officiellement. Langley finance apparemment quelque chose qui implique les services de renseignement d'un de nos alliés. En tant qu'agent gouvernemental, je dois mettre la main à la pâte. J'ai besoin de ta cravate aussi, Matt.

Deux minutes plus tard, l'officier Matthew Richards était bâillonné et ligoté derrière le pilier grâce aux trois cravates.

– Tout va bien, nous sommes « stériles », dit Alex qui étudiait ce qui restait de la foule dans la gare. Ils sont tous partis derrière notre leurre, qui doit déjà être en Malaisie à l'heure qu'il est.

– Qui était-elle, euh, qui était-il?

– Je ne voudrais pas paraître sexiste, mais je crois qu'une femme ne s'en serait pas sortie. Lui, si, et ils sont tous partis à sa poursuite. Il a sauté par-dessus la rampe de l'escalator et il s'est tiré. Allons-y. Il n'y a plus personne.

– Mais qui est-ce? insista Panov tandis qu'ils rejoignaient la foule clairsemée qui sortait de la gare.

– On a déjà fait appel à ses services ici, surtout pour surveiller les mouvements aux frontières. C'est son rayon. Il a l'habitude de passer de la marchandise.

– De la drogue?

– Il n'y touche pas, non. C'est un vrai contrebandier. Il ne s'occupe que d'or et de bijoux, entre Singapour, Hong-kong et Macao. Je crois que c'est à cause d'une histoire qui date d'il y a quelques années. On lui a enlevé ses médailles pour mauvaise conduite. Il avait posé pour des photos pornos quand il était à l'université parce qu'il avait besoin d'argent. Plus tard, grâce aux bons offices d'un salopard de rédacteur en chef particulièrement dégueulasse, il s'est retrouvé crucifié.

— Le magazine que je portais! s'exclama Mo.

— Oui, un dans le même genre.

— Quelles médailles?

— Jeux Olympiques de 1976. Athlétisme. Sa spécialité, c'était le quatre cents mètres haies.

Panov regarda Conklin. Ils approchaient de la sortie de la gare. Un groupe de balayeurs apparut. Alex les lui désigna de la tête. Puis il ferma le poing, pouce levé vers le haut. Le message était clair. Dans quelques instants, on allait découvrir un agent de la CIA ligoté derrière un pilier de gare.

— Ce pourrait être celui qu'ils appelaient le major, dit Marie, assise dans un fauteuil en face de Conklin. Morris Panov était à genoux près d'elle et il examinait son pied gauche. Aïe! fit Marie en retirant sa jambe. Désolée, Mo...

— Pas de quoi, dit le médecin. C'est un sale hématome sur le deuxième et troisième métatarse. Tu as dû souffrir.

— Oui. Tu t'y connais en pieds?

— Pour l'instant je me sens mieux en tant que podologue qu'en tant que psychiatre. Vous vivez dans un monde qui renvoie ma profession au Moyen-Age. Ce n'est pas qu'on ne comprend rien, c'est juste votre vocabulaire qui est plus cru, dit Panov en regardant Marie. Ses yeux s'attardèrent sur ses cheveux gris. On t'a bien soignée. Sauf les cheveux. C'est atroce.

— Non, c'est parfait, corrigea Conklin.

— Qu'est-ce que vous en savez? Vous n'êtes qu'un patient pour moi, dit Panov avant de se repencher sur le pied gauche de Marie. Ça cicatrise bien, dit-il. Mais l'hématome sera plus long à disparaître.

Le psychiatre se releva et tira une chaise à lui.

— Vous vous installez ici, alors? demanda Marie.

— Au bout du couloir, dit Alex. Je n'ai pas pu avoir les chambres contiguës.

— Comment avez-vous fait?

— L'argent. C'est Hong-kong, et les réservations se

perdent vite quand on n'est pas là... Revenons au major...

– Il s'appelle Lin Wenzu. Catherine Staples m'a dit qu'il appartenait au MI-6. Il parle anglais avec un accent du Royaume-Uni.

– Elle en était certaine?

– Tout à fait. Elle disait qu'il est considéré comme le meilleur agent de renseignement de Hong-kong, CIA et KGB inclus.

– Pas difficile à comprendre. Il s'appelle Lin, pas Ivanovitch ni Joe Smith. On prend un natif d'ici et on l'envoie en Angleterre faire ses études et s'entraîner. Et puis on le ramène et il occupe une position de responsable dans le gouvernement. C'est de la politique coloniale standard, surtout en ce qui concerne les affaires intérieures et la sécurité.

– Excellent d'un point de vue psychologique, souligna Panov. Cela diminue le ressentiment et ça renforce les ponts entre l'administration et la communauté.

– Je comprends ça, dit Alex en fronçant les sourcils, mais il manque quelque chose. Les pièces ne s'adaptent pas bien. Que Londres donne son accord pour une action secrète de Washington, c'est une chose, mais que le MI-6 nous prête ses troupes locales, ça, c'en est une autre.

– Pourquoi? demanda Panov.

– Plusieurs raisons à ça. D'abord, ils ne nous font pas confiance – oh, ils ne se méprennent pas sur nos intentions. C'est de nos cervelles qu'ils ont peur. Dans un sens ils ont raison, et dans un autre sens ils ont tort, mortellement tort, mais bref, c'est leur opinion. Ensuite, pourquoi risquer d'exposer leur personnel dans une opération commandée par un bureaucrate américain?

– Vous faites référence à McAllister, dit Marie.

– Absolument, répondit Conklin en soupirant. J'ai fait mes petites recherches et je peux vous dire qu'il est soit le facteur le plus fort, soit le plus faible de toute cette satanée opération. Je pencherais pour le plus faible. C'est un pur à l'esprit froid, comme McNamara avant sa conversion au doute.

– Arrêtez cette merde, dit Mo Panov. Vous ne pouvez pas vous exprimer un peu plus clairement, non?

– Je veux dire, docteur, qu'Edward Newington McAllis-

465

ter est un lapin. Ses oreilles se dressent au premier signe de conflit ou au premier lapsus, et il détale. C'est un analyste, l'un des meilleurs, mais il n'est absolument pas qualifié pour remplacer un chef d'antenne. Je n'ose même pas imaginer qu'il puisse être le stratège d'une quelconque opération secrète de grande envergure. Tout le monde se foutrait de lui, croyez-moi.

– Pourtant il a été terriblement convaincant avec David et moi, coupa Marie.

– On lui a fourni le scénario. On lui a dit de planter la graine dans le sujet. De poursuivre sa narration jusqu'à ce que les choses deviennent de plus en plus claires pour le sujet lui-même dès qu'il aurait déplacé le premier pion. Ce qu'il était obligé de faire puisque vous aviez été enlevée.

– Qui a écrit le scénario ? demanda Panov.

– J'aimerais bien le savoir. De tous les gens que j'ai joints à Washington, il n'y en avait pas un au courant. Et ce sont des gens qui, d'habitude, sont dans le secret des dieux. Ils ne mentaient pas. Après toutes ces années, je sais quand on me file un bobard. Tout cela est si profond et si plein de contradictions que l'opération Treadstone 71 ressemble à un concours d'amateurs.

– Catherine m'a dit quelque chose, l'interrompit Marie. Je ne sais pas si ça peut vous aider ou pas, mais ça m'est resté à l'esprit. Elle a dit qu'un homme d'Etat était arrivé à Hong-kong, quelqu'un plus haut placé qu'un diplomate, ou quelque chose d'approchant. Elle pensait que cela devait avoir un rapport avec tout ce qui se passe.

– Comment s'appelle-t-il ?

– Elle ne me l'a jamais dit. Plus tard, quand j'ai vu McAllister dans la rue avec elle, j'ai supposé qu'il s'agissait de lui. Mais peut-être pas. L'analyste dont vous venez de parler et le parquet de nerfs qui est venu chez nous dans le Maine n'est pas un diplomate, encore moins un homme d'Etat. Ce doit être quelqu'un d'autre.

– Quand vous a-t-elle dit ça ? demanda Conklin.

– Il y a trois jours quand elle me cachait dans son appartement à Hong-kong.

– Avant de vous conduire à Tuen Mun ? fit Alex en se penchant en avant.

– Oui.

– Elle n'en a plus jamais parlé ?

– Non. Et quand je le lui ai demandé, elle m'a dit qu'il ne fallait pas trop gonfler nos espoirs, qu'il fallait qu'elle creuse davantage. Voilà comment elle m'a présenté les choses.

– Vous vous êtes contentée de ça?

– Oui, parce qu'à ce moment-là je croyais comprendre. Je n'avais aucune raison de me poser des questions à son sujet. Elle prenait un risque personnel et professionnel en m'aidant – en acceptant ma parole sans demander l'avis du consulat, ce que d'autres auraient fait pour se couvrir. Vous avez employé le mot « bizarre », Alex. Eh bien, admettons quand même que tout ce que je lui ai raconté était tellement bizarre que c'en était presque outrageant – une fabrique de mensonges construite par le Département d'Etat américain, des gardes du corps de la CIA qui disparaissent, des soupçons qui grimpent jusqu'aux plus hautes instances gouvernementales. N'importe qui d'autre aurait reculé et se serait empressé de trouver une couverture.

– Toute gratitude mise à part, dit Conklin doucement, elle retenait une information que vous étiez en droit de connaître. Bordel! Après tout ce que David et vous aviez traversé...

– Vous vous trompez, Alex, l'interrompit Marie. Je vous ai dit que je pensais la comprendre, mais je n'avais pas fini. La chose la plus cruelle qu'on puisse faire à quelqu'un en proie à une panique totale, c'est de lui offrir un espoir qui n'est pas fondé. Quand la réalité apparaît, c'est insupportable. Croyez-moi, j'ai passé un an avec un homme qui cherchait désespérément des réponses. Il en a trouvé quelques-unes, mais de s'apercevoir que ceux en qui il avait confiance l'avaient trompé, ça, c'était horrible. Ça a failli le briser. Les faux espoirs, c'est inhumain.

– Elle a raison, dit Panov, et je crois que vous en savez quelque chose, Alex.

– C'est arrivé, répliqua Conklin. Puis il haussa les épaules d'un air contrit et regarda sa montre. Quoi qu'il en soit, c'est le tour de Catherine Staples maintenant.

– Mais elle sera gardée, protégée! fit Marie, les yeux empreints de la plus grande incertitude. Ils vont se douter que vous êtes venus tous les deux pour m'aider, que vous m'avez trouvée et que je vous ai parlé d'elle. Ils s'attendent à ce que vous vous attaquiez à elle. Ils vont vous guetter. Après tout ce qu'ils ont fait, ils pourraient aussi bien vous tuer!

— Non, ils en sont incapables, dit Conklin en se levant, avant de claudiquer jusqu'au téléphone posé sur la table de nuit. Ils ne sont pas assez bons, ajouta-t-il simplement.

— Mais tu es dingue! murmura Matthew Richards assis derrière le volant de sa voiture garée en face de l'immeuble de Catherine Staples.

— Tu n'es pas très reconnaissant, Matt, dit Alex assis dans l'obscurité à côté de lui. Non seulement je n'ai pas envoyé le rapport que je t'avais promis, mais en plus je t'ai laissé reprendre ta surveillance rapprochée de ma misérable personne! Remercie-moi au lieu de m'injurier!

— Merde!

— Qu'est-ce que tu leur as dit, au bureau?

— Qu'est-ce que tu veux que je dise? Qu'on m'avait agressé, bordel de merde!

— Qui ça?

— Au moins cinq punks. *Zhongguo ren.*

— Et que, si tu t'étais défendu, j'aurais pu te repérer?

— Tu as tout compris, acquiesça Richards.

— Et quand je t'ai appelé, c'était un de tes contacts qui te prévenait qu'il avait vu un homme blanc qui boitait?

— Bingo!

— Mais tu vas la décrocher, cette promotion!

— Tout ce que je veux, c'est m'en sortir.

— Tu y arriveras.

— Pas comme ça.

— Donc c'était ce vieux Havilland qui a débarqué en ville!

— Je ne t'ai rien dit. Tu as lu ça dans le journal.

— La maison stérile de Victoria Peak n'était pas dans le journal, Matt.

— Hé, dis donc, on était tombés d'accord! Tu es correct avec moi et je suis réglo avec toi. Pas de rapport sur ma mésaventure dans la gare et je te donnais une adresse. De toute façon je nierais tout en bloc. C'est à Garden Road que tu l'as appris. Tout le consulat en parle, grâce à un marine énervé.

468

– Havilland, sourit Alex, ça colle. Il est cul et chemise avec les Anglais, il parle même comme eux... Bon Dieu, j'aurais dû reconnaître sa voix!

– Sa voix? demanda Richards, perplexe.

– Au téléphone. Une autre page du scénario. C'était Havilland! Il ne laisserait personne d'autre le faire! « Nous l'avons perdue. » Bordel de Dieu! Et hop! me voilà embarqué dans la galère.

– Dans quelle galère?

– Oublie tout ça.

– Avec plaisir.

Une voiture arrivait dans la rue. Elle s'arrêta en face de l'immeuble de Catherine Staples. Une femme sortit par la porte arrière côté trottoir et, l'apercevant dans le halo des réverbères, Conklin sut qui c'était. Catherine Staples. Elle fit un signe de tête au chauffeur, fit le tour de sa voiture et traversa la chaussée.

Soudain un moteur poussé à haut régime rugit dans le silence de la rue. Une longue conduite intérieure noire jaillit d'un espace de parking derrière eux et s'arrêta le long de la voiture que Catherine Staples venait de quitter. Une rafale d'explosions. Les balles, jaillies de la voiture noire, étoilèrent les vitres de l'autre voiture. Le chauffeur s'écroula, la tête éclatée, et les portes vitrées de l'entrée de l'immeuble descendirent dans un énorme fracas, ensevelissant sous leurs fragments sanglants le corps de Catherine Staples, clouée immobile en l'air pendant une seconde. Elle s'écroula.

Dans un crissement de pneus, la voiture noire disparut au bout de la rue, ne laissant qu'un carnage derrière elle, sang et chair déchiquetées.

– Dieu du Ciel! rugit l'homme de la CIA.

– Barrons-nous d'ici, ordonna Conklin.

– Pour aller où, bordel, où?

– Victoria Peak.

– Tu es tombé sur la tête?

– Non, mais quelqu'un l'est. Cette espèce d'enculé au sang bleu. Il s'est fait avoir, en beauté. Et il va se l'entendre dire, de ma bouche! Allez, fonce!

XXVI

Bourne gara la Shangai noire sur le bas-côté de la route obscure bordée d'arbres. La route était déserte. D'après la carte, il était sorti par la porte est du palais d'Eté – une série d'anciennes villas impériales dispersées sur des hectares de campagne domestiquée et dominée par un lac connu sous le nom de Kunming. Il avait longé la côte vers le nord jusqu'à ce que les lumières colorées de ce vaste jardin des plaisirs passés disparaissent, remplacées par l'obscurité de la campagne. Il éteignit les phares, sortit et emporta ses achats, dans un sac étanche, jusqu'au mur d'arbres qui bordait la route. Il planta ses talons dans le sol. La terre était meuble, ce qui allait rendre sa tâche plus aisée, car la possibilité qu'on recherche sa voiture était réelle. Il fouilla dans le sac, en sortit une paire de gants d'électricien et un long couteau de chasse. Il s'agenouilla et creusa un trou assez grand pour y cacher le sac. Il laissa le dessus ouvert, reprit son couteau et fit une entaille dans l'arbre le plus proche, laissant apparaître le bois blanc sous l'écorce. Il remit les gants et le couteau dans le sac et le recouvrit d'un peu de poussière, de sable et d'herbe. Il revint à la voiture, vérifia le compteur kilométrique et mit en marche. Si les distances portées sur sa carte étaient exactes, l'entrée de la réserve d'oiseaux de Jing Shan n'était plus qu'à un kilomètre, juste après une longue courbe.

La carte était exacte. Deux faisceaux de projecteurs tombaient sur la grande grille de métal vert derrière d'énormes panneaux représentant des oiseaux multicolores. La grille était fermée. Dans une guérite vitrée, un garde solitaire était assis. Il se leva d'un bond en voyant les phares de Jason arriver. Il était difficile de dire si ses vêtements étaient un uniforme. Apparemment l'homme n'était pas armé.

Bourne immobilisa la voiture à quelques mètres de la grille, sortit et s'approcha du Chinois, surpris de constater que l'homme approchait la soixantaine.

— *Bei tong, bei tong!* lança Jason avant que le garde ne puisse parler, s'excusant de le déranger. C'est terrible, poursuivit-il rapidement en chinois, sortant sa liste de négociateurs. Je devais être ici il y a plus de trois heures, mais la voiture n'arrivait pas et je ne parvenais pas à joindre le ministre – il choisit le nom d'un responsable des filatures de soies sur la liste – Wang Xu, et je suis certain qu'il est aussi furieux que moi!

— Vous parlez notre langue, bafouilla le gardien, stupéfait. Et vous avez une voiture sans chauffeur!

— C'est le ministère qui me l'a accordée. Je suis venu à Pékin très, très souvent. Nous devions dîner ensemble.

— Mais c'est fermé, et il n'y a pas de restaurant ici.

— Il n'a pas laissé un message pour moi?

— Personne ne laisse rien ici, sauf des objets perdus. J'ai une très belle paire de jumelles japonaises que je peux vous céder pour pas cher.

Cela se produisit. Au-delà de la grille, à trente mètres du chemin de terre, Bourne aperçut un homme à l'ombre d'un grand arbre, un homme qui portait une longue tunique – quatre boutons – un officier. Autour de sa ceinture, un holster. Une arme.

— Je suis désolé, mais je n'ai pas besoin de jumelles.

— Peut-être pour faire un cadeau?

— J'ai peu d'amis et mes enfants sont tous des voleurs.

— Quelle tristesse. Il n'existe rien d'autre que les enfants et les amis – et les esprits, bien sûr.

— Non, vraiment, je dois retrouver le ministre. C'est une affaire de plusieurs millions!

— Les jumelles ne coûtent que quelques yuans.

— Très bien! Combien?

— Cinquante.

— Va me les chercher, dit le caméléon avec impatience en fouillant dans sa poche. Son regard se portait discrètement au-delà de la grille verte pendant que le gardien fonçait vers sa guérite. L'officier chinois avait battu en retraite dans l'obscurité mais il gardait toujours la grille.

Jason sentit les battements de son cœur accélérer – comme cela s'était si souvent produit à l'époque de Méduse. Il venait de déjouer un piège, de mettre une stratégie à jour. Delta connaissait la mentalité orientale. Le Secret. L'officier solitaire ne confirmait pas son hypothèse, mais il ne la déniait pas non plus.

– Regardez comme elles sont belles! s'écria le gardien en courant vers les grilles. Cent yuans.

– Tu avais dit cinquante!

– Je n'avais pas remarqué la qualité des lentilles. Nettement supérieures. Donnez-moi l'argent et je vous lance les jumelles par-dessus le grille.

– Très bien, dit Bourne, prêt à passer l'argent entre les barreaux entrecroisés de la grille. Mais à une condition, voleur. Si jamais on te pose des questions à mon sujet, je préfère ne pas être embarrassé.

– Des questions? C'est idiot. Il n'y a personne ici, que moi.

Delta ne se trompait pas...

– Mais au cas où on t'en pose tout de même, j'insiste pour que tu racontes la vérité! Je suis un homme d'affaires, français, et je cherche le ministre des textiles parce que j'étais en retard à cause de ma voiture. Je ne veux pas d'ennuis!

– Comme vous voudrez. L'argent, s'il vous plaît.

Jason passa les billets à travers la grille. Le garde s'en saisit et lui jeta les jumelles par-dessus la porte. Bourne les attrapa et regarda le Chinois d'un air suppliant.

– Tu ne sais pas où le ministre a pu aller?

– Si, et j'allais vous le dire pour le même prix. Des hommes aussi importants que vous ou lui iraient sans doute dîner chez Ting Li Guan. C'est l'endroit favori des riches étrangers et des puissants hommes de notre bienheureux gouvernement.

– Où est-ce?

– Dans le palais d'Eté. Vous l'avez passé en prenant cette route. Si vous faites demi-tour, à quinze ou vingt kilomètres d'ici vous verrez la grande porte Dong an Men. Vous entrez et les guides vous indiqueront. Mais montrez vos papiers, monsieur. Vous voyagez d'une manière tout à fait inhabituelle.

– Merci, cria Jason en courant vers sa voiture. Vive la France!

– Merveilleux, dit le garde en haussant les épaules tandis que ses doigts fébriles comptaient les billets.

L'officier se dirigea tranquillement vers la guérite et frappa au carreau. Surpris, le gardien de nuit sursauta sur sa chaise et ouvrit la porte.

– Oh, vous m'avez fait peur! Vous étiez enfermé à l'intérieur! Vous vous êtes endormi dans une de nos aires de repos? Quel malheur. Je vais vous ouvrir la porte immédiatement.

– Qui était cet homme? demanda l'officier, très calme.

– Un étranger, monsieur. Un homme d'affaires français vraiment embêté. Si j'ai bien compris, il avait un rendez-vous avec le ministre des textiles en fin de journée pour aller dîner, mais son automobile était en retard. Il est très énervé. Il ne veut pas avoir d'ennuis.

– Quel ministre des textiles?

– M. Wang Xu, je crois.

– Attends dehors, s'il te plaît.

– Certainement, monsieur. La porte?

– Dans quelques minutes.

L'officier décrocha le téléphone posé sur une petite tablette et composa un numéro. Quelques secondes plus tard il obtenait un standard.

– Puis-je avoir le numéro d'un ministre des textiles nommé Wang Xu?... Merci.

L'officier raccrocha, puis composa un autre numéro.

– Le ministre Wang Xu, s'il vous plaît?

– C'est moi, dit une voix quelque peu désagréable à l'autre bout du fil. Qui est à l'appareil?

– Un des secrétaires du bureau des Echanges extérieurs, monsieur. Nous faisons une vérification de routine sur un homme d'affaires français qui s'est recommandé à vous...

– Dieu des Chrétiens! pas cet idiot d'Ardisson! Qu'est-ce qu'il a encore fait?

– Vous le connaissez, monsieur?

– J'aimerais bien ne pas le connaître, oui! Faveurs par-ci, faveurs par-là! Il croit que quand il défèque ça sent le lilas, ce type!

– Est-ce que vous deviez dîner avec lui ce soir, monsieur ?

– Dîner ? Je crois que je lui ai dit n'importe quoi pour le calmer cet après-midi. De toute façon il n'entend que ce qu'il veut bien entendre et son chinois est incompréhensible. Remarquez, il est très possible qu'il se soit servi de mon nom pour obtenir une réservation qu'il n'avait pas. Je vous l'ai dit, c'est le genre à réclamer des faveurs sans arrêt. Donnez-lui ce qu'il demande. Il est cinglé mais inoffensif. On le renverrait volontiers à Paris par le prochain avion si les idiots qu'il représente ne payaient pas si cher du matériel de troisième catégorie. Il a même droit aux plus belles putes de Pékin ! Ne me cassez plus les pieds avec ce type, je reçois chez moi ce soir, fit le ministre juste avant de raccrocher brutalement.

Soulagé, l'officier de l'armée raccrocha à son tour et sortit.

– Vous vous êtes très bien comporté, dit-il au gardien.

– L'étranger était très énervé, monsieur, et très confus.

– On vient de me dire qu'il était toujours comme ça, fit l'officier avant d'ajouter : Vous pouvez ouvrir la grille maintenant.

– Certainement, monsieur, dit le gardien en sortant son trousseau de clefs.

Il s'arrêta, regarda l'officier.

– Je ne vois pas votre voiture, monsieur. Vous êtes à plusieurs kilomètres du premier autocar. Le palais d'Eté serait le...

– Je viens d'appeler une voiture. Elle sera là dans dix minutes.

– Malheureusement, je ne serai plus là, monsieur. J'aperçois la lumière du vélo de celui qui me relève. J'ai fini ma journée.

– Je crois que je vais attendre ici, dit l'officier. Il y a des nuages. Si jamais il pleut, je pourrai m'abriter dans la guérite.

– Je ne vois pas de nuages, monsieur.

– Vos yeux ne sont plus ce qu'ils étaient.

– Ça, c'est bien vrai.

La sonnette d'une bicyclette brisa le silence de la nuit. Le gardien qui devait assurer la relève s'approcha de l'entrée. Le vieux gardien commençait à ouvrir la grille.

– Ces jeunots s'annoncent comme s'ils descendaient des cieux, dit-il.

– J'ai quelque chose à vous dire, fit l'officier soudain très sec juste derrière le gardien. Je suis comme l'étranger. Je n'ai pas envie d'avoir des ennuis parce que j'ai fait une petite sieste dans cette merveilleuse réserve. Vous aimez votre travail?

– Beaucoup, monsieur.

– Et la possibilité de vendre des jumelles japonaises qu'on vous avait confiées?

– Monsieur?

– J'ai l'oreille fine et votre voix aiguë porte loin.

– Monsieur!

– Ne dites rien à mon sujet et je ne dirai rien sur vos activités antisociales, qui vous vaudraient certainement un aller simple pour le peloton d'exécution. Votre conduite est tout ce qu'il y a de plus répréhensible.

– Je ne vous ai jamais vu, monsieur! Je le jure sur tous les esprits!

– Dans le parti, nous rejetons de telles pensées...

– Alors je le jure sur ce que vous voudrez!

– Ouvrez la porte et filez d'ici.

– Je prends ma bicyclette, monsieur, dit le gardien en courant vers la barrière où son vélo était posé.

Il revint en le poussant, ouvrit la grille et laissa échapper un soupir de soulagement en jetant les clefs au nouveau gardien. Il enfourcha son vélo et disparut dans la descente.

Le second gardien entra et referma la grille.

– Vous vous rendez compte, dit-il à l'officier, le fils d'un seigneur de la guerre du Kuo-min-tang qui prend la place d'un paysan faible d'esprit qui nous aurait servi jadis dans les cuisines...

Bourne repéra la tache blanche du bois là où manquait l'écorce et engagea la voiture entre deux pins. Il éteignit les phares et sortit. Très vite il cassa quelques grosses branches pour camoufler la voiture. Instinctivement, il travaillait vite – il l'aurait fait dans toutes circonstances – mais, comme il le craignait, quelques secondes après avoir fini, il aperçut des lumières sur la route qui venait de Pékin. Il s'accroupit derrière un buisson et regarda passer la voiture, étonné par la présence d'une bicyclette attachée sur la galerie, puis alarmé par le fait que la voiture s'arrêtait à quelques dizaines de mètres de là. Inquiet de ce que quelqu'un avait pu remarquer sa voiture, Jason fonça à travers bois vers l'endroit où la voiture venait de stopper. Arrivé à la lisière des pins, il s'agenouilla à l'ombre des branchages et scruta la route en guettant le moindre bruit n'appartenant pas à la forêt alentour.

Rien. Puis, finalement, quelque chose, et quand il vit ce que c'était, cela lui sembla n'avoir aucun sens. Il s'interrogea. L'homme sur son vélo pédalait sur cette route en pente comme si sa vie en dépendait. Quand le cycliste passa près de lui, il s'aperçut qu'il s'agissait du vieux gardien... à vélo... Et il y avait un vélo accroché à la galerie de la voiture qui venait de passer et qui s'était arrêtée dans le virage... Pour le gardien? Non. La voiture n'était pas allée jusqu'à la grille... Un second vélo? Un second gardien...

Arrivé à vélo? Bien sûr... Si ce qu'il imaginait était réel, le gardien à la grille venait d'être remplacé par un des conspirateurs...

Jason attendit que le petit phare du vélo ait disparu dans le noir avant de revenir en courant à sa voiture. Il déterra le sac et en sortit ses achats. Il enleva sa veste et sa chemise blanche et passa un col roulé noir. Il accrocha le couteau de chasse dans sa ceinture et passa l'automatique de l'autre côté. Il prit la corde à piano reliée à deux poignées en songeant que cet instrument létal était nettement mieux fait que celui qu'il avait à Hong-kong. La raison? Il était plus près de son objectif, si ce qu'il avait appris dans le groupe Méduse avait une valeur quelconque. Il enroula le fin câble en deux boucles autour de chaque poignée, d'une manière absolument symétrique, et mit délicatement le tout dans la poche arrière droite de son pantalon noir. Puis il prit une lampe-stylo et la fixa sur sa poche avant droite. Ensuite il fourra dans sa poche avant gauche deux énormes rangées de pétards attachés avec un morceau de scotch, accompagnés de trois pochettes d'allumettes. Mais l'article le plus étonnant de sa panoplie était une paire de pinces coupantes capables de sectionner un fil d'acier. Il les inséra dans sa poche arrière gauche, les ouvrant pour les coincer dans le tissu. Enfin, il prit un paquet de vêtements si serré qu'on n'aurait pu y glisser une épingle. Il le centra dans son dos au-dessus de ses reins, tira une ceinture élastique qui revenait devant, l'attacha. Il pouvait ne jamais se servir de ces vêtements, mais il ne pouvait rien laisser au hasard – il était trop près du but!

Je vais le prendre, Marie! Je jure que je l'aurai et nous retrouverons notre vie. C'est David qui parle... Je t'aime! J'ai tellement besoin de toi!

... Arrête! Les gens n'existent pas, seuls comptent les objectifs! Pas d'émotions, rien que des cibles, des meurtres et des hommes à éliminer qui te barrent la route. Tu ne me sers à rien, Webb. Tu es trop doux et je te méprise. Ecoute Delta – écoute Jason Bourne!

Le tueur par nécessité enterra le sac avec sa chemise blanche et sa veste, et se redressa, immobile entre deux pins. Il sentait ses poumons le brûler comme s'il avait déjà couru, il pensait à ce qui l'attendait et une partie de lui était effrayée et incertaine, l'autre furieuse, et froide comme la glace.

Jason se mit à marcher vers le nord jusqu'au virage, allant d'arbre en arbre comme il l'avait fait juste avant. Il atteignit la voiture qui était passée avec le vélo attaché à la galerie. Garée sur le bas-côté, elle portait, collé au pare-brise, un document officiel conséquent. Il s'approcha et lut les caractères chinois, en souriant au fur et à mesure :

Ceci est une voiture officielle du gouvernement.
Toucher à la moindre partie de sa mécanique
est un crime grave.
Le vol de ce véhicule amènerait l'exécution
immédiate du coupable.

Dans le coin en bas à gauche, il y avait une colonne d'idéogrammes imprimés tout petit :

Imprimerie populaire n° 72, Shanghai.

Bourne se demanda combien de centaines de milliers de ces imprimés étaient sortis de l'imprimerie populaire n° 72. Peut-être tenaient-ils lieu de garantie.

Il pénétra dans l'ombre des arbres et poursuivit son

chemin le long de la route jusqu'à ce qu'il arrive en face de l'espace ouvert devant la grille éclairée par les deux projecteurs. Ses yeux suivirent la ligne du grillage vert. Sur la gauche il disparaissait dans l'obscurité de la forêt. Sur la droite, il s'étendait sur quelque quatre-vingts mètres au-delà de l'entrée, courait le long d'un parking nanti d'espaces réservés pour les autocars et les taxis, puis il disparaissait vers le sud suivant un angle aigu. Comme il l'avait espéré, en Chine une réserve ornithologique serait cerclée d'une clôture, histoire de décourager les vandales. Danjou l'avait dit : ici, ils révèrent les oiseaux depuis des siècles. Ils sont considérés comme « délicieux pour l'œil et le palais ». Echo. Echo était parti. Echo avait disparu. Il se demanda si Danjou avait souffert... Pas le temps de penser à ça...

Des voix! Bourne se jeta en arrière. Il regarda la grille. L'officier de l'armée chinoise et un nouveau gardien, beaucoup plus jeune – non, certainement pas un vrai gardien –, sortaient de derrière la guérite. Le gardien poussait son vélo et l'officier portait une petite radio à son oreille.

– Ils commenceront à arriver un peu après 9 heures, dit l'officier en repliant l'antenne de sa radio. Sept véhicules, à trois minutes d'intervalle.

– Le camion?

– Il arrivera en dernier.

Le gardien regarda sa montre.

– Vous devriez peut-être prendre la voiture, alors. S'il y a une vérification téléphonique, je connais la routine.

– Bonne idée, acquiesça l'officier en attachant la radio à sa ceinture avant de prendre le vélo par le guidon. Je ne supporte pas ces femelles bureaucrates qui aboient comme des chows-chows.

– Mais vous le devriez, insista le gardien en riant. Et vous devriez sortir avec les esseulées, les moches, et vous conduire de votre mieux entre leurs cuisses. Supposez que vous ayez un mauvais rapport? Vous pourriez perdre ce merveilleux travail.

– Vous voulez dire que ce paysan faible d'esprit que vous venez de relever...

– Non, non, rit le gardien. Elles recherchent les plus jeunes, les plus beaux, comme moi. D'après nos photos, bien sûr. Lui, c'est différent. Il se les paye en vendant les objets perdus. Je me demande parfois s'il y gagne quelque chose.

– J'ai du mal à vous comprendre, vous, les civils.

– Excusez-moi, si vous le permettez, mon colonel. Dans la vraie Chine je suis capitaine du Kuo-min-tang.

Jason n'en revenait pas. C'était incroyable! « Dans la vraie Chine je suis capitaine du Kuo-min-tang. » La vraie Chine? Taiwan? Saloperie de merde! Est-ce que ça avait commencé? La guerre des deux Chines? Etait-ce pour cela que ces hommes étaient là? Folie! Le massacre intégral! L'Extrême-Orient allait exploser à la gueule du monde entier! Dieu du ciel! Dans sa chasse à l'assassin il était tombé sur l'impensable!

C'était trop dur à absorber, trop effrayant, trop cataclysmique. Il fallait qu'il bouge vite, qu'il mette toutes ses pensées en ordre, qu'il se concentre sur le mouvement seul. Il regarda sa montre. Il était 8 h 54 et il lui restait très peu de temps pour ce qu'il devait faire. Il attendit que l'officier de l'armée passe sur le vélo, puis il s'avança avec précaution, silencieusement, à travers les feuillages jusqu'au grillage. Il sortit sa lampe-stylo et éclaira deux fois très brièvement la barrière, pour se faire une opinion de ses dimensions. Elle n'avait pas moins de quatre mètres de haut et le sommet faisait un angle vers l'extérieur comme dans une prison, avec des barbelés enroulés parallèlement. Il mit la main à sa poche revolver gauche et en sortit la pince coupante. Il l'essaya, puis, allongé sur le sol, il s'attaqua au bas de la barrière.

Si David Webb n'avait pas été désespéré et Jason Bourne fou de rage, il n'aurait pas réussi. La barrière n'était pas en grillage ordinaire. Sa qualité dépassait largement n'importe quelle prison sur terre. Il fallait toute sa force à Jason pour couper chaque fil, et il était obligé de les tordre en les coupant pour parvenir à les casser. Il perdait à chaque fois de précieuses minutes.

Bourne regarda à nouveau sa montre. 9 h 06. De l'épaule il poussa le rectangle découpé dans la barrière de grillage. Il rampa à l'intérieur, transpirant des pieds à la tête, et s'allongea quelques instants pour reprendre son souffle... Pas le temps. 9 h 08.

Epuisé, il s'agenouilla, secoua la tête pour s'éclaircir les idées et avança sur sa droite en se tenant au grillage jusqu'au coin qui bordait le parking. La porte d'entrée éclairée était à quatre-vingts mètres sur sa gauche.

Soudain, le premier véhicule arriva. C'était une limousine russe Zia, de la fin des années 60. Elle fit demi-tour sur le parking et prit la première place sur la droite près de l'entrée. Six hommes en sortirent et s'avancèrent d'un pas martial vers ce qui était apparemment le sentier principal de la réserve ornithologique. Ils disparurent dans l'obscurité, s'éclairant de loin en loin avec des lampes-torches. Jason les observait attentivement. Il devrait suivre ce sentier.

Trois minutes plus tard, exactement à l'heure, une deuxième voiture passa la grille et se gara à côté de la Zia. Trois hommes sortirent par les portières arrière tandis que le chauffeur et le passager à l'avant discutaient. Quelques secondes plus tard, ces deux hommes sortirent à leur tour et Bourne eut un mal énorme à se contrôler. Son regard était braqué sur l'homme grand et mince qui bougeait comme un félin en faisant le tour de la voiture. C'était l'assassin! Le chaos survenu à l'aéroport de Kai-tak avait exigé le piège tendu à Pékin. Celui qui suivait cet assassin devait être mis hors d'état de nuire rapidement. Une information devait passer pour une fuite, de manière à atteindre le créateur de l'assassin – car qui mieux que son créateur connaissait les tactiques du tueur? Qui d'autre que le Français pouvait bien chercher à se venger de lui? Qui d'autre était capable de pister l'autre Jason Bourne? Danjou était la clef, et le client de l'imposteur le savait.

Et l'instinct de Jason Bourne – né de ce groupe Méduse qui remontait graduellement et douloureusement à la surface de sa mémoire – ne l'avait pas trompé. Le piège dressé dans le mausolée de Mao ayant si désastreusement échoué, désacralisation qui allait faire vaciller la République, l'élite que constituait ce cercle de conspirateurs devait maintenant se regrouper rapidement, secrètement, sans que leurs pairs se doutent de quoi que ce soit. Une crise sans précédent secouait leur organisation. Ils devaient sans tarder déterminer leurs prochains mouvements.

Mais avant tout, le secret était primordial. Où que ce soit qu'ils se rencontrent, le secret était leur arme absolue.

Dans la vraie Chine je suis capitaine du Kuo-min-tang. Dieu, était-ce possible?

Le secret. Pour un royaume perdu? Où trouver mieux que dans ces hectares sauvages que formaient les réserves ornithologiques, ces parcs officiels contrôlés par des taupes du Kuo-min-tang de Taiwan? Une stratégie issue du désespoir avait jeté Bourne au centre d'une incroyable révélation. *Pas le temps! Cela ne te concerne pas! Seul, lui, te concerne!*

Dix-huit minutes plus tard, les six véhicules étaient en place dans le parking et leurs passagers s'étaient dispersés, pour rejoindre leurs collègues quelque part dans la forêt obscure. Finalement, vingt et une minutes après l'arrivée de la limousine russe, un camion bâché franchit la grille, fit un large virage et se gara près de la dernière voiture arrivée, à dix mètres à peine de Jason. Ce qu'il vit le secoua. Des hommes et des femmes, ligotés et bâillonnés. On les poussait hors du camion. Ils tombèrent tous, sans exception, se roulant sur le sol pour se relever, poussant des cris de protestation étouffés, des cris de douleur. Le dernier lutta plus que les autres, donna des coups de pied aux gardes qui le frappèrent avant de le balancer sur le gravier. C'était un Blanc... Bourne se figea. Danjou! A la lueur des phares il aperçut son visage couvert de bleus, ses yeux tuméfiés. Quand le Français se remit sur pied, sa jambe gauche refusa de le porter et pourtant, comme s'il ne voulait pas donner la moindre satisfaction à ses détenteurs, il retrouva son équilibre et se maintint droit, dans une attitude de défi.

Bouge! Fais quelque chose! Quoi? Méduse – nous avions des signaux. Quels étaient-ils? Bon Dieu, quels étaient-ils? Des cailloux, des branchages... Du gravier! Jette quelque chose pour produire un son, un léger bruit qui attirera l'attention mais qui pourrait être n'importe quoi – loin devant, aussi loin que possible! – puis suis cette direction. Vite. Vite...

Jason se laissa tomber à genoux à l'ombre de la barrière. Il ramassa une poignée de graviers et la jeta en l'air au-dessus des prisonniers qui se relevaient péniblement. Le bruit des graviers sur le toit de quelques-unes des voitures passa presque inaperçu dans les cris étouffés des captifs. Bourne répéta son geste. Le garde debout près de Danjou

481

regarda dans cette direction, mais son attention fut très vite attirée par une des femmes qui s'était mise à courir vers les grilles. Il courut après elle, la saisit par les cheveux et la rejeta dans le groupe de prisonniers. Jason reprit quelques gravillons.

Il cessa tout mouvement. Danjou était tombé, tout son poids portait sur sa jambe droite, ses mains liées raclaient le gravier. Il regarda le garde distrait, puis, lentement, se tourna dans la direction de Bourne. Méduse n'était jamais loin d'Echo – il s'en était souvenu. Très vite Jason leva sa paume droite, une fois, deux fois. Le bref reflet pâle de sa peau dans le noir était suffisant. Le regard du Français fut attiré par ce court mouvement. Bourne se renfonça un peu dans l'obscurité. Echo l'avait vu! Leurs regards se croisèrent. Danjou hocha la tête, puis se détourna et se releva péniblement. Il souffrait visiblement.

Jason compta les prisonniers. Il y avait deux femmes et cinq hommes, y compris Echo. Les deux gardes les encadraient et les firent avancer en distribuant des coups de bâton. Le groupe s'avança sur le sentier. Danjou tomba. Mais sa chute avait quelque chose de pas naturel. C'était un signal. Il regarda à nouveau vers Bourne. Jason comprit. Un garde le releva en le frappant. Echo allait semer du gravier pour laisser à son partenaire de Méduse un sentier à suivre à travers la forêt.

On dirigeait les prisonniers vers la droite. Le jeune « capitaine du Kuo-min-tang » refermait la grille. Jason s'élança et se dissimula derrière le camion bâché. Il sortit son couteau de chasse tout en s'allongeant devant la calandre. Il observait la grille d'entrée. Le garde était juste derrière, et il parlait dans sa radio. Il fallait interrompre cette liaison radio. Et se débarrasser de cet homme.

Attache-le. Sers-toi de ses vêtements pour le bâillonner.

Tue-le! Tu ne peux pas courir de risques supplémentaires. Ecoute-moi!

Bourne plongea son couteau dans le pneu avant gauche du camion et, pendant qu'il se dégonflait, il rampa jusqu'à l'arrière et fit de même. Il contourna le camion et s'attaqua à l'autre côté, ainsi qu'à la voiture rangée sur sa gauche. Il répéta sa tactique tout le long de la rangée de voitures jusqu'à ce que tous les véhicules aient leurs pneus à plat, sauf la Zia russe qui n'était qu'à dix mètres à peine de la grille d'entrée. Il était temps de régler le problème du garde.

Attache-le!

Tue-le! Chaque étape doit être parfaitement protégée, et chaque étape t'approche de ta femme!

Silencieusement, Jason ouvrit la portière de la voiture russe, saisit le frein à main et le desserra. Refermant la portière aussi doucement qu'il l'avait ouverte, il évalua la distance entre l'avant de la voiture et la grille. Environ trois mètres. S'appuyant contre le pare-chocs, il poussa la voiture. Il grimaça sous l'effort, et, finalement, la lourde automobile commença à rouler. Lui donnant une dernière poussée, il la lâcha et plongea devant la voiture d'à côté. La Zia s'écrasa contre la barrière. Jason s'aplatit sur le sol et fouilla dans sa poche arrière droite.

En entendant le fracas, le gardien, stupéfait, fit le tour de la guérite et pénétra dans le parking, regardant dans toutes les directions. Il s'approcha de la Zia. Il semblait accepter l'idée d'un mauvais fonctionnement du frein à main. Il ouvrit la portière.

Bourne jaillit de l'ombre, une poignée dans chaque main, la corde à piano en boucle, levée au-dessus de la tête du garde. En moins de trois secondes tout était terminé, sans le moindre bruit, si ce n'est un horrible sifflement d'air s'échappant de la gorge tranchée. Le capitaine du Kuo-min-tang était mort.

Bourne prit la radio puis fouilla les vêtements de l'homme. Il y avait toujours la possibilité de trouver quelque chose d'utilisable. Il ne s'était pas trompé. L'homme portait un automatique du même calibre que celui pris à un autre des conspirateurs dans le mausolée de Mao. Des armes spéciales pour gens très spéciaux, un autre facteur de reconnaissance. L'armement. Au lieu d'une seule balle, il avait maintenant neuf cartouches à sa disposition, plus un silencieux qui avait servi à ne pas troubler le mort révéré dans le mausolée. Il trouva aussi un portefeuille qui contenait de l'argent et un document officiel qui affirmait que le porteur était membre des Forces populaires de sécurité. Les conspirateurs avaient des alliés aux bons endroits. Bourne fit rouler le cadavre sous la limousine, creva les pneus gauches, fit le tour et acheva les pneus droits. La grosse voiture s'aplatit sur le sol. Le capitaine du Kuo-ming-tang disposait d'un cercueil de poids.

Jason courut jusqu'à la grille, se demandant s'il devait, ou pas, descendre les deux projecteurs. Il décida de les laisser. S'il survivait, il aurait besoin de ces lumières. Si?

Il fallait qu'il survive! Marie!

Il entra dans la guérite et, à genoux près de la fenêtre, il fit passer les balles de l'automatique du gardien dans son arme. Il regarda autour de lui. Il cherchait des horaires, ou des instructions. Il y avait un trousseau de clefs accroché au mur. Il s'en empara.

Le téléphone se mit à sonner! La sonnette stridente se répercutait sur les murs de verre de la petite guérite. *S'il y a une vérification téléphonique, je connais la routine.* Voilà ce qu'avait dit le capitaine du Kuo-min-tang. Bourne se redressa, saisit le téléphone et se dissimula à nouveau, une main sur le micro.

— *Jing Shan,* dit-il d'une voix caverneuse. Oui?

— Hello, mon petit papillon de nuit, dit une voix de femme que Jason catalogua comme du mandarin de basse extraction. Comment vont tes petits oiseaux ce soir?

— Ils vont bien, mais pas moi.

— Tu as une drôle de voix. C'est bien Wo, n'est-ce pas?

— Oui. J'ai une grippe terrible, je n'arrête pas de vomir et d'aller aux toilettes. Je n'arrive à rien garder, c'est horrible.

— Est-ce que tu iras mieux demain matin? Je n'ai pas envie de l'attraper!

— Je ne voudrais pas rater notre rendez-vous...

— Tu ne seras pas assez en forme. Je t'appellerai demain soir.

— Mon cœur se languit comme une fleur fanée...

— Salaud! fit la femme avant de raccrocher.

Pendant qu'il parlait, Jason avait aperçu une lourde chaîne enroulée dans un coin. Il comprit. En Chine, où tant d'appareils mécaniques tombaient en panne, la chaîne devait servir à fermer la porte si la serrure ne fonctionnait pas. Après la chaîne, un gros cadenas était accroché, posé sur le dessus. Une des clefs du trousseau devait s'y adapter. Jason en essaya plusieurs avant de pouvoir l'ouvrir. Il ramassa la chaîne et se prépara à sortir. Revenant sur ses pas, il arracha le fil du téléphone. Encore un appareil qui ne fonctionnerait pas.

Une fois à la grille, il déroula la chaîne et la fixa au portail avant de fermer le cadenas à double tour. Elle tiendrait bien et, contrairement à ce qu'on croyait en général, une balle tirée dans cette masse de métal ne réussirait pas à la briser. Au contraire, elle augmenterait la possibilité que la balle ricoche et mette en danger la vie de celui qui tirerait. Il fit demi-tour et s'engagea sur le sentier central, restant toujours à l'ombre des arbres.

Le sentier était sombre. L'épaisseur des bois masquait les lumières des projecteurs au-dessus de la grille d'entrée. Mais cette lumière était toujours visible dans le ciel. La protégeant de sa main gauche, Jason alluma sa lampe-stylo et la dirigea vers le sol. A deux mètres de lui il aperçut un petit caillou. Dès qu'il en eut aperçu deux ou trois alignés, il sut quoi chercher : de toutes petites taches blanches sur la terre noire, avec une distance sensiblement toujours égale entre elles. Danjou avait dû frotter les graviers entre ses doigts pour en augmenter la brillance en les débarrassant de la poussière du parking. Echo, même en piteux état, n'avait pas perdu sa présence d'esprit.

Soudain, il y eut deux graviers au lieu d'un, et seulement à quelques centimètres de distance. Jason s'arrêta. Ces deux cailloux n'étaient pas là accidentellement. C'était un autre signal. Le sentier principal continuait tout droit, mais celui suivi par le groupe de prisonniers dérivait légèrement sur la droite. Deux graviers signifiaient un virage.

Subitement, il y eut un changement dans la distance relative entre deux cailloux. Ils s'espaçaient de plus en plus et, alors que Bourne commençait à penser qu'il n'y en avait plus, il en aperçut un autre. Puis, plus loin, deux encore, pour marquer une nouvelle direction. Danjou savait qu'il commençait à manquer de cailloux et il avait changé de tactique. Sa nouvelle stratégie devint claire pour Jason. Aussi longtemps que les prisonniers demeureraient sur le même sentier, il n'y aurait plus de graviers, deux cailloux indiquant seulement les virages et les changements de direction.

Il suivit cette piste longtemps, traversant des clairières et des sous-bois, attentif au moindre bruissement d'aile et aux cris des oiseaux nocturnes qui s'envolaient dans le ciel baigné par la lune. Finalement il n'y eut plus qu'un étroit sentier qui menait à une grande clairière.

Il s'arrêta, éteignit instantanément sa lampe-stylo. En contrebas, à une trentaine de mètres, il venait d'apercevoir la lueur d'une cigarette. La lueur infime bougeait de haut en bas. Un homme qui fumait tranquillement. Mais un homme placé là pour une raison valable. Jason étudia l'obscurité au-delà de la sentinelle – parce qu'elle lui semblait bizarre. Par intervalles, des lueurs remuaient à travers l'épaisseur des taillis. Des torches, peut-être, car les lumières étaient très irrégulières. Bien évidemment des torches. Il était arrivé. En contrebas, au-delà de la sentinelle, se trouvait le lieu de rencontre.

Bourne s'accroupit dans les broussailles sur la droite du sentier pour s'apercevoir avec rage que des espèces de lianes serrées tissaient un filet solide entre les troncs. Les déchirer ou tenter de les casser risquait de créer un bruit anormal dans cette forêt. Un bruit humain qui signifierait une intrusion. Bourne sortit son couteau de chasse, et regrettant que la lame ne soit pas plus longue, il entama une progression qui ne lui aurait pas pris plus de trente secondes s'il était demeuré sur le sentier. Il lui fallut près de vingt minutes pour s'ouvrir silencieusement un passage jusqu'à la sentinelle.

Mon Dieu! Jason retint son souffle, étouffa le cri qui jaillissait de sa gorge. Il avait glissé. La longue créature glacée et sifflante sous son pied gauche faisait au moins un mètre cinquante de long. Il s'enroula autour de sa jambe et, paniqué, Jason saisit le serpent et le jeta en l'air, le coupa en deux dans le même mouvement. Le serpent gigota furieusement pendant quelques secondes, puis les spasmes cessèrent. Il était mort. Jason ferma les yeux. Il tremblait. Il laissa un long moment passer, il reprit sa reptation et se rapprocha de la sentinelle qui allumait une nouvelle cigarette ou du moins essayait en grattant allumette après allumette, en vain. Le garde avait l'air furieux après sa pochette d'allumettes gouvernementales.

– *Ma de shizi, shizi!* siffla-t-il entre ses dents.

Bourne avançait toujours. Il coupa les dernières branches fines qui l'amenaient à deux mètres de l'homme. Il rangea le couteau et remit la main à sa poche arrière droite pour prendre son garrot. L'usage du couteau était exclu. L'homme pouvait crier si la lame ne le tuait pas instantanément.

C'est un être humain! Un fils, un frère, un père!

C'est l'ennemi. C'est notre cible. C'est tout ce que nous devons savoir. Pense à Marie.

Jason bondit à l'instant où la sentinelle inhalait la première bouffée de sa cigarette. La fumée parut exploser dans sa bouche ouverte sur un cri silencieux. Le garrot se resserra en une seconde. La trachée sectionnée, l'homme se ramollit soudain et tomba, mort.

Jason essuya le fil d'acier sanglant, l'enroula et le remit dans sa poche. Il tira le cadavre sous les branches basses et le fouilla. Il trouva d'abord une épaisseur de ce qui semblait être du papier hygiénique, ce qui n'était pas étonnant quand cette denrée manquait un peu partout en Chine. Il alluma sa lampe-stylo et regarda sa trouvaille, sidéré. Le papier était plié, mais ce n'était pas du tout du papier hygiénique, c'était une liasse énorme de yuans, équivalant à plusieurs années de salaire pour la plupart des Chinis. Le gardien, le « capitaine du Kuo-min-tang », avait de l'argent sur lui – un peu plus que la normale ici – mais ce n'était rien comparé à cette somme. Il y avait aussi un portefeuille. Des photos de famille que Bourne rangea immédiatement, un permis de conduire, une quittance de loyer et un document officiel proclamant que le porteur était... membre des Forces populaires de sécurité! Jason déplia le papier pris dans le portefeuille du gardien et les posa côte à côte. Ils étaient identiques. Il les replia ensemble et les fourra dans sa poche. Il y avait une dernière chose, très intrigante. C'était un coupe-file permettant au porteur l'accès aux Magasins de l'Amitié, ces boutiques réservées aux visiteurs étrangers et aux membres haut placés du gouvernement. Quels que soient les hommes qui se retrouvaient dans cette réserve, ils appartenaient à une élite étrange. Des subordonnés qui portaient d'incroyables sommes d'argent, qui profitaient de privilèges à des années-lumière de leur statut social, et qui portaient des documents les identifiant comme membres de la police secrète... Si ces gens étaient des conspirateurs – et tout ce qu'il avait vu de Shenzen à la place T'ien an Men semblait le confirmer –, la conspiration grimpait haut dans la hiérarchie de Pékin... *Pas le temps! Cela ne te concerne pas!*

Comme il s'y attendait, l'arme accrochée à la ceinture de la sentinelle était du même modèle que les autres. C'était une arme supérieure et les armes étaient des symboles. Une arme sophistiquée marquait le statut d'un homme autant qu'une montre de prix, qui pouvait être une imitation mais que des yeux exercés savaient reconnaître si elle était authentique. Ces armes étaient un subtil moyen de reconnaissance, armes uniquement allouées à une élite... *Pas le temps! Cela ne nous concerne en rien! Bouge!*

Jason ôta les balles, les mit dans sa poche et jeta l'automatique dans le sous-bois. Il rampa jusqu'au sentier et commença lentement à descendre vers les lueurs mouvantes dans la clairière en contrebas.

C'était bien plus qu'une clairière, on aurait dit un cirque creusé par la préhistoire, une rupture de terrain datant de l'ère glaciaire. Des oiseaux volaient au-dessus de cet énorme trou, des chouettes hululaient. Bourne se pencha au bord du précipice, écarta les branches et regarda en bas. Un cercle de torches illuminait le lieu de rencontre. David Webb s'étrangla. Il avait envie de vomir, mais la voix intérieure, froide et dure, lui dictait ses ordres.

Arrête... Regarde... Regarde à quoi tu as affaire...

Suspendu à une grosse branche par une corde attachée à ses poignets entravés, les bras tirés au-dessus de sa tête, un homme gigotait, les pieds à quelques centimètres du sol, en proie à la plus profonde terreur. Des cris étouffés provenaient de sa gorge bâillonnée, et son regard désespéré suppliait.

Un homme assez grand et mince, d'âge moyen, vêtu d'une veste Mao, se tenait devant le corps agité de soubresauts. Sa main droite était tendue en avant et serrait la poignée d'un sabre fin. David reconnut cette arme – une arme et pas une arme. C'était un sabre de cérémonie du XIVᵉ siècle, l'arme d'un seigneur de la guerre appartenant à une classe de militaristes sans scrupules qui détruisaient villes et villages et pillaient des régions entières, s'opposant même à la volonté des empereurs de la dynastie Yuan – des Mongols qui ne laissaient rien sur leur passage que la mort et la désolation. Ces sabres étaient également utilisés pour des cérémonies moins symboliques, beaucoup plus brutales que les rites accomplis à la cour. David sentit la nausée l'envahir et son appréhension grandit tandis qu'il observait la scène en contrebas.

— Ecoutez-moi! s'écria l'homme debout devant le prisonnier en se tournant vers son public.

Sa voix était haut perchée mais cela semblait calculé. Bourne ne le connaissait pas, mais il n'oublierait jamais son visage. Les cheveux gris coupés ras, les traits émaciés – et le regard, surtout le regard. Jason ne parvenait pas à voir bien ses yeux, mais la danse des flammes semblait en sortir. Les yeux de cet homme étaient de feu.

— La nuit du Sabre est commencée! s'écria soudain l'orateur. Et elle sera suivie d'autres nuits, nuit après nuit, jusqu'à ce que tous ceux qui pourraient nous trahir soient expédiés en enfer! Chacun de ces misérables insectes a commis un crime contre notre sainte cause, des crimes qui appellent le châtiment du grand sabre!

L'orateur se tourna vers le prisonnier suspendu.

— Toi! Dis la vérité et seulement la vérité! Connais-tu l'Occidental?

Le prisonnier secoua la tête en marmonnant des appels inaudibles.

— Menteur! hurla une voix dans la foule. Il était sur la place T'ien an Men cet après-midi!

Le prisonnier secoua à nouveau sauvagement la tête.

— Il parle contre la vraie Chine! cria quelqu'un d'autre. Je l'ai entendu dans le parc Hua Gong avec des jeunes!

— Et dans le café sur le Xidan Bei!

Le prisonnier se secouait convulsivement, ses yeux écarquillés braqués sur la foule. Bourne commençait à comprendre. L'homme était accusé à tort et il ne savait même pas pourquoi. Mais Jason, lui, savait. La chambre ardente de l'inquisition était en séance. Un fauteur de troubles, ou un homme qui doutait allait être éliminé au nom d'un crime plus important. Et en laissant supposer qu'il y avait pris part. Les nuits du grand sabre – nuit après nuit! C'était le règne de la terreur dans ce petit royaume sanglant dissimulé dans ce vaste pays où les seigneurs de la guerre sanguinaires avaient prévalu pendant des siècles.

— A-t-il commis ces actes? cria l'orateur au visage émacié. A-t-il dit ces choses?

Un chœur hystérique d'affirmations emplit le ravin.

– Sur la place T'ien an Men!...

– Il a parlé à l'Occidental!...

– Il nous a trahis!...

– Il était près de la tombe de ce Mao que nous haïssons!...

– Il voudrait nous voir morts, notre cause perdue!...

– Il s'oppose à nos leaders et veut les tuer!...

– S'opposer à nos leaders, dit l'orateur d'une voix grave, c'est les avilir, et en agissant ainsi, on se prive du cadeau précieux de la vie. La vie doit donc être ôtée!

L'homme suspendu gigotait furieusement, ses cris étouffés se mêlaient à ceux des autres prisonniers, à genoux devant lui, obligés de regarder l'exécution imminente. Un seul d'entre eux refusait de se plier et essayait de rester debout, bafouant la volonté de ses geôliers qui le frappaient sans arrêt. C'était Philippe Danjou. Echo envoyait un autre message à Delta, mais Jason Bourne ne parvenait pas à le comprendre.

– ... cet hypocrite ingrat, ce mentor de notre jeunesse, qui avait été accueilli comme un frère dans nos rangs parce que nous croyions ce qu'il disait, nous croyions qu'il s'opposait comme nous aux tortionnaires de notre mère patrie, cet homme n'est qu'un traître. Sa parole est de fiel. C'est un compagnon des vents de la traîtrise et il nous livrerait sans vergogne aux tourmenteurs de la Chine! Qu'il trouve la purification dans sa mort!

L'orateur leva son sabre au-dessus de sa tête.

Et qu'ainsi sa graine ne s'étende pas, récita l'universitaire David Webb en son for intérieur, se remémorant les mots de l'ancienne incantation. Il voulait fermer les yeux mais il n'y parvenait pas. L'autre partie de son moi lui ordonnait le contraire. *Nous détruirons le puits d'où surgit la graine et laisserons aux esprits le soin de détruire la terre où elle a pris racine.*

Le sabre s'abattit verticalement, ouvrant le bas-ventre du prisonnier qui se tordait de douleur.

Et pour que ses pensées ne se répandent jamais, contaminant l'innocent et le faible, nous prions les esprits de les détruire où qu'elles soient, comme nous détruisons ici le sol d'où elles ont jailli.

Le sabre traça une courbe, horizontale cette fois, sur la gorge du prisonnier. Le corps secoué de spasmes tomba sur le sol sous une pluie de sang, la tête tranchée, que l'homme aux yeux de feu continua à frapper de sa lame jusqu'à ce qu'elle n'ait plus visage humain.

Le reste des prisonniers se tordaient convulsivement, en proie à la plus profonde terreur. Ils roulaient sur le sol, criant grâce. Tous sauf un. Danjou se releva et contempla en silence l'homme au sabre. Le garde s'approcha. Le Français l'entendit, se retourna et lui cracha au visage. Le garde, hypnotisé par ce qu'il venait de voir, recula, livide. Que faisait Echo? Quel était son message?

Bourne regarda à nouveau l'exécuteur au visage émacié. Il essuyait la lame de son sabre avec un carré de soie blanc, tandis qu'un de ses aides enlevait le corps et ce qui restait du crâne du prisonnier. L'homme désigna de la pointe du sabre une femme très belle qui cessa de crier silencieusement. Les gardes la traînèrent jusqu'à la corde pendue à l'arbre. Elle se raidit, défiant ses adversaires. Delta étudiait le visage de l'exécuteur. Sous ses yeux de dément, la fine bouche de l'homme était réduite à une simple fente. Il souriait.

Il était mort. Il mourrait. Quelque part. Un jour. Peut-être ce soir. C'était un boucher, un assoiffé de sang, un fanatique aveugle qui voulait plonger l'Extrême-Orient dans une guerre impensable – la Chine contre la Chine, et le reste du monde ensuite...

Ce soir!

XXVII

— CETTE femme est un courrier, quelqu'un en qui nous avions mis toute notre confiance! poursuivit l'orateur, et sa voix grimpait comme un ecclésiastique lancé dans un prêche hystérique sur l'amour tout en contemplant des yeux le travail du diable. Cette confiance n'a pas été gagnée mais donnée en toute bonne foi, car elle est la femme de l'un des nôtres, un brave soldat, le fils aîné d'une des plus illustres familles de la vraie Chine. Un homme qui, à l'heure où je parle, risque sa vie pour infiltrer nos ennemis du Sud. Lui aussi lui avait donné sa confiance... Et elle a trahi cette confiance, elle a trahi son mari, elle nous a tous trahis! Ce n'est qu'une putain qui couche avec l'ennemi! Et en assouvissant ses désirs, qui sait combien de secrets elle a révélés, qui connaît la portée de sa trahison? Est-elle le contact de l'Occidental, ici, à Pékin? Est-elle celle qui informe nos ennemis, qui leur dit quoi chercher, à quoi s'attendre? Comment tout ce qui s'est produit aurait-il pu arriver aujourd'hui sans sa complicité? Nos meilleurs hommes tendent un piège à nos ennemis pour les éliminer, nous débarrasser de ces criminels occidentaux qui ne cherchent qu'à s'enrichir grâce à leurs alliés, les tortion-naires de la Chine! Elle était à l'aéroport. L'aéroport! Là où le piège devait se tendre! A-t-elle accordé les faveurs de son corps maudit à nos ennemis ou à son mari après l'avoir drogué peut-être? Qu'a-t-elle osé accomplir pour faire échouer notre plan? Est-ce son amant qui lui a dit quoi faire, quoi dire à nos ennemis?

Le sort de cette femme était réglé, songea Bourne. C'était un cas de justice expéditive et inique si évident que les procès des pays de l'Est ressemblaient à une cour de

492

récréation comparés à une telle horreur... Le règne de la terreur insufflé par les seigneurs de la guerre se poursuivait. *Eliminez les désaxés entre les désaxés. Trouvez le traître. Tuez celui ou celle qui pourrait être ce traître.*

Un chœur furieux de « putain », « traîtresse » jaillit dans la foule, tandis que la femme entravée luttait contre les deux gardes. L'orateur leva les bras pour réclamer le silence. Le résultat fut immédiat.

— Son amant était un méprisable journaliste de l'agence de presse Xinhua, ce méprisable organe de presse à la solde de l'infâme régime. Je dis « était » car cette horrible créature est morte, une balle dans la tête, il y a moins d'une heure, avant qu'on lui tranche la gorge pour que chacun sache que c'était un traître, lui aussi! J'ai parlé moi-même avec le mari de cette putain, car je le tiens en estime. Il m'a demandé d'agir comme nos esprits ancestraux le recommandent. Il ne veut plus rien avoir affaire avec elle!

— Aiyaaa!

Avec l'énergie du désespoir la femme venait de réussir à arracher son bâillon.

— Menteur! hurla-t-elle. Assassin entre les assassins! Tu as tué un honnête homme et je n'ai trahi personne! C'est moi qui ai été trahie! Je n'ai jamais été à l'aéroport et tu le sais très bien! Je n'ai jamais vu cet Occidental et tu le sais aussi! Je ne sais rien de ce piège pour des criminels occidentaux et tu peux voir que je dis la vérité! Sur mon visage! Comment pourrais-je?

— En te livrant à un fervent serviteur de notre cause et en le corrompant, en le droguant! En lui offrant tes seins et la caverne de ta corruption, en le tenant, en le faisant mourir de désir, jusqu'à ce que la drogue le rende fou!

— C'est toi qui es fou! Tu dis ces choses, ces mensonges, parce qu'après avoir expédié mon mari dans le Sud tu es venu me voir, sans arrêt, d'abord avec des promesses, puis avec des menaces plein la bouche! Je devais être ta servante. C'était mon devoir, c'est ça que tu as dit! Tu as couché avec moi et j'ai appris des choses...

— Femme, je te méprise! Je suis venu à toi pour te supplier de sauvegarder l'honneur de ton mari, l'honneur de la cause! d'abandonner ton amant et de chercher le pardon!

— Menteur! Des hommes sont venus te voir, des taipans du Sud envoyés par mon mari, des hommes qui ne pouvaient pas être vus à proximité de tes grands bureaux. Ils sont venus en secret dans la boutique sous mon appartement, l'appartement d'une prétendue honorable veuve — un autre mensonge que tu m'as imposé, à moi et à mon enfant!

— Putain! cracha l'homme aux yeux de braise, la main crispée sur la poignée de son sabre.

— Menteur du plus profond des lacs du Nord! répliqua la femme en hurlant. Comme toi, mon mari a de nombreuses femmes et ne se soucie pas de moi! Il me bat et tu me dis qu'il a raison, car c'est un grand fils de la Vraie Chine! Je porte des messages d'une ville à l'autre et si on les trouvait sur moi on me torturerait avant de m'exécuter et je ne reçois que des miettes, je suis privée de tout parce que tu me dis que c'est mon devoir! Comment ma fille peut-elle manger? L'enfant que ton grand fils de la Vraie Chine veut à peine reconnaître parce qu'il ne voulait que des fils!

— Les esprits ne t'auraient jamais accordé des fils, car ils auraient été des femmes, la disgrâce de la grande Chine! Tu es une traîtresse! Tu as été à l'aéroport et tu as contacté nos ennemis, tu as permis qu'un grand criminel nous échappe! Tu nous réduirais en esclavage pour mille ans!

— Tu nous transformerais en ton troupeau pour dix mille!

— Tu ne sais pas ce qu'est la liberté, femme!

— La liberté? Dans ta bouche! Tu me dis — tu nous dis — que tu nous rendras la liberté qu'avaient nos aînés dans la Vraie Chine, mais quelles libertés, imposteur? La liberté qui exige une obéissance aveugle, qui prend le riz dans la bouche de mon enfant méprisée par son père qui ne croit qu'aux seigneurs — seigneurs de la guerre, grands propriétaires, seigneurs de la terre! *Aiya!*

La femme se tourna vers la foule, s'écartant de l'orateur.

— Vous! cria-t-elle, vous tous! Je ne vous ai pas trahis, ni vous ni notre cause mais j'ai appris beaucoup de choses. Tout n'est pas comme le dit ce menteur! Il y a beaucoup de douleur et de restrictions, nous le savons, mais avant, c'était pareil, il y avait autant de douleur et autant de restrictions! Mon amant n'était pas un traître, il ne suivait pas aveuglément le régime, c'était un lettré, un homme pacifique et il croyait à la Chine éternelle! Il désirait les mêmes choses que nous! Il ne faisait que demander au temps de corriger les défauts qui avaient infecté les vieillards dans les comités qui nous dirigent. Il y aura des changements, disait-il. Certains montrent la route. C'est maintenant! Ne permettez pas à ce menteur de faire ça! Ne lui permettez pas de *vous* faire ça!

– Putain! Traître!

La lame siffla, décapita la femme. Son corps sans tête vacilla sur la gauche avant de tomber. Sa tête roula à droite. Des flots de sang jaillissaient comme un geyser. L'orateur messianique abattit ensuite son sabre, découpant son cadavre, mais un silence de mort était tombé sur la foule, un silence inquiétant. Il s'arrêta. Il avait laissé échapper l'instant. Il reprit rapidement le contrôle.

– Que les saints esprits ancestraux lui accordent la paix et la purification! cria-t-il en fixant chacun des participants tour à tour dans les yeux, car ce n'est pas dans la haine que j'ai interrompu sa vie, mais en compatissant pour sa faiblesse. Elle trouvera la paix et le pardon. Les esprits comprendront – mais nous devons la comprendre dans notre mère patrie! Noue ne pouvons pas dévier de notre cause – nous devons être forts! nous devons...

C'en était trop. Ce fou était la haine incarnée. Et il était mort. Déjà... Bientôt. Peut-être ce soir – si possible ce soir!

Delta sortit son couteau et s'avança à droite, dans la forêt qui était le palais de Méduse, son pouls étrangement calme, une certitude absolue et furieuse grandissant en lui – David Webb avait disparu. Il y avait tant de choses qu'il ne pouvait pas se rappeler de ces jours obscurs et lointains, mais il y en avait aussi tant qui remontaient. Les détails n'étaient pas clairs, mais son instinct, si. Son impulsion le dirigeait et il ne faisait qu'un avec la noirceur de la forêt. La jungle n'était pas un adversaire, elle était son alliée, elle l'avait déjà protégé, sauvé, quelque part dans ces souvenirs distordus. Les arbres, les lianes et les buissons étaient ses amis. Il se déplaçait parmi eux comme un chat sauvage, sûr de ses gestes et silencieux.

Il tourna à gauche et commença à descendre tout en fixant l'arbre sous lequel l'assassin se tenait si tranquillement. L'orateur avait encore une fois changé de stratégie dans son attitude envers son auditoire. Il fallait faire oublier les cris passionnés de la femme mutilée. Maître dans son art, l'orateur savait quand revenir à la mansuétude, oubliant momentanément le diable. Des aides avaient rapidement dégagé le cadavre, preuve de mort violente et, d'un geste du sabre, il somma l'autre femme de s'avancer. Elle n'avait guère plus de dix-huit ans, et était jolie. Elle sanglotait et vomissait tandis qu'on la tirait en avant.

— Tes larmes et ta douleur sont inutiles, mon enfant, dit l'orateur d'une voix paternelle. Il a toujours été dans notre intention de t'épargner, car on t'a demandé d'accomplir des devoirs au-delà de la compétence de ton âge, on t'a confié des secrets au-delà de ta compréhension. La jeunesse parle souvent quand elle devrait se taire. Tu as été vue en compagnie de deux frères de Hong-kong – mais pas nos frères! Des hommes qui travaillent pour la méprisable Couronne d'Angleterre, ce gouvernement faible et décadent qui a vendu la mère patrie à nos tourmenteurs. Ils t'ont donné des bijoux, du rouge à lèvres et des parfums français de Kowloon. Maintenant, mon enfant, que leur as-tu donné, toi?

La jeune fille toussait du vomi à travers son bâillon. Secouée de spasmes, elle agitait la tête, hystérique, des larmes coulaient en flots sur ses joues.

— Elle avait la main sous la table, entre les jambes d'un homme, dans un café de Guagquem! cria un des accusateurs.

— C'était un des porcs qui travaillent pour les Anglais! ajouta un autre.

— ... la jeunesse est sujette à l'erreur, dit l'orateur en fixant ceux qui venaient de parler, les yeux brillants, comme pour demander le silence. Il y a du pardon dans notre cœur pour une telle exubérance juvénile – tant que la trahison ne s'immisce pas dans cette exubérance!

— Elle était à la porte de Qian Men!

— Elle n'était pas sur la place T'ien an Men. C'est moi-même qui l'ai décidé! cria l'homme au sabre. Votre information est fausse. La seule question qui reste est extrêmement simple. As-tu parlé de nous, mon enfant?

Est-ce que tes paroles auraient pu atteindre les oreilles ennemies ici ou dans le Sud?

La fille se tordit sur le sol, agitant son corps frénétiquement pour nier cette accusation.

– J'accepte ton innocence, comme le ferait un père, mais pas ta légèreté, enfant. Tu te lies trop aisément, tu aimes trop le luxe et la luxure. Quand elle ne nous sert pas, elle peut être dangereuse.

La jeune femme fut mise entre les mains d'un énorme obèse membre du « chœur » pour instruction et méditation dirigée. On devinait aisément, à voir l'expression du visage de l'obèse, que son mandat allait s'étendre dans bien d'autres domaines que ceux prescrits par l'orateur. Et quand il en aurait fini avec elle, une enfant-sirène qui avait divulgué les secrets de la hiérarchie de Pékin qui réclamait des jeunes filles – croyant, comme Mao l'avait décrété, que cela étendait la durée de leur vie –, une enfant-sirène disparaîtrait.

Deux des trois Chinois qui restaient furent mis en accusation à leur tour. La charge initiale était le trafic de stupéfiants, leur réseau l'axe Shanghai-Pékin. Leur crime, toutefois, ne résidait pas dans le fait d'avoir vendu de la drogue, mais dans le fait d'avoir constamment détourné des fonds, d'avoir triché sur les profits et déposé d'énormes sommes sur des comptes personnels dans plusieurs banques de Hong-kong. Plusieurs personnes de l'auditoire vinrent corroborer l'évidence mortelle, affirmant avoir remis à leurs deux « patrons » des sommes qu'on ne retrouvait pas dans les comptes secrets de l'organisation. C'était la charge initiale. Mais pas la principale. La principale surgit, dans la voix suraiguë de l'orateur.

– Vous voyagez au Sud à Kowloon. Une fois, deux fois, souvent trois fois par mois. L'aéroport de Kai-tak, c'est vous! hurla l'orateur en pointant son sabre sur le prisonnier de gauche. Tu es revenu cet après-midi. Tu étais à Kowloon la nuit dernière! A Kai-tak! Nous avons été trahis hier soir à Kai-tak!

L'orateur sortit de la lumière des torches et s'approcha des deux hommes pétrifiés, à genoux.

– Votre dévotion à l'argent transcende votre dévotion à notre cause, dit-il, prenant le ton d'un patriarche furieux mais triste. Frères de sang et frères de vol. Nous le savons

497

depuis de nombreuses semaines, nous l'avions compris car vous étiez trop impatients dans votre cupidité. Il fallait que votre argent se multiplie comme la pourriture des égouts, alors vous vous êtes adressés aux triades de Hong-kong. Quelle entreprenante, industrieuse, et gigantesque bêtise! Vous croyez que certaines triades nous sont inconnues ou ignorent notre existence? Vous pensez qu'il n'existe pas des zones où nos intérêts convergent? Vous pensez qu'ils ont moins de dégoût pour les traîtres que nous?

Les deux frères entravés roulèrent dans la poussière, se mirent à genoux pour supplier, secouant la tête, niant cette accusation. Leurs cris inaudibles étaient une supplication pour qu'on les laisse parler. L'orateur s'approcha du prisonnier sur sa gauche et baissa son bâillon. La corde arracha sa chair.

– Nous n'avons trahi personne, hurla-t-il. Je n'ai trahi personne! J'étais à Kai-tak, oui, mais dans la foule! Pour regarder, monsieur! Pour être empli de joie!

– A qui as-tu parlé?

– A personne! Oh, si, à un employé, pour confirmer mon vol du lendemain, monsieur, c'est tout! Je le jure sur les esprits de nos ancêtres! Les miens et ceux de mon jeune frère!

– L'argent. L'argent que vous avez volé?

– Pas volé, monsieur! Je le jure! Au fond de nos cœurs nous pensions fièrement – grâce à la cause, notre cause – que nous pouvions utiliser cet argent à l'avantage de la vraie Chine! Chaque yuan de profit devait être reversé pour la cause!

La foule fit entendre le tonnerre de sa réponse. Des cris de dérision, des imitations de miaulements de chat, des sifflets. L'orateur leva la main, pour réclamer le silence. Les voix moururent.

– Il faut que la rumeur se répande, dit-il lentement d'une voix pénétrante. Que ceux de notre groupe grandissant qui songent à nourrir des idées de trahison soient avertis. Nous ignorons la pitié car on ne nous a jamais montré de pitié. Notre cause est juste et pure et même des idées de tricherie sont une abomination. Répandez la rumeur. Vous ne savez pas qui nous sommes ni où nous sommes – un bureaucrate dans un ministère ou un membre de la police secrète. Nous ne sommes nulle part et nous sommes partout. Ceux qui dévient ou qui doutent sont morts... Le procès de ces chiens empoisonnés est terminé. A vous de décider, mes enfants...

Le verdict fut bref et unanime : coupable du premier chef d'accusation et probablement du second aussi. La sentence : un des frères mourrait, l'autre vivrait et serait escorté jusqu'à Hong-kong où l'argent serait récupéré. Le choix devait être fait selon le très ancien rituel, du *yi zang li,* littéralement « un seul enterrement ». On donna à chacun des deux frères un couteau identique avec des lames acérées en dents de scie. La zone du combat était un cercle de dix mètres de diamètre. Les deux frères se firent face et le rituel sauvage commença. L'un des deux plongea en avant dans une attaque surprise désespérée, mais l'autre recula rapidement et évita l'attaque. Sa lame vint lacérer le visage de son frère.

Le duel dans son cercle mortel et les cris de réaction primitive des spectateurs couvrirent le bruit que Jason aurait pu faire. Il courut jusqu'en bas à travers les broussailles, cassant des branchages et fouettant les hautes herbes, jusqu'à l'arbre où se tenait l'assassin. A six mètres de lui. Il s'approcherait, mais, d'abord Danjou. Echo devait savoir qu'il était juste là, derrière lui.

Le Français et le dernier prisonnier chinois étaient au bord du cercle à droite, encadrés par deux gardes. Jason rampa en avant tandis que la foule rugissait insultes et encouragements aux gladiateurs. L'un des combattants, aussi couvert de sang que son frère, avait porté un coup quasi fatal, mais la vie qu'il voulait gommer refusait de se rendre. Bourne était à moins de trois mètres de Danjou. Il tâta le sol d'une main et ramassa une branche morte. Pendant un autre rugissement de l'audience il la cassa en trois. Il gratta les feuilles qui restaient sur les trois morceaux et les transforma en petits bâtonnets maniables. Il visa et lança le premier, selon une trajectoire basse. Le bout de bois tomba derrière Danjou. Il lança le second. Il frappa l'arrière des genoux d'Echo! Danjou hocha deux fois la tête pour signaler qu'il avait constaté sa présence. Puis le Français fit une chose bizarre. Il commença à bouger la tête d'avant en arrière, lentement. Echo essayait de lui dire quelque chose. Soudain, la jambe gauche de Danjou céda sous lui et il tomba. Le garde de droite le releva brutalement, mais l'attention de l'homme était tout entière fixée sur le duel à mort qui avait lieu dans le cercle.

Une fois encore Echo secoua doucement la tête, délibérément puis la maintint immobile, avant de tourner la tête dans la direction de l'assassin qui s'était éloigné de l'arbre pour regarder le combat. Puis il dirigea sa tête, son regard, vers le dément au sabre.

Danjou s'effondra à nouveau, mais cette fois il se démena pour se relever avant que le garde n'intervienne. En se redressant il remua ses épaules d'avant en arrière. Et Bourne, inspirant profondément, ferma les yeux. C'était le seul bref moment de tristesse qu'il pouvait se permettre. Le message était clair. Echo se retirait, il disait à Delta de ne s'occuper que de l'assassin — et, dans le même temps, de tuer le boucher, le monstre évangéliste. Danjou savait qu'il était trop touché, trop faible pour faire partie d'une cavale. Il ne serait qu'un poids mort, un inconvénient, et l'imposteur venait en premier... Marie venait d'abord. La vie d'Echo était terminée. Mais il obtiendrait une dernière satisfaction en la mort du boucher dément, du fanatique qui allait certainement lui ôter la vie.

Un cri assourdissant emplit le cirque. La foule se tut subitement. Bourne jeta un rapide coup d'œil sur sa gauche, là où son regard pouvait voir au-delà des spectateurs. Ce qu'il vit était aussi écœurant et répugnant que ce qu'il avait vu durant les minutes précédentes. L'orateur dément avait plongé son sabre dans la gorge d'un des combattants. Il le retira. Le cadavre s'agitait encore de soubresauts, couvert de sang. Le ministre de la mort éleva la voix pour appeler :

— Médecin !

— Oui, monsieur, dit une voix dans la foule.

— Occupe-toi du survivant. Soigne-le du mieux que tu pourras pour qu'on puisse l'envoyer dans le Sud. Si je les avais laissés continuer, ils seraient morts tous les deux et notre argent envolé. Les liens de famille ajoutent des années d'hostilité au rituel du *yi zang li*. Emmenez son frère et jetez-le dans les marais avec les autres. Ils serviront de nourriture aux oiseaux.

— Oui, monsieur, dit l'homme qui portait une trousse de médecin noire.

Il s'était avancé dans le cercle. Le cadavre fut promptement emporté, pendant qu'on mettait le blessé sur une civière. Tout avait été prévu, planifié. Le docteur fit une piqûre au blessé couvert de sang et le cercle de mort fut à nouveau vide. L'orateur regardait les deux derniers prisonniers en essuyant son sabre avec un nouveau carré de soie blanche.

Sidéré, Bourne regardait le Chinois debout à côté de Danjou. Le Chinois défit calmement les entraves qui liaient ses poignets, puis détacha son bâillon. L'homme s'avança jusqu'à l'orateur et s'adressa à lui, en élevant la voix pour que la foule l'entende.

— Il ne dit rien et ne révèle rien, et pourtant il parle chinois couramment et il a eu de nombreuses occasions de me parler avant qu'on embarque dans le camion et qu'on nous bâillonne. Et même là, quand j'ai baissé mon bâillon et que je lui ai proposé d'en faire autant pour qu'on puisse parler, il a refusé. Il est obstiné et brave pour un corrompu. Mais je suis sûr qu'il ne nous dira pas ce qu'il sait.

— *Tong ku tong ku!*

Des cris sauvages jaillirent de la foule, exigeant la torture. On y ajouta des instructions qui réduisaient l'espace de la douleur à infliger aux testicules de l'Occidental.

— Il est vieux et fragile, il s'évanouirait, il l'a déjà fait, insista le faux prisonnier. J'ai une suggestion à faire, avec la permission de notre guide...

— S'il y a une chance de succès, dis ce que tu souhaites, lança l'orateur.

— Nous lui avons offert la liberté en échange de l'information dont nous avons besoin, mais il n'a pas confiance. Il a traité trop longtemps avec les marxistes. Je propose d'emmener notre réticent allié jusqu'à l'aéroport de Pékin et de lui assurer l'embarquement jusqu'au prochain vol pour Hong-kong. Je lui ferai passer la frontière et tout ce qu'il aura à faire quand je lui donnerai sa carte d'embarquement sera de me donner l'information. Comment mieux lui montrer notre sincérité? Nous serons au milieu de nos ennemis et il n'aura qu'à élever la voix. Il a vu et entendu plus que quiconque. Aucun des autres ne nous a quittés vivant. Avec le temps nous pourrions devenir de vrais alliés, mais nous devons d'abord établir la confiance réciproque.

L'orateur étudiait le visage du provocateur. Puis il se tourna vers Danjou, qui se tenait, raide, inexpressif. L'homme au sabre taché de sang s'adressa alors à l'assassin qui le regardait. Il s'exprima en anglais.

— Nous avons offert d'épargner cet insignifiant manipulateur s'il nous dit où est son camarade. Vous êtes d'accord?

— Le Français va vous mentir! dit l'assassin de son accent britannique prononcé, tout en avançant.

— Dans quel but? demanda l'orateur. Il a sa vie, sa liberté. Il a peu ou pas de considération pour les autres êtres vivants, son dossier entier en est la preuve.

— Je n'en suis pas certain, dit l'Anglais. Ils ont travaillé ensemble dans un groupe nommé Méduse. Il en parle tout le temps. Ils avaient des règles – des codes, disons. Il va mentir.

— L'infâme Méduse était composée du rebut humain, d'hommes qui tueraient leurs frères sur-le-champ si cela pouvait sauver leur propre vie.

L'assassin haussa les épaules.

— Vous m'avez demandé mon opinion, dit-il. La voilà.

— Demandons donc à celui à qui nous sommes prêts à offrir notre pitié, dit l'orateur avant de repasser au mandarin, donnant des ordres, tandis que l'assassin retournait vers son sabre et allumait une cigarette.

On amena Danjou.

— Détachez-le. Il n'ira nulle part, et enlevez-lui son bâillon. Qu'on l'entende. Montrons-lui qu'on peut étendre la confiance... comme d'autres aspects moins attirants de notre nature.

Désentravé, Danjou secoua ses poignets. Puis il se massa la bouche.

— Votre confiance est aussi persuasive que la façon dont vous traitez les prisonniers, dit-il en anglais.

— J'ai déjà oublié, dit l'orateur en soulevant ses sourcils. Vous nous comprenez, n'est-ce pas?

— Plus que vous ne le pensez, répliqua Echo.

— Bien. Je préfère parler anglais. Dans un sens ceci reste entre nous, n'est-ce pas?

— Il n'y a rien entre nous. J'ai toujours essayé de ne pas

traiter avec des déments, ils sont trop imprévisibles, fit Danjou en regardant l'assassin debout devant l'arbre. J'ai commis des erreurs, bien sûr. Mais j'ai comme l'impression qu'il y en a une qui va être réglée rapidement.

– Vous pouvez vivre, dit l'orateur.

– Pendant combien de temps?

– Au-delà de ce soir. Le reste vous regarde, dépend de votre santé et de votre habileté.

– Non. Tout s'est terminé quand je suis sorti de cet avion à Kai-tak. Vous n'échouerez pas comme vous avez échoué hier. Il n'y aura pas de forces de sécurité, pas de limousines blindées, il n'y aura qu'un homme seul dans un terminal d'aéroport, et un autre armé d'un pistolet à silencieux ou d'un couteau. Comme votre « faux prisonnier » si peu convaincant le disait, j'étais ici ce soir. J'ai vu, j'ai entendu et ce que j'ai vu et entendu me condamne à mort... Accessoirement, s'il se demande pourquoi je ne lui ai pas fait confiance, dites-lui qu'il était bien trop visible, trop anxieux. Et ce bâillon qui tombe tout seul, vraiment! Il n'aurait jamais pu devenir un de mes élèves. Comme vous, il a la parole onctueuse, mais il est fondamentalement stupide!

– Comme moi?

– Oui, et vous, vous n'avez aucune excuse. Vous avez été très bien éduqué, vous avez visité le monde – ça s'entend dans votre discours. D'où êtes-vous diplômé? D'Oxford? De Cambridge?

– De la *London School of Economics,* répondit Sheng Chou Yang, incapable de s'en empêcher.

– Très bien, la vieille école. Et malgré ça, vous êtes grotesque. Un vrai clown. Vous n'êtes ni un universitaire, ni même un étudiant, vous n'êtes qu'un fanatique qui n'a aucun sens des réalités. Vous êtes un dément.

– Vous osez me dire ces mots?

– *Fengzi,* dit Echo en se tournant vers la foule. *Shenjing bing,* ajouta-t-il, en riant, expliquant qu'il avait l'impression de parler à un parfait crétin.

– Ça suffit!

– *Wei shemme?* poursuivit le Français, fébrile, demandant « pourquoi », et il enchaîna en chinois. Vous conduisez ces gens à la mort à cause de vos théories absurdes capables de changer la merde en or et la pisse en vin! Mais comme le disait cette malheureuse femme tout à l'heure, pour qui l'or? Pour qui le vin? Pour vous ou pour les autres?

— Je vous aurais averti! s'écria Sheng en anglais.

— Vous voyez, continua Echo, la voix presque brisée. Il ne veut pas parler avec moi dans votre langue! Il se cache de vous! Il vous cache des choses! Ce nabot avec son grand sabre! Est-ce parce qu'il lui manque quelque chose ailleurs? Est-ce qu'il frappe les femmes avec sa lame parce qu'il n'a rien d'autre entre les jambes? Et regardez-moi cette tête de citrouille avec son crâne plat...

— Ça suffit!

— Et ces yeux d'enfant hargneux et désobéissant! Ce n'est qu'un crétin! Pourquoi lui obéir? Il ne vous donnera que de la pisse en échange!

— Je m'arrêterais, si j'étais vous, dit Sheng en avançant sur lui, le sabre brandi. Ils vont vous tuer avant moi...

— Eh bien, j'en doute, répondit Danjou en anglais. Votre colère vous aveugle, monsieur le sac à vent! Vous n'avez pas remarqué quelques ricanements? Moi, si.

— *Gou le!* rugit Sheng Chou Yang, ordonnant à Echo de se taire. Vous nous donnerez l'information dont nous avons besoin, continua-t-il en chinois; et sa voix aiguë ressemblait aux aboiements d'un homme accoutumé à être obéi. Fini de jouer! Nous ne tolérerons plus rien! Où est l'assassin que vous avez amené de Macao?

— Là-bas, dit Danjou en montrant l'assassin.

— Pas lui, l'autre! Celui qui est venu avant. Ce fou que vous avez rappelé de la tombe pour vous venger! Où est-il? Où devez-vous vous retrouver? Où est votre base à Pékin?

— Il n'y a pas de lieu de rendez-vous, pas de base d'opération, pas de plans, répondit Danjou.

— Il y en a! Vous vous préoccupez toujours des urgences, vous prévoyez tout! C'est comme cela que vous survivez!

— Que nous survivions... Mettez donc cette phrase au passé...

Sheng leva son sabre.

— Vous allez nous le dire, sinon vous allez mourir, d'une manière très déplaisante!

— Voici ce que je vais vous dire. S'il pouvait entendre

ma voix, je lui expliquerais que c'est vous qu'il doit tuer! Car c'est vous, l'homme qui va mettre l'Asie à genoux, noyer des millions de gens dans le sang de leurs frères. Il doit se soucier de ses propres affaires, je le comprends, mais si je pouvais je lui dirais, de mon dernier souffle, que vous êtes lié à ses affaires! Je lui dirais d'agir, et vite!

Hypnotisé par la performance de Danjou, Bourne sursauta comme si on l'avait frappé à l'improviste. Echo lui envoyait un dernier signal! *Agis! Bouge! Maintenant!* Jason fouilla dans sa poche gauche et en sortit son matériel. Il rampa à travers les bois jusqu'à un rocher qui s'élevait de quelques mètres au-dessus du sol. Le rocher l'abritait du vent et dissimulait ce qu'il avait à faire. Il entendait toujours la voix du Français, de plus en plus faible et agitée de trémolos, mais lancée comme un défi au visage du boucher. Danjou trouvait des ressources en lui-même, non seulement pour affronter les dernières secondes qu'il lui restait à vivre, mais aussi pour donner à Delta les précieux instants dont il avait besoin.

– ... ne vous pressez pas, espèce de Gengis khan! Je suis vieux et vos sbires ont fait leur travail. Comme vous le voyez, je ne vais nulle part. D'un autre côté, je crois que je me fous de là où vous m'emmenez... Vous voyez, nous n'avons pas été assez malins pour éviter votre piège. Si nous l'avions été, nous n'aurions pas marché en plein dedans. Alors pourquoi êtes-vous si sûr que nous avions un lieu de rendez-vous?

– Parce que vous avez marché dedans, précisément, dit calmement Sheng Chou Yang. Vous, vous et lui, vous avez suivi l'homme de Macao dans le mausolée. Le fou s'attendait à s'en sortir. Vous aviez prévu un possible chaos, et donc un rendez-vous.

– A la surface, votre logique semble irréfutable...

– Où? hurla Sheng.

– Et qu'est-ce que je gagne?

– Votre vie!

– Ah oui, c'est vrai, vous avez déjà mentionné ce détail...

– Le temps qui vous est imparti s'écoule...

– Je saurai quand le moment sera venu, *monsieur!*

Un dernier message. Delta comprit.

Bourne craqua une allumette et alluma la fine bougie

sur laquelle était attachée la mèche, un centimètre sous le sommet. Il s'enfonça rapidement plus profond dans la forêt, traînant derrière lui le fil où étaient attachées les doubles rangées de pétards. Il revint ensuite vers l'arbre.

– ... et quelle garantie ai-je pour ma vie? persistait Echo, qui s'amusait, pervers, comme un maître d'échecs complotant pour sa propre mort.

– La vérité, répliqua Sheng. C'est tout ce dont vous avez besoin.

– Mais mon ancien élève vous a dit que j'allais mentir – avec autant de talent que vous ce soir, dit Danjou avant de se taire un instant, et de répéter ce qu'il venait de dire en mandarin. *Liao jie?*, lança-t-il aux spectateurs, pour leur demander s'ils avaient compris.

– Cessez immédiatement!

– Mais vous vous répétez sans arrêt, général Gengis khan, la patience n'est pas seulement une vertu, vous savez, c'est aussi une nécessité.

– Ça suffit, s'écria l'assassin, bondissant soudain de l'ombre, à la stupéfaction générale. Il joue avec vous! Je le connais!

– Et pour quelle raison? demanda Sheng en levant son sabre.

– Je ne sais pas, répondit le commando. Mais je n'aime pas ça et pour moi c'est une raison suffisante!

A trois mètres derrière l'arbre, Delta regarda sa montre lumineuse. Il avait réglé la combustion de la bougie dans la voiture et le moment était venu. Les yeux clos, il saisit une poignée de terre et la lança à droite de l'arbre, presque à côté de Danjou. Lorsqu'il entendit la pluie de terre, Echo éleva la voix, se mit à rugir.

– Traiter avec vous? hurla-t-il. Je préférerais signer un pacte avec le diable! Heureusement Dieu saura que vous avez commis des crimes au-delà de tout ce qu'on peut imaginer et je quitterai cette terre heureux de vous emporter avec moi! Votre horrible brutalité mise à part, mon général, vous êtes mortellement ennuyeux, prétentieux et stupide! Vous êtes comme une cruelle plaisanterie infligée à votre peuple! Venez, venez mourir avec moi, général Dingo!

Sur ces derniers mots, Danjou se jeta sur Sheng Chou Yang, ses mains comme des serres lui labourèrent les yeux pendant qu'il lui crachait au visage. Sheng bondit en arrière et, balançant son sabre, abattit la lame dans la tête du Français. Echo était mort. Mort vite.

Cela commença! Une pétarade emplit soudain l'air, résonna dans le cirque rocheux, gagnant de l'intensité tandis que les spectateurs affolés se jetaient à terre ou dans les fourrés pour sauver leur peau.

L'assassin plongea derrière le tronc de l'arbre, son arme à la main. Bourne, le silencieux fixé à son automatique, fonça sur le tueur. Il se tenait juste derrière l'assassin allongé dans l'herbe. Il visa et tira, lui faisant sauter son arme de la main. Du sang jaillit entre le pouce et l'index du commando. Le tueur pivota sur lui-même en une fraction de seconde, les yeux écarquillés, s'étranglant de surprise. Jason tira à nouveau, lui balafrant la pommette.

– Retourne-toi, dit Bourne en enfonçant le canon de son arme dans l'œil gauche du commando. Prends l'arbre à bras-le-corps! Vite! Les deux mains, allez! Serre le tronc! Mieux que ça!

Jason pressa son arme sur la nuque du tueur. Il regarda derrière l'arbre. Plusieurs des torches qui avaient formé le cercle infernal avaient été éteintes. Une autre série d'explosions résonna, venue du plus profond de la forêt. Des hommes paniqués ouvraient le feu dans cette direction. La jambe de l'assassin remua, puis sa main droite! Bourne tira deux balles dans l'arbre à un centimètre du crâne du commando. L'assassin se remit en place, les mains serrant le tronc.

– Colle ta tête sur la gauche! dit Jason, sèchement. Si tu bouges d'un millimètre, je te fais sauter la cervelle!

Où était-il? Où était le dément au sabre? Delta devait bien ça à Echo... Où... Là-bas!

L'homme aux yeux de fanatique se relevait, regardait partout en même temps, donnait des ordres à ceux qui l'entouraient et réclamait une arme. Jason s'écarta de l'arbre et leva son arme. Le fanatique cessa de bouger. Leurs regards se rencontrèrent. Bourne tira juste au moment où Sheng poussait un de ses hommes devant lui. Le soldat se plia en deux, comme cassé par l'impact. Sheng agrippait le corps, s'en servant comme d'un bouclier. Jason ouvrit le feu deux fois encore. Les balles firent tressauter le cadavre du garde. Il n'y arrivait pas! Le dément sanguinaire était protégé par le corps d'un de ses hommes! Delta ne pouvait pas faire ce qu'Echo lui avait demandé! Le général « Dingo » allait survivre! Désolé, Echo... Pas le temps! Bouge!... Echo avait disparu... *Marie!*

L'assassin tourna la tête. Il essayait de voir ce qui se passait. Bourne pressa la détente. De l'écorce jaillit, explosa au visage du tueur et il dut se frotter les yeux, aveuglé d'éclats de bois.

— Debout! ordonna Jason en le saisissant à la gorge. Il le fit pivoter jusqu'au sentier qu'il s'était frayé dans les fourrés. Tu viens avec moi!

Une troisième série de pétards, plus loin dans la forêt, explosa, imitation parfaite d'une fusillade. Sheng Chou Yang hurlait, hystérique, ordonnait à ses hommes d'aller dans deux directions – vers l'arbre et vers les détonations. Les explosions cessèrent. Bourne propulsait son prisonnier à travers bois. Il lui ordonna de s'allonger. Jason posa son pied sur la nuque du commando. Puis il ramassa trois pierres et les lança, l'une après l'autre, de plus en plus loin vers les hommes qui cherchaient près de l'arbre. La diversion eut l'effet escompté.

— *Nali!*

— *Shu ner!*

— *Bu! Caodi ner!*

Les gardes se mirent à avancer, leurs armes braquées. Plusieurs plongèrent en avant. D'autres les rejoignirent au moment où la quatrième série de pétards éclatait. Malgré la distance, le bruit était aussi fort que les précédents. C'était la phase finale, le point culminant de sa mise en scène, et le ruban de pétards était plus long que les autres.

Delta savait que le temps se chiffrait maintenant en minutes et, si jamais la forêt était son amie, c'était maintenant qu'elle devait le montrer. Dans un moment, dans quelques secondes les gardes allaient découvrir les rangées de pétards éteints dans les bois et sa tactique serait révélée. Alors s'ensuivrait une course terrible jusqu'à la sortie.

— Bouge! ordonna Bourne en prenant l'assassin par les cheveux. Il le remit sur pied et le poussa en avant. Souviens-toi bien, espèce d'enculé, que je connais tous tes trucs mieux que toi et cela compense notre légère différence d'âge! Si tu regardes dans la mauvaise direction, tu auras deux balles à la place des yeux! Avance!

Ils se mirent à courir sur le sentier à travers la forêt. Pendant que l'assassin courait devant lui, le souffle court, essuyant le sang de sa joue, Jason ouvrit le chargeur de son automatique et le remplit de balles. Il referma le chargeur. L'assassin entendit le cliquetis de l'arme, se retourna brusquement, pour se rendre compte qu'il était trop tard. Le chargeur était en place. Bourne ouvrit le feu, lui écorcha l'oreille.

– Je t'avais prévenu, dit-il.

Il respirait fort mais régulièrement.

– Où veux-tu la prochaine? Au milieu du front?

– Bon Dieu, ce boucher avait raison! s'écria le commando britannique en se tenant l'oreille. Tu es fou!

– Et toi tu es mort si tu n'avances pas! Plus vite!

Ils atteignirent le cadavre du garde posté sur le sentier.

– Prends à droite, ordonna Jason.

– Où ça, bordel! Je n'y vois rien!

– Il y a un sentier. Avance!

Une fois engagé dans la série de sentiers qui traversaient la réserve ornithologique, Bourne enfonça son automatique dans la colonne vertébrale de l'assassin, le forçant à courir de plus en plus vite! Plus vite! Pendant un moment David Webb revint et Delta l'accueillit chaleureusement. Car Webb était un coureur, un vrai coureur de fond, pour des raisons qui le ramenaient loin en arrière et liées au passé, à la mémoire torturée de Jason Bourne. La course de ses pieds, la sueur et le vent sur son visage rendaient chaque jour la vie un peu plus facile pour David et pour le moment Jason Bourne respirait fort, mais l'assassin, plus jeune, et plus fort, n'avait, lui, plus de souffle.

Delta aperçut la lueur dans le ciel – la grille était au bout d'un espace libre... Plus que trois sentiers. Moins d'un kilomètre! Il tira une balle entre les jambes de l'assassin qui ralentissait.

– Cours plus vite, tu m'entends! dit-il en imposant un contrôle à sa voix comme pour faire croire que cet effort intense n'avait pas eu d'effet sur lui.

– Bon Dieu, je ne peux pas! Je n'ai plus de souffle!

– Trouves-en! ordonna Jason.

Soudain, loin derrière eux, ils entendirent les cris hystériques d'hommes à qui leur leader dément ordonnait de foncer jusqu'à la grille, de trouver et de tuer cet intrus si dangereux que leurs vies et leurs fortunes en dépendaient. Visiblement on avait découvert les pétards éteints. On avait appelé la guérite et pas obtenu de réponse.

— *Trouvez-le! Arrêtez-le! Tuez-le!*

— Si vous avez la moindre idée derrière la tête, major, oubliez-la! s'écria Bourne.

— Major? dit le commando, à peine capable de parler, tout en continuant à courir.

— Je lis en toi comme dans un livre, et ce que j'y vois me rend malade! Tu as regardé Danjou mourir comme un porc. Tu as souri, enculé!

— Il voulait mourir! Il voulait me tuer!

— C'est moi qui te tuerai si tu arrêtes de courir. Mais avant je t'ouvrirai en deux des couilles à la gorge, si lentement que tu souhaiterais être mort avec l'homme qui t'a créé!

— Je n'ai pas le choix! Tu me tueras de toute façon!

— Peut-être pas. Penses-y. Peut-être est-ce que je te sauve la vie. Pense, et pense bien...

L'assassin accéléra. Ils traversèrent l'espace libre qui menait à la grille, sous le feu des projecteurs.

— Le parking! cria Jason. Le coin à droite!

Bourne s'arrêta.

— Stop!

L'assassin, médusé, s'immobilisa. Bourne sortit sa lampe-stylo puis leva son automatique. Il tira cinq balles. Les projecteurs explosèrent. Bourne enfonça son arme dans la nuque du commando puis alluma sa lampe.

— On a la situation bien en main, major, dit-il. L'opération se poursuit. Avance, fils de pute!

Atteignant le parking, l'assassin glissa sur le gravier et s'étala. Jason tira deux fois. Les balles ricochèrent juste devant la figure du commando. Il se releva et se remit à courir, dépassant les voitures et le camion.

— Le grillage, murmura Bourne dans un sifflement. Droit dessus!

Parvenu devant la barrière, Bourne cracha un nouvel ordre.

— A quatre pattes! Et regarde devant toi! Si tu te

retournes, je serai la dernière personne que tu verras! Allez, rampe!

L'assassin était devant le trou découpé dans le grillage.

— Allez, avance, dit Jason, en prenant d'autres balles dans sa poche. Puis il dégagea le chargeur de son automatique.

— Stop, siffla-t-il quand l'ancien commando fut à moitié passé. Il engagea les balles dans le chargeur et le remit en place.

— Juste au cas où tu aurais compté, dit-il. Allez, rampe et immobilise-toi à trois mètres du grillage. Grouille!

Bourne s'allongea et s'élança à quelques centimètres derrière lui. S'attendant à autre chose, le commando se retourna vivement, se mit à genoux. Il se trouva nez à nez avec le silencieux de l'automatique, les yeux éblouis par la petite lampe.

— J'aurais fait la même chose, dit Jason en se remettant debout. J'aurais pensé exactement la même chose. Maintenant retourne au grillage et remets-le en place.

Le tueur fit comme on le lui disait.

— Ça va. Relève-toi et repasse devant, les mains dans le dos. Va tout droit et avance entre les arbres. Je surveille tes mains. Si tu les desserres, je te tue. Est-ce clair?

— Tu crois que je te flanquerais une branche dans la gueule?

— Moi je le ferais.

— C'est clair.

Ils atteignirent la route devant la grille plongée dans une obscurité irréelle. Les cris lointains se rapprochaient maintenant, leurs poursuivants n'étaient plus loin.

— Descends la route, dit Jason. Allez, cours!

Trois minutes plus tard il ralluma sa lampe.

— Ce tas de branches vertes, là, tu les vois?

— Où ça, balbutia l'assassin à bout de souffle.

— Celles que j'éclaire.

— Eh ben, qu'est-ce qu'elles ont, ces branches?

— Enlève-les. Vite!

Le commando commença à jeter les branches par terre. En quelques secondes la Shangai noire apparut. Le sac, maintenant.

— Suis la lumière, à gauche devant la calandre.

— Jusqu'où?

— L'arbre avec la marque blanche sur le tronc. Tu la vois?

— Oui.

— Au pied de l'arbre, à trente centimètres devant, il y a de la terre fraîchement remuée. En dessous tu trouveras un sac à dos. Sors-le.

— Enculé de professionnel, hein?

— Pas toi?

Sans répliquer, le tueur creusa et dégagea le sac. Le tenant par les courroies il s'avança comme pour le tendre à Bourne. Mais soudain, il balança le sac, en diagonale, vers l'arme et la lampe-stylo de Jason, tout en plongeant, les mains crispées comme des griffes.

Bourne était prêt. C'était exactement le moment qu'il aurait choisi, lui, pour reprendre l'avantage, car cela lui aurait donné les secondes nécessaires pour fuir dans le noir. Il recula, et écrasa l'automatique dans la gueule de l'assassin.

Le tueur tomba et Jason lui aplatit un genou au milieu du dos, lui tordant le bras droit en arrière.

— Je t'avais averti, dit-il en le relevant, mais j'ai besoin de toi. Donc, au lieu de te tuer, nous allons faire un peu de chirurgie balistique.

Jason plaça son arme latéralement sur le biceps de l'assassin et pressa la détente.

— Merde! hurla le tueur.

Son sang jaillit.

— Il n'y a pas d'os cassé, dit Delta. Seul le muscle est atteint et maintenant tu hésiteras avant de te servir de ton bras. Tu as de la chance que je sois généreux. Dans ce sac il y a de la gaze, du sparadrap et du désinfectant. Tu peux te faire un pansement, major. Et après tu vas conduire. Tu vas devenir mon chauffeur en République populaire. Tu vois, je resterai à l'arrière avec mon arme braquée sur ta tronche, et j'ai une carte. Si j'étais toi, j'éviterais les faux mouvements.

Douze des hommes de Sheng Chou Yang étaient arrivés à la grille. Seuls quatre d'entre eux portaient des lampes.

— *Wei shemme? Cuo wu!*

512

– *Mafan! Feng Kuang!*
– *You mao bing!*
– *Wei fan!*

Une douzaine de voix hystériques maudissaient l'absence des projecteurs, blâmaient la traîtrise et l'inefficacité. On examina la grille. Le téléphone et l'électricité ne marchaient plus et le gardien avait disparu. Plusieurs étudiaient le cadenas et la chaîne qui fermaient la grille et donnaient des ordres aux autres. Puisque personne ne pouvait sortir, se disaient-ils, les agresseurs devaient toujours être dans l'enceinte de la réserve.

– *Biao!* cria l'infiltrateur qui avait joué le rôle du faux prisonnier.

Puis il ordonna aux autres de répartir les lampes et de fouiller le parking, les bois alentour et les marécages au-delà. Les chasseurs se séparèrent, arme au poing, et s'élancèrent dans toutes les directions. Sept autres hommes arrivèrent. Un seul portait une lampe. Le faux prisonnier la réclama et expliqua la situation pour former une autre équipe de recherche. On lui objecta qu'une seule lampe ne suffisait pas dans le noir. L'organisateur lâcha une série de jurons, décrivant l'incroyable stupidité de ceux qui l'entouraient.

Les flammes dansantes des torches éclairaient le reste des conspirateurs, menés par Sheng Chou Yang. Son sabre battait contre sa jambe. On lui montra la chaîne cadenassée. Le faux prisonnier lui résuma la situation.

– Vous vous trompez, dit Sheng, exaspéré. Vous vous trompez complètement! Cette chaîne n'a pas été placée par un de nos hommes pour les empêcher de sortir! C'est lui, cette abomination humaine, qui l'a mise pour nous retarder!

– Mais il y a...

– Dois-je me répéter? hurla Sheng Chou Yang. Ces gens sont des survivants! Ils ont survécu à ce qu'ils appelaient Méduse parce qu'ils pensaient à tout! Ils sont passés par-dessus la grille!

– Impossible, protesta l'homme. La grille et les barbelés au-dessus du grillage sont électrifiés, monsieur. Tout être de plus de dix kilos les active automatiquement. Comme ça les oiseaux ne sont pas électrocutés.

— Alors ils ont trouvé la source du courant et ils l'ont coupé!

— Les interrupteurs sont à l'intérieur, et à soixante-quinze mètres de la grille, enfouis dans le sol. Je ne sais même pas exactement où!

— Envoyez quelqu'un.

Le subordonné regarda autour de lui. A six mètres de là, deux de leurs hommes discutaient rapidement et il semblait qu'ils n'avaient pas entendu cette conversation.

— Toi! dit le jeune subordonné en désignant l'homme de gauche.

— Oui?

— Escalade le grillage!

— Bien, monsieur, dit le jeune homme.

Il courut jusqu'à la barrière et sauta. Ses mains saisirent le grillage et ses pieds travaillaient furieusement. Il atteignit le haut de la barrière et avança une main vers les barbelés.

— *Aiyaaa!*

Une cascade d'étincelles bleues jaillit, des éclairs blancs qui grésillaient. Le corps tétanisé, les cheveux hérissés sur la tête, le grimpeur retomba en arrière et toucha le sol avec un bruit mat. Les lumières des lampes convergèrent vers lui. Il était mort.

— Le camion! s'écria Sheng. Bande d'idiots! Amenez le camion et défoncez la grille! Faites ce que je vous dis! Immédiatement!

Deux hommes s'élancèrent dans le parking et quelques secondes plus tard le puissant moteur du camion rugit dans la nuit. La boîte de vitesse grinça. Le lourd camion recula, tout son châssis trembla, puis il s'arrêta. Les pneus crevés fumaient et empestaient le caoutchouc brûlé. Sheng Chou Yang regardait avec une fureur grandissante.

— Les voitures! hurla-t-il. Toutes les voitures! Vite!

Les voitures démarrèrent l'une après l'autre et dérapèrent sur le gravier, immobilisées par leurs pneus crevés. Fou de rage, Sheng courut jusqu'à la grille, sortit un revolver et tira deux balles dans la chaîne. Sur sa droite un homme hurla, touché par le ricochet d'une balle. Sheng dégaina son sabre rituel et en frappa la chaîne à plusieurs reprises. C'était un exercice de futilité.

La lame se brisa.

XXVIII

— Voilà la maison, celle avec le grand mur de pierre, dit l'officier de la CIA Matthew Richards, au volant de sa voiture qui escaladait la pente de Victoria Peak. Selon nos informations, il doit y avoir des marines partout, et cela ne me fera aucun bien d'être vu avec toi!

— Je crois que tu veux me devoir quelques dollars de plus, dit Alex Conklin, scrutant la route à travers le pare-brise. Ça peut se négocier.

— Je veux juste ne pas être impliqué, bon Dieu! Et des dollars, je n'en ai pas!

— Pauvre Matt, triste Matt. Tu prends tout trop au pied de la lettre.

— Je ne sais pas de quoi tu parles.

— Moi non plus, mais vas-y, passe devant la maison comme si tu allais chez quelqu'un d'autre. Je te dirai quand t'arrêter pour que je descende.

— Vraiment?

— Il y a des conditions. C'est ça les dollars.

— Oh, merde!

— Ils ne sont pas durs à tromper. Vu la situation, je vais rester hors d'atteinte. Il me faut un homme à l'intérieur. Je t'appellerai plusieurs fois par jour pour te demander si notre dîner ou notre déjeuner tient toujours, ou si on se retrouve au champ de courses.

— Pas là, l'interrompit Richards.

— D'accord, au Musée de cire — tout ce qui me passera par la tête, sauf le champ de courses. Si tu me réponds : « Non, je suis occupé », je saurai qu'ils sont loin de me prendre. Si tu me réponds « oui », je me tire.

– Mais je ne sais même pas où tu te caches! Je t'ai ramassé au coin de Granville et Carnavon.

– J'ai dans l'idée qu'on va appeler ton équipe pour maintenir les choses en règle et la responsabilité là où elle doit être. Les Britanniques vont insister là-dessus. Ils n'ont pas l'intention de dégringoler tout seuls si Washington loupe son opération. L'époque est légèrement trouble pour les Anglais ici, ils vont protéger leurs culs de colons!

Ils dépassèrent les grilles d'entrée. Conklin, les yeux plissés, étudiait le terrain.

– Alex, je te jure que j'ignore de quoi tu parles.

– C'est encore mieux. Tu es d'accord, alors? Tu seras mon gourou à l'intérieur?

– Oui, bordel de merde...

– Très bien. Arrête-toi ici. Je vais descendre. Je reviendrai à pied. Si on me demande quoi que ce soit, je dirai que j'ai pris le tram jusqu'au Peak, puis un taxi qui s'est trompé de maison, et que j'ai fini le trajet à pied. Tu es heureux, Matt?

– C'est l'extase, dit l'officier en soupirant.

Il immobilisa la voiture.

– Dors bien, Matt. Saigon est loin et on a besoin de plus de sommeil en vieillissant.

– J'ai entendu dire que tu n'étais plus qu'une épave. Ce n'est pas vrai, hein?

– Tu as entendu ce qu'on voulait que tu entendes, répliqua Conklin d'un ton neutre.

Mais cette fois, il put croiser les doigts de ses deux mains avant de descendre de la voiture.

Un bref coup, et la porte s'ouvrit brusquement. Havilland sursauta et regarda McAllister, très pâle, qui pénétrait dans la pièce.

– Conklin est à la grille, dit le sous-secrétaire. Il exige de vous voir et il dit qu'il restera là toute la nuit s'il le faut. Il dit aussi que, s'il commence à faire froid, il va allumer un feu devant l'entrée.

– Mutilé ou pas, il n'a pas perdu son culot, dit l'ambassadeur.

– Ceci est totalement inattendu, poursuivit McAllister

en se frottant la tempe droite. Nous ne sommes pas prêts à une confrontation.

– Il semble que nous n'ayons pas le choix. La route dehors n'est pas un chemin privé. Il est tout à fait capable de rameuter les pompiers de la colonie!

– Il n'oserait pas...

– Si, il oserait, coupa Havilland. Laissez-le entrer. Et ça n'est pas seulement inattendu, c'est extraordinaire. Il n'a pas eu le temps d'assembler les faits ni d'organiser une attaque qui lui donnerait du poids. Il s'expose volontairement, et, étant donné son background de spécialiste, il ne ferait pas une chose pareille à la légère. C'est beaucoup trop dangereux. Il a lui-même donné l'ordre d'exécution une fois.

– Nous pouvons supposer qu'il est en contact avec la femme, protesta le sous-secrétaire en se dirigeant vers le téléphone de l'ambassadeur posé sur le bureau. Cela lui donne tous les faits dont il a besoin!

– Non. Elle n'a pas ces éléments.

– Et vous, précisa McAllister, comment sait-il qu'il doit s'adresser à vous?

Havilland sourit, cynique.

– Il suffit qu'il ait entendu dire que j'étais à Hong-kong. D'autre part nous nous connaissons et je suis certain qu'il sait faire le rapport.

– Mais cette maison?

– Ça, il ne nous le dira jamais. Conklin est un vieux spécialiste de l'Extrême-Orient, monsieur le sous-secrétaire, et il a des contacts que nous n'imaginons pas. Et nous ne saurons pas ce qui l'amène si nous ne le laissons pas entrer, n'est-ce pas?

– Non, répondit McAllister en prenant le téléphone. Il pressa trois touches. L'officier de garde?... Laissez entrer M. Conklin, fouillez-le et escortez-le vous-même jusqu'au bureau de l'aile est... Il quoi? Faites-le entrer et éteignez-moi immédiatement cette saleté!

– Qu'est-ce qui se passe? demanda Havilland, pendant que le sous-secrétaire raccrochait.

– Il a allumé un feu de l'autre côté de la route.

Alexander Conklin boitilla jusqu'au bureau, suivi par un officier des marines qui referma la porte. Havilland se leva de son fauteuil et fit le tour du bureau, la main tendue.

– Monsieur Conklin...

– Gardez votre main, monsieur l'Ambassadeur. Je n'ai pas envie d'être contaminé.

– Je vois. La colère domine la civilité?

– Non. C'est peut-être contagieux. Comme on dit ici, les esprits pourris sont avec vous. Vous suez la maladie. Une maladie grave.

– Et quelle est donc cette maladie?

– La mort.

– Comme vous êtes mélodramatique! Allons, monsieur Conklin, vous pouvez faire mieux que ça.

– Non, je le pense sincèrement. Il y a moins de vingt minutes, j'ai vu quelqu'un se faire tuer, descendre dans la rue avec quatre ou cinq balles dans le corps. Elle a été projetée à travers les portes vitrées de son immeuble, son chauffeur a été descendu dans sa voiture. Je vous veux dire, il y avait du sang et du verre partout, une horreur...

Havilland, choqué, ouvrait grands les yeux, mais c'est la voix hystérique de McAllister qui interrompit l'homme de la CIA.

– Elle? Qui elle? La femme?

– Une femme, dit Conklin en se tournant vers le sous-secrétaire qu'il n'avait pas encore daigné regarder. Vous êtes McAllister?

– Oui.

– Je ne vous serrerai pas la main non plus. Elle était impliquée dans votre saleté.

– La femme de Webb est morte? cria le sous-secrétaire, paralysé.

– Non, mais merci pour la confirmation.

– Dieu du ciel, s'écria l'ambassadeur. C'est Staples, Catherine Staples!

– Monsieur gagne un cigare! Et merci encore pour cette seconde confirmation. Est-ce que vous avez l'intention de dîner bientôt avec le haut-commissaire canadien? J'aimerais bien voir ça – juste pour contempler le célèbre ambassadeur Havilland au travail. J' crois qu' les p'tits mecs d'en bas comme moi en apprendraient long!

518

– Taisez-vous, espèce d'imbécile! cria Havilland en revenant derrière son bureau. Il se laissa tomber dans son fauteuil et ferma les yeux.

– C'est justement ça que je ne ferai pas, dit Conklin en avançant. Son pied mutilé martelait le sol. Vous avez des comptes à rendre... monsieur! dit l'homme de la CIA en agrippant le bord du bureau. Comme vous en avez à rendre pour ce qui est arrivé à David et Marie Webb! Bordel, mais vous vous prenez pour qui? Et si mon langage vous choque, tas d'enculés, c'est tant mieux. Vous ne maniez que le mensonge et la douleur. Vous les plantez à l'intérieur des gens que vous avez décidé de manipuler, vous les changez en marionnettes terrifiées, et vous agitez leurs ficelles, vous les faites danser sur vos satanés scénarii! Je vous le répète, espèce d'enfant de putain d'aristo, pour qui vous vous prenez?

Havilland ouvrit à demi les yeux et se pencha en avant. Son expression était celle d'un vieil homme qui souhaitait mourir, ne serait-ce que pour supprimer la douleur. Mais ses yeux étaient bien vivants et pleins d'une rage froide, car ils voyaient des choses que les autres ne pouvaient pas voir.

– Est-ce que cela servirait votre argumentation si je vous racontais que Catherine Staples m'a dit à peu près les mêmes choses que vous?

– Cela compléterait mon argumentation, oui!

– Et pourtant elle a été tuée parce qu'elle avait rejoint nos rangs. Elle n'aimait pas ce qu'elle devait faire, mais selon elle il n'y avait pas le choix.

– Une autre marionnette?

– Non! Un être humain avec un esprit brillant et une expérience extrêmement riche qui comprenait ce à quoi nous avons à faire face. Je déplore sa perte – et les circonstances de sa mort – plus que vous ne pouvez l'imaginer.

– Est-ce vraiment sa mort que vous déplorez, ou le fait que votre sainte opération a été pénétrée?

– Comment osez-vous? fit Havilland d'une voix blanche. Il se leva et fixa l'homme de la CIA dans les yeux. Vous venez un peu tard pour les cours de morale, monsieur Conklin. Vous avez commis assez d'erreurs auparavant pour la fermer aujourd'hui. Si vous n'aviez pas échoué, il n'y aurait pas de David Webb, pas de Jason Bourne. C'est vous qui l'aviez mis « au-delà de toute récupération », et personne d'autre. Vous avez planifié son exécution et vous avez presque réussi.

– J'ai payé pour cette erreur, bordel! Dieu sait que j'ai payé!

– Et j'imagine que vous payez encore, sinon vous ne seriez pas à Hong-kong, dit l'ambassadeur en hochant doucement la tête. Sa voix se fit moins froide. Abaissez vos canons, monsieur Conklin, et je ferai de même. Catherine Staples avait vraiment compris et si sa mort a un sens, essayons de le trouver.

– Je n'ai pas la moindre idée d'où commencer à chercher.

– On vous donnera le bouquin à lire, comme Catherine Staples.

– J'aime autant pas.

– Je n'ai pas le choix. J'insiste pour vous mettre au courant.

– On dirait que vous ne m'avez pas entendu. Vous avez été infiltrés! Pénétrés! Mme Staples a été assassinée parce qu'on supposait qu'elle détenait des informations qui rendaient ce meurtre obligatoire. En gros, la taupe qui s'est frayé un chemin ici a dû l'apercevoir lors d'un entretien avec vous deux. La connection canadienne était établie, l'ordre a été donné, et vous la laissez se trimbaler sans protection!

– Vous avez peur pour votre vie? demanda l'ambassadeur.

– Constamment, répliqua l'homme de la CIA. Et en ce moment je suis également concerné par la vie de quelqu'un d'autre.

– Webb?

Conklin se tut un instant. Il étudiait le vieux diplomate.

– Si ce que je pense est vrai, dit-il doucement, il n'y a rien que je puisse faire pour Delta qu'il ne ferait pas mieux lui-même. Mais s'il n'y arrive pas, je sais ce qu'il me demanderait de faire. Protéger Marie. Et le meilleur moyen de le faire, c'est de vous combattre, surtout pas de vous écouter.

– Et comment comptez-vous vous y prendre?

– De la seule façon que je connaisse. Avec des coups bas, des coups vicelards. Je vais répandre le mot dans les coins sombres de Washington que cette fois vous êtes allé trop loin, que vous avez perdu les pédales, que vous êtes trop vieux et trop atteint. J'ai l'histoire de Marie, le témoignage de Mo Panov...

– Morris Panov? coupa Havilland avec précaution. Le psychiatre de Webb?

– Monsieur gagne un autre cigare! Et j'ai aussi ma propre contribution. Il se trouve, pour vous rafraîchir la mémoire, que je suis la seule personne à avoir parlé à David avant qu'il vienne ici. Tout ceci additionné, en ajoutant le massacre d'un officier des services canadiens, fait une petite histoire très intéressante – pas très difficile à faire circuler, en plus...

– Si vous faites ça, vous allez tout foutre en l'air!

– C'est votre problème. Pas le mien.

– Encore une fois, je n'ai pas le choix, dit l'ambassadeur d'une voix glaciale. De même que vous aviez donné cet ordre d' « au-delà de toute récupération », je me verrais contraint d'agir comme vous. Vous ne sortiriez pas d'ici vivant.

– Oh, mon Dieu, murmura McAllister, statufié à l'autre bout de la pièce.

– Ça, c'est la chose la plus idiote que vous puissiez faire, dit Conklin, les yeux rivés à ceux de Havilland. Vous ne savez pas ce que j'ai laissé derrière moi, ni chez qui. Vous ne savez pas ce qui se passera si je n'ai pas appelé à l'heure dite une certaine personne, et cetera... Ne me sous-estimez pas.

– Nous pensions que vous pouviez vous rabattre sur ce genre de tactique, dit le diplomate en s'éloignant de l'homme de la CIA comme s'il le congédiait. Vous avez effectivement laissé quelque chose derrière vous, monsieur Conklin. Pour abréger, disons que vous êtes connu pour avoir une maladie chronique qu'on appelle l'alcoolisme. Etant donné que votre retraite était imminente et en reconnaissance de vos longues années de service, aucune mesure disciplinaire n'a été prise, mais on vous avait ôté toute responsabilité. On vous tolérait, comme une relique inutile, un ivrogne dont les accès de paranoïa éthylique n'étaient qu'un sujet de conversation pour vos collègues.

Tout ce que vous pourriez amener en surface serait immédiatement catalogué comme le charabia incohérent d'un alcoolique psychopathe et infirme.

L'ambassadeur se rencogna dans son fauteuil, les coudes sur les accoudoirs, ses longs doigts caressant son menton.

– Il faut vous plaindre, monsieur Conklin, et pas vous censurer. On pourrait même ajouter un peu de mélodrame en organisant votre suicide...

– Havilland! s'écria McAllister, très pâle.

– Restez tranquille, monsieur le sous-secrétaire, dit le diplomate. M. Conklin et moi savons d'où nous sortons. On connaît la règle du jeu.

– Il y a une différence fondamentale, dit Conklin sans quitter Havilland des yeux. Je n'ai jamais pris de plaisir à ce jeu.

– Parce que vous croyez que moi j'y ai pris plaisir?

Le téléphone sonna. Havilland saisit l'appareil.

– Oui?

L'ambassadeur écoutait. Il fronça les sourcils et regarda la baie vitrée obscure.

– Si je n'ai pas l'air choqué, major, c'est parce que cette nouvelle est arrivée ici il y a quelques instants... Non, pas la police, mais un homme que je veux que vous rencontriez cette nuit. Disons dans deux heures, cela vous va?... Oui, il est avec nous maintenant.

Havilland leva les yeux vers Conklin.

– Il y a ceux qui disent qu'il est meilleur que la plupart d'entre nous, dit-il, et j'oserai même dire qu'on peut lire ça dans ses états de service... Oui, c'est lui... Oui, je le lui dirai... Quoi? Qu'est-ce que vous dites? Ils se couvrent vite, n'est-ce pas? A dans deux heures, major.

Havilland raccrocha et mit les coudes sur la table, serrant les poings. Il prit une profonde inspiration, comme un vieil homme épuisé qui cherchait à rassembler ses pensées avant de parler.

– Il s'appelle Lin Wenzu, dit Conklin, laissant Havilland et McAllister bouche bée. Il travaille pour le MI-6, probablement dans le Special Branch. Il est chinois, a été élevé en Angleterre et est considéré comme le meilleur agent de toute la colonie. Il n'y a que sa corpulence qui joue contre lui. On le repère facilement.

– Où? dit McAllister, laissant sa phrase en suspens.

– C'est un petit oiseau qui me l'a dit, fit Conklin.

– Un cardinal à tête rouge, je présume, dit le diplomate.

– En fait il ne l'est plus, répliqua Alex.

– Je vois, fit Havilland en desserrant les poings. Il posa les mains à plat sur le bureau. Il sait aussi qui vous êtes, murmura-t-il.

– Il le devrait, effectivement. Il était à la gare de Kowloon.

– Il m'a dit de vous féliciter, de vous dire que votre champion olympique les a largués. Il s'en est tiré.

– Il est rapide.

– Il sait où le retrouver, mais il n'a pas de temps à perdre à ça.

– Il est encore plus malin que rapide. Le gâchis, c'est du gâchis. Il vous a dit autre chose, aussi, et puisque j'ai entendu le portrait flatteur que vous avez tracé de moi et de mon passé, pourriez-vous me dire ce que c'était?

– Alors vous m'écouterez?

– Sinon je sors dans une boîte? Ou dans plusieurs? Je n'ai pas le choix.

– C'est tout à fait vrai, dit le diplomate. Il faudrait que j'en passe par là, vous le savez.

– Je sais que vous le savez, Herr General!

– Vous êtes insultant.

– Vous l'êtes aussi. Que vous a dit le major?

– Un terroriste tong de Macao a téléphoné à l'agence Chine Nouvelle et a revendiqué l'attentat. Seulement, ils ont dit que la mort de la femme était accidentelle, que c'était le chauffeur la cible. En tant que membre détesté des services secrets britanniques, il avait abattu un de leurs chefs sur les quais de Wanchai il y a quinze jours. L'information était correcte. C'était bien lui qui était chargé de protéger Catherine Staples.

– C'est un mensonge! cria Conklin. C'était elle la cible!

– Lin dit que c'est une perte de temps de poursuivre une fausse source.

– Donc il sait?

– Que nous avons été pénétrés?

– Bien sûr, bordel! dit l'homme de la CIA, exaspéré.

– C'est un fier *Zhongguo ren* et un esprit brillant. Il n'aime pas l'échec, sous aucune forme, surtout en ce moment. Je le soupçonne d'avoir commencé sa traque... Asseyez-vous, monsieur Conklin. Nous avons à parler.

– Je n'arrive pas à y croire, s'écria McAllister, d'un ton extrêmement ému. Vous parlez de meurtres, de cibles, d'« au-delà de toute récupération »... d'un faux suicide – en présence de la future victime potentielle, qui parle de sa propre mort –, et on dirait que vous parlez du *Dow Jones* ou du menu d'un restaurant! Mais quelle sorte d'homme êtes-vous?

– Je vous l'ai dit, monsieur le sous-secrétaire, dit doucement Havilland, des hommes qui font ce que d'autres ne font pas, ou ne peuvent pas faire, ou ne devraient pas faire. Il n'y aucune mystique là-dedans, aucune université pour entraîner ce type d'homme, aucune tendance à la destruction. Nous avons dérivé dans ces zones obscures parce qu'il y avait des vides à combler et peu de candidats. Tout cela est plutôt accidentel, je suppose. Et, à force, vous verrez que certains ont l'estomac de le faire ou pas – parce que quelqu'un doit le faire. Vous êtes d'accord, monsieur Conklin?

– On perd son temps.

– Non, pas du tout, corrigea le diplomate. Expliquez à M. McAllister. Croyez-moi, c'est un homme de valeur et nous avons besoin de lui. Il faut qu'il nous comprenne.

Conklin regarda le sous-secrétaire d'Etat d'un air peu charitable.

– Il n'a besoin d'aucune explication de ma part, c'est un analyste. Il voit tout aussi clairement que nous, sinon plus. Il sait tout ce qui se passe au fond des tunnels, merde! mais il ne veut pas l'admettre, et la meilleure façon de se préserver pour lui, c'est de prétendre être choqué. Attention aux petits saints intellectuels dans ce genre d'affaire. Ce qu'ils donnent en cervelle, ils le reprennent avec des hauts cris offensés. C'est comme un curé dans un bordel qui rassemble du matériau pour son prochain sermon qu'il écrira en se branlant chez lui!

– Vous aviez raison, dit McAllister. On perd son temps.

– Edward? fit Havilland, visiblement agacé par l'agent de la CIA, pour rappeler le sous-secrétaire qui faisait mine de partir. Nous ne pouvons pas toujours choisir les gens avec qui nous traitons, ce qui est précisément le cas maintenant.

— Je comprends, dit McAllister, très froid.

— Etudiez la liste de l'équipe de Lin, dit l'ambassadeur. Il ne doit y en avoir qu'une dizaine à tout savoir sur nous. Aidez-le. C'est votre ami.

— Oui, il l'est, lui, dit le sous-secrétaire en franchissant le pas de la porte.

— Etait-ce bien nécessaire? demanda Havilland à Conklin lorsqu'ils furent seuls.

— Absolument. Si vous parvenez à me convaincre que ce que vous avez fait était la seule route que vous pouviez prendre – ce dont je doute – ou si je ne parviens pas à trouver une option qui permettra à Marie et à David de s'en sortir vivants, ou sains d'esprit, alors il faudra que je travaille avec vous. La solution mettant en jeu l'« au-delà de toute récupération » est inacceptable pour plusieurs raisons, surtout personnelles, mais aussi parce que je dois beaucoup aux Webb. Vous êtes d'accord?

— Nous travaillons ensemble, d'une manière ou d'une autre. Echec et mat.

— Une fois établie la réalité, je veux que ce fils de pute de McAllister, ce « lapin », sache d'où je sors. Il est dedans comme nous tous et sa tronche d'intellectuel a intérêt à plonger dans la merde aussi, pour en revenir avec toutes les possibilités plausibles. Je veux savoir qui nous devons tuer – même ceux qui ne sont que marginalement importants – pour diminuer nos pertes et sortir les Webb de là. Je veux qu'il sache que la seule façon dont il peut sauver son âme, c'est de s'y mettre. Si nous échouons, s'il échoue, il ne pourra pas retourner donner des cours du soir!

— Vous êtes trop dur avec lui. C'est un analyste, pas un exécuteur.

— D'où croyez-vous que les exécuteurs tirent leurs données? D'où tenons-nous nos analyses? Des amuseurs du Congrès?

— Echec et mat, encore. Vous êtes aussi fort qu'on le dit. Il a tracé les grandes lignes, il a trouvé les raisons cachées, c'est pour cela qu'il est ici.

— Allez-y, *monsieur,* parlez-moi, dit Conklin en se

posant dans un fauteuil, sa jambe mutilée allongée selon un angle bizarre. Je veux entendre votre histoire.

– D'abord la femme. La femme de Webb? Est-ce qu'elle va bien? Est-ce qu'elle est en sécurité?

– La réponse à votre première question est tellement évidente que je me demande comment vous osez la poser. Non, elle ne va pas bien. Son mari est porté manquant et elle ne sait pas s'il est vivant ou mort. Quant à la seconde, oui, elle est en sécurité. Avec moi, pas avec vous. Je peux nous faire bouger, je sais manœuvrer. Vous, vous devez rester ici.

– Nous sommes dans une situation désespérée, plaida le diplomate. Nous avons besoin d'elle!

– Mais vous avez été infiltrés, vous n'avez pas l'air de bien vous en rendre compte. Je ne veux pas l'exposer davantage!

– Cette maison est une forteresse!

– Il suffit d'un cuistot pourri dans les cuisines. D'un cinglé dans l'escalier.

– Conklin, écoutez-moi! Nous avons trouvé une liste des passeports. C'est lui, nous le savons. Webb est à Pékin, en ce moment! Il n'y aurait pas été s'il n'était pas en train de traquer la cible, la seule cible. Si, d'une manière ou d'une autre, Dieu seul sait comment, votre Delta revient avec la marchandise et que sa femme n'est pas là, il tuera la seule connexion que nous avons! Et il nous la faut! Sans lui nous sommes perdus. Tous perdus.

– Voilà donc le scénario initial. *Reductio ad absurdum*. Jason Bourne traque Jason Bourne.

– Oui, c'est simple, douloureusement simple, mais sans ces complications en cascade, il n'aurait jamais accepté. Il serait encore dans cette vieille maison du Maine à corriger des exposés. Nous n'aurions pas notre chasseur.

– Vous êtes vraiment un enculé, dit lentement Conklin, avec pourtant une certaine admiration dans la voix. Et vous étiez convaincu qu'il pouvait encore le faire? Qu'il pouvait naviguer en Asie comme lorsqu'il était encore Delta?

– Tous les trois mois on vérifie sa forme physique, cela fait partie du programme gouvernemental de protection. Il est dans une condition superbe – quelque chose à voir avec son obsession pour la course à pied, si j'ai bien compris.

– Commencez par le début, dit Conklin en s'installant dans son fauteuil. Je veux suivre tout ça pas à pas, parce que je pense que les rumeurs sont véridiques. Je suis bien en présence d'un maître salaud!

– N'exagérons rien, monsieur Conklin, dit Havilland. On essaie toujours tous de se perfectionner. J'apprécierai vos commentaires au fur et à mesure.

– Ne vous inquiétez pas, vous les aurez. Allez-y.

– Très bien. Je vais commencer par un nom que vous reconnaîtrez, j'en suis certain. Sheng Chou Yang. Des commentaires?

– C'est un négociateur très âpre, et je soupçonne qu'il cache une pierre derrière son air affable. Pourtant, c'est l'un des hommes les plus raisonnables de Pékin. Il faudrait qu'il y en ait mille comme lui...

– Si cela était, les chances d'un holocauste en Orient seraient mille fois plus grandes...

Lin Wenzu aplatit son poing sur le bureau et fit sauter les neuf photos et les neuf dossiers qui y étaient posés. Lequel? Qui? Chacun d'eux avait été certifié par Londres, chaque background vérifié et revérifié. Il n'y avait pas de place pour la moindre erreur. Ce n'étaient pas seulement des *Zhongguo ren* bien éduqués sélectionnés par l'élimination bureaucratique, c'étaient les produits d'une recherche intensive des esprits les plus brillants du gouvernement – et dans certains cas de gens extérieurs au gouvernement – qu'on pouvait recruter pour son service le plus secret. Pour Lin, il était écrit quelque part sur la Grande Muraille que seul un service de renseignement dirigé par les véritables habitants de la colonie pourrait constituer sa principale ligne de défense avant 1997, et, dans l'éventualité d'une mainmise, sa première ligne de résistance cohérente. Les Britanniques se devaient d'abandonner la direction pour des raisons qui étaient aussi claires qu'imparables. Les Occidentaux ne comprendraient jamais pleinement les subtilités particulières de l'esprit oriental, et l'époque n'était plus aux erreurs de direction ou aux informations sous-évaluées. Londres et tout l'Ouest devaient savoir exactement comment apprécier les situations... Pour la sauvegarde de Hong-kong, pour la sauvegarde de tout l'Extrême-Orient.

Ce n'était pas simplement que Lin pensait que son groupe de renseignement soit le pivot des décisions politiques, non. Mais il croyait dur comme fer que, si la colonie devait avoir une branche spéciale, elle devait être composée et dirigée par ceux capables du meilleur travail, et cela n'incluait pas les vétérans, aussi brillants soient-ils, des services secrets britanniques. D'abord, ils se ressemblaient tous et ne cadraient ni avec l'environnement ni avec le langage. Et, après des années de bons et loyaux services, Lin Wenzu avait été convoqué à Londres et passé sur le gril pendant trois jours par des spécialistes de l'Extrême-Orient. Au matin du quatrième jour, des sourires étaient apparus enfin sur les visages de ses interrogateurs et on lui avait confié le commandement du Special Branch de Hong-kong, accompagné d'une grande marge de manœuvre. Et, pendant les années qui avaient suivi, il avait vécu avec l'entière confiance de la commission, il le savait. Il savait aussi maintenant qu'il avait failli à sa mission, et ce dans l'opération la plus vitale de sa carrière. Il avait trente-huit officiers supérieurs sous ses ordres dans le Special Branch, et il en avait sélectionné neuf – sélectionné de son propre chef – pour faire partie de cette opération, de cette opération totalement démente. Démente, jusqu'à ce que l'ambassadeur lui fournisse l'extraordinaire explication du pourquoi des choses. Et ces neuf hommes étaient les plus performants de ses trente-huit officiers, chacun d'eux était capable d'assumer le commandement si leur chef disparaissait. Il l'avait lui-même écrit dans leurs dossiers. Et il avait échoué. L'un de ceux qu'il avait lui-même choisis était un traître.

Il était parfaitement inutile de réétudier leurs dossiers. Les quelques pistes qu'il pourrait y trouver seraient trop longues à déterrer, car il, ou *ils*, avaient aveuglé les spécialistes britanniques aussi bien que lui-même. Pas le temps de procéder à des analyses compliquées, pas le temps d'explorer ces neuf vies. Il n'avait qu'une seule possibilité. Un assaut frontal contre chacun de ces hommes, et le mot « frontal » était la base de son plan. S'il pouvait jouer le rôle d'un taipan, il pouvait jouer le rôle d'un traître. Il se rendait compte que son plan n'était pas dénué de risques que ni Londres, ni les Américains, ni Havilland n'étaient prêts à prendre. Mais il le fallait. S'il échouait, Sheng Chou Yang serait informé de la guerre secrète engagée contre lui et sa contre-attaque serait désastreuse. Mais Lin Wenzu n'avait aucune intention d'échouer. Si le vent de l'échec soufflait du nord, rien n'aurait plus d'importance, et surtout pas sa vie.

Le major saisit son téléphone. Il appuya sur le bouton qui le mettait en contact avec l'opérateur radio installé dans la salle des ordinateurs du quartier général du MI-6, Special Branch.

– Oui, monsieur, dit la voix sortie de la pièce blanche et stérile.

– Qui de l'opération « Libellule » est encore en service? demanda Lin, faisant allusion à l'unité d'élite composée des neuf hommes en question, qui faisaient des rapports mais sans jamais approfondir leurs explications.

– Deux, monsieur. Dans les voitures 3 et 7, mais je peux entrer en contact avec les autres en quelques minutes. Cinq ont achevé leur service – ils sont rentrés chez eux – et les deux autres ont laissé des numéros de téléphone. L'un est au cinéma La Pagode jusqu'à 23 h 30, puis il rentrera chez lui, mais on peut le joindre par *beeper* si besoin est. L'autre est au Yacht Club d'Aberdeen avec sa femme et sa belle-famille. Elle est anglaise, vous savez.

Lin rit doucement.

– Et la famille anglaise se fait payer à dîner par nos services, sans aucun doute.

– Est-ce possible, major? Si oui, vous pouvez me considérer comme membre de Libellule...

– Ne soyez pas impertinent.

– Désolé, monsieur.

– Je plaisante, jeune homme. La semaine prochaine, je vous inviterai moi-même à dîner. Vous faites de l'excellent travail et je compte beaucoup sur vous.

– Merci infiniment, monsieur!

– C'est moi qui vous remercie.

– Dois-je contacter Libellule et lancer une alerte?

– Vous pouvez contacter chacun d'eux, mais il s'agit du contraire d'une alerte. Ils sont tous surmenés et ils n'ont pas eu un jour de congé depuis plusieurs semaines. Dites-leur à tous que je veux qu'ils signalent bien évidemment tous leurs déplacements, mais, sauf avis contraire, nous sommes tranquilles pour les prochaines vingt-quatre heures, et les hommes des voitures 3 et 7 peuvent rentrer avec chez eux, mais pas aller boire un coup n'importe où. Dites-leur que je leur accorde une bonne nuit de sommeil ou d'autre chose.

– Bien, monsieur. Ils vont apprécier.

– Je vais prendre la voiture 4. Je vous rappellerai sans doute. Restez sur le qui-vive.

– Bien sûr, major.

– Et pensez à notre futur dîner, jeune homme.

– Monsieur, je voudrais vous dire, et je parle en notre nom à tous, que nous n'aimerions pas travailler pour qui que ce soit d'autre que vous...

– Peut-être deux dîners, jeune homme.

Garé devant un immeuble de Yun Ping Road, Lin décrocha le micro de son logement sous le tableau de bord.

– Radio? Ici Libellule Zéro...

– Oui, monsieur?

– Branchez-moi sur une ligne de téléphone avec brouilleur. Je saurai que la ligne est brouillée quand j'entendrai l'écho de ma propre voix, n'est-ce pas?

– Bien entendu, monsieur.

Le faible écho résonna sur la ligne dès que la tonalité lui parvint. Le major appuya sur la touche. Une sonnerie retentit, puis une voix de femme répondit.

– Oui?

– M. Zhou... *Kuai!* dit Lin, d'une voix précipitée, disant à la femme de se dépêcher.

– Certainement, répliqua-t-elle en cantonais.

– Ici Zhou, dit l'homme.

– *Xun su! Xiao Xi!* fit Lin, réduisant sa voix à un murmure, comme un homme désespéré suppliant qu'on l'écoute. Sheng! Contactez immédiatement! Saphir est parti!

– Quoi? Qui est à l'appareil?

Le major appuya sur l'interrupteur, puis pressa un bouton sur son micro. L'opérateur radio répondit immédiatement.

– Oui, Libellule?

– Branchez ma ligne privée, avec brouilleur également, et passez-moi tous les appels. Immédiatement! Cette procédure doit demeurer constante jusqu'à nouvel ordre. Compris?

– Oui, monsieur, dit l'opérateur radio, sidéré.

Le téléphone sonna dans sa voiture et Lin décrocha.

– Oui? fit-il d'une voix faussement ensommeillée.

– Major, ici Zhou! Je viens de recevoir un étrange appel. Un homme m'a téléphoné – il avait l'air blessé ou en tout cas très inquiet – et il m'a dit de contacter un certain Sheng pour lui dire que Saphir était parti.

– Saphir? dit le major, soudain anxieux. Ne dites rien à personne, Zhou! Ces satanés ordinateurs – je ne sais pas comment cela a pu se produire, mais cet appel était pour moi. Cela dépasse largement Libellule. Je vous répète de ne rien dire à personne!

– Compris, monsieur.

Lin démarra et roula jusqu'à Tanlung Street. Il répéta l'opération, et, une fois encore, l'appel survint sur sa ligne privée.

– Major?

– Oui?

– Je viens de recevoir un appel bizarre. Un type qui avait l'air mourant! Il m'a dit que...

L'explication fut la même. Une erreur dangereuse avait été commise, au-delà des attributions de Libellule. Rien ne devait transpirer. L'ordre fut compris.

Lin appela trois autres numéros, garé à chaque fois devant l'immeuble ou la villa de ceux qu'il appelait. Ces trois appels furent négatifs. Chacun des hommes l'appela quelques secondes après avoir reçu cette nouvelle incompréhensible et personne n'était sorti téléphoner d'une cabine ou d'un numéro stérile. Le major n'était certain que d'une chose : la taupe n'utiliserait pas son propre téléphone pour entrer en contact. Les factures des téléphones enregistraient tous les numéros appelés et toutes les factures étaient examinées avec attention. C'était une procédure de routine que les agents accueillaient avec un plaisir non dissimulé. Les factures étaient en effet payées par le Special Branch.

Les deux hommes des voitures 3 et 7, qu'on venait de

relever de leur service, avaient appelé le quartier général. L'un d'eux était chez sa petite amie, où il affirmait qu'il allait passer les prochaines vingt-quatre heures. Il avait supplié l'opérateur radio d'enregistrer tous les appels urgents et de dire que ses supérieurs l'avaient envoyé dans l'Antarctique. Négatif. Un agent double ne se serait pas comporté ainsi. Trop d'humour, trop de précisions sur ses activités ludiques. Le deuxième homme était encore moins soupçonnable. Il informa le quartier général qu'on pouvait l'appeler même s'il y avait un problème mineur, lié ou pas à Libellule, et ce à n'importe quelle heure. Sa femme venait d'accoucher et elle avait eu des triplés. D'une voix presque paniquée, d'après l'opérateur radio, il avait expliqué qu'il se reposait plus au travail qu'à la maison. Négatif...

Il avait examiné sept agents et avait obtenu sept pistes négatives. Cela lui laissait celui qui était au cinéma, pour une quarantaine de minutes encore, et celui qui était au Yacht Club d'Aberdeen.

Son téléphone sonna. Lin était de plus en plus anxieux.

— Oui ?

— Je viens de recevoir un message pour vous, monsieur, dit l'opérateur radio. Aigle à Libellule Zéro. Urgent. Répondez.

— Merci.

Lin regarda la pendule au centre du tableau de bord. Il avait vingt-cinq minutes de retard. Havilland l'attendait pour lui présenter le légendaire agent mutilé, Alexander Conklin.

— Jeune homme ? dit le major, le micro collé aux lèvres.

— Oui, monsieur ?

— Je n'ai pas le temps de répondre à cet Aigle, mais je ne veux pas le vexer. Il rappellera quand il verra que je ne réponds pas, et je voudrais que vous lui expliquiez que vous n'avez pas pu me joindre. Mais prévenez-moi dès qu'il appellera, bien sûr.

— Ce sera un plaisir, major.

— Je vous demande pardon ?

— Cet Aigle a été très désagréable. Il a hurlé que les rendez-vous étaient faits pour être respectés quand on les confirmait et que...

Lin écouta le reste de cette diatribe et nota mentalement qu'il faudrait qu'il parle à Edward McAllister de l'étiquette téléphonique, surtout pendant les urgences. S'il survivait à cette nuit... Le sucre amenait des expressions plaisantes, le sel des grimaces.

– Oui, oui, je comprends, jeune homme. Comme diraient nos ancêtres, que cet Aigle avale ses propres excréments! Faites comme je vous ai dit et, pendant ce temps-là, appelez notre homme qui est à La Pagode d'ici à quinze minutes. Quand il vous téléphonera, donnez-lui mon numéro spécial et passez-le sur cette fréquence, avec brouilleur, bien entendu.

– Bien entendu, monsieur.

Lin accéléra, s'engouffra dans Hennessy Road, dépassa Southern Park et prit Fleming, où il tourna vers le sud dans Johnston, puis vers l'est encore, jusque dans Burrows Street où se trouvait le cinéma La Pagode. Il se gara dans le parking, à la place réservée au directeur. Il colla une carte de la police contre le pare-brise, sortit et courut jusqu'à l'entrée. Il y avait peu de gens qui attendaient la séance de minuit. On passait *Plaisirs d'Orient,* un choix bizarre pour l'agent qui était à l'intérieur. Néanmoins, pour ne pas attirer l'attention, puisqu'il restait six minutes avant la sortie, Lin se plaça derrière trois hommes qui attendaient devant la caisse. Quatre-vingt-dix secondes plus tard il avait son billet et il entra. Il donna son billet à l'employé et accoutuma ses yeux à l'obscurité et au film porno qui s'étalait sur l'écran. C'était un curieux spectacle qu'avait choisi l'homme qu'il testait, mais il s'était toujours juré de ne pas montrer le moindre préjugé, de ne pas favoriser un suspect plutôt qu'un autre.

Pourtant, dans ce cas, c'était plutôt difficile. Pas qu'il aimât particulièrement l'homme qui était là, quelque part dans le noir, en train de se repaître fébrilement des galipettes sexuelles exécutées par des « acteurs » en bois. En vérité, il détestait cet homme. Mais il devait reconnaître qu'il était parmi les meilleurs de son équipe. Cet agent était arrogant et désagréable, mais il était courageux, et sa défection de Pékin datait de dix-huit mois, dix-huit mois précédés d'heures où il avait risqué sa vie sans arrêt. C'était un officier supérieur des forces de sécurité chinoises, et il avait accès à des renseignements d'une extrême valeur. Et, dans un geste de sacrifice déchirant, il avait laissé derrière lui une femme qu'il aimait et une petite fille quand il s'était échappé vers le sud, les protégeant grâce à un cadavre criblé de balles qu'il avait fait identifier comme le sien – un héros de la Chine abattu par une bande de gangsters lors de la grande vague criminelle qui avait balayé le pays. La mère et la fille étaient sauves, pensionnées par le gouvernement chinois et, comme tous ceux qui passaient dans l'autre camp, l'homme avait été examiné en profondeur, avec la rigueur appliquée aux traîtres potentiels. Là, son arrogance naturelle l'avait aidé. Il n'avait fait aucun effort pour se disculper. Il était ce qu'il était et il avait fait ce qu'il avait fait pour le bien de la Chine, sa mère patrie. Les autorités devaient l'accepter avec ce qu'il avait à offrir, sinon il irait chercher ailleurs. Tout avait été vérifié. Mais sa femme et sa fille n'avaient pas eu le sort auquel il s'attendait. On ne s'occupait pas bien d'elles. Donc, on leur faisait parvenir de l'argent d'une manière très discrète et sans la moindre explication. On ne pouvait rien dire à sa femme. Si le moindre soupçon transpirait sur l'existence de son mari, elle pouvait être torturée pour livrer des informations qu'elle n'avait pas. Le profil de cet homme n'avait rien du profil d'un agent double, malgré son goût pour les films pornos.

Cela laissait l'homme qui était à Aberdeen, et celui-ci avait toujours intrigué Lin. Cet agent était plus âgé que les autres. C'était un petit homme toujours impeccablement habillé, un logicien et ancien expert-comptable qui affichait une telle loyauté que Lin en avait presque fait son confident quelque temps auparavant. Mais le major avait vite fait marche arrière, lorsqu'il s'était rendu compte qu'il allait révéler des choses qu'il ne devait révéler sous aucun prétexte. Sans doute parce que cet homme avait presque son âge et que cela avait favorisé leur amitié.

... D'un autre côté, quelle couverture extraordinaire pour une taupe! Marié à une Anglaise, membre du Yacht Club par son mariage. Tout était en place pour lui. Il était la respectabilité même. Il semblait incroyable à Lin que son plus proche collègue, l'homme qui avait imposé un tel ordre à sa vie personnelle mais qui voulait quand même arrêter un Australien parce qu'il avait fait perdre la face à leur unité, puisse avoir été contacté par Sheng Chou Yang et corrompu.

... Non, impossible! Peut-être, songea le major, peut-être devait-il rentrer et examiner plus profondément l'agent qui désirait qu'on dise à ses correspondants qu'il était dans l'Antarctique, ou celui qui avait eu des triplés et qui aurait préféré travailler que rentrer chez lui.

Spéculations inutiles! Lin Wenzu secoua la tête comme pour se débarrasser de telles pensées. Maintenant. Ici. Concentre-toi! La soudaine décision de bouger lui vint de la vision d'un balcon. Il s'y dirigea et monta les escaliers. La cabine de projection était juste derrière le balcon. Il frappa à la porte et entra, le poids de son corps faisant sauter le minuscule verrou de la porte.

– *Ting zhi!* s'écria le projectionniste, qui avait une femme sur les genoux et une main sous la robe. La jeune femme se remit sur pied et se tourna vers le mur.

– Police de la Couronne, dit le major en montrant sa carte. Je ne vous veux aucun mal, croyez-moi.

– Il n'y a aucune raison, répliqua le projectionniste. Ceci est une maison honorable!

– Ça se discute, dit Lin. Nous ne sommes pas vraiment dans une église.

– Notre licence est en règle...

– Je ne vous cherche aucun ennui, monsieur, coupa Lin. La Couronne a simplement besoin d'une faveur et cela irait tout à fait dans votre intérêt de nous l'accorder.

– De quoi s'agit-il? demanda l'homme en jetant un coup d'œil agacé vers la femme qui se glissait dehors.

– Arrêtez le film, disons une trentaine de secondes, et rallumez les lumières. Annoncez aux spectateurs qu'il y a eu une cassure et que vous réparez immédiatement.

Le projectionniste grimaça.

– C'est presque fini, dit-il. Ils vont hurler!

– Tant qu'il y aura de la lumière. Allez-y.

Le projecteur ralentit, puis s'arrêta. Les lumières revinrent et l'annonce fut faite. Le projectionniste avait raison. Des hurlements de protestation retentirent, accompagnés de bras d'honneur et de doigts levés. Les yeux de Lin scrutaient la salle, rangée par rangée.

Son homme était là... Et il parlait, penché en avant, à

quelqu'un que Lin Wenzu n'avait jamais vu. Le major regarda sa montre, puis se tourna vers le projectionniste.

– Y a-t-il une cabine téléphonique en bas?

– Quand elle marche, oui.

– Est-ce qu'elle marche?

– Je n'en sais rien.

– Où est-elle?

– Sous l'escalier.

– Merci. Rallumez le projecteur dans une minute.

– Vous aviez dit trente secondes!

– J'ai changé d'avis. Et vous avez le privilège d'un bon boulot grâce à votre licence, non?

– Mais ce sont des brutes!

– Collez une chaise contre la porte, dit Lin en sortant. J'ai cassé le verrou.

Dans le hall sous l'escalier, le major s'approcha de la cabine publique. Sans s'arrêter, il arracha le cordon du téléphone et retourna vers sa voiture. Passant devant une cabine située de l'autre côté de la rue, il nota mentalement le numéro et se précipita vers sa voiture. Il s'y assit et regarda sa montre. Il passa la marche arrière, sortit du parking et s'avança dans la rue, restant en double file à une centaine de mètres de l'auvent du cinéma. Il éteignit ses phares et surveilla l'entrée.

Une minute et quinze secondes plus tard, le Chinois passé à l'Ouest apparut, regarda d'abord sur sa droite, puis sur sa gauche, visiblement agité. Puis il regarda droit devant lui, et vit ce que Lin attendait qu'il vît, puisque le téléphone du cinéma ne fonctionnait plus : la cabine téléphonique de l'autre côté de la rue. Lin composa le numéro de la cabine pendant que son subordonné traversait. L'homme entra dans la cabine et le téléphone sonna avant qu'il puisse mettre une pièce de monnaie.

– *Xun su! Xiao Xi!* chuchota Lin en se raclant la gorge. Je savais que tu trouverais la cabine! Sheng! Contacte-le immédiatement! Saphir est parti!

Il reposa son micro, mais garda la main dessus, s'attendant à le redécrocher pour répondre à l'appel de son agent.

L'appel ne vint pas. Lin se tourna sur son siège et regarda la bulle de plastique de l'autre côté de la route. L'agent avait bien composé un numéro, mais ce n'était pas

536

lui que l'homme appelait. Lin n'aurait pas besoin d'aller jusqu'à Aberdeen.

Silencieusement, le major sortit de sa voiture, traversa la rue, et, restant dans l'ombre, il se dirigea vers la cabine. Il maudissait, comme souvent, les gènes qui avaient créé son corps démesuré. Le traître n'était plus qu'à quelques mètres, et lui tournait le dos, parlant avec excitation, exaspéré.

– Qui est Saphir? Pourquoi ce téléphone? Pourquoi vouloir me parler?... Non, je vous ai dit qu'il s'était servi du nom de notre guide!... Oui, son nom! pas de code, pas de symbole! C'est dingue!

Lin Wenzu avait entendu tout ce qu'il voulait entendre. Il dégaina son automatique de service et sortit de l'ombre.

– Le film a cassé et ils ont rallumé! Mon contact et moi...

– Raccroche ça, ordonna le major.

Le traître se retourna.

– Vous! s'écria-t-il.

Lin se précipita contre l'homme. Son immense corps écrasa l'agent double dans la bulle de plastique. Il saisit le téléphone et l'écrasa sur le boîte métallique.

– Ça suffit, rugit-il.

Soudain, il sentit la brûlure glaciale d'une lame s'enfoncer dans son abdomen. Le traître se recroquevilla, un couteau dans la main gauche, et Lin appuya sur la détente. Le bruit de l'explosion troubla le silence de la rue et le traître s'écroula sur le pavé, la gorge ouverte par la balle, du sang plein ses vêtements.

– *Ni made!* cria une voix sur la gauche du major, le maudissant. C'était le deuxième homme, celui qu'il avait aperçu dans le cinéma avec le traître, le contact. Il brandissait son arme et ouvrit le feu au moment où le major lui plongeait dessus. L'énorme torse ensanglanté de Lin tomba sur l'homme comme un mur. Lin sentit de la chair arrachée à son épaule droite, mais le tueur avait perdu l'équilibre. Le major tira. L'homme s'écroula, une main devant son œil. Il était mort.

De l'autre côté de la rue, le film porno était terminé et la foule commençait à sortir, déçue et énervée. Avec ce qu'il restait de son incroyable force, Lin, sévèrement touché, ramassa les deux corps des conspirateurs et les traîna jusqu'à sa voiture. Un certain nombre de spectateurs du cinéma le regardaient d'un œil désintéressé. Ce qu'ils voyaient était une réalité qu'ils ne pouvaient appréhender. Elle était au-delà de l'étroitesse de leurs phantasmes.

Alex Conklin se leva de son fauteuil et s'approcha en boitant de la grande baie vitrée qui ouvrait sur le jardin obscur.

— Mais qu'est-ce que vous voulez que je vous dise, bordel? demanda-t-il en se retournant vers l'ambassadeur.

— Qu'étant donné les circonstances j'ai suivi la seule route qui m'était ouverte, la seule qui nous permettait de recruter Jason Bourne, répondit Havilland en levant une main. Avant que vous ne répondiez, je devrais vous dire en toute sincérité que Catherine Staples n'était pas d'accord avec moi. Elle pensait que j'aurais dû faire appel à David Webb directement. Après tout, c'était un expert en Extrême-Orient et il était capable de comprendre les enjeux, la tragédie qui allait suivre.

— Elle se gourait, dit Alex. Il vous aurait dit d'aller vous faire foutre.

— Merci, dit le diplomate.

— Attendez, dit Conklin, il ne vous aurait pas dit ça parce que vous aviez tort, mais parce qu'il aurait pensé qu'il ne pouvait pas le faire. Ce que vous avez fait – en lui enlevant Marie –, c'est l'obliger à revenir et à être quelqu'un qu'il voulait oublier.

— Ah bon?

— Vous êtes vraiment un enculé!

Soudain des sirènes rugirent dans l'énorme maison et des projecteurs s'allumèrent dans le jardin. Des coups de feu éclatèrent, accompagnés par le fracas de métal contre du métal et des hurlements de pneus. L'ambassadeur et l'homme de la CIA se jetèrent sur le sol. Tout s'arrêta quelques secondes plus tard. Ils se relevèrent au moment où la porte s'ouvrait, enfoncée. La poitrine et l'estomac dégoulinant de sang, Lin Wenzu entra en titubant. Il portait sous chaque bras un cadavre sanguinolent.

— Voici votre traître, monsieur, dit le major en lâchant

les deux corps. Et un de ses collègues. Avec ces deux-là, je crois que nous avons définitivement coupé Sheng de Libellule.

Les yeux de Lin roulèrent dans ses orbites. On ne vit plus que du blanc. Il hoqueta et s'écroula sur le plancher.

– Appelez une ambulance! cria Havilland aux gens qui étaient apparus derrière Lin Wenzu dans le couloir.

– Allez chercher de la gaze, du sparadrap, des serviettes, de l'antiseptique – n'importe quoi, bordel! tout ce que vous trouverez, hurla Conklin en se précipitant vers le Chinois inconscient. Arrêtez cette saloperie d'hémorragie!

XXIX

Assis à l'arrière de la voiture, Bourne contemplait l'alternance d'ombre et de lumière, jeux du clair de lune dans la nuit que traversait leur véhicule. De temps à autre, avec une irrégularité calculée, il se penchait en avant et collait le canon de son arme sur la nuque de son prisonnier.

— Essaie de partir dans le décor et je t'en colle une dans la tête. Tu as compris ?

Et il obtenait toujours la même réponse, avec quelques variations, du même accent aristocratique anglais.

— Je ne suis pas fou. Tu es derrière moi, tu as une arme et je ne peux pas te voir.

Jason avait arraché le rétroviseur.

— C'est moi qui suis tes yeux derrière, souviens t'en. Je suis aussi la fin de ta vie.

— Compris, répétait l'ancien officier des *Royal Commandos,* d'un ton neutre.

La carte étalée sur les genoux, la lampe-stylo masquée de sa main gauche et l'automatique dans la droite, Bourne étudiait les routes du sud. A chaque demi-heure qui passait et à chaque repère qu'ils dépassaient, Jason comprenait que le temps jouait contre lui. Même avec le bras droit immobilisé, Bourne savait qu'il n'était pas vraiment de taille à lutter au corps à corps avec cet homme plus jeune, plus résistant. La violence concentrée de ces trois derniers jours faisait payer son tribut, physiquement, mentalement et – qu'il le veuille ou non – émotionnellement, et même si Jason Bourne ne voulait pas le reconnaître, David Webb l'affirmait, de chaque fibre de son être. Il fallait étouffer la voix du professeur, l'enfouir au plus profond de soi, le faire taire.

Laisse-moi tranquille! Tu ne me sers à rien!

De temps en temps, Jason sentait le poids mort de ses paupières qui tombaient sur ses yeux. Il les rouvrait immédiatement et se pinçait le haut de la cuisse ou enfonçait ses ongles dans ses lèvres, pour créer une douleur instantanée qui effaçait son épuisement pour quelques instants. Il était conscient de son état – seul un fou suicidaire ne l'aurait pas été –, et il n'avait aucun moyen d'y remédier en appliquant l'axiome repris à Echo. *Le repos est une arme, ne l'oublie jamais...* Oublie-le, Echo... Brave Echo... Pas le temps de se reposer. Aucun moyen de se reposer...

Et pendant qu'il s'obligeait à accepter cette situation, il devait aussi accepter l'évaluation de son prisonnier. Le tueur était en pleine forme. Cela se voyait à son adresse au volant, car Jason exigeait qu'il fonce sur ces routes obscures et étranges. Il remuait constamment la tête et sa forme se lisait dans ce mouvement comme dans ses yeux quand Jason les voyait, à chaque fois qu'il lui ordonnait de ralentir ou de faire attention à une route latérale à droite ou à gauche. L'imposteur se retournait alors – et la vue de ce visage si semblable au sien le choquait à chaque fois – et demandait s'il devait tourner ou continuer tout droit. Questions superflues. L'imposteur ne faisait qu'évaluer lui-même l'état de celui qui le retenait prisonnier. C'était un tueur entraîné, une machine létale qui savait que sa survie dépendait d'un renversement de situation. Il attendait, épiait, anticipait le moment où les paupières de son adversaire se fermeraient une seconde de trop, ou le moment où il lâcherait son arme, ou l'instant où son adversaire appuierait la tête sur le siège pour se reposer. Il guettait ces signes, prêt à saisir l'occasion, prêt à tuer Jason. La défense de Bourne reposait sur son esprit, en faisant l'inattendu pour que l'équilibre psychologique reste en se faveur. Combien de temps pourrait-il tenir?

Le temps était son ennemi, l'assassin qui conduisait n'était qu'un problème secondaire. Dans le passé – ce passé dont il se souvenait si peu –, il avait déjà manipulé des tueurs. Et cela se limitait à ça! Si simple, si logique... il était si fatigué... Son esprit. Il ne lui restait que ça! Il fallait qu'il continue à penser, qu'il pousse son imagination jusqu'à ses limites et qu'il l'oblige à faire son travail.

L'équilibre! Il devait le garder en sa faveur! Pense! Agis! Fais l'inattendu!

Il ôta le silencieux de son arme, leva le canon et le pointa sur la fenêtre avant droite. Il pressa la détente. La déflagration fut assourdissante, se répercuta dans la voiture. La vitre éclata et l'air de la nuit envahit le véhicule.

– Pourquoi tu as fait ça? hurla l'assassin, les mains crispées sur le volant.

Il avait fait une embardée involontaire.

– Pour t'apprendre quelque chose sur l'équilibre, répondit Jason. Pour que tu comprennes que je suis déséquilibré. La prochaine balle pourrait bien te faire péter la cervelle!

– Tu n'es qu'un dingue, espèce de salaud!

– Je suis content que tu le comprennes.

La carte. Une des choses les plus agréables des cartes de la République populaire, c'était qu'elles indiquaient d'une petite étoile les garages ouverts vingt-quatre heures sur vingt-quatre. On n'avait qu'à penser au nombre de pannes des véhicules officiels pour en comprendre la nécessité. Pour Bourne, c'était un cadeau des dieux.

– Il y a une station-service à cinq kilomètres, dit-il à l'assassin – à Jason Bourne, songea-t-il. Tu t'arrêtes et tu fais le plein. Tu ne dis pas un mot. Tu serais stupide d'essayer de parler, puisque visiblement tu ne parles pas chinois. Tu dois répéter sans arrêt les trois pauvres mots que tu connais.

– Toi, tu le parles?

– Oui. C'est pour ça que je suis l'original et toi la copie.

– Tu peux aller te faire foutre, monsieur l'original!

Jason ouvrit le feu à nouveau. Ce qui restait de la vitre y passa.

– La copie! hurla-t-il en élevant la voix pour couvrir le bruit du vent. N'oublie jamais!

Le temps était son ennemi.

Il fit un inventaire de ce qu'il avait, et il n'avait pas grand-chose. Ses munitions principales étaient l'argent. Il avait, sur lui, plus d'argent que mille Chinois n'en gagneraient en une vie, mais l'argent n'était pas une solution. Le problème était un problème de temps. S'il espérait quitter l'immensité de la Chine, ce serait par air, pas par la route. Il ne pourrait pas tenir assez longtemps. Il étudia à nouveau la carte. Il lui faudrait une douzaine d'heures pour atteindre Shanghai – si la voiture tenait et si lui tenait et s'ils parvenaient à passer les frontières provinciales. Il savait que l'alerte avait été donnée, qu'on recherchait un ou deux Occidentaux qui essayaient de quitter la Chine. Il risquait de se faire prendre... Et même s'ils atteignaient Shanghai, avec son aéroport assez vaste pour s'y perdre, quelles nouvelles complications allaient surgir?

Il y avait une option – il y avait toujours des options. C'était une idée folle, mais c'était la seule qui lui restait.

Le temps était l'ennemi. Fais-le. Tu n'as pas le choix.

Il entoura un petit symbole dans la banlieue de la ville de Jinan. Un aéroport.

L'aube. Tout était humide. La terre, les hautes herbes, la barrière métallique. Tout luisait de la rosée du matin. La piste unique derrière la barrière formait une plaque noire à travers l'herbe coupée ras, moitié verte, moitié brune. La Shanghai noire était garée loin de la route de l'aéroport et camouflée sous des branchages. L'imposteur était à nouveau immobilisé, par les pouces cette fois. Lui écrasant son arme contre la tempe droite, Jason avait ordonné à l'assassin de s'entourer les pouces avec le garrot métallique, formant deux nœuds coulants que Jason avait serrés autour de ses poignets. Comme devait le découvrir le commando, à la moindre pression, à la moindre tentative pour écarter ses mains, le fil d'acier lui pénétrait dans la chair, profondément.

– Si j'étais toi, dit Bourne, je ferais attention. Tu imagines ce que ça doit être de ne plus avoir de pouces! Ou si tu te coupais les poignets?

– Enculé de professionnel!

– Exact.

De l'autre côté de la piste, une lumière était allumée dans un bâtiment à un étage, garni d'une rangée de petites fenêtres. C'était une sorte de caserne, simple et fonctionnelle. Puis d'autres lumières s'allumèrent dans le baraquement. Jason prit les vêtements roulés qu'il avait décrochés de son dos. Il déplia les habits sur l'herbe et les sépara. Il y avait une grande veste Mao, une paire de pantalons trop larges et une casquette de toile à visière. Il passa la veste et mit la casquette, puis il enfila les pantalons par-dessus les siens. Une ceinture de toile les maintenait en place. Il lissa la veste et se tourna vers l'assassin qui le regardait étonné et curieux.

– Colle-toi contre le grillage, dit Jason en fouillant dans son sac. A genoux, allez, appuie-toi dessus, poursuivit-il en sortant une bonne longueur de fine cordelette de nylon. Colle ta gueule dessus, j'ai dit! Dépêche-toi!

L'assassin fit ce qu'il lui disait, se démenant tant bien que mal avec ses mains entravées, coincées entre la barrière et lui, le visage aplati contre le fil de fer. Bourne marcha vers lui et passa rapidement la corde à travers le grillage à droite du cou de l'assassin, puis, glissant ses doigts dans les interstices, il fit passer la corde devant le visage du tueur, la ramena à lui et tira un grand coup. Il serra et arracha la corde à la base de la nuque du tueur. Il avait travaillé si vite que l'ancien commando eut à peine le temps de s'exprimer avant de se rendre compte de ce qui lui arrivait.

– Mais qu'est-ce que?... Oh, bon Dieu!

– Comme disait ce fou avant de tuer Danjou, tu ne vas nulle part, major.

– Tu vas m'abandonner ici? demanda le tueur, sidéré.

– Ne sois pas idiot. On est copains. Où je vais, tu vas. D'ailleurs tu passes le premier.

– Où ça?

– A travers le grillage, dit Jason en prenant sa pince coupante.

Il commença à découper le grillage tout autour de l'assassin, soulagé de voir que le fil de fer était beaucoup moins résistant que celui de la réserve ornithologique. Lorsqu'il eut fini, Jason leva son pied droit, le plaça entre les omoplates de l'imposteur et poussa un grand coup. Le tueur et le grillage s'abattirent en avant dans l'herbe.

– Merde! cria le tueur en gémissant de douleur. Tu trouves ça drôle, hein, mon salaud?

– Je ne m'amuse pas le moins du monde, répliqua Jason. Chacun de mes gestes est dénué d'humour, extrêmement sérieux. Lève-toi et ferme-la.

– Mais bon Dieu, je suis attaché à cette saleté de grillage!

– Il est coupé. Relève-toi et retourne-toi.

Maladroitement, l'assassin se remit sur pied. Bourne l'examina. Le grillage était resté collé à l'assassin, parce que son nez passait entre deux mailles. C'était vraiment marrant. Mais la raison de tout cela l'était beaucoup moins. Ce n'était qu'avec l'assassin totalement en son pouvoir que tout risque disparaîtrait. Jason ne pouvait contrôler ce qu'il ne voyait pas, et ce qu'il ne voyait pas pouvait lui coûter la vie... Et, plus important que sa vie, la vie de la femme de David Webb. *Tais-toi! N'interviens pas! Nous sommes trop près du but!*

Bourne tendit la main et saisit la corde de nylon. Le grillage tomba et, avant que l'assassin puisse faire le moindre geste, Jason fit une boucle autour de la tête du commando, qu'il abaissa jusqu'à sa bouche. Il serra, fort, très fort, écartelant les joues de l'assassin jusqu'à ce qu'on ne voie plus qu'un trou bordé de dents blanches, la chair écrasée. Des sons inintelligibles sortaient de la gorge du commando.

– J'ai bien appris ma leçon, dit Bourne en attachant la fine corde de nylon. J'ai regardé Danjou et les autres. Ils ne pouvaient pas parler, ils s'étouffaient dans leur propre vomi. Tu les as vus aussi et ça te faisait sourire, hein? Alors, major, qu'est-ce que t'en penses, maintenant?... Oh, j'oubliais tu ne peux pas répondre.

Il poussa l'assassin en avant, puis le prit par l'épaule et le bascula sur la gauche.

– On va faire le tour de la piste, dit-il. Allez, avance.

Tandis qu'ils foulaient l'herbe de l'aéroport, à l'ombre des grillages, Jason étudiait les lieux. Au-delà de la caserne précaire, se trouvait un petit bâtiment rond, avec plein de vitres, mais pas de lumières à l'intérieur, si ce n'est une seule lueur dans la structure carrée posée sous le toit. C'était tout, songea-t-il. La tour de contrôle de l'aéroport de Jinan. A gauche des baraques, à une centaine de mètres, un grand hangar ouvert où de grandes passerelles mobiles reflétaient les premières lueurs du jour. Le hangar était apparemment désert. Les équipes de maintenance devaient encore être dans leurs quartiers. Dans le coin sud du terrain, il y avait cinq appareils, tous à hélice et peu imposants. L'aéroport de Jinan était un terrain secondaire ou même tertiaire, d'une importance largement exagérée sur la carte, comme beaucoup d'autres en Chine, à cause des investissements étrangers. Il était loin de pouvoir prétendre à un statut international. Mais les couloirs aériens étaient des canaux dans le ciel et n'étaient pas sujets aux caprices de la technologie. Il suffisait d'entrer dans ces canaux et d'y rester. Le ciel n'avait pas de frontières.

— Nous allons dans le hangar, chuchota Jason en donnant un coup dans le dos du commando. Rappelle-toi, si tu fais le moindre bruit, je n'aurai pas à te tuer – ils s'en chargeront. Et moi j'aurai une chance de m'en sortir, grâce à toi. N'en doute surtout pas. A terre, vite!

A trente mètres d'eux, un garde venait de sortir de l'immense caverne de tôle ondulée. Il s'étirait en bâillant. Bourne savait que c'était le moment d'agir. Pas de meilleure occasion possible. L'assassin était aplati dans l'herbe, couché sur ses mains entravées et la bouche bâillonnée collée dans la terre. Saisissant le bout de la corde de nylon, Jason prit le tueur par les cheveux, lui souleva la tête et lui passa la corde autour du cou.

— Tu bouges, tu étouffes, murmura-t-il en se relevant.

Il courut silencieusement jusqu'au mur du hangar, s'approcha du coin et s'arrêta avant de regarder au-delà. Le garde avait à peine bougé. Jason comprit. Le garde était en train de pisser. Parfaitement naturel et parfaitement parfait. Bourne s'éloigna du bâtiment et prit son élan. Il se jeta en avant et frappa, d'abord du pied, et presque en même temps du poing, en pleine gorge. L'homme tomba, inconscient. Jason le traîna derrière le coin du hangar, puis sur l'herbe, jusqu'à l'assassin immobile, incapable de bouger.

— Tu apprends, major, dit Bourne en le reprenant par les cheveux pour lui enlever la corde du cou.

Le fait que cette corde, qui n'était pas reliée à quoi que ce soit, ne pouvait en aucun cas étouffer le commando apprenait quelque chose à Delta. Son prisonnier ne pouvait plus penser géométriquement. La menace d'étranglement avait suffi à l'immobiliser. Il n'avait pas essayé pour voir. C'était un élément à considérer.

— Debout, ordonna Jason.

L'assassin s'exécuta, avalant de l'air en sifflant, les yeux brillants de haine.

– Pense à Echo, dit Bourne en lui rendant son regard de haine. Excuse-moi, je veux dire Danjou. L'homme qui t'avait rendu ta vie – une vie, en tout cas, que tu as reprise. Ton Pygmalion, mon vieux!... Maintenant, écoute-moi et écoute-moi bien. Tu aimerais que j'enlève la corde?

– Auggh! grogna l'assassin en hochant la tête, passant de la haine aux supplications.

– Et tes pouces, tu aimerais les récupérer?

– Auggh, auggh!

– Tu n'as plus l'air d'un guérillero, tu as l'air d'un gorille, dit Jason en sortant son automatique de sa ceinture. Mais comme on dit, il y a une petite condition. Tu vois, soit nous nous sortons tous les deux d'ici vivants, soit nous disparaissons et nos restes sont confiés à un feu chinois, pas de passé, pas de présent – et pas d'éloges funèbres quant à notre contribution à la société... Je vois que je t'ennuie. Désolé, n'en parlons plus.

– Auggh!

– O.K., si tu insistes. Naturellement, je ne te donnerai pas d'arme, et si je te vois essayer d'en prendre une, tu es mort. Mais si tu te conduis bien, nous pouvons – c'est une éventualité – nous en sortir. Ce que je veux vraiment te dire, *monsieur Bourne,* c'est que ton client – quel que soit son nom – ne peut plus permettre que tu vives, tout comme moi. Compris? Pigé? *Capisce?*

– Auggh!

– Une chose encore, ajouta Jason en tirant la corde. Ceci est du nylon, ou du polyuréthanne, ou je ne sais quoi. Quand on le chauffe, ça colle comme un *marshmallow.* Il n'y a aucun moyen de le détacher. Je vais te ligoter les chevilles et coller le tout. Tu auras une marge de manœuvre d'un mètre pour tes jambes. Parce que je suis un enculé de professionnel. Est-ce clair?

L'assassin hocha la tête et Bourne sauta vers la droite, donna un coup de pied derrière le genou du commando qui s'écroula dans l'herbe, les deux pouces couverts de sang. Jason s'agenouilla, son arme dans la main gauche, collée dans la bouche du tueur. De la droite il défit le nœud derrière le cou du commando.

— Nom de Dieu! cria l'assassin quand la cordelette se détacha.

— Je suis content que tu sois si religieux, dit Bourne en posant son arme.

Rapidement, il passa la corde de nylon autour des chevilles du commando, formant deux nœuds coulants. Il alluma son briquet et souda les extrémités de la corde.

— Tu peux en avoir besoin, dit-il en ramassant son arme.

Il l'appuya contre le front de l'assassin et déboucla les fils d'acier autour de ses poignets.

— Enlève le reste, ordonna-t-il. Fais gaffe à tes pouces, ils sont amochés.

— Mon bras droit n'est pas mal non plus! dit l'anglais en se battant avec le fil d'acier.

Une fois ses mains libres, l'assassin les secoua, puis suça le sang qui coulait de ses pouces.

— Vous avez votre boîte magique, monsieur Bourne? demanda-t-il.

— Toujours à portée de main, répliqua Jason. De quoi as-tu besoin?

— Sparadrap. Mes doigts saignent. Ça s'appelle la gravité.

— Tu es bien éduqué, dis donc, fit Bourne.

Il prit son sac et le lança devant le commando, son arme braquée sur sa tête.

— Trouve-le.

— Je l'ai, dit l'assassin après avoir mis les mains dans le sac. Il sortit le sparadrap et s'en enroula tout autour des pouces. C'est vraiment une saloperie à faire à personne, ce truc, dit-il.

— Pense à Danjou, dit Jason d'un ton glacé.

— Il voulait mourir, pour l'amour du ciel! Qu'est-ce que j'étais censé faire, bordel?

— Rien. Parce que tu n'es rien.

— Eh bien, ça me ramène à ton niveau, mon vieux, hein? Il m'a fabriqué d'après ton modèle!

— Tu n'as pas le talent, dit Jason Bourne. Il te manque des cases. Tu ne peux pas penser géométriquement.

— Ça veut dire quoi?

— Réfléchis, dit Delta en se levant. Allez, debout, commanda-t-il.

– Dis-moi, demanda l'assassin en regardant l'arme braquée sur sa tête, pourquoi moi? Et pourquoi t'es-tu retiré du marché?

– Parce que je n'en ai jamais fait partie.

Soudain des projecteurs s'allumèrent, l'un après l'autre, et balayèrent le terrain. Des plots lumineux jaunes apparurent tout le long de la piste. Des hommes sortirent en courant des baraquements, certains vers les hangars, les autres faisant le tour. On entendit rugir des moteurs. Les lumières s'allumèrent dans la tour de contrôle. Tout était soudain suractivé.

– Enlève-lui sa veste et mets sa casquette, ordonna Bourne en désignant le garde inconscient.

– Trop petits!

– Tu te les feras retailler à Savile Row. Allez!

L'imposteur fit ce qu'il lui disait, mais son bras droit le gênait et Jason dut l'aider à passer la manche. Ensuite il le poussa en avant du bout de son arme et ils coururent le long du hangar, puis s'approchèrent avec précaution du bout du bâtiment.

– On est d'accord, demanda Bourne, en chuchotant à quelques centimètres du visage qui ressemblait tant au sien il y a quelques années. On s'en sort ou on y passe?

– Compris, répondit le commando. Ce fou hurleur avec son satané sabre dégoulinant de sang est vraiment un enculé. Je démissionne!

– Cette réaction n'était pas vraiment lisible sur ton visage.

– Sinon il se serait retourné contre moi!

– Qui est-ce?

– Je ne connais pas son nom. Je n'ai qu'une série de connexions pour l'atteindre. La première c'est un type de la garnison de Guangdong nommé Soo Jiang...

– J'ai entendu ce nom. On l'appelle le porc.

– C'est probablement adéquat, je n'en sais rien.

– Quoi d'autre?

– On laisse un numéro à la table 5 du casino de...

– Kam Pek, Macao, coupa Bourne. Et alors?

– J'appelle le numéro et je parle en français. Ce Soo Jiang est l'un des rares macaques à parler cette langue. Il arrange l'heure du rendez-vous. C'est toujours au même endroit. Je traverse la frontière jusqu'à un champ dans les collines. Un hélico descend et quelqu'un me donne le nom de la cible. Et la moitié de l'argent pour le meurtre... Regarde! Le voilà! Il entame son approche.

– Je vise ta tête.

– J'ai compris.

– Est-ce que le pilotage d'un de ces trucs était inclus dans ton entraînement?

– Non. Seulement le saut.

– Ça ne nous servira à rien.

L'avion arrivait, les lumières rouges de ses ailes clignotaient. Il descendait du ciel de plus en plus clair. C'était un bimoteur et il se posa parfaitement. Il roula lentement jusqu'à la fin de la piste en dur, vira à droite et se dirigea vers le terminal.

– *Kai guan qi you!* cria une voix devant le hangar.

L'homme désignait trois camions de fuel sur le côté, expliquant lequel devait être utilisé.

– Ils font le plein, dit Jason. L'avion va repartir. On va le prendre.

L'assassin se tourna vers lui. Le visage suppliant.

– Donne-moi un couteau, quelque chose, bon Dieu!

– Rien.

– Mais je peux aider!

– C'est moi qui mène la danse, major, pas toi. Avec un couteau tu me transformerais en passoire. Pas question, mon vieux.

– *Da long xia!* cria la même voix devant l'entrée du hangar traitant ensuite les officiels du gouvernement de larves flemmardes. *Fang song,* continua-t-il, disant à tout le monde de prendre son temps parce que l'avion allait s'éloigner du terminal et que le camion devait rouler jusque là-bas.

Les officiels débarquèrent, l'avion fit un virage et revint à l'endroit désigné par la tour de contrôle. Le camion s'approcha, des hommes sautèrent de la remorque et commencèrent à tirer les tuyaux.

– Ça va prendre environ dix minutes, dit l'assassin. C'est la version chinoise de ces vieux DC-3.

Les moteurs de l'avion se turent. On poussa des échelles contre les ailes et des hommes grimpèrent dessus. On ouvrit les réservoirs. Les équipes de maintenance bavardaient à qui mieux mieux. Soudain, une porte s'ouvrit dans le fuselage. Des marches de métal se déroulèrent jusqu'au sol. Deux hommes en uniforme apparurent.

– Le pilote et son navigateur, dit Bourne, et ils ne sont pas là pour se dégourdir les jambes. Ils vérifient ce que font les autres. On va programmer ça avec attention, major, et quand je dis « bouge », tu bouges.

– Droit sur la porte, acquiesça l'assassin. Quand le second macaque atteint la première marche.

– C'est à peu près ça.

– Une diversion?

– Comment ça?

– Tu en as fait une belle, hier soir. Tu t'es fait ton petit 14-Juillet personnel.

– Impossible ici. Et je n'ai plus de pétards... Attends une minute. Le camion!

– Si tu le fais sauter, l'avion saute avec.

– Pas celui-là, dit Jason en secouant la tête. L'autre, là-bas, fit-il en désignant deux camions rouges droit devant eux, à quelques dizaines de mètres. Si le premier explose, le pilote va vouloir sortir son avion d'ici.

– Et on en sera beaucoup plus près que maintenant. Allons-y.

– Non, corrigea Jason. C'est toi qui y vas. Et tu vas faire exactement ce que je te dis. Bouge!

L'assassin devant, ils coururent jusqu'au camion, cachés par la faible lumière et l'agitation autour de l'avion. Le pilote et son navigateur agitaient des lampes-torches et éclairaient les moteurs en aboyant des ordres impatients. Bourne ordonna au commando de se coucher devant lui. Il ouvrit son sac et en sortit le rouleau de gaze. Puis il prit son couteau de chasse, dégagea un des tuyaux de son logement et le laissa tomber par terre.

– Dis-moi, ils en ont encore pour longtemps? demanda-t-il au commando. Et pas de bêtise...

– J'ai dit que je démissionnais. Je ne vais pas te faire une saloperie!

– Bien sûr que tu veux t'en sortir, mais j'ai comme l'impression que tu veux t'en sortir seul.

– Cette pensée ne m'a jamais effleuré.

– Alors tu n'es pas mon genre.

– Merci bien!

– Non, je le pense. Moi, cette pensée m'aurait traversé...
Alors? Combien de temps?

– Entre deux et trois minutes, d'autant que je puisse en
juger.

– Et ton jugement est fiable?

– Vingt-deux missions à Oman, au Yémen... Appareil
similaire en structure et mécanique. Je connais, mon vieux.
C'est du vieux matériel. Deux ou trois minutes, pas plus.

– Bien.

Jason troua le tuyau avec son couteau et fit une petite
entaille en longueur, assez large pour qu'un filet de
carburant s'écoule. Il se releva, l'arme braquée sur l'assassin et lui tendit le rouleau de gaze.

– Sors-en deux mètres et trempe-les avec l'essence qui
s'écoule.

Le tueur s'agenouilla et suivit les instructions de
Bourne.

– Maintenant, poursuivit Jason, colle le bout dans la
fente que j'ai coupée dans le tuyau. Plus profond que ça!
Sers-toi de ton pouce!

– Mon bras n'est plus ce qu'il était!

– Ta main gauche, si! Appuie plus fort!

Bourne jeta un bref coup d'œil sur l'avion qu'on rechar-
geait en carburant. Des hommes descendaient des ailes et
d'autres enroulaient les tuyaux. Le pilote et son navigateur
avaient l'air de procéder à d'ultimes vérifications. Ils
n'allaient pas tarder à retourner à bord! Moins d'une
minute! Jason fouilla dans sa poche, en sortit des allumettes et les jeta aux pieds de l'assassin, son arme toujours
braquée sur sa tête.

– Allume. Maintenant!

– Ça va péter comme de la nitro, merde! On va se
retrouver au ciel, surtout moi!

– Pas si tu t'y prends bien! Pose la gaze dans l'herbe,
elle est humide...

– Ça retarde la combust...

– Grouille!

– C'est fait!

Une flamme s'élança du bout de la bande de gaze, puis
elle retomba un peu, avant d'entamer sa marche vers le
tuyau qui menait au réservoir.

– Enculé de professionnel, dit le commando entre ses dents.

Il se releva.

– Passe devant, ordonna Bourne en attachant son sac à sa ceinture. Avance tout droit. Rentre la tête et baisse les épaules comme tu le faisais à Lao Wu.

– Bon Dieu! Tu étais à...

– Avance!

Le camion de fuel s'éloignait de l'avion, puis il effectua un virage pour revenir derrière le premier camion rouge... et s'immobiliser juste à côté de la gaze enflammée. Jason regarda en arrière. La flamme approchait du tuyau! Encore quelques secondes et le réservoir allait exploser, expédiant du métal brûlant dans les camions voisins. Dans quelques secondes!

Le pilote fit un signe à son navigateur. Ils avancèrent tous deux vers la porte du fuselage.

– Plus vite, cria Bourne. Sois prêt à courir!

– Quand?

– Tu verras bien. Baisse tes épaules! Plie le dos, bordel!

Ils tournèrent à droite vers l'avion, allant en sens inverse d'une foule de mécaniciens qui revenaient vers le hangar.

– *Gong ju ne?* s'écria Jason, admonestant un collègue parce qu'il avait oublié une boîte à outils près de l'avion.

– *Gong ju?* cria un homme en prenant Bourne par le bras.

Il tenait une boîte à outils à la main. Leurs regards se croisèrent et le Chinois resta bouche bée.

– *Tian a!* cria-t-il.

Cela se produisit. Le camion de carburant explosa, expédiant des colonnes de feu erratiques dans le ciel, tandis que des morceaux acérés de métal tordu traversaient l'espace dans toutes les directions. Les mécaniciens se mirent à hurler. Tout le monde courait dans toutes les directions, la plupart vers la protection que représentait le hangar.

– Cours! cria Jason.

L'assassin ne se fit pas prier. Les deux hommes s'élancèrent vers l'avion, vers la porte ouverte où le pilote, stupéfait, regardait la scène, tandis que le navigateur restait figé sur l'échelle de fer.

– *Kuai!* cria Bourne en gardant la tête baissée et en poussant le commando vers l'échelle. *Jiu fei ji!* ajouta-t-il, pour dire au pilote de dégager son avion de là.

Un second camion explosa, et les deux murs de flammes formaient comme un volcan de feu et de métal.

– Vous avez raison! cria le pilote en chinois, tirant son navigateur à lui par la chemise.

Ils disparurent à l'intérieur de l'avion.

C'était le moment, songea Jason. Il se demandait...

– Monte, ordonna-t-il au commando au moment précis où le troisième camion explosait.

– D'accord! cria l'assassin en levant une main, prêt à bondir pour sauter jusqu'à la première marche.

Puis, au moment où retentissait une nouvelle explosion pendant que le pilote mettait les moteurs en marche, le tueur se retourna brusquement sur l'échelle, le pied droit tendu vers le bas-ventre de Bourne, la main balayant l'espace pour écarter son arme.

Jason était prêt. Il écrasa la crosse de son arme sur la cheville du commando, puis relevant son arme, il le frappa à la tempe. Du sang jaillit et l'assassin perdit conscience. Agrippant le tueur, Bourne le jeta dans la carlingue. Il ferma la porte et le système de sécurité. L'avion commençait à rouler, virant à gauche sur place pour s'éloigner de l'océan de flammes qui rugissaient. Jason prit son sac et en sortit une autre longueur de cordelette de nylon et attacha les poignets de l'assassin à deux barres de soutènement des sièges, largement espacées. Le commando n'aurait aucun moyen de se libérer – aucun moyen que Bourne pouvait imaginer – mais, pour plus de sécurité, il coupa la corde qui entravait les chevilles du tueur, lui écarta les jambes et lui attacha les deux pieds à deux autres barres de siège.

Il se releva et s'avança vers la cabine de pilotage. L'avion était sur la piste d'envol. Soudain, les moteurs s'éteignirent. L'avion s'arrêtait devant le terminal, où le groupe d'officiels du gouvernement était rassemblé, observant avec stupeur les nuées de flammes à quelques centaines de mètres de là.

– *Kai ba!* dit Bourne en collant le canon de son automatique sur la nuque du pilote.

Le copilote se retourna. Jason s'exprimait en mandarin.

— Vérifiez vos cadrans et préparez-vous à décoller, puis passez-moi vos cartes.

— Ils ne nous laisseront pas faire! cria le pilote. Nous devons emmener les cinq commissaires!

— Où ça?

— Baoding.

— C'est au nord, dit Bourne.

— Au nord-ouest, précisa le copilote.

— Très bien. Direction le sud.

— On ne nous le permettra pas! cria le pilote.

— Votre premier devoir est de sauver votre appareil. Vous ne savez pas ce qui se passe ici. C'est peut-être du sabotage, une révolte, une émeute. Faites ce que je vous dis, sinon vous êtes morts, tous les deux. J'en ai rien à foutre!

Le pilote se retourna et regarda Jason.

— Vous êtes un Occidental! Vous parlez chinois mais vous êtes un Occidental! Qu'est-ce que vous faites ici?

— J'emprunte cet avion. Vous avez assez de longueur de piste. Décollez! Direction plein sud! Et donnez-moi les cartes.

Les souvenirs revenaient. Des sons lointains, des visions distantes, un tonnerre grondant.

— *Snake Lady, Snake Lady! Répondez! Quelles sont vos coordonnées de secteur?*

Ils se dirigeaient vers Tam Quan et Delta ne brisait pas le silence. Il savait où ils étaient et c'était tout ce qui comptait. Saigon pouvait aller se faire foutre, il n'allait pas donner aux Nord-Vietnamiens la moindre indication sur là où ils allaient.

— *Si vous ne voulez pas ou ne pouvez pas répondre, Snake Lady, restez à moins de six cents pieds! C'est un ami qui vous parle, bande de trous du cul! Vous en avez pas tellement, des amis! Leur radar vous repérera au-dessus de six cents pieds!*

Je le sais, Saigon, et mon pilote le sait, même s'il n'aime pas ça et je ne romprai pas le silence!

— Snake Lady! Nous avons complètement perdu! Est-ce qu'un des tarés de cette équipe sait lire une carte?

Oui, je peux lire une carte, Saigon. Vous croyez que j'emmènerais mon équipe en vous faisant confiance? Bordel, c'est mon frère qui est en bas! Moi je ne suis pas important pour vous mais lui, si!

— Vous êtes fou, hurlait le pilote. Au nom des esprits des ancêtres, cet avion est lourd et nous sommes à ras des arbres!

— Gardez le nez levé, dit Bourne en étudiant une carte. Restez à la même altitude, c'est tout.

— Mais c'est de la folie! dit le copilote. Un faux mouvement à cette hauteur et on percute les arbres! Et c'est fini...

— La météo de votre radio dit qu'il n'y a pas de turbulences annoncées...

— Mais c'est plus haut, cria le pilote. Vous ne comprenez pas les risques! Nous sommes trop bas!

— Quel était le dernier rapport de Jinan? demanda Bourne, en sachant pertinemment le contenu dudit rapport.

— Ils recherchent cet avion dans le couloir qui mène à Baoding, dit l'officier. Ils ne le trouvent plus. Ils fouillent vers les montagnes de Hengshui... Vénérés esprits! Pourquoi est-ce que je vous le dis! Vous avez entendu les rapports vous-même! Vous parlez mieux que mes parents et ils étaient bien éduqués, eux!

— Deux points pour l'Air Force de la République... O.K., virez à cent soixante dans deux minutes trente secondes et grimpez à mille pieds. Nous serons au-dessus de l'eau.

— On sera à portée des Japonais! Ils vont nous descendre!

— Sortez le drapeau blanc – ou mieux, passez-moi la radio. Je vais penser à quelque chose. Ils vont peut-être même nous escorter jusqu'à Kowloon.

— Kowloon! hurla l'officier. Ils vont nous tirer dessus!

— C'est parfaitement possible, acquiesça Bourne. Vous voyez, en dernière analyse, il faut que j'aille là-bas, mais sans vous. En fait, je ne peux même pas vous permettre de faire partie de la dernière scène.

— Ce que vous dites n'a aucun sens! dit le pilote, exaspéré.

— Virez à cent soixante quand je vous le dirai, c'est tout.

Jason étudiait la vitesse, calibrait les points sur la carte et calculait la distance derrière eux. Il regarda sa montre. Quatre-vingt-dix secondes avaient passé.

— Allez-y, capitaine, dit-il.

— Je l'aurais fait de toute façon, cria le pilote, je ne suis pas un kamikaze. Je ne vole pas vers ma propre mort!

— Même pas pour votre divin gouvernement?

— Surtout pas!

— Les temps changent, dit Bourne concentré sur la carte. Les choses changent...

— *Snake Lady, Snake Lady! Mission avortée! Si vous m'entendez, sortez de là et retournez à la base. C'est un piège! Vous m'entendez? Mission avortée!*

— *Qu'est-ce que tu veux faire, Delta?*

— *Continuer à voler, mon vieux. Dans trois minutes tu pourras te sortir de là.*

— *Moi, oui. Mais toi et ton équipe?*

— *On s'en sortira.*

— *Tu es suicidaire, Delta.*

— *C'est toi qui le dis... Très bien, vérifiez tous vos parachutes et préparez-vous à sauter. Que quelqu'un aide Echo...*

— *C'est de la folie!*

La vitesse restait constante, proche de six cents kilomètres heure. La route que Jason avait choisie, à basse altitude, à travers la baie de Formose comptait près de deux mille cinq cents kilomètres. Il leur faudrait approximativement quatre heures... Maintenant ils n'étaient plus qu'à une demi-heure de Hong-kong. Les îles au nord de la colonie ne devraient pas tarder à apparaître.

Pendant le vol, ils avaient été contactés deux fois par radio, une fois par la garnison nationaliste de Quemoy, et une seconde par un avion qui patrouillait au-dessus de Raoping. A chaque fois Bourne avait pris le micro expliquant d'abord qu'ils cherchaient un bateau porté manquant, puis qu'ils surveillaient les côtes à cause de navires de contrebandiers qui avaient visiblement échappé aux patrouilles de Raoping. Jouant le rôle d'un membre des forces de sécurité, il s'était montré d'une arrogance extrême. Quand il avait dû décliner son identité, il s'était servi des papiers du conspirateur mort sous la limousine russe dans la réserve ornithologique de Jing Shan. Personne n'avait osé le contredire. La vie était déjà assez compliquée comme ça.

— Où est votre équipement? demanda Jason au pilote.

— Vous n'avez pas l'air de vous rendre compte que je navigue sans plan de vol. Nous pourrions entrer en collision avec une douzaine d'avions!

— Nous sommes trop bas, dit Bourne et la visibilité est parfaite. Je vous fais confiance. Vous avez de bons yeux, on dirait!

— Vous êtes fou! cria le copilote.

— Au contraire, je le suis de moins en moins. Où est votre équipement d'urgence! A la manière dont vous construisez les choses, je suis certain que vous avez ce qu'il faut.

— Dans quel genre? demanda le pilote.

— Bateaux pneumatiques, fusées de signalisation, parachutes.

— Par tous les esprits!

— Où sont-ils?

— Dans le compartiment arrière de l'avion, la porte à droite.

— C'est pour les officiels, ajouta le copilote. S'il y a un problème, eux ils ont ce qu'il faut!

— C'est raisonnable, répondit Bourne, comment voulez-vous qu'ils s'occupent des affaires de votre pays sans ça?

— Vous êtes fou!

— Je vais à l'arrière, messieurs, mais mon arme est pointée sur vous. Continuez, et ne mésestimez ni mon expérience ni ma sensibilité. Je peux sentir la moindre variation de mouvement, et, si cela se produit, nous sommes tous morts. Compris?

— Fou!

– Ne m'en parlez pas, dit Jason.

Il se leva et traversa le fuselage, passant par-dessus son prisonnier écartelé entre les sièges, à plat ventre, du sang plein la tempe gauche.

– Comment va, major?

– J'ai fait une connerie. Qu'est-ce que vous voulez?

– Que votre corps arrive à Kowloon encore chaud, c'est ça que je veux.

– Pour qu'un fils de pute quelconque puisse me coller devant le peloton d'exécution?

– Ça, ça vous regarde. Etant donné que les pièces du puzzle commencent à former un tout cohérent, un fils de putain quelconque, comme vous dites, pourrait bien vous remettre une médaille si vous jouez vos cartes convenablement.

– Vous êtes très fort pour les rébus, Bourne. Ça veut dire quoi?

– Avec un peu de chance tu le découvriras!

– Merci bien!

– Ne me remercie pas. C'est toi qui m'en as donné l'idée, « mon vieux ». Je t'ai demandé si le pilotage faisait partie de ton entraînement. Tu te souviens de ce que tu m'as dit?

– Qu'est-ce que je t'ai dit?

– Que tu ne savais que sauter.

– Nom de Dieu!

Parachute dans le dos, le commando était attaché debout entre deux sièges, pieds et poings liés, la main droite attachée au cordon du parachute.

– Tu as l'air d'un crucifié, major, sauf que tu n'as pas les bras tendus.

– Bordel de dieu, est-ce que tu vas arrêter tes absurdités?

– Pardon. Mon autre moi essaie toujours de s'exprimer. Ne fais rien de stupide, espèce d'enculé, sinon j'enlève ce cordon et tu descends plus vite, compris?

– Compris.

Jason avança jusqu'à la cabine de pilotage, prit la carte et s'adressa à l'officier.

– Où en est-on? demanda-t-il.

– Hong-kong dans six minutes si on ne tape pas un autre zinc!

– J'ai entièrement confiance en vous, mais il est impossible que nous atterrissions à Kai-tak. Prenez au nord, vers les Nouveaux Territoires.

– *Aiya!* s'écria le pilote. Ils nous ont sur leur radar! Ces fous de Gurkhas vont nous tirer dessus!

– Pas s'ils ne vous repèrent pas, capitaine. Restez en dessous de six cents pieds jusqu'à la frontière, puis grimpez au-dessus des montagnes à Lao Wu. Vous pouvez entrer en contact radio avec Shenzen.

– Et qu'est-ce que je leur dis, par tous les saints esprits?

– Qu'on vous a détourné, c'est tout. Vous voyez, je ne peux pas vous inclure dans mon show. Nous ne pouvons pas atterrir dans la colonie. Vous attireriez trop l'attention. Je suis timide, et mon compagnon également.

Les parachutes s'ouvrirent en claquant au-dessus de leurs têtes et ils se balancèrent dans le vent, tandis que l'avion disparaissait vers Shenzen.

Ils tombèrent dans les eaux d'un parc à huîtres au sud de Lok Ma Chau. Bourne tira la corde, ramenant l'assassin vers lui pendant que les propriétaires du parc s'agitaient et criaient au bord de leur carré de vase. Jason tenait de l'argent à la main – plus d'argent que mari et femme ne pouvaient gagner en un an.

– Nous avons fui la Chine! cria Jason. Nous sommes riches! Prenez, prenez!

Tout le monde s'en foutait et surtout les propriétaires.

– *Mgoi! Mgoi ssaai!* répétaient-ils en remerciant les deux éranges créatures roses tombées du ciel, pendant que Bourne traînait l'assassin hors des eaux vaseuses.

Débarrassé de l'uniforme chinois, Bourne atteignit la route de Kowloon en poussant son prisonnier entravé devant lui. Leurs vêtements trempés séchaient vite sous le soleil brûlant, mais leur apparence n'attirerait l'attention de personne sur cette route. Personne n'allait les prendre. Un problème à résoudre. Et à résoudre rapidement car Jason était épuisé. Il pouvait à peine marcher et il avait de plus en plus de mal à se concentrer. Un faux pas et il pouvait tout perdre – mais il ne pouvait pas perdre! Pas maintenant!

Des paysans, quelques vieilles femmes marchaient ou travaillaient aux champs le long de la route. De grands chapeaux noirs protégeaient leurs visages fatigués des rayons du soleil. Certains marchaient chargés comme des mulets. Peu d'entre eux regardaient curieusement les deux Occidentaux. Ils jetaient un bref coup d'œil sur leurs vêtements souillés, leurs visages épuisés. Aucune surprise dans leurs regards. Ils avaient bien assez à faire pour simplement survivre.

Souvenirs. *Etudie tout. Tu trouveras quelque chose que tu pourras utiliser.*

– Couche-toi par terre, dit Bourne à l'assassin.

– Quoi? Pourquoi?

– Parce que si tu ne te couches pas immédiatement sur le bas-côté, tu meurs.

– Je croyais que tu voulais me ramener vivant à Kowloon!

– Que ton corps soit froid ou chaud m'importe peu! Allez, couche-toi! Sur le dos! Et tu peux crier aussi fort que tu veux, personne ne te comprend ici. Ça m'aidera même.

– Comment?

– Tu es traumatisé.

– Quoi?

– Couche-toi! Maintenant!

Le tueur s'allongea, roula sur le dos et fixa le soleil. Sa poitrine était secouée d'une respiration haletante.

– J'ai entendu le pilote dit-il. Tu n'es qu'un dingue!

– A chacun son interprétation, major, fit Jason.

Soudain, il se précipita vers la route et s'adressa à des paysannes en hurlant :

– *Jiu ming!*

Il supplia les vieilles d'aider son compagnon blessé qui avait dû se casser le dos ou les côtes. Il sortit de l'argent de son sac, expliqua que chaque minute comptait, qu'il leur fallait trouver un médecin rapidement. Si elles les aidaient, il les remercierait généreusement.

Comme un seul homme, les paysannes se précipitèrent vers eux, les yeux fixés sur la liasse de billets, abandonnant leurs charges.

– *Na gunzi lai!* cria Bourne, réclamant des bambous pour faire un brancard.

Les vieilles coururent dans les champs et revinrent avec deux longs bambous pour y attacher le pauvre blessé. Et malgré les protestations en anglais du commando, elles le ligotèrent au bambou avec des fibres, avant de faire disparaître les billets de Bourne et de reprendre leur travail. Toutes, sauf une. Elle avait remarqué un camion qui venait du nord.

– *Duo shao qian?* dit-elle à l'oreille de Jason, lui demandant son prix.

– *Ni shuo ne,* répondit Bourne pour qu'elle fixe son prix.

Elle le fit et Delta accepta. Les bras étendus, la femme se colla au beau milieu de la route pour arrêter le camion. Une seconde négociation eut lieu avec le chauffeur et on chargea l'assassin à l'arrière du camion, ligoté aux bambous. Jason grimpa derrière lui, debout.

– Comment ça va, major?

– Cette saloperie est pleine de canards! Ah, les enculés, ça pue! s'écria le commando entouré de cages de tous côtés.

L'odeur était épouvantable.

Une oie, d'une sagesse infinie, choisit ce moment précis pour lâcher un filet d'excréments en plein dans la figure de l'assassin.

– Prochain arrêt, Kowloon, dit Jason Bourne en fermant les yeux.

XXX

Le téléphone sonna. Marie sursauta, pivota sur sa chaise, mais Mo Panov l'arrêta d'un geste de la main. Le médecin traversa la chambre d'hôtel, décrocha le téléphone posé sur la table de nuit.

– Oui? dit-il calmement.

Puis, tout en écoutant, il fronça les sourcils. Et, comme s'il se rendait compte que son expression pouvait alarmer sa patiente, il regarda Marie et secoua la tête. Sa main esquissa un geste qui signifiait que cet appel n'avait rien d'urgent.

– Très bien, dit-il au bout d'une minute. On ne bouge pas jusqu'au prochain appel, mais il faut que je te demande quelque chose, Alex, et excuse ma franchise. Est-ce que quelqu'un t'a fait boire?

Panov grimaça en écartant l'appareil de son oreille.

– Eh bien, moi, dit-il, je suis assez gentil pour ne pas me poser de questions sur *tes* parents! Bon, à tout à l'heure.

Il raccrocha.

– Qu'est-ce qui s'est passé? demanda Marie, brûlant d'impatience.

– Plus de choses que prévu, mais c'est bien assez, dit le psychiatre en la regardant. Catherine Staples est morte. On l'a abattue devant chez elle il y a quelques heures.

– Oh, mon Dieu! murmura Marie.

– Et l'énorme officier des renseignements, poursuivit Panov, celui qu'on a vu à la gare de Kowloon et que tu appelles le major...

– Eh bien?

– Il est grièvement blessé et dans un état critique. Conklin appelait d'une cabine de l'hôpital.

Marie étudiait le visage de Panov.

– Il y a un rapport entre Catherine et Lin Wenzu, n'est-ce pas?

– Oui. Quand Catherine a été tuée, il était visible que l'opération avait été infiltrée...

– Quelle opération? Et par qui?

– Alex dit qu'il expliquera tout ça plus tard. Quoi qu'il en soit, la marmite bout et ce Lin Wenzu a sans doute donné sa vie pour arrêter l'infiltration – pour la « neutraliser », comme dit Alex.

– Mon Dieu, s'écria Marie, les yeux écarquillés, la voix au bord de l'hystérie. Des opérations, une infiltration... neutralisé, Lin, et Catherine – une amie qui s'est retournée contre moi –, je me fous de tout ça! Où est David?

– Ils disent qu'il est en Chine.

– Bon Dieu, ils l'ont tué! s'écria Marie en bondissant de sa chaise.

Panov se précipita sur elle et la saisit par les épaules. Il la serra très fort, obligea sa tête à cesser de bouger convulsivement. Ses yeux la forçaient à le regarder.

– Laisse-moi t'expliquer ce qu'Alex a dit... Ecoute-moi, Marie!

Lentement, comme hors d'haleine, Marie se figea, épuisée, confuse, et finit par regarder son ami.

– Quoi? murmura-t-elle.

– Il a dit qu'il était heureux que David soit là-bas, parce que, selon lui, il avait une plus grande chance de survivre.

– Et tu crois ça! hurla la femme de David Webb, des larmes plein les yeux.

– Peut-être, dit doucement Panov en hochant la tête. Conklin souligne que c'est ici, dans la foule de Hong-kong, que David a le plus de chances de se faire descendre. La foule, c'est Alex qui parle, peut être un ennemi aussi bien qu'un ami. Et ne me demande pas d'où ces gens tirent leurs métaphores, je n'en sais rien.

– Qu'est-ce que tu essaies de me dire, bon sang?

– Ce qu'Alex m'a dit. Il a dit qu'ils l'avaient fait revenir, qu'ils l'obligeraient à être quelqu'un qu'il voulait oublier. Et puis il a ajouté qu'il n'y avait personne comme « Delta ». Que Delta était le meilleur,... David Webb était Delta, Marie. Peu importe ce qu'il veut extirper de son

esprit, il était Delta. Jason Bourne n'est qu'une conséquence, une extension de la douleur qu'il a dû s'infliger,
mais son habileté lui vient de Delta... Dans un certain sens,
je connais ton mari aussi bien que toi.

– Dans un certain sens, beaucoup mieux que moi, j'en
suis certaine, dit Marie en posant sa tête contre la poitrine
de Morris Panov qui lui caressait les cheveux. Il y a
tellement de choses dont il ne voulait pas parler. Il avait
trop peur... ou trop honte... Oh, mon Dieu, Mo! Est-ce
qu'il va revenir?

– Alex pense que Delta reviendra.

Marie s'écarta du psychiatre et le regarda droit dans les
yeux. A travers ses larmes, son regard était fixe.

– Et *David?* demanda-t-elle, d'une petite voix plaintive.
David? Est-ce qu'il reviendra, lui?

– Ça, je ne peux pas y répondre. J'aimerais pouvoir,
mais je ne peux pas.

– Je comprends, dit Marie.

Elle s'éloigna de Panov et s'approcha d'une des fenêtres.
Elle regarda en bas, la foule entassée dans les rues pleines
de lumières clinquantes.

– Pourquoi as-tu demandé à Alex si on l'avait fait
boire?

– Au moment où les mots franchissaient mes lèvres, je
les ai regrettés.

– Parce que tu l'as vexé? demanda Marie en se retournant vers le psychiatre.

– Non, parce que je savais que tu m'avais entendu et
que tu exigerais une explication, et que je ne pourrais pas
te la refuser.

– Alors?

– C'est la dernière chose qu'il a mentionné – deux
choses plus exactement. Il a dit que tu t'étais trompée sur
Catherine Staples...

– Trompée? J'étais là-bas! Je l'ai vue! J'ai entendu ses
mensonges!

– Elle essayait de te protéger sans que tu cèdes à la
panique.

– Encore des mensonges! Et quoi d'autre?

Panov était immobile. Il s'exprimait avec un calme
empreint de sincérité, les yeux rivés à ceux de Marie.

– Alex a dit, aussi dingue que cela puisse paraître, que,

tout bien considéré, tout cela était moins dément qu'il n'y paraît.

– Ça y est! Ils l'ont retourné!

– Pas complètement. Il ne leur dira pas où tu es – où nous sommes. Il m'a dit qu'il fallait que nous soyons prêts à partir dès qu'il appellerait. Il ne peut pas risquer de revenir ici. Il a peur qu'ils le fassent suivre.

– Et nous revoilà en fuite! Et on n'a nulle part où aller! On ne peut que continuer à se cacher! Voilà que la pourriture envahit notre armure collective. Notre saint Georges mutilé qui tuait les dragons couche avec eux maintenant!

– Tu es injuste, Marie. Ce n'est pas ce qu'il dit, ce n'est pas ce que j'ai dit!

– Des conneries, tout ça! C'est mon mari qui est là-bas! Là, dehors! Ils se servent de lui, ils le tuent à petit feu, et ils refusent de nous dire pourquoi! Oh, il se pourrait qu'il survive parce qu'il est si fort à ce jeu-là, ce jeu qu'il méprisait, mais qu'est-ce qu'il restera de l'homme et de son cerveau, après? C'est toi l'expert, Panov! Hein, qu'est-ce qu'il restera quand tous les souvenirs seront remontés à la surface? Et ils ont intérêt à remonter, sinon, il y passera!

– Je te l'ai dit. Je ne peux pas répondre.

– Tu es vraiment génial, Mo! Tu te retranches derrière tes positions d'expert, mais tu es incapable de fournir une réponse! Même pas la moindre hypothèse! Tu mens! Tu as loupé ta vocation! Tu aurais dû être économiste!

– J'ai loupé pas mal de choses, oui. J'ai même failli louper l'avion de Hong-kong.

Marie s'immobilisa. Puis elle éclata à nouveau en sanglots et se jeta dans les bras de Panov.

– Excuse-moi, Mo! Je t'en prie! Pardon, pardon...

– C'est à moi de te demander pardon, dit le psychiatre. C'était assez minable comme dialogue.

Il lui caressa les cheveux.

– Bon sang, je ne peux pas supporter cette perruque!

– Ce n'est pas une perruque, docteur...

– Désolé, mais je n'ai jamais étudié la cosmétologie.

– Mais tu es un excellent pédicure.

– C'est plus facile de soigner les pieds que les têtes, crois-moi.

Le téléphone sonna. Marie retint son souffle. Lentement, Panov tourna la tête vers l'horrible futur qui sonnait sur la table de nuit.

— Si tu recommences, ou si tu essaies quoi que ce soit d'autre, tu es mort! rugit Bourne en frottant sa main qui bleuissait sous la force du choc.

Poings liés devant lui, l'assassin avait claqué la porte de leur chambre d'hôtel, écrasant la main gauche de Jason entre porte et chambranle.

— Et qu'est-ce que tu crois que je vais faire? cria l'ancien commando britannique. Marcher en souriant vers le peloton?

— Tu lis dans mes pensées, dit Bourne en regardant le tueur qui se massait les côtes là où le pied droit de Jason l'avait frappé, d'un coup d'une violence extrême. Peut-être est-ce le moment de te demander pourquoi tu es dans le métier, dans ce métier dont je n'ai jamais fait partie. Pourquoi, major?

— Ça t'intéresse vraiment, monsieur l'original? grogna l'assassin en se laissant tomber dans un fauteuil défoncé appuyé contre un des murs. Non, c'est à mon tour de te demander pourquoi.

— Peut-être parce que je ne me suis jamais compris moi-même, dit David Webb. J'essaie d'être très rationnel envers tout ça.

— Oh, mais je sais tout de toi! Ça faisait partie de l'entraînement du Français. Le grand Delta! La noble cause! Sa femme et ses lardons déchiquetés dans le fleuve à Phnom Penh par un avion inconnu. Et ce professeur si civilisé qui devient dingo, que personne ne peut contrôler et dont tout le monde se fout parce que son équipe et lui font plus de dégâts que toutes les équipes de bombardiers additionnées. Saigon disait que tu étais suicidaire, et de leur point de vue, c'était d'autant mieux. C'était ce qu'ils voulaient que toi et ton équipe d'ordures croient. Ils ne voulaient pas que tu reviennes vivant! Tu les gênais!

Snake Lady, Snake Lady... C'est un ami qui vous parle, bande de trous du cul... Mission avortée! Vous ne pouvez pas vous en sortir!

— Je connais, ou du moins je crois que je connais une

partie de tout ça, dit Webb. Je t'ai demandé de me parler de toi.

Les yeux de l'assassin s'écarquillèrent. Il regardait ses poignets liés. Lorsqu'il se mit à parler, sa voix n'était qu'un murmure, comme un écho de sa propre voix, complètement irréelle.

– C'est parce que je suis un *psychotique*, espèce de fils de pute! Et je le sais depuis mon enfance. Toutes ces sales pensées, ces animaux que je crevais rien que pour voir leurs yeux et leurs bouches quand ils mouraient. J'ai violé la fille d'un voisin, il était curé, parce que je savais qu'elle ne pourrait rien dire, et puis après je l'accompagnais tous les jours à l'école. J'avais onze ans. Et plus tard, à Oxford, avant les matches, je coinçais un môme sous la douche, je le noyais à moitié, rien que pour regarder ses yeux et sa bouche. Et après ça, je retournais aux cours et j'excellais dans ce non-sens que n'importe qui capable de se sortir d'une fausse noyade était à même de réussir. Là, j'étais le meneur, le type que tout le monde admirait, le digne fils de son père.

– Tu n'as jamais songé à te faire aider, ou soigner?

– Soigner? Avec un nom comme Alcott-Price?

– Alcott...? Sidéré, Bourne regarda son prisonnier. Le général Alcott-Price? Le petit génie de Montgomery pendant la Deuxième Guerre? Alcott le massacreur, l'homme qui menait l'attaque de flanc à Tobrouk et qui a enfoncé les lignes ennemies en Italie et en Allemagne? Le Patton anglais?

– Je n'étais pas né à cette époque, Dieu merci! Je ne suis qu'un produit de sa troisième femme – peut-être la quatrième, en fait, pour ce que j'en sais. Il était très généreux dans ce domaine... Avec les femmes, je veux dire.

– Danjou disait que tu ne lui avais jamais avoué ton vrai nom.

– Et il avait raison, bordel de Dieu! Le « général », cet abruti prétentieux qui sirotait son brandy dans son club de Saint-James, avait fait passer le mot. « Tuez-le! Tuez cette graine pourrie et qu'on ne sache jamais son nom! Il n'est pas de moi, sa mère était une pute! » Mais je suis bien son fils et il le sait. Il sait comment je prends mon pied, ce sadique! Et on a eu des brouettes de citations et de médailles, tous les deux, parce qu'on faisait ce qu'on aimait faire!

– Il le savait... Il connaissait ta maladie mentale?

– Il le savait. Il le sait. Il m'a empêché d'entrer à Sandhurst, notre West Point, parce qu'il ne voulait pas de moi dans sa précieuse armée. Il se figurait qu'on me percerait à jour et que je ternirais sa précieuse image. Il a failli crever d'apoplexie quand je me suis engagé dans l'armée. Il n'arrivera pas à dormir tant qu'il ne sera pas certain que je suis mort, mort et enterré, sans laisser aucune trace!

– Pourquoi est-ce que tu m'avoues qui tu es?

– C'est simple, répliqua le commando en scrutant le regard de Jason. Suivant comment tournent les choses, un seul d'entre nous restera vivant à la fin. Je vais faire de mon mieux pour être celui-là, je te jure. Mais il se peut que je n'y arrive pas – tu es assez balaise – et, dans cette éventualité, tu disposeras d'un nom avec lequel tu pourras bousculer ce satané petit monde! Tu pourrais faire fortune avec les droits d'édition ou les droits cinéma, ce genre de truc!

– Et s'il m'achète, le général pourra enfin dormir sur ses deux oreilles.

– Dormir? Cela lui ferait sauter la tête, oui! Tu n'as pas compris. J'ai dit qu'il lui fallait faire disparaître toutes les traces, qu'aucun nom ne remonte jamais. Mais de cette manière rien ne serait enterré. Tout serait planqué dans un des tiroirs de la mère Thatcher, toute cette salade dégueulasse et avec aucune espèce d'excuse de ma part, mon vieux. Je sais ce que je suis, et je l'accepte. Certains d'entre nous sont complètement différents. Disons que nous sommes antisociaux. Ou branchés *hard-core*, violents, pourris, ou ce qu'on voudra. La seule différence, c'est que moi je suis assez intelligent pour le savoir.

– Et pour l'accepter, dit Bourne calmement.

– Pour me vautrer dedans, tu veux dire! Le plaisir que cela me procure est comme une drogue et, regarde un peu, si je perds et que l'histoire se répand, combien d'autres antisociaux du même gabarit vont être allumés par cette révélation? Combien d'hommes « différents » des autres y a-t-il, qui n'attendent que de prendre ma place, comme j'ai pris la tienne? Cette satanée planète grouille de Jason

Bourne. Donne-leur une direction, branche-les sur une idée et ils deviendront légion! C'était ça, le génie essentiel du Français, tu ne vois pas?

– Je ne vois que de la pourriture, c'est tout.

– C'est ce que le général verra – un reflet de lui-même – et il faudra qu'il continue à vivre avec ce reflet, qu'il se l'avale!

– S'il ne voulait pas t'aider, pourquoi tu n'as pas essayé de t'en sortir seul? Tu étais assez intelligent pour comprendre ça...

– Et me priver de plaisir? C'est impensable, mon vieux! Tu te frayes un chemin tout en cherchant l'incident qui mettra fin à ta folie avant qu'ils ne découvrent ce que tu es en réalité. J'ai grimpé les échelons, mais l'accident n'a jamais eu lieu. Et malheureusement la compétition révèle le meilleur de nous-même, n'est-ce pas? On réussit à survivre parce que quelqu'un d'autre ne veut pas qu'on survive... Et puis, bien sûr, il y a l'alcool. Il nous donne confiance, il nous donne même le courage de faire des choses qu'on n'est pas certain de pouvoir faire.

– Pas quand on travaille.

– Evidemment, mais les souvenirs sont là, tapis dans ton crâne et la bravade alcoolique te dit que *tu peux le faire*!

– Faux, dit Jason Bourne.

– Pas entièrement, contra l'assassin. On tire sa force d'où on peut.

– Il y a deux personnes, dit Jason. Une que tu connais et l'autre que tu ne connais pas ou que tu ne veux pas connaître.

– Faux! répéta le commando. L'autre n'existerait pas sans le plaisir, ne te leurre pas. Et ne te mets pas en dehors, monsieur l'original. Tu ferais mieux de me mettre une balle dans la tête, parce que je te tuerai si je peux.

– Tu me demandes de détruire ce qui t'empêche de vivre.

– Arrête tes conneries, Bourne! J'ignore si c'est la même chose pour toi, mais moi je prends mon pied! Je sais où est mon plaisir! Et je ne peux pas vivre sans!

– Tu viens encore de me demander la même chose.

– Va te faire foutre, crétin!

– Encore une fois...

– Tais-toi! hurla l'assassin en bondissant de sa chaise.

Jason fit deux pas en arrière à toute vitesse et expédia son pied droit dans la cage thoracique du tueur qui repartit dans l'autre sens. Alcott-Price hurlait de douleur.

– Je ne te tuerai pas, major, dit tranquillement Bourne. Mais je vais te faire souhaiter d'être mort.

– Accorde-moi un dernier souhait, toussa le tueur en se tenant la poitrine de ses mains entravées. Même moi j'ai fait ça avec mes cibles. Je peux encaisser la balle mortelle, mais pas la garnison de Hong-kong. Ils vont me pendre une nuit quand il n'y aura personne, pour faire ça dans les règles. Ils vont me passer une grosse corde autour du cou et me coller sur la trappe. Ça, je ne peux pas le supporter!

Delta savait quand il fallait changer de vitesse.

– Je te l'ai déjà dit, affirma-t-il doucement. Tu peux t'en sortir. Je ne suis pas en relation avec les Anglais de Hong-kong.

– Tu n'es pas...

– Tu l'as supposé, mais je ne te l'ai jamais dit.

– Tu mens!

– Tu es encore moins talentueux que je ne le pensais, ce qui est assez mince comme présupposition.

– Je sais, je ne pense pas « géométriquement »!

– Ça, c'est certain!

– Alors tu es... ce que vous les Américains appelez un chasseur de primes. Tu travailles à ton compte.

– Dans un sens, oui. Et j'ai comme dans l'idée que l'homme qui m'a engagé pour te capturer préférerait t'engager que te tuer.

– Doux Jésus!

– Et mon prix était élevé, très élevé!

– Alors, tu es du métier.

– Seulement pour cette fois. Je ne pouvais pas refuser l'offre. Allonge-toi sur le lit.

– Quoi?

– Tu m'as entendu.

– Faut que j'aille aux chiottes.

– Je t'en prie, dit Jason. Il se dirigea vers la salle de bain et ouvrit la porte. Ce n'est pas un de mes plaisirs favoris, ajouta-t-il, mais je vais te regarder.

L'assassin se leva, braqué par l'arme de Bourne.

Lorsqu'il eut fini, il pénétra à nouveau dans la chambre minable et sombre de cet hôtel bon marché du sud de Mongkok.

— Sur le lit, dit Bourne en désignant le grabat crasseux du canon de son arme. Allonge-toi et écarte les jambes.

— Le pédé qui est à la réception adorerait entendre cette conversation.

— Tu pourras l'appeler plus tard si tu veux. Couche-toi, et vite !

— Tu es toujours pressé !

— Plus que tu ne le comprendras jamais, dit Jason.

Il ramassa son sac à dos posé sur le plancher, en sortit du fil de nylon pendant que le tueur, dégoûté, s'allongeait sur le couvre-lit souillé. Quatre-vingt-dix secondes plus tard, les chevilles du commando étaient attachées aux barreaux du lit, son cou garrotté par le fin fil de nylon relié à ses poignets ligotés à la tête du lit. Enfin, Bourne prit la taie du traversin et l'attacha autour de la tête du major, lui couvrant les yeux et les oreilles, mais laissant sa bouche libre pour qu'il puisse respirer. L'assassin était paralysé. Mais sa tête se mit à gigoter et sa bouche se contractait à chaque spasme. Une anxiété extrême venait de submerger le major Alcott-Price. Jason en reconnut les signes, sans la moindre émotion.

L'hôtel sordide qu'il avait fini par dénicher n'était pas assez luxueux pour fournir le téléphone. Le seul moyen de communication avec le monde extérieur était un coup frappé à la porte pour informer le client que la police faisait une descente ou pour prévenir le client que, s'il occupait la chambre une heure de plus, il devait payer la journée d'avance. Bourne ouvrit la porte, se glissa silencieusement dans le couloir sale et se dirigea vers le téléphone public qu'on lui avait indiqué, tout au bout du hall.

Il avait confié le numéro de téléphone à sa mémoire, rendu fou par l'attente du moment où il le composerait. Rendu fou par cette possibilité. Il introduisit une pièce dans l'appareil. Il était en train de le faire, en train de composer ce numéro ! Il sentit son souffle se mettre à battre, son sang tapait dans ses veines.

— Snake Lady, dit-il dans le téléphone, d'une voix sèche. Snake Lady... Snake Lady, snake...

– *Qing, qing*, coupa une voix impersonnelle sur la ligne dans un chinois accéléré. Nous sommes malheureusement temporairement incapables de réparer cette interruption momentanée de nos services sur ce central. Tout devrait être réparé rapidement. Ceci est un enregistrement... *Qing, qing*...

Jason reposa le téléphone. Mille pensées fragmentées comme autant de miroirs éclataient dans sa tête. Il retraversa rapidement le couloir sombre, croisa une pute qui comptait des billets, appuyée dans l'encadrement d'une porte. Elle lui sourit et porta ses mains à ses seins pour les relever. Il fit non de la tête et se jeta dans sa chambre. Il attendit quinze minutes, tranquillement installé à la fenêtre, sans prêter la moindre attention aux sons gutturaux qui émergeaient de la gorge de son prisonnier. Puis il rouvrit la porte et sortit à nouveau silencieusement dans le couloir. Il retourna au téléphone et remit une pièce. Il composa le numéro.

– *Qing*...

Il écrasa l'appareil dans son logement. Ses mains tremblaient. Les muscles de sa mâchoire se crispaient violemment. Il pensa soudain à la « marchandise » prostrée qu'il avait ramenée pour l'échanger contre sa femme. Il reprit le téléphone et, avec sa dernière pièce de monnaie, il composa le 0.

– Standardiste, dit-il en chinois, ceci est une urgence! Je dois absolument obtenir ce numéro...

Il lui donna le numéro, parvenant à grand-peine à maîtriser sa voix qui grimpait dans les aigus de la panique.

– Il y a un enregistrement qui dit que les lignes sont en dérangement dans ce secteur-là, ajouta-t-il. Mais c'est une urgence...

– Une minute, je vous prie. Je vais essayer de vous aider.

Un silence s'ensuivit, et à chaque seconde les coups dans sa poitrine tapaient plus fort, s'accéléraient comme les tambours menant les galères à l'éperonnage final. Ses tempes cognaient, il avait la bouche sèche et la gorge comme du parchemin, parchemin qu'enflammait peu à peu une fièvre nouvelle, inconnue, qui l'envahissait, le submergeait.

– La ligne est temporairement inutilisable, monsieur, dit une nouvelle voix, de femme comme l'autre.

– La ligne? Quelle ligne? Cette ligne-là?

– Oui, monsieur.

– Et pas tout le circuit de ce central-là?

– Vous avez demandé à l'opératrice un numéro spécifique, monsieur. Je ne sais pas pour les autres. Si vous les avez, je serais ravie de...

– Mais le répondeur parle de toute une zone de numéros et vous, vous me dites une seule ligne! Vous ne pouvez pas me confirmer que c'est tout un central qui est en panne?

– Un quoi?

– Bon sang, vous avez des ordinateurs! Interrogez-les! Je vous dis que c'est une urgence!

– Si elle est médicale, je serai ravie de vous proposer une ambulance. Si vous voulez bien me donner votre adresse?

– Je veux savoir s'il y a beaucoup de téléphones en panne ou seulement un! Il faut que je le sache!

– Il va me falloir un certain temps pour vérifier, monsieur. Il est plus de vingt et une heures et les équipes de réparation...

– Mais ils peuvent vous dire s'il y a un problème de zone, bordel!

– Je vous en prie, monsieur, je ne suis pas payée pour qu'on me parle grossièrement.

– Je suis désolé, désolé!... Mon adresse... Ah oui, l'adresse! Quelle est l'adresse du numéro que je vous ai demandé?

– Il est sur la liste rouge, monsieur.

– Mais vous l'avez?

– ... Non, en réalité, non, monsieur. La loi est très stricte sur ce chapitre à Hong-kong. Sur mon écran il n'y a marqué que : non publié.

– Je vous répète que c'est une question de vie ou de mort!

– Laissez-moi appeler un hôpital... Attendez, monsieur. Vous avez raison. Mon écran indique maintenant que les trois dernières impulsions du numéro que vous m'avez donné se chevauchent. Il y a une équipe de réparation qui s'en occupe actuellement.

– Mais dans quelle région est-ce?

– Le premier numéro est un 5. Donc, c'est sur l'île de Hong-kong.

– Plus précisément où, sur l'île?

– Les numéros et leurs impulsions n'ont rien à voir avec des rues précises ou des quartiers précis. J'ai bien peur de ne pas pouvoir vous aider davantage, monsieur. Sauf si vous consentez à me donner votre adresse pour que je puisse vous envoyer une ambulance.

– Mon adresse? dit Jason, sidéré, épuisé, au bord du gouffre. Non, reprit-il, je ne crois pas que je vais vous la donner.

Edward Newington McAllister se pencha sur la console au moment où la femme raccrochait. Visiblement, elle était secouée, son visage oriental était pâle. Cette conversation téléphonique l'avait épuisée. Le sous-secrétaire d'Etat raccrocha un autre téléphone à l'autre bout de la console. Il tenait un crayon à la main. Devant lui, écrite sur un bloc, une adresse.

– Vous avez été merveilleuse, dit-il, en tapotant l'épaule de la jeune femme. Nous le tenons. Nous l'avons. Vous avez réussi à le garder en ligne assez longtemps. Une erreur qu'il n'aurait pas commise jadis. La trace est confirmée. Au moins l'immeuble et cela suffit. Un hôtel.

– Il parle très bien le chinois. Plutôt du nord, mais il arrive à s'adapter au Guangdong hua. Et il ne m'a pas fait confiance.

– Aucune importance. Nous allons encercler l'hôtel. Toutes les issues. C'est dans une rue... Shek Lung.

– Sous le Mongkok, dans le Yau Ma Ti, en fait, dit la jeune interprète. Il n'y a probablment qu'une seule entrée, et c'est par là qu'on sort les ordures le matin, sans aucun doute.

– Il faut que je joigne Havilland à l'hôpital. Il n'aurait pas dû aller là-bas!

– Il avait l'air extrêmement anxieux, suggéra l'interprète.

– Dernières volontés, dit McAllister en composant un numéro sur le cadran devant lui. Des informations vitales livrées par un mourant. C'est autorisé.

– Je n'arrive pas à vous comprendre, aucun de vous, dit

la jeune femme en se levant pour céder sa place au sous-secrétaire. J'arrive à suivre vos instructions, mais je ne vous comprends vraiment pas.

– Bon Dieu, j'oubliais! Vous devez sortir immédiatement d'ici. Ce à quoi je fais allusion est classé ultrasecret... Nous apprécions énormément ce que vous avez fait, mademoiselle, et nous vous offrons notre très sincère gratitude, et certainement un bonus en plus, mais je dois vous demander de partir.

– Avec joie, monsieur, dit l'interprète, et vous pouvez oublier votre gratitude, mais n'oubliez pas le bonus. J'aurai au moins appris ça à l'université d'Arizona.

La femme sortit.

– Urgence, hurla presque McAllister dans le téléphone. Passez-moi l'ambassadeur, s'il vous plaît. C'est urgent! Non, vous n'avez besoin d'aucun nom, merci, et trouvez-lui un téléphone où il pourra parler en toute tranquillité.

Le sous-secrétaire se massait la tempe gauche. Ses doigts montaient de plus en plus haut dans ses cheveux. Enfin Havilland fut en ligne.

– Oui, Edward?

– Il a appelé. Ça a marché. Nous savons où il est! Un hôtel dans le Yau Ma Ti.

– Encerclez-le mais ne vous montrez pas! Il faut que Conklin comprenne. S'il sent la moindre embrouille pourrie, il fera marche arrière. Et si nous n'avons pas la femme, nous n'avons pas notre assassin. Pour l'amour du ciel, ne foutez pas ça en l'air, Edward! Tout doit être verrouillé, et en finesse. C'est extrêmement délicat! Sinon, le prochain ordre pourrait bien être « au-delà de toute récupération »...

– Ce ne sont pas des expressions auxquelles je suis habitué, monsieur l'Ambassadeur.

Il y eut un silence sur la ligne. Quand Havilland se remit à parler, sa voix était glaciale.

– Oh si, Edward... Vous protestez trop, voyez-vous, Conklin a raison. Vous auriez pu dire non, tout au début dans le Colorado. Vous auriez pu repartir, mais vous ne l'avez pas fait, vous ne le pouviez pas. Dans un sens vous êtes comme moi – sans mes avantages accidentels, bien sûr. Nous pensons et nous « surpensons ». Nous nous nourrissons de nos manipulations. Nous frétillons de fierté à chaque progrès dans le mouvement du jeu d'échecs humain – où chaque mouvement peut avoir de terribles conséquences pour quelqu'un – parce que nous croyons à quelque chose. Cela devient un narcotique et les chants des sirènes sont vraiment un appel à notre ego. Nous avons nos pouvoirs, mineurs, à cause de nos intellects majeurs. Admettez-le, Edward – je l'ai fait. Et si cela peut vous faire vous sentir mieux, je vous répéterai ce que je vous ai déjà dit : quelqu'un doit le faire.

– Je me fous de vos sermons, ils sont hors contexte, dit McAllister.

– Je ne vous en assenerai plus. Faites juste ce que je vous dis. Couvrez toutes les sorties de cet hôtel, mais informez tous vos hommes qu'aucun mouvement ne doit être visible. Si Bourne se déplace, il doit être suivi le plus discrètement possible. Ne jamais l'approcher, sous aucun prétexte. Nous devons avoir la femme avant d'entrer en contact.

Mo Panov saisit le téléphone.

– Oui?

– Il s'est passé quelque chose, dit Conklin en parlant à toute vitesse. Havilland a quitté la salle d'attente pour répondre à un appel urgent. Est-ce qu'il se passe quelque chose vers chez vous?

– Non, rien du tout. Nous discutions.

– Je suis inquiet. Les hommes de Havilland pourraient vous avoir trouvés.

– Et comment ça?

– En vérifiant tous les hôtels. En cherchant un Blanc boiteux, voilà comment.

– Mais tu as acheté l'employeur pour qu'il ne dise rien à personne. Tu as dit que c'était une réunion commerciale privée – ce qui est parfaitement normal.

– Ils peuvent payer aussi, eux, et dire que c'est une affaire gouvernementale confidentielle qui amènera soit une bonne récompense, soit un gros tas de problèmes. Devine qui a la préséance?

– Je crois que tu en rajoutes, protesta le psychiatre.

– Je me fous de ce que tu penses, docteur, mais sortez

de là. Maintenant. Oubliez les bagages de Marie, si elle en a. Sortez de là aussi vite que vous le pouvez.

– Pour aller où?

– Là où il y a foule, mais dans un endroit où je puisse vous trouver.

– Un restaurant?

– Non, ça fait trop longtemps et ils changent de nom tout le temps ici. Les hôtels sont exclus, ils sont trop faciles à couvrir.

– Alex, si tu es dans le vrai, je crois que tu parles depuis un temps démesuré...

– Je réfléchis, bordel!... Bon, prenez un taxi jusqu'au début de Nathan Road, sur Salisbury – tu as compris? Nathan et Salisbury. Tu verras l'hôtel Peninsula. Mais vous n'entrez pas. L'avenue au nord s'appelle le Golden Mile. Montez et descendez le trottoir sur le côté droit, le côté « est », mais sur les quatre premiers pâtés de maisons seulement. Je vous trouverai, dès que je le pourrai.

– Très bien, dit Panov. Nathan et Salisbury, les quatre premiers pâtés de maisons sur la droite... Alex, tu es tout à fait certain de ne pas te tromper, n'est-ce pas?

– Pour deux raisons, répondit Conklin. D'abord Havilland ne m'a pas demandé de l'accompagner quand il a reçu cet appel « urgent ». Et ce n'était pas ce qui avait été convenu entre nous. Et si cet appel urgent ne vous concerne pas, toi et Marie, cela veut dire que Webb est entré en contact. Et si c'est le cas, je ne vais pas jouer mon seul pion valable, qui est Marie. Pas sans aucune garantie. Pas avec l'ambassadeur Raymond Havilland. Bon, maintenant, tirez-vous de cet hôtel!

Quelque chose n'allait pas! Mais quoi? Bourne était revenu dans cette sordide chambre d'hôtel et, au pied du lit, il contemplait son prisonnier, qui se tortillait de plus en plus, en proie à des convulsions spasmodiques terrifiantes. Un tissu de nerfs ligoté à la ferraille du lit. Quelque chose n'allait pas. Pourquoi la conversation avec la standardiste sonnait-elle si bizarre à ses oreilles? Elle avait été courtoise et efficace, elle avait même ignoré sa grossièreté. Mais alors quoi?... Soudain les mots d'un lointain passé lui revinrent. Un dialogue échangé avec une opératrice sans visage, des années auparavant. Il se souvenait de sa voix profondément irritante.

« *Je vous ai demandé le numéro du consulat iranien!*

– *Il est dans l'annuaire. Nos standards sont encombrés et nous n'avons pas le temps de répondre à de telles demandes.* » Clic. Et la tonalité.

– Oui, c'était ça! Les standardistes de Hong-kong – et c'était justifié – étaient les plus péremptoires du monde. Elles ne perdaient pas une seconde, même si le client insistait. Les lignes étaient surchargées, la mégalopole financière frénétique ne pouvait pas perdre une minute. Et pourtant la deuxième opératrice avait été bien au-delà du seuil de tolérance... *Si vous avez les autres numéros, je serai ravie de... Si vous voulez bien me donner votre adresse. L'adresse!* Et sans vraiment considérer la question, il avait répondu d'instinct... *Non, je crois que je ne vais pas vous donner mon adresse.* Du fond de lui-même le signal d'alarme avait retenti.

Repéré! Ils se l'étaient repassé, l'avaient gardé en ligne assez longtemps pour mettre un pisteur électronique sur sa trace! Les cabines publiques étaient les plus dures à localiser. On déterminait d'abord le quartier, puis le pâté de maisons, puis le numéro spécifique, mais il n'y avait que quelques secondes entre la première et la dernière étape de la traque. Etait-il resté suffisamment longtemps en ligne? Et si cela était, jusqu'où avaient-ils progressé? Jusqu'au quartier? Au pâté de maisons? A l'hôtel? A la cabine elle-même? Jason essayait de reconstruire la conversation qu'il venait d'avoir avec la standardiste. La seconde opératrice. C'est là que la traque avec dû commencer. Avec toute la folle précision dont il était capable, il tenta de revivre le rythme de leurs phrases, leurs voix, se rendant compte qu'à chaque fois qu'il avait accéléré le ton elle l'avait ralenti... *Cela risque de me prendre un certain temps... Attendez, monsieur, je vous en prie. Vous aviez raison, mon écran...* Une sacrée trouvaille! Pour gagner du temps! Le temps! Comment avait-il pu permettre qu'une telle chose se produise? Et combien de temps s'était-il écoulé? Combien?

Quatre-vingt-dix secondes. Deux minutes tout au plus. Le timing était un instinct chez lui, les rythmes se mémorisaient d'eux-mêmes. Disons deux minutes. Assez pour déterminer un quartier, presque assez pour épingler un immeuble, mais sans doute pas assez pour trouver le téléphone exact. Sans raison apparente, des images de Paris lui parvinrent, en une suite d'appels téléphoniques, de cabines que Marie et lui ouvraient, fermaient, des rues, des lumières aveuglantes, l'espoir de mettre à jour l'énigme qu'était Jason Bourne. Quatre minutes. *Cela prend tout ce temps, mais il faut que nous sortions de cette zone! Ils la connaissent maintenant!*

Les hommes du taipan – si cet énorme taipan existait pour de bon – avaient pu trouver l'hôtel, mais ils n'avaient certainement pas eu le temps de trouver l'étage et le bon téléphone. Et si on venait aux comptes à rebours, il avait encore l'avantage s'il travaillait vite. S'il avait été pisté et qu'ils connaissaient l'hôtel, il faudrait un certain temps aux chasseurs pour atteindre Mongkok, en supposant qu'ils étaient bien à Hong-kong, ce que le premier chiffre du numéro semblait indiquer. La clef de tout était la vitesse. A partir de maintenant. Vite!

– Le capuchon reste, major, mais on bouge, dit-il à l'assassin en lui ôtant son bâillon.

Puis il défit les nœuds qui crucifiaient le tueur, avant de lui fourrer les cordelettes de nylon dans les poches.

– Quoi? Qu'est-ce que tu dis?

Bourne éleva la voix.

– Debout! On va se promener, dit Jason en ramassant son sac à dos.

Il ouvrit la porte et regarda dans le couloir. Un ivrogne entra en titubant dans une chambre voisine et claqua la porte. Le couloir était vide à droite, jusqu'à la cabine et l'escalier d'incendie.

– Avance, dit Bourne en poussant son prisonnier.

L'escalier d'incendie aurait été fermé par les compagnies d'assurances au premier coup d'œil. Le métal était rouillé et pliait sous son propre poids. Si on cherchait à échapper à un incendie, il valait mieux prendre l'escalier normal, même envahi de fumée. Pourtant, s'il tenait debout le temps d'atteindre la rue, c'était tout ce qu'on lui demandait. Jason saisit le commando par la clavicule et le poussa devant lui sur les marches branlantes jusqu'au premier palier. Sous eux, une échelle de métal à moitié démolie pendait jusqu'au-dessus de la ruelle. A peine deux mètres à sauter, et, ce qui était tout aussi important, faciles à remonter.

– Dors bien, dit Bourne en visant la nuque du commando où il abattit la crosse de son automatique.

L'assassin s'écroula sur la plate-forme. Bourne saisit les cordelettes de nylon et l'attacha à la rambarde, puis il le bâillonna fermement. Les bruits nocturnes de cette rue de Mongkok allaient couvrir les sons que pourrait éventuellement émettre Alcott-Price. S'il se réveillait avant que Jason ne le réveille lui-même.

Bourne descendit jusque dans la ruelle obscure quelques secondes avant l'apparition de trois jeunes types qui couraient, venus de la rue principale. Hors d'haleine, ils se cachèrent dans l'encoignure d'une porte, tandis que Bourne, à genoux, se dissimulait aussi. A l'entrée de la ruelle, en contre-jour, un autre groupe de jeunes gens apparut, qui poursuivait les premiers en criant des injures. Les trois jeunes types sortirent de leur cachette et filèrent dans la direction opposée. Bourne se leva et s'avança rapidement vers l'entrée de la ruelle, jetant un bref coup d'œil vers l'escalier d'incendie. L'assassin était invisible.

Jason fut bousculé par deux types qui couraient. Il les flanqua chacun contre un mur. Il ne pouvait que supposer que ces jeunes types étaient à la poursuite des trois précédents. L'un des deux jeunes brandissait pourtant un cran d'arrêt et le menaçait. Jason n'avait pas besoin de ça! Avant que le jeune ne comprenne ce qui lui arrivait, Bourne lui avait saisi le poignet et l'avait tordu. La lame tomba sur le pavé. L'adolescent hurla de douleur.

– Tirez-vous d'ici, cria Jason dans un cantonais guttural. Votre gang n'est pas de taille à lutter contre ses aînés! Si je vous revois par ici, vos mères n'auront plus qu'à identifier vos cadavres! Allez, disparaissez!

– *Aiya!*

– Nous cherchons des voleurs! Ce sont des espions communistes! Ils volent, et...

– Disparaissez!

Les jeunes gens filèrent sans demander leur reste, disparurent dans le Yau Ma Ti. Bourne secoua sa main, la main que l'assassin avait écrasée dans la porte de leur chambre. Dans son énervement, il avait oublié la douleur. C'était encore le meilleur moyen de la tolérer.

Il leva le nez. Il venait d'entendre un bruit, des bruits. Deux grosses limousines noires descendaient Shek Lung Street à toute vitesse. Elles s'arrêtèrent devant l'hôtel. Ces deux voitures semblaient porter des pancartes signalant leur appartenance officielle. Traversé d'angoisse, Jason vit des hommes sauter des deux voitures, deux devant, puis trois qui les suivirent.

Marie, mon Dieu! Nous allons perdre! Je nous ai tués! Marie, je nous ai tués.

Il s'attendait à ce que les cinq hommes se précipitent dans l'hôtel pour interroger l'employé, prendre position et attaquer. Ils allaient apprendre que les occupants de la chambre 301 n'étaient pas sortis et qu'ils étaient donc probablement encore en haut. Ils allaient enfoncer la porte dans moins d'une minute, puis trouver l'escalier d'incendie quelques secondes plus tard! Est-ce qu'il pouvait le faire? Est-ce qu'il pouvait remonter, libérer le tueur, le faire descendre dans la ruelle et s'échapper avec lui? Il le fallait. Il jeta un dernier regard avant de revenir vers l'échelle.

Là, il s'arrêta. Quelque chose n'allait pas, quelque chose de totalement inattendu. Le premier homme de la voiture de tête avait enlevé sa veste officielle et défait sa cravate. Il se passa la main dans les cheveux, pour se décoiffer, et s'avança d'une démarche mal assurée vers l'entrée de l'hôtel minable. Ses quatre compagnons se dispersaient, s'éloignaient des voitures, observaient les fenêtres, deux sur la droite, deux vers la gauche, et s'avançaient vers la ruelle, vers lui. Que se passait-il? Ces hommes ne se comportaient pas comme des officiels. Ils agissaient comme une bande de criminels, comme des maffiosi refermant un piège qu'ils n'allaient pas signer... Bon sang, est-ce qu'Alex Conklin s'était trompé lors de leur dernière conversation à Washington?

Joue le scénario. Jusqu'au bout et en profondeur. Joue-le. Tu peux le faire, Delta.

Pas le temps. Il n'avait pas le temps de réfléchir. Les secondes étaient trop précieuses pour qu'il les perde à évaluer l'existence ou la non-existence d'un gigantesque taipan, obèse, trop mélodramatique pour être réel. Les deux hommes qui marchaient vers lui avaient repéré la ruelle. Ils se mirent à courir – vers la ruelle, vers la « marchandise », vers la destruction et la mort de tout ce que Jason aimait dans ce monde pourri qu'il quitterait volontiers si ce n'était pas pour Marie.

Les secondes s'allongèrent en millisecondes de violence préméditée, à la fois acceptée et impossible à supporter. David Webb fut réduit au silence tandis que Bourne reprenait les commandes... *Eloigne-toi de moi! C'est la seule chose à faire!*

Le premier homme tomba, les côtes enfoncées, la voix brisée net d'un coup à la gorge. Le deuxième homme eut droit à un traitement de faveur. Il était vital qu'il reste conscient, et même en pleine possession de ses moyens à cause de ce qui allait suivre. Jason les traîna tous deux dans un recoin obscur de la ruelle, déchira leurs vêtements avec son couteau, leur lia les pieds et les mains et les bâillonna, le tout en quelques secondes.

Les bras écrasés sous les genoux de Jason, la pointe du couteau posée sur son œil gauche, le deuxième homme de main reçut l'ultimatum de Bourne.

— Ma femme? Où est-elle? Tu me le dis maintenant, sinon tu perds ton œil, puis l'autre! Je te découperai en lanières, *Zhongguo ren,* crois-moi!

Il ôta le bâillon du type.

— Nous ne sommes pas vos ennemis, *Zangfu!* s'écria l'Oriental en anglais, utilisant le mot cantonais pour « mari ». Nous avons essayé de la trouver! Nous avons cherché partout!

Jason regarda l'homme. Son couteau tremblait dans sa main, ses tempes battaient, sa galaxie mentale était au bord de l'explosion; il allait pleuvoir du feu et de la douleur, d'une manière inimaginable.

— Marie, cria-t-il, qu'est-ce que vous en avez fait? On m'avait garanti sa sécurité! Je devais livrer la « marchandise » et on devait me rendre ma femme! J'aurais dû entendre sa voix au téléphone, mais le numéro ne fonctionne pas! A la place, on me piste, vous débarquez ici, et ma femme a disparu! Où est-elle?

— Si nous le savions, elle serait ici avec nous!

— Menteur! hurla Bourne, les larmes aux yeux.

— Je ne vous mens pas, monsieur, et je ne tiens pas à mourir pour vous mentir. Elle s'est échappée de l'hôpital...

— L'hôpital?

– Elle était malade. Le docteur avait insisté. J'y étais, je gardais sa chambre! Je la protégeais. Elle était faible, mais elle a réussi à s'échapper...

– Malade? Faible? Toute seule dans Hong-kong? Mon Dieu, vous l'avez tuée!

– Non, monsieur, je vous jure. Nous devions la traiter avec égards...

– Mais votre taipan avait d'autres ordres, lui, dit Bourne d'une voix glaciale. Il suivait des ordres semblables à ceux de Zurich et de Paris, comme dans la 71e Rue! J'y étais, nous y étions. Et maintenant vous l'avez tuée. Vous vous êtes servi de moi, comme avant, et quand vous avez cru que c'était fini, vous me l'avez enlevée. Hein! « Qu'est-ce que la mort d'une autre femme? » Salauds, salauds!

Jason serra le visage du type de la main gauche, le couteau levé dans sa main droite.

– Qui est le gros homme? Dis-le-moi ou je te plante! Qui est le taipan?

– Ce n'est pas un taipan! C'est un officier entraîné en Angleterre! Il est très respecté ici. Il travaille avec vos compatriotes, avec les Américains! Il est de l'Intelligence Service!

– Je l'aurais parié... Depuis le début c'est la même chose. Mais cette fois ce n'est pas le Chacal, c'est moi! On m'a manipulé sur l'échiquier jusqu'à ce que je n'aie plus d'autre choix que de me traquer moi-même – de traquer une extension de moi-même, un autre homme appelé Bourne. Quand il le ramènera, tuez-le! Tuez-la! Ils en savent trop...

– Non, hurla l'Oriental, les yeux écarquillés, le visage luisant de sueur, terrifié par le couteau qui s'enfonçait dans sa chair. On nous dit peu de choses, mais je n'ai rien entendu comme ça!

– Qu'est-ce que vous foutez là, alors? demanda Jason.

– Surveillance, c'est tout! Je vous le jure!

– Jusqu'à ce que les tireurs rappliquent? dit Bourne d'un ton glacial. Comme ça vos costumes trois-pièces restent propres, vous ne vous collez pas du sang plein la chemise et il n'y a aucune piste pour remonter à ceux pour qui vous travaillez, ces monstres sans visage?

– Vous vous trompez! Nous ne sommes pas comme ça! Nos supérieurs ne sont pas comme ça!

– Je connais la musique. Ils sont comme ça, crois-moi... Maintenant tu vas me le dire. Personne ne mène une opération de cette envergure sans une base camouflée. Où est-elle?

– Je ne comprends pas.

– Le quartier général, une maison stérile, un centre de commandement codé – n'importe quoi, bordel! Où est-elle?

– Je vous en prie, je ne peux pas...

– Si tu peux. Et tu vas le dire, sinon tu vas être aveugle, je t'arrache les yeux! Maintenant!

– J'ai une femme, des enfants!

– Moi aussi j'en avais. Je perds patience, fit Jason en retenant légèrement la pression de sa lame. De plus, si tu es certain que tes supérieurs ne sont pas comme ça, où est le mal? On peut s'entendre.

– Oui! s'écria l'homme, terrorisé. Vous pouvez vous entendre avec eux! Ce sont des gens intelligents et généreux! Ils ne vous feront pas de mal!

– Ils n'en auront pas la possibilité, murmura Bourne.

– Quoi?

– Rien. Où est-il? Où est ce quartier général si tranquille? Où?

– Sur Victoria Peak! dit l'officier pétrifié. La douzième maison sur la droite, avec des grands murs...

Bourne écouta la description de la maison stérile. Une propriété tranquille, et bien gardée. Il entendit ce qu'il voulait entendre. Il n'avait besoin de rien d'autre. Il écrasa le manche du couteau sur le crâne de l'homme, lui remit son bâillon et se releva. Il jeta un coup d'œil sur l'escalier d'incendie, sur le corps à peine visible de l'assassin.

Ils voulaient Jason Bourne et ils étaient prêts à tuer pour l'avoir. Ils allaient recevoir deux Jason Bourne et mourir pour leurs mensonges.

XXXI

L'AMBASSADEUR Havilland affronta Conklin dans le couloir de l'hôpital qui ouvrait sur la salle des urgences de la police. Le diplomate avait choisi ce lieu encombré pour parler à l'homme de la CIA, justement parce qu'il était encombré, traversé d'infirmières, de médecins, de malades sur des civières. Des téléphones ne cessaient de sonner et le bruit des conversations entremêlées était tel que Conklin ne pourrait pas s'énerver outre mesure. La discussion promettait d'être chaude, mais on resterait calme. L'ambassadeur pourrait mieux s'expliquer dans ces circonstances choisies.

– Bourne est entré en contract, dit Havilland.

– Sortons, dit Conklin.

– Impossible, répliqua le diplomate. Lin peut mourir d'une minute à l'autre. On peut nous autoriser à lui parler dans une seconde. Nous ne pouvons pas laisser passer cette chance et les médecins savent que nous sommes là.

– Alors retournons en salle d'attente.

– Non, il y a trop de gens. Vous ne tenez pas plus que moi à ce qu'ils nous entendent.

– Bordel, vous vous couvrez bien le cul, hein?

– Il faut que je pense à tout. Pas seulement à deux ou trois d'entre nous, mais à tout le monde.

– Qu'est-ce que vous attendez de moi?

– La femme, évidemment. Vous le savez.

– Je le sais, bien sûr. Et qu'est-ce que vous offrez?

– Mon Dieu, mais Jason Bourne!

– Je veux David Webb. Je veux l'époux de Marie Saint-Jacques Webb! Je veux savoir qu'il est vivant. Je veux le voir de mes propres yeux.

– C'est impossible.

– Vous feriez mieux de m'expliquer pourquoi c'est impossible.

– Avant qu'il ne se montre, il s'attend à pouvoir parler avec sa femme trente secondes après avoir pris contact. C'est notre accord.

– Mais vous venez de me dire qu'il est entré en contact!

– C'est vrai. Mais pas nous. Nous ne pouvions pas puisque nous ne disposions pas de Marie Webb assise près d'un téléphone!

– Vous m'avez perdu! dit Conklin, rageur.

– C'est lui-même qui a posé ces conditions et elles ne sont pas si différentes des vôtres, ce qui est compréhensible, vous étiez tous deux...

– Quelles étaient ces conditions?

– S'il appelait, cela voulait dire qu'il tenait l'imposteur – c'était un accord bilatéral.

– Bilatéral?

– Les deux partis étaient d'accord.

– Je sais ce que ça veut dire, bordel! Vous venez juste de me précipiter dans le vide, c'est tout!

– Calmez-vous! Parlez moins fort... Ses conditions étaient que, si nous ne lui passions pas sa femme dans les trente secondes, celui qui serait au téléphone entendrait un coup de feu, qui voudrait dire que l'assassin était mort, que Bourne l'avait tué.

– Bon vieux Delta, sourit Conklin, il n'en loupe pas une. Et je suppose qu'il y avait une suite?

– Oui, dit Havilland, de marbre. Un lieu d'échange devait être choisi en accord mutuel...

– Pas bilatéral?

– La ferme!... Il devait pouvoir voir sa femme marcher seule dans une rue, de sa propre volonté. Une fois satisfait, il serait apparu avec son prisonnier, en le menaçant d'une arme, vraisemblablement, et on procéderait à l'échange. Du contact initial à l'échange il ne devait pas s'écouler plus d'une demi-heure.

– Pas le temps d'orchestrer des manœuvres supplémentaires, fit Conklin en hochant la tête. Mais si vous n'avez pas répondu, comment savez-vous qu'il est entré en contact?

– Lin avait branché le numéro sur un relais. On a dit à Bourne que la ligne était temporairement hors d'usage, et quand il a essayé de vérifier – ce qu'il était obligé de faire dans ces circonstances –, il a été relayé à Victoria Peak. Nous avons réussi à le garder en ligne assez longtemps pour localiser son appel. Nous savons où il est. Nos hommes sont en route, mais ils ont l'ordre de rester hors de vue. S'il renifle quoi que ce soit, il tuera notre homme.

Alex étudiait le visage du diplomate, sans aménité aucune.

– Il vous a laissé lui parler assez longtemps pour ça?

– Il est dans un état de nervosité extrême. On comptait là-dessus.

– Webb, peut-être, dit Conklin. Pas Delta. Pas s'il réfléchit.

– Il va continuer à appeler, insista Havilland. Il n'a pas le choix.

– Peut-être, mais peut-être pas. De quand date son dernier appel?

– Douze minutes environ, répondit l'ambassadeur en regardant sa montre.

– Et le premier?

– Une demi-heure avant environ.

– Et à chaque fois qu'il essaie d'appeler vous êtes au courant?

– Oui. L'information est transmise à McAllister.

– Appelez-le et vérifiez si Bourne a appelé.

– Pourquoi?

– Parce que, comme vous le dites si bien, il est dans un état de nervosité extrême et qu'il va rappeler. Il ne pourra pas s'en empêcher.

– Qu'essayez-vous de dire?

– Que vous avez commis une erreur.

– Où? Comment?

– Je ne sais pas, mais je connais Delta.

– Qu'est-ce qu'il pourrait faire d'autre?

– Tuer, dit simplement Alex.

Havilland lui tourna le dos, traversa le hall encombré de gens affairés et s'approcha d'un bureau. Il dit quelques mots à une infirmière. Elle hocha la tête et lui tendit un téléphone. Il parla quelques instants dans l'appareil, puis raccrocha. Il revint vers Conklin, l'air soucieux.

– C'est bizarre, dit-il. McAllister a la même impression que vous. Il s'attendait à ce que Bourne rappelle toutes les cinq minutes, au moins.

– Oh!

– On l'avait amené à penser que la ligne serait réparée incessamment, dit l'ambassadeur en baissant les bras comme pour effacer cette improbabilité. Nous sommes tous trop nerveux. Il peut y avoir différentes explications, à commencer par le fait qu'il désire changer de cabine pour appeler...

La porte des urgences s'ouvrit, lui coupant la parole. Le médecin britannique apparut.

– Monsieur l'Ambassadeur?

– Lin?

– Un homme remarquable. Ce qu'il a encaissé aurait tué un cheval, mais comme il a la taille d'un cheval plus une nette propension humaine à vouloir survivre...

– Pouvons-nous le voir?

– C'est inutile, il est encore inconscient – il émerge de temps à autre mais il est incohérent. Chaque minute de repos améliore son état.

– Vous comprenez combien il est urgent que nous lui parlions, n'est-ce pas?

– Oui, monsieur l'Ambassadeur. Et peut-être plus que vous ne l'imaginez. Vous savez, je suis responsable de l'évasion de la femme...

– Je sais, dit le diplomate. On m'a dit aussi que, si elle avait réussi à vous tromper, elle aurait pu tromper le meilleur des spécialistes de chez nous.

– J'en doute, mais j'aimerais croire que je ne suis pas incompétent. Pour l'instant, je me sens stupide. Je ferai tout ce qui est en mon pouvoir pour vous aider, vous et mon ami le major Lin. J'ai commis une erreur de jugement, pas lui. S'il récupère d'ici une heure, je crois qu'il a une chance de s'en tirer. Si c'est le cas, vous pourrez lui parler, en vous limitant à des questions brèves impliquant des réponses simples. Si je crois qu'au contraire il nous échappe, je vous appellerai aussi.

– Très bien, docteur. Merci.

– Je ne pouvais pas faire moins. C'est ce que Lin aurait voulu. Je retourne auprès de lui.

L'attente commença. Havilland et Alex Conklin passèrent leurs propres accords bilatéraux. Quand Bourne essaierait de rappeler, on devait lui dire que la ligne serait rétablie dans vingt minutes pour laisser le temps à Conklin de se rendre dans la maison de Victoria Peak, pour prendre l'appel. C'est lui qui organiserait l'échange, après avoir dit à David que Marie était en sécurité avec Morris Panov. Les deux hommes retournèrent dans la salle d'attente et se posèrent sur deux fauteuils qui se faisaient face, tandis que chaque minute qui passait augmentait la tension.

Les minutes se transformèrent en trois quarts d'heure, puis une heure. Trois fois l'ambassadeur appela Victoria Peak pour demander s'ils avaient reçu l'appel de Jason Bourne. Rien. Deux fois le médecin anglais vint leur faire son rapport sur l'état de santé de Lin Wenzu. Etat stationnaire, ce qui était plutôt rassurant. Une fois le téléphone sonna et Havilland et Conklin braquèrent leurs regards en même temps sur l'infirmière qui répondit d'un ton très professionnel. L'appel n'était pas pour l'ambassadeur. La tension grandissait entre les deux hommes et ils se regardaient, pensant exactement la même chose.

Quelque chose n'allait pas. La situation leur échappait. Un médecin chinois entra et s'approcha de deux personnes qui attendaient au fond de la pièce, une jeune femme et un prêtre. Le médecin leur parla doucement. La femme hoqueta puis se mit à pleurer dans les bras du prêtre. Elle était veuve, désormais. On l'accompagna pour qu'elle dise un ultime adieu à son mari.

Silence.

Le téléphone sonna et le diplomate et l'homme de la CIA se tournèrent vers le bureau.

– Monsieur l'Ambassadeur, dit l'infirmière, c'est pour vous. Il paraît que c'est très urgent.

Havilland se précipita vers le téléphone en remerciant la jeune femme.

Il s'était passé quelque chose. Conklin regardait l'ambassadeur et il ne s'attendait pas à ce qu'il vit. Le visage du diplomate vira au gris cendre. Ses lèvres, en général serrées, étaient ouvertes, ses sourcils levés, son regard affolé. Il se tourna vers Alex et dit, d'une voix à peine audible, le murmure de la peur.

— Bourne a disparu! L'imposteur aussi. Deux de nos hommes ont été retrouvés ligotés et grièvement blessés.

Havilland se retourna, continua à écouter son correspondant invisible.

— Oh, mon Dieu! s'écria-t-il en pivotant sur lui-même pour parler à Conklin.

L'homme de la CIA n'était plus là.

David Webb avait disparu, seul demeurait Jason Bourne. Et pourtant il était à la fois plus et moins que l'homme qui avait chassé Carlos le Chacal. Il était Delta le prédateur, un animal qui ne désirait plus que se venger parce qu'on l'avait privé de ce que sa vie avait de plus précieux, une fois encore. Et comme un prédateur assoiffé de vengeance, il évoluait dans un état de transe, chaque geste d'une précision automatique et extrême, chacun de ses mouvements devenant mortel. Le meurtre se lisait dans ses yeux et son cerveau humain s'était changé en un cerveau de fauve.

Il erra dans les rues obscures du Yau Ma Ti, traînant son prisonnier en laisse, les poignets garrottés, et trouva ce qu'il cherchait, payant des milliers de dollars ce qui n'en valait pas le centième. La rumeur se répandit dans le Mongkok d'un homme étrange et de son silencieux compagnon, qui était attaché et craignait pour sa vie. Des portes lui furent ouvertes, des portes normalement réservées aux contrebandiers, aux trafiquants, aux marchands de chair humaine et d'armes de toutes sortes, aux vendeurs de mort. Des avertissements exagérés le précédaient, lui, cet homme étrange qui portait une fortune sur lui.

C'est un dément et c'est un Blanc; et il tuera vite. On dit qu'il a déjà tranché deux gorges qui voulaient le trahir. On dit qu'un Zhongguo ren est mort parce qu'il avait esssayé de lui mentir. Il est fou. Donnez-lui ce qu'il demande. Il paie très cher et en dollars américains. Ce n'est pas notre problème. Laissez-le aller et venir. Prenez juste son argent.

Vers minuit, Delta possédait les instruments mortels

dont il avait besoin. L'homme de Méduse approchait du but. Il devait réussir. Il allait tuer, et tuer encore.

Où était Echo? Il avait besoin d'Echo. Le vieil Echo était son porte-bonheur!

Echo était mort, tué par un dément armé d'un sabre de cérémonie dans une forêt pleine d'oiseaux. Souvenirs...

Echo.

Marie.

Je les tuerai pour ce qu'ils vous ont fait!

Il arrêta un vieux taxi et, lui montrant de l'argent, il demanda au chauffeur de sortir de sa voiture.

— Oui? Qu'est-ce qu'il y a, monsieur?

— Combien vaut ta voiture? demanda Delta.

— Je ne comprends pas.

— Combien? Combien pour ta voiture?

— *Feng kuang!*

— *Bu!* cria Delta, affirmant au chauffeur qu'il n'était pas fou. Combien pour ta voiture, répéta-t-il en chinois. Demain tu pourras dire qu'on te l'a volée. La police la retrouvera.

— Vous êtes fou! C'est ma seule source de revenus et j'ai une famille nombreuse!

— Quatre mille dollars américains, ça te va!

— *Aiya!* Prenez-la!

— *Kuai!* dit Jason pour que l'homme se dépêche. Aide-moi avec celui-là. Il a des crises d'épilepsie. Il faut qu'il soit attaché pour qu'il ne se blesse pas.

Les yeux rivés aux gros billets que tenait Bourne, le chauffeur l'aida à jeter l'assassin sur la banquette arrière, puis le tint pendant que Jason le ligotait à nouveau par les chevilles, les genoux et les coudes, avant de le bâillonner. Incapable de comprendre leur conversation en chinois, le prisonnier ne pouvait que résister passivement. Ce n'était pas seulement la douleur infligée à ses poignets à chaque mouvement, c'était quelque chose d'autre quand il regardait celui qui l'avait capturé. Il y avait un changement dans le Jason Bourne qu'il voyait. Bourne était entré dans un autre monde, un monde bien plus obscur. On entendait la mort dans ses silences. On la lisait dans ses yeux, dans ses regards.

En entrant dans le tunnel embouteillé qui menait de Kowloon à Hong-kong, Delta se préparait à l'assaut, imaginait les obstacles auxquels il aurait à faire face, mettait au point les contre-mesures qu'il allait employer.

Tout était excessif en lui, car il se préparait au pire.

Il avait fait la même chose dans les jungles de Tam Quan. Il n'existait rien à quoi il n'avait pas songé, et il les en avait sortis, tous, sauf un. Une ordure, un homme qui n'avait pas d'âme mais seulement soif d'or, un traître capable de vendre la vie de ses camarades. C'était là que tout avait commencé. Dans les jungles de Tam Quan. Delta avait exécuté cette ordure, d'une balle dans la tempe, au moment où ce traître indiquait leur position par radio. L'ordure était un membre du groupe Méduse, et s'appelait Jason Bourne. Il pourrissait maintenant quelque part dans cette jungle. C'était lui qui était à l'origine de cette folie. Et Delta avait ramené les autres, même ce frère dont il ne se souvenait pas. Il les avait sortis de là, traversant quatre cents kilomètres en territoire ennemi parce qu'il avait étudié les probabilités et imaginé l'improbable. Et l'improbable s'était produit. Mais son esprit était prêt à faire face à l'inattendu. Maintenant, c'était la même chose. Leur quartier général de Victoria Peak pouvait bien imaginer ce qu'il voudrait, il ne pouvait rien contre Jason Bourne. La mort répondrait à la mort.

Il aperçut les hauts murs de la propriété et les dépassa doucement, comme un touriste pourrait le faire, attentif à la route. Il repéra les lentilles des projecteurs cachés, nota les barbelés au-dessus du mur. Il vit les deux gardes derrière l'énorme grille. Ils étaient dans l'ombre, mais le kaki de leur uniforme renvoyait le peu de lumière ambiante. C'était une erreur. On aurait dû les vêtir autrement. Le haut mur faisait un coin et s'enfonçait dans l'obscurité aussi loin que l'œil pouvait voir. Cette maison stérile était évidente. Pour des yeux innocents, ce n'était que la résidence d'un diplomate important, qui avait besoin d'être protégé dans cette époque troublée. Il y avait des terroristes partout, et les prises d'otages étaient monnaie courante. Si on servait des cocktails au crépuscule dans les cercles feutrés et souriants de l'élite qui manipulait les gouvernements, dehors les armes étaient prêtes à tirer, tapies dans l'obscurité.

Delta comprenait. C'était pour cela qu'il portait son sac.

Il gara le vieux taxi sur le bas-côté de la route. Inutile de le camoufler. Il ne reviendrait pas. Il se foutait du retour. Marie était partie et tout était fini. Toutes les vies qu'il avait menées étaient terminées. David Webb. Delta. Jason Bourne. C'était du passé. Il n'aspirait qu'à la paix. La douleur avait dépassé les limites de son endurance. La paix. Mais il devait tuer d'abord. Ses ennemis, les ennemis de Marie, tous les ennemis de tous ces hommes et de toutes ces femmes qui étaient menés par les manipulateurs sans nom et sans visage qui allaient recevoir une leçon. Une leçon mineure, bien sûr, car des explications aseptisées viendraient des experts, rendues plausibles par l'utilisation de mots compliqués et de demi-vérités tordues. Des mensonges. *Ecarte tout doute, élimine les questions, sois aussi révolté que le peuple lui-même et marche au son des tambours. Ton objectif est tout, les joueurs insignifiants ne sont que des particules nécessaires dans cette équation mortelle. Sers-toi d'eux, vide-les de leur substance, tue-les s'il le faut, fais ton travail parce que nous te le demandons. Nous voyons des choses que les autres ne peuvent pas voir. Ne nous pose pas de questions. Tu n'as pas accès à notre savoir.*

Jason sortit de la voiture, ouvrit la portière arrière et, de son couteau, libéra les chevilles et les genoux de l'assassin. Puis il lui enleva la taie d'oreiller, mais lui laissa son bâillon. Il le prit par l'épaule et...

Le coup le paralysa! Le tueur avait pivoté sur place, écrasant son genou droit dans le rein gauche de Bourne. Ses deux mains entravées, tendues comme des griffes, le saisirent à la gorge et Delta perdit pied. Un second genou frappa la cage thoracique de Bourne. Il tomba sur le sol. Le commando s'élança sur la route.

Non! Cela ne se peut pas! J'ai besoin de lui, de sa puissance de feu! Ça fait partie de la stratégie!

Delta se releva. Sa poitrine et son flanc explosaient de douleur. Il s'élança à la poursuite de la silhouette qui disparaissait déjà sur la route. Dans quelques secondes le tueur entrerait dans l'obscurité salvatrice! L'homme de Méduse força l'allure, oubliant sa douleur, concentré sur le seul assassin. Plus vite, plus vite! Soudain des phares apparurent du bas de la colline, coincèrent l'assassin dans leur faisceau. Le commando plongea sur le bas-côté pour éviter la lumière. Bourne resta sur le côté droit du pavé jusqu'au dernier moment, sachant qu'il gagnait de précieux mètres. La voiture passa en grondant. Incapable de se servir de ses bras, le tueur avait glissé sur la terre molle du bas-côté. Il rampa, à moitié relevé, jusqu'à l'asphalte, se remit sur pied et s'élança à nouveau. Trop tard. Delta agrippa son épaule et le frappa à la base de la colonne vertébrale. Les deux hommes tombèrent. Les bruits de gorge du commando étaient ceux d'un animal à l'agonie. Jason le retourna et écrasa brutalement son genou dans l'estomac de son prisonnier.

– Ecoute-moi, enculé! dit-il, le souffle court, le front dégoulinant de sueur. Que tu meures ou pas, je m'en fous. D'ici quelques minutes, ton sort ne me concernera plus, mais jusque-là, tu fais partie de mon plan! Et ta vie ou ta mort dépend uniquement de toi! Je te donne une chance, ce que tu n'as jamais fait pour personne. Maintenant, lève-toi! Fais exactement ce que je te dis, sinon je te fais sauter la tête – je le leur ai promis, à eux!

Ils revinrent à la voiture. Delta ramassa son sac à dos et, sortant un des revolvers qu'il avait pris à Pékin, il le montra au commando.

– A l'aéroport de Jinan, tu me réclamais une arme, tu te souviens?

L'assassin hocha la tête, les yeux écarquillés, la bouche écrasée par son bâillon.

– C'est pour toi, continua Jason Bourne d'une voix neutre, dénuée d'émotion. Dès que nous aurons passé ce mur – toi d'abord –, je te le donnerai.

Le tueur fronça les sourcils, le regard incrédule.

– J'oubliais, fit Jason. Tu ne peux pas le savoir. Il y a une maison stérile à deux cents mètres d'ici. Nous allons y entrer. Je vais y rester et descendre tous ceux que je peux. Toi, toi tu as neuf balles et je vais te donner un bonus. Une seule « bulle ».

Delta sortit un paquet de plastic de son sac et le passa à son prisonnier.

– Selon moi, tu ne repasseras jamais le mur. Ils te couperont en morceaux. Ta seule issue sera la grille. Elle sera sur ta droite, en diagonale. Pour l'atteindre, il faudra que tu te frayes un passage à coups de feu. La minuterie du plastic peut être réglée sur un minimum de dix secondes. Sers-t'en comme tu l'entends, je m'en fous. Compris?

L'assassin leva ses mains entravées, puis désigna son bâillon. Ses raclements de gorge indiquaient qu'il voulait que Jason le détache.

— Direction le mur, dit Jason. Quand je serai prêt, je couperai les cordes. Mais si tu essaies d'enlever ton bâillon avant que je te le dise, tu meurs.

Le tueur le regarda puis hocha la tête une fois.

Jason Bourne et l'imposteur mortel s'avancèrent vers la maison stérile de Victoria Peak.

Conklin dévala les escaliers de l'hôpital aussi vite que le lui permettait sa jambe handicapée, se tenant à la rampe, et chercha des yeux un taxi, frénétiquement. Il n'y en avait pas un seul. Il n'y avait qu'une infirmière, debout en train de lire le *South China Times* à la lumière du bâtiment. De temps à autre, elle jetait un œil sur l'entrée du parking.

— Excusez-moi, mademoiselle, dit Alex, complètement essoufflé, vous parlez anglais?

— Un petit peu, répondit la femme qui avait visiblement remarqué sa jambe et sa vive agitation. Vous avez difficulté?

— Beaucoup de difficultés. Il faut que je trouve un taxi. Je dois joindre quelqu'un qui n'a pas le téléphone.

— Ils vont appeler taxi pour vous au bureau. Ils font pour moi tous les soirs quand je pars.

— Vous attendez...

— Voilà taxi, dit la femme en apercevant les phares qui entraient dans le parking.

— Mademoislle, s'écria Conklin. C'est très urgent. Un homme est en train de mourir et un autre va mourir si je ne peux pas le joindre! S'il vous plaît, puis-je...

— *Bie zhaoji!* s'exclama l'infirmière pour lui dire de se calmer. Vous avez urgence, pas moi. Prenez mon taxi. Je vais demander un autre.

— Merci! Merci infiniment, dit Alex au moment où le taxi s'arrêtait devant eux.

Il ajouta encore un « merci » avant de monter dans la voiture. La femme lui sourit, puis, avec un léger haussement d'épaules, elle fit demi-tour et remonta les escaliers.

Les portes de verre de l'hôpital s'ouvrirent d'un seul coup et Conklin vit, par la vitre arrière du taxi, deux des hommes de Lin qui butaient dans l'infirmière. L'un d'eux lui posa des questions. L'autre dévala les marches et scruta l'obscurité.

— Vite! dit Alex au chauffeur tandis qu'ils franchissaient l'entrée du parking. *Kuai diar,* ajouta-t-il, si je ne me trompe pas.

— Ça ira, répondit le chauffeur dans un anglais impeccable. Mais « vite », c'est nettement mieux.

La base de Nathan Road était l'entrée galactique du monde luminescent du Golden Mile. Les couleurs éclatantes, les lumières dansantes, clignotantes, les milliers d'enseignes constituaient les murailles de ce temple du plaisir où une foule sans cesse renouvelée achetait et vendait de tout. C'était le bazar des bazars, une douzaine de langues et de dialectes s'y entrecroisaient. C'était ici, dans ce summum du chaos commercial qu'Alex Conklin descendit du taxi. Marchant avec difficulté, traînant sa jambe morte, il remonta le côté est de l'avenue, parcourant frénétiquement la foule des yeux, comme un chat sauvage cherchant ses petits sur le territoire des hyènes.

Il atteignit la ' fin du quatrième pâté de maisons, le dernier bloc. Où étaient-ils? Où était Panov et la mince silhouette de Marie, ses cheveux auburn si reconnaissables? Il leur avait donné des instructions claires et précises, absolues. Les quatre premiers sur le côté droit, sur le côté est. Mo Panov lui avait récité sa leçon... Bon Dieu, il cherchait deux personnes, mais il avait oublié que Marie avait modifié sa coiffure! Elle n'était plus rousse! Elle avait les cheveux gris parsemés de mèches blanches! Alex redescendit l'avenue, attentif à tous les visages.

Ils étaient là! Mêlés à un attroupement autour d'un camelot qui distribuait des piles de vêtements en soie aux étiquettes parfaitement imitées.

— Venez avec moi, dit Conklin en les prenant tous deux par le bras.

— Alex! s'écria Marie.

— Tout va bien? demanda Panov.

— Non, dit l'homme de la CIA. Rien ne va plus.

— C'est David, n'est-ce pas? fit Marie en lui serrant le bras.

– Pas maintenant. Dépêchons-nous. Il faut sortir d'ici.

– Ils sont ici? fit Marie en tournant soudain la tête de droite à gauche, le regard apeuré.

– Qui?

– Je ne sais pas! cria-t-elle par-dessus le murmure de la foule.

– Non, ils ne sont pas ici, dit Conklin. Venez, j'ai un taxi qui m'attend près du Pen.

– Du quoi? demanda Panov.

– De l'hôtel Peninsula.

– Ah oui, j'avais oublié.

Tous trois descendirent Nathan Road. Alex – et Marie et Mo Panov ne pouvaient que s'en apercevoir – marchait avec difficulté.

– On peut ralentir, non? dit le psychiatre.

– Non, on ne peut pas!

– Mais tu as mal, dit Marie.

– La ferme, tous les deux, avec vos conneries!

– Alors, dis-nous ce qui s'est passé! cria Marie tandis qu'ils traversaient une rue pleine de charrettes qu'ils devaient éviter, d'acheteurs, de vendeurs et de touristes voyeurs qui venaient s'entasser sur le Golden Mile.

– Voilà le taxi, dit Alex quand ils arrivèrent sur Salisbury. Dépêchez-vous. Le chauffeur sait où nous allons.

Panov s'installa entre Marie et Alex. Marie se pencha par-dessus lui pour prendre le bras de Conklin.

– C'est David, n'est-ce pas? dit-elle.

– Oui. Il est revenu. Il est ici, à Hong-kong.

– Dieu soit loué!

– Vous espérez, nous espérons.

– Qu'est-ce que ça veut dire? demanda le psychiatre d'un ton sec.

– Quelque chose a foiré. Le scénario leur a pété à la gueule.

– Pour l'amour du ciel, explosa Panov, tu ne peux pas parler anglais comme tout le monde?

– Il veut dire, fit Marie en fixant l'homme de la CIA dans les yeux, que soit David a fait ce qu'il n'était pas censé faire, soit qu'il n'a pas fait ce qu'ils attendaient.

– C'est à peu près ça, soupira Conklin. Ses yeux glissèrent sur les lumières de Victoria Harbor, sur l'île de Hong-kong. Jadis, j'étais capable de lire dans les mouvements de Delta, avant qu'il ne les fasse en général. Puis, plus tard, quand il était Bourne, j'étais capable de le pister quand les autres n'y parvenaient pas, parce que je comprenais ses choix et que je savais quelles options il allait suivre. C'est-à-dire jusqu'à ce que certaines choses lui arrivent et que personne ne puisse plus rien prédire parce qu'il avait perdu contact avec le Delta qui est en lui. Mais Delta est de retour, et, comme cela s'est si souvent produit dans le passé, ses ennemis l'ont sous-estimé. J'espère que je me trompe... bon Dieu, j'espère vraiment que je me trompe!

Le canon de son arme collé sur la nuque de l'assassin, Delta avançait dans les buissons le long du mur de la maison stérile. Le tueur s'arrêta. Ils n'étaient qu'à quelques mètres de l'entrée obscure. Delta enfonça un peu plus son arme dans la chair du commando et murmura :

– Il n'y a pas de cellules photo-électriques contre le mur ou par terre. Les rats les allumeraient toutes les dix secondes. Avance! Je te dirai quand t'arrêter!

L'ordre vint à deux mètres de la grille. Delta saisit son prisonnier par le col et le fit pivoter. Puis il fouilla dans sa poche, en sortit une « bulle » de plastic et tendit le bras le plus loin possible vers la grille. Il colla le côté adhésif de l'explosif contre le mur. Il avait programmé le petit minuteur sur sept minutes, nombre choisi parce qu'il portait soi-disant bonheur et qu'il leur donnait le temps de revenir sur leurs pas.

– Avance, chuchota-t-il.

Ils contournèrent l'angle du mur et avancèrent jusqu'au milieu. De là, ils pouvaient voir la fin du mur de pierre éclairé par la lune.

– Attends, dit Delta en fouillant à nouveau dans son sac passé en bandoulière sur son épaule.

Il en sortit une boîte noire à peine plus grosse qu'un dictionnaire de poche. C'était un amplificateur à piles. Il le posa en haut du mur et alluma un bouton. Une petite lumière rouge se mit à luire dans l'obscurité.

– Encore dix, douze mètres, dit-il.

Ils atteignirent l'endroit qu'il avait choisi. Les branches

d'un saule pleureur tombaient en cascade par-dessus le mur et les dissimulaient.

– Ici, fit-il d'un ton sec en arrêtant le commando.

Il sortit ses pinces coupantes et poussa l'assassin contre le mur. Ils se faisaient face.

– Je te détache maintenant, mais tu n'es pas libre. Tu as compris?

Le commando acquiesça d'un signe de tête et Delta coupa les cordelettes qui lui liaient les poignets et les coudes tout en le braquant de son arme. Puis il recula et plia le genou droit devant le tueur, lui tendant les pinces coupantes.

– Monte sur mon genou et coupe les barbelés. Tu peux les atteindre en sautant un peu. Tu n'as qu'à te tenir en haut. Ne tente rien. Tu n'as pas encore ton arme, moi si, et je suis certain que tu as compris que plus rien n'avait d'importance.

Le prisonnier fit ce qu'on lui disait. D'une main experte, il s'agrippa en haut du mur, passa la pince entre les barbelés et les découpa sans bruit, appuyant la pince de biais sur le fil pour réduire la traction. Il leur ouvrit un passage large d'un mètre cinquante.

– Grimpe là-haut, dit Delta.

Le tueur monta et, au moment où sa jambe gauche passait le mur, Delta sauta, saisit le pantalon de l'assassin et se projeta en haut à son tour. Ils passèrent le sommet du mur en même temps.

– Bien joué, major Alcott-Price, dit-il.

Il tenait un petit micro-émetteur à la main, et son arme était toujours braquée sur la tête de l'assassin.

– Cela ne va plus être long, murmura-t-il. Si j'étais toi, je commencerais à étudier le terrain.

Pressé par Conklin, le taxi fonçait sur la route qui escaladait Victoria Peak. Ils dépassèrent une voiture abandonnée sur le bas-côté, étrange dans ce quartier élégant et Alex sentit sa gorge se nouer en la voyant. Il se demandait si elle était vraiment en panne.

– Voilà la maison, s'écria-t-il. Bon Dieu, dépêchez-vous! Allez jusqu'à la...

Il n'eut pas le temps d'achever sa phrase. Devant eux une explosion troua la nuit. Du feu et des pierres volèrent dans toutes les directions. D'abord une grande partie du mur s'écroula, puis les grandes grilles de fer tombèrent en avant, comme au ralenti derrière les flammes.

– Mon Dieu! J'avais raison, dit Alexander Conklin comme pour lui-même. Delta est revenu. Il veut mourir. Il va mourir.

XXXII

— PAS encore! rugit Jason Bourne au moment où le mur s'ouvrait sous la violence de l'explosion, troublant le calme du jardin plein de massifs de roses et de lilas. Je te dirai quand, ajouta-t-il tranquillement en tenant toujours son petit micro.

L'assassin renâcla. Son instinct était ramené à l'origine. Son désir de tuer était égal à son désir de survivre, et l'un dépendait de l'autre. Il était au bord de la folie. Seul le canon du revolver de Delta l'empêchait de se lancer dans un assaut insensé. Il était encore humain, pourtant, et il valait mieux tenter de vivre qu'accepter une mort inutile. Mais quand? Un tic nerveux traversait le visage d'Alcott-Price. Sa lèvre inférieure s'agitait, tandis que des cris et des bruits de pas résonnaient dans les jardins. Les mains du tueur tremblaient. Il fixait Delta, le visage de Bourne éclairé par les lueurs de l'incendie.

— N'y songe même pas, dit l'homme de Méduse. Si tu fais un geste, tu es mort. Tu sais que je ne plaisante pas. Tu vas y aller, tu te démerdes. Passe ta jambe gauche par-dessus et sois prêt à sauter quand je te le dirai. Pas avant.

Sans prévenir, Bourne porta soudain le micro à ses lèvres et poussa un bouton. Lorsqu'il se mit à parler, sa voix amplifiée résonna à travers le jardin, complètement irréelle, plus fort que le rugissement de l'incendie. Il parlait d'une voix calme et glaciale.

— Hé, vous, les marines. Abritez-vous et restez en dehors de tout ça. Ce n'est pas votre guerre. Ne mourez pas pour les hommes qui vous ont fait venir ici. Pour eux vous n'êtes que de la merde. Vous êtes remplaçables, comme moi je l'ai été. Rien de ce qui se passe ici n'est légitime, il n'y a pas de frontière à défendre, l'honneur de votre pays n'est pas en jeu. Vous n'êtes ici que pour protéger des assassins. La seule différence entre vous et moi, c'est qu'ils se sont servis de moi mais que maintenant ils veulent me tuer parce que je sais ce qu'ils ont fait. Ne mourez pas pour ces hommes, ils n'en valent pas la peine. Je vous donne ma parole de ne pas vous tirer dessus, sauf si vous ouvrez le feu sur moi, là je n'aurais plus le choix. Mais il y a un autre homme avec moi, et lui, il ne marchande pas...

Une fusillade jaillit, dirigée vers l'origine du discours, et fit éclater le haut-parleur invisible. Delta était prêt. Cela devait arriver. Un des manipulateurs sans visage et sans nom avait donné un ordre et on l'exécutait. Il fouilla dans son sac pour en sortir une arme étrange. Un lanceur de gaz lacrymogène. Il pouvait expédier la canette de gaz à cinquante mètres à travers du verre épais, comme celui de la grande baie vitrée qu'il visait. Il pressa la détente. Une des grandes baies de la maison éclata et un nuage envahit la pièce. Il voyait des silhouettes s'agiter derrière les éclats de verre. On éteignait lampes et chandeliers, immédiatement remplacés par une incroyable rangée de projecteurs placés aux abords de la grande maison, et derrière les arbres qui l'entouraient. Tout le jardin était soudain balayé d'une lumière blanche intense. Il comprenait qu'aucun appel de sa part ne pourrait contredire les ordres. Il avait lancé cet appel comme un avertissement sincère, comme la dernière salve d'honnêteté et de conscience de ce qui allait devenir maintenant un robot vengeur et aveugle, dénué de sentiments. Dans les recoins obscurs de ce qui lui restait de cerveau, il ne voulait pas tuer de jeunes innocents appelés à servir l'ego paranoïaque des manipulateurs – il avait trop vu ça à Saigon, avant. Il n'en voulait qu'à la vie de ceux qui étaient dans la maison stérile et il avait l'intention de les avoir. Ils allaient avoir du mal à oublier Jason Bourne. Ils lui avaient tout pris, mais maintenant on allait régler les comptes personnels. L'homme de Méduse avait pris sa décision – il était la marionnette de sa propre fureur, maintenant, et à part cette rage, rien de sa vie ne subsistait.

– Saute, murmura Delta, en passant sa jambe par-dessus le mur et en poussant l'assassin en bas.

Il le suivit au même instant et le surprit en l'agrippant par l'épaule pendant qu'il se relevait dans l'herbe. Bourne le traîna hors de vue dans un bosquet de bougainvillées qui atteignaient deux bons mètres de haut.

– Voilà ton arme, major, dit le vrai Jason Bourne. N'oublie pas la mienne.

L'assassin saisit l'automatique et arracha son bâillon. Il toussa, cracha de la salive. Une rafale déchiqueta feuilles et branches tout le long du mur.

– Ton petit discours n'a pas eu trop d'effet, hein, mon salaud? dit-il.

– Je m'y attendais. La vérité, c'est que c'est toi qu'ils veulent, pas moi. Tu vois, je suis vraiment remplaçable, maintenant. C'était ça leur plan, depuis le début, je te ramène et je suis mort. Ma femme est morte. Nous en savons trop. Elle, parce qu'elle a appris qui ils étaient – il le fallait, elle était l'appât – et moi parce qu'ils savent que j'ai recollé certains morceaux du puzzle à Pékin. Tu es mêlé à un bain de sang, major. Une mégabombe qui peut faire sauter tout l'Extrême-Orient et qui va éclater si des gens un peu plus sains à Taiwan ne parviennent pas à isoler et détruire ton espèce de dément de client! Seulement voilà, je n'en ai plus rien à foutre. Allez jouer vos saloperies de jeux et faites-vous tous péter la gueule. Moi, je veux seulement entrer dans cette maison.

Une escouade de marines avançait le long du mur, en courant, leurs armes braquées, prêts à ouvrir le feu. Delta sortit une deuxième « bulle » de plastic de son sac, programma le minuteur digital pour dix secondes et jeta le paquet aussi loin qu'il le pouvait vers le mur du fond du jardin, loin des soldats.

– Allez, ordonna-t-il au commando en lui enfonçant son arme dans la colonne vertébrale. Passe devant! Prends ce sentier. On s'approche de la maison...

– Donne-m'en un! Donne-moi du plastic!

– Non.

– Bon Dieu, tu m'avais donné ta parole!

– Eh bien, j'ai menti, ou alors j'ai changé d'avis.

– Pourquoi? Tu n'en as rien à foutre?

– Si. Je ne savais pas qu'il y avait autant de mômes.

Trop de mômes. Tu pourrais en tuer dix avec un de ces trucs, peut-être même plus.

– Un peu tard pour jouer les enculés de chrétiens!

– Je sais ce que je veux et ce que je ne veux pas. Je ne veux pas tuer ces mômes en pyjama militaire! Je veux les hommes qui sont dans la maison!

L'explosion retentit à quarante mètres, vers le fond du jardin. Des arbres, de la terre, des branches et des parterres entiers de fleurs volèrent dans le ciel – une giclée de vert, de brun, parsemée de petites taches multicolores. Puis un nuage de fumée qu'illuminaient les projecteurs blafards.

– Avance! chuchota Delta. Jusqu'au bout de la haie. On sera à trois mètres de la maison et il y a deux portes...

Bourne ferma les yeux, envahi par une futilité rageuse, alors que des rafales de mitraillettes traversaient le fond du jardin. *C'étaient des enfants. Ils tiraient à l'aveuglette, parce qu'ils avaient peur, et tuaient des démons imaginaires. Pas leurs cibles. Et ils n'écouteraient pas.*

Un autre groupe de marines, visiblement menés par un officier expérimenté, prenait position des deux côtés de la grande maison pour l'entourer, certains à genoux, d'autres debout, les pieds bien ancrés dans le sol, leurs armes automatiques braquées horizontalement. Les manipulateurs faisaient donner leur garde prétorienne. Qu'il en soit ainsi. Delta fouilla une fois de plus dans son arsenal et en sortit une des deux bombes incendiaires qu'il avait achetées dans le Mongkok. Cela ressemblait à une grenade en haut, mais chapeauté d'un couvercle de plastique dur. A la base, une poignée permettait de lancer l'objet plus loin et avec une plus grande précision. Tout était dans le lancer, la précision et le timing. Car une fois ôté le plastique, la bombe adhérait à n'importe quelle surface grâce à un adhésif puissant activé par l'air lui-même, et au moment de l'explosion, un produit chimique se répandait dans toutes les directions, prolongeait les flammes, se glissait dans toutes les surfaces poreuses, creusait et brûlait. Quand on avait ôté le plastique, on disposait de quinze secondes avant l'explosion. Les flancs de la grande maison, de la maison stérile, étaient en bois sculpté, posés sur une demi-hauteur de mur en pierre. Delta poussa l'assassin dans un parterre de roses, arracha le couvercle et lança sa bombe incendiaire vers l'auvent en bois qui dominait le mur, à gauche des doubles portes qu'il avait repérées. La bombe se colla sur le bois. Il ne lui restait qu'à attendre. Un silence relatif retomba sur le jardin, entrecoupé de quelques coups de feu hésitants.

Le mur de la maison s'ouvrit entièrement. Un trou béant qui révélait une vraie chambre victorienne, avec son lit et ses meubles anglais délicatement ouvragés. Les flammes s'étendirent immédiatement, jetant des langues de feu à partir du point d'impact, gerbes orange qui couraient sur le bois des murs et du plancher.

Un ordre fut lancé, et à nouveau des rafales de balles déchiquetèrent les parterres de fleurs vers le fond du jardin. Ordres et contrordres traversaient le vacarme. Deux officiers apparurent, automatique au poing. L'un d'eux fit le tour de la rangée des gardes qui protégeaient la maison, vérifiant armes et positions. L'autre se dirigea vers le mur du jardin et refit le trajet du premier groupe, les yeux en alerte. Il s'arrêta derrière le saule pleureur et étudia l'herbe et le mur au-dessus. Puis il se retourna vers le massif de bougainvillées. Tenant son arme à deux mains, il avançait vers eux.

Delta regardait le soldat à travers les branches. Son arme était toujours enfoncée dans le dos du commando. Il prit une autre « bulle » de plastic, régla la minuterie et la jeta dans des buissons, loin en avant, vers le mur latéral.

— Avance par là! ordonna-t-il à l'Anglais en le poussant dans la rangée de buissons sur sa gauche.

Jason plongea derrière lui et frappa la tête du commando avec le canon de son automatique, tout en fouillant dans son sac à dos.

— Encore quelques minutes, et c'est à toi de jouer, dit-il.

La quatrième explosion ouvrit une brèche de trois mètres dans le mur latéral, et, comme s'ils s'attendaient à un débarquement de troupes ennemies, les marines ouvrirent le feu sur le trou béant traversé de flammes et de fumée. Au loin, venues de la route, des sirènes hurlaient, comme en contrepoint du vacarme qui avait envahi les jardins de la maison stérile. Delta saisit son avant-dernière « bulle » de plastic, régla le minuteur sur quatre-vingt-dix secondes et la jeta vers le coin désert du mur de droite. C'était le début de sa diversion finale, le reste appartenait à une mathématique froide et obligatoire. Il reprit son lance-grenade et inséra une nouvelle canette de gaz.

— Tourne-toi, dit-il au commando.

L'assassin obéit et se retrouva nez à nez avec la gueule de l'automatique de Bourne.

— Prends ça, dit Jason. Tu peux tirer d'une seule main. Quand je te le dirai, envoie la grenade à droite des doubles portes. Le gaz se répandra et les mômes ne verront plus rien. Ils seront incapables de tirer, alors ne gaspille pas tes balles, tu n'en as pas tant que ça.

Tout d'abord le tueur ne répondit pas. Il leva son arme et visa la tête de Jason.

— Nous voilà un contre un, monsieur l'original, dit-il enfin. Je t'ai dit que j'aimerais bien une balle dans la tête, que je l'attends depuis des années, cette balle. Mais je crois que tu ne supporterais pas de ne pas pouvoir entrer dans cette maison.

Il y eut des éclats de voix, immédiatement suivis par le staccato des balles. Une escouade de marines attaquait la brèche ouverte dans le mur latéral. Delta regardait, attendant l'instant où la concentration de l'assassin cesserait. Mais cette fraction de seconde ne vint pas. Le commando continua, tranquillement, d'une voix parfaitement contrôlée, en fixant Bourne.

— Ils doivent s'attendre à une invasion, ces connards, dit-il. Dans le doute, il faut attaquer quand on a couvert ses flancs, n'est-ce pas, monsieur l'original?... Vide ton sac à malices, Delta. C'est bien comme ça qu'on t'appelait, hein? Delta?

— Il n'y a plus rien, dit Bourne en levant le chien de son automatique.

L'assassin fit de même.

— Fais voir, dit le commando en prenant le sac de la main gauche.

Il tâta le tissu, puis retira lentement sa main.

— Alors, on oublie les commandements bibliques? On me raconte des bobards? Il y a un pistolet-mitrailleur là-dedans et au moins deux ou trois chargeurs, contenant chacun au moins cinquante cartouches.

— Quarante, pour être exact.

— Une sacrée puissance de feu. Cette petite merveille

pourrait bien me sortir de là. Donne! Sinon l'un de nous deux y passe, maintenant!

La cinquième explosion fit trembler le sol. Surpris, l'assassin ferma les paupières une fraction de seconde. La main de Bourne jaillit, écarta l'arme du tueur et lui écrasa son automatique sur la tempe gauche avec la force d'une barre à mine.

— Enculé! cria l'assassin en tombant.

Jason lui colla un genou sur le poignet, le forçant à lâcher son arme.

— Tu n'arrêtes pas de chercher des coups, major, dit Bourne tandis que la folie atteignait son comble dans les jardins autour d'eux. L'escouade de marines qui avait chargé la brèche ouverte dans le mur venait de recevoir l'ordre de ratisser l'arrière du parc. Tu ne t'aimes vraiment pas, hein, fit Bourne. Mais tu m'as donné une bonne idée. Je vais vider mon sac à malices. C'est presque le moment, maintenant.

Bourne retourna son sac. Le contenu tomba dans l'herbe, éclairé par les lueurs mouvantes des flammes qui envahissaient le premier étage de la maison. Il restait une grenade incendiaire et une « bulle » de plastic, et, comme l'avait si bien décrit le commando, une mitraillette où il ne manquait que la crosse et le chargeur. Bourne les mit en place et glissa les trois chargeurs supplémentaires dans sa ceinture. Puis il réarma le lance-grenade, mit une canette de gaz en place. Tout était prêt... Pour sauver les vies de ces mômes, des mômes appelés à mourir par les vieillards égoïstes qui les manipulaient... Restait la grenade incendiaire. Il savait où l'expédier. Il la leva, arracha le couvercle en plastique et la jeta de toutes ses forces vers la charpente en forme de A qui surplombait les doubles portes. Elle se colla au bois. C'était le moment. Il appuya sur la détente du lance-grenade et envoya la cartouche de gaz à droite des portes. Elle explosa, rebondit du mur sur le sol. Le nuage de gaz se répandit instantanément. Tous les hommes alentour se mirent à tousser. Ils tenaient leur arme d'une main mais se frottaient les yeux de l'autre, se protégeaient le nez et la bouche.

La deuxième grenade incendiaire explosa, déchirant l'élégante façade au-dessus des doubles portes, expédiant des éclats de verre dans toutes les directions. Des pans entiers de mur dégringolaient pendant que les flammes grimpaient en rugissant, s'attaquant aux rideaux et au mobilier. Les marines se dispersaient, tentaient de s'éloigner du torrent de feu, se bousculaient, aveugles, en toussant et en hurlant.

Delta s'accroupit, mitraillette à la main, et releva l'assassin d'une torsion du bras. Le moment était venu. Le nuage de gaz lacrymogène était aspiré par la fontaine de flammes. Il se dissiperait suffisamment pour qu'il puisse passer. Une fois dedans, ses recherches seraient rapides. Tout se terminerait très vite. Les chefs d'une opération secrète nécessitant une maison stérile en territoire étranger resteraient forcément à l'intérieur de la maison pour deux raisons. D'abord, il leur était impossible d'estimer la taille et les dispositions de la force qui les attaquait et le risque d'être capturés ou tués à l'extérieur était trop grand. Ensuite, il fallait brûler des papiers, et pas les confier à un broyeur comme à Téhéran. Directives, dossiers, rapports d'opérations en cours, matériel d'analyse, tout devait disparaître. Les sirènes hurlaient de plus en plus fort, de plus en plus proches. Leur course frénétique sur les flancs de Victoria Peak arrivait à son terme.

— Le compte à rebours commence, dit Bourne en réglant le minuteur de sa dernière « bulle » de plastic. Je ne vais pas te donner ça, mais je vais m'en servir pour nous avantager tous les deux. Trente secondes, major Alcott-Price...

Jason lança le paquet aussi loin qu'il le pouvait vers le mur du devant.

— Mon arme! Pour l'amour de Dieu, donne-moi mon arme!

— Elle est par terre, sous mon pied.

L'assassin plongea.

— Lâche-la!

— Quand je le voudrai. Et je la lâcherai. Mais si tu essaies de la prendre, ton prochain et dernier arrêt sera une cellule de Hong-kong, avec ouverture directe sur le gibet, la corde et tout ce que tu avais l'air d'aimer tellement.

Le tueur le regardait avec des yeux affolés.

— Sale menteur! Tu m'as menti!

— Oui, ça m'arrive assez fréquemment. Pas toi?

— Tu avais dit que...

– Je sais ce que j'ai dit. Je sais aussi pourquoi tu es ici et pourquoi tu n'auras que trois balles dans ton chargeur.

– Quoi?

– Tu vas me servir de diversion, major. Quand je vais te laisser partir avec ton arme, tu vas te diriger vers la porte ou vers une des brèches du mur – ça, c'est toi qui choisis. Ils vont essayer de te stopper. Tu vas tirer pour te défendre, bien sûr, et pendant ce temps-là, je vais entrer.

– Espèce d'enculé!

– Tu me ferais pleurer si je le pouvais encore. Je veux juste entrer dans cette maison.

La dernière explosion fit voler un gros arbre noueux dont les racines s'abattirent sur le mur. Des pierres tombèrent, le mur s'affaissa, laissant une grande brèche en forme de V.

Les marines qui étaient près de la porte se précipitèrent dans cette direction.

– Maintenant! rugit Delta en se levant.

– Donne-moi mon arme! Lâche-la!

Jason Bourne se figea, statufié. Il ne pouvait plus bouger. Seul son genou, mû par il ne savait quel instinct, vint s'écraser contre la gorge du tueur, l'expédiant un peu plus loin dans l'herbe. Un homme venait d'apparaître derrière les vitres éclatées d'une des grandes pièces du rez-de-chaussée. Il se couvrait le bas du visage avec un mouchoir, mais il boitait. Cette démarche? La silhouette balança sa jambe mutilée dans ce qu'il restait des doubles portes et descendit en boitant les quelques marches qui menaient au jardin. L'homme s'immobilisa et se mit à crier, aussi fort qu'il le pouvait, ordonnant aux marines de cesser le feu. La silhouette n'eut pas à abaisser son mouchoir. Dela l'avait reconnu. Il connaissait ce visage. C'était le visage de son ennemi! Il était de nouveau à Paris, dans un cimetière près de Paris. Alexander Conklin était venu pour le tuer. L'ordre tombé d'en haut précisait : au-delà de toute récupération...

– David! C'est Alex! Arrête, arrête tout! C'est moi, David! Je suis ici pour t'aider!

– Tu es ici pour me tuer! Tu étais venu pour me tuer à Paris, tu as essayé encore à New York! Treadstone 71! Tu as la mémoire courte, salaud!

– Et toi, aucune, bordel! Tu es redevenu Delta, c'est ça

qu'ils voulaient! Je connais toute l'histoire, David. Je suis venu jusqu'ici parce qu'on l'a compris! Marie, Mo Panov et moi! On est tous ici! Marie est là, elle est vivante!

– Mensonges! Vous l'avez tuée! Vous l'auriez tuée à Paris si je vous avais laissé l'approcher!

– Elle n'est pas morte, David! Elle est ici! Tu vas voir!

– Encore des mensonges! hurla Delta.

Il plongea et ouvrit le feu. Les balles arrosèrent le patio devant la maison, ricochèrent dans les pièces embrasées, mais pour une raison inconnue de lui, aucune ne vint couper l'homme en deux.

– Tu veux me faire sortir pour pouvoir me tuer? criat-il. Je suis « au-delà de toute récupération », hein? Je suis mort! Pas question, espèce d'exécuteur des hautes œuvres! Je vais entrer dans cette maison! Je veux la peau de ces hommes si secrets et si silencieux! Ceux qui te donnent tes ordres! Ils sont là, je le sais!

Bourne saisit l'assassin et le remit sur pied. Puis il lui tendit son arme.

– Vous vouliez un Jason Bourne, le voilà, il est à vous! Je vais le lâcher dans les roses! Tuez-le pendant que je vous descends!

A moitié fou, le commando plongea dans les massifs pour s'éloigner de Bourne. Il courut d'abord le long du sentier, puis fit instantanément demi-tour. Il avait vu les marines qui gardaient les côtés nord et sud du mur. S'il se montrait à l'est du jardin, il serait pris entre deux feux. Et s'il bougeait, il était mort.

– Je n'ai plus le temps, Conklin! criait Bourne.

Pourquoi ne pouvait-il pas tuer l'homme qui l'avait trahi? Presse la détente! Tue le dernier de Treadstone! Tue! Tue! Qu'est-ce qui l'arrêtait?

L'assassin, lui, se jeta par-dessus une rangée de fleurs. Il saisit le pistolet-mitrailleur de Bourne, le tordit vers le bas et tira sur Jason. La balle érafla le front de Bourne et, fou de rage, Jason écrasa la détente de son P.-M. Des balles s'enfoncèrent dans le sol, délimitant leur minuscule arène mortelle. Il saisit l'arme de l'Anglais et la tordit dans le sens contraire des aiguilles d'une montre. Le bras droit mutilé de l'assassin n'était pas de taille à lutter contre l'homme de Méduse. L'assassin lâcha son arme qui partit toute seule. L'imposteur tomba dans l'herbe, les yeux fous de terreur. Il savait qu'il avait perdu.

– David! Pour l'amour du ciel, écoute-moi! Il faut que...

– Il n'y a pas de David ici! hurla Jason, un genou sur la gorge de l'imposteur. Mon vrai nom c'est Bourne, Jason Bourne, le Delta de Méduse! Snake Lady, tu te souviens!

– Il faut qu'on parle!

– Il faut qu'on meure! Il faut que tu meures! Et eux, aussi, eux avec leur contrat sur ma vie, sur la vie de Marie! Ils vont mourir!

Bourne saisit l'assassin par le col, et le leva, s'en faisant un bouclier.

– Le voilà votre Jason Bourne! Il est à vous!

– Ne tirez pas! Cessez le feu! rugit Conklin pendant que les trois escouades de marines, complètement stupéfaits, se rapprochaient en tenaille. Au loin les sirènes de la police de Hong-kong s'étaient arrêtées devant la grille démolie.

L'homme de Méduse flanqua un grand coup d'épaule dans le dos de l'assassin pour le propulser dans la lumière des projecteurs et de l'incendie qui ravageait la maison.

– Le voilà! Voilà le prix demandé!

Il y eut une rafale, et l'assassin plongea, se roula sur le sol pour éviter les balles, encore et encore...

– Arrêtez! Stop! Pas lui! Cessez le feu, bon Dieu! Ne le tuez pas, hurla Conklin.

– Pas lui? rugit Bourne. Pas lui? Moi seulement! Ce n'est pas vrai, enfant de salaud? Maintenant, tu meurs! Pour Marie, pour Echo, pour nous tous!

Il pressa la détente du pistolet-mitrailleur, mais les balles semblaient ne pas vouloir toucher leur cible! Il pivota sur lui-même, bondit dans l'obscurité, tira en même temps sur les deux groupes de marines qui se rapprochaient de lui. Et pourtant, il levait le canon au-dessus de leurs têtes! Pourquoi? Ces mômes ne pouvaient pas l'arrêter. Et pourtant ces enfants dans leurs uniformes tout frais repassés ne devaient pas mourir pour les manipulateurs! Il fallait qu'il entre dans la maison stérile! Maintenant! C'était maintenant ou jamais!

– David!

Une voix de femme. Dieu! Une voix de femme!

– David, David, David!

Une silhouette, une robe, une forme qui courait, qui sortait de la maison stérile. Elle poussa Alexander Conklin sur le côté. Elle se tenait toute seule devant la maison en flammes.

– C'est moi, David! Je suis ici! Je vais bien! Tout va bien, mon amour!

Un autre truc, un autre mensonge! C'était une vieille femme avec des cheveux gris, des cheveux blancs!

– Tirez-vous de là, madame, ou je vous descends. Vous n'êtes qu'un de leurs trucs! Un mensonge de plus!

– David, c'est moi! Tu ne vois pas...

– Si je vois! C'est un piège!

– Non, David!

– Je ne m'appelle pas David. Je l'ai dit au mutilé, là! Il n'y a pas de David ici!

– Non! hurla Marie en secouant désespérément la tête.

Elle courut au-devant de plusieurs marines qui rampaient dans l'herbe pour s'éloigner du nuage de gaz. Ils venaient de se mettre à genoux et levaient leurs armes vers Bourne. Marie se plaça entre eux et leur cible.

– Est-ce que vous ne lui en avez pas assez fait? cria-t-elle. Pour l'amour du ciel, que quelqu'un les arrête!

– Pour qu'on se fasse défoncer par cet enculé de terroriste? cria une jeune voix dans les rangs des soldats.

– Il n'est pas ce que vous croyez! Ce sont les gens, là, dans cette maison, qui ont fait de lui ce qu'il est! Vous l'avez entendu, il ne vous tirera pas dessus si vous ne tirez pas!

– Il a déjà tiré, rugit un officier.

– Et vous êtes encore debout, rétorqua Alex Conklin, et, croyez-moi, il tire mieux que quiconque!

– Je n'ai pas besoin de vous! tonna Jason en appuyant à nouveau sur la détente.

Les balles s'écrasèrent sur le mur de la maison.

Soudain, l'assassin fut sur pied et il plongea sur le marine le plus proche de lui, un très jeune type qui toussait encore d'avoir inhalé du gaz. Le tueur lui prit son arme, le frappa d'un grand coup de pied en pleine tête et ouvrit le feu sur le marine d'à côté, qui s'écroula en se tenant l'estomac. Le tueur pivota sur lui-même, aperçut un officier nanti d'un pistolet-mitrailleur semblable à celui de Bourne. Il lui tira en pleine tête et ramassa son arme. Il s'arrêta une fraction de seconde pour évaluer ses chances, glissa le pistolet-mitrailleur sous son bras gauche. Delta le regardait. D'instinct il savait ce qu'allait faire le commando, il savait que sa dernière diversion se mettait en place.

L'assassin y allait. Il tira à nouveau, vidant son chargeur vers les rangs des jeunes marines inexpérimentés qui défendaient le mur du devant. L'assassin courait, s'élançait vers les massifs à gauche de Bourne. C'était sa seule issue, la moins éclairée – le mur latéral à moitié effondré.

– Arrêtez-le! cria Conklin. Mais ne tirez pas! Ne le tuez pas! Pour l'amour du ciel, ne le tuez pas!

– Ta gueule! lança l'un des marines près du mur de gauche.

L'assassin zigzaguait, plongeait, se relevait, tirait de courtes rafales pour ouvrir son chemin vers le mur. Les soldats se couchaient, cherchaient à se mettre à couvert. Le tueur vida son dernier chargeur. Il jeta son arme et prit le pistolet-mitrailleur. Il entamait les derniers mètres de sa course mortelle, dispersant le contingent de marines. Il y arrivait! L'obscurité au-delà du mur lui tendait les bras! Il allait s'échapper!

– Enculé de ta mère!

C'était le cri d'un jeune homme, une voix immature, rendue folle par la douleur, mais mortellement menaçante.

– T'as tué mon pote! Tu vas morfler, tête de merde!

Un jeune marine noir s'écarta de son compagnon blanc mort et courut derrière l'assassin. Le tueur, arrivé au mur, pivota et lâcha une longue rafale. Le marine tomba, touché à l'épaule, roula deux fois sur sa gauche et tira quatre balles.

On entendit un cri terrible, un cri d'agonie et de défi sauvage. C'était le cri de la mort. L'assassin, les yeux révulsés par la haine, tomba sur les pierres du mur effondré. Le major Alcott-Price, ancien des Royal Commandos, était mort.

Bourne avança, l'arme levée. Marie courut jusqu'au bord du patio. Elle n'était plus qu'à quelques mètres de lui.

– Ne fais pas ça, David!

– Je ne suis pas David, demandez à votre saloperie d'ami, là! On se connaît depuis longtemps! Barrez-vous de là!

Pourquoi ne pouvait-il pas la tuer? Une rafale et il serait libre de faire ce qu'il avait à faire! Pourquoi?

– Très bien! cria Marie, immobile. Il n'y a pas de David, d'accord! Tu es Jason Bourne! Tu es Delta! Tu es ce que tu voudras mais tu es à moi! Tu es mon mari!

Cette révélation fit l'effet d'un coup de tonnerre sur les gardes qui l'avaient entendue. Leurs officiers, paumes levées, ordonnèrent de cesser de feu. Les marines observaient la scène, complètement sidérés.

– Je ne vous connais pas!

– Mais c'est ma voix! Tu la connais, Jason!

– Encore un truc! Une actrice! C'est une imitation! Un mensonge! Ils ont déjà fait des trucs comme ça!

– Et si j'ai l'air différent, c'est à cause de toi, Jason Bourne!

– Otez-vous de mon chemin! Vous allez mourir!

– C'est toi qui m'as tout appris, à Paris! Rue de Rivoli, l'hôtel Meurice, le kiosque à journaux au coin! Tu te souviens? Les journaux avec l'histoire de Zurich, ma photo sur toutes les premières pages! Et le petit hôtel de Montparnasse, le concierge qui lisait le journal, avec ma photo juste sous son nez! Tu avais si peur que tu m'as dit de courir dehors... Le taxi! Tu te souviens du taxi? Change tes cheveux, tu avais dit! Remonte-les, fais un chignon! Et tu m'avais demandé d'épaissir mes sourcils avec du rimmel, de les allonger! C'étaient tes propres mots, Jason! C'était une course contre la mort et tu voulais que je change d'aspect, que je ne ressemble plus aux photos des premières pages qui inondaient l'Europe! Je devais devenir un caméléon parce que Jason Bourne était un caméléon. Il fallait qu'il apprenne à sa femme, à son amour, à faire la même chose! C'est tout ce que j'ai fait, Jason!

– Non! hurla Delta.

Et son cri s'acheva dans les aigus, une confusion totale s'empara de son esprit, il coulait dans les régions obscures de la panique. Les images étaient bien là! La rue de Rivoli, Montparnasse, le taxi.

Ecoute-moi, je suis un caméléon nommé Caïn et je peux

t'apprendre beaucoup de choses que je préférerais ne jamais avoir à t'apprendre, mais il le faut. Je peux changer de couleur pour me fondre dans la forêt, je peux virer avec le vent rien qu'en le sentant passer. Je peux retrouver mon chemin dans toutes les jungles, même celles faites de la main de l'homme. Alpha, Bravo, Charlie, Delta... Delta est pour Charlie et Charlie est pour Caïn. Je suis Caïn. Je suis la mort. Et je dois te dire qui je suis pour ensuite te perdre.

— Tu t'en souviens, tu te souviens! cria la femme de David Webb.

— C'est un truc! On vous a fourni les mots à dire! Il faut absolument qu'ils m'arrêtent!

— On ne m'a rien donné! Je ne veux rien d'eux! Je ne veux que mon époux! Je suis Marie!

— Mensonge! Ils l'ont tuée!

Delta écrasa la détente et les balles éclatèrent juste aux pieds de Marie. Les marines pointaient leurs armes sur lui.

— Non, cria Marie en agitant les bras, donnant un ordre irréductible aux soldats... Très bien, Jason. Si tu ne me reconnais pas, je ne désire plus vivre. Ça ne peut pas être plus simple que ça, mon chéri. C'est pour cela que je comprends ce que tu fais. Tu veux sacrifier ta vie parce qu'une partie de toi qui a pris les commandes pense que je suis morte et que tu ne veux pas vivre sans moi. Je comprends très bien, parce que je ne veux pas vivre sans toi.

Marie fit quelques pas vers lui, puis resta immobile.

Delta leva son P.-M. Le canon perforé était braqué sur les cheveux grisonnants tachés de blanc. Son index était crispé sur la détente. Soudain, sans qu'il le veuille, sa main droite se mit à trembler, puis sa main gauche aussi. L'arme mortelle commença à s'agiter sous ce tremblement, lentement d'abord, puis de plus en plus fort. Bourne était agité de spasmes, des pieds à la tête. Il n'avait plus aucun contrôle.

Il y eut une agitation soudaine dans la foule qui était rassemblée près des grilles défoncées. Un homme luttait. Deux marines le tenaient fermement.

— Lâchez-moi, bande d'imbéciles! Je suis médecin! Je suis *son* médecin!

Avec l'énergie du désespoir, Morris Panov parvint à

616

s'arracher à l'étreinte des marines et s'élança à travers la pelouse. Il s'arrêta à dix mètres de Bourne, dans la lumière crue des projecteurs.

Delta se mit à gémir. Les sons inarticulés qu'il proférait étaient barbares, rythmés par une folie intérieure irrésistible. Jason Bourne lâcha son arme... Et David Webb tomba à genoux en sanglotant. Marie avança vers lui.

– Non! ordonna Panov, d'une voix calme et autoritaire pour l'arrêter. Il faut que ce soit lui qui vienne vers toi. Il doit le faire.

– Mais il a besoin de moi!

– Pas comme ça. Il faut qu'il te reconnaisse. Il faut que David te reconnaisse et oblige les autres parties de lui-même à le libérer. Tu ne peux pas faire ça pour lui. Il doit le faire par lui-même.

Silence. La lumière blafarde des projecteurs. Les éclats rugissants de l'incendie.

Et, comme un enfant battu, en pleurs, David Webb releva la tête. Des flots de larmes coulaient sur son visage. Lentement, douloureusement, il se remit sur pied et courut se jeter dans les bras de sa femme.

XXXIII

Ils étaient dans la maison stérile, dans le centre de communications aux murs blancs, dans cette espèce de cellule aseptisée qui semblait appartenir à un complexe de laboratoires futuristes. Des ordinateurs plastifiés de blanc dominaient les consoles blanches sur la gauche et leurs bouches noires rectangulaires et édentées formaient des alignements de chiffres vert fluorescent qui changeaient à chaque altération de fréquence, à chaque entrée et sortie d'informations. Sur la droite, une grande table de conférence blanche, posée sur le parquet plastifié blanc. La seule note de couleur différente, c'était quelques cendriers noirs posés dans cette masse immaculée, comme des taches d'encre sur la table. Les techniciens avaient été remerciés, tous les systèmes mis en pilotage automatique, sauf le signal d'alerte rouge qui dominait tous les autres cadrans, panneau de trente centimètres sur dix. Un technicien se tenait derrière les portes blindées, prêt à intervenir si ce panneau clignotait. Autour de cette sacro-sainte pièce, isolée du reste de Hong-kong, les pompiers achevaient d'éteindre l'incendie et descendaient à coups de hache les pans de murs calcinés. La police de Hong-kong s'évertuait à calmer les résidents de ce quartier de Victoria Peak, convaincus qu'Armageddon était arrivé. La police expliquait que ces terribles événements étaient l'œuvre d'un dément, un fou que les équipes de sécurité gouvernementales avaient été obligées d'abattre. Mais les voisins, sceptiques, n'étaient pas convaincus. L'époque ne les favorisait pas, leur monde n'était plus ce qu'il avait été, et ils voulaient des preuves. On avait donc exposé le corps de l'assassin sur un brancard et les curieux se pressaient pour voir ce cadavre criblé de balles, partiellement couvert d'un drap. Les résidents de ce quartier avaient fini par rentrer chez eux, ravis d'avoir contemplé la preuve de leur sécurité.

Les joueurs, eux, étaient assis sur des chaises de plastique blanc, comme des robots dotés de poumons qui attendraient le signal du départ. L'épuisement, mélangé à la peur de la mort violente, marquait leurs visages – tous, sauf un. Ce visage-là reflétait une intense fatigue, cela se voyait aux ombres noires qui soulignaient ses traits, mais on ne lisait aucune peur dans ses yeux; on n'y voyait qu'un étonnement compréhensible, une sorte d'acceptation des choses, de choses encore au-delà de sa compréhension. Quelques minutes plus tôt, la mort ne lui avait pas fait peur. Elle était préférable à la vie. Maintenant, en proie à la plus grande confusion mentale, avec sa femme qui lui serrait le bras, il sentait la colère monter, une colère distante, tapie au tréfonds de ses pensées, et qui montait doucement et sans rémission possible, comme le grondement lointain d'un orage d'été au-dessus d'un lac.

– Qui nous a fait ça? demanda David Webb, d'une voix qui n'était qu'un murmure.

– C'est moi, répondit Havilland au bout de la table blanche rectangulaire. L'ambassadeur se pencha doucement en avant et rendit à Webb son regard, regard chargé de mort. Si nous étions dans un tribunal, dit-il, et si je cherchais à inspirer la pitié pour un acte affreux, je devrais plaider les circonstances atténuantes.

– Qui sont? demanda Webb d'une voix monocorde.

– D'abord, il y a cette crise, dit le diplomate. Ensuite, il y a votre personne.

– Expliquez-nous ça, l'interrompit Alex Conklin à l'autre bout de la table, face à Havilland. Webb et Marie étaient sur sa gauche, Morris Panov et Edward McAllister en face d'eux. Et n'omettez aucun détail, ajouta l'homme de la CIA, hargneux.

– Je n'en ai pas l'intention, dit l'ambassadeur, les yeux toujours fixés sur David. Cette crise est réelle, la catastrophe imminente. Un complot se fomente, au plus profond de la direction de Pékin, c'est un groupe fanatique mené par un homme très haut placé dans la hiérarchie de son gouvernement, révéré comme un prince philosophe, au point qu'on ne peut même pas le dénoncer. Personne n'y croirait. Quiconque tenterait de le faire deviendrait un paria. Bien pis, toute tentative de dénonciation provoque-rait une réaction si sévère que Pékin se mettrait à hurler à l'offense, à l'insulte, à l'outrage et reviendrait immédiate-ment à son ancienne attitude soupçonneuse et intransi-geante. Mais si cette conspiration n'est pas détruite, elle détruira les accords de Hong-kong et fera exploser la colonie. Le résultat sera l'occupation immédiate par la République populaire. Je n'ai pas besoin de vous expliquer ce que cela signifierait – le chaos économique, la violence, un bain de sang et, sans nul doute, la guerre en Extrême-Orient. Combien de temps ces hostilités pourraient-elles être contenues, avant que d'autres nations ne soient forcées de choisir leur camp? Le risque est impensable.

Silence. Des regards verrouillés à d'autres regards.

– Des fanatiques du Kuo-min-tang, dit David d'une voix froide. La Chine contre la Chine. C'est le cri de guerre des fous depuis quarante ans.

– Mais seulement un cri, monsieur Webb. Des mots, des paroles, mais pas de mouvements, pas de coups, pas de stratégie ultime. Or, fit Havilland en posant ses mains en coupe sur la table, il y en a une maintenant. La stratégie est en place, une stratégie si oblique et vicieuse, si longue à installer, qu'ils pensent qu'elle ne peut pas échouer. Mais bien sûr elle va échouer et, quand cela aura lieu, le monde sera confronté à une crise de proportions intolérables. Qui pourrait bien nous amener à la crise finale, celle à laquelle nous ne pourrons survivre. En tout cas pas l'Extrême-Orient.

– Vous ne m'apprenez rien que je n'aie vu par moi-même. Ils sont effectivement infiltrés très haut dans la hiérarchie et leur audience s'étend vraisemblablement, mais ce ne sont que des fanatiques, une bande de déments. Et si celui que j'ai vu mener le spectacle n'est que l'expression des autres, ils vont tous se retrouver pendus sur la place T'ien an Men. Ce sera télévisé et approuvé par tous les groupements hostiles à la peine de mort. C'était – c'est – un sadique, un boucher religieux. Les bouchers ne sont pas des hommes d'État. On ne les prend pas au sérieux.

– L'apparition d'Hitler date de 1933, observa Havil-land, l'ayatollah Khomeiny de quelques années. Mais, apparemment, vous ne savez pas qui est leur vrai leader. Il ne se montrerait en aucune circonstance. Je peux vous assurer pourtant que c'est un homme d'Etat et qu'on le prend très au sérieux. Néanmoins, son objectif n'est pas Pékin, mais Hong-kong.

– J'ai vu ce que j'ai vu et entendu ce que j'ai entendu et je vais garder ça en moi longtemps... Vous n'avez pas besoin de moi, vous n'avez jamais eu besoin de moi! Isolez-les, répandez la rumeur dans le Comité central, dites à Taiwan de les désavouer – ils le feront! Les temps changent. Ils ne veulent pas plus de cette guerre que Pékin n'en veut.

L'ambassadeur étudiait l'ancien du groupe Méduse, il tentait visiblement d'évaluer l'information de David et se rendait compte que Webb en avait assez vu à Pékin pour tirer ses propres conclusions, mais pas assez pour comprendre l'essence de la conspiration de Hong-kong.

– Il est trop tard, dit le diplomate. Les forces sont en mouvement. Tricherie au plus haut niveau du gouvernement chinois, une trahison menée par les nationalistes abhorrés, et qu'ils soupçonnent d'être de collusion avec des intérêts financiers occidentaux. Même les individus les plus dévoués à Deng Xiaoping ne pourraient accepter un tel coup porté à la fierté de Pékin, une telle injure, une telle claque – le rôle du dindon. Nous aurions la même attitude si nous apprenions soudain que General Motors, IBM et la Bourse de New York sont dirigées par des traîtres américains, entraînés en Russie et qui détournent des milliards vers des projets qui ne sont pas l'intérêt de notre nation.

– L'analogie est bien choisie, l'interrompit McAllister en se massant la tempe droite. On peut effectivement considérer que Hong-kong sera l'équivalent de toutes ces sociétés, une fois rendue à la République populaire – peut-être même mille fois plus. Mais il y a un autre élément, et aussi alarmant que tout ce que nous avons déjà entendu. J'aimerais qu'on l'évoque maintenant – en tant qu'analyste, je suis censé calculer les réactions des adversaires et des adversaires potentiels...

– Soyez bref, coupa Webb. Vous parlez trop et vous vous frottez trop la tête et je n'aime pas vos yeux. On dirait un merlan frit. Vous avez trop parlé dans le Maine. Vous n'êtes qu'un menteur.

– Oui, oui, je comprends ce que vous dites et pourquoi vous le dites. Mais je suis un homme intègre, monsieur Webb. Je crois à l'honnêteté.

– Pas moi. Je n'y crois plus. Allez-y. Tout cela est fort enrichissant et je ne comprends pas un traître mot parce que personne n'a encore daigné dire quoi que ce soit qui ait un sens. Allez-y, foutu menteur, parlez.

– Le facteur du crime organisé, fit McAllister en avalant une boule dans sa gorge sous les insultes répétées de David.

Il avait pourtant lancé ces mots comme si tout le monde était à même de comprendre. Comme tout le monde le regardait les sourcils levés, il crut bon de préciser :

– Les triades !

– Des groupes structurés façon mafia, mais à l'orientale, dit Marie en fixant le sous-secrétaire d'Etat. Une fraternité du crime.

McAllister hocha la tête.

– Trafic de drogue, dit-il, immigration illégale, jeu, prostitution, prêts usuraires – toute la gamme.

– Avec certaines variantes spécifiques, ajouta Marie. Ils possèdent leur propre économie parallèle. Leurs propres banques, indirectement bien sûr, avec des relais en Californie, dans l'Oregon, dans l'Etat de Washington et jusque chez moi, en Colombie britannique. Chaque jour ils blanchissent de l'argent par milliards grâce à des transferts internationaux.

– Qui ne servent qu'à alimenter la crise, dit McAllister.

– Pourquoi ? demanda David. Où voulez-vous en venir ?

– Le crime, monsieur Webb. Les dirigeants de la République populaire sont obsédés par le crime. Nos rapports indiquent qu'il y a eu plus de cent mille exécutions capitales depuis trois ans, pour des crimes graves ou de simples fraudes. C'est lié à leur régime – aux origines de ce régime. Toutes les révolutions pensent détenir la pureté. La pureté de leur cause est primordiale. Pékin est prêt à faire des arrangements idéologiques pour bénéficier du marché occidental, mais jamais Pékin n'admettra la moindre avance du crime organisé.

– Vous en faites une bande de paranoïaques, intervint Panov.

– C'est ce qu'ils sont. Ils ne peuvent pas se permettre d'être autrement.

– Idéologiquement? demanda le psychiatre, sceptique.

– La peur du nombre, docteur. La pureté de la révolution, ça c'est le prétexte, mais c'est le nombre qui les effraie. Un pays immense, immensément peuplé et doté de vastes ressources. Mon Dieu, si le crime organisé pénétrait là-dedans cela pourrait devenir une nation entière vouée aux triades. Des villages, des villes entières pourraient être divisés en territoires pour chaque « famille », et tous profiteraient de l'influx du capital occidental et de sa technologie. Il y aurait une explosion d'exportations illégales qui inonderait tous les marchés du monde. Des stupéfiants récoltés dans des champs immenses que personne ne surveillerait plus, des armes montées dans des milliers d'usines dispersées, des textiles fabriqués dans des milliers de villages utilisant des machines volées et des ouvriers sous-payés. L'économie de l'Ouest ne s'en remettrait pas. Le crime...

– C'est un grand pas en avant que personne ici n'a été capable de faire en quarante ans, dit Conklin.

– Qui oserait essayer? demanda McAllister. Si une personne peut être exécutée pour avoir volé cinquante yuans, qui va oser en voler cent mille? Il faut une protection, une organisation, des gens haut placés. C'est de cela que Pékin a peur, et c'est pour cela qu'ils sont paranoïaques. Les dirigeants sont terrifiés par la corruption à haut niveau. L'infrastructure politique pourrait être érodée, les dirigeants perdraient leur contrôle, et ça, ils ne veulent pas le risquer. Leurs peurs sont peut-être paranoïaques, mais pour eux, elles sont terriblement réelles. Le moindre soupçon d'une liaison entre des groupes criminels importants et des conspirateurs à l'intérieur, pour infiltrer leur économie, et cela leur suffirait pour dénoncer les accords de Hong-kong et faire avancer leurs troupes.

– Votre conclusion est évidente, dit Marie. Mais où est la logique là-dedans? Comment cela pourrait-il se produire?

– C'est en train de se produire, madame Webb, répondit

l'ambassadeur Havilland. Et c'est pour cela que nous avions besoin de Jason Bourne.

– Quelqu'un ferait mieux de reprendre au début, dit David.

Le diplomate s'en chargea.

– Cela commence il y a plus de trente ans. Un brillant jeune homme a été renvoyé de Taiwan sur la terre de ses ancêtres, on lui a donné un nouveau nom, une nouvelle famille. C'était un plan à long terme. Les racines de ce plan poussaient dans le fanatisme et la vengeance...

Webb écoutait l'incroyable histoire de Sheng Chou Yang. Chaque pièce se mettait en place, chaque fait était criant de véracité, de vérité, car l'heure n'était plus aux mensonges.

Vingt-sept minutes plus tard, lorsqu'il eut terminé, Havilland prit un dossier bordé de noir comme un faire-part de deuil. Il ouvrit la couverture, dévoilant une pile d'environ soixante-dix pages, la referma et, en se penchant, la posa devant David.

– C'est tout ce que nous savons, tout ce que nous avons appris – les détails spécifiques de tout ce que je viens de vous dire. Ce dossier ne peut quitter cette maison qu'en cendres, mais je vous invite à le lire. Si vous avez le moindre doute, ou des questions, je vous jure que je remuerai tous les Etats-Unis pour vous trouver les explications, du Bureau ovale du président jusqu'au Conseil national de sécurité. Je ne peux pas faire moins pour vous satisfaire.

Le diplomate se tut quelques instants, les yeux fixés sur Webb.

– Nous n'avons sans doute pas le droit de vous demander ça, dit-il, mais nous avons besoin de votre aide. Nous avons besoin de toutes les informations que vous pourrez nous donner.

– Pour que vous puissiez envoyer quelqu'un sortir ce Sheng Chou Yang.

– Essentiellement, oui. Mais c'est bien plus complexe que ça. Notre main doit être invisible. On ne peut absolument pas nous soupçonner. Sheng s'est protégé brillamment. Pékin le considère comme un visionnaire, un grand patriote qui se tue au travail pour leur mère la Chine – un saint, pourrait-on dire. Sa sécurité est totale et absolue.

Tous les gens autour de lui, ses aides, ses gardes, ce sont ses troupes de choc. Ils lui sont dévoués corps et âme.

— Et c'est pour cela que vous vouliez l'imposteur, coupa Marie. C'était votre lien vers Sheng.

— Nous savions qu'il avait accepté des contrats de lui. Sheng devait – doit toujours – éliminer ses opposants, ceux qui s'opposent à lui idéologiquement et ceux qu'il avait l'intention d'exclure de ses opérations.

— Dans ce second groupe on peut ranger les chefs des triades rivales, dit McAllister, ceux à qui Sheng ne fait pas confiance, ceux à qui les fanatiques du Kuo-ming-tang ne font pas confiance. Il sait que, s'ils s'aperçoivent qu'ils se font doubler, une guerre des gangs déstabilisatrice commencera, ce que Sheng ne saurait tolérer, pas plus que les Britanniques, avec leur voisin en haut de la rue. Depuis deux mois, sept chefs de triade ont été tués et leurs organisations mutilées.

— Le nouveau Jason Bourne était la solution parfaite pour Sheng, poursuivit l'ambassadeur. Un assassin sans liens politiques ni motivations nationales, et surtout, ces crimes ne pouvaient jamais être attribués à la Chine.

— Mais il est allé à Pékin, objecta Webb. C'est là que je l'ai ramassé. Même si cela avait commencé comme un piège qui m'était destiné. D'ailleurs, c'en était un.

— Un piège pour vous? s'exclama Havilland. Ils étaient au courant?

— Je me suis trouvé nez à nez avec mon successeur à l'aéroport de Kai-tak. Chacun de nous savait qui était l'autre – il était impossible de ne pas le savoir. Il n'allait pas garder ça secret et admettre qu'il avait raté son contrat.

— C'était bien vous, dit McAllister. Je le savais!

— Et Sheng et ses hommes aussi. J'étais le nouveau tueur qui débarquait en ville, et il fallait m'arrêter, me tuer, en priorité. Ils ne pouvaient pas courir le risque que je recolle tous les morceaux du puzzle. Le piège a été conçu cette même nuit, mis en place ce soir-là!

— Bon sang, fit Conklin, j'ai lu cette histoire de Kai-tak à Washington. Les journaux disaient qu'on soupçonnait des illuminés d'extrême droite. Genre « pas de Rouges chez les capitalistes ». Et c'était toi?

— Les deux gouvernements ont bien dû trouver quelque

chose à annoncer à la presse, ajouta le sous-secrétaire. Comme nous allons devoir le faire pour ce qui s'est passé ce soir.

— Ce que je veux dire, continua David en ignorant ostensiblement McAllister, c'est que Sheng a appelé le commando, s'en est servi pour monter un piège contre moi, et qu'en faisant ça, il le laissait pénétrer dans les hautes shères. Ce n'est pas comme ça qu'un client secret garde ses distances avec un tueur à gages.

— Sauf s'il s'attend à ce que ce tueur ne sorte jamais vivant de ces hautes sphères, répliqua Havilland en jetant un coup d'œil au sous-secrétaire d'Etat. C'est la théorie d'Edward et j'y souscris entièrement. Une fois le contrat final exécuté, ou une fois apparu comme un homme qui en sait vraiment trop, le tueur devait être descendu en recevant son salaire – croyant, bien évidemment, qu'on le faisait venir pour le charger d'une autre mission. Plus de trace, tout aurait été parfait. Il ne fait aucun doute que les événements de Kai-tak avaient signé son arrêt de mort.

— Il n'a pas été assez malin pour s'en apercevoir, dit Jason Bourne. Il ne pouvait pas penser géométriquement.

— Je vous demande pardon? fit l'ambassadeur.

— Rien, répondit Webb en le regardant droit dans les yeux. Donc tout ce que vous m'aviez dit était en partie vrai et en partie fait de mensonges. Hong-kong pouvait bien exploser, mais pas pour les raisons que vous m'aviez données.

— La vérité était notre crédibilité. Il fallait que vous acceptiez ça, que vous acceptiez notre inquiétude, notre frayeur. Les mensonges, c'était pour vous recruter, et je ne crois pas pouvoir être plus honnête qu'en vous disant ça.

— Bande de salauds, dit Webb entre ses dents, d'une voix glaciale.

— Je vous l'accorde, acquiesça Havilland, mais je vous l'ai dit, il y avait des circonstances atténuantes. Deux en particulier. La crise, et vous-même.

— Et? dit Marie.

— Laissez-moi vous poser une question à tous les deux. Si nous étions venus vous trouver, que nous vous ayons exposé notre problème, est-ce que vous vous seriez joints à nous? Est-ce que vous seriez redevenu Jason Bourne volontairement?

Silence. Tous les regards étaient braqués sur David, qui fixait la table et le dossier de Sheng, sans expression.

– Non, dit-il doucement. Non. Je ne vous fais aucune confiance.

– Nous le savions, dit Havilland en secouant la tête. Mais de notre point de vue, il fallait que nous vous recrutions. Vous seul étiez capable de faire ce que vous avez fait, et j'en déduis que notre jugement était correct. Le coût a été terrible, personne ne le sous-estime, mais nous sentions – je sentais – qu'il n'y avait pas d'autre choix possible. Le temps et les conséquences étaient contre nous – sont encore contre nous.

– Autant qu'avant, dit Webb. Le commando est mort.

– Le commando? fit McAllister.

– Votre assassin. L'imposteur. Ce que vous nous avez fait n'aura servi à rien.

– Pas nécessairement, objecta Havilland. Cela dépendra de ce que vous pouvez nous dire. On parlera d'un mort, demain dans les journaux, ça on ne peut l'empêcher. Mais Sheng ne peut pas savoir qui est mort. Il n'y a eu aucune photo, il n'y avait pas de journalistes et ceux qui sont arrivés depuis sont restés dehors derrière un cordon de policiers. Nous pouvons contrôler l'information en la livrant.

– Et le corps? demanda Panov. Il y a des procédures médicales...

– Dirigées par le MI-6, dit l'ambassadeur. Nous sommes encore en territoire britannique et les communications entre Londres, Washington et le gouvernement ici ont été très rapides. Le visage de l'imposteur était trop abîmé pour qu'on puisse en donner la moindre descrption, et ses restes sont cachés. C'était une idée d'Edward, et il a été salement rapide.

– Il y a toujours David et Marie, persista le psychiatre. Trop de gens les ont vus, les ont entendus.

– Seuls quelques marines étaient assez proches pour voir et entendre clairement, dit McAllister. Tout le contingent est déjà en route pour Hawaï, y compris les deux morts et les sept blessés. Ils sont enfermés dans l'aéroport et leur avion décolle dans une heure. Il y a eu une panique totale.

La police et les pompiers n'ont pas vu grand-chose. Il n'y avait personne dans les jardins. Nous pouvons dire ce que nous voulons.

– Ça semble être une habitude chez vous, commenta Webb.

– Vous avez entendu l'ambassadeur, dit le sous-secrétaire en évitant le regard de David. Nous ne pensions pas avoir le moindre choix.

– Ne soyez pas injuste avec vous-même, précisa Havilland en regardant Webb. *Je* sentais que nous n'avions pas le choix. Vous n'avez accepté qu'après avoir lutté longtemps.

– Je me trompais, dit McAllister fermement, mais c'est sans importance maintenant. Il faut que nous décidions de ce que nous allons annoncer. Le consulat est harcelé de coups de téléphone de la presse...

– Le consulat? fit Conklin. Eh bien, voilà une maison stérile!

– Nous n'avons pas eu le temps de prendre toutes nos précautions. Nous avons été aussi discrets que possible et nous avons préparé une histoire plausible. Il n'y aura pas trop de questions, mais le rapport de police devait mentionner le nom du propriétaire et du locataire. Comment s'en sort Garden Road, Edward?

– La situation n'a pas été clarifiée. Ils attendent, mais ils ne peuvent pas rester éternellement silencieux. Il vaudrait mieux que nous préparions quelque chose plutôt que de laisser cours à toutes les spéculations.

– C'est certain, acquiesça Havilland. Je suppose que vous avez une idée derrière la tête.

– Une impasse, mais qui pourrait marcher si j'ai bien compris M. Webb.

– A quel propos?

– Vous avez utilisé le mot « commando » plusieurs fois, et je suppose que ce n'était pas une figure de style. L'assassin était un commando?

– Un ancien commando. Un officier et un cas pathologique. Un assassin, pour être précis.

– Vous connaissez son identité, son nom?

David regarda l'analyste et il songeait aux phrases d'Alcott-Price, prononcées avec ce sens tordu du triomphe :

Si je perds et si l'histoire éclate au grand jour, combien d'autres baroudeurs, d'autres antisociaux vont-ils se lever? Combien de ces hommes « différents » y a-t-il qui seront ravis de prendre ma place comme j'ai pris la tienne? Cette sale planète est pleine de Jason Bourne. Donne-leur une direction, une idée, et les voilà partis.

– Je n'ai jamais su qui il était vraiment, dit Webb simplement.

– Mais c'était un commando?

– Oui.

– Pas un ranger, pas un béret vert ou un membre des forces spéciales...

– Non.

– Donc, je suppose que vous voulez dire qu'il était anglais.

– Oui.

– Donc nous devons mettre en place une histoire qui nie implicitement ces détails. Pas un Anglais, pas de trace de carrière militaire – il faut aller dans la direction opposée.

– Un Américain, dit Conklin tranquillement, avec un certain respect en regardant le sous-secrétaire d'Etat. Donnez-lui un nom, et une histoire appartenant à un dossier mort. Genre : une ordure de troisième catégorie, un psychopathe avec une haine insensée pour quelqu'un ici.

– Quelque chose comme ça, oui, dit McAllister, mais pas tout à fait. Blanc, oui. Américain, oui. Certainement un homme obsédé, prêt au massacre, et en proie à une rage dirigée contre quelqu'un d'ici, oui.

– Qui? demanda David.

– Moi, répliqua McAllister en regardant Webb droit dans les yeux.

– Ce qui veut dire « moi », dit David. Je suis cet homme, cet obsédé fou furieux.

– On n'utiliserait pas votre nom, poursuivit le sous-secrétaire calmemement. Nous pourrions inventer un expatrié américain qui a été traqué pendant des années à travers tout l'Extrême-Orient pour des crimes allant de l'assassinat au trafic de stupéfiants. Nous dirions que je coopérais avec la police de Hong-kong, de Macao, de Singapour, du Japon, de Sumatra et des Philippines. Grâce à mes efforts, ses opérations auraient été réduites à néant, et il aurait perdu des milliards. Il aurait appris que j'étais posté dans Victoria Peak. Il vient pour me tuer. C'est moi qui l'ai ruiné.

McAllister s'arrêta et se tourna vers David.

— Comme j'ai passé un certain nombre d'années ici, à Hong-kong, j'imagine que Pékin a établi un dossier conséquent en ce qui me concerne. Je suis un analyste qui s'est fait pas mal d'ennemis lors de ses séjours ici, c'est réel, monsieur Webb. C'était mon travail. Nous tentions d'accroître notre influence dans cette partie du monde et à chaque fois que des Américains étaient impliqués dans des activités criminelles, j'ai fait de mon mieux pour aider les autorités à les appréhender, ou au moins à les forcer à quitter l'Asie. C'était le meilleur moyen de montrer nos bonnes intentions, en s'attaquant aux nôtres. C'est également pour cette raison que l'Etat m'a rappelé à Washington. Et en nous servant de mon nom, nous donnons à tout ça une authenticité certaine pour Sheng Chou Yang. Vous voyez, nous nous connaissons, tous les deux. Il va spéculer sur une douzaine de possibilités — et j'espère qu'il en tirera les conclusions que nous attendons. Pas de commando britannique.

— La bonne spéculation, ajouta Conklin, réside dans le fait que depuis quelques années personne ici n'a entendu parler du premier Jason Bourne.

— Exactement.

— Donc, ce cadavre que personne ne peut voir, c'est moi, dit Webb.

— Vous pourriez l'être, oui, dit McAllister. Vous voyez, nous ne savons pas ce que sait Sheng, nous ignorons la profondeur de son infiltration. La seule chose que nous désirons établir avec certitude c'est que le mort n'est pas son assassin.

— Et laisser la possibilité qu'un autre imposteur y retourne et attire Sheng pour le tuer, ajouta Conklin, respectueusement. Vous êtes vraiment quelqu'un, monsieur l'analyste. Un vrai fils de pute, mais quelqu'un !

— Vous allez vous exposer, Edward, dit Havilland. Je ne vous l'ai jamais demandé. Vous avez vraiment des ennemis.

— Je tiens à le faire, monsieur l'Ambassadeur. Vous m'employez pour fournir mes meilleurs jugements, et à mon avis, c'est la meilleure tactique. Il faut que l'écran de fumée soit convaincant. Et mon nom l'est, pour Sheng. Le reste peut très bien demeurer ambigu, dans un langage que ceux que nous voulons atteindre comprennent bien.

– David, fit Marie en lui touchant la joue.

– Désolé, répondit Webb en feuilletant le dossier devant lui.

La première page comprenait une photo, avec un nom imprimé dessous. Le visage de Sheng Chou Yang. Mais beaucoup plus que ce simple visage. C'était le visage. Le visage du boucher! Du dément qui découpait des hommes et des femmes avec son sabre de cérémonie, qui forçait deux frères à s'entre-tuer à coups de couteau, qui avait torturé Echo avant de lui trancher le crâne. Bourne avait cessé de respirer, rendu fou par le souvenir de cette inimaginable cruauté, des images sanglantes l'envahissaient, le submergeaient. En contemplant cette photo, la vision d'Echo, sacrifiant sa vie pour sauver Delta, le ramenait dans la clairière. Delta savait que c'était la mort d'Echo qui avait permis la capture de l'assassin. Echo était mort en défiant son tortionnaire, avait accepté la mort pour qu'un autre membre de Méduse puisse non seulement s'échapper, mais obéir à sa dernière volonté, à ce dernier geste lui hurlant que le dément au sabre de cérémonie devait être tué!

– C'est ça, le fils de votre taipan inconnu? murmura Jason Bourne.

– Oui, dit Havilland.

– Votre prince-philosophe révéré par ses compatriotes? Votre saint chinois que personne ne peut attaquer?

– Oui.

– Vous vous trompez! Il s'est montré au grand jour! Bon Dieu, je l'ai vu à l'œuvre!

– Vous en êtes sûr? demanda l'ambassadeur, étonné.

– Je ne pourrais pas être plus absolu.

– Ce devaient être des circonstances extraordinaires, dit McAllister, sidéré. Et cela confirme que l'imposteur ne s'en serait jamais sorti vivant. Pourtant ces circonstances devaient être comme un tremblement de terre pour lui!

– Si on considère que personne en dehors de Chine n'en saura jamais rien, oui, elles l'étaient. Le tombeau de Mao changé en stand de tir. Ça, ça faisait partie du piège et ils ont perdu. Echo a perdu.

— Qui? demanda Marie qui lui serrait la main.

— Un ami.

— Le tombeau de Mao? répéta Havilland. Incroyable!

— Pas du tout, dit Bourne. Très brillant. Le dernier endroit de Chine où une cible s'attendrait à un piège. Il entre en pensant qu'il est le poursuivant, il s'attend à capturer sa proie quand elle sortira, de l'autre côté. Les lumières sont faibles, il baisse sa garde. Et pendant tout ce temps, c'est lui le gibier, il est traqué, isolé, prêt à se faire descendre. Très brillant.

— Très dangereux pour les chasseurs, dit l'ambassadeur. Pour les gens de Sheng. Un faux pas et ils auraient pu se faire prendre. C'est insensé!

— Il ne pouvait pas y avoir de faux pas. Ils auraient tué leurs propres hommes si je ne l'avais pas fait. Quand tout a déconné, ils ont purement et simplement disparu, avec Echo.

— Revenons à Sheng, s'il vous plaît, monsieur Webb, dit Havilland d'un ton suppliant, presque obsédé. Dites-nous ce que vous avez vu, ce que vous savez.

— C'est un monstre, dit Jason calmement, les yeux fixés sur la photo de Sheng. Il vient tout droit de l'enfer, c'est un Savonarole qui torture et qui tue, des hommes, des femmes, des enfants, et avec le sourire. Il fait des sermons comme un prophète qui parlerait à des gosses, mais en profondeur c'est un dément qui commande sa bande de désaxés par la terreur. Les troupes de choc que vous avez mentionnées ne sont pas des soldats, ce sont des monstres, des thugs sadiques qui ont appris leur art auprès de leur maître. C'est Auschwitz, Dachau et Bergen-Belsen réunis en une seule personne. Si jamais il parvient à ses fins...

— Il le peut, monsieur Webb, enchaîna Havilland qui fixait des yeux terrifiés sur Jason Bourne. Il y arrivera. Vous venez de nous décrire un Sheng Chou Yang que le monde n'a jamais vu et, en ce moment, c'est l'homme le plus puissant de Chine. Il entrera au Comité central comme Hitler au Reichstag, victorieusement, et fera d'eux ses pantins. Ce que vous venez de nous dire est encore plus catastrophique que tout ce que nous avions imaginé. La Chine contre la Chine... Et Armageddon ensuite. Mon Dieu!

— C'est un monstre, murmura Bourne d'une voix d'outre-tombe. Il faut qu'il tue comme un prédateur, mais il n'a soif que de meurtres. Il se nourrit de la mort.

— Ce sont des généralités, dit McAllister d'une voix intense. Nous devons en savoir davantage. Je dois en apprendre davantage!

— C'était une réunion qu'il avait organisée, dit Bourne d'une voix étrange, monocorde, comme si ses pensées dérivaient. C'était le début de ce qu'il appelait la nuit du grand sabre. C'est ce qu'il disait... Il y avait un traître. Cette assemblée ne pouvait être l'œuvre que d'un fou. Des torches partout, en pleine campagne, à une heure de Pékin, dans une réserve d'oiseaux! Vous vous rendez compte! Une réserve ornithologique! Et il a vraiment fait ça. Il a tué un type pendu par les poignets, il lui a enfoncé son sabre dans le ventre. Et une femme qui essayait de protester de son innocence. Il l'a décapitée. Il lui a coupé la tête! Devant tous les autres! Et puis il y a eu deux frères...

— Un traître? murmura McAllister, toujours analyste. Est-ce qu'il y en avait un? Est-ce que quelqu'un a avoué? Est-ce qu'il y a une chance de défection dans ses troupes?

— Arrêtez! hurla Marie.

— Non, madame Webb! Il revient en arrière. Il revit cette scène. Regardez-le. Vous ne voyez pas? Il est à nouveau là-bas!

— Je crains que notre irritant collègue n'ait raison, Marie, dit Panov doucement en scrutant les yeux de Webb. Il oscille entre ici et là-bas. Il cherche sa propre réalité. Ça va, laissez-le errer. Cela peut nous sauver un temps précieux.

— Conneries!

— Certainement, ma chère, et on peut en débattre longtemps. Mais tais-toi.

— ... Il n'y avait pas de traître, personne ne parlait. Il n'y avait que cette femme qui doutait. Il l'a exécutée et le silence est revenu, un silence effroyable. Il avertissait tout le monde, il leur disait que eux, la vraie Chine, étaient partout et invisibles en même temps. Dans les ministères, dans les forces de sécurité, partout... Et puis il a tué Echo, mais Echo savait qu'il devait mourir. Il voulait mourir vite parce qu'il n'avait plus longtemps à vivre, de toute façon.

Après les tortures qu'il avait subies, il était dans un état lamentable. Et pourtant, s'il pouvait me donner le temps...

— Qui est Echo, David? demanda Morris Panov. Dis-le-nous, s'il te plaît.

— Alpha, Bravo, Charlie, Delta, Echo... Fox-Trot...

— Méduse, dit le psychiatre. C'est Méduse, n'est-ce pas? Echo était dans le groupe Méduse.

— Il était à Paris. Au Louvre. Il a essayé de me sauver la vie, mais c'est moi qui ai sauvé la sienne. Tout était bien. Il m'avait déjà sauvé la vie, il y a des années. Le repos est une arme, il disait ça tout le temps. Il mettait les autres autour de moi et il m'obligeait à dormir. Et on s'est sortis de la jungle...

— Le repos est une arme...

Marie ferma les yeux, serrant toujours la main de son mari. Des larmes coulaient sur ses joues.

— ... Echo m'a vu dans la forêt. On s'est servis de nos anciens signaux. Il n'avait pas oublié. Aucun de nous n'oublie jamais...

— Est-ce que nous sommes dans la forêt, dans cette réserve d'oiseaux, David? demanda Panov en mettant une main sur l'épaule de McAllister pour l'empêcher d'intervenir.

— Oui, répliqua Jason Bourne, les yeux révulsés maintenant. Nous le savons tous les deux. Il va mourir. C'est si simple, si évident. La mort. Plus rien. Mais achète du temps, quelques précieuses minutes. Et peut-être, alors, est-ce que je pourrai le faire.

— Faire quoi, Delta? dit Panov tout doucement.

— Choper cet enfant de salaud. Tuer ce boucher. Il ne mérite pas de vivre, il n'a pas le droit de vivre! Il tue trop facilement — et en souriant. Ce sourire sur son visage! Echo l'a vu. Je l'ai vu. Maintenant, ça y est! Ça arrive — tout arrive en même temps! Les explosions dans la forêt, tout le monde court, tout le monde crie. Je peux le faire, maintenant! Il est à ma portée... Il m'a vu! Il me regarde! Il sait que je suis son ennemi! Je suis ton ennemi, boucher! Je suis le dernier visage que tu verras!... Mais qu'est-ce qu'il y a? Il y a quelque chose qui ne va pas! Il s'abrite! Il se sert d'un de ses hommes comme bouclier! Il faut que je disparaisse! Je ne peux pas le faire! Je ne peux pas...

— Tu ne peux pas ou tu ne veux pas? demanda Panov. Es-tu Jason Bourne ou David Webb? Qui es-tu?

— Delta! s'écria soudain la victime, faisant sursauter tout le monde. Je suis Delta! Je suis Bourne! Caïn est pour Delta et Carlos est pour Caïn!

Et la victime s'évanouit dans son fauteuil. Sa tête retomba sur sa poitrine. Il ne disait plus rien.

Personne ne proféra un mot.

Il fallut plusieurs minutes — personne ne les compta — pour que l'homme qui était incapable d'établir sa propre identité relève la tête. Ses yeux n'étaient plus qu'à moitié prisonniers de l'agonie qu'il revivait.

— Je suis désolé, dit David Webb. Je ne sais pas ce qui m'est arrivé.

— Ne t'excuse pas, David, dit Panov. Tu étais revenu en arrière. C'est tout à fait compréhensible. Tout va bien.

— Oui, je suis retourné en arrière. C'est tordu, hein?

— Pas du tout, dit le psychiatre. C'est parfaitement naturel.

— Il faut que j'y retourne, c'est compréhensible aussi, n'est-ce pas, Mo?

— David! s'écria Marie en lui prenant les deux mains, affolée.

— Il le faut, dit Jason Bourne en lui caressant gentiment les mains. Personne d'autre ne peut le faire, c'est aussi simple que ça. Je connais les codes. Je connais le chemin... Echo a donné sa vie pour la mienne, il pensait, il croyait que je le ferais, que je tuerais ce monstre. J'ai échoué à ce moment-là. Cette fois-ci, je n'échouerai pas.

— Et nous? cria Marie en le serrant. Sa voix résonnait dans la pièce blanche. Et nous, on ne compte pas?

— Je reviendrai, je te le promets, dit David en desserrant son étreinte. Il la regarda dans les yeux. Mais il faut que j'y retourne, tu comprends?

— Pour eux? Pour ces menteurs!

— Non, pas pour eux. Pour quelqu'un qui voulait vivre — plus que tout. Tu ne le connaissais pas. C'était un survivant. Mais il a su que sa vie ne valait pas le prix de ma mort. Il fallait que je vive et que je fasse ce que j'avais à faire. Je devais survivre et revenir vers toi, il le savait aussi.

Il a posé l'équation, et il a pris sa décision. Quelque part, tout le long de la ligne, nous devons prendre cette décision.

Bourne se tourna vers McAllister.

— Est-ce qu'il y a quelqu'un ici qui peut prendre la photo d'un cadavre? demanda-t-il.

— De quel cadavre? demanda le sous-secrétaire d'Etat.

— Du mien, dit Jason Bourne.

XXXIV

La photographie macabre fut prise par un technicien, de la maison stérile, directement sur la table blanche de la salle de conférence, sous la supervision d'un Morris Panov très réticent. On couvrit le corps de Webb d'un drap taché de sang. Le drap s'arrêtait à hauteur de son cou et, malgré les taches de sang, on distinguait parfaitement son visage, les yeux grands ouverts.

– Développez le film aussi vite que vous pouvez et apportez-moi les planches contact, ordonna Conklin.

– Vingt minutes, dit le technicien en se dirigeant vers la porte au moment où entrait McAllister.

– Qu'est-ce qui se passe? demanda David, assis sur la table.

Marie lui essuyait le visage avec une serviette mouillée d'eau tiède.

– Les gens du consulat ont prévenu les médias, répondit le sous-secrétaire. Ils vont faire une déclaration d'ici une heure ou deux, dès que les faits seront en place. Ils sont en train de la rédiger. Je leur ai donné le scénario en insistant pour qu'ils citent mon nom. Ils nous la donneront à lire avant de la passer à la presse.

– Des nouvelles de Lin? demanda l'homme de la CIA.

– D'après le médecin, il est encore dans un état critique, mais il tient.

– Et les journalistes qui sont à la porte? demanda Havilland. Il va bien falloir qu'on les laisse entrer. Plus on attend, plus ils vont sentir la manœuvre. On ne peut pas se le permettre.

– On a encore du ressort, dit McAllister. J'ai fait répandre le mot que la police – en prenant de grands risques – cherchait s'il n'y avait pas d'autres explosifs qui n'auraient pas sauté. Ça rend les journalistes très patients. D'ailleurs, dans le scénario que j'ai donné au consulat, j'ai demandé qu'on insiste sur le fait que l'homme qui a attaqué la maison était visiblement un expert en explosifs.

Jason Bourne, l'un des meilleurs experts en explosifs de l'opération Méduse, regarda McAllister. Le sous-secrétaire détourna les yeux.

— Il faut que je sorte d'ici rapidement, dit Jason. Il faut que j'aille à Macao le plus vite possible.

— David, pour l'amour du ciel! fit Marie debout devant lui, d'une voix intense.

— J'aimerais qu'il en soit autrement, dit Webb en se levant. J'aimerais vraiment, répéta-t-il doucement. Mais c'est comme ça. Il faut que je sois sur place, que je débute la séquence qui me permettra d'atteindre Sheng avant que l'histoire ne s'étale dans les journaux du matin, avant que cette photo ne soit publiée et qu'elle confirme le message que je vais faire passer par des canaux dont il est convaincu que tout le monde les ignore. Il faut absolument qu'il croie que je suis son assassin, l'homme qu'il allait tuer, et pas le Jason Bourne de Méduse qui a essayé de le tuer dans cette forêt. Il faut qu'il m'entende avant d'avoir toute autre source d'information. Parce que l'information que je vais lui faire parvenir est la dernière chose qu'il a envie d'entendre. Tout le reste lui paraîtra insignifiant.

— L'appât, dit Alex Conklin. Fournis-lui d'abord l'information critique et la couverture tombera en place d'elle-même parce qu'il sera étonné, préoccupé et qu'il acceptera la version officielle. Surtout la photo...

— Qu'est-ce que vous allez lui dire? demanda l'ambassadeur d'une voix où l'on sentait sa réticence à abandonner le contrôle de cette sombre opération.

— Ce que vous m'avez dit. Moitié vérité, moitié mensonge.

— Exprimez-vous clairement, monsieur Webb, dit Havilland avec fermeté. Nous vous devons beaucoup, mais...

— Vous me devez ce que vous ne pourrez jamais me payer! explosa Jason Bourne, à moins de vous faire sauter la cervelle là, devant moi.

— Je comprends votre colère, mais je dois insister. Vous

ne ferez rien qui mette en danger la vie de plusieurs millions de gens ni les intérêts vitaux du gouvernement des Etats-Unis.

– Je suis heureux que vous compreniez les choses dans le bon sens, pour une fois. Très bien, monsieur l'Ambassadeur, je vais vous expliquer. C'est ce que je vous aurais dit si vous aviez eu la décence – oui, la décence – de venir me voir et de m'exposer votre problème. Je suis surpris que cela ne vous soit jamais venu à l'esprit – non, pas surpris, choqué – mais je pense que je ne devrais pas l'être. Vous croyez réellement à vos petites manipulations, du fond de vos salles secrètes... Vous pensez probablement que vous êtes à la hauteur, à cause de votre intellect si brillant, ou un truc dans le genre. Vous êtes tous pareils. Vous vous vautrez dans la complexité – et dans vos explications sinueuses – jusqu'à ce que vous soyez incapables de voir qu'il existe une route nettement plus pratique.

– J'attends que vous m'instruisiez, dit Havilland, d'un ton froid.

– Eh bien, allons-y, dit Bourne. J'ai écouté avec beaucoup d'attention vos explications. Vous vous êtes donné beaucoup de mal pour m'expliquer pourquoi personne ne pouvait approcher Sheng officiellement et lui dire ce que vous saviez. Vous aviez raison. Il vous aurait ri à la gueule, ou craché au visage, ou bien il vous aurait dit d'aller faire des pâtés de sable un peu plus loin. Bien évidemment. Il tient le levier, lui. Si vous maintenez vos accusations outrageantes, il retire Pékin des accords de Hong-kong. Vous perdez. Si vous essayez de passer au-dessus de sa tête, bonne chance. Vous perdez encore. Vous n'avez aucune preuve, si ce n'est la parole de divers hommes, morts la gorge tranchée, membres du Kuo-ming-tang, s'ils disent quoi que ce soit pour discréditer les officiels du parti. Ça fait sourire Sheng et, sans l'admettre, il vous fait dire que vous feriez mieux de le suivre parce que les risques sont trop grands. Si Sheng se fait siffler, c'est tout l'Extrême-Orient qui saute. Vous aviez raison sur ce point également. Edward McAllister a raison. Pékin peut fermer les yeux sur une commission corrompue, c'est un des aléas obligatoires, mais ils n'admettront jamais qu'une sorte de mafia chinoise infiltre leur industrie ou leur gouvernement. Comme dit Edward, ils pourraient y perdre leur boulot...

– J'attends toujours, monsieur Webb, dit le diplomate.

– Bon. Vous m'avez recruté, mais vous avez oublié la leçon de Treadstone 71. Envoyez un assassin pour capturer un assassin.

– C'est justement ça que nous n'avons pas oublié, coupa le diplomate, étonné. Nous avons tout fondé là-dessus!

– Pour de fausses raisons, dit Bourne, agacé. Il y avait un bien meilleur moyen d'atteindre Sheng et de le tuer. Je n'étais pas indispensable. Ma femme non plus! Mais vous ne pouviez pas le comprendre. Votre cerveau supérieur avait besoin de tout compliquer.

– Qu'est-ce que je ne pouvais pas comprendre?

– Envoyez un conspirateur pour avoir un conspirateur. Pas officiellement... Il est trop tard, maintenant, mais c'est ça que je vous aurais dit de faire.

– Je ne suis pas certain que vous m'ayez dit quoi que ce soit.

– Moitié vérité, moitié mensonge – votre propre stratégie. On envoie un courrier à Sheng, plutôt un vieillard un peu sénile, payé par un contact aveugle et nanti de son information par téléphone. Aucune possibilité de remonter à la source. Il porte un message uniquement verbal, destiné à Sheng personnellement, rien sur papier. Le message contient assez de vérité pour paralyser Sheng. Disons que l'homme qui envoie ce message est quelqu'un de Hong-kong, qui va perdre des milliards si le schéma de Sheng s'effondre, un homme assez habile et assez effrayé pour ne pas dévoiler son nom. Le message peut faire allusion à des fuites éventuelles, ou à des trahisons possibles dans son organisation, ou à des triades exclues qui se regroupent – toutes choses très probables. La vérité. Sheng doit suivre le mouvement. Il ne peut pas se permettre de ne rien faire. Le contact est établi et on arrange un rendez-vous. Le conspirateur de Hong-kong est aussi désireux de se protéger lui-même que Sheng, et, très prudent, il impose un rendez-vous en terrain neutre. C'est décidé. Et voilà le piège.

Bourne se tut, regarda McAllister.

– Même un expert en explosifs de troisième zone pourrait vous montrer comment faire, ajouta-t-il.

– Très rapide et très professionnel, dit l'ambassadeur.

– Mais il y a un léger vice de forme. Où trouvons-nous un tel conspirateur à Hong-kong?

Jason Bourne étudiait le visage du vieil homme d'Etat, presque méprisant.

– Vous le fabriquez, dit-il. C'est ça, le mensonge.

Havilland et Alex Conklin étaient seuls dans la salle blanche, chacun à un bout de la table de conférence. McAllister et Morris Panov étaient partis dans le bureau du sous-secrétaire pour écouter, sur deux téléphones différents, le profil d'un assassin américain fabriqué par le consulat pour le bénéfice de la presse. Panov avait accepté de fournir la terminologie psychiatrique appropriée. David Webb avait demandé qu'on le laisse seul avec sa femme jusqu'au moment de partir. On les avait conduits à une chambre dans les étages. On n'avait pas fait exprès de leur donner une vraie chambre, à quelques mètres à peine des ruines de la façade nord de cette vieille maison victorienne. McAllister avait fixé l'heure de départ. Environ quinze minutes plus tard. Une voiture conduirait Jason Bourne et le sous-secrétaire à l'aéroport de Kai-tak. Pour gagner du temps et parce que les derniers hydroglisseurs partaient à 21 heures, un hélicoptère médical les emporterait jusqu'à Macao, où toutes les tracasseries douanières seraient abolies. Ils devaient livrer des médicaments rares à l'hôpital de Kiang Wu, dans la Rua Coelho do Amaral.

– Ça n'aurait pas marché, vous savez, dit Havilland en regardant Conklin.

– Qu'est-ce qui n'aurait pas marché? demanda l'homme de la CIA brusquement tiré de ses pensées par cette remarque. Ce que David vous a dit?

– Sheng n'aurait jamais accepté un rendez-vous avec quelqu'un qu'il ne connaissait pas, avec quelqu'un qui ne se serait pas identifié.

– Ça dépend comment la chose était présentée. C'est toujours comme ça. Si l'information critique est extraordinaire et les faits authentiques, le sujet n'a pas vraiment le choix. – Il ne peut pas interroger le messager – lui, ne sait rien –, donc il doit remonter à la source. Comme dit Webb, il ne peut pas ne pas le faire.

– Webb? demanda l'ambassadeur, dubitatif.

– Bourne, Delta, appelez-le comme vous voulez. Il ne sait plus lui-même qui il est. Cette stratégie est valable.

641

– Il y a trop d'erreurs possibles, trop de chances de faire un faux pas quand un des camps invente un groupe mythique.

– Allez dire ça à Jason Bourne.

– Les circonstances sont différentes. Treadstone avait un agent provocateur volontaire pour chasser le Chacal. Un homme obsédé qui était prêt à prendre tous les risques parce qu'il avait été entraîné à ça et qu'il avait vécu dans la violence trop longtemps pour abandonner. Il ne voulait pas arrêter. C'était le seul rôle qu'il pouvait jouer sur cette planète.

– Très académique, dit Conklin, mais je ne crois pas que vous soyez en position de discuter avec lui. Vous l'avez expédié en chasse avec toutes les chances contre lui et il est revenu avec l'assassin – et il vous a trouvé! S'il dit qu'on aurait pu faire autrement, il a probablement raison, et vous ne pouvez pas affirmer le contraire.

– Mais, dit Havilland en fixant les yeux de Conklin, je peux affirmer que ce que nous avions programmé a fonctionné. Nous avons perdu l'assassin, mais nous avons gagné un provocateur volontaire et encore plus déterminé. Depuis le début il était notre choix optimum, mais nous n'avons jamais pensé qu'il accepterait de faire le boulot final lui-même. Maintenant il ne laissera personne d'autre le finir. Il y retourne, il exige ce droit. Donc, finalement, nous avions raison. J'avais raison. On met des forces en mouvement, sur des trajectoires qui vont se rencontrer, on surveille l'évolution, toujours prêt à avorter la mission, à tuer s'il le faut, mais en sachant que plus les complications augmentent et plus les antagonistes se rapprochent les uns des autres, plus proche est la solution. A la fin, grâce à leur haine, leurs soupçons ou leurs passions, ils créent leur propre violence et le travail est fait. Vous pouvez perdre vos propres hommes, mais il faut soupeser cette perte, comparée aux dégâts infligés à l'ennemi.

– Vous risquez aussi d'exposer votre propre main, alors que vous insistez pour toujours rester hors de vue.

– Comment ça?

– Parce que ce n'est pas encore fini. Imaginons que Webb n'y arrive pas. Imaginons qu'il soit pris, alors vous pouvez parier votre élégant petit cul qu'ils le prendront vivant. Quand un homme comme Sheng s'aperçoit qu'on lui tend un piège, il veut savoir qui se cache derrière. On lui arrache un ongle, ou dix, et ça ne suffit probablement pas, alors on lui injecte des litres de sérum et on apprend d'où il vient. Il a entendu tout ce que vous lui avez expliqué.

– Jusqu'au point où le gouvernement des Etats-Unis ne peut pas être impliqué, interrompit le diplomate.

– C'est vrai, mais il ne pourra pas s'en empêcher. Les produits chimiques sortiront tout de lui. Votre main apparaît derrière tout ça. Washington est impliqué.

– Par qui ?

– Par Webb, bordel de merde ! Par Jason Bourne !

– Par un homme qui n'est qu'un malade mental, avec un dossier psychiatrique épais comme les pages jaunes ? Un schizophrène paranoïaque dont les conversations téléphoniques enregistrées prouvent qu'il est en proie à la démence, qui porte de fausses accusations, des menaces de mort à ceux qui essaient de l'aider ? Allons, monsieur Conklin, un tel homme ne peut pas s'exprimer au nom du gouvernement des Etats-Unis. Comment le pourrait-il ? Nous l'avons cherché partout. C'est une bombe humaine irrationnelle et délirante qui voit des conspirations partout où son esprit dérangé et torturé l'emporte. Nous le voulons pour le soigner. Nous supposons également qu'il a quitté le territoire avec un faux passeport...

– Le soigner ?...

Alex était stupéfait.

– Bien sûr, monsieur Conklin. Si cela se révèle nécessaire, nous sommes prêts à admettre que Bourne avait travaillé une fois pour le gouvernement et qu'il a été sérieusement blessé et traumatisé. Mais il est impossible qu'il possède le moindre crédit officiel. Comment le pourrait-il ? Cet homme violent est sans doute responsable de la mort de sa femme, qu'il prétend disparue.

– Marie ? Vous vous serviriez de Marie ?

– Nous serions obligés de le faire. Elle est sur les bandes, dans les dossiers, dans les déclarations de ceux qui ont soigné Webb, qui essayaient de l'aider.

– Bon Dieu, murmura Alex, comme hypnotisé par la froideur du vieil homme d'Etat, par sa précision diabolique. Vous lui avez tout dit parce que vous aviez votre couverture toute prête. Même s'il est pris, vous pouvez couvrir votre cul avec vos bandes enregistrées, vos évaluations psychiatriques – vous pouvez vous dissocier de lui! Espèce d'enculé!

– Je lui ai dit la vérité parce qu'il aurait senti si j'essayais de lui mentir encore. McAllister, bien sûr, a été plus loin, il a attiré l'attention sur le facteur crime qui est tout à fait vrai, mais si délicat que j'ai préféré ne pas en parler. Personne n'ose l'imaginer. Mais je n'ai pas tout dit à Edward. Il n'a pas encore mis assez de distance entre son éthique personnelle et les exigences de son travail. Quand il le fera, il pourra me rejoindre sur les hauteurs, mais je ne l'en crois pas capable.

– Vous avez tout expliqué à David pour qu'il soit pris, enchaîna Conklin sans écouter Havilland. Si l'assassinat n'a pas lieu, vous voulez qu'il soit pris. Vous comptez sur les amphétamines et la scopolamine, mon salaud! Alors Sheng saura que sa stratégie nous est connue, mais il le saura officieusement. Pas par nous, mais par une sorte de fou en liberté. Bon Dieu, c'est une variation de ce que Webb vous a dit!

– Officieusement, acquiesça le diplomate. On obtient d'excellents résultats de cette manière. Pas de confrontation. Tout se joue sur du velours, et ça ne coûte presque rien, en fait.

– Sauf la vie d'un homme! s'écria Alex. Il sera tué. De quelque côté qu'on se tourne il doit mourir.

– C'est le prix, monsieur Conklin, si on doit le payer.

Alex attendit, comme s'il espérait que Havilland allait achever sa phrase. Rien ne vint. Rien qu'un regard triste et froid.

– C'est tout ce que vous avez à dire? Le prix, si on doit le payer?

– Les enjeux sont bien plus importants que nous ne l'imaginions – bien plus graves. Vous le savez comme moi, alors ne prenez pas cet air offusqué. Vous avez déjà pris de telles décisions dans votre carrière, déjà fait de tels calculs.

– Pas comme ça. Jamais comme ça! Vous envoyez un des vôtres en mission, vous connaissez les risques, mais vous ne lui coupez jamais la sortie, bordel! C'était mieux quand il imaginait – imaginait, oui – qu'il ramenait l'assassin pour récupérer sa femme!

– L'objectif est différent. Infiniment plus vital.

– Je le sais. Alors ne l'envoyez pas! Prenez les codes et envoyez quelqu'un d'autre! Pas quelqu'un qui est à moitié mort d'épuisement!

– Epuisé ou pas, c'est le meilleur homme pour cette mission et il insiste pour l'accomplir.

– Parce qu'il ignore ce que vous avez fait! Comment vous l'avez bloqué là-dedans, faisant de lui le messager qui doit mourir!

– Je n'avais pas le choix. Vous l'avez dit, il m'a trouvé. Je devais lui dire la vérité.

– Je vous le répète. Envoyez quelqu'un d'autre! Une équipe de tueurs recrutés à l'extérieur par un contact aveugle, sans connexion avec nous. Des professionnels. Avec Sheng comme cible. Webb sait comment atteindre Sheng, il vous l'a dit. Je vais le convaincre de vous donner les codes ou la séquence, ce qu'il faut, bordel! Et allez vous acheter une équipe de tueurs!

– Vous vous mettriez au même niveau que les Kadhafi de cette planète?

– C'est si puéril que je ne trouve même pas les mots pour...

– Oubliez ça, dit Havilland d'une voix cassante. Si jamais on remontait jusqu'à nous – et c'est possible –, il faudrait qu'on lâche les missiles sur la Chine avant qu'ils ne trouvent quelque chose à nous expédier. Impensable.

– Ce que vous faites est impensable!

– Il y a des priorités plus importantes que la survie d'un simple individu, monsieur Conklin, et vous le savez aussi bien que moi. Vous avez consacré votre vie à ce genre de travail, et, pardonnez-moi, la situation présente se trouve à un niveau nettement supérieur à tout ce que vous avez vécu. Appelons ça un niveau géopolitique.

– Espèce de fils de pute!

– Votre propre culpabilité apparaît, Alex – si je peux vous appeler Alex –, puisque vous remettez en question mes antécédents familiaux. Je n'ai jamais mis, moi, Jason Bourne « au-delà de toute récupération ». Mon plus fervent espoir est qu'il réussisse, qu'il tue Sheng. Si cela se produit, il est libre. L'Extrême-Orient est débarrassé d'un monstre et le monde s'épargne un Sarajevo oriental. C'est mon boulot, Alex!

– Dites-le-lui, au moins? Avertissez-le!

– Je ne peux pas. Et, dans ma position, vous ne pourriez pas non plus. On ne dit pas à un *tueur à gages*...

– Je parle mal le français, espèce de trou du cul!

– Un homme envoyé pour tuer doit avoir confiance en ses propres convictions. Il ne peut pas réfléchir une seule seconde aux motifs ou aux raisons. Il ne doit avoir aucun doute. Aucun. Son obsession doit demeurer intacte. C'est sa seule chance de succès.

– Et supposons qu'il ne réussisse pas? Supposons qu'il soit tué?

– Alors nous recommençons le plus vite possible en mettant quelqu'un d'autre à sa place. McAllister sera avec lui à Macao et il connaîtra les codes pour atteindre Sheng. Bourne était d'accord pour ça. Si le pire se produit, nous pourrons même essayer sa théorie d'un conspirateur contre un conspirateur. Il dit que c'est trop tard, mais il pourrait se tromper. Vous voyez, Alex, j'écoute et j'apprends, même à mon âge. Je ne suis pas au-dessus de ça.

– Vous n'êtes au-dessus de rien! dit Conklin avec rage en se levant. Mais vous avez oublié une chose – vous avez oublié ce que vous avez dit à David. Il y a un léger inconvénient.

– Lequel?

– Je ne vous laisserai pas vous en tirer comme ça, dit Alex en traînant la jambe jusqu'à la porte. On peut demander beaucoup à un homme, mais il arrive un moment où on ne peut plus lui demander davantage. Vous êtes cuit, espèce de vieux cul élégant! Webb va apprendre la vérité, toute la vérité.

Conklin ouvrit la porte. Il se trouva nez à nez avec un énorme marine, qui, entendant la porte s'ouvrir, s'était retourné, l'arme braquée.

– Otez-vous de mon chemin, soldat, dit Alex.

– Désolé, Sir, aboya le marine les yeux fixés droit devant lui.

Conklin se retourna vers le diplomate assis derrière la table blanche. Havilland haussa les épaules.

– Procédures, dit-il.

– Je croyais que ces gens étaient tous à l'aéroport?

– Ceux que vous avez vus, oui. Mais il restait une escouade au consulat. Grâce à nos amis britanniques qui ont assoupli certains règlements, nous sommes maintenant officiellement en territoire américain. Nous avons droit à une protection militaire.

— Je veux voir Webb!

— Impossible, il est sur le départ.

— Mais pour qui vous prenez-vous, bordel?

— Je m'appelle Raymond Olivier Havilland. Je suis ambassadeur, en réserve du gouvernement des Etats-Unis. Durant les périodes de crise, mes décisions doivent être appliquées sans discussion. Or, ceci est une période de crise. Allez vous faire foutre, Alex!

Conklin referma la porte et revint vers son fauteuil, d'un pas hésitant.

— Et qu'est-ce qui se passe, maintenant, monsieur l'Ambassadeur? Vous nous tirez une balle dans la tête à tous les trois ou bien est-ce que vous allez vous contenter d'une lobotomie?

— Je suis certain que nous pouvons arriver à une compréhension mutuelle.

Ils étaient serrés dans les bras l'un de l'autre. Marie savait qu'il n'y avait là qu'une fraction de lui, qu'il n'était qu'en partie lui-même. C'était comme à Paris, encore une fois, quand elle avait connu cet homme désespéré qu'on appelait Jason Bourne et qui essayait de rester en vie, sans savoir s'il y parviendrait, ou même s'il le devait, car ses propres doutes étaient aussi mortels pour lui que les armes de ceux qui voulaient le tuer. Mais ce n'était plus Paris. Il n'avait plus ces doutes personnels, il n'y avait plus de tactique fébrilement improvisée pour déjouer les poursuivants, pas de course pour coincer les chasseurs. Ce qui lui rappelait Paris, c'était la distance qu'elle sentait entre eux. David essayait de l'atteindre — le généreux David, le compatissant David — mais Jason Bourne ne le laissait pas faire. Jason était le chasseur maintenant, pas le gibier, et cela renforçait sa volonté. Elle était résumée en un mot qu'il utilisait avec la régularité d'un pistolet-mitrailleur : *Bouge!*...

— Pourquoi, David? Pourquoi?

— Je te l'ai dit. Parce que je peux le faire. Parce que je dois le faire. Parce qu'il faut que cela soit fait.

– Ce n'est pas une réponse, mon cœur...

– Très bien, dit Webb en desserrant son étreinte. Pour nous alors.

– Nous?

– Oui. Je verrais ces images le reste de ma vie. Elles ne cesseraient pas de remonter et elles me déchireraient parce que je saurais ce que j'ai laissé faire et que je ne pourrais pas le supporter. Je m'anéantirais progressivement et je t'entraînerais avec moi parce que, malgré toute ta cervelle, tu n'aurais pas l'idée de te retirer.

– Je préfère devenir folle avec toi que sans toi. Je préfère te voir vivant.

– Ce n'est pas un argument.

– Je pense que c'est considérable.

– Je vais déclencher les mouvements, mais je ne les accomplirai pas.

– Qu'est-ce que ça signifie, ce rébus?

– Je veux faire disparaître Sheng, profondément. Il ne mérite pas de vivre, mais ce n'est pas moi qui vais l'éliminer.

– L'image de Dieu ne te va pas du tout! coupa Marie. Laisse les autres prendre cette décision. Sors de là. Reste ici!

– Tu ne m'écoutes pas. J'étais là-bas et je l'ai vu – je l'ai entendu. Il ne mérite vraiment pas de vivre. Dans une de ses diatribes, il appelait la vie un « cadeau précieux ». Ça se discute, selon la vie en question, mais la vie ne signifie rien pour lui. Il ne veut que tuer – peut-être est-il obligé de le faire, je n'en sais rien, demande à Panov –, ça se lit dans ses yeux. C'est Hitler, Mengele et Gengis Khan à la fois, le fou à la tronçonneuse, tout ce que tu voudras, mais il faut qu'il disparaisse. Et je dois m'en assurer.

– Mais pourquoi? supplia Marie. Tu ne m'as pas répondu!

– Si, mais tu ne m'as pas entendu. D'une manière ou d'une autre je le verrais chaque jour, j'entendrais sa voix, cette voix! Je le verrais jouer avec des gens terrifiés avant de les tuer comme le sadique qu'il est. Essaie de comprendre. Je ne suis pas un expert, mais j'ai compris certaines choses sur moi-même. Il faudrait être idiot pour ne pas le voir. Ce sont les images, Marie, ces satanées images qui ne cessent de revenir me hanter, d'ouvrir des portes – des souvenirs que je ne veux pas admettre, mais que je suis obligé d'accepter. Pour être le plus simple et le plus clair possible : c'est trop. Je ne peux pas en endurer davantage. Je ne peux pas ajouter une collection complète d'horreurs aux précédentes. Tu vois, je voudrais aller mieux – je ne serais jamais complètement guéri, ça je peux l'accepter, je peux vivre avec – mais je ne veux pas reglisser dans l'autre sens! Ce n'est pas possible! Pour notre salut à tous les deux.

– Et tu crois qu'en organisant la mort de cet homme tu vas te débarrasser de ces images?

– Je crois que ça aidera, oui. Tout est relatif et je ne serais pas ici si Echo n'avait pas sacrifé sa vie pour moi. C'est peut-être démodé mais comme beaucoup de gens j'ai une conscience. Ou peut-être est-ce la culpabilité d'avoir survécu. Il faut simplement que je le fasse parce que je le peux.

– Tu t'es convaincu toi-même?

– Oui. Je suis équipé pour ça.

– Et tu dis que tu vas déclencher les mouvements, mais pas les accomplir?

– Je ne ferai rien d'autre. Et je reviendrai parce que j'aspire à une longue vie avec toi, madame Webb.

– Où est ma garantie? Qui va les exécuter, ces mouvements?

– La pute qui nous a mis dans cette situation.

– Havilland?

– Non, lui c'est le maquereau. C'est McAllister la pute, c'est tout ce qu'il est. Cet homme qui croit à la décence, qui la porte sur ses manches jusqu'à ce que les têtes pensantes lui disent de l'enlever. Il appellera sans doute le maquereau à la rescousse mais ça ira, à eux deux ils sont capables de réussir.

– Mais comment?

– Il existe des hommes – et des femmes – qui tueront si le prix est assez haut. Ils n'ont peut-être pas la personnalité du mythique Jason Bourne ou du très réel Carlos le Chacal, mais ils sont partout, dans cette saloperie de monde des ombres. Edward la pute nous a dit qu'il s'était fait des ennemis dans tout l'Extrême-Orient, de Hong-kong aux Philippines, de Singapour à Tokyo, le tout au nom de Washington, qui voulait renforcer son influence ici. Si tu te fais des ennemis, tu sais qui ils sont, et comment les atteindre. C'est ce que le maquereau et sa putain vont faire. Je vais organiser la tuerie, mais c'est quelqu'un d'autre qui va s'en charger et je me fous du prix que ça leur coûtera. Je resterai à distance pour être certain que le monstre est bien tué, qu'Echo obtiendra ce qui lui revient, que l'Extrême-Orient sera débarrassé de ce dément qui peut le plonger dans une guerre atroce – mais c'est tout ce que je ferai. Regarder. McAllister ne le sait pas encore, mais il vient avec moi. Nous allons extraire notre livre de chair.

– Qui est-ce qui parle maintenant? demanda Marie. David ou Jason?

Son mari se tut, en proie à des pensées vertigineuses.

– C'est Bourne, dit-il enfin. Il faut que ce soit Bourne, jusqu'à ce que je revienne.

– Tu sais cela?

– Je l'accepte. Je n'ai pas le choix.

Il y eut deux petits coups discrets à la porte de la chambre.

– Monsieur Webb. C'est McAllister. Il est temps de partir.

XXXV

L'HÉLICOPTÈRE du service médical d'urgence rugissait en survolant Victoria Harbor. Il dépassa les îles du sud de la mer de Chine et se dirigea sur Macao. Les vedettes de la République populaire avaient été contactées par l'intermédiaire de la base navale de Gongbei. Elles ne tireraient pas sur l'appareil volant à basse altitude, en mission urgente. Comme semblait l'avoir créé la chance incroyable de McAllister, un officiel de Pékin venait d'être admis à l'hôpital de Kiang Wu avec une hémorragie interne due à un ulcère compliqué et mal placé. On avait besoin de sang Rh négatif, dont on manquait tout le temps. *Les choses vont et viennent. Si l'officiel n'avait été qu'un paysan des collines de Zhuhai, on lui aurait donné le sang d'une chèvre en lui disant de prier pour que ça marche.*

Bourne et le sous-secrétaire d'Etat portaient les blouses blanches réglementaires et les casquettes du *Royal Medical Corps*, mais sans indication de grade sur leurs manches. Ce n'étaient que des subordonnés qui exécutaient l'ordre de porter du sang pour un *Zhongguo ren* appartenant à un régime qui ne visait qu'à démanteler un peu plus l'empire. Tout était fait proprement et efficacement dans le nouvel esprit de coopération entre la colonie et ses futurs nouveaux maîtres. *Que les choses aillent et viennent. Tout ceci est à une vie entière de nous et n'a pas de signification. Nous n'en bénéficierons pas. Pas d'eux, en tout cas, pas de ceux d'en haut.*

Le fond du parking de l'hôpital avait été vidé de ses véhicules. Quatre projecteurs éclairaient le seuil. Le pilote mit son appareil en contrôle vertical, puis entama sa descente vers la piste de béton. L'éclat des projecteurs et le vacarme de l'hélicoptère avaient attiré des curieux dans la rue face à l'entrée de l'hôpital, sur la Rua Coelho do Amaral. Excellent, se disait Bourne en contemplant la foule par sa vitre ouverte. Il songeait qu'il y aurait encore plus de curieux pour le départ de l'hélico, ravis de ce spectacle inhabituel. C'était ce que McAllister et lui pouvaient espérer de mieux. Dans la confusion qui entourerait l'atterrissage, ils pourraient se mêler aux groupes de curieux, pendant que deux autres hommes vêtus des uniformes blancs des médecins royaux prendraient leur place en courant vers l'appareil, penchés pour éviter les pales, et reviendraient à Hong-kong.

En renâclant un peu, Jason devait tout de même admirer l'habileté avec laquelle McAllister bougeait ses pièces d'échecs. L'analyste avait les convictions de sa connivence. Il savait quels boutons pousser pour bouger ses pions. Dans la crise présente, le pion était médecin à l'hôpital de Kiang Wu qui avait, quelques années auparavant, détourné des fonds du FMI pour sa propre clinique. Comme Washington était un des sponsors du Fonds monétaire international, et comme McAllister avait coincé le médecin la main dans le sac, il était en position favorable pour le menacer. Mais le docteur ne s'était pas laissé faire. On manquait de médecins à Macao. Comment McAllister pensait-il le remplacer? Ne serait-il pas mieux pour l'Américain de fermer les yeux si sa clinique servait les indigents? Et que ce service soit enregistré? L'enfant de chœur qui sommeillait au fond de McAllister avait capitulé, mais il n'avait jamais oublié cette dette. Ce soir, le médecin la payait.

— Allez! cria Bourne en se levant pour prendre les deux containers de sang. On descend!

McAllister s'accrochait à une barre, de l'autre côté de l'appareil. L'hélico s'écrasa sur le ciment. Il était livide, le visage contracté en une caricature de lui-même.

— Ces engins sont abominables, marmonna-t-il. Je vous en prie, attendez qu'on soit complètement arrêtés!

— C'est fait. C'est votre timing, l'analyste. Allez! Bougez!

Guidés par des policiers, ils traversèrent en courant le parking vide jusqu'à des doubles portes vitrées que deux infirmières maintenaient ouvertes. A l'intérieur, un Oriental en costume blanc, l'inévitable stéthoscope dépassant de sa poche, saisit McAllister par le bras.

— Ravi de vous revoir, monsieur, dit-il dans un anglais parfait mais avec un fort accent. Bien que les circonstances soient pour le moins bizarres, ajouta-t-il.

— Elles l'étaient aussi pour vous il y a trois ans, répliqua l'analyste, incisif et péremptoire. Où allons-nous?

— Suivez-moi jusqu'au labo. C'est au bout du couloir. L'infirmière en chef va vérifier les sceaux et signer les reçus, après quoi vous me suivrez dans une autre pièce où attendent les deux hommes qui vont prendre vos places. Vous leur donnerez les reçus, changerez de vêtements et ils partiront.

— Qui sont-ils? demanda Bourne. Où les avez-vous trouvés?

— Des internes portugais, répondit le médecin.

— Mais encore? demanda Jason en avançant dans le couloir.

— C'est ce que vous appelleriez un échange. Deux médecins britanniques qui désirent passer la nuit ici et deux internes surmenés qui ont envie de se détendre à Hongkong. Ils reviendront par l'hydroglisseur demain matin. Ils ne savent rien. Ils ne soupçonneront rien. Ils sont seulement ravis qu'un de leurs patrons ait enfin compris leurs besoins et leurs envies.

— Vous avez trouvé le bon bonhomme, l'analyste.

— C'est un voleur.

— Et toi t'es une pute.

— Je vous demande pardon?

— Rien, rien. Allons-y.

Une fois les containers de sang livrés, une fois les sceaux inspectés et les reçus signés, Bourne et McAllister suivirent le médecin dans un bureau fermé à clef où on rangeait les réserves de médicaments. Les deux internes portugais attendaient devant les armoires vitrées. Un grand et un plus petit. Ils souriaient. Il n'y eut pas de présentations, juste quelques hochements de tête et une brève appréciation du médecin.

– D'après votre description – je n'avais pas besoin de la vôtre – je dirai que les tailles correspondent, non?

– Ça ira, répondit McAllister tandis que Jason et lui ôtaient leurs uniformes blancs. Ils sont très grands, dit-il. S'ils courent en baissant la tête, ça ira très bien. Dites-leur de les laisser avec les reçus dans l'hélicoptère. C'est le pilote qui doit s'occuper de signer pour nous.

Bourne et l'analyste se retrouvèrent vêtus de pantalons noirs et de vestes foncées. Ils tendirent leurs uniformes et leurs casquettes à leurs remplaçants.

– Dites-leur de se dépêcher, fit McAllister. Ils doivent redécoller dans deux minutes.

Le médecin lança quelques phrases en portugais puis se tourna à nouveau vers le sous-secrétaire.

– Le pilote ne peut pas partir sans eux, monsieur.

– Tout est programmé à la minute près, fit l'analyste avec un soupçon de peur dans la voix. Il faut éviter les curieux au maximum. Tout est réglé. Dépêchez-vous!

Les internes habillés, casquettes baissées et reçus signés dans la poche, le médecin donna ses dernières instructions aux Américains en leur tendant deux coupe-file orange.

– Nous allons sortir ensemble. La porte se referme seule. Je vais immédiatement escorter nos deux jeunes internes en les remerciant à voix haute devant les policiers jusqu'à ce qu'ils soient dans l'hélicoptère, Vous, vous tournez à droite, puis à gauche jusqu'à l'entrée principale. J'espère, sincèrement, que notre association, si plaisante, est maintenant terminée.

– A quoi ça sert? demanda McAllister en montrant les deux coupe-file orange.

– Probablement à rien, du moins, je l'espère. Mais au cas où quelqu'un vous arrête, cela expliquera votre présence et on ne vous posera pas de questions.

– Pourquoi? Qu'est-ce que ça dit?

L'analyste ne pouvait rien laisser au hasard, pas le moindre fragment de fait.

– Cela vous décrit comme des expatriés indigents, expliqua le médecin, très calme. Des gens sans un sou, que je traite généralement dans ma clinique sans les faire payer. Naturellement il y a les descriptions habituelles, taille, poids, cheveux et couleur des yeux, nationalité. La vôtre est plus complète, car je n'avais jamais vu votre ami. Vous souffrez tous deux d'une bonne blennorragie.

— Quoi?

— Une fois que vous aurez atteint la rue, j'espère que ma vieille dette sera enfin annulée, n'est-ce pas?

— Blennorragie?

— Je vous en prie, comme vous le disiez, nous devons nous dépêcher.

La porte s'ouvrit, les cinq hommes se précipitèrent dans le couloir et se séparèrent instantanément, le médecin et les deux internes vers l'hélicoptère, Jason et McAllister vers la droite.

— Allons-y, murmura Bourne en poussant McAllister.

— Vous avez entendu ce type?

— Vous avez dit que c'était un voleur.

— Oui, c'en est un!

— Il y a des moments où il ne faut pas trop prendre à la lettre le vieil adage « qui vole un voleur... ».

— Qu'est-ce que ça signifie?

— Simplement ceci, dit Bourne en regardant l'analyste. Il vous tient pour trois raisons. Collusion, corruption, et blennorragie!

— Mon Dieu...

Ils se tenaient derrière la foule qui regardait l'hélicoptère décoller. L'appareil disparut en rugissant dans la nuit. Un par un, on éteignit les projecteurs et le parking retrouva sa lumière ambiante normale. Les policiers montèrent dans des fourgonnettes. Quelques-uns étaient restés et se dirigeaient vers leur poste habituel. La foule commença à se disperser dans un brouhaha de conversations. L'excitation retombait.

— Allons-y, dit Jason. Il faut bouger.

— Vous savez, monsieur Webb, vous utilisez ces deux expressions avec une fréquence irritante. Allons-y et bougeons...

— Elles fonctionnent, fit Bourne.

Ils traversèrent l'Amaral.

— Je suis aussi conscient que vous que nous devons bouger vite, seulement vous ne m'avez pas expliqué où nous allons.

– Je sais, dit Bourne.

– Je crois que le moment est venu que vous le fassiez, dit McAllister en alignant son pas sur celui de Bourne. Vous m'avez traité de « pute », poursuivit le sous-secrétaire.

– C'est ce que vous êtes.

– Parce que j'ai accepté de faire ce que je croyais juste, ce qu'il fallait faire?

– Parce qu'ils vous ont utilisé. Ceux qui ont le pouvoir se sont servis de vous et ils vous jetteront comme une vieille merde sans que vous puissiez dire quoi que ce soit. Vous avez vu les limousines et les conférences à haut niveau quelque part dans votre futur et vous n'avez pas pu y résister. Vous étiez prêt à sacrifier ma vie sans chercher d'autre solution – et on vous paye pour ça. Vous étiez prêt à risquer la vie de ma femme parce que le jeu en valait la chandelle. Des dîners avec le comité des Quarante, peut-être même une place parmi eux, des rendez-vous confidentiels dans le Bureau ovale avec le célèbre et révéré Havilland. Pour moi, c'est se comporter comme une pute. Seulement, je vous le répète, ils vous balanceront comme une vieille merde.

Silence.

– Vous croyez que je ne sais pas cela, monsieur Bourne?

– Quoi?

– Qu'ils me balanceront...

Jason jeta un œil sur le méticuleux bureaucrate qui marchait à ses côtés.

– Vous le savez?

– Bien sûr. Je ne suis pas membre de leur club et ils ne veulent pas de moi. Oh, j'ai tout ce qu'il faut, y compris le cerveau, pour être à leur niveau, mais je n'ai pas cet extraordinaire sens du spectacle qu'ils ont. Je ne suis pas attrayant. Les caméras de télé me glacent sur place – remarquez que je regarde souvent des idiots commettre les erreurs les plus grossières, les plus ridicules. Vous voyez, je connais mes limites. Et puisque je ne peux pas faire ce que font ces hommes, je dois donc accomplir ce qui est le mieux pour eux et pour le pays. Je dois penser à leur place.

– Vous avez pensé à la place de Havilland? Vous êtes

venu dans le Maine et vous avez enlevé ma femme! Vous n'aviez pas d'autre option dans votre petite tête?

– Aucune autre, non. Aucune qui couvre tout aussi bien la stratégie de Havilland. L'assassin était le lien invisible qui menait à Sheng. Si vous pouviez le traquer et le ramener, nous obtenions le raccourci dont nous avions besoin pour attirer Sheng.

– Vous aviez drôlement plus confiance en moi que moi!

– Nous avions confiance en Jason Bourne. En Caïn – en l'homme de Méduse nommé Delta. Vous aviez le motif le plus fort possible : récupérer votre femme, la femme que vous aimez. Et il n'y avait aucune connexion avec notre gouvernement.

– Nous avions reniflé un scénario dissimulé, depuis le début! explosa Bourne. Je l'avais reniflé, et Conklin aussi!

– Renifler n'est pas goûter, protesta l'analyste alors qu'ils couraient presque dans une ruelle grossièrement pavée. Vous ne saviez rien de concret que vous auriez pu divulguer, vous n'aviez aucun intermédiaire qui vous reliait à Washington. Vous étiez obsédé par l'idée de retrouver un tueur qui se faisait passer pour vous pour qu'un taïpan furieux vous rende votre femme – un homme dont la femme avait apparemment été tuée par l'assassin qui se faisait appeler Jason Bourne. Au début, j'avais pensé que c'était de la folie. Et puis j'ai fini par voir la logique sinueuse qui s'en dégageait. Havilland avait raison. S'il existait un homme capable de ramener l'assassin, pour neutraliser Sheng, c'était vous. Mais vous ne pouviez avoir aucune relation avec Washington. Donc, il fallait vous manœuvrer dans le cadre d'un mensonge extraordinaire. Si on faisait moins, vous alliez réagir plus normalement. Vous pouviez aller voir la police, ou les autorités gouvernementales, des gens que vous connaissiez dans le temps – dans ce que vous vous rappeliez de votre passé, ce qui était aussi à notre avantage.

– Je suis allé trouver des gens que j'avais connus, oui.

– Et vous n'avez rien appris sinon que plus vous menaciez de rompre le silence, plus vite le gouvernement risquait de vous coller la camisole. Après tout, vous veniez de Méduse et vous étiez amnésique, schizophrène même.

— Conklin est allé trouver d'autres gens...

— Et on ne lui a dit que ce qu'il fallait pour que nous sachions où il en était, ce qu'il avait rassemblé. Je crois que c'était un de nos meilleurs hommes.

— Oui. Il l'est toujours.

— Il vous avait mis « au-delà de toute récupération ».

— C'est de l'histoire ancienne. Dans les mêmes circonstances j'aurais peut-être fait de même. Il en savait beaucoup plus que moi. D'ailleurs il en a appris beaucoup plus que moi à Washington avant de venir.

— On l'a amené à croire exactement ce qu'il désirait croire. C'était un des coups les plus brillants de Havilland et joué au moment propice. Souvenez-vous, Alexander Conklin est un homme amer, brûlé par l'existence. Il n'a aucune espèce d'amour pour le monde dans lequel il a passé sa vie d'adulte, ni pour les gens avec qui il a partagé cette vie. On lui a suggéré qu'une « possible » opération secrète était « peut-être » partie en eau de boudin, que le scénario était peut-être tombé en des mains hostiles.

McAllister se tut. Ils sortaient de la ruelle et tournèrent le coin pour s'enfoncer dans la foule noctambule de Macao. Des enseignes lumineuses clignotaient un peu partout.

— C'était un retour à la case départ, la case mensonge, vous voyez ? poursuivit l'analyste. Conklin était convaincu que quelqu'un d'autre avais pris les commandes, que votre situation était désespérée, la vie de votre femme en danger, si vous ne suiviez pas le « nouveau » scénario écrit par les éléments hostiles qui menaient soudain le jeu.

— C'est ce qu'il m'a dit, murmura Jason en se remémorant ce moment terrible où les larmes sortaient toutes seules de ses yeux, dans l'aéroport de Washington. Il m'a dit de jouer le scénario.

— Il n'avait pas le choix, lâcha McAllister qui saisit soudain le bras de Bourne en lui indiquant une vitrine sombre dans un coin de mur. Nous devons parler.

— C'est ce que nous sommes en train de faire, non ? fit Bourne d'un ton sec. Je sais où nous allons et on n'a pas de temps à perdre.

— Il faut prendre le temps de parler, insista l'analyste, d'une voix si désespérée que Bourne se sentit obligé de s'arrêter et de le regarder dans les yeux, avant de le suivre dans le coin obscur, devant la vitrine.

— Avant que vous ne fassiez quoi que ce soit, dit McAllister, il faut que vous compreniez.

— Que je comprenne quoi? Les mensonges?

— Non. La vérité.

— Vous ne savez pas ce qu'est la vérité, dit Jason.

— Je le sais peut-être mieux que vous. Comme vous le disiez, c'est mon boulot. La stratégie de Havilland se serait révélée fantastique, sans l'intervention de votre femme. Elle s'est échappée. Elle s'est cachée. Elle a mis cette stratégie en pièces.

— Je sais ça.

— Alors vous savez certainement aussi que, même si Sheng ne l'a pas réellement identifiée, il est au courant et il a compris son importance.

— Je n'y avais pas pensé.

— Eh bien, pensez-y, maintenant. L'unité de Lin Wenzu a été infiltrée pendant que tout Hong-kong la recherchait. Catherine Staples a été tuée parce qu'elle était reliée à votre femme et qu'il était clair que grâce à cette mystérieuse femme elle en avait trop appris, ou bien qu'elle s'approchait de quelques vérités dévastatrices. Les ordres de Sheng sont évidents. Eliminer toute opposition, même potentielle. Comme vous l'avez constaté à Pékin, c'est un fanatique et il voit de la substance là où il n'y a que des ombres, des ennemis dans chaque recoin obscur.

— Où voulez-vous en venir? fit Bourne, impatient.

— Il est extrêmement brillant et ses hommes fourmillent dans la colonie.

— Alors?

— Quand l'histoire va être étalée dans les journaux et à la télévision, il va émettre certaines suppositions et il va faire surveiller la maison de Victoria Peak et le MI-6, même s'il lui faut prendre les voisins en otages et infiltrer une nouvelle fois les services britanniques.

— Bordel! Où voulez-vous en venir?

— Il trouvera Havilland, et il trouvera votre femme.

— Et?

— Supposons que vous échouiez? Supposons que vous vous fassiez tuer? Sheng n'aura pas de repos avant de savoir tout ce qu'il y a à savoir. La clef du mystère est indubitablement la femme que tout le monde cherchait partout. C'est obligatoirement elle, car elle est l'énigme au centre du mystère et elle est reliée à l'ambassadeur Havilland. Si quelque chose vous arrive, Havilland sera obligé de la laisser partir et Sheng s'en emparera – à Kai-tak, à Honolulu, Los Angeles ou New York. Croyez-moi, monsieur Webb, il n'aura de cesse de l'attraper. Il faut qu'il sache ce qui avait été monté contre lui, et c'est elle la clef. Il n'y a personne d'autre.

– Alors?

– Tout pourrait se reproduire, mais avec des résultats bien plus affreux.

– Le scénario? demanda Jason envahi par les images sanglantes de la réserve d'oiseaux, submergé...

– Oui, dit fermement l'analyste. Seulement cette fois votre femme serait kidnappée pour de vrai, pas seulement comme un élément d'une stratégie pour vous recruter. Sheng...

– Pas si Sheng est mort!

– Probablement pas. Pourtant il faut envisager la possibilité réelle d'un échec, la possibilité qu'il reste en vie.

– Cessez de tourner autour du pot!

– Très bien. En tant qu'assassin, vous êtes le lien qui mène à Sheng, le moyen de l'atteindre. Mais c'est moi qui peux le faire sortir à découvert.

– Vous?

– C'est la raison pour laquelle j'ai dit au consulat d'utiliser mon nom dans le communiqué de presse. Vous voyez, Sheng me connaît et j'ai écouté attentivement quand vous avez exposé votre théorie d' « un conspirateur pour un conspirateur » à Havilland. Il n'en a pas voulu et franchement moi non plus. Sheng n'accepterait jamais un rendez-vous avec une personne inconnue. Mais il l'acceptera s'il connaît la personne.

– Pourquoi vous?

– Moitié vérité, moitié mensonge, dit l'analyste, reprenant les mots de Bourne.

– Merci d'avoir écouté si attentivement. Maintenant expliquez-moi ça.

– La vérité d'abord, monsieur Webb, ou Bourne, je ne sais plus comment vous appeler. Sheng est au courant de mes contributions à l'essor de mon gouvernement et de mon manque d'avancement évident. Je suis un bureaucrate brillant mais inconnu qu'on semble avoir laissé pour compte parce qu'il me manque les qualités qui pourraient me permettre de m'élever dans la hiérarchie et d'atteindre à un travail lucratif dans le secteur privé. Dans un sens je suis un peu comme Alexander Conklin sans son problème d'éthylisme, mais avec peut-être la même amertume. J'étais aussi fort que Sheng et il le savait, mais il y est arrivé et pas moi.

— Confession touchante, dit Jason d'un ton impatient. Mais pourquoi accepterait-il de vous rencontrer ? Comment pourriez-vous l'obliger à se démasquer – pour le tuer, monsieur l'analyste, et j'imagine que vous savez ce que cela signifie ?

— Parce que je veux un morceau de son gâteau à Hong-kong. J'ai failli être tué hier soir. C'était l'indignité finale, et après toutes ces années je veux quelque chose pour moi, pour ma famille. Voilà le mensonge.

— Vous dérivez, je ne vous suis plus.

— Parce que vous ne m'écoutez pas entre les lignes. On me paye pour ça, vous vous souvenez ?... Eh bien, j'en ai marre. Je suis au bout du rouleau, professionnellement. On m'a envoyé ici pour analyser une rumeur qui venait de Taiwan. Un rumeur comme quoi une conspiration économique issue de Pékin prenait de plus en plus d'ampleur. Mieux, petit à petit je me suis rendu compte que c'était Sheng Chou Yang, mon vieil ami des accords commerciaux sino-américains, qui était derrière tout ça. Donc j'en ai déduit qu'il serait substantiellement beaucoup plus intéressant de ne pas tirer la sonnette d'alarme, mais de noyer cette rumeur pour une somme forfaitaire. Je pourrais même aller jusqu'à dire que je ne vois pas en quoi cela joue contre les intérêts de mon gouvernement, et en tout cas contre mes intérêts personnels. Le point principal étant qu'il lui faudrait me rencontrer.

— Et alors ?

— Alors, vous me direz quoi faire. Vous avez dit qu'un expert en explosifs de troisième zone pouvait le faire. Pourquoi pas moi ? Mais pas avec des explosifs, je ne pourrais jamais. Je préférerais une arme.

— Vous allez vous faire tuer.

— J'accepte le risque.

– Pourquoi?

– Parce qu'il *faut* le faire, Havilland à raison. Et à l'instant où Sheng verrra que vous n'êtes pas l'imposteur, que vous êtes l'original, celui qui a essayé de le tuer dans la réserve ornithologique, ses gardes vous couperont en morceaux.

– Je n'ai jamais eu l'intention de me laisser voir, dit Bourne tranquillement, c'est vous qui allez vous occuper de ça, mais pas de cette manière.

Dans l'ombre du magasin fermé, McAllister scrutait le visage de l'homme de Méduse.

– Vous m'emmenez avec vous, n'est-ce pas? demanda enfin l'analyste. Vous pouvez m'y forcer si vous le devez.

– Oui.

– C'est bien ce que je pensais. Vous n'auriez pas accepté si vite que je vienne avec vous à Macao. Vous auriez pu me dire comment joindre Sheng et exiger un certain laps de temps avant que nous n'agissions. Nous n'aurions pas violé votre demande. Nous avons bien trop peur. Peu importe. Vous pouvez voir maintenant que vous n'avez pas à m'obliger à vous suivre. J'ai même emporté mon passeport diplomatique, dit McAllister, puis il se tut une seconde avant d'ajouter : Ainsi qu'un second que j'ai emprunté au dossier du technicien – le grand type qui a pris votre photo mortuaire.

– Quoi?

– Tous les membres du personnel qui travaillent dans les opérations secrètes doivent donner leurs passeports. C'est une mesure de sécurité...

– J'ai trois passeports, coupa Jason. Comment diable croyez-vous que je me suis démerdé jusqu'ici?

– D'après votre dossier, nous savions que vous en aviez au moins deux. Vous vous êtes servi d'un de ces deux noms pour aller à Pékin, celui où vous avez les yeux bruns et pas noisette. Comment avez-vous fait ça?

– Je portais des lunettes – des lunettes éclaircissantes. Fournies par un ami qui se sert d'un nom bizarre mais qui est meilleur que tous vos techniciens réunis.

– Ah oui. Un photographe noir, spécialiste des papiers d'identité, un dénommé Cactus. En fait il travaillait secrètement pour Treadstone, mais apparemment vous vous en êtes souvenu, ou bien vous vous êtes rappelé ses visites en Virginie. D'après les dossiers on a été obligé de le larguer parce qu'il traitait avec des délinquants.

– Si vous touchez à un de ses cheveux, je vous noie dans votre marais bureaucratique!

– Personne n'a l'intention de lui faire quoi que ce soit. Pour l'instant nous allons transférer une des trois photos qui correspond le mieux au descriptif sur le passeport du technicien.

– Perte de temps!

– Pas du tout. Les passeports diplomatiques ont des avantages considérables, surtout par ici. Vous n'avez plus besoin d'attendre un visa temporaire, et bien que certain que vous savez où vous en acheter un, ceci sera plus facile. La Chine veut notre argent, monsieur Bourne, et notre technologie. Nous allons passer les formalités rapidement et Sheng pourra vérifier auprès de l'immigration que je suis bien celui que je prétends être. Nous aurons également droit à des transports prioritaires si nous en avons besoin et cela peut être utile, étant donné nos conversations séquentielles avec Sheng et ses subordonnés.

– Nos conversations quoi?

– Vous allez parler avec ses subordonnés en suivant une certaine séquence nécessaire et obligatoire. Je vous dirai quoi leur dire, mais quand on l'aura enfin en ligne lui-même, c'est moi qui lui parlerai!

– Vous êtes transparent! s'écria Jason en regardant le reflet de McAllister dans la vitrine obscure. Vous n'êtes qu'un amateur dans ce genre de chose!

– Dans ce que vous faites vous, oui, mais pas dans ce que je fais moi!

– Et pourquoi n'avez-vous pas parlé de votre plan grandiose à Havilland?

– Parce qu'il l'aurait refusé. Il m'aurait mis aux arrêts parce qu'il pense que je suis inadéquat. Et il le pensera toujours. Je ne suis pas un bon comédien. Je suis incapable de donner ces réponses claires qui brillent de sincérité mais restent en fait dans le vague absolu. Pourtant, ici, c'est différent et les comédiens le voient bien parce que ça fait partie de leur théâtre macho habituel. Si on met de côté l'aspect économique, nous avons affaire à une conspiration qui sape les commandes d'un régime autoritaire et soupçonneux. Et qui est au cœur de cette conspiration qui *doit* échouer? Qui sont ces infiltrés que Pékin prend pour ses propres hommes? Les plus acharnés ennemis de la Chine – leurs propres frères du Kuo-min-tang de Taiwan. Pour parler vulgairement, quand on va ventiler la merde tout le monde sera éclaboussé, tous les comédiens vont grimper sur leur podium et hurler à la trahison et à la révolte juste parce que ces comédiens ne savent rien faire d'autre. L'embarras sera total et, dans le théâtre du monde, l'embarras massif mène à la violence totale et massive.

C'était au tour de Bourne de regarder l'analyste. Les mots prononcés par Marie lui revenaient à l'esprit.

– Ce n'est pas une réponse, dit-il. C'est un point de vue, mais pas une réponse. Pourquoi vous? J'espère que ce n'est pas pour prouver votre fameuse décence. Ce serait très imprudent, très dangereux.

– Bizarrement, dit McAllister en regardant ses pieds, étant donné que votre femme et vous êtes concernés à cause de moi, oui, c'est par décence, au moins pour une petite part.

Le sous-secrétaire d'Etat leva les yeux et poursuivit, très calme :

– Mais la raison principale, monsieur Bourne, c'est que je suis un peu fatigué d'être Edward Newington McAllister, analyste brillant mais inconséquent. Je suis le cerveau planqué dans la pièce du fond qu'on appelle quand les choses se compliquent trop et qu'on renvoie chez lui quand il a donné son opinion. On pourrait presque dire que j'aimerais avoir cette occasion de sortir au grand jour – de sortir de la pièce du fond, oui.

Jason étudiait le sous-secrétaire.

– Il y a quelques instants vous évoquiez le risque que j'échoue, alors que je suis plutôt expérimenté. Vous ne l'êtes absolument pas. Avez-vous considéré les conséquences, si vous échouez?

– Je ne crois pas que j'échouerai.

– Puis-je vous demander pourquoi?

– J'ai beaucoup réfléchi.

– C'est bien, ça.

– Non, je parle sérieusement, protesta McAllister. La stratégie est simple, fondamentalement : arriver à être seul avec Sheng. Je peux le faire, pas vous. Tout ce dont j'ai besoin c'est de quelques secondes et d'une arme.

– Si je vous le permettais, je me demande ce qui me ferait le plus peur. Votre succès ou votre échec. Puis-je vous rappeler que vous êtes sous-secrétaire d'Etat du gouvernement américain? Supposons que vous soyez pris? C'est « Good-bye, Charlie Brown » pour tout le monde.

– J'y pense depuis que je suis arrivé à Hong-kong.

– Quoi?

– Pendant des semaines, j'ai envisagé que c'était ça, la solution, que je pouvais être, moi, la solution. Le gouvernement est couvert. J'ai tout écrit dans mes papiers, que j'ai laissés à Victoria Peak. Une copie pour Havilland et une autre qui doit être remise au consulat chinois dans soixante-douze heures. L'ambassadeur a peut-être déjà trouvé la sienne. Vous voyez, il n'y a pas moyen de revenir en arrière.

– Vous vous rendez compte de ce que vous avez fait, bon sang?

– J'ai décrit ce qui ressemble à des liens de frères de sang entre Sheng et moi. J'ai expliqué mon curriculum vitae, les années passées ici, en Orient, ainsi que le célèbre penchant de Sheng pour le secret. Tout ce que j'ai écrit est extrêmement plausible. Ses ennemis du Comité central vont sauter sur l'occasion. Si je suis tué ou capturé, toute l'attention sera reportée sur Sheng, on lui posera tellement de questions que même s'il nie tout en bloc il ne pourra plus bouger – s'il survit.

– Dieu du ciel, sauvez-moi! soupira Jason Bourne, stupéfait.

– Vous n'avez pas besoin de connaître tous les détails, mais vous reconnaîtrez le squelette de votre théorie « un conspirateur pour un conspirateur ». En essence je l'accuse de revenir sur sa parole, de me couper de ses manipulations à Hong-kong alors que je l'ai secrètement aidé, pendant des années, à développer la structure de son complot. Il se coupe de moi parce qu'il n'a plus besoin de moi et qu'il sait que je ne peux rien dire sans être ruiné, fini. J'ai même écrit que je craignais pour ma vie.

– Oubliez ça! Oubliez tout ça, bordel, c'est dingue!

– Vous présupposez que je vais échouer, ou être capturé. Je pense le contraire. Grâce à votre aide, bien sûr.

Bourne prit une profonde inspiration et reprit, d'une voix grave :

– J'admire votre courage, même votre fameux sens de la décence mais il y a un meilleur moyen et vous pouvez nous le fournir. Vous l'aurez, votre moment au grand jour, monsieur l'analyste, mais pas comme ça.

– Comment, alors? demanda le sous-secrétaire d'Etat, stupéfait.

– Je vous ai vu à l'œuvre et Conklin a raison. Vous êtes peut-être un fils de pute, mais vous êtes quelqu'un! Vous avez un œil au Foreign Office de Londres et vous savez qui peut changer les règles. Vous avez passé six ans ici à fouiller dans la merde, dans les coups fourrés, à traquer des tueurs, des voleurs et des maquereaux au nom de la politique du bon voisinage. Vous savez quels boutons enfoncer et où sont enterrés les cadavres. Vous vous êtes même souvenu d'un médecin de Macao qui avait une dette envers vous et vous l'avez fait payer.

– C'est une seconde nature. On n'oublie pas facilement ce genre de personne.

– Trouvez m'en d'autres. Trouvez-moi des tueurs à gages. Entre vous et Havilland, vous devriez avoir ce qu'il faut sous la main. Vous allez l'appeler et lui dire ce que j'exige. Il faut qu'il transfère un million de dollars – cinq, s'il le faut – à Macao demain matin, et demain après-midi je veux une équipe complète prête à partir pour la Chine. Je m'occuperai des arrangements. Je connais un lieu de rendez-vous qui a déjà été utilisé dans les collines de Guangdong. Il y a des champs où on peut très aisément se poser en hélicoptère, c'est là que Sheng ou ses lieutenants retrouvaient le commando. Une fois qu'il aura mon message, il viendra, vous pouvez me croire. Contentez-vous de faire votre partie du boulot. Creusez-vous la tête et trouvez-moi trois ou quatre malfrats expérimentés. Dites-leur que le tarif est très élevé et le risque minimum. Et vous voilà enfin au grand jour, monsieur l'analyste. Ce sera irrésistible. Vous aurez un moyen de pression sur Havilland jusqu'à la fin de ses jours. Il fera de vous son principal assistant, il vous bombardera probablement secrétaire d'Etat, si vous le voulez. Il ne pourra pas faire autrement.

– Impossible, dit tranquillement McAllister, les yeux rivés à ceux de Jason.

– Secrétaire d'Etat, c'est peut-être un peu beaucoup, oui...

– Ce que vous suggérez est impossible, l'interrompit le sous-secrétaire.

– Vous prétendez que vous ne pouvez pas me trouver ces bonshommes parce que, si vous faites ça, vous êtes encore en train de me mentir.

– Non, non, je suis certain qu'ils existent. Je peux même en trouver quelques-uns moi-même et il doit y en avoir plein les fichiers de Lin Wenzu. Mais je n'y toucherai pas. Même si Havilland me l'ordonnait, je refuserais.

– Alors vous ne voulez pas Sheng! Tout ce que vous m'avez dit était un nouveau mensonge! Menteur!

– Vous vous trompez. Je veux la peau de Sheng. Mais, pour reprendre vos propres mots, pas de cette façon.

– Et pourquoi pas?

– Parce que je refuse de mettre mon gouvernement, mon pays, dans ce genre de position. En fait, je suis certain que Havilland serait d'accord avec moi. Les tueurs à gages sont trop faciles à retrouver. Les transferts d'argent laissent trop de trace. Quelqu'un s'énerve ou boit un coup de trop, il parle d'un assassinat, et Washington est éclaboussé. Je ne pourrais jamais faire ça. Je vous rappellerais les tentatives d'assassinat perpétrées par Kennedy contre Castro en se servant de la mafia. C'est insensé... Non, monsieur Bourne, je crois que vous êtes obligé d'en passer par où je veux.

– Je ne suis obligé à rien! Je peux atteindre Sheng, pas vous!

– Les choses compliquées peuvent se réduire à des équations simples si on se rappelle certains faits.

– Qu'est-ce que c'est censé vouloir dire?

– Ça veut dire que j'insiste pour qu'on procède à ma manière.

– Pourquoi?

– Parce que Havilland tient votre femme.

– Elle est avec Conklin! Avec Mo Panov! Il n'oserait pas...

– Vous ne le connaissez pas, l'interrompit McAllister. Vous l'insultez mais vous ne le connaissez pas. Il est comme Sheng Chou Yang. Rien ne l'arrêtera. Si j'ai raison – et je suis certain d'avoir raison – Mme Webb, M. Conklin et le Dr Panov sont les hôtes de la maison de Victoria Peak pendant toute la durée de l'opération.

– Les hôtes?

– Une sorte de maison d'arrêt confortable.

– Enculé! murmura Jason entre ses dents, la mâchoire crispée.

– Bon, comment joignons-nous Pékin?

Les yeux fermés, Jason répondit :

– Un homme de la garnison de Guangdong, Soo Jiang. Je lui parle français et il laisse un message pour nous ici à Macao. A une table d'un casino.

– Allons-y, dit McAllister.

XXXVI

Le téléphone sonna et fit sursauter la femme nue qui s'assit brusquement dans son lit. En une seconde, l'homme allongé à côté d'elle était complètement réveillé. Il détestait ce genre d'intrusion, spécialement en pleine nuit où, plus exactement, le matin de si bonne heure. Mais l'expression de son visage oriental montrait que de telles intrusions étaient fréquentes, bien qu'énervantes. Il se tourna vers le téléphone sur la table de nuit et décrocha.

— *Wei?* dit-il doucement.

— *Macao lai dianhua*, répondit l'opératrice du quartier général de la garnison de Guangdong.

— Mettez-moi un brouilleur et supprimez toutes les tables d'écoute.

— C'est fait, colonel Soo.

— Je vais m'occuper de ça moi-même, dit Soo Jiang, assis.

Il prit un petit objet plat et rectangulaire avec un cylindre qui dépassait d'un côté.

— Ce n'est pas nécessaire, monsieur.

— Je l'espère pour vous, dit Soo en plaçant le cylindre sur le micro avant d'appuyer sur un bouton.

Si sa ligne avait été sur écoute, l'objet se serait mis à siffler jusqu'à ce que la ligne soit propre ou jusqu'à ce que l'indiscret ait les tympans crevés. Mais l'appareil demeura silencieux.

— Allez-y, Macao, dit le colonel.

— Bonsoir, l'ami, dit la voix de Macao en français,. Comment ça va?

— Vous? fit Soo Jiang en s'étranglant à moitié. Il bondit du lit, et ses courtes jambes grasses tremblaient. Attendez!

dit-il, puis il se tourna vers la femme. Toi, sors de là, ordonna-t-il en cantonais. Prends tes affaires et va t'habiller dans l'autre pièce. Laisse la porte ouverte que je te voie partir.

— Tu me dois de l'argent! gémit la femme d'une voix stridente. Ça fait deux fois! Et tu me dois le double avec ce que je t'ai fait cette nuit!

— Je te paye en ne faisant pas virer ton mari! Dégage! Tu as trente secondes, sinon ton mari se retrouve sans un sou!

— Ils t'appellent le porc, dit la femme en prenant ses affaires. Porc! Porc!

— Dehors!

Quelques secondes plus tard Soo reprit le téléphone, et continua en français :

— Que s'est-il passé! Les rapports de Pékin sont incroyables! Sans parler des nouvelles de Shenzen! Il vous a capturé!

— Il est mort, dit la voix de Macao.

— Mort?

— Tué par ses propres compatriotes. Au moins cinquante balles dans le corps.

— Et vous?

— Ils ont accepté mon histoire. J'étais un otage innocent qu'il avait ramassé dans les rues et qu'il avait utilisé comme bouclier. Ils m'ont bien traité et en plus, comme j'insistais, ils m'ont éloigné des journalistes. Bien sûr ils essaient de tout minimiser, mais ils n'y arriveront pas, vous lirez tout dans les journaux du matin.

— Mon Dieu, mais où est-ce arrivé?

— Dans une propriété de Victoria Peak. Drôlement secrète. C'est pour cela qu'il faut que je parle au leader-1. J'ai appris certaines choses qu'il doit absolument savoir.

— Dites!

— Je vends ce genre d'information, ricana l' « assassin », je ne les donne pas, surtout aux cochons!

— On vous traitera bien, insista Soo.

— C'est ça, c'est ça...

— Qu'est-ce que vous voulez dire par leader-1? demanda le colonel en ignorant l'ironie de son interlocuteur.

— Votre tête pensante, votre chef, le coq de la basse-cour. Celui qui était dans la forêt là-bas et qui faisait des

670

discours. Celui qui sait si bien se servir de son sabre, le dingue aux yeux rouges et aux cheveux en brosse, celui que j'avais éssayé d'avertir de la trahison du Français...

– Vous osez... Vous avez fait ça?

– Demandez-lui. Je lui ai dit que tout allait de travers, que le Français le baratinait. Ça m'a coûté cher qu'il refuse de m'écouter! Il aurait dû décapiter ce Français quand je le lui ai dit! Maintenant vous aller l'avertir que je veux lui parler!

– Même moi je ne lui parle pas, dit le colonel. Je ne joins que des subordonnés par leurs noms de code. Je ne sais même pas qui ils sont.

– Vous parlez de ceux qui viennent jusque dans les collines de Guangdong pour me rencontrer et me donner mes consignes?

– Oui.

– Je ne veux pas leur parler! explosa Jason, imitant parfaitement l'imposteur. C'est à lui que je veux parler, et il ferait mieux d'accepter.

– Vous parlerez d'abord aux autres, mais même pour les atteindre eux, il faut de très bonnes raisons. Ce sont eux qui convoquent les gens, pas l'inverse. Vous devriez le savoir.

– Très bien, vous serez le courrier. J'ai passé plus de trois heures avec les Américains en montant la meilleure couverture de ma vie. Ils n'ont pas arrêté de me questionner et je leur ai répondu ouvertement – inutile de vous dire que j'ai prévu des arrières dans tout le territoire, des hommes et des femmes qui jureront que je suis un de leurs associés ou que j'étais avec eux à des heures précises...

– Vous n'avez pas besoin de me raconter tout cela, dit Soo. Je vous en prie, donnez-moi juste le message que je dois transmettre. Vous avez parlé avec les Américains, et alors?

– J'ai beaucoup écouté, aussi. Les coloniaux ont la stupide habitude de parler trop librement entre eux en présence d'étrangers.

– C'est une voix britannique que j'entends, la voix de la supériorité...

– Vous avez entièrement raison. Les Anglais ne font pas ce genre de chose, eux, et vous non plus.

– Je vous en prie. Continuez.

– Celui qui m'avait fait prisonnier, l'homme qui a été tué par les Américains, était américain lui-même.

– Alors?

– Je laisse une signature quand je tue. Ce nom a une longue histoire. Jason Bourne.

– Nous le savons, alors?

– Eh bien, c'était l'original! C'était un Américain et ça fait deux ans qu'ils le traquent!

– Et?

– Ils pensent que Pékin l'a trouvé et engagé. Un homme à Pékin qui avait besoin de lui pour tuer quelqu'un dans cette maison. Bourne se vendait à n'importe qui.

– Vous ne pourriez pas être plus clair?

– Il y avait plusieurs autres personnes dans la pièce. Des Chinois de Taiwan qui avouaient ouvertement s'opposer aux sociétés secrètes du Kuo-min-tang. Ils étaient furieux. Effrayés, aussi, je crois.

Bourne se tut. Silence.

– Alors? le pressa le colonel, d'une voix pleine d'appréhension.

– Ils ont dit pas mal d'autres choses. Ils n'arrêtaient pas de mentionner quelqu'un.

– Qui?

– Sheng.

– *Aiya!*

– Voilà le message que vous transmettrez et j'attends une réponse au casino d'ici à trois heures. J'enverrai quelqu'un ramasser le message et ne tentez rien. J'ai des gens sur place qui peuvent commencer une émeute aussi facilement qu'ils sortent des quintes flushes. A la moindre incartade vos hommes sont morts.

– Nous nous rappelons le Tsim Sha Tsui il y a quelques semaines, dit Soo Jiang. Cinq de nos ennemis tués pendant que le cabaret était mis à sac. Il n'y aura pas d'interférence, nous ne sommes pas fous. Nous nous sommes souvent demandé si le Jason Bourne original était aussi habile que son successeur.

– Non, il ne l'était pas.

Evoquez la possibilité d'une émeute au casino au cas où les hommes de Sheng essaieraient de vous tendre un piège. Dites-leur que leurs hommes se feraient tuer. Pas la peine d'entrer dans les détails. Ils comprendront. L'analyste savait ce qu'il disait, apparemment.

— Une question, dit Jason, d'un ton réellement intéressé. Quand vous et les autres avez-vous décidé que je n'étais pas l'original?

— Dès le début, au premier coup d'œil, répliqua le colonel. Les années laissent leurs marques, vous savez. Le corps peut rester agile, et même aller en s'améliorant avec la prudence, mais le visage reflète le temps qui a passé. On ne peut y échapper. Votre visage ne pouvait absolument pas être celui de l'homme de Méduse. C'était il y a plus de quinze ans et vous avez un peu plus de la trentaine. Méduse ne recrutait pas des adolescents. Vous n'étiez que la réincarnation créée par le Français.

— Le mot de code est « crise » et vous avez trois heures, dit Bourne.

Et il raccrocha.

— C'est démentiel! dit Bourne en sortant de la cabine téléphonique vitrée.

Il regarda McAllister d'un air furieux.

— Vous vous en êtes très bien tiré, dit l'analyste en écrivant sur un petit calepin. Je paierai la note.

Le sous-secrétaire se dirigea vers une estrade où les standardistes se faisaient payer les appels internationaux.

— Vous ne comprenez pas, poursuivit Bourne en suivant McAllister, ça ne peut pas marcher. C'est trop peu orthodoxe, trop évident pour que qui que ce soit avale ça!

— Si vous exigiez un rendez-vous, je serais d'accord avec vous, mais vous ne demandez qu'une conversation téléphonique.

— Je lui demande purement et simplement de reconnaître qu'il est au cœur de toute cette merde! Qu'il en est le cœur, lui!

— Pour vous citer encore une fois, fit l'analyste en tendant de l'argent à un employé, il ne peut pas se permettre de ne pas répondre. Il le doit.

— Avec des conditions préliminaires qui vont vous mettre hors circuit.

— J'aurais besoin de vos données pour ça, bien sûr, dit McAllister.

Puis il prit sa monnaie et s'avança vers la porte, Jason à ses côtés.

– Je ne vois pas quelles données. Je ne peux pas vous aider.

– Maintenant, vous voulez dire, fit l'analyste tandis qu'ils émergeaient sur le trottoir bondé de gens.

– Quoi?

– Ce n'est pas la statégie qui vous agace, monsieur Bourne, parce que c'est presque votre stratégie. Ce qui vous énerve c'est que ce soit moi qui l'accomplisse et pas vous. Comme Havilland, vous pensez que je n'en suis pas capable.

– Je crois que l'occasion est mal choisie pour prouver que vous êtes Rambo! Si vous échouez, votre vie est la dernière chose qui me préoccupe. D'une certaine manière le sort de l'Extrême-Orient vient en premier! Le monde vient en premier.

– Je ne peux pas échouer. Je vous l'ai dit, même si j'échoue, je gagne. Sheng perd, qu'il vive ou qu'il meure. Dans soixante-douze heures le consulat de Hong-kong s'en assurera.

– Un sacrifice personnel prémédité... Je n'approuve pas du tout, dit Jason en avançant dans la rue. Les héros qui se sacrifient se collent toujours dans le chemin et foutent tout en l'air. De plus, votre prétendue stratégie pue le piège à plein nez. Ils vont le sentir!

– Oui, si c'est vous qui négociez avec Sheng. Mais c'est moi. Vous me dites que ce n'est pas orthodoxe, trop évident, les mouvements d'un amateur. Très bien. Quand Sheng m'entendra au téléphone, tout le puzzle se mettra en place pour lui. Je suis cet amateur rongé d'amertume, l'homme qui n'a jamais été sur le terrain, le bureaucrate de première qui s'est fait gruger par le système qu'il a si bien servi. Je sais ce que je fais, monsieur Bourne. Donnez-moi juste une arme.

Cette requête ne fut pas difficile à satisfaire. Sur le Porto Interior, dans la Rua das Lorchas, se trouvait l'appartement de Danjou, une sorte de petit arsenal plein des outils de travail du Français. Il suffisait d'y pénétrer et de choisir les armes les plus faciles à démonter pour passer le poste frontière relativement relâché de Guangdong, avec des passeports diplomatiques. Mais cela leur prit plus de deux heures durant lequelles Jason mit pistolet après pistolet dans la main de McAllister, en étudiant attentivement la façon dont l'analyste les tenait, et l'expression sur son visage. Ce fut l'arme la plus petite qu'ils choisirent finalement, un *Charter Arms* calibre 22, avec un silencieux.

– Visez la tête, au moins trois balles dans le crâne. Tout le reste serait totalement inutile.

McAllister avala sa salive, regarda l'arme, pendant que Jason choisissait déjà la sienne. Un petit pistolet-mitrailleur avec un chargeur démesuré qui contenait trente balles.

Leurs armes dissimulées sous leurs vestes, ils entrèrent au Kam Pek casino à 3 h 35 du matin et s'avancèrent jusqu'au long bar d'acajou. Le casino était à moitié plein. Bourne reprit exactement le même siège que la dernière fois. Le sous-secrétaire se posa quatre tabourets plus loin. Le barman reconnut le généreux client qui lui avait donné près d'une semaine de salaire en pourboire moins d'une semaine auparavant. Il l'accueillit comme un habitué, avec une longue histoire sur la générosité.

– *Nei hou a!*

– *Mchoh La. Mgoi!* dit Bourne pour parler de sa santé qui était bonne.

– Le whisky anglais, n'est-ce pas? demanda le barman, sûr de sa mémoire en espérant que cela mettrait son pigeon dans de bonnes dispositions.

– J'ai dit à des amis du casino du Lisboa qu'ils devraient vous voir. Je crois que vous êtes le meilleur barman de Macao.

– Le Lisboa? C'est là qu'est le vrai argent! Je vous remercie, monsieur!

Le barman se précipita pour remplir un verre à Bourne, verre qui aurait descendu les légions romaines tout entières. Bourne hocha la tête sans dire un mot et l'homme, réticent, se dirigea vers McAllister. Jason remarqua que l'analyste commandait du vin blanc, qu'il paya avec précision, et qu'il écrivit le montant dans son petit calepin. Le barman haussa les épaules et alla s'installer au milieu du comptoir, assez peu fréquenté, les yeux fixés sur son client favori.

Première étape.

Il était là! Le Chinois impeccablement vêtu, dans son costume noir fait sur mesure, le vétéran des arts martiaux qui ne connaissait pas assez de trucs vicieux, l'homme avec qui il s'était battu dans la ruelle et qui l'avait conduit dans les collines de Guangdong. Le colonel Soo Jiang ne prenait apparemment aucun risque. Il ne voulait que ses meilleurs agents ce soir. Pas de vieillards en haillons, pas de putes.

L'homme passait entre les tables, comme s'il étudiait le jeu, évaluant les croupiers et les joueurs, pour choisir l'endroit où il tenterait sa chance. Il parvint à la table 5 et, après avoir observé le jeu et les cartes pendant trois minutes, il se posa sur un siège et sortit un rouleau de billets de sa poche. Entre les billets, il y avait un message marqué « crise », songea Jason.

Vingt minutes plus tard, le Chinois impeccablement habillé secoua la tête, remit son argent dans sa poche et se leva. C'était lui le raccourci menant à Sheng! Il savait naviguer entre Macao et Guangdong, et Bourne comprenait qu'il devait lui parler, et vite! Il jeta un coup d'œil au barman, qui était à l'autre bout du comptoir en train de préparer un plateau pour le serveur, puis il se tourna vers McAllister.

– Hé, l'analyste! chuchota-t-il, reste là!

– Qu'est-ce que vous faites?

– Je vais dire bonsoir à ma mère, bon sang!

Jason se leva et se dirigea vers la porte où venait de disparaître le contact. Passant devant le barman, il lui dit, en cantonais :

– Je reviens tout de suite.

– Pas de problème, monsieur.

Une fois dans la rue, Bourne suivit le Chinois pendant plusieurs centaines de mètres jusqu'à ce qu'il tourne dans une rue étroite et peu éclairée où une voiture garée semblait l'attendre. Il ne devait rencontrer personne. Il avait donné le message et il quittait le quartier. Jason se précipita derrière lui et à l'instant où le contact ouvrait sa portière, il lui tapa sur l'épaule. Le Chinois se plia, pivota sur lui-même et son pied gauche fendit l'air. Bourne bondit en arrière et leva les deux mains en signe de paix.

– On ne va pas recommencer, dit-il en anglais car il se souvenait que l'homme avait été élevé par des sœurs portugaises. J'ai encore mal des coups que tu m'as donnés la semaine dernière!

– *Aiya!* C'est vous! fit le contact en levant lui aussi les mains pour dire qu'il refusait le combat. Vous m'honorez de votre présence alors que je ne le mérite pas. Vous m'avez vaincu cette nuit-là et, depuis, je m'entraîne six heures par jour pour me perfectionner... Vous m'avez eu, mais pas aujourd'hui!

– Si on considère nos âges respectifs, tu as ma parole que je ne t'ai pas vaincu honorablement. Mes os me font bien plus mal que les tiens! Et je n'ai pas envie de vérifier si tu t'es bien entraîné. Je vais te payer, beaucoup, mais je ne me battrai pas avec toi. On appelle ça la couardise.

– Non, monsieur, dit l'Oriental en baissant les mains. Vous êtes très bon.

– Si, monsieur. Tu m'as flanqué une de ces peurs. Et tu m'as rendu un grand service.

– Vous m'avez payé, et bien payé.

– Je te paierai encore mieux ce soir.

– Le message était pour vous?

– Oui.

– Alors vous avez pris la place du Français?

– Il est mort. Tué par ceux qui avaient envoyé le message.

Le contact eut l'air étonné, presque triste.

– Pourquoi? demanda-t-il. Il les servait bien et c'était un vieil homme, plus vieux que vous.

– Merci.

– Est-ce qu'il a trahi ceux qu'il servait?

– Non, c'est lui qui a été trahi.

– Les communistes?

– Le Kuo-min-tang, affirma Bourne.

– *Dong wu!* Ils ne sont pas mieux que les communistes. Que voulez-vous de moi?

– Si tout se passe bien, à peu près la même chose que la dernière fois, mais cette fois je veux que tu restes dans les parages. J'ai besoin de bons yeux.

– Vous allez dans les collines de Guangdong?

– Oui.

– Vous avez besoin d'aide pour passer la frontière?

– Pas si tu peux me trouver quelqu'un capable de changer la photo d'un passeport.

— Ça se fait tous les jours. Les enfants savent le faire, ici.

— Très bien. Maintenant, ton rôle. Il y a un certain risque, mais pas excessif. Il y a aussi vingt mille dollars à la clef, des dollars américains. La dernière fois c'était dix, cette fois c'est vingt.

— *Aiya!* Une fortune! fit le contact, puis il regarda Bourne dans les yeux. Le risque doit être important, dit-il.

— S'il y a des problèmes, tu pourras partir. Nous laisserons l'argent ici, à Macao, et toi seul pourras y avoir accès. Tu veux le travail ou dois-je chercher ailleurs?

— J'ai des yeux d'épervier. Ne cherchez pas plus loin.

— Reviens avec moi au casino. Attends-moi dehors dans la rue, je vais aller faire ramasser le message.

Le barman était plus qu'heureux de faire ce que Jason lui demanda. Le mot « crise » le troubla quelque peu, jusqu'à ce que Bourne lui explique qu'il s'agissait du nom d'un cheval de course. Il porta un verre de « spécial » à un joueur étonné assis à la table 5 et revint avec l'enveloppe scellée sous son plateau. Jason avait balayé la salle du regard, à la recherche de têtes qui se seraient tournées vers lui ou de regards braqués à travers les spirales de fumée. Il n'en avait vu aucun. Le passage du barman, en tenue rouge au milieu des serveurs habillés de même, était trop banal pour attirer l'attention. Comme convenu, le barman posa le plateau entre Bourne et McAllister. Jason sortit une cigarette et fit glisser une pochette d'allumettes vers l'analyste qui ne fumait pas. Avant que le sous-secrétaire, perplexe, puisse comprendre, Bourne se leva et se dirigea vers lui.

— Vous avez du feu, monsieur?

McAllister regarda les allumettes, les ramassa, en arracha une et la craqua pour allumer la cigarette. Quand Jason revint à son tabouret, il tenait l'enveloppe scellée. Il l'ouvrit, en sortit une feuille de papier et lut la simple ligne dactylographiée : Téléphonez Macao – 32-61-443.

Il chercha une cabine des yeux et se rendit compte à ce moment qu'il n'en avait jamais utilisé une seule à Macao, et que, malgré les instructions, il n'avait pas l'habitude des pièces de monnaie portugaises. C'était toujours les petites choses qui foutaient les grandes choses en l'air. Il fit un petit signe au barman qui revint vers lui à toute vitesse.

– Oui, monsieur? Un autre whisky, monsieur?

– Ça suffira pour aujourd'hui, dit Bourne en posant quelques billets de Hong-kong devant lui. Il faut que je passe un coup de fil, dit-il. Est-ce qu'il y a une cabine? J'aurais besoin des jetons qu'il faut pour appeler Macao, aussi...

– Je ne vais pas laisser un gentleman comme vous se servir d'un téléphone ordinaire, monsieur. Entre nous, je crois que pas mal de nos clients ont des maladies un peu honteuses, si vous voyez ce que je veux dire, sourit le barman. Permettez, monsieur. J'ai un téléphone, ici, pour nos bons clients.

Avant d'avoir pu protester ou même dire merci, Jason se retrouva nanti d'un téléphone. Il composa le numéro. McAllister le regardait, anxieux.

– *Wei?* dit une voix de femme.

– On m'a dit d'appeler ce numéro, répliqua Bourne en anglais.

L'imposteur n'avait jamais parlé chinois.

– Nous nous rencontrerons.

– Non.

– Nous insistons.

– Alors je me désiste. Vous me connaissez mieux que ça. Sinon, vous devriez. Je veux parler à l'homme, et seulement à lui..

– Vous êtes présomptueux.

– Vous êtes stupide. Et le petit prophète avec son grand sabre aussi, à moins qu'il n'accepte de me parler.

– Vous osez...

– J'ai déjà entendu ça avant, coupa sèchement Bourne. La réponse est oui, j'ose. Il a bien plus à perdre que moi. Ce n'est qu'un client et ma liste de clients s'allonge. Je n'ai pas besoin de lui, mais maintenant je crois qu'il a besoin de moi.

– Donnez-moi une raison qui peut être confirmée.

– Je ne donne pas de raisons aux caporaux! J'étais major, avant, vous ne le saviez pas?

– Inutile de proférer des insultes!

– Inutile de poursuivre cette conversation. Je vous rappelle dans trente minutes. Offrez-moi quelque chose de mieux. Offrez-moi *l'homme*. Et je saurai si c'est lui, parce que je lui poserai une ou deux questions auxquelles il est le seul à pouvoir répondre. *Ciao, lady*, fit Bourne.

Et il raccrocha.

– Qu'est-ce que vous faites? chuchota McAllister, très agité.

– Je vous arrange votre jour de gloire. Allez, on sort d'ici. Donnez-moi cinq minutes, puis suivez-moi. Prenez à droite en sortant et marchez doucement. On vous ramassera.

– On?

– Il y a quelqu'un que je veux vous présenter. Un vieil ami – un jeune ami – que vous apprécierez, je crois. Il s'habille comme vous.

– Quelqu'un d'autre? Vous êtes malade!

– Ne vous énervez pas, l'analyste, on n'est pas censés se connaître. Souvenez-vous, vous vouliez que je vous fournisse des données...

Les présentations furent brèves et on n'utilisa aucun nom, mais il était évident que McAllister était impressionné par le jeune Chinois, tout en muscles et élégamment vêtu.

– Vous dirigez une compagnie ici? demanda l'analyste tandis qu'ils gagnaient la voiture du jeune Chinois.

– Dans un sens, oui, monsieur. Je dirige ma propre compagnie. C'est un service de courrier pour gens importants.

– Mais comment vous a-t-il trouvé?

– Je suis désolé, monsieur, mais vous comprendrez que de telles informations sont confidentielles.

– Seigneur Jésus, murmura McAllister en jetant un coup d'œil sur l'ancien du groupe Méduse.

– Il me faut un téléphone dans vingt minutes, dit Jason en s'installant à l'avant de la voiture.

Eberlué, le sous-secrétaire s'assit à l'arrière.

– Ils utilisent un relais, alors? demanda le contact. Ils l'ont fait très souvent avec le Français.

– Comment faisait-il? demanda Bourne.

– Il augmentait les délais. Il disait : « On va les faire transpirer un peu. » Puis-je vous suggérer une heure?

– D'accord. Est-ce qu'il y a un restaurant ouvert par ici?

– Dans la Rua Mercadores.

– Il faut qu'on mange, et le Français avait raison – il avait toujours raison. On va les faire transpirer.

– C'était un homme honnête, dit le contact.

– A la fin, il s'est changé en une sorte de saint éloquent, presque pervers.

– Je ne comprends pas, monsieur.

– Il n'est pas nécessaire que tu comprennes. Mais je suis en vie et il est mort à cause d'une décision qu'il a prise.

– Quelle sorte de décision, monsieur?

– Qu'il devait mourir pour que je vive.

– Comme dans les saintes Ecritures. Les nonnes nous ont appris ça.

– Pas tout à fait, dit Jason, amusé à cette pensée. S'il y avait eu une autre issue il l'aurait empruntée. Il n'y en avait pas. Il a simplement accepté le fait que sa mort m'offrait la seule issue.

– Je l'aimais bien, dit le contact.

– Emmène-nous au restaurant.

Edward McAllister avait du mal à se contenir. Ce qu'il ignorait, et ce dont Bourne refusait de parler à table, le faisait bouillir de frustration. Deux fois il essaya d'approcher le sujet des relais et de la situation présente, et deux fois Jason l'en empêcha, l'admonestant du regard, tandis que le contact, reconnaissant, regardait d'ailleurs. Il y avait certains faits que le Chinois connaissait et d'autres dont il ne voulait pas entendre parler, pour sa propre sauvegarde.

– Le repos et la nourriture, plaisantait Bourne en achevant son *tian suan rou*. Le Français disait que c'étaient des armes. Il avait raison, bien évidemment.

– Je pense qu'il avait plus besoin de repos que vous, monsieur, dit le contact.

– Peut-être. C'était un spécialiste de l'histoire militaire. Il affirmait que plus de batailles avaient été perdues par manque de repos qu'à cause de l'infériorité numérique.

– Tout cela est très intéressant, l'interrompit McAllister, mais ça fait un moment qu'on est là et je suis certain qu'il y a des tas de choses que nous devrions faire.

– Chaque chose en son temps, Edward. Si vous êtes énervé, pensez un peu aux autres. Le Français disait toujours que les nerfs de l'ennemi étaient nos meilleurs alliés.

– Je commence à être un peu fatigué de votre Français, dit McAllister d'un air agacé.

Jason le regarda droit dans les yeux.

– Ne me redites jamais ça. Vous n'y étiez pas.

Jason regarda sa montre.

– Ça fait plus d'une heure, dit-il. Il nous faut un téléphone.

Il se tourna vers le contact.

– J'ai besoin de ton aide, ajouta-t-il. Tu mettras juste les pièces...

– Vous aviez dit que vous rappelleriez dans trente minutes! cracha la femme à l'autre bout de la ligne.

– J'avais des affaires à traiter. J'ai d'autres clients et je n'aime pas trop votre attitude. Si ceci doit être une perte de temps, j'ai plein d'autres choses à faire et vous vous débrouillerez avec l'*homme* quand la tornade viendra.

– Comment cela pourrait-il arriver?

– Je vous en prie, donnez-moi un coffre bourré de lingots d'or et je vous répondrai peut-être. Ou peut-être même pas. J'aime que les gens haut placés me fassent des faveurs. Vous avez dix secondes et je raccroche.

– Je vous en prie! Vous allez rencontrer un homme qui vous conduira dans une maison sur Guia Hill où se trouve un équipement de communication très sophistiqué...

– Et une douzaine de vos gorilles vont me casser la tête et m'enfermer dans une cellule où un médecin m'injectera une saloperie et vous saurez tout gratuitement :

La colère de Bourne n'était qu'en partie feinte. Les gens de Sheng se comportaient, eux, comme de vrais amateurs.

– Il y a un appareil très sophistiqué. Ça s'appelle un téléphone, dit-il d'une voix furieuse, et je ne crois pas qu'il y aurait la moindre communication entre Macao et la garnison de Guangdong si vous n'aviez pas de brouilleurs. Bien sûr, vous les avez achetés à Tokyo parce que si vous les fabriquiez vous-même ils ne fonctionneraient pas! Servez-vous-en! Je ne vous rappellerai qu'une fois. Je veux un numéro. Le numéro de cet *homme*.

Jason raccrocha.

— Intéressant, dit McAllister près de la cabine en regardant le Chinois qui était retourné à leur table. Vous vous servez du bâton, moi j'aurais employé la carotte.

— La quoi?

— J'aurais insisté sur l'aspect extraordinaire de l'information que je possède. Au lieu de ça, vous menacez, comme si vous méprisiez votre interlocuteur.

— Epargnez-moi vos remarques, répondit Bourne en allumant une cigarette, heureux de voir que sa main ne tremblait pas. Pour votre gouverne, j'ai fait les deux. La menace renforce l'importance de la révélation et le mépris renforce le tout.

— Voilà les données dont je parlais, dit le sous-secrétaire d'Etat avec l'ombre d'un sourire. Merci.

L'homme du groupe Méduse lança un regard dur à l'homme de Washington.

— Si ce satané truc marche, monsieur l'analyste, est-ce que vous pourrez le faire? Est-ce que vous pourrez sortir votre arme et appuyer sur la détente? Parce que, sinon, nous serons morts tous les deux.

— Je peux le faire, dit calmement McAllister. Pour l'Extrême-Orient. Pour la planète.

— Et pour être enfin au grand jour, dit Jason en revenant vers leur table. Sortons d'ici. Je ne veux pas réutiliser ce téléphone.

La sérénité propre à la montagne de la Tour de Jade était complètement désavouée par l'activité frénétique qui régnait dans la villa de Sheng Chou Yang. La tourmente ne se mesurait pas au nombre de gens, ils n'étaient que cinq, mais à l'intensité des joueurs. Le ministre écoutait, pendant que ses assistants allaient et venaient, apportaient des nouvelles des plus récents développements et offraient timidement leur avis, qu'ils étouffaient dans l'œuf au moindre signe de mécontentement.

– Nos hommes ont confirmé cette histoire, monsieur! dit un homme entre deux âges, en uniforme. Ils ont parlé aux journalistes. Tout s'est passé exactement comme l'assassin l'a décrit et on a distribué une photo du mort à la presse.

– Je la veux! ordonna Sheng. Qu'on la transmette ici immédiatement. Tout ceci est incroyable.

C'est fait, dit le soldat. Le consulat a envoyé un attaché au *South China News*. Elle devrait arriver d'une minute à l'autre.

– Incroyable, répéta Sheng doucement en contemplant les nénuphars sur les quatres bassins. La symétrie est trop parfaite, le minutage trop parfait et cela veut cacher une imperfection. Quelqu'un a imposé un ordre à tout cela.

– L'assasssin? suggéra un autre assistant.

– Dans quel but? Il ignore qu'il ne serait jamais sorti vivant de la réserve. Il croyait qu'il était privilégié, que nous ne nous servions de lui que pour capturer son prédécesseur que notre homme du Spécial Branch avait découvert.

– Alors qui? demanda un autre de ses subordonnés.

– Voilà le dilemme. Qui? Tout est à la fois tentant et bancal. Tout est trop apparent, comme s'il y avait quelqu'un derrière. L'assassin, s'il dit la vérité, doit croire qu'il n'a rien à craindre de moi, et pourtant il menace, en agitant un éventuel autre client important. Les professionnels ne font pas ça, et c'est cela qui m'ennuie.

– Vous suggérez qu'il y a une troisième force, monsieur le Ministre? demanda le troisième assistant.

– Si tel est le cas, dit Sheng, c'est quelqu'un qui n'a aucune expérience ou autant de cervelle qu'un bœuf. C'est un dilemme.

– La voilà! s'écria un jeune homme qui courait dans le jardin en tenant un télétype.

– Donnez-la-moi. Vite!

Sheng saisit la photo et l'orienta dans le faisceau d'un des projecteurs qui baignaient le jardin d'une lueur blafarde.

– C'est lui! Je n'oublierai jamais ce visage, tant que je vivrai! Très bien! Mettez tout en marche! Dites à la femme à Macao de donner le numéro à notre assassin. Brouillez toute interception possible. Une erreur et c'est la mort!

– Immédiatement, monsieur le Ministre!

Le jeune homme courut vers la maison.

– Ma femme et mes enfants, dit Sheng d'un ton pensif. Ils doivent être dérangés par toute cette agitation. Est-ce que quelqu'un pourrait aller leur dire que les affaires de l'Etat me privent de leur présence aimée?

– C'est un honneur, monsieur, dit l'un des assistants.

– Ils souffrent trop des exigences de mon travail. Ce sont des anges. Un jour ils seront récompensés.

Bourne effleura l'épaule du contact et désigna l'auvent illuminé d'un hôtel sur le côté droit de la rue.

– On va descendre ici, et on ira téléphoner d'une cabine de l'autre côté de la ville. O.K.?

– Sage décision, dit le Chinois. La compagnie des téléphones leur appartient presque.

– Et il nous faut quelques heures de sommeil. Le Français n'arrêtait pas de me dire que le sommeil est une arme. Bon sang, pourquoi est-ce que je me répète sans arrêt?

– Parce que vous êtes obsédé, dit McAllister du fond de la voiture.

– Ah, parlons-en!... Non, n'en parlons pas.

•

Jason composa le numéro qui enclencha un relais en Chine pour le connecter à un téléphone stérile dans la montagne de la Tour de Jade. Les doigts sur le cadran, il regardait l'analyste.

– Est-ce que Sheng parle français? demanda-t-il rapidement.

– Bien sûr, dit le sous-secrétaire. Il traite avec le Quai d'Orsay et il parle toutes les langues des gens avec qui il traite. C'est une de ses forces. Mais pourquoi ne pas vous servir du mandarin?

– Le commando ne le parlait pas, et si je parlais anglais, il pourrait se demander ce qu'est devenu mon accent britannique. Le français palliera tout ça, comme pour Soo Jiang, et je saurai également si c'est bien Sheng.

Bourne colla un mouchoir sur le micro lorsqu'il entendit

une deuxième sonnerie à deux mille kilomètres de là. Un écho. Les brouilleurs étaient en place.

— *Wei?*

— Comme le colonel, je préfère le français.

— *Shemma?* fit la voix, étonnée.

— *Fawen*, dit Jason, le mot mandarin pour français.

— *Fawen? Who buhui!* répliqua l'homme, très excité, pour dire qu'il ne le parlait pas.

Mais l'appel était attendu. Et une autre voix apparut. Elle était à l'arrière-plan et trop basse pour qu'on la distingue vraiment. Puis cette voix résonna dans l'écouteur.

— Pourquoi parlez-vous français?

C'était Sheng! Quelle que soit la langue qu'il emploie. Bourne n'oublierait jamais cette voix. La voix du prêtre fanatique d'un Dieu de mort, sirupeuse pour séduire avant de tuer par le fer et le feu.

— Disons que je me sens plus à l'aise en français qu'en chinois.

— Très bien. Quelle est cette incroyable histoire que vous avez à offrir? Cette folie où un nom a été mentionné?

— On m'a aussi dit que vous parliez le français, coupa Jason.

Il y eut un silence. On n'entendait que le souffle régulier de Sheng.

— Vous savez qui je suis?

— Je connais un nom qui ne signifie rien pour moi. Mais en revanche, il semble important à d'autres. Et notamment à quelqu'un que vous connaissiez il y a quelques années. Il veut vous parler.

— Quoi? s'écria Sheng. Trahison!

— Pas du tout, et si j'étais vous, je l'écouterais. Il a vu tout à fait clair à travers tout ce que je leur ai raconté. Les autres n'ont rien vu, mais lui, si.

Bourne regarda McAllister à côté de lui. L'analyste hocha la tête comme pour lui signaler qu'il employait d'une manière très convaincante la séquence de phrases qu'il lui avait conseillée.

— Il lui a suffi d'un regard, poursuivit Bourne, et il a assemblé toutes les pièces d'un puzzle. Mais l'original était plutôt en mauvais état. Sa tête était éclatée comme une tomate trop mûre

– Qu'avez-vous fait?

– Je vous ai probablement fait la plus grande faveur de votre vie et je m'attends à être rétribué en conséquence. Je vous passe votre ami. Il parlera en anglais.

Bourne tendit l'appareil à l'analyste.

– C'est Edward McAllister, Sheng.

– Edward?...

Sheng Chou Yang, sidéré, ne put achever sa phrase.

– Cette conversation n'est pas enregistrée, elle n'est pas officielle. Personne ne sait où je me trouve. Je ne parle qu'en mon nom personnel, pour votre bénéfice – et le mien.

– Vous... m'étonnez, cher ami, dit le ministre, lentement, calculant, sur ses gardes.

– Vous lirez tout dans les journaux du matin et on doit en parler sur toutes les chaînes de radio. Le consulat voulait que je disparaisse quelques jours – moins on me posera de questions et mieux ça vaudra – et je savais pertinemment où m'adresser.

– Que s'est-il passé, et comment avez-vous...

– La similarité de leur apparence était trop évidente pour être une coïncidence, coupa le sous-secrétaire d'Etat. Je suppose que Danjou voulait s'en tenir à la légende, et cela incluait les caractères physiques pour ceux qui avaient vu Jason Bourne dans le passé. Détail inutile, à mon avis, mais ça a été efficace. La panique était telle à Victoria Peak, et le visage de l'autre si abîmé, que personne n'a remarqué leur étonnante ressemblance. Cela dit, aucun d'eux ne connaissait le vrai Bourne, moi, si.

– Vous?

– C'est moi qui l'avais fait sortir d'Asie. Je suis celui qu'il était revenu tuer, et avec ce sens pervers de l'ironie et de la vengeance qui le caractérisait, il avait décidé de le faire et de laisser le cadavre de votre assassin dans Victoria Peak. Heureusement pour moi, son ego démesuré ne lui a pas permis d'évaluer correctement les talents de votre homme. Une fois la fusillade commencée, notre nouvel associé commun l'a vaincu et jeté en pâture aux marines.

– Edward, les informations vont trop vite, je ne parviens pas à tout assimiler. Qui a ramené Jason Bourne en Asie?

– Le Français, visiblement. Son nouvel élève, sa nouvelle source de revenus, l'avait laissé tomber. Il voulait se venger et il savait où trouver le seul homme qui lui fournirait sa vengeance. Son collègue du groupe Méduse, le vrai Jason Bourne.

— Méduse! cracha Sheng avec dégoût.

— Malgré leur réputation, certains de ses membres étaient empreints d'une loyauté intense. Vous sauvez la vie d'un homme, il ne l'oublie pas.

— Et qu'est-ce qui vous a amené à l'absurde conclusion que j'avais quoi que ce soit à voir avec l'homme que vous appelez « l'assassin? »

— Je vous en prie, Sheng, lança l'analyste, il est un peu tard pour protester. On parle, c'est tout. Mais je répondrai à votre question. Cela se voyait dans le schéma d'enchaînement de plusieurs assassinats. Cela a commencé par un vice-Premier ministre dans le Tsim Sha Tsui, avec quatre autre hommes. Ils étaient tous vos ennemis. Et à Kai-tak, l'autre nuit, deux de vos plus acharnés adversaires de la délégation de Pékin – les cibles d'une bombe. Il y a les rumeurs aussi. On chuchote un peu partout dans le monde souterrain. On parle de messages entre Macao et Guangdong, de puissants hommes à Pékin – d'un homme au pouvoir immense. Et, enfin, il y avait le dossier... Tout cela additionné menait à... vous.

— Le dossier? Quel dossier, Edward, demanda Sheng en feignant la force. Pourquoi cette conversation officieuse entre nous?

— Je crois que vous le comprenez.

— Vous êtes un homme très brillant. Vous savez que je ne poserais pas la question si je la comprenais. Nous sommes au-dessus de ce genre de pavane.

— Un bureaucrate très brillant qu'on garde dans la pièce du fond, n'est-ce pas plutôt ce que vous devriez dire?

— En vérité, je m'attendais à de plus grandes choses pour vous. Vous étiez derrière tous vos prétendus négociateurs pendant les accords commerciaux. Et tout le monde sait que vous avez accompli un travail exemplaire à Hong-kong. Quand vous êtes parti, Washington avait ramené tout le territoire dans son orbite d'influence.

— J'ai décidé de me retirer, Sheng. J'ai donné vingt ans de ma vie à mon gouvernement, mais je ne lui donnerai pas ma mort. Je refuse de tomber dans une embuscade et de me faire tuer. Je refuse de devenir une cible pour terroristes, que ce soit ici ou à Beyrouth. Il est temps que je reçoive quelque chose pour moi-même, pour ma famille. Les temps changent, les gens changent et la vie est chère. Ma pension et mes possibilités d'avenir sont nettement inférieures à ce que je mérite.

– Je suis complètement d'accord avec vous, Edward, mais qu'est-ce que j'ai à voir là-dedans? Nous étions opposés, adversaires lors de ces discussions, mais jamais ennemis dans l'arène de la violence. Alors qu'est-ce que c'est que cette folie, cette histoire comme quoi mon nom aurait été mentionné par des chacals du Kuo-min-tang?

– Excusez-moi, dit l'analyste en jetant un coup d'œil à Bourne. Tout ce que vous a dit notre associé mutuel, c'est moi qui le lui ai fourni. Votre nom n'a jamais été mentionné sur Victoria Peak et il n'y avait personne de Taiwan. Je lui avais fourni ces mots parce qu'ils avaient un certain sens pour vous. Quant à votre nom, seuls quelques rares personnes sont au courant, et cela demeure ultra-secret. C'est dans le dossier dont je parlais, un dossier enfermé dans mon bureau de Hong-kong. Marqué Ultra-secret-confidentiel. Il n'y a qu'une copie de ce dossier et elle est enterrée dans un coffre à Washington. Elle doit être ouverte ou détruite, seulement par moi. Pourtant, si l'inattendu devait se produire – disons un accident d'avion, ou si j'étais tué –, le dossier serait remis au Conseil national de sécurité. Dans de mauvaises mains, les informations qu'il contient pourraient se révéler catastrophiques pour l'Extrême-Orient tout entier.

– Je suis très intrigué, Edward, par vos affirmations incomplètes, et assez naïves, dois-je dire.

– Rencontrons-nous, Sheng. Et apportez de l'argent, beaucoup d'argent – américain. Notre associé commun m'a dit que vous ou vos hommes le retrouviez dans les collines près du Guangdong. Retrouvons-nous-là demain, entre 10 heures et minuit.

– Je dois protester, cher ami et adversaire. Vous ne m'avez pas fourni assez d'informations.

– Je peux détruire les deux copies de ce dossier. On m'a envoyé ici à cause d'une piste qui commence à Taiwan, une histoire si destructrice pour nos propres intérêts qu'un soupçon de ce qu'elle implique pourrait déclencher une réaction en chaîne qui terrifierait tout le monde. Je crois que tout ceci est terriblement fondé, et si je ne me trompe pas, cette histoire mène directement à mon ancien adversaire des accords sino-américains. Cela ne pourrait pas advenir sans lui... C'est ma dernière mission, Sheng, et quelques mots de ma part peuvent éliminer ce dossier de la surface de la terre. Je pourrais très aisément affirmer que toute cette histoire est fausse et même dangereusement explosive, concoctée par vos ennemis de Taiwan. Le peu de gens qui savent seraient ravis de gober cette version, vous pouvez me croire. Et le dossier sera passé au broyeur. Ainsi que la copie qui est à Washington.

— Vous ne m'avez toujours pas dit pourquoi je devrais vous écouter !

— Le fils d'un taipan du Kuo-min-tang devrait le savoir. Le chef d'un complot à Pékin devrait le savoir. L'homme qui pourrait être disgracié et décapité demain matin devrait certainement le savoir.

Le silence fut long. La respiration de Sheng était saccadée, irrégulière. Finalement, il reprit la parole.

— Les collines de Guangdong. Il sait où.

— Un seul hélicoptère, dit McAllister. Vous et le pilote, personne d'autre.

XXXVII

Noir. La silhouette vêtue d'un uniforme des marines sauta du haut du mur, au fond des jardins de la maison de Victoria Peak. Il rampa sur sa gauche, évita une rangée de barbelés qui remplissait l'espace où le mur avait été ouvert par les bombes et avança en un mouvement circulaire vers la maison. Restant dans l'obscurité, il traversa la pelouse jusqu'au coin de la maison. Il jeta un coup d'œil à travers les baies vitrées déglinguées de ce qui avait été un grand bureau meublé victorien. Devant les éclats de vitres brisées et les poutres calcinées, se tenait un marine, son M-16 à la main. Il le tenait par le canon. La crosse posée dans l'herbe. Il portait également un automatique 45 à la ceinture. Ajouté à son arme ordinaire, ce fusil était un signe d'alerte maximale. L'intrus le comprenait et il sourit en voyant que le soldat ne jugeait pas nécessaire de tenir le M-16 braqué. La crosse du fusil pouvait s'écraser sur la tête d'un homme avant qu'il l'ait vu même bouger. L'intrus attendait le moment opportun. Il arriva lorsque le garde laissa échapper un long bâillement, fermant les yeux une fraction de seconde. L'intrus s'élança autour du coin de la maison, bondit comme un ressort et passa son garrot d'acier autour du cou du garde. En trois secondes tout fut terminé. Sans le moindre bruit.

Le tueur laissa le cadavre où il était, car ce recoin était encore plus sombre que le reste du jardin. Beaucoup de projecteurs avaient été détruits lors de l'attaque de la maison. Il s'avança jusqu'au coin opposé et il sortit une cigarette qu'il alluma avec un briquet. Puis il s'avança nonchalamment en plein dans le faisceau des projecteurs et s'approcha des deux grandes doubles portes où un deuxième marine montait la garde. L'intrus tenait sa cigarette de la main gauche devant sa figure pour la dissimuler.

– Alors, on sort s'en griller une? demanda la sentinelle.

– Ouais, j'pouvais pas dormir, dit l'homme avec un accent du sud-ouest des Etats-Unis.

– Ces saloperies de lits de camp... Y' a qu'à s'asseoir dessus pour comprendre... Hé, une minute! Qui êtes-vous?

Le marine n'avait pas une chance. L'intrus plongea et lui enfonça son poignard dans la gorge avec une précision et une rapidité mortelles. Très vite, le tueur tira le cadavre autour du coin de la maison et l'abandonna dans le noir. Il essuya sa lame sur l'uniforme du mort et la remit sous sa tunique, sur sa hanche droite, avant de revenir vers les portes-fenêtres. Il pénétra dans la maison.

Il gagna le long couloir faiblement éclairé au bout duquel se tenait un troisième marine, posté devant la porte massive. Le garde baissa son fusil et regarda sa montre.

– T'es en avance, dit-il. On ne devait pas me relever avant une heure et demie.

– Je ne suis pas dans ton unité, mon vieux.

– T'es avec le groupe de Oahu?

– Ouais.

– Je croyais qu'ils vous avaient tous réexpédiés rapide à Hawaï, bande de plaisantins!

– On est quelques-uns à être restés ici. On est au courant. Ce mec, là, comment il s'appelle déjà? Ah ouais, McAllister, il nous a interrogés toute la nuit.

– Je vais te dire un truc, mon vieux, toute cette merde est vraiment bizarre!

– Tu parles! Salement bizarre, ouais. A propos, il est où le bureau de cette banane de McAllister? Il m'a envoyé lui chercher son tabac spécial.

– Ah ouais? Il met de l'herbe dedans.

– Quel bureau c'est?

– Je l'ai vu entrer avec le docteur par la première porte à droite. Et puis, plus tard, quand il est parti, il est entré là, fit la sentinelle en désignant la porte derrière lui d'un mouvement du menton.

– C'est le bureau de qui?

– Je connais pas son nom, mais c'est la banane-chef. Ils l'appellent l'ambassadeur.

Les yeux du tueur s'étrécirent.

– L'ambassadeur?

– Ouais. Le bureau est dévasté. C'est l'autre fou... Mais le coffre est intact, c'est pour ça que je suis là et que l'autre est là-haut dans les tulipes. Il doit y avoir quelques millions là-dedans pour leurs petites activités particulières.

– Ou autre chose, dit doucement l'intrus. La première porte à droite, hein? ajouta-t-il en se tournant, la main sur sa tunique.

– Attends, dit le marine. Pourquoi le garde à la porte ne m'a rien signalé? Il porta la main à la radio attachée à sa ceinture. Désolé, dit-il, mais faut que je vérifie, mon vieux. C'est la consigne...

Le tueur lança son poignard. Au moment où la lame s'enfonçait dans la poitrine de la sentinelle, le tueur avait déjà ses pouces écrasés sur la gorge de l'homme. Trente secondes plus tard il ouvrait la porte du bureau de Havilland et traînait le cadavre à l'intérieur.

Ils passèrent la frontière à la nuit. Des costumes sombres et des cravates réglementaires remplaçaient leurs précédents vêtements. Ils portaient deux attachés-cases barrés d'une bande adhésive « diplomatique » indiquant qu'ils contenaient des documents que le services douaniers n'avaient pas le droit d'examiner. En fait, leurs petites valises contenaient leurs armes, ainsi que quelques objets supplémentaires que Bourne avait choisis dans l'arsenal de Danjou après que McAllister eut sorti l'adhésif sacro-saint que même la République populaire respectait au point que la Chine désirait que la même courtoisie soit appliquée à son propre personnel d'ambassade. Le contact de Macao, qui s'appelait Wong – il avait enfin donné au moins un nom –, était impressionné par les passeports diplomatiques; mais pour la sauvegarde de leur sécurité, et pour les vingt mille dollars américains envers lesquels il disait se sentir des obligations morales, il avait décidé de préparer le passage de la frontière à sa façon.

– Ce n'est pas aussi facile que je vous l'avais laissé

entendre la première fois, monsieur, expliqua Wong. Deux des gardes sont des cousins du côté de ma mère – qu'elle repose en paix auprès du Seigneur – et nous nous entraidons. Je fais plus pour eux qu'eux pour moi, mais je suis dans une position plus favorable. Leurs estomacs sont plus remplis que la plupart de leurs compatriotes et ils ont tous deux un poste de télévision.

– Si ce sont des cousins, dit Jason, pourquoi cette histoire avec la montre l'autre fois? Tu disais qu'elle était trop chère.

– Parce qu'il va la vendre, monsieur, et je ne veux pas qu'il soit trop gâté. Il attendrait trop de moi.

Et c'est avec ce type de considération, songeait Bourne, que ces frontières étaient les mieux gardées du monde. Néanmoins, Wong les dirigea vers la dernière porte sur la droite à 8 h 55 exactement. Il passerait seul quelques minutes plus tard. On étudia leurs passeports barrés de rouge, qui furent envoyés dans un bureau à l'intérieur, et, croulant sous les sourires obséquieux d'un des cousins, les honorables diplomates passèrent rapidement la frontière. Le préfet de la province de Guangdong lui-même les accueillit, leur souhaitant la bienvenue en Chine, en leur rendant leurs passeports. C'était une femme trapue et très musclée. Jason songea en souriant intérieurement qu'il n'aurait pas aimé l'affronter au corps à corps. Son anglais était déformé par un très fort accent, mais compréhensible.

– Vous avez des affaires gouvernementales à traiter à Zhuhai Shi? demanda-t-elle en souriant, mais les yeux empreints d'une vague hostilité. Avec la garnison de Guangdong, peut-être? Je peux arranger transport auto, s'il vous plaît?

– *Bu xiexie*, dit le sous-secrétaire d'Etat, déclinant son offre, puis il revint à l'anglais pour montrer son respect pour les connaissances de son interlocutrice.

– C'est un rendez-vous assez peu important. Cela ne durera que quelques heures et nous rentrerons à Macao plus tard cette nuit. On doit nous contacter ici. Nous allons donc prendre un café et attendre.

– Dans mon bureau, s'il vous plaît?

– Merci, mais je ne crois pas. Vos gens doivent nous retrouver au... *kafie dian* – le café.

– C'est à gauche, droite, monsieur. Dans la rue. Bienvenue en République populaire.

– Votre courtoisie ne sera pas oubliée, dit McAllister en accompagnant sa phrase d'une courbette.

– Vous êtes les bienvenus, merci beaucoup, répliqua la grosse femme en s'éloignant.

– Pour parler comme vous, l'analyste, je dirai que vous avez été très bien. Mais je dois vous signaler qu'elle n'est pas de notre côté.

– Bien sûr, acquiesça le sous-secrétaire. Elle a reçu des instructions. Elle doit appeler quelqu'un de la garnison ici ou à Pékin pour confirmer que nous sommes passés. Ce quelqu'un préviendra Sheng et il saura qu'il s'agit de moi, et de vous. De personne d'autre.

– Il est déjà en route, dit Jason tandis qu'ils gagnaient le café faiblement éclairé au bout d'un couloir de béton qui émergeait dans la rue. Nous allons être suivis, vous le savez, n'est-ce pas?

– Non, je ne le sais pas, répliqua McAllister en lançant un regard sarcastique à Bourne. Sheng va prendre toutes ses précautions. Je lui ai donné assez d'informations pour l'alarmer. S'il pensait qu'il n'y avait qu'un dossier – ce qui se trouve être la vérité –, il pourrait tenter sa chance, penser qu'il peut me l'acheter puis me faire disparaître. Mais il pense, ou du moins il doit supposer, qu'il y a effectivement une copie à Washington. C'est celle-là qu'il veut détruire. Il ne fera rien pour m'énerver ou me paniquer. Souvenez-vous, je suis un amateur et je m'effraie facilement. Je le connais. Il est en train de finir de mettre tout en place et il transporte sûrement avec lui plus d'argent que je n'oserais jamais rêver de posséder. Bien sûr, il espère le récupérer, quand les dossiers seront détruits et qu'il m'aura tué. Vous voyez, j'ai une excellente raison de ne pas échouer – ou de ne pas réussir en échouant.

L'ancien du groupe Méduse regarda l'homme de Washington.

– Vous avez vraiment bien pensé le coup, hein?

– Dans les moindres de ses circonvolutions, répondit McAllister qui regardait droit devant lui. Pendant des semaines. Chaque détail! Franchement, je n'imaginais pas que vous en feriez partie, parce que je pensais que vous seriez mort, mais je savais que je finirais par joindre Sheng. D'une manière officieuse, bien sûr. Toute autre manière, y compris une conférence confidentielle, obligeait à un certain protocole; et même si j'avais réussi à le voir seul à seul, je n'aurais pas pu le toucher. Cela aurait ressemblé à un assassinat officiellement sanctionné par le gouvernement. J'avais pensé à le joindre directement, au nom du bon vieux temps et en me servant de mots qui amèneraient obligatoirement une réponse de sa part – un peu comme ce que j'ai dit hier soir. Comme vous l'avez fait observer à Havilland, les moyens les plus simples sont souvent les meilleurs. On a tendance à compliquer les choses.

– Pour votre défense, vous y êtes souvent contraints. Vous ne pouvez pas vous faire prendre une arme fumante à la main.

– Quelle expression! dit l'analyste avec un rire de dérision. Qu'est-ce que ça veut dire? Qu'on vous a entraîné dans une séquence d'erreurs aux conséquences incalculables? La politique ne tourne pas autour de l'embarras d'un seul homme. En tout cas elle ne devrait pas. Je suis constamment atterré par les hauts cris que poussent les gens en hurlant à la justice alors qu'ils n'ont aucune idée de ce que nous sommes obligés de faire.

– Peut-être que les gens aimeraient avoir des réponses claires de temps en temps.

– C'est impossible, dit McAllister alors qu'ils approchaient de la porte du café. Parce qu'ils ne pourraient pas comprendre.

Bourne s'arrêta devant la porte sans l'ouvrir.

– Vous êtes aveugle, dit-il les yeux rivés à ceux du sous-secrétaire. On ne m'a jamais donné la moindre réponse claire, ni même jamais la moindre explication. Vous êtes resté trop longtemps à Washington. Vous devriez passer une ou deux semaines à Cleveland ou dans le Maine. Ça élargirait votre perspective pour le moins rétrécie.

– Pas de leçons, monsieur Bourne. Moins de quarante-six pour cent de notre population se soucie assez de son futur pour voter – ce qui détermine les directions que nous prenons. On nous abandonne toutes les décisions – à nous, les « comédiens » et les bureaucrates professionnels. Nous sommes tout ce que vous possédez... Est-ce qu'on peut entrer, s'il vous plaît? Votre ami, M. Wong, a dit que nous ne devions passer que quelques minutes à prendre un café avant de retourner dans la rue. Il a dit qu'il nous retrouverait dans exactement vingt-cinq minutes, et il n'en reste plus que douze.

– Pas dix, pas quinze, douze?

– Précisément.

– Et qu'est-ce qu'on fait s'il n'est pas là dans douze minutes? On le descend?

– Très drôle, dit l'analyste en ouvrant la porte.

Ils ressortirent du café et s'avancèrent sur le pavé de la place qui s'étendait en face du poste frontière de Guang-dong. C'était une heure creuse, et il n'y avait qu'une douzaine de personnes qui passaient la douane, avant de disparaître dans l'obscurité. Des trois réverbères les plus proches, un seul fonctionnait, et faiblement. La visibilité était presque nulle. Les vingt-cinq minutes étaient passées. On approchait des trente.

– Il y a quelque chose qui cloche, dit Bourne. Il aurait déjà dû entrer en contact.

– Deux minutes et on le descend? dit McAllister, regrettant instantanément sa tentative d'humour. Je veux dire, je pensais qu'il fallait absolument garder son calme.

– Pendant deux minutes, oui, mais pas quinze, répliqua Jason. Ce n'est pas normal, ajouta-t-il doucement comme pour lui-même. D'un autre côté cela pourrait être anormalement normal. S'il veut que nous entrions en contact avec lui.

– Je ne comprends pas...

– Vous n'avez pas besoin de comprendre. Contentez-vous de marcher à mes côtés, comme si on se promenait en attendant qu'on nous contacte. Si elle nous aperçoit, la catcheuse des douanes ne sera pas surprise. Les officiels chinois sont connus pour leurs fréquents retards à leurs rendez-vous. Ils ont l'impression que cela leur donne l'avantage.

– Faites-les transpirer?

– Eactement. Seulement ce n'est pas eux que nous rencontrons maintenant. Allons-y, sur la gauche. C'est plus sombre. Soyez discret, parlez du beau temps, de n'importe quoi. Hochez la tête, haussez les épaules. Ne faites que des mouvements en douceur.

Ils avaient fait une cinquantaine de pas lorsque cela arriva.

— *Kam Pek!*

C'était le nom du casino de Macao que quelqu'un chuchotait. La voix venait de derrière un kiosque à journaux désert.

— Wong?

— Restez où vous êtes et faites semblant de parler entre vous, mais écoutez-moi!

— Que s'est-il passé?

— Vous êtes suivis!

— Le bureaucrate marque deux points, dit Jason. Des commentaires, monsieur le sous-secrétaire?

— C'est inattendu, mais pas illogique, répondit McAllister. Un douanier peut-être. Les faux passeports abondent par ici, comme vous le savez.

— La reine des catcheuses a vérifié les nôtres.

— Alors c'est peut-être pour être certain que nous ne sommes pas liés aux gens auxquels vous faisiez allusion hier soir, murmura l'analyste d'une voix si faible que le contact chinois ne pouvait les entendre.

— C'est possible, dit Bourne en élevant un peu la voix, les yeux fixés sur l'entrée du poste frontière. Il n'y avait personne. Qui est-ce qui nous suit?

— Le porc!

— Soo Jiang?

— Oui, monsieur. C'est pour ça que je ne me montre pas.

— Quelqu'un d'autre?

— Je n'ai vu personne, mais je ne sais pas qui est sur la route des collines.

— Je vais l'éliminer, dit l'homme de Méduse qu'on appelait Delta.

— Non! protesta McAllister, les ordres qu'il a reçus de Sheng peuvent inclure que nous restions seuls, que nous ne rencontrions personne. Vous venez de tomber d'accord avec ça!

— La seule manière dont il pourrait le faire, c'est en utilisant lui aussi quelqu'un d'autre. Et il ne peut pas. Et votre vieil ami ne permettrait jamais une transmission radio pendant qu'il vole jusqu'ici. La transmission pourrait être interceptée.

– Et supposez qu'il y ait des signaux spécifiques – une lumière vers le ciel pour dire au pilote que tout va bien?

Jason regarda l'analyste.

– Vous pensez vraiment à tout, dit-il.

– Il y a un moyen, dit Wong, toujours invisible, et ce serait un privilège que je me réserverais avec plaisir, sans demander de salaire supplémentaire.

– Quel privilège?

– C'est moi qui tuerai le porc! Ce sera fait d'une manière qui n'admettra aucune interprétation.

– Quoi?

Stupéfait, Bourne commençait à tourner la tête.

– Je vous en prie! Regardez devant vous!

– Désolé. Mais pourquoi?

– Cet homme fornique sans vergogne, il menace les femmes de leur faire perdre leur travail ou le travail de leurs maris. Depuis quatre ans il a apporté la honte dans de nombreuses familles, y compris la mienne.

– Pourquoi personne ne l'a jamais tué avant?

– Il est toujours entouré de gardes du corps, même à Macao. Et pourtant, il y a eu quelques tentatives, faites par des hommes désespérés, qui n'ont amené que des représailles.

– Des représailles? fit McAllister doucement.

– Des gens ont été choisis, au hasard et accusés de vol d'équipement dans la garnison. La punition est la mort.

– Bon Dieu, murmura Bourne. Je ne poserai pas de questions, vous avez des raisons suffisantes. Mais, comment?

– Il est sans ses gardes. Ils l'attendent peut-être sur la route des collines, mais là, il est seul. Avancez, et s'il vous suit, je le suivrai. S'il ne vous suit pas, je saurai que votre voyage ne sera pas interrompu et je vous rattraperai.

Bourne fronça les sourcils.

– Oui, dit Wong. Après avoir tué le porc et laissé son cadavre de porc à sa place, dans les toilettes pour dames!

– Et s'il nous suit? demanda Jason.

– Son heure viendra, même si je suis déjà en place pour vous aider. Moi je verrai ses gardes, mais lui ne me verra pas. Peu importe ce qu'il fait, il suffira qu'il s'éloigne de quelques mètres, et on supposera qu'il a couvert de honte un de ses propres hommes.

— Bon. On y va.

— Vous connaissez le chemin, monsieur.

— Comme si j'avais une carte.

— Je vous retrouverai au pied de la première colline, derrière les hautes herbes. Vous vous souvenez?

— Ce serait dur à oublier. J'ai failli acheter une tombe à cet endroit-là.

— Après sept kilomètres, enfoncez-vous dans la forêt vers les champs.

— C'est bien ce que j'avais l'intention de faire. Bonne chasse, Wong.

— Merci, monsieur. J'ai d'excellentes raisons de réussir.

Les deux Américains traversèrent la vieille place ravagée, s'éloignèrent des rares réverbères et s'enfoncèrent dans la nuit totale. Une silhouette obèse en civil les regardait, à l'abri dans l'ombre. L'homme regarda sa montre et pinça les lèvres souriant à moitié, pleinement satisfait. Le colonel Soo Jiang fit demi-tour et pénétra dans le couloir bétonné qui menait au poste frontière garni de portes blindées, de cabanes de bois et de kilomètres de barbelés qui partaient de chaque côté jusque dans le noir. Le préfet de la province de Guangdong l'accueillit. Elle se tenait bien droite, d'un air martial et enthousiaste.

— Ce doit être des hommes importants, colonel, dit-elle, avec des yeux chargés de soumission. Et de peur.

— Oui, oui, acquiesça le colonel.

— Ils doivent vraiment être importants pour qu'un illustre officier comme vous vérifie tout par lui-même. J'ai téléphoné à l'homme de Guangzhou, comme vous me l'aviez demandé, et il m'a remercié, mais il n'a pas noté mon nom.

— Je m'assurerai qu'il l'a, coupa Soo.

— Et je garderai mes meilleurs hommes en poste pour les accueillir quand ils reviendront à Macao cette nuit.

Soo regarda la femme.

— Ce ne sera pas nécessaire. On les conduira à Pékin pour un entretien de très haut niveau qui doit rester absolument confidentiel. Mes ordres sont d'effacer toute trace de leur passage ici ce soir.

— Confidentiel à ce point-là?

— Absolument, camarade. Ce sont des affaires d'Etat et vous ne devez en parler à personne, même à vos plus proches collaborateurs. Votre bureau, s'il vous plaît.

— Tout de suite, dit l'énorme femme en effectuant un demi-tour d'une précision toute militaire. J'ai du thé, du café et même du whisky anglais de Hong-kong.

— Ah, le whisky anglais. Puis-je vous accompagner, camarade? Mon travail est fini.

Les deux silhouettes wagnériennes s'avancèrent, au pas cadencé, vers le bureau du préfet, parfaitement grotesques.

— Des cigarettes! chuchota Bourne en saisissant McAllister par l'épaule.

— Où?

— Devant, à gauche de la route, dans le bois!

— Je ne les ai pas vues.

— Vous ne les cherchiez pas des yeux. Ils les cachent, mais je les ai vues. J'ai vu leurs reflets sur les troncs d'arbre. Plusieurs hommes qui fument. Parfois je me dis que l'Extrême-Orient préfère les cigarettes au sexe.

— Qu'est-ce qu'on fait?

— Exactement ce que nous sommes en train de faire, mais plus fort.

— Quoi?

— Continuez à marcher et dites tout ce qui vous passe par la tête. Ils ne comprendront pas. Je suis sûr que vous connaissez « Blanche neige » ou « Le Pont de la rivière Kwaï » ou une vieille chanson d'étudiant. Ne chantez pas, récitez juste les paroles. Ça vous fera oublier tout le reste.

— Mais pourquoi?

— Parce qu'il se passe exactement ce que vous aviez prédit. Sheng s'assure que nous ne sommes en liaison avec personne qui pourrait être une menace pour lui. Donnons-lui cette assurance, O.K.?

— Bon Dieu, mais supposez que l'un d'eux parle anglais?

– C'est très improbable, mais si vous préférez, nous allons juste improviser une conversation.

– Non, je suis très mauvais à ça. Je hais les dîners et les soirées, je ne sais jamais quoi dire.

– C'est pour ça que je vous suggérais de chanter. Je reprendrai dès que vous stopperez. Allez-y. Parlez fort et vite. Cela m'étonnerait bien qu'il y en ait un qui ait fait des études d'anglais... Ils ont éteint leurs cigarettes. Ils nous ont repérés. Allez-y !

– Oh Seigneur... Très bien. Ah, ah... Assis devant le porche de O'Reilly, on causait sang et massacre...

– C'est très approprié ! dit Jason en regardant son élève.

– Soudain me vint cette idée, pourquoi n' pas sauter la fille O'Reilly...

– Eh bien, Edward, vous me surprenez constamment.

– C'est une vieille chanson d'étudiant, murmura l'analyste.

– Quoi ? Je ne vous entends pas, Edward !

– Fiddily-eye-eee, fiddily-eye-eee, O'Reilly qu'a qu'une couille...

– C'est merveilleux ! coupa Bourne au moment où ils passaient à la hauteur des arbres qui cachaient les fumeurs de cigarettes.

– Je crois que votre ami appréciera votre point de vue. Rien d'autre ?

– J'ai oublié les paroles.

– Vos pensées, je veux dire. Qu'est-ce qui vous vient à l'esprit ?

– Une histoire d'O'Reilly... Ah si, je me souviens. Ça faisait : « Baise, baise, baise et baise encore, jusqu'à ce que y' en ait marre », et puis arrive le vieux O'Reilly, je crois... Oui, « deux pistolets à la main, qui cherchait le chien, le chien qu'avait baisé sa fille », je m'en souviens !

– Vous seriez très bien dans un musée, si Ripley en a un... Mais on ne peut pas revoir tout le projet de Macao...

– Quel projet ?... Ah, il y en avait une autre aussi, mais là j'étais plus jeune... « Cent bouteilles de bière, sur une étagère, une tombe par terre » – oh, mon dieu, ça fait si longtemps... c'était une histoire répétitive – « quatre-vingt-dix-neuf bouteilles de bière, sur une étagère, une tombe par terre... »

– Ça suffit. Ils ne peuvent plus nous entendre.

– Oh? Dieu merci!

– Vous étiez très bien. Si l'un de ces clowns parlait anglais, il doit être encore plus perplexe que moi. Bien joué, monsieur l'analyste. Allons-y. Plus vite.

McAllister regarda Jason.

– Vous l'avez fait exprès, n'est-ce pas? Vous m'avez obligé à me souvenir de quelque chose – n'importe quoi – en sachant que je me concentrerais et que, donc, je ne paniquerais pas.

Bourne ne répondit pas. Puis il lui asséna :

– Encore cent mètres et vous continuez tout seul.

– Quoi? Vous me laissez?

– Pour dix, quinze minutes. Tenez, continuez à marcher et étendez le bras que je puisse mettre mon attaché-case dessus et ouvrir cette saleté.

– Où allez-vous? demanda le sous-secrétaire d'Etat en soutenant maladroitement la petite valise.

Jason l'ouvrit, en sortit un couteau long et fin et referma.

– Mais vous ne pouvez pas me laisser seul!

– Tout ira très bien, personne ne souhaite vous arrêter – nous arrêter. Sinon, ce serait déjà fait.

– Vous voulez dire que ç'aurait pu être une embuscade?

– Je comptais sur votre esprit analytique pour que cela ne le soit pas. Prenez la valise.

– Mais qu'est-ce que vous...

– Il faut que j'aille voir ce qu'il y a là, derrière. Continuez à marcher.

L'homme du groupe Méduse plongea sur sa gauche et entra dans les bois en profitant d'un tournant de la route. Il se mit à courir rapidement, silencieusement. Il évitait instinctivement les buissons entrelacés au premier signe de résistance. Il se dirigeait sur sa droite en suivant un large demi-cercle. Quelques minutes plus tard il aperçut le rougeoiement d'une cigarette, il s'accroupit et commença à ramper, de plus en plus près, jusqu'à arriver à quelques mètres du groupe d'hommes. Le clair de lune intermittent donnait assez de lumière pour qu'il puisse les compter. Ils étaient six, armés chacun d'une mitrailleuse légère passée en bandoulière... Mais il y avait autre chose, quelque chose de frappant. Chacun des hommes était vêtu de la tunique à quatre boutons d'officier de haut rang dans l'armée populaire. Et des bribes de conversation qu'il entendait, il comprit qu'ils parlaient mandarin et pas cantonais comme ils auraient dû normalement faire s'ils étaient de la garnison de Guangdong où même les officiers le parlaient. Ces hommes n'étaient pas de Guangdong. Sheng avait fait venir sa garde d'élite.

Soudain, un des officiers alluma son briquet et regarda sa montre. Bourne étudia le visage à la lueur de la flamme. Il le connaissait et son jugement se confirma. C'était l'homme qui avait tenté de piéger Echo en feignant d'être prisonnier avec lui dans le camion cette terrible nuit, l'officier que Sheng traitait avec une très légère déférence. Un tueur intelligent, avec une voix douce.

– *Xian zai!* dit l'homme.

Le moment était venu. Il prit un talkie-walkie et parla.

– *Da li shi, da li shi,* aboya-t-il. Son groupe s'appelait Marbre. Ils sont seuls, dit-il, personne d'autre. Nous suivons instructions. Préparez-vous au signal.

Les six officiers se levèrent à l'unisson, prirent leurs armes à la main et éteignirent leurs cigarettes en les écrasant sous leurs bottes. Ils s'avancèrent rapidement vers la route.

Bourne se redressa à genoux, puis se leva et courut à travers le bois. Il fallait qu'il atteigne McAllister avant que le contingent de Sheng ne repère que McAllister était seul. Ils pourraient alors envoyer un autre signal : conférence avortée. Il atteignit le virage sur la route et courut plus vite, sautant par-dessus des branches que d'autres hommes n'auraient pas vues, se faufilant à travers les lianes entremêlées que d'autres n'auraient pas devinées. En moins de deux minutes il bondit silencieusement hors du bois, juste à côté de McAllister.

– Dieu du ciel! sursauta le sous-secrétaire d'Etat.

– Du calme!

– Mais vous êtes fou!

– Parlons-en.

– Ça prendrait des heures.

McAllister, d'une main tremblante, tendit son attaché-case à Jason.

– Au moins ceci n'a pas explosé, dit-il.

– J'aurais dû vous dire de ne pas le laisser tomber ni de trop le secouer.

– Doux Jésus... Est-ce qu'il n'est pas temps de sortir de la route? Wong a dit...

– Oubliez ça. On reste bien en vue jusqu'au champ qui borde la deuxième colline, et là, vous serez plus en vue que moi. Dépêchez-vous. Il va y avoir une sorte de signal, ce qui veut dire que vous aviez raison, une fois de plus. Un signal que tout est O.K. pour le pilote. Il peut atterrir. Pas de liaison radio, juste une lumière.

– Il faut qu'on retrouve Wong quelque part. Au pied de la première colline, je crois.

– Nous lui donnerons deux minutes, mais je crois qu'on peut l'oublier. Il va voir ce que j'ai vu et, si j'étais à sa place, je rentrerais à Macao retrouver mes vingt mille dollars américains en disant que j'ai perdu mon chemin.

– Qu'est-ce que vous avez vu?

– Six hommes avec une puissance de feu capable de défolier toute la colline, là.

– Mon Dieu! On ne va jamais s'en sortir!

– N'abandonnez pas déjà. C'est une chose à laquelle moi j'avais songé, dit Bourne en se tournant vers McAllister pour l'obliger à accélérer le pas. Le risque a toujours existé, même en faisant comme vous l'aviez décidé.

– Oui, je sais. Je ne paniquerai pas. Je ne paniquerai pas.

La forêt cessa brusquement. La route de terre se frayait maintenant un sentier dans un large espace couvert de hautes herbes.

– Pourquoi ces hommes sont-ils là, à votre avis? demanda l'analyste.

– Des renforts en cas de piège, ce que n'importe quel sous-fifre de ce métier aurait pensé qu'ils sont. Je vous l'avais dit et vous ne vouliez pas me croire. Mais, si une des choses que vous avez dites est juste, et je pense qu'elle l'est, ils vont rester hors de vue pour être certains que vous ne paniquerez pas et que vous ne fuirez pas. Si tel est le cas, ce sera ça, notre sortie de secours.

– Comment?

— Tournez à droite, à travers champs, répliqua Jason sans répondre à sa question. Je vais donner cinq minutes à Wong, sauf si nous repérons un signal ou un hélico, mais pas plus. Et seulement parce que j'ai besoin de ses yeux et que j'ai payé pour ça.

— Il pourrait contourner ces hommes sans se faire voir?

— Oui, s'il n'est pas déjà en route pour Macao.

Ils atteignirent le bout du champ, le pied de la première colline qui se couvrait d'arbres. Bourne regarda sa montre, puis McAllister.

— Grimpons là, hors de vue, dit-il en désignant les premiers arbres au-dessus d'eux. Je vais rester ici, vous monterez un peu plus haut, mais ne vous approchez pas de ce champ, ne vous exposez pas. Si vous voyez une lumière ou si vous entendez un avion, sifflez. Vous savez siffler, hein?

— En fait pas très bien. Quand les enfants étaient plus petits nous avions un chien, un setter gordon...

— Bon Dieu! Jetez des cailloux à travers le bois, je les entendrai. Allez-y!

— Oui, j'ai compris. Bougez!

Delta — car il était Delta maintenant — commença son guet. Le clair de lune était sans cesse intercepté par des nuages bas qui volaient vite et il scrutait le champ de hautes herbes, cherchait une cassure dans leur va-et-vient monotone, un mouvement désordonné qui s'approcherait de lui. Trois minutes passèrent et il avait presque décidé que cela suffisait quand un homme plongea soudain sur sa droite, du champ jusque dans le bois. Bourne posa son attaché-case et sortit son long couteau de sa ceinture.

— Kam Pek! chuchota l'homme.

— Wong?

— Oui, monsieur, dit le contact en contournant les troncs d'arbre pour s'approcher de lui. Vous m'accueillez avec un couteau.

— Il y a quelques autres types là derrière et, franchement, je ne pensais pas que tu viendrais. Je t'avais dit que tu pouvais partir si les risques te paraissaient trop grands. Je ne pensais pas que ça arriverait si tôt, mais je l'aurais accepté. Les armes qu'ils portent sont impressionnantes.

— J'aurais pu tirer avantage de la situation, mais en plus

de l'argent vous m'avez fourni une satisfaction intense. Pour moi et pour beaucoup d'autres. Plus de gens que vous n'imaginez vous remercieront pour toujours.

– Soo le porc?

– Oui, monsieur.

– Attends une minute, dit Bourne, alarmé. Pourquoi es-tu si sûr qu'ils croiront qu'un de ces hommes-là l'a fait?

– Quels hommes?

– La patrouille avec les mitrailleuses, là, derrière! Ils ne sont pas de Guangdong! Ils viennent de Pékin!

– Ça s'est passé à Zhuhai Shi. A la douane.

– Imbécile! Tu as tout foutu en l'air! Ils l'attendaient!

– Vraiment? Mais il ne serait jamais arrivé, monsieur.

– Quoi?

– Il était en train de se saouler avec le préfet. Il est allé se soulager, et c'est là que je l'attendais. Il est dans les toilettes pour femmes, maintenant, couché dans la saleté, avec la gorge et les testicules tranchés

– Seigneur... Alors il ne nous suivait pas.

– Non, rien n'indiquait qu'il allait le faire.

– Je vois – non, je ne vois pas. On l'a écarté ce soir. C'est une opération de Pékin. Pourtant, c'était leur principal contact ici.

– Comment saurais-je ce genre de chose? coupa Wong, sur la défensive.

– Oh, désolé. C'est pourtant vrai.

– Voici les yeux que vous avez engagés, monsieur. Où voulez-vous que je regarde et que voulez-vous que je fasse?

– Tu n'as pas eu de mal à éviter la patrouille, en venant?

– Aucun. Je les ai vus. Ils ne m'ont pas vu. Ils sont assis dans les bois au bord du champ. Si cela peut vous aider, l'homme à la radio a ordonné à un autre de partir dès que le signal serait donné. Je ne sais pas ce que ça veut dire, mais je présume que cela concerne un hélicoptère.

– Tu présumes?

– Le Français et moi nous avons suivi le major anglais ici une nuit. C'est comme ça que je savais comment vous amener ici avant. Un hélicoptère s'est posé et des hommes sont sortis pour parler avec l'Anglais.

– C'est ce qu'il m'avait dit.

– ... Vous avez dit, monsieur?

– Peu importe. Reste ici. Si cette patrouille vient par ici, je veux le savoir. Je serai plus haut, dans le champ avant la seconde colline, sur la droite. Le même champ que là où Echo et toi avez vu l'hélicoptère.

– Echo?

– Le Français.

Delta marqua un temps d'arrêt. Il réfléchissait à toute vitesse.

– Tu ne peux pas craquer une allumette, tu ne dois absolument pas attirer l'attention...

Soudain, il entendit le son étouffé de cailloux rebondissant dans l'herbe. Des cailloux! Contre un tronc d'arbre! McAllister lui faisait signe!

– Prends des pierres, dit-il, des morceaux de bois et jette-les dans le bois sur ta droite. Je les entendrai.

– Je vais en mettre dans mes poches dès maintenant.

– Je n'ai pas le droit de te demander ça, dit Delta en prenant son attaché-case, mais est-ce que tu as une arme?

– Un 35,7 avec une pleine ceinture de balles, grâce à mon cousin du côté de ma mère, qu'elle repose en paix auprès du Seigneur Jésus.

– J'espère que tu t'en sortiras, et... au revoir. Wong. Il y a une partie de moi qui peut ne pas t'approuver, mais tu es un sacré bonhomme. Et crois-moi, tu m'as vraiment battu la dernière fois.

– Non, monsieur, vous m'avez été supérieur. Mais j'aimerais essayer une autre fois.

– Pas question! lança l'homme du groupe Méduse, en s'élançant vers le haut de la colline.

Comme un monstrueux oiseau métallique, le ventre pulsant d'une lumière aveuglante, l'hélicoptère se posait dans le champ. Comme convenu, McAllister se tenait bien en vue; et comme prévu, le projecteur de l'hélico zooma sur lui. Egalement comme convenu, Jason Bourne était à une quinzaine de mètres, en lisière du bois, visible, mais pas clairement. Les rotors ralentirent, et finirent par arrêter leur moulin d'acier abrasif. Le silence tomba, total.

La porte s'ouvrit, les échelons de métal dégringolèrent et le mince et grisonnant Sheng Chou Yang descendit les quelques marches avec précaution. Il portait un attaché-case.

— C'est si bon de vous voir après toutes ces années, Edward, dit le fils aîné du taipan. Vous désirez inspecter l'appareil? Comme vous l'avez demandé, il n'y a que moi et mon pilote le plus digne de confiance.

— Non, Sheng, vous pouvez le faire pour moi! cria McAllister à quelque trente mètres de là. Vous pouvez le faire pour moi! Il sortit une bombe aérosol de sa poche et la lança vers l'hélicoptère. Dites au pilote de descendre quelques instants et de vaporiser la cabine. S'il y a quelqu'un dedans, il sortira très vite.

— Cela vous ressemble si peu, Edward. Les hommes comme nous savent s'ils peuvent avoir confiance ou non. Nous ne sommes pas des fous.

— Allez, Sheng.

— Evidemment, je vais le faire.

Et il ordonna au pilote de descendre. Sheng Chou Yang ramassa le vaporisateur et noya la cabine de gaz incapacitant. Quelques minutes passèrent. Personne ne sortait.

— Etes-vous satisfait, ou voulez-vous que je fasse sauter l'appareil, ce qui ne nous servirait à rien. Allons, mon ami, nous sommes au-delà de ces jeux. Nous l'avons toujours été.

— Mais vous êtes devenu ce que vous êtes. Je suis resté ce que j'étais.

— Nous pouvons arranger ça, Edward! Je peux exiger votre présence à toutes nos conférences. Je peux vous élever à une position proéminente. Vous serez une étoile du firmament des affaires étrangères.

— C'est vrai, alors, n'est-ce pas? Tout ce qu'il y a dans le dossier. Vous êtes de retour. Le Kuo-min-tang est de retour en Chine...

— Parlons calmement, Edward, dit Sheng. Il tenta d'apercevoir celui qu'il croyait être son assassin, dissimulé dans l'obscurité et se tourna sur sa droite. C'est une affaire privée, dit-il.

Bourne bougeait vite. Il courut jusqu'à l'hélicoptère pendant que les deux négociateurs lui tournaient le dos. Au moment où le pilote remontait dans l'appareil et atteignait son siège, l'homme du groupe Méduse était déjà derrière lui.

– *An jing!* chuchota Bourne pour que l'homme se taise, renforçant son ordre avec son pistolet-mitrailleur.

Avant que le pilote, surpris, ne puisse réagir. Bourne lui passa un épais morceau de tissu sur la figure, lui couvrant la bouche. Il serra un grand coup, puis, à l'aide d'une fine cordelette de nylon qu'il sortit de sa poche, il ligota l'homme à son siège, lui clouant les bras. Il n'y aurait pas de départ précipité.

Jason remit son arme dans sa ceinture sous sa veste et se faufila hors de l'hélicoptère. L'énorme machine lui masquait McAllister et Sheng Chou Yang, ce qui voulait dire qu'ils ne pouvaient pas le voir non plus. Il regagna très vite sa position précédente, regardant sans cesse derrière lui, prêt à changer de direction si les deux hommes apparaissaient. L'hélico lui servait de bouclier visuel. Il s'arrêta. Il était assez loin. Il était temps d'apparaître normalement. Il sortit une cigarette et l'alluma. Puis il se mit à marcher sans but précis, vers sa gauche, jusqu'à ce qu'il puisse voir les deux hommes de l'autre côté de l'appareil. Il se demandait ce que se disaient les deux ennemis. Il se demandait ce que McAllister attendait pour agir.

Vas-y, l'analyste! Maintenant! C'est ta meilleure chance. Chaque seconde de retard te fait perdre du temps et le temps perdu amène des complications! Bordel, fais-le!

Bourne s'immobilisa soudain. Il venait d'entendre le bruit infime d'un caillou qui touchait un tronc d'arbre, là où il s'était tenu précédemment. Puis un autre bruit de caillou, plus près, suivi immédiatement d'un autre. C'était l'avertissement de Wong! La patrouille de Sheng traversait le champ en contrebas.

... Tu vas nous faire tuer, l'analyste! Si je fonce et que j'ouvre le feu, le bruit va amener six hommes au pas de course avec une puissance de feu contre laquelle nous ne pourrons rien! Pour l'amour du ciel, vas-y!

L'homme du groupe Méduse regarda Sheng et McAllister, et sa haine montait, prête à exploser. Il n'aurait jamais dû laisser les choses s'organiser ainsi. La mort entre les mains d'un amateur, d'un bureaucrate amer qui voulait enfin apparaître au grand jour.

– Kam Pek!

C'était Wong! Il avait traversé le bois et arrivait derrière lui, caché derrière les arbres.

— Oui! J'ai entendu le signal.

— Vous n'allez pas aimer ce que vous entendrez, monsieur.

— Qu'est-ce qu'il y a?

— La patrouille grimpe la colline.

— Manœuvre de protection, dit Jason les yeux rivés aux deux silhouettes dans le vaste champ d'herbes hautes. On peut encore s'en sortir. Ils n'ont pas beaucoup de visibilité.

— Je ne suis pas certain que ce soit important, monsieur. Ils se préparent. Je les ai entendus. Ils sont en position de tir.

Bourne avala sa salive. Une sorte de sensation de futilité l'envahissait. Pour des raisons qu'il ne pouvait déterminer, c'était un piège inversé.

— Tu ferais mieux de te tirer d'ici, Wong.

— Puis-je vous demander... Est-ce que ce sont les hommes qui ont tué le Français?

— Oui.

— Et c'est pour eux que ce porc de Soo Jiang a commis toutes ces obscénités depuis quatre ans?

— Oui.

— Je crois que je vais rester, monsieur.

Sans dire un mot, l'homme du groupe Méduse revint là où était posé son attaché-case. Il le ramassa et le jeta vers les arbres.

— Ouvre-le, dit-il. Si on se sort d'ici, tu pourras passer le restant de tes jours à jouer au casino sans avoir besoin de ramasser des messages.

— Je ne joue pas, monsieur.

— Tu joues, Wong, et tu joues gros.

— Vous pensiez vraiment que nous, les grands seigneurs de la guerre de l'empire le plus ancien et le plus cultivé de cette planète, nous laisserions le monde à des paysans crottés et à leurs rejetons débiles, élevés dans un égalitarisme dénué de sens?

Sheng se tenait devant McAllister. Il tenait son attaché-case à deux mains, serré contre sa poitrine.

– Ils ne sont bons qu'à être nos esclaves, reprit-il, jamais nos maîtres!

– C'est le genre de pensée qui vous a fait perdre votre propre pays – à vous, pas au peuple chinois. On ne leur a pas demandé leur avis. Il aurait pu y avoir des arrangements, des compromis, et vous seriez encore les maîtres.

– On ne se compromet pas avec des animaux marxistes – ou avec des menteurs. Et je ne ferai pas de compromis avec vous, Edward.

– Quoi?

De sa main gauche, Sheng fit jouer les serrures de son attaché-case et l'ouvrit. Il en sortit le dossier volé dans la maison dévastée de Victoria Peak.

– Vous le reconnaissez? demanda-t-il calmement.

– Je ne peux le croire!

– Croyez-le, cher vieil adversaire. Un peu d'ingéniosité peut amener des résultats étonnants.

– C'est impossible!

– Il est là. Dans ma main. Et la première page indique clairement qu'il n'existe qu'une seule copie, qu'une escorte militaire doit accompagner partout où ce dossier est transporté. Vous aviez raison, mon cher, lorsque nous avons parlé au téléphone. Le contenu de ce dossier enflammerait tout l'Extrême-Orient – rendrait la guerre inévitable. L'aile droite de Pékin marcherait sur Hong-kong – l'aile droite que vous appelez la gauche de votre côté du monde. C'est idiot, n'est-ce pas?

– J'ai fait faire une copie et elle est partie pour Washington, dit le sous-secrétaire d'Etat, vite et le plus fermement possible.

– Je ne vous crois pas, dit Sheng. Toutes les transmissions diplomatiques, par téléphone ou par ordinateur, doivent être validées par l'officier du plus haut rang. Et le célèbre ambassadeur Havilland ne le permettrait jamais, et le consulat n'y toucherait pas sans son autorisation.

– J'ai envoyé une copie au consulat chinois! s'écria McAllister. Vous êtes fini, Sheng!

– Vraiment? Qui croyez-vous qui reçoit toutes les communications de toutes les sources extérieures dans notre consulat de Hong-kong? Ne vous fatiguez pas à répondre, je vais le faire pour vous. C'est un homme à nous.

Sheng se tut, ses yeux fanatiques flamboyaient.

– Nous sommes partout, Edward! Vous ne pouvez rien! Nous allons retrouver notre nation, notre empire!

– Vous êtes fou. Ça ne marchera jamais. Vous allez déclencher une guerre!

– Alors ce sera une guerre juste! Tous les gouvernements du monde devront choisir. L'individu ou l'Etat. La liberté ou la tyrannie!

– Trop peu d'entre vous ont accordé la liberté, trop d'entre vous ont été des tyrans.

– Nous vaincrons, d'une manière ou d'une autre.

– Mon Dieu! C'est ça que vous voulez! Vous voulez pousser le monde dans l'abîme! Le forcer à choisir entre l'annihilation et la survie! C'est comme ça que vous pensez obtenir ce que vous voulez! Que le choix de la survie prédomine! Cette commission économique, toute votre stratégie de Hong-kong, ce n'est qu'un début. Vous voulez empoisonner tout l'Extrême-Orient! Vous êtes un fanatique! Un fanatique aveugle! Vous ne voyez même pas les conséquences tragiques...

– Notre nation nous a été volée et nous allons la retrouver! On ne peut pas nous arrêter! Nous sommes en marche!

– On ne peut pas vous arrêter? répéta doucement McAllister en mettant la main à sa poche intérieure. Moi, je vais vous arrêter!

Soudain Sheng lâcha son attaché-case. Un revolver apparut. Il ouvrit le feu. McAllister, instinctivement, recula, terrorisé, une main sur son épaule.

– Plongez! rugit Bourne en se précipitant devant l'hélicoptère, apparaissant soudain dans la lumière de ses projecteurs.

Il lâcha une rafale.

– Roulez! roulez! Si vous pouvez bouger, roulez!

– Vous! s'écria Sheng en tirant deux balles vers le sous-secrétaire d'Etat, à terre.

Très vite il releva son arme et tira, tira encore, visant la silhouette qui courait vers lui en zigzaguant.

– Pour Echo! hurla Bourne, pour les gens que tu as décapités! Pour l'homme pendu à l'arbre! Pour la femme que tu ne pouvais pas arrêter! Salaud! Pour les deux frères, pour Echo! Monstre!

Une courte rafale sortit de son pistolet-mitrailleur, puis

la détente ne répondit plus. Il était enrayé! Enrayé! Sheng l'avait compris. Il leva son arme calmement et visa. Delta pivota instinctivement sur sa droite, jeta son arme inutile et sortit son couteau de sa ceinture. Il planta son pied dans la terre humide et fit demi-tour en une fraction de seconde, plongea sur sa gauche, vers Sheng. La lame trouva sa cible et l'homme du groupe Méduse ouvrit la poitrine du fanatique de bas en haut. Le meurtrier de centaines de gens et le futur responsable du génocide était mort.

Pendant quelques secondes il n'avait plus rien entendu. Mais maintenant son ouïe lui revenait. La patrouille courait, sortait de la forêt, des rafales de mitrailleuse trouaient la nuit... D'autres rafales. De derrière l'hélicoptère, Wong avait ouvert l'attaché-case et trouvé ce dont il avait besoin. Deux soldats tombèrent. Les quatre autres se jetèrent à terre. L'un d'eux rampait vers la forêt, faisait demi-tour. Il criait. La radio! Il appelait d'autres hommes, des renforts! Où étaient-ils? Loin? Près?

Les priorités! Bourne fit le tour de l'hélicoptère et s'aplatit à côté de Wong.

– Il y a une autre arme là-dedans, dit-il. Donne-la-moi!

– Economisez vos munitions, dit Wong. Il n'y en a plus beaucoup.

– Je sais. Reste là et cloue-les au sol le mieux que tu pourras, mais maintiens ton tir à ras du sol.

– Où allez-vous?

– Je vais faire le tour des arbres.

– C'est exactement ce que le Français m'aurait ordonné de faire.

– Il aurait eu raison. Il avait toujours raison.

Jason s'enfonça dans le bois, son couteau ensanglanté à la main. Ses poumons étaient prêts à exploser, ses jambes réagissaient mécaniquement, ses yeux fouillaient l'obscurité. Il se fraya un chemin à travers les épais feuillages aussi vite qu'il le pouvait, en faisant le moins de bruit possible.

Deux craquements! Deux branches mortes cassées. Quelqu'un avait marché dessus. Il vit la silhouette d'un des Chinois qui venaient vers lui et se cacha derrière un tronc d'arbre. Il savait qui c'était : l'officier avec la radio, le tueur si subtil, à la voix si doucereuse, l'assassin expérimenté. Ce qui lui manquait, c'était l'entraînement à la guérilla. Et ce manque allait lui coûter la vie. On ne marche pas sur des branches mortes.

L'officier s'approcha, presque à quatre pattes. Jason bondit. Son bras gauche encercla la gorge de l'homme. Son poing droit qui tenait son arme s'écrasa sur le crâne de l'officier. Et son couteau fit son travail. Bourne s'agenouilla près du cadavre. Il remit son arme dans sa ceinture et saisit la mitrailleuse de l'officier. Il trouva deux chargeurs supplémentaires. La chance tournait. Il était même possible qu'ils s'en sortent vivants. McAllister était-il encore en vie? Ou bien son grand jour s'était-il transformé en nuit éternelle? Les priorités!

Il fit le tour du champ pour revenir à l'endroit où il l'avait quitté. Les rafales sporadiques de Wong maintenaient les trois hommes qui restaient cloués au sol, incapables de se mouvoir. Soudain, quelque chose le fit se retourner – un bruit au coin, et un éclair lumineux au-dessus des arbres. Le bruit d'un moteur poussé au maximum, et l'éclat d'un projecteur. Il l'aperçut. Un camion, conduit d'une main experte, dévalait la route. On ne voyait que le faisceau du projecteur qui s'approchait de plus en plus vite du pied de la colline. Les priorités! Bouge!

– Cessez le feu! rugit Bourne, en plongeant sur le côté. Les trois officiers se retournèrent sur place, en tirant vers lui, vers là d'où était venue sa voix.

L'homme du groupe Méduse se releva et ouvrit le feu. Ce fut terminé en quatre secondes. La puissante mitrailleuse accomplit son œuvre de mort et les trois officiers éclatèrent sous les balles.

– Wong! cria-t-il en courant de toutes ses forces dans le champ. Par ici! Avec moi!

Quelques secondes plus tard il atteignit les corps de McAllister et de Sheng – l'un encore vivant, l'autre désormais un cadavre. Jason se pencha sur l'analyste qui agitait les deux bras, comme s'il voulait attraper quelque chose, avec l'énergie du désespoir.

– Mac, tu m'entends?

– Le dossier! murmura McAllister. Le dossier!

– Quoi?

Bourne regarda vers le cadavre de Sheng Chou Yang et,

à la faible lueur de la lune, il aperçut la dernière chose qu'il pensait trouver là. C'était le dossier bordé de noir, l'un des documents les plus secrets et les plus explosifs de la planète.

– Dieu du ciel, siffla Jason en le ramassant. Hé, l'analyste, écoute-moi! fit Bourne tandis que Wong le rejoignait. Il va falloir qu'on te porte, ça va sûrement faire mal, mais on n'a pas le choix!

Bourne jeta un coup d'œil à Wong.

– Il y a une autre patrouille qui arrive. D'après mon estimation, ils seront là dans moins de deux minutes. Serre les dents, l'analyste? On bouge!

Ensemble, Jason et Wong portèrent McAllister vers l'hélicoptère. Soudain, Bourne s'arrêta.

– Attends!... Non, toi, continue! Porte-le. Il faut que j'y retourne!

– Pourquoi? murmura le sous-secrétaire, à l'agonie.

– Qu'est-ce que vous faites! s'écria Wong.

– Je vais donner un sujet de réflexion aux révisionnistes, cria Jason, énigmatique, en revenant sur ses pas à toute vitesse.

Quand il atteignit le cadavre de Sheng Chou Yang, il se pencha et glissa un objet plat sous la tunique sanglante. Il se releva et fonça jusqu'à l'appareil où Wong était en train d'installer McAllister, sur les sièges arrière, avec mille précautions. Bourne bondit à l'avant, sortit son couteau et trancha les cordes de nylon qui ligotaient le pilote. Puis il arracha le bâillon qui l'étouffait à moitié. Le pilote toussa, cracha.

– *Kai feiji ba!* cria Bourne.

– Vous pouvez parler anglais, glapit le pilote. Je le parle couramment. C'était obligatoire...

– Décolle, enfant de putain! Maintenant!

Le pilote enclencha divers boutons et le rotor se mit à gronder. Un groupe de soldats, clairement visibles dans la lumière des projecteurs de l'hélico, entraient dans le champ. Ils avaient déjà trouvé les cinq gardes d'élite abattus dans l'herbe. Ils ouvrirent tous le feu, tandis que l'hélicoptère montait doucement dans le ciel.

– Sors d'ici, bordel! rugit Jason.

– Cet appareil est l'hélicoptère personnel de Sheng, dit

tranquillement le pilote. Son blindage et ses vitres peuvent résister à des armes lourdes. Où allons-nous?

– A Hong-kong! cria Bourne, étonné de voir que le pilote se tournait vers lui en souriant.

– Certainement, les généreux américains ou les honorables britanniques m'offriront l'asile politique, monsieur? C'est un cadeau des esprits!

– Ça, c'est le comble, dit l'homme du groupe Méduse tandis qu'ils atteignaient déjà la première couche de nuages.

– C'était l'idée la plus efficace, monsieur, dit Wong de l'arrière de l'appareil. Comment y avez-vous pensé?

– Ça a marché, une fois, dit Jason en allumant une cigarette. L'histoire, même l'histoire récente, se répéte, en général.

– Monsieur Webb? murmura McAllister.

– Qu'est-ce qu'il y a, monsieur l'analyste? Comment ça va?

– Peu importe. Pourquoi êtes-vous retourné... auprès de Sheng?

– Pour lui donner un cadeau d'adieu. Un chéquier. Un compte confidentiel dans les îles Caïmans.

– Quoi?

– Ça ne profitera à personne. Les noms et les numéros de compte ont été arrachés. Mais ce sera intéressant de voir comment Pékin réagira à son existence, non?

XXXVIII

EDWARD NEWINGTON MCALLISTER, armé de béquilles, entra maladroitement dans ce qui avait été l'impressionnant bureau de la vieille maison de Victoria Peak. Les grandes baies vitrées étaient tendues de plastique transparent, et les traces du carnage n'étaient que trop apparentes. L'ambassadeur Raymond Havilland leva les yeux sur lui. Le sous-secrétaire d'Etat jeta le dossier Sheng Chou Yang sur son bureau.

— Je crois que vous avez perdu ceci, dit l'analyste en s'asseyant avec difficulté dans un fauteuil.

— Les médecins disent que vos blessures ne sont pas dramatiques, dit le diplomate. J'en suis ravi.

— Ravi? Pour qui vous prenez-vous pour être aussi satisfait de vous?

— C'est une façon de parler un peu arrogante, je vous le concède, mais je le pense. C'est extraordinaire, ce que vous avez fait. Ça dépasse tout ce que j'aurais pu imaginer.

— Ça, j'en suis certain, dit le sous-secrétaire en changeant de position. Il se tenait l'épaule droite. En fait, ce n'est pas moi, c'est lui qui l'a fait.

— Vous l'avez rendu possible, Edward.

— Je n'étais plus dans mon élément — sur mon territoire, pourrait-on dire. Ces gens font des choses dont nous nous contentons de rêver, ou sur lesquelles nous fantasmons, ou que nous regardons sur des écrans en n'y croyant jamais parce que c'est vraiment trop impossible.

— Nous n'aurions pas de tels rêves ou de tels fantasmes si tout cela ne trouvait son fondement dans l'expérience humaine. Ils font ce qu'ils savent le mieux faire, comme nous le faisons également. A chacun son territoire, monsieur le sous-secrétaire.

McAllister regarda Havilland, d'un air inquisiteur.

– Comment est-ce arrivé? Comment ont-ils pu avoir ce dossier?

– Un autre genre de territoire. Un professionnel. Trois jeunes gens ont été tués, tout à fait affreusement. Un coffre impénétrable a été pénétré.

– C'est inexcusable!

– Entièrement d'accord, dit Havilland en élevant subitement la voix. Comme votre action est inexcusable! Pour qui vous prenez-vous pour avoir fait ce que vous avez fait? Quel droit aviez-vous de prendre les choses en main? Dans vos mains inexpérimentées? Vous avez violé toutes les règles morales que vous aviez juré de respecter au service de votre gouvernement! Votre démission ne suffira pas! Trente ans de prison conviendraient mieux pour vos crimes! Vous avez la moindre idée de ce qui aurait pu arriver? Une guerre qui pouvait plonger le monde en enfer!

– Je l'ai fait parce que je pouvais le faire. C'est une leçon que j'ai apprise de Jason Bourne, notre Jason Bourne. De toute façon, vous avez ma démission, monsieur l'Ambassadeur. Elle prend effet immédiatement – à moins que vous n'engagiez des poursuites.

– Et je vous laisserais partir, comme ça? Ne soyez pas ridicule, dit Havilland en changeant de ton subitement. J'ai parlé au président et il est d'accord. Vous allez présider le Conseil national de sécurité.

– Présider?... Mais j'en suis incapable?

– Avec votre propre limousine et tout le tralala.

– Mais je ne saurais pas quoi dire!

– Vous savez penser, et je serai à côté de vous.

– Mon Dieu!

– Du calme. Evaluez un peu les choses. Et dites-nous, à nous qui parlons, ce que nous devons dire. C'est là que se situe le véritable pouvoir, vous savez. Pas chez ceux qui parlent, chez ceux qui pensent.

– Tout cela est si soudain, si...

– ... mérité, monsieur le sous-secrétaire, coupa le diplomate. L'esprit humain est une chose merveilleuse. Ne le sous-estimons jamais. Par ailleurs, le médecin m'a dit que

Lin Wenzu s'en sortira. Il a perdu l'usage de son bras gauche, mais il vivra. Je suis certain que vous aurez des recommandations à faire au MI-6. Ils les respecteront.

– M. et Mme Webb? Où sont-ils?

– A Hawaï, avec le Dr Panov et M. Conklin. Ils ne pensent pas vraiment du bien de moi, j'en ai peur.

– Vous ne leur avez pas donné trop de raisons de le faire.

– Peut-être, mais ce n'est pas mon problème.

– Je crois que je comprends, maintenant.

– J'espère que votre Dieu aura pitié des gens comme vous et moi, Edward. S'il ne tient pas à me rencontrer, moi non plus.

– Il pardonne toujours.

– Vraiment? Je tiens de moins en moins à le voir. Je risquerais de m'apercevoir que c'est un fraudeur.

– Pourquoi?

– Parce qu'il a lâché sur la surface de cette planète une race de loups assoiffés de sang et sans conscience qui ne se préoccupent même pas de la survie de la tribu, mais seulement de la leur. Ce n'est pas tout à fait un Dieu parfait, hein?

– Il est parfait. C'est nous qui sommes imparfaits.

– Alors c'est seulement un jeu pour lui. Il met ses créations en place et, pour s'amuser, il les regarde se faire sauter la figure. Il nous regarde nous détruire.

– Ce sont nos explosifs, monsieur l'Ambassadeur. Nous avons notre libre arbitre.

– Si l'on en croit les Ecritures, c'est Sa volonté, non? Que Sa volonté soit faite.

– Voilà une zone floue...

– Parfait! Un jour vous pourrez vraiment être secrétaire d'Etat.

– Je ne le crois pas.

– Moi non plus, acquiesça Havilland, mais en attendant nous faisons notre travail – nous gardons les pièces en place, nous empêchons le monde de s'autodétruire. Merci aux Esprits, comme ils disent en Orient, pour des gens comme vous et moi, Jason Bourne et David Webb. Nous repoussons l'heure d'Armageddon un peu plus loin chaque jour. Que se passerait-il si nous n'étions pas là?

Ses longs cheveux auburn coulaient sur son visage. Son corps était pressé contre le sien, ses lèvres au bord de ses lèvres. David ouvrit les yeux et sourit. C'était comme s'il n'y avait pas eu de cauchemar, pas d'interruption sanglante, pas d'outrage infligé à leurs vies, pas d'abîme ouvert sous leurs pas, ouvert sur un océan d'horreur et de mort. Ils étaient ensemble et le confort merveilleux de cette réalité l'emplissait d'une gratitude profonde. Cela existait et cela lui suffisait – plus qu'il ne l'aurait jamais cru possible.

Il commença à reconstruire les événements de ces dernières vingt-quatre heures et son sourire s'élargit, un rire bref passa sur ses lèvres. Les choses n'étaient jamais ce qu'elles devaient être, jamais ce à quoi on s'attendait. Mo Panov et lui avaient beaucoup trop bu pendant le vol Hong-kong-Hawaï, tandis qu'Alex Conklin s'en tenait à l'eau gazeuze ou au thé glacé, ou à tout ce que les anciens alcooliques désiraient que les autres remarquent. Pas de leçons, non, juste le martyr pur. Marie avait aidé l'éminent psychiatre pendant qu'il vomissait dans les minuscules toilettes de l'avion des forces britanniques. Puis elle l'avait installé sous une couverture et Mo était tombé dans un profond sommeil. Elle avait repoussé, gentiment mais fermement, les avances amoureuses de son mari, presque ivre mort, mais lorsqu'ils étaient arrivés à l'hôtel de Kalaha, il était dessaoulé et ils avaient passé une nuit splendide et délirante, faisant l'amour comme les adolescents en rêvent, effaçant les terreurs du cauchemar.

Alex? Oui, il se souvenait. Conklin avait pris le premier vol pour Los Angeles et Washington. Il y a des têtes à faire tomber, avait-il dit. Et j'ai l'intention de les faire tomber. Alexander Conklin avait une nouvelle mission, quelques comptes à régler.

Mo? Morris Panov? Le fléau des psychologues de bazar et des charlatans de sa profession? Il était dans la chambre à côté, en train de soigner la plus belle gueule de bois de son existence.

– Tu ris? murmura Marie, les yeux fermés, la tête posée sur sa poitrine. Qu'est-ce qu'il y a de drôle?

– Toi, moi, nous – tout, quoi...

– Ton sens de l'humour m'échappe totalement. D'un

autre côté je crois que j'entends un homme qui s'appelle David.

– Tu n'entendras plus que lui dorénavant.

On frappa à la porte. Pas la porte du couloir, mais celle de la chambre adjacente. Panov. Webb, se leva, courut à la salle de bain et prit un peignoir.

– Une seconde, dit-il.

Morris Panov, qui s'était refait un visage, bien qu'un peu pâle, se tenait là, une valise à la main.

– Puis-je entrer dans le temple d'Eros?

– C'est fait, mon vieux.

– Bon après-midi, dit Mo à Marie qui se tournait vers lui. Il alla se poser sur une chaise d'où il pouvait apercevoir la plage en contrebas. Ne rougis pas, dit-il, ne fonce pas dans ta cuisine, et si tu dois sortir du lit, ne t'inquiète pas, je suis docteur, non, j'en ai vu d'autres.

– Comment ça va, docteur? dit Marie en s'asseyant, couvrant ses seins avec le drap.

– Bien mieux qu'il y a trois heures, mais tu ne peux pas comprendre. Tu es un million de fois trop saine!

– Il fallait bien que tu te détendes.

– Même si tu prends cent dollars de l'heure, je vais hypothéquer ma maison et te signer un contrat de cinq ans de thérapie.

– Pourquoi cette valise? demanda David, souriant.

– Je pars. J'ai des malades qui m'attendent à Washington et j'aime à penser qu'ils ont besoin de moi.

Le silence était émouvant. David et Marie regardaient Morris Panov.

– Qu'est-e qu'on peut dire? demanda Webb. Comment l'exprimer?

– Ne dites rien. Je vais écrire le dialogue. Marie a été blessée, meurtrie au-delà de l'endurance normale. Mais elle a une endurance anormale et elle peut s'en remettre. C'est peut-être excessif, mais il y a des gens comme ça.

– Il fallait que je survive, Mo, dit Marie en regardant David. Il fallait que je le retrouve. C'était comme ça, c'est tout.

– Quant à toi, David, tu es passé par une expérience traumatisante, et toi seul peux y faire face. Tu n'as pas besoin de mon baratin psychiatrique pour y faire face. Tu es *toi*, maintenant, plus personne d'autre. Jason Bourne est parti. Il ne peut pas revenir. Construis ta vie en tant que David Webb – concentre-toi sur Marie et David. C'est tout ce qui existe et tout ce qui doit exister. Et si jamais les angoisses reviennent – cela n'arrivera probablement pas mais je compte sur toi pour en fabriquer quelques-unes –, appelle-moi et je prendrai le premier avion pour le Maine. Je vous aime, tous les deux, et le bœuf mironton de Marie est le meilleur du monde!

Le crépuscule. Le cercle orange brillant descendait à l'ouest, disparaissait lentement dans le Pacifique. Ils marchaient sur la plage, se tenaient par la main, fort. Leurs corps se frôlaient. Tout était si naturel, si bon.

– Qu'est-ce que tu fais quand il y a une partie de toi que tu hais? demanda David.

– Je l'accepte, répondit Marie. Nous avons tous un côté obscur. Nous souhaiterions le nier, mais nous ne le pouvons pas. Il est là, au fond. Peut-être ne parvenons-nous pas à exister sans lui. Le tien est une légende nommée Jason Bourne, mais c'est pareil.

– Il me répugne.

– Il t'a ramené à moi. C'est tout ce qui compte.

Dans Le Livre de Poche

Extraits du catalogue

Robert Ludlum
La Mémoire dans la peau   7469

Non loin de Marseille, un bateau de pêche recueille un homme grièvement blessé et inconscient. Un vieux médecin finit par le sauver mais il a perdu la mémoire; il ne se rappelle rien de son passé.

Toutefois, il a sous la peau de la jambe un morceau de film avec le numéro d'un compte dans une banque suisse. Il part donc pour Zurich et apprend que le titulaire du compte est un certain Jason Bourne et aussi que Jason Bourne est un homme marqué, condamné et traqué par plusieurs tueurs. Pourquoi ? Qu'y a-t-il dans le passé de Bourne pour expliquer cet acharnement à le faire disparaître ?

C'est le début de l'extraordinaire enquête que mène un homme sans mémoire pour retrouver son passé, pour découvrir qui il est.

Un étonnant roman de suspense et d'action qui a obtenu le *Prix Mystère du meilleur roman étranger* 1982.

Robert Ludlum
Le Cercle bleu des Matarèse, t. 1 et 2
7484, 7485

Le Cercle bleu des Matarèse, c'est l'histoire de deux hommes, agents secrets exceptionnels. L'un est américain, Brandon Scofield, l'autre soviétique, Vasili Taleniekov. Ces deux vrais professionnels sont aussi des ennemis mortels car chacun a le cadavre d'un être aimé à reprocher à l'autre. Ils sont maintenant à la fin de leur carrière.

Mais Taleniekov a découvert un complot effrayant : une organisation, les Matarèse, qui finance des groupes terroristes. Personne ne connaît vraiment leur but, mais il faut les arrêter. Et les seuls qui en soient capables sont Brandon Scofield et Vasili Taleniekov, travaillant en équipe. Une course folle s'engage, qui nous conduira de la Corse à Boston, en passant par Leningrad, Londres et Rome.

Le Cercle bleu des Matarèse, un grand roman d'aventures modernes, rempli de péripéties et de surprises, par l'auteur de *La Mémoire dans la peau*.

Robert Ludlum
Osterman week-end   7486

John Tanner, journaliste paisible et intègre, est victime d'une diabolique machination ourdie par des espions soviétiques fanatiques et implacables. Pour défendre sa vie et celle de sa famille, Tanner, aux abois, ne peut compter que sur ses propres forces, car il soupçonne ses meilleurs amis, et la redoutable machine de guerre de la C.I.A. a de curieux ratés.

L'espace d'un week-end oppressant, Tanner va vivre les heures les plus éprouvantes de son existence et, même s'il parvient à sauver l'essentiel, il n'en sortira pas indemne.

Huis clos au climat de violence et de peur insoutenable, *Osterman week-end* de Robert Ludlum — l'auteur de *La Mémoire dans la peau, Le Cercle bleu des matarèse* — a été porté à l'écran par Sam Peckinpah, avec Rutger Hauer, John Hurt, Craig T. Nelson, Dennis Hopper et Burt Lancaster.

Robert Ludlum
La Mosaïque Parsifal, t. 1 et 2   7497, 7498

Par une nuit noire sur une plage déserte en Espagne, Michael Havelock, un des meilleurs agents au service des Etats-Unis, assiste, bouleversé, à l'exécution de la femme qu'il aime, Jenna Karras, accusée d'être un agent double, membre de l'effroyable Voennaya Kontra Rozvedka, branche sauvage du K.G.B. soviétique qui partout faisait éclore le terrorisme. Il le fallait... Jenna était un tueur.

Après le drame, Michael, brisé, démissionne et voyage. Mais, sur le quai de la gare d'Ostie à Rome, il aperçoit Jenna. Bien vivante! et qui s'enfuit...

Son enquête et sa course folle pour la retrouver vont alors faire plonger Michael corps et âme dans l'affaire la plus dangereuse de sa carrière.

La Mosaïque Parsifal, un extraordinaire thriller rempli d'action de Robert Ludlum, l'auteur de *La Mémoire dans la peau*, considéré comme un des maîtres mondiaux du suspense.

Robert Ludlum
L'Héritage Scarlatti   7508

Nous sommes à l'aube de la seconde guerre mondiale. Elizabeth Scarlatti, fondatrice et maître d'œuvre de l'immense fortune Scarlatti, réunit secrètement en Suisse les leaders industriels d'Europe et des Etats-Unis. Son but : un ultime coup de dés, désespéré, pour sauver le monde des plans machiavéliques de son fils, l'élégant, le brillant, l'extrêmement dangereux Ulster Stewart Scarlatti.

Ulster s'est radicalement transformé : il est devenu Heinrich Kroeger et, fanatique partisan des nazis, il est prêt à livrer au IIIe Reich le contrôle de l'instrument le plus puissant de la Terre : l'héritage Scarlatti.

Dans cet affrontement sans merci entre une mère et son fils, c'est un extraordinaire roman d'espionnage économique que nous offre Ludlum, l'auteur de *La Mémoire dans la peau*.

Robert Ludlum
Le Pacte Holcroft 7518

L'enjeu du *Pacte Holcroft* est la coquette somme de 700 millions de dollars, déposée en 1945 dans une banque suisse par trois nazis repentis : les généraux Clausen, von Tiebolt et Kessler. L'argent est destiné à leurs descendants, afin qu'ils l'utilisent en dédommagement des crimes d'Hitler contre l'humanité.

C'est ainsi qu'un beau matin, Noël Holcroft, le fils de Clausen, reçoit une lettre écrite quarante ans après l'effondrement du IIIe Reich. S'il veut blanchir son père, Holcroft doit retrouver les enfants de von Tiebolt et de Kessler, et, avec eux, signer le Pacte. Le rendez-vous est fixé à Genève. Mais les associations nazies et les services secrets anglais, américains, israéliens ne l'entendent pas de cette oreille...

Lucio Attinelli
Ouverture sicilienne 7535

La Mafia n'est plus ce qu'elle était. De nouveaux hommes ont pris les rênes du « deuxième pouvoir ». Les « familles » entrent dans l'ère industrielle en s'alliant à une organisation pseudo-maçonnique occulte, infiltrée à tous les niveaux des Etats. De ce pacte doit naître la plus puissante multinationale du crime qui ait jamais vu le jour. Quatre hommes en sont les maîtres d'œuvre :

Jo Licata, parrain de New York; Luca Rondi, cerveau de la redoutable loge Prosélyte 2; Franco Carini, expert financier; Sandro Dona, parlementaire sicilien.

La plus scélérate coalition de l'histoire est en marche. Elle est bâtie sur le modèle de l'ouverture sicilienne. Aux échecs, une stratégie implacable. Mais il faudra compter avec l'ancien général Carlo Alberto Speranza, le vainqueur des Brigades rouges, que le gouvernement italien vient d'envoyer en Sicile avec pour mission de combattre la Mafia.

Brigitte Le Varlet
Le Crime de Combe Jadouille   6599

Que cherche César Abadie, en ce début d'été 1986, lorsqu'il revient dans la demeure familiale, repliée sur les débris d'un passé luxueux, au fond des bois du Périgord? A La Faujardie, qu'il a fuie dix ans plus tôt, au sortir de l'adolescence, le temps est suspendu depuis un demi-siècle. Son frère Paul, qui cultive la propriété, Finou, la vieille cuisinière, et René, l'ouvrier agricole, ne lui demanderont rien, mais l'encercleront de leur vigilance impitoyable. Ni l'apparente richesse de César, ni l'inquiétante désinvolture de ses amis n'intimideront ce monde paysan, ligué contre les intrus. Marie, que César a aimée autrefois, parviendra-t-elle à l'aider? Ou, ayant tenté sans succès d'échapper à la protection étouffante du clan, est-elle aussi, désormais, tenue à l'écart? Autour de la grande maison aux prises avec l'exclu et les étrangers, l'affrontement ira jusqu'au crime. De loin, le bourg de Reyssac observe en silence. Les affaires de famille ne regardent personne.

Après l'éclatant succès de *Fontbrune* et de *Puynègre*, parus au Livre de Poche, Brigitte Le Varlet nous entraîne à nouveau dans son Périgord natal avec *Le Crime de Combe Jadouille*, saisissant roman de mœurs sur une France rurale dont les valeurs profondes demeurent intactes.

Anthony Burgess
Les Puissances des ténèbres, t. 1 et 2
6100, 6101

Tout le XXe siècle passe dans *Les Puissances des ténèbres*, emportant le lecteur dans sa chevauchée fantastique.

Le génie de Burgess est d'avoir concentré l'écho du gigantesque fracas dans trois personnages : un écrivain curieux et voyageur, sa sœur, belle et intelligente, et un prêtre qui, devenu leur parent par alliance, finira pape. Truculent, la tête dans le ciel, il mène sans répit la bataille contre le Malin. « Sacrée bataille », dit-il, mais sans douter un instant de la victoire finale du bien.

A-t-il raison, a-t-il tort ? Autour de lui, le monde étend ses ravages. L'odeur de Buchenwald imprègne encore l'air. Un fou de Dieu, enfant miraculé, provoque un carnage au nom de l'Amour, car le Malin peut aussi prendre la forme de l'amour...

Les Puissances des ténèbres, roman profond mais également terriblement drôle, passionnant, s'inscrit dans une œuvre qui a placé Anthony Burgess, l'auteur de l'inoubliable *L'Orange mécanique*, paru au Livre de Poche, parmi les plus grands écrivains contemporains de langue anglaise.

Elmore Leonard

Gold Coast 6475

Le mari de Karen est membre de l'organisation que l'on ne nomme jamais, autrement dit la Mafia. Lorsqu'il passe de vie à trépas, ce qui peut arriver à des gens très bien, il lègue à sa fidèle épouse quelques millions de dollars, et à ses partenaires des instructions strictes : aucun homme n'aura le droit de toucher la douce Karen...

Bien décidés à respecter les ultimes volontés du défunt, ses anciens associés engagent en guise de chaperon une brute épaisse et sans scrupule. Mais voilà l'affreux qui se met en tête de mettre la main, soit sur une part du magot, soit sur Karen, soit, encore mieux, sur les deux !

La veuve éplorée a cependant plus d'un tour dans son sac. Aidée d'un gentil chevalier qui passait par là, elle est farouchement déterminée à se battre pour recouvrer sa liberté et, sous le soleil de Floride, un jeu très dangereux commence...

Elmore Leonard, l'auteur de *La Loi de la cité*, Grand Prix de Littérature policière, paru au Livre de Poche, nous prouve encore une fois avec *Gold Coast* qu'il est bien un des maîtres du roman noir américain.

Joseph Wambaugh
Soleils noirs

6628

Tous les soirs, après leur service, les flics de l'équipe de jour de la Rampart Division de Los Angeles vont s'abreuver chez Leery, un bar baptisé « La Maison des souffrances » par les policiers assoiffés qui le fréquentent. Le long du comptoir s'alignent le Tchèque-en-bois, sorte de géant obtus; Jane, la femme-flic; Ronald-le-Fripé, à deux jours de la retraite; Mario Villalobos, l'inspecteur.

Entre deux soûleries monumentales, ils se goinfrent gratis dans les restaurants du secteur, dérouillent quelques délinquants mais s'attaquent aussi à des mystères qu'on ne résout pas à coups de matraque...

Pas de doute, c'est dur, la vie de flic...

Avec *Soleils noirs*, Joseph Wambaugh frappe fort. Moraliste à sa façon, cet ancien sociétaire de la police de Los Angeles dénonce les maux de la société moderne avec les armes qui lui sont propres : le cynisme et l'humour macabre.

Paul-Loup Sulitzer
La Femme pressée

6575

Elle, c'est Kate Killinger. Indépendante, belle, passionnée, elle mène sa vie à toute allure, sans faiblir. Fille unique d'un magnat de la presse new-yorkaise, elle se lance dans le journalisme et se bat seule, dans l'Amérique des années 30, pour créer son propre quotidien.

Lui, c'est H. H. Rourke, spectateur inlassable de son époque, héritier de la tradition des grands reporters chasseurs de scoops. Au risque de sa vie, il promène sa rage de voir et de comprendre dans un monde en plein bouleversement. Dans son sillage, nous découvrons la montée du nazisme en Allemagne, les violences du Mexique, l'éveil de la Chine et le règne des gangs et de la prohibition en Amérique.

Eux, que tout oppose et que tout unit, vont vivre, dans

le tumulte et le déchirement, un amour passionné mais peut-être impossible...

La Femme pressée, un grand roman d'amour et d'aventure, peuplé de personnages passionnants.

Johannes Mario Simmel
On n'a pas toujours du caviar 7539

Les extraordinaires aventures que raconte J. M. Simmel dans ce livre sont *vraies* — Jacques Abtey, ancien officier du 2e Bureau et des Services spéciaux français, l'atteste dans sa préface — Thomas Lieven existe. C'était un jeune bourgeois tranquille, promis à une brillante carrière de banquier. Et voici qu'au cours du dernier conflit mondial une suite d'événements indépendants de sa volonté le jeta dans l'espionnage : malgré lui, il fut contraint de collaborer avec les Services secrets des principaux pays impliqués dans la guerre; d'où mille complications et périls. Heureusement, Thomas Lieven ne manquait ni d'humour ni de goût pour les belles et bonnes choses; cet amour de la vie lui permit de se tirer des pires situations...

Le récit des aventures de cet homme qui se débat entre les mains de ses redoutables maîtres constitue, en quelque sorte, le roman d'espionnage par excellence.

Hervé Jaouen
La Mariée rouge 6586

Dans la région de Quimper se déroule une noce truculente. Elle va croiser l'équipée sauvage d'une bande de jeunes paumés qui s'enfoncent avec complaisance ou inconscience dans l'abjection. Et qui vont se heurter à un groupe de shérifs locaux qui veulent mettre au pas la jeunesse trop turbulente.

Ils finiront tous par se rencontrer au cours de la nuit, au bord d'un fossé. Le choc sera violent, la tuerie générale. C'est *L'Orange mécanique* dans la lande bretonne.

William Dickinson
De l'autre côté de la nuit 7532

Dans *De l'autre côté de la nuit*, c'est à Las Vegas qu'on retrouve la fascinante Mrs. Clark, l'héroïne des deux précédents succès de William Dickinson : *Des diamants pour Mrs. Clark* et *Mrs. Clark et les enfants du diable*.

Ville de tous les dangers et de toutes les séductions, piège parfois mortel, Las Vegas donne ou prend la vie avec la même indifférence dans un brouhaha de machines à sous qui étouffe tous les cris. Encerclée par les feux de ce somptueux mirage, Mrs. Clark devra survivre et sauver ses enfants des maîtres d'une guerre impitoyable, celle d'une nouvelle drogue, le crack. Elle devra aussi prendre la décision la plus importante de son existence : livrer ou couvrir son père, le milliardaire Harrison, empereur du crime, mais qui l'aime passionnément.

Anthony Burgess
Le Royaume des mécréants 6512

Aucun siècle n'a plus infléchi l'histoire du monde que le premier siècle de notre ère. Apogée et déclin de l'Empire romain, il marque aussi la naissance du christianisme.

Le narrateur du *Royaume des mécréants* vit en ce qui est aujourd'hui la Suisse, à l'époque de l'empereur Domitien. Il nous raconte ce qu'il sait ou a entendu dire de ce Jésus et de ses disciples qui essaient d'implanter dans l'Empire une nouvelle religion et nous décrit la Rome impériale soumise à toutes les perversions et cruautés de ses empereurs successifs.

Par sa force et sa truculence, ce roman drôle et sérieux décape tout ce que nous croyions savoir des apôtres, et de l'Empire romain à cette époque. D'une rigoureuse exactitude historique jusque dans le moindre détail de la vie quotidienne, *Le Royaume des mécréants* dépasse de loin le simple roman historique. Brassant les lieux, les personnages et les idées avec une richesse et une virtuosité rares, Anthony Burgess nous plonge dans un monde halluciné et hallucinant où se déroule, au paroxysme de son intensité, l'éternel combat entre les forces du bien et du mal.

Francis Ryck
Autobiographie d'un tueur professionnel

Sur les flancs du Ventoux, un homme s'est retiré dans une maison isolée. C'est un homme équilibré, plein de charme, et ses voisins les plus proches lui témoignent beaucoup d'amitié, ignorant tout de son passé : tueur à gages. En fait, il ne s'agit pas de passé, mais de carrière récemment interrompue lorsque, se faisant tirer dessus en plein Cannes, le chasseur s'est retrouvé gibier. Alors qu'il s'est parfaitement adapté à ce qui ne doit être qu'une paisible parenthèse dans sa vie, une belle jeune fille brune arrive sans prévenir — Rafaelle, sa propre fille, qu'il n'a pas connue. Du jour au lendemain, rien ne sera plus jamais pareil pour le tueur à gages...

Autobiographie d'un tueur professionnel est une grande réussite, un roman passionnant par tout ce que le héros nous confie de sa vie et de son étrange carrière, par son intrigue pleine de suspense et de mystère qui nous conduit jusqu'à la terrible révélation finale.

Cizia Zykë
Fièvres

« Le *safari*, commencé dans la joie et le plaisir, se transforma en une gigantesque partie de cache-cache, passionnante, irritante, puis insupportable.

Insidieusement, la résolution de *tuer M'Bumba l'éléphant* s'installa. C'était lui ou nous.

Alors s'amorça une *lente descente vers l'horreur et l'irréel* : la nature explosait d'une beauté violente, la nuit se faisait cataclysme, des milliers de crocodiles devenus déments massacraient les hommes.

Nous étions partis pour la mort... perdus au milieu de *quelque chose* que je ne comprenais pas, qui n'existait pas, *quelque chose* qui nous tuait les uns après les autres. »

Fièvres, roman fort, envoûtant, sensuel, nous confirme le grand talent de conteur de Cizia Zykë, révélé dans sa trilogie autobiographique : *Oro, Sahara* et *Parodie*, également parue au Livre de Poche.

Gérard Le Roux, Robert Buchard
Fumée verte 7540

« *Et si demain votre argent ne valait plus rien? Aujourd'hui toutes les monnaies du système occidental sont basées sur le dollar. Mais que vaut le dollar? Quelle est sa garantie hors de son pays si l'on refuse de s'en tenir aux belles déclarations rassurantes de nos dirigeants? Des mots, rien que des mots.* »

Un comte italien, héritier de Machiavel et de Casanova, et sa fascinante complice décident de donner aux mots leur véritable sens et déclenchent une des plus grandes opérations vérité de notre siècle...

Fumée verte, de Gérard Le Roux, banquier suisse, spécialiste de la finance internationale, et de Robert Buchard, grand reporter à TF1, nous entraîne dans une folle ronde, des appartements de Mme Marcos aux Philippines jusque dans les couloirs feutrés des grandes banques d'affaires; des coulisses du Congrès américain aux obscures machinations de la Federal Reserve...

Un extraordinaire thriller où perversité, ambition, lâcheté se conjuguent pour provoquer l'écroulement d'un édifice financier, le nôtre. Rêve, cauchemar, fiction ou prophétie?

IMPRIMÉ EN FRANCE PAR BRODARD ET TAUPIN
Usine de La Flèche (Sarthe).
Librairie Générale Française - 6, rue Pierre-Sarrazin - 75006 Paris.

ISBN : 2 - 253 - 04990 - 5 ✦ 30/7541/3